午夜禁语

〔美〕斯蒂芬·金 著　陈丽丽 吴奕俊 译

FOUR PAST MIDNIGHT

斯蒂芬·金作品系列

STEPHEN KING

人民文学出版社
PEOPLE'S LITERATURE PUBLISHING HOUSE

著作权合同登记号　图字 01-2020-4778

图书在版编目(CIP)数据

午夜禁语/(美)斯蒂芬·金著;陈丽丽,吴奕俊译. —北京:人民文学出版社,2022
(斯蒂芬·金作品系列)
ISBN 978-7-02-014617-8

Ⅰ.①午… Ⅱ.①斯… ②陈… ③吴… Ⅲ.①中篇小说-小说集-美国-现代 Ⅳ.①I712.45

中国版本图书馆 CIP 数据核字(2022)第 049140 号

出 品 人　**黄育海**
责任编辑　**朱卫净　张玉贞　傅　钰**
封面设计　**陈　晔**

出版发行　**人民文学出版社**
社　　址　**北京市朝内大街 166 号**
邮政编码　**100705**

印　　刷　**上海盛通时代印刷有限公司**
经　　销　**全国新华书店等**

字　　数　**708 千字**
开　　本　**890 毫米×1240 毫米　1/32**
印　　张　**24.625**
版　　次　**2022 年 7 月北京第 1 版**
印　　次　**2022 年 7 月第 1 次印刷**

书　　号　**978-7-02-014617-8**
定　　价　**108.00 元**

如有印装质量问题,请与本社图书销售中心调换。电话:010-65233595

目 录

午夜将至：开场白

哦，看，我们都在这里，我们成功地回来了，我希望你们到这儿来会开心，和我一样开心。这让我想起了一个故事。既然讲故事是我谋生的一种方式（也让我保持头脑清醒），我就把它讲给你听。

今年早些时候（我在一九八九年七月下旬写了这篇文章），我在看波士顿红袜队对密尔沃基酿酒人队的比赛时被电视吓呆了。密尔沃基酿酒人的罗宾·扬特站在本垒板上时，波士顿的一名棒球解说员说，他很惊讶扬特才三十出头。“有时候，就好像扬特最早为阿伯纳·道布尔戴安排了边线。”当扬特面对红袜队投手罗杰·克莱门斯时，评论员内德·马丁是这么说的。

“是啊，”乔·卡斯提格里昂附和道，“我想他高中毕业后立即加入了酿酒人，一九七四年开始为他们打比赛。”

我猛地坐了起来，差点打翻一罐百事可乐。等等！我在想，等我一下！我的第一本书是在一九七四年出版的，就在不久前！为阿伯纳·道布尔戴安排边线是什么鬼扯？

然后我意识到，我们对时间流逝的感知是多么个人化（这也是本书中几个故事里反复出现的主题）。的确，在我的主观印象中，一九七四年春天《魔女嘉丽》的发表（其实就在出版两天后，棒球季正式开始，一位名叫扬特的青年为密尔沃基酿酒人队打了第一场比赛）似乎不是很久以前的事，而只是回头匆匆的一瞥；但还有其他方法来计算日子，有些方法会让你觉得十五年可能确实是相当长的一段时间。

一九七四年，福特还是美国总统，伊朗还有国王，约翰·列侬还活着，猫王还在，唐尼·奥斯蒙德大声与他的兄弟姐妹引吭高歌。人们发明了家用录像带，但只能在几家试销店买到；业内人士预测，索尼的测试版录像机将很快超越其竞争对手 VHS。未来人们租看电影和在图书馆租看小说一样普遍的想法才刚刚萌芽。石油价格已经涨到了令人难以置信的高水平，普通汽油的价格是每加仑[1]四十八美分，无铅汽油的价格是五十五美分。

那时候，我的头发和胡子还不是白的，现在大二的女儿才四岁，而弹蓝调竖琴的大儿子现在比我还高，留了一头茂密如山米·海格般及肩卷发的他当时刚穿上幼儿训练裤。至于我的小儿子，他现在正在参加少年棒球联盟冠军赛，担任投手和一垒手，得在三年后才出生。

时间就是有这种可笑的、可塑的性质，所有的东西迟早都会回到它最初的位置。你上了公共汽车，你以为你不会走远，也许最多穿过城镇，但在一瞬间，上帝！你漂洋过海来到了另一个大陆。你觉得我的比喻幼稚吗？我还认为最可怕的事情是：这根本不重要！时间的神秘感是如此完美，即使我这么无聊的描述也依然没有减少它的奇怪和挥之不去的感觉。

近年来，有一件事没有改变，我想这就是为什么我（或许还有扬特）有时也会觉得时间从未流逝。我仍然做着同样的事情：写故事。关于写作，我还有很多事情不知道；写故事仍然是我的最爱。哦，不要误会我的意思，我爱我的妻子和孩子，但我仍然很高兴找到这些特别的路走下去，看看谁住在那里，他们在做什么、对谁做，甚至为什么要那样做。我仍然喜欢奇怪的事物，喜欢事情越来越清晰、规律逐渐成形的美丽时刻。故事中总有尾巴，而这野兽移动得很快。偶尔，我会失手让它溜走，但当我抓住它时，我会紧紧抓住它……这感觉真的很好。

这本书在一九九〇年出版的时候，我已经在这个行业十六年了。在我成为美国文学界可怕的怪物之后很久，在我写作生涯的半途，我也不知道为什么出版了一本名为《四季奇谭》[2]的书。这本书收集了四篇过去没有发表过的短篇小说，其中三篇不是恐怖故事。出版社欣然接受了这本书，但我想他们心里一定有所保留，就像我一样。结果

① 1加仑（美制）约等于3.785412升。

② 《四季奇谭》（*Different Seasons*）（中文版书名又译为《肖申克的救赎》）包括四篇故事，分别是《肖申克的救赎》《纳粹追凶》《尸体》与《呼—吸—呼—吸》。

证明我们不必担心。这位作家偶尔出版一本天生走运的书。对我来说,《四季奇谭》就是这样一本书。

这本书中的一个故事《尸体》被改编成了畅销电影《伴我同行》。这是继《魔女嘉丽》之后，我的作品改编成电影最成功的。《伴我同行》的导演罗伯·莱纳是我所知道的最勇敢、最聪明的电影制作人。我很自豪能和他一起工作。同时，我对莱纳在《伴我同行》成功后所组建的团队城堡岩制作公司非常感兴趣……我的老读者一定很熟悉这个名字。

书评人大体上是喜欢《四季奇谭》的，他们几乎每个人都批评过其中的一篇，但既然大家挑剔的故事并不一样，我想我还是可以忽略的，不受批评的影响……我做到了。事实上，我不是每次都能这样。大多数书评都说《魔女嘉丽》确实是一部糟糕的作品，最后我不得不承认它可能没有我想象的那么好（但我并没有为此而少赚版税）。我知道许多作家说自己从不看关于他们自己作品的评论，或者即使看到不好的评论，他们也不会难受。我确实相信世界上有这样的两种人。但我是另一种人。我总是在想书评是否不好。如果真的很糟糕，我总是觉得很难释然，但我不会难过太久。只要我在书里写死几个角色，我就能重新振作起来了。

最重要的是读者喜欢《四季奇谭》。我不记得有读者因为我写的不是恐怖故事而写信责骂我。事实上，大多数读者都想告诉我这些故事中有哪些唤起了他们的某种情感，让他们去思考，去感受。当我的文思枯竭的时候，这些信才是真正的回报（有很多信）。愿上帝保佑坚持阅读的读者；凡有口的就能说话，但若有耳的愿意聆听，才会有故事存在。

那一年是一九八二年，这是密尔沃基酿酒人队唯一一次赢得美国冠军联赛的冠军。是由——是的，你猜对了——扬特领军的。扬特的打击率是三成三，一共打出三十九记本垒打。他被选为美国联盟最有价值的球员。

对我们两个老家伙来说，那一年真的很不错。

《四季奇谭》不是一本计划好的书，它就是写出来了。这四篇长篇小说断断续续写了五年，这些故事中有些太长而不能作为短篇小说出版，也有些太短而不能单独成书。这就像一场无安打比赛[①]或者创造了一个完整的打击记录（一个人在同一场比赛中打出了一垒、二垒、三垒和全垒打）。这算得上是统计上的异常现象。它的成功和流行让我很高兴，但当我最终把手稿交给维京出版社时，我感到非常后悔。我知道这些都是好故事，但我担心自己这辈子再也不能出版同样的作品了。

如果你指望我说“哦，我错了”，那我只能让你失望了。你现在拿着的这本书和以前的不一样。《四季奇谭》由三个“主流”故事和一个超自然故事组成；而这本书里的四个故事都是恐怖故事，也比《四季奇谭》里的四个故事长，且是在我应该退休的那两年写好的。也许这两本书的不同之处在于我的思想转向了更黑暗的主题，至少暂时是这样。

像时间这样的主题以及时间对头脑可能有腐蚀作用。例如，过去和过去的阴影投射到现在，不愉快的事情偶尔在阴影中逐渐成长，甚至隐藏更多不愉快的事情……越长越大。

但我在乎的事情都是一样的，我的信念也越来越坚定。我仍然相信人类内心的坚韧和爱有它的基本作用；我仍然相信人与人之间是有联系的，存在于我们身体和心灵中的灵魂有时会相互接触；我仍然相信，这些连接的成本是可怕和难以置信的……我仍然相信，它们的价值远远超过了必须付出的代价。我想我仍然相信每个人都必须找到一个地方安定下来，保卫那个地方直到死亡。这些都是老派的关注点和信念，但如果我不承认自己仍然有这些信念，我就是在撒谎。直到现在我仍然没有改变我的初衷。

我仍然喜欢好故事。我喜欢听一个好故事，也喜欢说一个好故事。也许你知道或不知道（关心或不关心）我出版这本书和接下来的两本书赚了很多钱，但如果你知道或关心的话，你应该知道出版公司没有付任何钱让我写书中的故事。和所有自然发生的事情一样，写作

---

① 无安打比赛（No-hitter），指棒球或垒球中整场比赛不让对方击出任何一支安打。该成就非常罕见，被认为是投手的非凡成就。

超越了金钱。有钱是好事，但说到创作，最好不要太关注钱，否则创作力会枯竭。

我认为我讲故事的方式也有了些许的改变（我希望我更会讲故事了，但当然这应该让读者来评判），但这是预料之中的。酿酒人队在一九八二年赢得冠军联赛时，扬特是一名左外野手。现在他防守中路和外野，我想这意味着他的速度变慢了……但他仍然可以抓住每一个飞向他的球。

我觉得这样没问题，这很不错。

因为很多读者似乎好奇这些故事从何而来，或想知道它们是否是作者在做的什么大计划中的一部分，所以我在每一个故事前写了一个简短的前言来解释为什么写这个故事。你可能读起来会觉得有趣，但如果你不想看，也可以不看。这不是学校的阅读作业，谢天谢地，读完也不会有随堂考试的。

最后，请允许我再说一遍。我很高兴能健康地在这里和你们聊天……也很高兴你们也都健康，等着去我笔下的其他地方，也许是一个墙上长眼睛、树有耳朵的地方，或者是一些非常讨厌的东西拼命想从阁楼里爬出来，或者在楼下有人的地方。我仍然对这种故事感兴趣……但我认为最近我更感兴趣的是人，可能是那些听我讲故事的人，也可能是那些不听我讲故事的人。

在离开之前，我应该告诉你那场棒球比赛的结果。后来，酿酒人队击败了红袜队，而克莱门斯把第一次上场打的杨特三振出局……但扬特第二次上场就打出了左外野二垒安打，球高高地穿越了整个球场，让两名垒上的队友跑回本垒。

我想扬特的棒球生涯还没有结束。

我也一样。

缅因州班戈市

一九八九年七月

兰格利尔

献给乔，另一个神经紧张的飞行员

午夜一点：《兰格利尔》前言

我可能会在不同的时间和地点想出不同的故事构思，在车里、洗澡、散步，甚至是在派对上，还有两回的故事情节是我梦到的。但我很少能够有了一个想法就写一本书，行云流水地写出来，我也没有一个“想法笔记本”。不去记录我的想法是一种练习自我保存的办法。我有很多想法，但只有一小部分是好的，所以我把它们都留在脑子里。坏主意最终会自动销毁，就像《碟中谍》每一集开头任务中心给的带子一样。好的想法是不会销毁的。当我时不时地打开“文件柜”，看看里面还剩下些什么时，这些想法就会抬头看着我，每个想法都有一幅明亮而独特的画面。

《兰格利尔》给我的画面是一名女子用手紧紧按住一架商业喷气式客机舱壁上的裂缝。

告诉自己我对商用飞机知之甚少没有任何好处；我确实这样做了，但是每次我打开“文件柜”想要沉浸在另一个想法的时候，这个画面就会出现在那里。我甚至能闻到那个女人的香水味（伦沃伊[①]的味道），能看到她那双绿色的眼睛，能听到她急促而惊恐的呼吸。

一天晚上，我躺在床上正要入睡，却发现这个女人是个鬼魂。

我记得我坐了起来，把脚甩到地上，打开了灯。我只是在那里坐了一会儿，什么都没想……至少我是这么认为的。但在我的意识里，真正为我执行这项任务的家伙正忙着清理他的工作区，准备再次启动他所有的机器。第二天，我——或者说他——开始写这个故事。大概花了一个月的时间。在这本书所有的故事中，这是最容易的一个，随着故事的发展，这个故事很自然地越写越分层。有那么一会儿，这个故事就像婴儿来到了这个世界，几乎没有分娩的痛苦，情况就是这样

---

① 原文：L’Envoi。

的。因为这个故事和我之前的短篇小说《迷雾》有着相似的启示感，所以我用同样老式的洛可可式的方式为每一章命名。我写完时的感觉和刚开始写时差不多一样好……这是非常罕见的。

我太懒了，不想钻研，但是这次我非常努力地做了我的家庭作业。三位飞行员——迈克尔·鲁索、弗兰克·苏亚雷斯和道格拉斯·达蒙——帮助我把事实弄清楚，把内容写对。他们真的不错，只要保证我不出错。

我都写对了吗？我对此表示怀疑。即使是伟大的丹尼尔·笛福也做不到：在《鲁滨逊漂流记》中，我们的主人公脱光衣服，游向他刚逃离的船……然后在他的口袋里装满他在荒岛上生存所需要的东西。还有一部关于纽约地铁系统的小说（出于好意，我省略了作者和标题），作者显然把司机的隔间当成了公共厕所。

我的标准警告如下：对于我写对的部分，我要感谢鲁索、苏亚雷斯和达蒙先生。要是写错了，怪我吧。这不是一句空洞的客气话。事实性错误通常是由于没有提出正确的问题，而不是由于错误的信息。关于你即将在故事中登上的飞机本身，我已经自由发挥了一两个小地方，但都是为了情节的发展。

好吧，我说够了。请登机。

飞向危机四伏的天空。

第一章

给恩格尔机长的坏消息。失明的小女孩。那女士身上的香味。道尔顿帮来到美国亚利桑那州的墓碑市。29 号航班怪异的困境。

1

晚上十点十四分，布莱恩·恩格尔驾驶着“美国骄傲”7 号航班停在二十二号登机口，准时熄灭“**请系紧安全带**”的灯号。他从齿间长吁一口气，这才解开肩上的安全带。

他已经不记得上一次在飞行结束时感到如此轻松又如此疲惫是什么时候了。他头痛得厉害，已经计划好了晚上要干什么。回到韦斯特伍德后，他既不去机师休息室喝点什么，也不吃晚餐，甚至不洗澡。他打算倒在床上连续睡十四个小时。

从东京飞往洛杉矶的重要航班“美国骄傲”7 号航班因强风和洛杉矶机场典型的拥挤状况而延误。……布莱恩心想，如果不把波士顿的洛根机场算在内的话，洛杉矶机场可以说是美国最糟糕的机场。更糟糕的是，在飞行的后半段，增压系统出现了问题。一开始是轻微的，后来逐渐恶化到可怕的程度，几乎到了可能发生爆炸和爆炸减压的地步……还好没有继续变糟。有时这样的问题会突然而神秘地稳定下来，这回就是如此。现在在驾驶舱后面下飞机的乘客们一点也不知道，在今晚从东京起飞的航班上他们差点变成肉酱，但是布莱恩晓得……而这让他头痛得厉害。

“马上开始检修这该死的，”他交代他的副驾驶，“他们知道问题在哪里，对吧？”

副驾驶点点头。“他们不喜欢，但他们确实知道。”

“我不在乎他们喜欢什么不喜欢什么，丹尼。我们今晚差点死了。”

丹尼·金恩点头，他知道的确如此。

布莱恩叹口气，一只手上下摸着脖子。他头疼得像是有颗蛀牙。“也许我太老了，不适合做这行了。”

当然，这是每个人在谈论他的工作时都会说的那种话，尤其是在一次糟糕的轮班结束时。布莱恩很清楚自己干这行绝非年纪太大，他四十三岁，刚刚进入飞行员的黄金时间，然而今晚他几乎快要相信自己干不动了。天啊，他好累。

有人敲了敲驾驶舱的舱门。领航员史蒂夫·瑟尔斯在座位上转过身，没有站起来就打开了舱门。一个穿着美国骄傲航空公司绿色运动夹克的男人站在那里。他看起来像登机口的工作人员，但布莱恩知道他不是。这人名叫约翰·迪根（也或许是詹姆斯·迪根），美国骄傲航空公司驻洛杉矶国际机场的营运副主管。

“恩格尔机长吗？”

“什么事？”心中的防御感立刻跑了出来，他的头痛突然发作了。他的第一个念头是他们要把机舱压力泄漏的责任推给他。这不是出自逻辑思考，而是因为紧张和极度疲惫。他当然是在胡思乱想，现在他就是胡思乱想的心态。

“机长，恐怕我有些坏消息要告诉你。”

“是不是关于机舱压力泄漏的事？”布莱恩的声音太尖锐了，有些正在下飞机的乘客因此环顾四周，可这会儿他做什么都晚了。

迪根摇头：“是你妻子的事，恩格尔机长。”

一时间，布莱恩完全不知道那个人在说什么，只能站在那里，目瞪口呆地看着他，感觉自己非常愚蠢。后来他才搞懂。他指的当然是安妮。

“她是我的前妻。我们十八个月之前离了婚。她怎么啦？”

“她出事了。”迪根说，“也许你最好到办公室来一趟。”

布莱恩看着他，很想知道究竟是怎么回事。在经过了漫长而又紧张的三个小时之后，这一切都显得异常不真实。他抑制住了想对迪根说“如果这是电视上那种偷拍的整人节目，那就让他见鬼去吧”的冲动。当然不是。航空公司的高层不喜欢恶作剧和游戏，尤其不会整差点在空中出事的飞行员。

“安妮怎么了？”布莱恩听见自己又问了一次，这次声音更柔和了，他意识到副驾驶正小心翼翼地同情地看着他，“她没事吧？”

迪根低头看了看他锃亮的鞋子，布莱恩明白这确实会是一个非常坏的消息，那就是安妮远比“不怎么样”严重太多。他明白了，却觉得不可思议。安妮只有三十四岁，身体健康，生活习惯严谨。他还不止一次地认为，她大概是波士顿甚至整个马萨诸塞州最清醒的司机……

现在他听见自己在问别的事，而且真的像——好像有个陌生人走进了他的大脑，把他的嘴当作了扬声器。“她死了吗？”

约翰·迪根或者詹姆斯·迪根左顾右盼，好像想要找人帮忙，但只有一个空姐站在舱口正在祝福下机旅客在洛杉矶度过一个愉快的夜晚，她时不时焦急地看向驾驶舱，可能在担心同样的事情，或许在担心早先布莱恩脑中闪过的同一件事……由于某种原因，机组人员要为让飞行的最后几个小时成了一场噩梦的缓慢压力泄漏负责。迪根只能靠自己了。他又看了看布莱恩并点点头：“是的……恐怕是的。请跟我来好吗，恩格尔机长？”

2

午夜十二点十五分，布莱恩坐在“美国骄傲”29号航班的5A座位上，这是洛杉矶飞波士顿的主要航班。再过十五分钟，这架被横越美国大陆的旅客称为“红眼航班”的飞机就要起飞了。他记起不久前还想着，如果洛杉矶国际机场不是美国最危险的商业机场，那么洛根机场就是。眼下由于最令人不愉快的巧合，他现在有机会在八小时内体验这两个地方：作为飞行员进入洛杉矶国际机场，再以免费乘客的身份飞往洛根机场。

现在他的头疼比7号航班刚刚降落时还要剧烈，疼痛升了一级。

火灾，他想，该死的火灾。看在上帝的分上，那些烟雾侦测器是

怎么了？那可是一栋崭新的大楼！

他突然想到，在过去的四五个月里，他根本没有想到过安妮。在离婚的第一年里，他似乎满脑子想的都是她，想她正在做什么、身上穿什么，还有，当然，她和谁在约会。等情伤终于开始愈合时，一切都发生得好快……好像他被注射了某种振作精神的抗生素似的。他读过够多有关离婚的书，很清楚通常让人恢复的因素究竟是什么：不是抗生素，而是别的女人。换句话说，就是反弹效应。

对布莱恩来说，没有别的女人——至少现在还没有。几次约会和一次谨慎的性接触（他渐渐认为在艾滋病横行的这个时代，所有婚外的性接触都得谨慎），但没有别的女人。他内心的创伤就直接……愈合了。

布莱恩注视着与他同机的乘客登机。一位金发的年轻女子和一个戴墨镜的小女孩走在一起。小女孩的手放在金发女郎的手肘上，女郎对小女孩低声说话时，那个女孩立刻看向她的声音，布莱恩明白她失明了——从头的姿势可以看出。有趣的是，他想，这么小的动作就能有这么多信息。

安妮，他想，你不该想着安妮吗？

但他那疲惫的脑子一直试图从安妮这个话题上转移开——安妮，他的妻子；安妮，他曾经唯一一个动过怒的女人；安妮，现在已经死了。

他想他可以去做巡回演讲，他愿意同一群离过婚的男人说话。管他呢，离婚的女人也一样。他的主题将是离婚和遗忘的艺术。

四周年纪念日刚过，正是离婚的最佳时机，他会告诉他们，以我为例。我接下来的一年活在炼狱中，想知道这有多少是我的错，又有多少是她的，想着一直用孩子的话题逼她是多么正确或错误……那是我们之间的大事，虽不像毒品或通奸那样戏剧化，只不过是老套的生孩子还是拼事业……仿佛我的脑海中有一台高速电梯，安妮就在那里头，然后电梯在向下降。

是的，它降下去了。在过去的几个月里，他根本不曾真正想过她……连每个月该开赡养费支票的时候也没有想过。那金额非常合理，并不过分。安妮自己每年税前可以赚八万美元。布莱恩的律师付了钱，这只是他每月收到的账单上的一项，塞在电费和公寓抵押贷款之间一笔小小的两千美元。

他看到一个身材瘦长、腋下夹着一个小提琴盒、头上戴着一顶圆顶犹太小帽的少年沿着过道走来。那男孩看起来既紧张又激动，眼里充满了未来。布莱恩好羡慕他。

在他们结婚的最后一年里，他们之间有过许多痛苦和愤怒。最后，在离婚前大约四个月，事情发生了：他动手打了她。他脑子还没来得及说不，手已经甩出去了。他不愿意记起那件事。当时安妮在聚会上喝得太多了，回家后狠狠地骂了他一顿。

别管我，布莱恩。让我一个人待会儿。不要再谈论孩子了。如果你想做精子检查，就去看医生。我的工作是做广告，不是做保姆。我对你那些大男子主义的废话烦透了……

就在这时，他狠狠地扇了她一巴掌，斩草除根一样一下子把最后的话斩掉了。他们就站在她后来死去的那栋公寓里互相瞪着对方。两人既惊讶又害怕到不愿承认的地步（也许只是现在，坐在这里5A座位上，看着29号航班的乘客登机，他承认了这一点，终于对自己承认了）。她摸了摸自己的嘴，开始流血。她向他伸出手指。

你打我，她说。她的声音里没有愤怒，而是惊讶。他觉得这可能是第一次有人愤怒地打安妮·昆兰·恩格尔身上的任何部位。

没错，他说，我就是打了。如果你再不闭嘴，我还会再打一次。我再也不让你用你的舌头抽我了，亲爱的。你最好给它挂个挂锁。我告诉你是为了你好。这样的日子已经过去了。如果你在家里想找个出气筒的话，去买条狗吧。

这桩婚姻继续苟延残喘了几个月，但当布莱恩的手掌轻快地触碰到安妮的嘴角时，这段婚姻真的已经结束了。他被激怒了——上帝知道他是被激怒了——但是他愿意付出很大的代价来挽回这可怜的一秒钟。

当最后一批乘客开始慢慢上机时，他发现自己也在近乎着迷地想着安妮的香水。他能准确地回忆起它的香味，但记不起它的名字。叫什么来着？利索姆[①]？利瑟索姆[②]？还是利瑟厄姆[③]？就差一点，但就是想不起来，真是让人抓狂。

我想念她，他呆滞地想着，现在她永远地离开了，我想念她。这不是很神奇吗？

劳博伊[④]？这么蠢的名字？

噢，够了，他对自己疲惫的心灵说，别想了。

好吧，他的脑袋同意了。没问题，我可以不想……我随时可以停。有没有可能叫利夫博伊[⑤]呢？不对，那是肥皂。不好意思。是洛韦比特[⑥]？还是洛韦卢姆[⑦]？

布莱恩“啪”的一声扣上安全带，靠在椅背上，闭上眼睛，闻到了一种叫不出名字的香水的味道。

就在这时，空乘同他说了话。当然布莱恩·恩格尔有一个理论，空乘受过训练，那是一种非常秘密、可能叫作“逗鹅”的研究生课程，要等到乘客闭上眼睛，才能提供一些并非必要的服务。当然，要等到确信乘客睡着了才叫醒他们，问他们要毛毯还是枕头。

“对不起……”她刚开口又停住了。布莱恩看到她的目光从他黑色外套肩上的肩章移到他旁边空座位上那顶毫无意义的、如炒蛋般歪歪扭扭的帽子上。

她重新考虑了一下，又开始了。

“抱歉，机长，您想喝咖啡还是橙汁？”看到自己让她有点紧张，布莱恩有点高兴。她指了指包厢前面的桌子，就在长方形电影屏幕下面。桌子上有两桶冰。每个瓶子都伸出了细长的绿色酒瓶颈。“当然，我还有香槟。”

布莱恩考虑了一会儿。

---

① 原文：Lissome。
② 原文：Lithesome。
③ 原文：Lithium。
④ 原文：Lawnboy。
⑤ 原文：Lifebuoy。
⑥ 原文：Lovebite。
⑦ 原文：Lovelom。

（洛韦·博伊[①]？不对。很接近了，但是不对。）

布莱恩想了一下要不要香槟，但只想了一下。“都不要，谢谢，”他说，“也不要机上服务，我想我要一路睡到波士顿。天气如何？”

“云层从大平原两万英尺[②]的高空一直密布到波士顿。不过没问题，我们行驶在三万六千英尺高度。对了，我们接到报告说莫哈韦沙漠上空有极光。或许你想起来看看。”

布莱恩扬起眉毛：“你开玩笑吧。加州上空有北极光？每年这个时候？”

“气象报告是这么说的。”

“有人便宜药嗑多了，”布莱恩说得她笑了，“我想我还是睡觉，谢谢。”

“很好，机长。”她又迟疑了一会儿，“你是那位妻子刚刚过世的机长，对吧？”

他头疼得更加厉害，仿佛在颅内咆哮，但他仍挤出笑脸。这个女人其实不过是个女孩，并没有恶意。“她是我的前妻，但不管怎样，是的，我就是。”

“听到你失去亲人的事我很难过。”

“谢谢。”

“我以前跟你一起飞过吗？先生？”

他又露出短暂的微笑。“我想没有。过去四年左右，我一直在飞海外航线。”由于似乎有必要，他伸出了手示意握手，“布莱恩·恩格尔。”

她跟他握了握手。“梅兰妮·崔佛。”

布莱恩又对她微笑了一下，然后向后一靠，又闭上了眼睛。他让自己的思绪随意漂流，但没有睡着——飞行前的广播和起飞后的转动只会再次把他唤醒。等他们升空了，就有足够的时间睡觉了。

像大多数红眼航班一样，29号航班很快就起飞了，布莱恩想这正是深夜班机少数吸引人的地方。这是一架波音767客机，载客量稍

---

① 原文：Love Boy。

② 1英尺=0.3048米，20000英尺=6096米。

稍过半。头等舱还有六名其他乘客。在布莱恩看来，他们都没有喝醉或吵闹。情况还不错。也许他真的会一路睡到波士顿。

布莱恩耐心看着梅兰妮指出逃生门的位置，示范如何使用那小小的金色氧气罩来应对失压的情况（不久之前，他还非常紧急地在心里复习了这个流程），还有怎样给座位底下的救生衣充气。飞机起飞后，梅兰妮又来到他的座位旁，问他要不要给他弄点喝的。布莱恩摇摇头，谢了她，然后按下按钮，他的座位向后倾斜。他闭上眼睛，很快就睡着了。

之后他再也没见过梅兰妮。

3

29 号航班起飞大约三小时后，一个名叫黛娜·贝尔曼的小女孩醒来，问她的姨妈维琪能不能给她喝点水。

维琪姨妈没有回答，黛娜又问了一遍。当仍然没有回答的时候，她伸手去摸她姨妈的肩膀，但是她已经很确定自己只会摸到一个空空如也的座位靠背，情况就是这样。费尔德曼医生告诉她说生来失明的孩子往往会对身边有没有人养成高超的敏感度，他们几乎像雷达一样，可是黛娜并不真的需要这个信息。她知道这是真的，虽然不是每回都管用，但通常是有效的……特别是如果这个人是她的视力正常的人。

喔，她去上洗手间了，马上就会回来，黛娜想。但是她仍然感到一种莫名的不安。她并不是一下子就醒过来的，而是缓慢地，就像潜水员踢着脚浮到湖面一样。姨妈坐在靠窗的座位上，如果在过去两三分钟里从她身边擦身而过到过道上，黛娜应该能感觉到她。

也许姨妈是更早就去上厕所了。也许她得上大号，这没什么大不了的，黛娜。或者她在回来的路上停下来和某人说话。

但黛娜在这架大飞机的主机舱里听不到任何人说话，只有喷气发动机稳定柔和的嗡嗡声。她越来越感到不安。

她的心理医生李小姐（不过黛娜总以为她是自己的盲眼老师）的声音在她的脑海里大声说：*不要害怕害怕，黛娜……所有的孩子时不时都会害怕，尤其是在他们不熟悉的情况下。失明的孩子更是如此。*

相信我，我知道那种状况。黛娜确实相信她说的，因为李小姐和她一样天生失明。不要放弃你的恐惧……但也不要屈服于它。坐着不动，试着把事情理顺。你会惊讶地发现这方法多么管用。

尤其是碰到新状况的时候。

好吧，眼前的状况当然符合。这是黛娜第一次坐飞机，更不用说乘坐横贯大陆的大型客机从西海岸飞到东海岸了。

得设法把这个情况理清楚。

好，她在一个陌生的地方醒来，发现她有视力的人不见了。当然，这是很可怕的，即使你知道这只是暂时的——毕竟，这些视力正常的人不可能跑去附近的塔可钟餐厅吃墨西哥菜，因为都被关在一架飞行在三万七千英尺的飞机上。至于机舱里奇怪的寂静……好吧，这毕竟是红眼航班。其他乘客可能都在睡觉。

全都睡着了？她心里担心的那部分怀疑地问，他们**都**在睡觉吗？有可能吗？

然后她想到了答案：电影。那些醒着的人正在看飞机上的电影。当然说得通。

一种几乎可以觉察到的轻松感席卷了她的全身。维琪姨妈告诉过她，电影是比利·克里斯托和梅格·瑞恩主演的《当哈利遇见莎莉》，并说她打算一个人看……如果她还没睡的话。

黛娜的手轻轻拂过姨妈的座位，想摸她的耳机，但耳机不在，她的手指触到了一本平装书。毫无疑问，这是维琪姨妈喜欢读的其中一本浪漫小说，她说书讲的是男人是男人，但女人却不像女人的时代的故事。

黛娜的手指再往前摸一点，碰到了别的东西——光滑的细纹皮革。过了一会儿，她摸到了拉链，又过了一会儿，她摸到了皮带。

是维琪姨妈的钱包。

黛娜的不安又回来了。耳机不在维琪姨妈的座位上，但她的钱包在。所有的旅行支票，除了塞在黛娜自己钱包里的那张二十美元之外，都在里面。黛娜之所以知道，是因为她在离开帕萨迪纳市的时候听到妈妈和维琪姨妈在讨论这些支票。

维琪姨妈会在去洗手间的时候把她的钱包放在座位上吗？当她的

旅伴不仅只有十岁、睡着，而且还失明的时候，她还会那样做吗？

黛娜不这么认为。

不要放弃你的恐惧……但也不要屈服于它。坐着不动，试着把事情理顺。

但她不喜欢那个空座位，也不喜欢飞机上的寂静。她觉得大多数人都睡着了，而那些醒着的人会为了其他的人而尽量保持安静，这很合理，但她还是不喜欢这样。她脑中有个长着锋利牙齿和爪子的动物苏醒过来，开始在她的脑袋里咆哮。她知道那动物叫什么名字，它叫“恐慌”，如果不迅速加以控制的话，她可能会做一些让她和维琪姨妈都感到尴尬的事情。

等我能看见的时候，等波士顿的医生们治好我的眼睛，我就不必经历这种蠢事了。

这话当然没错，但现在对她毫无帮助。

黛娜突然想起，他们坐下后，维琪姨妈拉着她的手，让她只伸出食指，然后拉着她的食指伸到她的座位侧边。控制按钮都在那里，只有几个按键，简单易记。戴上耳机后，你可以使用两个小拨盘——一个可以切换到不同的音频频道，另一个控制音量。还有小小的长方形开关控制着她座位上的灯。*你不需要那个*，维琪姨妈说的时候声音里带着笑意，*至少现在还不需要*。最后一个按钮是方形的——当你按下那个按钮时，空乘就会过来。

黛娜的手指头现在触到了这个按钮，滑过了它微微凸出的表面。

*你真要这么做吗？*她问自己，然后立刻有了回答。*是，我要。*

她按下按钮，听到了柔和的铃声。然后，她等待着。

没有人来。

只有飞机引擎发出轻柔的、似乎永远都不会停止的低语。没有人说话。没有人笑（*黛娜想，我猜这部电影并不像维琪姨妈想象的那么有趣*）。没有人咳嗽。她旁边的座位，维琪姨妈的座位，仍然是空的。没有带着好闻的香水、洗发水与淡淡化妆品味道的空乘人员弯下腰令人安心地问她能不能给她点东西——零食，或者饮料。

只有喷气发动机稳定柔和的嗡嗡声。

脑海中那只惊慌失措的动物发出的叫声比之前更大了。为了对抗它，黛娜集中精力对准自己雷达般的感知，使它变成一种无形的手杖，她可以从主舱中间的座位上把它戳出来。她很擅长这个；有时，当她非常专注的时候，她几乎相信她可以通过别人的眼睛看到东西，只要她想得够努力，想得够努力。有一次她把这种感觉告诉了李小姐，李小姐的反应异常激烈。她说“视力分享”是盲人常有的幻想，尤其是盲童。永远不要错误地依赖这种感觉，黛娜，否则你很容易从楼梯上摔下来或是站到车子前，最后得去做牵引治疗。

于是她把李小姐称之为“视力分享”的努力放在一旁。但有几次那种感觉又偷偷涌了上来……她看见了这个灰蒙蒙的波浪状的世界，但她确实看见了——通过她母亲的眼睛或维琪姨妈的眼睛，她曾试图摆脱这种感觉……当一个人害怕自己会失去理智时，他会试图屏蔽那些虚幻的声音。可是这会儿她非常害怕，所以她想去碰触别人、感知别人，但一个人都找不到。

现在她心里非常恐惧，惊慌的动物的叫声非常响亮。她感到一声喊叫在喉咙里越积越强，便咬紧牙关忍住了，因为等她叫出来的时候，不会是哭，也不是喊。如果让自己叫出声来，那会是惊天动地的厉声尖叫。

我不会尖叫的，她恶狠狠地对自己说，我不会尖叫让维琪姨妈难堪的。我不会尖叫着吵醒所有睡着的人，吓到所有没睡的人，因为他们会跑过来说，看看这个受惊的小女孩，看看这个受惊的失明的小女孩。

但现在，她雷达般的感觉，那个能够评估她接收到的各种模糊感觉的部分，有时似乎确实通过别人的眼睛看到东西的部分（不管李小姐说是什么）正在增加她的恐惧，而不是减轻它。

因为这种感觉告诉她，在它感知的范围内一个人都没有。

空无一人。

4

布莱恩做了一个很糟糕的梦。在那次事故中，他再次驾驶着从东京飞往洛杉矶的7号航班，可是这回压力泄漏的情况要严重得多。在座舱里有一种明显的死亡感。史蒂夫·瑟尔斯边吃丹麦面包边哭泣。

如果你那么难过，为什么还吃？布莱恩问。一声尖锐的水壶啸声开始充斥着驾驶舱，他认为那是压力泄漏的声音。当然，这很愚蠢——因为在爆炸发生之前，压力泄漏几乎是无声无息的，但他觉得在梦里一切皆有可能。

因为我喜欢这些东西，而且我以后再也吃不到了。史蒂夫说着，抽泣得更厉害了。

然后尖锐的啸声突然停了。一位面带微笑、如释重负的空乘人员——实际上是梅兰妮·崔佛——似乎告诉他漏洞已经找到并且堵住了。布莱恩站起来，跟着她穿过飞机来到主舱，他的前妻安妮·昆兰·恩格尔正站在一个座位被移走的小凹室里。她旁边的窗户上写着“**只有流星**”这句神秘而不吉利的话。它是用红色写的，危险的颜色。

安妮身穿“美国骄傲”的深绿色空乘制服，这很奇怪。因为她是波士顿一家公司的广告主管，总是用她那贵族般的尖鼻子俯视着和她丈夫一起坐飞机的空乘。她的手按在机身的裂缝上。

看见没，亲爱的？她骄傲地说。一切都搞定了。连你打我都不重要了。我原谅你了。

别那样，安妮！他喊道，但已经太迟了。她的手背出现了一道与机身裂缝一样的皱褶，压力差无情地把她的手向外吸，褶皱变得越来越深。最先被吸出去的是她的中指，然后是无名指，然后是食指和小指。当她的整只手都被吸出飞机的裂缝的时候，发出了一种干脆的爆裂声，就像过于心急的服务员拔香槟软木塞一样。

可是安妮却继续微笑。

亲爱的，是伦沃伊。她说，这时她的胳膊开始消失了。她的头发从发夹里松脱，在雾霭中绕着她的脸飘动。这是我一直都用的香水，你不记得了吗？

他记得……现在记得了。但现在已经不重要了。

安妮，回来！他尖叫道。

她的手臂慢慢地被吸进飞机外的空虚中时，她继续微笑着。一点也不疼，布莱恩，相信我。

她那件绿色的“美国骄傲”运动夹克的袖子开始颤动，布莱恩看到她的肉变成了厚厚的白色软泥，看起来像可水洗胶水。

是伦沃伊，记得吗？安妮被吸出裂缝的时候问道。现在布莱恩又能听到了——诗人詹姆斯·迪基[①]曾经称之为“宇宙中巨大的野兽般的哨声”。随着梦的黯淡，声音越来越大，同时渐宽渐广。不是风的尖叫，而是人的厉声尖叫。

布莱恩的眼睛猛地睁开了。他一时被梦弄得晕头转向，但只是一瞬间——他是从事高风险工作、负有高度责任的专业人士，而这项工作的绝对先决条件之一就是快速反应。他乘坐的是29号航班，不是7号航班，不是从东京飞往洛杉矶，而是从洛杉矶飞往波士顿。在波士顿，安妮已经死了。她不是死于压力泄漏，而是死于她靠近海滨的大西洋大道公寓发生的火灾。可是那声音却还在。

那是一个小女孩在凄厉地尖叫。

5

“谁能来跟我说说话吗？”黛娜·贝尔曼用低沉清晰的声音问，“对不起，我的姨妈不见了，而且我是盲人。”

没有人回答她。在往前四十排又两个隔板的布莱恩机长正梦见他的领航员边哭边吃着丹麦面包。

只有喷气发动机持续不断的嗡嗡声。

恐慌再次笼罩在她的心头，黛娜做了她唯一能想到的一件事：解开安全带，站起来，侧身慢慢走到过道上。

“有人吗？”她提高了嗓门问，“有人吗，任何人都行！”

仍然没有回答。黛娜哭了起来。尽管如此，她依然努力保持镇定，慢慢沿着左侧走道往前走。不过，她脑子里还是发出了疯狂的警告。记得数你走过了多少行，否则你会迷路，再也找不到回去的路。

---

① 詹姆斯·迪基（James Dickey，1923—1997），美国诗人、小说家。

她在她和维琪姨妈坐过的那排前排的左侧座位前停了下来，弯着腰，伸出双臂，手指张开。她知道这里有一个男人，因为维琪姨妈在飞机起飞前一分钟左右才和他说过话。那个男人回答她的时候，他的声音是从黛娜正前方的座位传来的。这她清楚。标记声音的位置是她生活的一部分，就像呼吸一样存在的普通事实。当她伸出的手指碰到那个睡着的男人的时候，他会吓一大跳，但是黛娜一点也不在乎。

但那个座位是空的。

空无一物。

黛娜又直起腰来，双颊湿漉漉的，脑袋因为害怕而怦怦直响。他们不可能一起在卫生间里吧？当然不会。

或许有两间卫生间。这么大的飞机一定有两个卫生间。

但这也无关紧要。

无论如何，维琪姨妈都不会留下她的钱包。黛娜对此深信不疑。

她开始慢慢地向前走，在每一排座位前都要停下来，先伸手摸左侧最靠近她的两个座位，然后是右侧的座位。

她在一个位子上摸到了另一个钱包，在另一个位子上摸到的好像是公文包，第三个位子摸到了一支笔和一叠纸。再另外两个座位她摸到了耳机，第二个座位的耳机上有黏糊糊的东西。她搓了搓手指然后厌恶地皱起眉头，顺势在座位头枕的垫子上擦。那很可能是耳屎，她很确定，因为那东西恶心的手感错不了。

黛娜在过道上慢慢地走着，她不再费劲地小心查看了。反正没关系。她戳不到眼睛，捏不到脸颊，也扯不到头发。

她查看过的每一个座位都是空的。

这不可能，她疯狂地想，这不可能！我们上飞机的时候，我们四周围坐的都是人！我听见他们说话！我感觉到他们！我闻到他们身上的气味！他们都去哪里了？

她不知道。但他们不见了，她越来越确信这一点。

就在她睡觉的时候，她的姨妈和29号航班上的其他人都失踪了。

不！她头脑中理智的那部分用李小姐的声音喊了起来，*不，那不可能，黛娜！如果所有人都走了，谁来驾驶飞机？*

她开始加快速度往前移动，双手抓着座位的边缘，墨镜后面失明的双眼圆睁，粉红色旅行裙的下摆飘动着。她已经忘记数到第几排了，但是由于一直没有人说话更让她焦虑，所以往前走了多远对她来说并不重要。

她又停了下来，把手伸到右边的座位上摸索。这次她摸到了头发……但它的位置完全不对。头发是在座位上的，这怎么可能？

她双手捧着头发……然后扯了起来。她突然可怕地意识到了。

是头发，但它的主人已经不见了。这是一块头皮。我拿着一块死人的头皮。

就在这时，黛娜张开嘴开始发出凄厉的尖声，把布莱恩·恩格尔从梦中拉了出来。

6

阿尔伯特·考斯纳醉醺醺地站在吧台前，喝着烙铁牌威士忌。厄普兄弟——怀亚特和维吉尔在他的右边，哈利戴医生在他的左边。他刚刚举起酒杯敬酒，一个长着假腿的人突然半跑半跳冲进塞吉奥·利昂酒馆。

“是道尔顿帮！”他尖叫道，“他们刚刚骑进镇子里了！”

怀亚特转过身，平静地面对着他。他英俊的窄脸晒得黝黑，他看上去很像休·欧布莱恩[①]。“这里可是墓碑市，马芬，”他说，“你个臭小子得有点种才行。”

“嘿，不管我们在哪儿，他们就要来了！”马芬惊恐地喊道，“他们看来很恼火，怀亚特！他们看起来真的非常非常非常非常非常火大。”

似乎是为了证明这一点，外面的街道上开始枪声大作——步枪的爆破声好比甩鞭子的尖锐音调，军用点四四口径手枪（可能是偷来的）发出的雷鸣声和加兰德步枪的噼啪声混杂在一起。

“马芬，别吓得裤子缩成一团。”哈利戴医生说着把帽子朝后一

---

① 休·欧布莱恩（HughO’Brian，1923—2016），美国演员。

仰。阿尔伯特看到医生长得像罗伯特·德尼罗[①]时，并不感到非常惊讶。他一直认为，如果有谁绝对有资格扮演这个患肺病的牙医，德尼罗就是那个人选。

“你们说呢，诸位？”维吉尔·厄普环顾四周，问道。维吉尔看起来不像什么人。

“咱们走吧？”怀亚特说，“我已经受够那帮该死的克兰顿了。”

“是道尔顿，怀亚特。”阿尔伯特小声说道。

“就算是约翰·迪林格和漂亮男孩弗洛伊德，我也不怕！”怀亚特喊道，“你到底跟不跟我们在一起，王牌？”

“那当然。”阿尔伯特·考斯纳说，他的语气温和而又凶狠，就像一个天生的杀手。他把一只手放在他那支邦特兰特装型长管手枪的枪托上，另一手摸一下脑袋，以确定他的圆顶小帽是否戴牢了。戴牢了。

“好了，诸位，”医生说，“我们去好好教训一下道尔顿那帮人。”

他们四人一排，一起大步从犹如蝙蝠翅膀的酒馆门走了出去，这会儿正逢正午，墓碑浸礼会教堂的钟声敲响。

道尔顿帮的人策马沿着主街疾驰而来，把店面的玻璃窗和浮夸的装饰门面射得满是窟窿。他们把杜克商业和可靠的枪支修理公司门前的水桶打成了喷泉。

艾克·道尔顿第一个看到这四个人站在满是灰尘的街道上，他们把大衣往后翻，露出了手枪的握柄。艾克野蛮地勒住他的马，马后腿直立起来，嘶叫着，嚼子周围泛起了浓浓的白色沫子。艾克·道尔顿看起来有点像鲁特格尔·哈尔[②]。

“看看这都是谁啊，”他冷笑着说，“是怀亚特·厄普和他的娘娘腔弟弟维吉尔。”

艾美特·道尔顿（看来像一个月没睡好的唐纳德·萨瑟兰[③]）在艾克身边停下车来。“还有他们的同性恋牙医朋友，”他咆哮道，“还有谁想……”然后他看见阿尔伯特了，脸色刷地变白，嘴上挂着的轻

---

① 罗伯特·德尼罗（Robert De Niro，1943—　），美国演员、导演、制片人。

② 鲁特格尔·哈尔（Rutger Hauer，1944—2019），荷兰演员、导演、制片人。

③ 唐纳德·萨瑟兰（Donald Sutherland，1935—　），加拿大演员、制片人、编剧。

蔑微笑有些收敛。

包尔·道尔顿骑马停在两个儿子身边，他长得非常像斯利姆·佩金斯。

“老天，”包尔低声说，“是‘王牌’考斯纳！”

这时弗兰克·詹姆斯把他的坐骑停在包尔旁边，他的脸是肮脏的羊皮纸的颜色。“你们，这什么鬼啊。”弗兰克喊道，“我不介意在无聊的日子去一两个小镇找乐子，可是没人跟我说亚利桑那犹太小子会在这儿！”

从锡代利亚到汽船泉都人人皆知的亚利桑那犹太小子，阿尔伯特·“王牌”·考斯纳此时向前跨了一步。他的手悬在长枪管手枪的枪托上，他朝一边吐了一口烟丝，那双冷冰冰的灰眼睛始终盯着他前方二十英尺远那帮难缠的家伙。

“来，动手啊，伙计们。”亚利桑那犹太小子说，“我算过，地狱里还空了一半多的位置。”

在墓碑市浸信会教堂塔上的钟在沙漠炎热的空气中敲响了中午最后钟声时，道尔顿帮抄起家伙开火了。“王牌”则像腾起的蓝色火焰般飞快地拔出他的枪，等他左手扣上扳机、就要打出一串四五口径的子弹射死道尔顿帮的时候，站在长牛角旅馆外的一个小女孩开始凄厉地尖叫。

谁能让那孩子别再哭闹了。她到底是怎么了？我已经控制住了。他们称我为密西西比河以西最快的希伯来神枪手，我可不是浪得虚名。

但尖叫声还在继续，撕裂了空气，让天空暗了下来，一切开始分崩离析。

有那么一会儿，阿尔伯特不知自己身在何方，他在梦境崩塌的碎片旋涡中旋转迷失。唯一不变的是那可怕的尖叫声，那声音听起来就像太满的茶壶发出的尖叫。

他睁开眼睛，环顾四周。他坐在 29 号航班主舱前部的座位上。从飞机后面的过道走来一个十二岁左右的女孩，她穿着粉红色的连衣裙，戴着一副小波普太阳镜。

*她是什么人，电影明星还是什么？*他想，但他还是非常害怕。从

他最爱的梦境中这样醒来真是糟糕。

“嘿!”他的声音很轻，以免吵醒其他乘客，“嘿，小鬼！搞什么?”

小女孩朝着他说话的方向猛地把头扭过去。过了一会儿，她的身体才跟着转了个身，撞到了舱中央四个相连座位的一个座位，她的大腿撞到座位之后弹开，倒在了左边一个座位的扶手上，最后两腿朝天摔了进去。

“人都去哪儿啦?”她尖声喊道，“帮帮我！帮帮我!”

“嘿，空姐!”阿尔伯特担心地喊道，解开了安全带。他站起来，溜出座位，转向尖叫的小女孩……然后停住了。他现在正完全面对着飞机的后段，眼前的景象让他惊呆了。

他首先想到的是，我想我大概不必担心吵醒其他乘客了。

阿尔伯特看到整个767的主机舱都是空的。

7

布莱恩差不多快走到29号航班头等舱和商务舱中间的隔间，就发现头等舱现在已经空无一人了。他停了一会儿，又继续走。其他人也许已经离开了座位去看尖叫声是怎么回事了。

他当然知道事实并非如此。他坐飞机的时间很长，对乘客的群体心理有一定的了解。当一名乘客惊慌失措时，其他人几乎不会有动静。大多数旅客在乘坐飞机时都只是登机、坐下、扣紧安全带，不会有其他自己的行动，完成了这几件简单的事情之后，所有解决问题的工作都变成了机组成员的责任。航空公司的工作人员称他们为“鹅”，其实他们是“绵羊”……大多数机组人员都很喜欢这种态度。这让紧张的乘客更容易被控制。

但这是唯一还有点合理的解释，于是布莱恩无视自己了解的情况，继续往后走。他自己梦境的碎片依然萦绕在心头，内心的一部分还觉得尖叫的人是安妮，等他走到主机舱的中间，就会看见她用一只手按着“**只有流星**”标志下面的机身裂缝。

商务舱只有一位乘客，是一位穿着棕色三件套西装的老人。他那光秃秃的脑袋在阅读灯柔和的灯光下闪闪发亮，他因为关节炎而肿起的双手整齐地交叉在安全带扣上。他睡得很熟，鼾声大作，全然不理会周围的喧闹声。

布莱恩冲进主舱，眼前令人震惊且完全难以置信的景象让他陡然停住。他看见在大约四分之一的机舱处有一个少年站在一个栽进左边座位里的小女孩旁边，但那男孩并没有看她，而是目瞪口呆地凝视着飞机的后部，下巴几乎垂到他那“硬石餐厅”T恤的圆领上。

布莱恩的第一个反应大概和阿尔伯特差不多：*老天，整架飞机都空了！*

接着，他看到飞机右舷的一位女士站了起来，走到过道上去看看发生了什么事。她看上去头昏脑涨，好像刚从酣睡中惊醒似的。在中间的过道上，一个穿着圆领运动衫的年轻人正伸长脖子盯着小女孩看，露出呆滞冷漠的目光。另一个大约六十岁的男人从靠近布莱恩的座位上站起来，犹豫不决地站在那里。他穿着一件红色法兰绒衬衫，看上去完全不知所措。他的发型活像疯狂科学家，螺旋一样蓬乱地盖在他头上。

“是谁在尖叫？”他问布莱恩，“飞机出故障了吗，先生？你觉得我们是不是死定了？”

小女孩停止了尖叫。她挣扎着从她摔倒的座位上站起来，然后又几乎向另一个方向翻倒。那少年的动作茫然而迟缓，但及时抓住了她。

*他们去哪里了？*布莱恩想，*亲爱的上帝，他们都去哪儿去了？*

不过这时他正朝那少年和小女孩走去。他走过去的时候，遇到了另一位仍在睡觉的乘客，这是一位大约十七岁的女孩。她张着嘴打了一个难看的呵欠，干涩地长吸一口气。

他走到那个少年和那个穿粉红色衣服的女孩面前。

“他们都去哪儿了，伙计？”阿尔伯特·考斯纳问。他用一只胳膊搂住哭泣的孩子的肩膀，但没有看她。他的目光不断在几乎空无一人的主机舱来回扫视。“是不是趁我睡着的时候在什么地方降落了，让他们下机了？”

“我姨妈不见了！”小女孩抽泣着，“我以为飞机是空的！我以为只有我一个人！请问我姨妈在哪里？我要找我姨妈！”

布莱恩在她身边跪了一会儿，这时候他们的高度差不多。他注意到了那副太阳镜，这才想起看见过这个女孩和一个金发女子一起上的飞机。

“没事的，”他说，“没事的，小姑娘。你叫什么名字？”

“黛娜，”她抽泣着，“我找不到姨妈了。我是盲人，我看不到她。我醒来发现她的座位是空的……”

“出什么事了？”穿圆领运动衫的年轻人问。他在布莱恩的头顶上方和穿硬石餐厅T恤的男孩以及穿红色法兰绒衬衫的年长男子说话，并没有理布莱恩与黛娜。

“没事的，黛娜，”布莱恩重复道，“这儿还有其他人。你能听见他们的声音吗？”

“可……可以，我能听得到他们的声音。但是维琪姨妈在哪里？谁被杀了？”

“被杀了？”一个女人严厉地问，是坐在机身右侧的那位。布莱恩抬眼瞥了一眼，发现她很年轻，黑头发，很漂亮。“有人被杀了吗？我们被劫持了吗？”

“没有人被杀。”布莱恩说，至少他还能说这句话。他心里觉得很怪，就像一只脱了系泊的小船。“美女，冷静一下。”

“我摸到了那个人的头发！”黛娜坚持道，“有人割掉了他的头发！”

这实在太诡异了，太多事情要处理了，于是布莱恩先不管这件事。黛娜先前的想法突然在他脑海中闪现——现在是谁他妈在开飞机？

他站起来，转向那个穿红衬衫的年长男子。他说：“我得到前面去，你陪这个小姑娘。”

“好吧，”红衬衫男子说，“可是到底发生了什么事？”

一个大约三十五岁、穿着熨过的蓝色牛仔裤和牛津衬衫的男人走了过来。与其他人不同的是，他看上去非常平静。他从衣袋里掏出一副角质框架眼镜，甩开镜框后就戴上了。“好像有些乘客不见了，是不是？”他的英国口音几乎和他的衬衫一样让人觉得利落，“机组人员怎么样了？有人知道吗？”

“这就是我要弄清楚的。”布莱恩说着，又向前走去。到了主舱的前头，他转过身来，迅速数了数。现在多了两名乘客围在墨镜小女孩旁。一个是睡得很沉的十几岁的女孩，她摇摇晃晃地站着，好像不是喝醉了就是嗑药了。另一个是一位穿着一件磨损的运动外套、上了年纪的绅士。一共八个人。除此之外，加上自己和商务舱的那个直到现在都在睡觉的人。

十个人。

老天保佑，其他人都去哪儿了？

但现在还不是担心这回事的时候——还有更大的问题。布莱恩匆匆走上前，几乎没看在商务舱打盹的秃老头一眼。

8

塞在电影银幕后方与头等舱之间的服务区是空的，厨房也是。但在那里布莱恩看到了一件非常令人不安的事情：饮料推车以对角线的角度放在左侧洗手间旁，底部的架子上有许多用过的玻璃杯。

他们正准备端饮料呢，他想，当事情发生的时候——不管是什么“事情”，他们才刚刚拿出推车。那些用过的玻璃杯是推车推出去之前收回来的，所以不管发生了什么，一定是在起飞的半小时内发生的，也许是稍长一点的时间。沙漠上空不是有湍流的报告吗？应该有。还提到有奇怪的北极光……

有那么一会儿，布莱恩几乎要确定最后那部分是他梦里的了——这确实够奇怪的了……但再一想，他就确信空乘人员梅兰妮·崔佛说过这句话。

不管了。究竟发生了什么？天哪，到底出了什么事？

他不晓得，但他确实看见了那辆被遗弃的饮料手推车，内心出现了巨大的害怕和迷信的恐惧感。有那么一会儿，他觉得这肯定就是鬼船玛丽·塞莱斯特号第一批乘客的感觉，他们上了一条完全被遗弃的船，每张帆都整齐地展开，船长的餐桌上摆好了晚餐，所有的绳索都整齐地盘绕着，某个水手的烟斗还在前甲板上冒着烟……

布莱恩好不容易摆脱了这些令人害怕得身体僵直的想法，走到服务区和驾驶舱之间的门前。他敲了敲门。正如他所担心的，没有回应。虽然他知道这样做是没有用的，但他还是一把攥起拳头使劲捶。

没有任何反应。

他试了试门把手。没开。在飞机常常突然被劫持飞往哈瓦那、黎巴嫩与德黑兰的时代，这是标准的操作。只有飞行员才能打开它。布莱恩能驾驶这架飞机……但在这里他开不了。

“嘿！”他喊道，“嘿，你们！打开这扇门！”

只是他更清楚地意识到，空乘人员不见了，几乎所有的乘客都不见了，布莱恩愿意打赌，这架 767 飞机的两名飞行员也不见了。

他觉得 29 号航班是以自动驾驶模式正在向东飞行。

第二章

黑暗和山脉。藏宝库。穿圆领运动衫男人的鼻子。
没有狗吠的声音。不允许惊慌失措。改变目的地。

1

布莱恩曾要求穿红衬衫的年长男人照顾黛娜，可是黛娜一听见机身右侧那个女人十分年轻的声音，就认定了她、往她身边挤，害怕得一定要抓着她的手。黛娜和李小姐生活多年，只要听见老师的声音，她立刻能知道这个人是老师。黑发女人很乐意地拉着她的手。

“你说你的名字叫黛娜吗，亲爱的？”

“是，”黛娜说，“我是个盲人，但在波士顿做完手术后，我就能看见了。也许能看见。医生说我恢复部分视力的概率是七成，完全恢复视力的概率是四成。你叫什么名字？”

“劳蕾尔·史蒂文森。”黑发女人说。她的眼睛仍然注视着主机舱，脸上似乎无法摆脱最初的表情：一脸难以置信的怀疑。

“劳蕾尔这个名字指的是一种花，对不对？”黛娜热切而活泼地问道。

“啊哈。”劳蕾尔说。

“对不起，”那个带着角框眼镜、操着英国口音的男人说，“我要到前面帮帮我们的朋友。”

“我也一起去。”那个穿红衬衫的年长男人说。

“我想知道这是怎么回事！”穿圆领运动衫的人突然叫了起来，他除了两颊上的红晕外脸色一片惨白，“我想知道现在发生了什么。”

“我一点也不惊讶。”英国人说着开始向前走。穿红衬衫的人跟在他后面。那个神情恍惚的十几岁的女孩在他们身后走了一会儿，然后在主舱和商务舱之间的地方停了下来，好像不知道自己身在何处。

那位身穿破旧运动外套的老绅士走到机身左侧一个窗口前，倾身向外看。

“你看到了什么？”劳蕾尔问。

“黑暗和群山。”穿运动外套的人说。

“落基山脉？”阿尔伯特问。

穿破旧运动外套的人点了点头：“我想是的，年轻人。”

阿尔伯特决定也走过去。他十七岁，非常聪明，而且也想知道今晚特别大奖的神秘问题的答案：谁在驾驶飞机？

然后他决定不再去想……至少现在不想。他们飞得十分顺畅，所以肯定某个人在开，就算这某个人其实是某个*东西*，换句话说也就是自动驾驶，他也没什么能做的。身为阿尔伯特·考斯纳，他可是个有天赋的小提琴手——不能算是奇才，要去波士顿伯克利音乐学院学习。当作为“王牌”考斯纳时，至少在他的梦里，他可是密西西比以西最快的希伯来神枪手，也是每周六休息的赏金猎人。他不能放心睡大觉，得留一只眼睛始终留意重要的机会，另一只眼睛看看尘土飞扬的路上有没有不错的符合犹太教习惯的小餐厅。他觉得“王牌”是他躲避爱他的父母的一种方式，因为父母不允许他参加少年棒球联盟，怕他可能弄伤自己有天赋的手，而且他们从心底里相信，每次吸鼻子都意味着肺炎要发作了。他是个带枪的小提琴手，这是个很有趣的组合，但他对驾驶飞机一无所知。那小女孩说的话使他感到好奇，让他觉得血液凝固了起来。“*我摸到了那个人的头发!*”她说，“*有人割掉了他的**头发!***”

他从黛娜和劳蕾尔身边走开（身穿破旧运动外套的男人去到飞机右侧，找了个窗口往外看；穿圆领运动衫的男人则往前走和其他人会合，表情好斗地眯起了双眼），开始沿着黛娜走来的左侧过道往后找。

“*有人割掉了他的**头发!***”*她刚刚是这么说的。往后没走几排，阿尔伯特就看见了她说的东西。*

2

“我一直祈祷，先生，”那个英国人说，“我在头等舱看到的那顶飞行员帽是你的。”

布莱恩站在锁着的门前，低着头，疯狂地思考着。当那个英国人在他身后说话时，他吓得抽搐了一下才转过身来。

“我不是故意要吓你的，”英国人温和地说，“我是尼克·霍普韦尔。”他伸出手来。

布莱恩握了一下。当做了握手这个古老的仪式时，他想到这一定是一个梦。从东京飞回的糟糕的航班，以及得知安妮已经死了的消息导致了这场梦。

他心里有一部分知道事实并非如此，就像他心里有一部分知道那小姑娘的尖叫与空无一人的头等舱毫无关系一样，但这个念头缠着他不放，就像他纠结另一个念头一样。这有帮助，为什么不纠结呢？其他的一切都是疯狂的——疯狂到连想一下都让他感到恶心和发烧。再说，他真的没有时间去思考，根本没有时间，他发现这也是一种解脱。

“布莱恩·恩格尔，”他说，“我很高兴见到你，虽然眼前的情况……”他无奈地耸了耸肩。具体是什么情况呢？他想不出一个词来恰当地形容。

“有点奇怪，不是吗？”霍普韦尔同意了，“我想，现在最好别去想。机组成员们有没有回答？”

“没有。”布莱恩说着突然沮丧地用拳头砸门。

“别着急，别着急，”霍普韦尔安慰道，“恩格尔先生，说说那顶帽子的事。你不知道要是我能称呼你为恩格尔机长，会使我得到多大的满足和宽慰。”

布莱恩不由自主地咧嘴一笑。“我是恩格尔机长，”他说，“但在这种情况下，我想你可以叫我布莱恩。”

尼克·霍普韦尔抓住布莱恩的左手，热情地吻了一下。“我想我还是叫你救世主吧。”他说，“你非常介意吗？”布莱恩把头往后一仰，笑了起来。尼克跟着笑。在几乎空无一人的飞机上，他们站在上锁的舱门前狂笑着，这时那个穿红衬衫的男人和那个穿圆领运动衫的男子走了过来，看着他们，好像他们都疯了似的。

3

阿尔伯特·考斯纳用右手抓着一绺头发，若有所思地看着它。在头顶的灯光下，头发又黑又亮。它刚才把小姑娘吓得半死，他一点也不惊讶。如果阿尔伯特看不见的话，他也会被吓着的。

他把假发扔回座位上，看了一眼旁边座位上的钱包，又仔细看了看钱包旁边的东西。那是一枚纯金的结婚戒指。他把它捡起来，检查了一下，然后把它放回原来的地方。他开始慢慢地向飞机后部走去。不到一分钟，还没从震惊中缓过来的阿尔伯特就完全忘了“是谁在驾驶飞机”这件事，也忘了如果是自动驾驶，他们该怎么降落。

29号航班上的乘客都不见了，但他们留下了相当可观，也可以说是令人困惑的一大笔财富。阿尔伯特几乎在每个座位上都发现了珠宝：主要是结婚戒指，但也有钻石、祖母绿和红宝石。有耳环，大部分是廉价的东西，但有一些在阿尔伯特看来相当昂贵。他妈妈有几件好首饰，这些东西让他妈妈最好的首饰看起来就像在大甩卖中买的一样。这儿有饰钉、项链、袖扣、刻了名字的手镯。还有一大堆手表。从天美时到劳力士都有，好像至少有二百只，有的在座位上，有的在座位间的地板上，有的在走道上。它们在灯光下闪闪发光。

至少有六十副眼镜。金属镜架、角质架的、金边的。式样有一本正经的、朋克的，还有镶着水钻的。牌子有雷朋、宝丽来和佛斯特·葛兰特斯。

此外有皮带扣、安全别针与成堆的零钱。没有钞票，不过二毛五、一毛、五分、一分加起来至少有四百美元。还有皮夹子，虽然没有钱包多，但也有十几个，从皮革质地到塑胶质地的都有。还有折叠刀。另外至少有十几个计算器。

还有一些更奇怪的东西。他捏起一个肉色的塑料圆筒，检查了将近三十秒，才断定这是个自慰工具，匆忙又放回去。在一根精致的金链上挂了一只小金汤匙。椅子上和地板上到处都有明亮的金属斑点，大部分是银色的，也有一些是金色的。他拿起了一些来验证自己的猜测：有些是牙套，但大多数是人类牙齿的填充物。在其中一排，他拿起了两根小钢条。他看了几分钟，才意识到这是手术用的钢钉，它们不应该落在一架几乎无人的飞机的地板上，而应该固定在某个乘客的膝盖或肩膀里。

他又发现了一个乘客，一个留着大胡子的年轻人，躺在最后一排的两个座位上，大声打鼾，闻起来像一座啤酒厂。

隔着两个座位，他发现了一个看起来像植入式心脏起搏器的装置。

阿尔伯特站在飞机的尾部，注视着前方大而空的管状机身。

"这他妈的是怎么回事？"他用柔和而颤抖的声音问。

4

"我要知道这到底是怎么回事！"那个穿圆领运动衫的人大声说。他昂首阔步地走进了头等舱的服务区，就像一个发起恶意收购的企业掠夺者。

"现在？我们正要把这扇门的锁砸开，"尼克·霍普韦尔说，他睁着明亮的眸子看着圆领衫男的脖子，"机组人员似乎已经和其他人一样消失了。但我们仍然很幸运。我在这儿新认识的人是个飞行员，他正好搭免费飞机，而且……"

"这里确实有个不值钱的蠢货。"圆领衫男说，"相信我，我要查出是谁。"他从尼克身边挤过去，看也不看一眼，然后把脸凑到布莱恩面前，咄咄逼人，就像棒球运动员在与裁判争论判罚一样，"朋友，你是在给'美国骄傲'工作吗？"

"是的，"布莱恩说，"但是我们为什么现在不暂时把这事放一边，先生？重要的是……"

“我来告诉你什么是重要的！”圆领衫男大吼大叫。一阵薄雾般的唾沫落在布莱恩的脸颊上，他突然有一股冲动，想用手掐住这个蠢人的脖子，看看他的头要扭到什么地方才能扭断。“今天上午九点我要在保诚中心与银行家国际的代表开会。九点钟准时！我真诚地相信贵航空公司才订了机票，我可不想迟到！我想知道三件事：是谁在我睡着的时候批准这架飞机没有事先安排就偷偷降落？降落在什么地方？为什么要这样做！”

“你看过《星际迷航》吗？”尼克·霍普韦尔突然问。

圆领衫男愤怒地满脸涨得通红，他转过身来，表情显然是觉得这个英国人疯了。“你到底在说什么？”

“非常好看的美剧，”尼克说，“科幻小说。探索陌生的新世界，就像你脑子里的世界一样。如果你不马上闭上你的嘴，你这个该死的白痴，我很乐意为你示范斯波克先生著名的瓦肯勒晕擒拿技巧。”

“你不能这样跟我说话！”圆领衫男咆哮道，“你知道我是谁吗？”

“当然，”尼克说，“你是个故意给人惹麻烦的小混球，竟然想把登机牌当成证明自己是高人一等的大人物的凭据。你也很害怕。那没有什么害处，只是你碍事了。”

这下子圆领衫男的脸涨得更红，布莱恩开始担心他的整个脑袋会爆炸。他曾经看过一部电影，里面就发生了这样的事情。他不想在现实生活中看到它。“你不能那样对我说话！你甚至都不是美国公民！”

尼克·霍普韦尔的动作太快了，布莱恩几乎看不清发生了什么。前一秒圆领衫男对着尼克的脸大声喊的时候，尼克还放松地站在布莱恩旁边，双手放在熨烫过的牛仔裤的臀部上。一秒后，尼克的右手拇指与食指已经紧紧捏住了圆领衫男的鼻子。

圆领衫男试着挣脱。尼克的手指头夹得更紧了……然后他的手轻微地转动了一下，像是在拧紧螺丝或给闹钟上发条。圆领衫男疼得惨叫起来。

“我能捏断它，”尼克轻声说道，“相信我，这超容易的。”

圆领衫男试着往后拉，他的手徒劳地敲打着尼克的胳膊。尼克又拧了一下，圆领衫男又发出惨叫。

“我想你没有听明白我的话。我能捏断它。明白吗？听明白了就表示一下。”

他第三次扭圆领衫男的鼻子。

圆领衫男这回不仅是惨叫，而是尖叫。

“噢，哇噢，”神情恍惚的女孩在他们后方说道，“鼻子擒拿。”

“我没有时间讨论你的商务约会。”尼克轻声对圆领衫男说，“我也没时间处理伪装成挑衅的歇斯底里。现在我们这里情况很糟糕且令人困惑。而你，先生，显然帮不上忙，我也无意让你来添乱。因此，我要把你送回主机舱，这位穿红衬衫的先生……”

“我叫唐恩·加夫尼。”穿红衬衫的男人说。他看上去和布莱恩一样吃惊。

“谢谢你。”尼克说。他仍然用惊人的力气捏住圆领衫男的鼻子，布莱恩已经在那人被捏的其中一个鼻孔里看到了血迹。

尼克把他拉得更近一些，用一种温暖、信任的声音对他说：

“这位加夫尼先生会护送你回去。回到主机舱后，这位惹麻烦的朋友，你要找个座位坐下，把安全带牢牢地系在你的腰上。稍后，当这位机长确信我们不会撞山、撞大楼或撞另一架飞机的时候，我们也许能够更详细地讨论我们目前的情况。然而，就目前而言，我们不需要你的意见。我说的这些你明白没？”

圆领衫男发出一声痛苦而愤怒的哀叫。

“如果你懂了，请对我竖起大拇指。”

圆领衫男竖起一只大拇指。布莱恩看见他的大拇指的指甲修得非常齐。

“很好，”尼克说，“还有一件事。我放开你的鼻子时，你可能会报复。只是有这样的感觉还可以，但如果你要发泄这种情绪，那可就大错特错了。我要你记得，我能狠狠地捏你的鼻子，也能随便狠狠地捏住你的睾丸。说实在的，我可以死死地把它们扭起来，我松开它们的时候，你可能会疼得像小孩的玩具飞机一样在机舱里到处乱跑。我希望你乖乖跟……”

尼克用询问的眼神看着那个穿红衬衫的人。

“加夫尼。”红衬衫男子重复道。

“对，加夫尼，对不起。我希望你和加夫尼先生一起走。你不要抗议，也不要拼命反驳我。事实上，只要你说一个字，我就让你体验你从没经历过的痛苦。如果你理解了，给我竖起大拇指。”

圆领衫男用力摆动着大拇指，有那么一会儿他看起来像个正在腹泻又想搭便车的人。

“那好吧！”尼克说着松开了圆领衫男的鼻子。

圆领衫男退后一步，愤怒而困惑地盯着尼克·霍普韦尔，他看起来就像一只刚被一桶冷水浇过的猫。光是愤怒只会让布莱恩无动于衷，但圆领衫男困惑的表情却让布莱恩有点为他感到遗憾起来。布莱恩自己也一头雾水。

圆领衫男伸手摸摸鼻子，确定鼻子还在原来的位置。他两边鼻孔都流出一条比香烟包装封条还要细的血迹。他的手指尖沾到了血迹，他难以置信地看着它们。他张开嘴。

“要是我，就不会开口，先生，”唐恩说，“那家伙是认真的。你最好跟我走。”

他抓住圆领衫男的胳膊。有那么一会儿，圆领衫男还在抵抗唐恩轻轻的拉扯。他又张开了嘴。

“不明智哦。”神情恍惚的女孩说。

圆领衫男闭上嘴，让加夫尼领着他回到头等舱的后面。他回头看了一眼，眼睛睁得大大的，满脸惊愕，然后又用手指轻轻擦了擦鼻子。

与此同时，尼克已经不再去想这个人，他正凝视窗外。“我们似乎已经在落基山脉上空了，”他说，“我们的高度好像还安全。”

布莱恩自己往外看了一会儿。没错，就是落基山脉，从外观上看，离山脉的中心很近。他猜他们的高度大概是三万五千英尺，和梅兰妮·崔佛告诉他的差不多。所以他们很好……至少到目前为止是这样。

“来吧，”他说，“帮我撞开这扇门。”

尼克和他一起来到门前。“布莱恩，我来指挥这事好吗？我有一些经验。”

"请便。"布莱恩不禁在想尼克·霍普韦尔是如何获得拧鼻子和破门的经验的？他觉得这可能说来话长。

"要是知道这把锁有多结实会有帮助的。"尼克说，"如果撞得太重，我们很容易直接栽进驾驶舱。我可不想碰到什么不能撞的东西。"

"我不知道，"布莱恩老实答道，"不过我不觉得这门会很坚固。"

"好吧，"尼克说，"转身面向我……你的右肩指向门，我用左肩。"

布莱恩照做了。

"我来数数。数到三的时候，我们一齐用肩膀撞门。撞的时候弯起膝盖，往下一点比较有可能把锁撞开。别使劲撞，用一半的劲就好。如果不够，我们可以再试一次。明白了吗？"

"明白。"

女孩看上去清醒了一点，她说："他们会不会把钥匙留在门垫或什么东西下面了？"

尼克吃惊地看着她，然后又看着布莱恩："他们有没有可能在别的地方留了钥匙？"

布莱恩摇摇头。"恐怕不会。这是反恐预防措施。"

"那当然，"尼克说，"当然是的。"他瞥了那姑娘一眼，眨了眨眼，"不过你还是动脑筋了。"

女孩没把握地对他笑了笑。

尼克转向布莱恩。"那准备好了？"

"准备好了。"

"好。一……二……三！"

他们朝门冲过去，就在撞到门之前，两人很有默契地同时弯曲膝盖往下蹲，然后那门竟然"砰"的一声就开了，容易得令人难以置信。服务区与驾驶舱之间有道小小的凸边，短到至少三英寸①，算不上是个台阶。布莱恩的鞋子边缘撞着了这东西，如果不是尼克抓住了他的肩膀，布莱恩就会侧身栽进驾驶舱。尼克的速度快得像只猫。

"好了，"他更像是在自言自语，而不是在对布莱恩说话，"让我

① 1英寸=2.54厘米。

们看看这是怎么回事，如何？”

5

驾驶舱是空的。往里头看的时候，布莱恩的胳膊和脖子上都起了鸡皮疙瘩。他清楚知道波音767飞机利用编入惯性导航系统的信息可以在自动驾驶状态下飞行数千英里[①]；老天知道他自己已经这样飞了无数里程了。然而看到两个空座位又是另一回事了，那才是让他感到恐怖的地方。在他的整个职业生涯中，他从未在飞行中见过空的驾驶舱。

现在他见到了。飞行员的控制装置在自动移动，从而做出必要的微小修正，使飞机保持在标绘的飞往波士顿的航线上。仪表板是绿色的，飞机姿态指示器上的两个小机翼在人造水平线上保持稳定。在两扇向前倾斜的小窗外，亿万颗星星在清晨的天空中闪烁。

“噢，哇噢。”那十几岁的女孩轻声说。

“酷啊。”尼克也同时说着，“伙计，看那边。”

尼克指着飞行员座位左手边的服务控制台上那杯半满的咖啡，咖啡旁边放着一个已经吃了两口的丹麦面包。这幅画面一下子把布莱恩的梦带了回来，他开始剧烈地颤抖。

“无论发生了什么，应该发生得很快，”布莱恩说，“你看那儿，还有那儿。”

他指了指机长的座位，又指了指副驾驶座位旁边的地板。那有两只在仪表板的灯光中发着微光的手表，一只是耐压的劳力士，另一只是脉冲星电子表。

“如果你们想要手表，尽管挑，”他们身后传来一个声音，“后面有很多。”布莱恩回头一看，是头戴小黑帽的阿尔伯特，他身上的硬石餐厅T恤让他看起来整洁而年轻。站在他身边的是那位穿着破旧运动外套、年纪较大的绅士。

“是吗？”尼克问。他似乎第一次慌了。

---

① 1英里=1.609344千米。

"手表、珠宝和眼镜，"阿尔伯特说，"还有钱包。但最奇怪的是……我很确定有些东西来自人的体内，像外科手术用的钢钉和心脏起搏器。"

尼克看着布莱恩·恩格尔。那个英国人的脸色明显变白了。他说："我本来的推测大概跟我们那位粗鲁、多嘴多舌的朋友差不多，"尼克说，"我以为不知什么原因，飞机在我睡着的时候停在了某个地方。大多数乘客……还有机组人员……不知怎么下了飞机。"

"下降开始的那一刻，我就会醒的，"布莱恩说，"这是习惯。"他发现自己忍不住一直盯着那些空座位，那杯喝了一半的咖啡和吃了一半的丹麦面包。

"通常情况下，我也是这样。"尼克赞同道，"所以我认为我的饮料被人下了药。"

*我不清楚这家伙是干什么的，*布莱恩想，*不过他肯定不是卖二手车的。*

"没有人在我的饮料里下药，"布莱恩说，"因为我没喝饮料。"

"我也没喝。"阿尔伯特说。

"无论如何，飞机是不可能在我们睡觉的时候降落和起飞的。"布莱恩告诉他们，"飞机可以靠自动驾驶飞行，协和式飞机也可以靠自动驾驶系统降落，但绝对需要人操控才能起飞。"

"那么，我们没有着陆。"尼克说。

"没有。"

"那么他们去哪儿了，布莱恩？"

"我不知道。"布莱恩说着，走到机长的位子坐了下来。

6

正如梅兰妮·崔佛告诉他的那样，29号航班在三万六千英尺的高空飞行，航向是090。一两个小时后，因为飞机将急转往更北的方向，这个飞行状况就会发生变化。布莱恩拿起领航员的航线图，看了看航速指示器，做了一系列快速计算。然后他戴上耳机。

“丹佛中心，这里是美国骄傲航空公司29号航班，请回答？”

他轻轻弹了一下开关……然而什么也没听到。一点声音也没有。没有静电声，没有短促的滋滋声，地面管制中心和其他飞机都没有声音传来。他检查了应答器的设置：7700，正常。然后他再把开关弹回通话状态，再次发送。“丹佛中心请回答，这里是美国骄傲航空公司29号航班，重复，美国骄傲航空公司。我遇到问题了，丹佛，我遇到问题了。”

弹回开关，接收信号。凝神听着。

然后布莱恩做了一件事，让阿尔伯特·“王牌”·考斯纳的心开始因恐惧而加速跳动：他用手掌底部使劲敲打了无线电设备下方的仪表板。波音767是最先进的高科技客机，为这样一架飞机制造设备的人绝不希望设备是这样被使用的。机长刚刚的动作是在拍卖会上用一块钱买来一台真空管收音机，拿回家后用不了时才会做的。

布莱恩又试着和丹佛中心联络了一次。但没有得到回应。什么回应都没有。

7

直到这一刻之前，布莱恩还只是茫然和不知所措。现在他开始感到害怕，真正的害怕，是真的很害怕。在此之前，他没有时间害怕。他希望现在还是那样就好了……但不是。他把收音机调到应急频道，又试了一次。没有回应。这就好比在曼哈顿拨打911报警，结果只听到一段录音说所有人都去度周末了。你用紧急频道求助时，总会得到迅速的回应。

至少到现在为止还是吧，布莱恩心想。

他转到UNICOM，也就是私人飞机用来向小机场地面控制询问的频道。没有回答。他注意听着……结果什么也没听到。这是不可能的。私人飞机的飞行员就像电话线上的黑羽椋鸟一样话痨。驾驶派珀飞机的女飞行员想知道天气情况。驾驶塞斯纳飞机的男飞行员说要是自己不能马上让某人打电话告诉他老婆，说他要多带三个人回家吃饭的话，他就得瘫倒死在座位上。李尔型飞机里的人要科罗拉多州阿华达机场的前台小姐告诉包机乘客说飞机会迟到十五分钟，让他们耐心等待，因为他们仍然会准时赶上芝加哥的棒球赛。

可是那些声音完全没有了。似乎所有的乌鸦都飞走了。电话线上空空如也。

他再调回美国联邦航空局的紧急频道。“丹佛请回答！请现在回答！这里是美国骄傲航空公司29号航班。快回答，该死的！”

尼克碰了碰他的肩膀：“放松，伙计。”

“这狗不肯叫！”布莱恩焦急地说，“不可能，但事实就是这样！天哪，他们做了什么，是核战争爆发了吗？”

“别着急，”尼克重复道，“冷静点，布莱恩，告诉我你是什么意思，什么狗不叫了。”

“我说的是丹佛地面控制中心，”布莱恩喊道，“那条狗！我说的是美国联邦航空局的紧急频道！那条狗！还有UNICOM那条狗！我从来没有……”

他又扳了一个开关。“这个，”他说，“这是中短波频道。里面应该像跳满青蛙的热腾腾的人行道一样热闹，可是我屁都收不到。”

他又扳一个开关，然后抬头看着挤上来的尼克和阿尔伯特·考斯纳：“丹佛的超高频全向导航信标也收不到。”

“什么意思？”

“意思是我收不到无线电信号，没有丹佛的导航信标，但我的仪表板上却说一切正常。这太狗屎了，肯定是鬼扯。”

一个可怕的念头浮现在他的脑海里，就像一具浮肿的尸体浮上了河面。

“嘿，小家伙……看看窗外。飞机左边。告诉我你看见了什么。”

阿尔伯特·考斯纳往外看。他向外看了很长时间。“什么都没有，”他说，“一无所有。只剩最后一段落基山脉，前面就是大平原了。”

“没有灯光？”

“没有。”

布莱恩站起身来，感到双腿瘫软无力。他站着向下看了很长时间。

尼克最终轻声说："丹佛不见了，是不是？"

从领航员的航线图和飞机的导航系统，布莱恩知道他们现在应该在丹佛以南不到五十英里的地方飞行……但在他们下面，他只看到一片黑暗，没有任何景物特征，这标志着他们现在进入了大平原上空。

"对，"他说，"丹佛消失了。"

8

驾驶舱里一片寂静，然后尼克转向狭小的走廊，现在那儿只站着阿尔伯特、那个穿破旧运动外套的男人和那个年轻的女孩。尼克轻快地拍着手，像个幼儿园老师，他说话的语气也像。"好了，回到你们的座位上。我觉得我们这里需要安静一下。"

"我们很安静啊。"女孩很有道理地反对道。

"我觉得这位先生真正的意思不是安静，而是要有点隐私。"穿破旧运动外套的男子说话的口气很有教养，但他那温柔而忧虑的眼睛却盯着布莱恩。

"这正是我的意思。"尼克赞同道，"好吗？"

"他会没事吧？"穿破旧运动外套的男子低声说，"他看上去很不高兴。"

尼克同样用悄悄的语气回答。"没事的，"他说，"他会没事的，我保证。"

"来吧，小家伙们，"穿着破旧运动外套的男子说，他一只手臂搭在女孩的肩膀上，另一只手臂搭在阿尔伯特的肩膀上，"我们回去坐下吧。我们的飞行员还有工作要做。"

其实对布莱恩而言，他们甚至没有必要暂时压低声音。他就像一条在小溪里觅食的鱼，一小群鸟从头顶飞过，鸟群声音可能传到鱼的耳朵里，但那对鱼毫无意义。布莱恩忙着切换无线电频道，从一个导航接触点切换到另一个。毫无用处。科罗拉多泉市、奥马哈市都不见了。

他能感觉到汗水像眼泪一样顺着脸颊淌下来，感觉到衬衫粘在背上。

我一定闻起来像只猪，他心想，或者像个……

他突然闪过一个念头，转到军用飞机频道，虽然法规明确禁止他这样做。奥马哈市的航空控制中心实际上归战略空军司令部所有，他们绝不可能断开通讯。他们可能会让他滚出频道，也或许会威胁说要向联邦航空局告发他，但布莱恩会愉快地接受这一切。也许他会是第一个告诉他们整个丹佛显然已经跑去度假的人。

“空军控制中心，空军控制中心，这是美国骄傲航空29号航班。我们有麻烦，一个大麻烦，你们听到吗？请回答？”

这条狗也没叫。

这时候布莱恩感觉到某种东西——某种像门闩的东西在他内心深处被抽了出来。他现在觉得自己理智的思维逐渐滑向某个黑暗的深渊。

9

这时尼克把一只手放在他肩膀和脖子之间的地方，布莱恩从座位上跳了起来，几乎叫出声来。他转过头，发现尼克的脸离他不到三英寸。

现在他要捏住我的鼻子扭了，布莱恩想。

尼克没有捏住他的鼻子。他的语气平静中带着紧张，两眼死死地盯着布莱恩。“我看到了你的眼神，我的朋友……但我不需要看到你的眼睛就知道你的感觉。我能从你的声音里听到，从你的坐姿上也能看到。现在听我说，仔细听着，现在不能慌。”

布莱恩盯着他，被他蓝色的眸子盯得愣住了。

“你明白我的意思吗？”

布莱恩努力张开嘴：“他们不会让容易慌乱的人干我这行的，尼克。”

“我知道，”尼克说，“可是现在是特殊情况。不过，你还是需要记住，这架飞机上有十几个人，而你的工作和以前一样：让他们安全落地。”

“你不需要告诉我我的工作是什么！”布莱恩厉声说道。

“恐怕我已经说了，”尼克说，“不过你现在看起来好多了，我可以放松地说这句话了。”

布莱恩不仅仅是看起来更好，他也开始感觉好多了。尼克是在他最敏感的地方，也就是布莱恩的责任感上插了根针。他觉得尼克是故意的。

“你是做什么的，尼克？”他有点发抖地问。

尼克把头往后一仰，笑了起来：“英国大使馆初级随员，老兄。”

“鬼扯。”

尼克耸耸肩。“嗯……我的证件上就是这么写的，我猜那应该够好听了。要是他们用别的话来说，我想应该是女王陛下的机械师。我修理需要修理的东西。现在，我要修的对象就是你。”

“谢谢你噢，”布莱恩没好气地说，“但我已经搞定了。”

“好吧，那么……你打算怎么办？你能在地面没有光的情况下导航吗？你能避开其他飞机吗？”

布莱恩说：“机上的设备导航没有问题，至于其他飞机……”他指着雷达屏幕，“这个混蛋说没有其他飞机。”

“可能还是有吧，”尼克轻声说，“可能是无线电和雷达状况不佳，至少目前是这样。你提到了核战争，布莱恩。我认为如果发生了核战，我们会知道的。不过那不意味着没有发生某种意外。你了解一种叫做‘电磁脉冲’的现象吗？”

布莱恩想到梅兰妮。“对了，我们接到报告说莫哈韦沙漠上空有极光。或许你想起来看看。”

会是那个引起的吗？某种反常的天气现象？

他认为这是可能的。但是，如果是这样的话，他怎么没有听到收音机里有静电呢？为什么雷达屏幕上没有波的干扰？为什么只有这一片死寂？他不认为北极光会让一百五十到二百名乘客失踪。

“怎么样？”尼克问。

“尼克，你是个机械师，”布莱恩最后说，“但我不认为这是电磁脉冲。机上的设备……包括方向仪……好像全都工作正常。”他指向数字罗盘的读数，“如果我们碰到的是电磁脉冲，那个宝贝会乱跳，但现在是稳稳当当的。”

“所以。你还打算继续去波士顿吗？”

你还打算……？

就这样，布莱恩最后的恐慌消失了。没错，他想，现在飞机上就剩下我这个机长了……到头来这才是最根本的问题。你应该一开始就提醒我，我的朋友，这样我们俩就都省了不少麻烦。

“不知道在我们下面的国家发生了什么，也不知道世界上其他地方发生了什么的情况下要在黎明降落在洛根机场？不要吧？”

“那么我们的目的地是哪里？或者你需要时间想想？”

布莱恩没考虑。现在，他需要做的其他事情开始一一就位了。

“我知道，”他说，“我想是时候和乘客们谈谈了。不管怎么说，只剩下这些人了。”

他拿起麦克风，就在这时，那个一直在商务舱睡觉的秃头男人把头探进了驾驶舱。“你们哪位先生能告诉我，这架飞机的空乘都怎么了？”他抱怨地问，“我睡了个好觉……但我现在想吃晚餐了。”

10

黛娜感觉好多了。有其他人在她身边是件好事，能感受到他们的存在给她带来的安慰。她和阿尔伯特、劳蕾尔还有身穿破旧运动外套的男子坐在一起。那个人自我介绍叫罗伯特·詹金斯，他说他写过四十多部悬疑小说，这一趟是前往波士顿向悬疑小说迷们发表演讲。

“现在，”他说，“发现自己陷入了一个比我敢写的任何作品都要复杂得多的谜团之中。”

这四个人坐在中心区，靠近主机舱的前段。那个圆领衫男坐在往后几排的右侧过道里，用一块手帕捂住鼻子（他的鼻子实际上几分钟前已经止住了血），一个人生着闷气。唐恩坐在旁边，不安地注视着他。唐恩只说过一次话，问圆领衫男叫什么。圆领衫男没搭腔，只是隔着手帕上皱巴巴的花束图案恶狠狠地盯着唐恩。

唐恩没有再问。

“有谁稍微清楚这里出了什么事吗?”劳蕾尔几乎是在恳求，“明天我应该开始十年来第一次真正的休假，而现在却发生了这种事。”

劳蕾尔小姐说话时，阿尔伯特正巧直视着她。当她说这是她十年来第一次真正的度假时，他看到她的眼睛突然向右转了三四次，好像其中的一只眼睛进了灰尘。一个强烈到他确信无疑的想法在他心中浮现：这位女士在撒谎。不知为了什么原因，这位女士在撒谎；出于某种原因，这位女士在撒谎。他仔细地看着她，看不出什么特别突出的地方：一个渐渐色衰的女人，很快就要从二十来岁进入中年（对阿尔伯特来说，三十岁绝对是中年开始的年纪），女人到了这个年纪很快就没了姿色，变得无人关注。可这位看起来光彩照人，她的两颊因为说话涨得通红。他不知道这个谎言是什么意思，但他看得出来，这使她的容貌瞬间焕发了光彩，她几乎变得美丽了。

这个女人应该经常撒谎的，阿尔伯特想。然后，在他或其他人回答她之前，布莱恩的声音从头顶的扩音器里传来。

“女士们，先生们，我是机长。”

“机长个屁。”圆领衫男吼道。

“闭嘴!”唐恩在过道对面咆哮道。

圆领衫男望着他，吓了一跳，然后平静下来。

“各位想必已经知道，我们现在的处境非常怪异，”布莱恩继续说道，“各位不需要我解释，只要自己看看周围就明白了。”

“我什么也不明白。”阿尔伯特喃喃地说。

“我还知道一些别的事情，恐怕也不会让你们好过些，但既然我们在一起，我想尽可能坦白。我跟地面控制中心联系不上。五分钟前，我们应该能从飞机上清楚地看到丹佛的灯光，但看不到。我现在能得出的唯一结论就是那边有人忘记付电费了。在了解更多信息之前，我认为这是我们每个人应该得出的唯一结论。”

他停顿了一下。劳蕾尔握着黛娜的手。阿尔伯特吹了一声低沉的口哨。悬疑作家罗伯特·詹金斯双手放在大腿上，双目失神。

“所有这些都是坏消息。”布莱恩继续说，“好消息是，飞机没有损坏，我们有充足的燃料，我有资格驾驶这架飞机，也能让它降落。我想我们都同意安全着陆是我们的首要任务。在我们完成这一目标之前，我们什么也做不了，我希望你们放心，我们一定会安全降落的。

“我最后想告诉你们的是，我们的目的地现在是缅因州的班戈。”

圆领衫男猛地坐了起来。“什——什么？”他吼道。

“我们飞机上的飞行导航设备状况还不错，不过我不敢说也要用的超高频全向导航信标是正常的。在这种情况下，我决定不进入洛根领空。无论是在空中还是在地面，我都没能通过无线电联系到任何人。飞机上的无线电设备似乎还在工作，但我觉得在目前的情况下，我不能依靠它。班戈国际机场有以下优势：慢慢进场的时候是在陆地，而不是在水面上。我们预计到达时间是上午八点三十分，那时候空域流量比较松，假定还有飞机起降的话。而且，班戈国际机场以前是空军基地，有美国东岸最长的民用机场跑道。我们英国与法国朋友的协和客机如果无法飞进纽约，就会在那里降落。”

圆领衫男大声喊道：“今天早上九点我在保诚有一个重要的商务会议，**我禁止你飞到缅因州的某个垃圾机场！**”

黛娜跳了起来，然后缩着身子远离圆领衫男的声音，把她的脸颊贴在了劳蕾尔·史蒂文森的胸口上。她没有哭——至少现在还没有哭——但劳蕾尔感到胸口被她扯紧了。

“**你听见了吗？**”圆领衫男在咆哮，“**我要去波士顿讨论一笔数额异常巨大的债券交易，我一定要准时赶到会议现场！**”他解开安全带，开始站起来。他的面颊红红的，眉毛像蜡一样白。劳蕾尔觉得他空洞的眼神非常可怕。“**你懂不懂……**”

“拜托，”劳蕾尔说，“求求你，先生，你把小姑娘吓坏了。”

圆领衫男转头过来，那不安茫然的目光落在她身上。“**把小姑娘吓坏了？我们就要改飞一个不知道在哪儿的偏僻小机场，你却在担心……**”

“坐下，闭嘴，不然我就揍你一顿。”唐恩说着站了起来。他至少比圆领衫男大二十岁，但他体重更重，从胸部看起来也更强壮。他把红色法兰绒衬衫的袖子卷到肘部，当他握紧拳头时，上臂的肌肉鼓了起来，看来就像个刚刚要放松的退休伐木工人。

圆领衫男的上嘴唇翘了起来，露出了牙齿，这个狗一样的鬼脸吓坏了劳蕾尔，因为她不认为这个穿圆领衫的男人知道自己在做鬼脸。她是第一个怀疑这个男人是不是疯了的人。

“我觉得你一个人不行，老伙计。”圆领衫男说。

“不必麻烦他。”商务舱的秃头男人说，“要是你再不住嘴，我就亲自动手揍你了。”

阿尔伯特·考斯纳鼓起勇气说：“我也想揍你，你这白痴。”能说出来真是让他松了一口气。他觉得自己就像阿拉莫战役的英雄，跨过了特拉维斯上校在泥土里划定的界线。

圆领衫男环顾四周。他的嘴唇一噘一噘，发出一种古怪的狗似的咆哮。“我明白了。我明白了。你们都跟我作对。很好。”他坐下来，恶狠狠地盯着他们，“但如果你对南美债券市场有所了解的话……”他没有说完。在他旁边的座位扶手上放着一张鸡尾酒餐巾。他把它捡起来，然后开始扯它。

“实在不必闹成这样，”唐恩说，“先生，我并不是生来就硬的，也不喜欢这样。”劳蕾尔心想，他是想让自己的声音听起来愉快些，但还是流露出了戒心，也许还有愤怒。“你应该放松，放轻松。往好的方面看！航空公司可能会给你全额退款。”

圆领衫男的目光朝唐恩的方向扫了一眼，然后重新看着那张鸡尾酒餐巾。他已经没有在扯了，开始把它撕成一条条。

“这里有人知道怎么操作厨房里的那个小烤箱么？”秃头男问，好像什么也没发生，“我要吃晚饭。”

没有人回答。

“大概没有吧，”秃头男伤心地说，“这是一个专业化的时代。活在这个时代真是可耻。”说完这番富有哲理的话，秃头男又回到了商务舱。

劳蕾尔低头一看，只见黛娜戴着鲜艳的红色塑料镜框的墨镜，在镜框下面，她的脸颊被泪水打湿了。劳蕾尔暂时忘记了自己的恐惧和困惑，拥抱着小女孩。“别哭，小可爱，那个人只是心情不好而已。他现在好多了。”

怎么会觉得这个人像中邪一样坐在那儿不停地撕餐巾纸也叫好多了，她想。

“我害怕，”黛娜小声说，“在那个人看来，我们都像怪物。”

“不会吧，我不这么认为，”劳蕾尔有点诧异，也有点吃惊，“你怎么会这样想？”

“我不知道。”黛娜说。她喜欢这个女人——从听到她的声音的那一刻起就喜欢她——但她无意告诉劳蕾尔，在那一瞬间她看到了他们所有人，包括她自己，都在望着那个大嗓门男人。她刚才仿佛就在那个大嗓门男人身体里面（他叫图姆斯先生还是图尼先生什么的），对他而言，其他人就像一群邪恶、自私的大怪物。

如果她告诉李小姐这样的事，李小姐会认为她疯了。为什么黛娜刚刚认识的这个女人会不这么想？

所以黛娜什么也没说。

劳蕾尔吻了吻女孩的脸颊，她嘴唇亲到的皮肤好烫。“别害怕，亲爱的。我们现在飞得很平稳——你感觉不到吗？……再过几个小时我们就可以安全回到地面上了。”

“那就好。不过，我想要我的维琪姨妈。你觉得她去哪儿啦？”

“我不知道，亲爱的，”劳蕾尔说，“我希望我知道。”

黛娜又想起了那个大喊大叫的人看到的那些脸：邪恶的脸，残忍的脸。她想到自己的脸在他眼中的样子：一张猪一样的娃娃脸，眼睛藏在巨大的黑色镜片后面。她的勇气崩溃了，开始嘶哑地抽泣起来，这让劳蕾尔好心痛。她抱着女孩，因为这是她唯一能想到的办法，她自己也哭了起来。她们一起哭了将近五分钟，然后黛娜开始平静下来。劳蕾尔看了看那瘦瘦的男孩，想不出他叫阿尔伯特还是艾文，她看到他的眼睛也湿了。阿尔伯特发现她在看自己，连忙低头看了看他的手。

黛娜最后抽泣了一声，然后把头枕在劳蕾尔的怀里：“我想哭也没用，是吧？”

“嗯，我觉得是，”劳蕾尔同意道，“黛娜，你为什么不睡一会儿呢？”

黛娜叹了口气——是那种含着泪水、不开心的声音：“我想我睡不着。我才刚睡过了。”

肯定睡不着啊，劳蕾尔想。29号航班在三万六千英尺的高空继续向东飞行，以每小时五百英里的速度，飞越黑暗的美国中部。

第三章

演绎法。意外与统计数字。
猜测的可能性。深沟内的压力。
贝萨妮的难题。飞机开始降落。

1

“大约一小时前，那个小女孩说了一件有趣的事。”罗伯特·詹金斯突然说。

他所指的小女孩又睡着了，尽管她之前怀疑自己还能不能睡着，但最终还是睡了。阿尔伯特·考斯纳也在那儿困得点头，也许是想再一次回到梦中墓碑市那些传奇似的街道上。他已经从头顶的行李架上取下他的小提琴箱，把它放在了膝盖上。

“啊！”他说着直起了腰。

“对不起，”罗伯特说，“你睡着了？”

“没有，”阿尔伯特说，“清醒得很。”为了证明这一点，他用两只布满血丝的大眼睛盯着罗伯特。他的眼袋发黑，罗伯特觉得他看起来有点像一只在洗劫垃圾桶时被吓到了的浣熊。“她说了什么？”

“她对史蒂文森小姐说，她觉得自己再也睡不着了，因为她早些时候已经睡过了。”

阿尔伯特盯着黛娜看了一会儿。“喔，现在她睡着了。”他说。

“我看得出来，不过问题不在这里，亲爱的小伙子。这根本不是重点。”

阿尔伯特很想告诉罗伯特，“王牌”考斯纳、密西西比以西最快的希伯来神枪手、阿拉莫战役中唯一幸存下来的得克萨斯人，不太喜欢被人叫“亲爱的小伙子”，但他想想还是算了——至少暂时不纠结了。“那重点是什么？”

“我也睡着了。甚至早在机长——我指的是我们本来的机长——关掉‘禁止吸烟’的提示灯之前我就睡着了。我一直都是这样。火车、公共汽车、飞机，只要引擎一发动，我就像婴儿一样昏睡。你呢，亲爱的小伙子？”

“我什么？”

“你也睡着了吗？你也睡了，对吧？”

“嗯，睡了。”

“我们都睡着了。失踪的那些人都醒着。”

阿尔伯特想了想：“嗯……也许吧。”

“说不通啊，”罗伯特几乎是高兴地说，“我以写悬疑小说为生。你可以说我靠推理吃饭。难道你不认为，如果在那些人被消灭的时候，只要有个人是醒着的，那这个醒着的人会尖叫着说‘杀人了’，把我们其他人都吵醒吗？”

“大概会吧，”阿尔伯特若有所思地表示同意，“除了坐在后面的那个家伙。我觉得就算空袭警报也吵不醒他。”

“好吧，我记下你说的例外了。但是没有人尖叫，对不对？没有人告诉我们发生了什么。所以我推断只有醒着的乘客被减掉了。当然还有机组人员。”

“是的。也许是这样。”

“你看起来很不安，亲爱的小伙子。虽然你的表情很帅，但显得不安。你觉得我这个想法是不是有些问题。我可以问为什么吗？我是不是漏掉了什么？”罗伯特的表情表明他不认为有这种可能性，但他母亲从小就教育他要有礼貌。

“我不知道，”阿尔伯特诚实地说，“我们有多少人？十一？”

“对。算上后面那个昏睡的，我们总共十一人。”

“如果你是对的，我们人是不是应该多一些？”

“为什么？”

但是阿尔伯特沉默了，他被童年的一个突然而生动的画面所震撼。他在一个神学的模糊地带长大，他的父母不是正统的教徒，但也不是不可知论者。他和他的兄弟们在成长过程中遵守了大部分的饮食传统（或戒律，或者其他什么的），他们都经历过犹太成人礼，他们从小就知道自己是谁，来自哪里，以及这意味着什么。阿尔伯特最清楚地记得他童年时去犹太会堂听来的“最后一次瘟疫降临在法老王身上”的故事，故事中上帝派黑暗的黎明天使要求他献上可怕的贡品。

在他的脑海里，他现在看到的不是天使在埃及上空盘旋，而是在29号航班的飞机里面，将大多数乘客全部揽到它恐怖的怀里……倒不是因为他们忘记在他们的门楣上（也许是椅背上）抹羊羔血，而是因为……

为什么？因为什么？

阿尔伯特不知道，但他还是在发抖。并且希望那个令人毛骨悚然的老故事从来没有出现在他的脑海里。*放过这些老是坐飞机的人吧，*他想。只是一点也不好笑。

“阿尔伯特？”詹金斯先生的声音似乎是从很远的地方传来的，“阿尔伯特，你没事吧？”

“很好，我只是在思考。”他清了清喉咙，“如果所有睡着的乘客都被跳过了，我们至少有六十人。也许更多。我的意思是这可是红眼航班啊。”

“亲爱的小伙子，你有没有……”

“你能叫我阿尔伯特吗，詹金斯先生？这是我的名字。”

罗伯特拍拍阿尔伯特的肩膀。“我很抱歉，真的。我并不想倚老卖老。我心烦意乱，当我心烦意乱时，我倾向于退却……就像一只海龟把头缩回壳里。只不过我是退进我的小说里。我想我扮演的是菲罗·万斯。他是一个侦探——一个伟大的侦探，由已故的S. S.凡·戴恩创造。我想你从来没有读过他的书。遗憾的是，现在没几个人读过。无论如何，我向你道歉。”

“没关系。”阿尔伯特不自在地说。

“你叫阿尔伯特，以后我就叫你阿尔伯特，”罗伯特·詹金斯保证道，“我刚才是要问，你以前有没有坐过深夜的红眼航班。”

“没有。我以前甚至从来没有坐飞机飞越过这个国家。”

“嗯，我有。很多次了。有几次，我甚至违背了我的习惯，保持一阵子清醒，大多数时候我还年轻，飞机上的噪声很大。说了这么多，我还不如大胆地承认我第一次从西海岸飞到东海岸的旅行搭的是环球航空的螺旋桨飞机，中途停了两站——停下来加油。

“据我观察，在这样的航班上，在头一个小时左右睡觉的人很少……然后几乎所有人都去睡觉了。在最初的一个小时里，人们观赏风景，与他们的配偶或旅伴交谈，喝一两杯酒……”

“你指的是适应新环境。”阿尔伯特建议道。詹金斯先生说的话对他来说完全有道理，尽管他自己几乎没有做什么来适应新环境。他对即将到来的旅行和即将等着他的新生活是如此兴奋，以至于前两个晚上他几乎没有睡觉。结果，767 刚一离开地面，他就像一盏灯熄灭那样昏睡过去了。

“替自己弄个窝，”罗伯特表示同意，“你有没有注意到驾驶舱外的饮料推车，亲……阿尔伯特？”

“我看见了，在那儿。”阿尔伯特说。

罗伯特的双眼发亮。“是的，没错……不是没看见，就是给它绊倒了。但你真的注意到了吗？”

“我想没有，如果你看到了我没有看到的东西的话。”

“注意靠的不是眼睛，而是头脑，阿尔伯特，受过训练的有推理能力的头脑。我不是夏洛克·福尔摩斯，但我确实注意到推车才刚刚从存放它的小柜子里推出来，上一个航班用过的玻璃杯还堆放在底层架子上。因此我推断出以下情况：飞机平平静静地起飞，爬升到巡航高度，幸好自动驾驶装置启动了。然后机长关掉了安全带灯。这大概是起飞三十分钟后的事，如果我没看错标志的话，大概是太平洋夏令时凌晨一点。安全带指示灯熄灭的时候，空乘便站起来开始他们的第一项工作，在两万四千英尺的高空为一百五十名乘客调制鸡尾酒。与此同时，飞行员已经设定了自动驾驶仪，让飞机在三万六千英尺的高度保持水平，然后继续向东飞行。有几个乘客——实际上是我们十一个人——睡着了。剩下的人，有些人也许还在打瞌睡（但睡得还不够深，仍然逃不过），其余的人则完全清醒。”

“在给自己弄个舒适的窝。”阿尔伯特说。

“完全正确！给自己弄个舒适的窝！”罗伯特顿了顿，接着又略带戏剧性地补充道，“然后事情就发生了！”

“出了什么事，詹金斯先生？”阿尔伯特问道，“你有什么想法吗？

罗伯特很长时间没有回答，当他终于回答时，语调已经不再那么开心。听了他的话，阿尔伯特第一次发现，在有点戏剧化的外表下，罗伯特·詹金斯也同样害怕。他发现自己并不在意这些，这反而让这位上了年纪、身穿破旧运动外套的推理小说家显得更加真实。

罗伯特说：“密室神秘事件是一个最纯粹的推理故事。我自己也写过一些……老实说，写过还不止几个……但我从没想过会进入这样的故事中。”

阿尔伯特看着他，想不出该如何回答。他想起了夏洛克·福尔摩斯的故事《斑点带子案》，在那个故事里，一条毒蛇通过通风管道进入了那个著名的密室，不朽的夏洛克甚至只需要半个脑子就解决了这个问题。

但是，即使29号航班头顶上的行李格里装满了毒蛇——塞满了它们——那尸体呢？尸体在哪里？恐惧又开始爬进他的身体，似乎顺着他的腿窜上他的重要器官。他心里想，他这辈子从来没有这么不像著名的枪手“王牌”考斯纳。

“如果只是飞机的话，”罗伯特轻声说，“我想我可以设想一个场景……毕竟，在过去二十五年左右的时间里，我就是靠它来维持生计的。你愿意听这样的情节吗？”

“当然。”阿尔伯特说。

“很好。假定说有一个神秘的政府组织决定进行一项实验，我们是实验对象。在这种情况下，这个实验的目的可能是为了记录严重的精神和情绪压力对一些普通美国人的影响。他们，即进行实验的科学家，在飞机的氧气系统中装入某种无气味的催眠药物。”

“有这样的东西吗？”阿尔伯特好奇地问。

“确实有。”罗伯特说，“二氮杂啉是一种，还有甲氮布他比妥。我记得，那些喜欢自认为‘严肃’的读者曾嘲笑萨克斯·儒默的小说。他们称之为最夸张可耻的情节剧。”罗伯特缓缓摇头，“因为生物学研究，以及美国中央情报局和美国国防情报局等缩写成几个字母的机构的偏执妄想，我们可能已经生活在儒默笔下最可怕的噩梦世界中了。

“二氮杂啉最好用，它其实是一种神经毒气。它应该会很快生效。在它被释放到空气中后，所有人都进入梦乡，除了正在用面罩呼吸未被污染的空气的飞行员。”

“可是……”阿尔伯特开口要说。

罗伯特微笑着举起了一只手：“我知道你反对什么，阿尔伯特，我可以解释。我可以说吗？”

阿尔伯特点点头。

“飞行员把飞机降落在……比方说，降落在内华达州的一个秘密机场。当气体被释放的时候，那些醒着的乘客，当然还有空姐们——被穿着《仙女座菌株》里的白色实验衣的恶人赶下飞机。那些睡着了的旅客——你我也包括在内，我年轻的朋友——就继续睡，只是比以前睡得更沉一点。然后，机长把29号航班拉回到适当的高度并保持航向。他开始自动驾驶。当飞机到达落基山脉时，毒气的作用就开始减弱。二氮杂啉是一种所谓的透明药物，不会留下明显的副作用。换句话说，你之后不会有感觉。通过对讲机，飞行员可以听到那个失明的小女孩呼喊她的姨妈。他知道她会吵醒其他人的。实验就要开始了。所以他起身离开了驾驶舱，随手把门关上。”

“他怎么可能关门？外面没有把手。”

罗伯特不在意地摆摆手。“这是世界上最简单的事情，阿尔伯特。他用一条胶带，有胶的一面朝外。门一旦从里面闩上，就锁上了。”

阿尔伯特的脸上绽开了赞赏的微笑……然后就僵住了。他说：“这样的话，机长也是我们之中的一个。”

“是也不是。在我的情节里，阿尔伯特，机长是机长。而我们这里的机长恰巧在飞机上，本来是搭免费班机去波士顿。毒气进入通风系统的时候，那个机长就坐在头等舱，离驾驶舱门不到三十英尺。”

“恩格尔机长。”阿尔伯特用一种低沉而惊恐的声音说。

罗伯特以一种满意而自得的口吻回答，就像一位几何学教授刚刚在一个特别难的定理的证明下面写了 QED（证明完毕）：“恩格尔机长。”他赞同了。

他们谁也没有注意到圆领衫男正用狂热而发亮的目光注视着他们。他从他前面的座椅口袋里拿出了机上杂志，扯下封面，开始慢慢地把它撕成长长的一条条。他让它们飘到地板上，和他撕成长条的鸡尾酒餐巾纸一起堆在他的棕色便鞋周围。他的双唇无声地动着。

2

如果阿尔伯特读过《圣经·新约》，他就会明白最热心迫害早期基督徒的扫罗在去大马士革的路上恍然大悟时的感受。阿尔伯特双眼有神地凝视着罗伯特·詹金斯，所有的困倦都从他的脑海中消失了。

当然，当你想这件事的时候，或者当有人像显然会思考的詹金斯先生那样，管他穿的是不是破破烂烂的运动外套，能帮你把整件事的脉络理清楚时，线索太大了、太明显，很难视而不见。美国骄傲航空公司的 29 号航班，几乎所有的乘客与机组人员都在莫哈韦沙漠与大分界线之间失踪了……但少数的幸存者中偏偏有一个，真是个不得了的惊喜！——另一个美国骄傲航空公司的机长，用他自己的话说：“有资格驾驶这种机型的飞机，也能让它降落。”

罗伯特一直在密切注视着阿尔伯特，现在他笑了。那笑容里没有多少幽默。他说：“情节很吸引人，是不是？”

“我们一降落就得抓住他。”阿尔伯特说，激动地用一只手猛搓脸颊，“你、我、加夫尼先生，还有那个英国人。他看起来挺厉害的。只是……如果英国人也参与了呢？他可能是恩格尔机长的保镖，以防有人像你这样发现了真相。”

罗伯特张嘴想回答，但阿尔伯特抢先又说了。

“我们只好把他们两个人都制服了。”他对詹金斯先生勉强笑了笑，一个“王牌”考斯纳的微笑。冷酷、紧绷、危险。他知道，那是枪法比蓝色火焰腾起还快的男人的微笑。“我可能不是世界上最聪明的人，詹金斯先生，但我绝对不当小白鼠。”

“可这说不通，你知道吗。”罗伯特温和地说。

阿尔伯特眨着眼睛：“什么？”

“我刚跟你概述的情节是说不通的。”

“可是……你说……”

“我说，*如果只是飞机*，我可以设想一个场景，我也想出来了，而且还挺不错的。如果这是写书时的构思，我敢打赌我的经纪人能把它卖出去。可惜，*不只是*飞机而已。丹佛可能还在下面，但如果是这样的话，所有的灯都关了。我一直在用我的手表对照我们的飞行路线。现在我可以告诉你，不只是丹佛，还有奥马哈、得梅因，这些城市在下面那一片黑暗中也没有任何踪迹。事实上，我根本没有看到任何灯光。农舍、谷仓或运输站的灯都没有，州际高速公路也消失了，那些地方在晚上是很明显的，你知道，有了新的高强度照明，即使在将近六英里高的地方都能看见。现在大地一片漆黑。我可以相信可能有一个政府机构不道德到为了观察我们的反应而给我们下毒，至少假设是这样。但我不相信这个机构能只为了强化我们彻底孤独的错觉，居然能说服我们飞行路线上的每个人都关灯。”

“嗯……也许这都是假的，”阿尔伯特建议道，“也许我们真的还在地面上，我们在窗外看到的一切都是投影出来的。我看过一部电影就有点像那样。”

罗伯特慢慢地、遗憾地摇了摇头：“我相信这是一部有趣的电影，但我不相信它在现实生活中行得通。除非我们理论上的秘密机构已经开发出了某种超宽屏 3D 投影。我认为没有。阿尔伯特，无论发生了什么，都不只是发生在这架飞机里，这就是我的推理失败的地方。”

“可是那个机长！”阿尔伯特急切地说，“他恰好在正确的时间和地点出现在这里，这是怎么回事？”

“你是棒球迷吗，阿尔伯特？”

“嗯？不。我是说，有时我会在电视上看道奇队的比赛，但也不是真的喜欢。”

“好吧，让我来告诉你，在一个以数据为基础的游戏中，有记录以来最令人惊奇的数据是什么。一九五七年，泰德·威廉姆斯连续十六次打上垒。这一连胜包括六场棒球比赛。一九四一年，乔·迪马乔连续五十六场比赛击球安打上垒，但与威廉姆斯的成绩相比，迪马乔的机率就相形见绌了，威廉姆斯的成绩被认为是两百亿分之一概率。棒球迷们喜欢说迪马乔的连胜永远都无人能比。我不同意。但我愿意打赌，如果他们一千年后还在打棒球，威廉姆斯连续十六次上垒的纪录仍然无人能敌。”

“你说这么多的意思是？”

“这意味着我相信恩格尔机长今晚坐上飞机完全是一场意外，就像泰德·威廉姆斯连续十六次上垒一样。而且，考虑到我们的情况，我想说这确实是一个非常幸运的意外。如果生活就像一部悬疑小说，阿尔伯特，在里面是不允许有巧合的，概率也会被频繁打破，那人生就会有条理得多。但我发现，在现实生活中，巧合不是特例，而是规律。”

“那到底发生什么事了？”阿尔伯特低声说。

罗伯特不安地长叹了一声。“恐怕你问错人了。可惜拉里·尼文和约翰·瓦利不在飞机上，这太糟糕了。”

“他们是谁？”

“科幻小说家。”罗伯特说。

3

“我猜你不读科幻小说吧？”尼克突然问。布莱恩转过身来看着他。自从布莱恩控制了 29 号航班以来，尼克一直安静地坐在领航员的座位上，现在已经快两个小时了。他一声不吭地听着，而布莱恩一直在尝试联系上人——任何人——不管是在地面上还是在空中。

“我小时候很迷这个，”布莱恩说，“你呢？”

尼克笑了。“直到十八岁左右，我一直坚信三位一体指的是罗伯特·海因莱因、约翰·克里斯托弗和约翰·温德姆三位科幻作家。伙计，我脑子里一直在想那些老故事，比如时间扭曲、空间扭曲和外星人还有外星生物群袭击之类的怪异事件。”

布莱恩点点头。他感到欣慰，很高兴知道自己不是唯一胡思乱想的人。

“我的意思是，我们其实无法知道下面是否还有东西，是不是？”

“没错，”布莱恩说，“我们不知道。”

在伊利诺伊州上空，低空的云层遮住了飞机下方大片的陆地。他确信那仍然是地球——即使从三万六千英尺的高度看，落基山脉也似曾相识，让人放心——但除此之外，他就什么都不确定了。云层可能一直覆盖到班戈。由于联络不上飞航管制中心，他无从得知。布莱恩设想过好几种可能状况，其中最令人不愉快的就是这个：他们从云层里出来，发现所有的生命迹象——包括他希望降落的机场——都不见了。那他要把这架飞机降落在哪儿？

“我一直觉得最难的是等待。”尼克说。

*什么东西最难的部分？*布莱恩想知道，但他没有问。

“假如你把我们降到五千英尺左右？”尼克突然提议，“只是随便看看。也许看到几个小镇和州际公路会让我们放心。”

布莱恩已经考虑过这个想法了，也非常渴望能这么做。“我很想这么做，”他说，“但我不能。”

“为什么不行？”

“乘客仍然是我的首要责任，尼克。即使我事先解释了我要做什么，他们也可能会惊慌失措。我特别想到了我们那位急着要赴约的大嗓门朋友。就是被你拧了鼻子的那个。”

“我能对付他。”尼克回答，“还有其他发脾气的人。”

“我相信你能，”布莱恩说，“但我还是觉得无需不必要地吓唬他们。我们最终会知道的。你知道，我们不能永远在空中飞。”

“太对了，伙计。”尼克平淡地说。

“如果我能确定我能在四千或五千英尺的高空躲到云层下面，我无论如何都会这么做的，但没有空中交通管制，也没有其他飞机可以通话，我不敢肯定。我甚至不确定下面的天气究竟如何，而且我也不是在说正常的事情。如果你想的话，你可以嘲笑我……”

“我没有笑，伙计。我甚至没半点想笑的意思。相信我。”

“好吧，假设我们穿越了时空，就像科幻故事里的那样？如果我带着我们穿过云层，快速地看一看，结果看到在某个农夫的田里有一大堆雷龙在吃草，然后我们就被龙卷风刮得支离破碎，或者被雷暴烤焦了，那怎么办？”

“你真的认为有可能吗？”尼克问。布莱恩仔细地看着他，想知道这个问题是否带有讽刺意味。似乎没有，但很难说。英国人以他们的冷幽默而闻名，不是吗？

布莱恩本想告诉尼克说，他曾经在《阴阳魔界》[①]的一集里看到过类似的东西，然后他觉得这对他的可信度毫无帮助。“我猜是相当不可能吧。但你应该明白——我们只是不知道现在面对的究竟是什么。说不定会在原来的纽约州北部撞上一座以前没有的山，或是撞上另一架飞机。妈的，甚至撞上火箭助推的航天飞机。毕竟，如果这是时空穿越，我们回到过去或前往未来都有可能。”

尼克从窗户往外看：“空中好像就只有我们。”

“在空中是这样没错，在下面，谁知道呢？‘谁知道’对民航机飞行员来说是非常危险的状况。如果云层不散的话，我们到达班戈的时候，我打算飞过那儿，然后在折回来时再飞下云层。如果我们在水面上进行首次降落，机会就大一些。”

“所以我们现在只能继续飞。”

“对。”

“还有等待。”

“是的。”

尼克叹口气：“好吧，你是机长。”

布莱恩笑了：“你三次都说对了。”

---

① 《阴阳魔界》(*Twillight Zone*)，是由美国哥伦比亚广播公司出品的系列剧。

4

在太平洋和印度洋海底的深沟里，有一些鱼从未看见过或感觉过阳光。这些神奇的生物就像幽灵般的气球，在深海中巡游，借着体内的发光物照亮自己。尽管看起来脆弱，但它们实际上是生物设计的奇迹，能承受眨眼之间就能把人压扁的压力。然而，它们的巨大优势也是它们的巨大弱点。它们被自己异样的躯体所囚禁，永远被锁在黑暗的深处。如果它们被捕获、上升至海面、朝向阳光的话，它们会立刻爆开。摧毁它们的不是来自外部的压力，而是因为相对于海底的环境，海面没有外部压力。

克雷格·图米就在他自己黑暗的深沟中长大，他生活在自己的高压环境中。他的父亲曾是美国银行的一名高管，很长一段时间不在家，就像漫画中典型的完美成功人士。他鞭策自己独生子的方式，就像鞭策自己一样强烈而冷酷。在克雷格小时候，他给克雷格讲的睡前故事就吓坏了他。这也并不奇怪，因为罗杰·图米要在那孩子心中唤醒的正是恐惧。这些故事的大部分内容都是关于一种叫做“兰格利尔”的怪物。

“兰格利尔”的工作，它们一生的使命（在罗杰·图米的世界里，一切都有自己的工作，一切都有一本正经的工作要做）就是吃掉那些懒惰、浪费时间的孩子。到七岁的时候，克雷格已经是一个一心向上的优等生，就像他爸爸一样。他下决心绝对不让“兰格利尔”抓到他。

成绩单上如果不是全“A”，那就是无法接受的。拿个“A-”就会被严厉批评一番，警告他以后只能沦落到去挖水沟或翻垃圾桶；拿个“B”就会受罚，一般是在房间里关一星期。在那个星期里，克雷格只能出去上学和吃饭，行为表现良好也不能放假。另一方面，克雷格的非凡成就——比如他赢得了三校十项全能比赛，却没有得到相应的表扬。当克雷格向他父亲展示那枚在全体学生面前授予他的奖章时，他父亲瞟了一眼，咕哝了一声，然后又回去看他的报纸。克雷格的父亲死于心脏病时他只有九岁。实际上，当着美国银行主管、仿佛巴顿将军的父亲的死让他松了一口气。

他的母亲是个酒鬼，她酗酒的唯一原因就是害怕她的那个男人。罗杰·图米入土为安，再也无法搜出她的酒瓶全部打烂，也打不了她，要她控制住自己。看在上帝的分上，凯瑟琳·图米认真地开始了她一生的工作。她时而用爱让儿子窒息，时而用冷漠让他感到心寒，这取决于她当时血液里杜松子酒的含量。她的行为常常很奇怪，偶尔更是怪异非常。在克雷格满十岁的那一天，她把一根厨房木柴放在他的两个脚趾间，点燃了它，然后唱着“祝你生日快乐”。火慢慢地烧向克雷格的身体。她告诉克雷格，如果他想把它抖出来或者把它踢出来，她就马上把他送到孤儿院去。当凯瑟琳喝饱酒的时候，常常用送他去孤儿院威胁他。“我反正都得送你去的。”她边说边点燃了插在哭泣的儿子脚趾间的火柴，好像在点细细的生日蜡烛。“你真像你父亲。他不懂怎么玩，你也不懂。克雷格乖乖，你这个讨厌鬼。”她唱完歌、吹熄蜡烛的时候，克雷格右脚第二根和第三根脚趾的皮肤已经快烧焦了，但克雷格从来没有忘记黄色火焰，卷曲、烧黑的火柴，还有那越来越热的感觉，耳中听着母亲用低沉柔和的声音颤抖地唱着“生日快乐，亲爱的克雷格乖乖，祝你——生日快乐”。

压力。

深沟里的压力。

克雷格继续成绩全“A”，也继续大半时间都宅在房里。那曾经是惩罚他的地方，如今成了他的避难所。他大多在房间里用功，但有时——当事情不顺利时，当他感到压力很大的时候——他会拿起一张又一张的信纸，撕成窄窄的纸条。他会让它们在脚边飘落，堆成一大堆，而他的眼睛则茫然地盯着前方。但这种茫然的时候并不常见。当时并不多。

高中毕业时，他获选为致告别词的学生代表，但他的妈妈没有出席。她喝醉了。他以全班第九名的成绩毕业于加州大学洛杉矶分校管理学院。他妈妈没有来。她已经去世了。在他内心深处的黑暗深沟里，克雷格十分确信那些“兰格利尔”终于抓走了她。

克雷格到加州的沙漠太阳银行公司工作，参加高管培训项目。他做得很好，这并不奇怪，毕竟他一直被培养成一切都拿“A”的人，让他能在深渊的压力之下茁壮成长。有时，在工作中遇到一些小挫折后（那只是短短五年前，所有的挫折都微不足道），他会回到他在韦斯特伍德的公寓，距离布莱恩离婚后住的公寓套房还不到半公里，然后他会撕上好几个小时的长纸条。他撕纸条的行为越来越频繁。

在那五年期间，克雷格快节奏的管理方式像猎狗追赶机械兔子一样。公司饮水机旁的流言猜测，他很可能会成为“沙漠太阳”四十年光辉历史上最年轻的副总裁。但有些鱼天生只能上升到这么高，不能更高。如果它们违反了内在的限制，就会爆掉。

八个月前，克雷格·图米被指派全权负责他的第一个大型项目——相当于交给公司的硕士论文。这个项目是债券部门做的。债券包括外国债券和垃圾债券（它们经常是一样的），这是克雷格的专长。该项目提议按照精心制定的时间表，购买数量有限的有问题的南美债券——有时也被称为坏账债券。这些收购背后的理论是充分合理的，因为有一定的保险，且可获得更大的税收减免从而带来利润（美国几乎是在竭尽全力防止南美债务的复杂结构像纸牌屋子一样倒塌），只是小心就行。

克雷格·图米提出了一个大胆的计划，引起了许多人的注意。它的核心是大量购买各种阿根廷债券，这些债券通常被认为是一堆坏债券中最糟糕的。克雷格为他的计划进行了有力而有说服力的论证，用事实、数据和预测来证明他的论点，即阿根廷债券比它们看起来要可靠得多。他大胆地指出，“沙漠太阳”可能成为美国西部最重要也最富有的外国债券买家。他说，他们赚到的钱远不如他们建立的长期信誉重要。

经过大量的讨论，其中一些非常激烈，克雷格的这个项目获得了批准。高级副总裁汤姆·霍尔比在会后把克雷格拉到一边表示祝贺……也警告他，说：“如果在这个财政年度结束时事情能像你预期的那样发展，你就会成为所有人的宠儿。如果没有，你的处境会很艰难，克雷格。我建议你在未来几个月做好准备。”

“我不需要准备，霍尔比先生。”克雷格自信地说，“在这之后，我需要一架悬挂式滑翔机。这个项目将会是本世纪最了不得的债券交易，就像在廉价大拍卖时发现了钻石。你等着瞧吧。”

那天晚上他很早就回家了，关上公寓门、上好三道锁之后，他脸上的自信笑容就消失了。取而代之的是那种令人不安的茫然表情。他在回家的路上买了一些新闻杂志。他把它们带到厨房，在他面前的桌子上整齐地摆好，然后开始把它们撕成又长又窄的条。他这样做了六个多小时。他一直撕，直到《新闻周刊》《时代》和《美国新闻与世界报道》在他周围的地板上变成各种撕出来的碎片。他的古驰拖鞋深埋在其中，他看起来像是一家纸带厂爆炸后唯一的幸存者。

他提议购买的债券，尤其是阿根廷债券，风险比他所透露的要高得多。他夸大了一些事实，也隐瞒了另一些事实，从而使他的建议得以通过。他甚至凭空假造了一些资料，尤其假造的部分还挺多的。然后他回家了，撕了好几个小时的纸条，不知道自己为什么要这么做。他不知道的是，生存在深沟里的鱼一辈子都在不见天日的环境里活着又死去；他不知道鱼与人面对的可怕怪兽不是压力，而是没有压力。他只知道，他一直处于一种无法抗拒的冲动之中，非买那些债券不可，非得在自己额头上贴上一块靶子。

现在，他要在波士顿的保诚中心会见五家大型银行的债券代表。会上将会有很多对债券的比较、对世界债券市场未来的猜测、对过去十六个月的购买以及购买结果的讨论。在为期三天的会议的第一天结束之前，他们都将知道克雷格·图米在过去九十天里知道的事情：他购买的债券现在还不到面值的六分之一。在那之后不久，“沙漠太阳”公司的高层就会发现真相：他买的债券数量是公司授权的三倍。他还把自己所有的积蓄都投入了投资，他们并不会在意这个。

谁知道这些鱼在那些深海沟中被捕获并被迅速带向水面面对它从未见过的阳光时，会有什么感觉？难道它的最后时刻不是应该充满了狂喜而非恐惧吗？只有当压力最终消失时，它才会感受到所有压力带来的毁灭性现实？就在鱼爆开之前的几秒钟，鱼是否开心又激动地想（从鱼的角度思考的话）：*我终于摆脱了那种负担*？可能不会。来自黑暗深处的鱼可能根本没有感觉，至少我们看不出来，而且它们当然不会思考……可是人类却会。

当克雷格·图米登上美国骄傲航空公司飞往波士顿的29号航班时，他并没有感到羞愧，相反，他感到了巨大的解脱和一种兴奋而恐惧的快乐。他就要爆开了，但他发现自己根本不在乎。事实上，他发现自己在盼望着。当他上升到水面时，他能感觉到压力从他所有的皮肤表面剥落。几个星期以来，第一次没有撕纸的现象。29号航班还没离开登机口，他就已经像小婴儿似的熟睡，直到那个瞎眼的小家伙像猫一样乱叫为止。

现在他们告诉他，一切都变了，这是不允许的，绝对不行。他已经给牢牢地套在网里，感觉到了令人眩晕的上升，皮肤也绷得很紧。现在他们不能改变主意，又把他丢回深渊。

班戈？

班戈？缅因州？

噢，不行。绝对不行。

克雷格·图米隐约知道29号航班上的大部分乘客已经失踪，但他并不在意。他们不重要。他们不是他父亲向来喜欢称为“**大局**”的一部分。保诚中心的会议才是“**大局**”的一部分。

改飞到缅因州班戈的想法太疯狂了……这究竟是谁的计划？

当然，这是飞行员的主意。布莱恩的主意。那个所谓的机长。

布莱恩，好吧……布莱恩很可能是“**大局**”的一部分。事实上，他可能是**敌人的间谍**。从布莱恩开始通过对讲机讲话的那一刻起，克雷格就在心里怀疑这一点，但在这种情况下，他不需要靠自己的直觉，不是吗？的确不需要。他一直在听那个瘦削的孩子和身穿破烂运动外套的男人说话，这个人的穿衣品味很糟糕，但他说的话对克雷格·图米来说却很有道理。至少在某种程度上是这样的。

这样的话，机长也是我们之中的一个，那男孩说。

是也不是，穿破旧运动外套的家伙说，在我的情节里，阿尔伯特，机长是机长。那个碰巧在飞机上的飞行员，本是搭免费班机去波士顿的。那个飞行员只是碰巧坐在离驾驶舱门不到三十英尺的地方。

换句话说，是布莱恩。

而另一个家伙，就是那个扭克雷格鼻子的家伙，显然是他的同伙，类似机上的乘警，目的是保护布莱恩，以免被任何碰巧识破的人发现。

他没有继续偷听那个孩子与穿破烂运动外套的男子聊太久，因为大约在那时候，破烂运动外套男子的话开始莫名其妙了，开始喋喋不休地说着关于丹佛、得梅因和奥马哈消失的疯话。美国三个大城市能直接消失这根本是绝对不可能的……但这并不意味着老家伙说的每句话都是错的。

当然，这只是一个实验。这个想法并不愚蠢，一点也不。但那个老家伙认为机上每个人都是实验对象的想法更疯狂。

是我，克雷格想。是我。实验对象是我。

在克雷格的一生中，他一直觉得自己是这样一个实验对象。*先生们，这是一个比例的问题：压力与成功的比例。正确的比率会产生一些未知因素。未知因素是什么？这就是我们的实验对象克雷格·图米将向我们展示的。*

但是克雷格·图米做了一件他们没有预料到的事，一件任何人养的小猫、老鼠、天竺鼠从来没胆去做的事：他告诉他们他要退出实验。

可是你不能退出！你会爆开的！

会吗？很好。

现在他明白了，彻底明白了。这些人要么是无辜的旁观者，要么是临时演员，他们被雇来给这个愚蠢的小戏剧增加一些急需的逼真感。整件事都是为了一个目的：不让克雷格去波士顿，不让克雷格退出实验。

但我还是要给他们看看，克雷格想。他从飞机上的杂志里撕下另一张纸看了看，纸上是一个快乐的男人。这个人显然从来没有听说过“兰格利尔”，他显然不知道它们潜伏在地平线上的每一处灌木丛里、在树后的每一个阴影里。这个快乐的人开着他从安飞士租车公司租来的车子在乡间小路上行驶。广告上说，当你在安飞士出示你的美国骄傲航空公司的飞行常客卡时，他们不但会几乎免费给你一辆车子开，也许还会有

一个游戏节目的女主持人为你驾驶。他开始从光滑的广告边上撕下一张纸。长而缓慢的撕裂声让人痛苦不堪，但却让人平静下来。

我会让他们知道，当我说我要退出的时候，我是认真的。

他把纸条扔在地上，开始撕下一条。慢慢地撕是很重要的。很重要的一点是，每一条都应该尽可能地窄，但是你不能把它们弄得太窄，否则它们就会在你到达页面底部之前就断了。要把每一张纸条都撕好，需要锐利的眼睛和无畏的双手。我两样都有。你最好相信我。你最好相信我。

撕……撕。

我可能得杀了机长。

他的手在纸的中间停住了。他向窗外望去，看见自己那张苍白的长脸映在黑暗中。

我可能也得杀了那个英国佬。

克雷格一生中从未杀害过任何人，他下得了手吗？随着越来越松了一口气，他认为自己下得了手。当然不是大家还在空中的时候；那个英国佬动作非常快，又非常强壮，而且飞机上没有足够可靠的武器。但要是着陆以后呢？

对，如果必须杀的话，是的。

毕竟，保诚的会议计划持续三天。现在看来，他肯定要迟到，但至少他可以解释：他被下了药，然后被一个政府机构扣为人质。他们听了肯定目瞪口呆。他想象自己站在他们面前，看到他们惊恐的面孔，来自全国各地的三百名银行家聚集在一起讨论债券和债务问题，竟意外听见政府肮脏伎俩的丑陋真相。朋友们，我被绑架了——

撕……撕。

——我能逃走，完全是靠……

撕……撕。

如果有必要，我可以把他们都杀了。其实我能把他们全杀了。

克雷格·图米的手又动了起来。他扯下剩下的纸条，把它扔在地上，开始撕下一张。杂志里有很多页，每一页可以撕成好多纸条，意思是说，这意味着在飞机着陆前还有很多事可以做。但他不担心。

克雷格是个敢作敢为的人。

5

劳蕾尔没有再睡，但她确实打了个盹。她的思考——在这种精神不受束缚的状态下，几乎变成了梦境——转向了究竟为什么要去波士顿。

我应该开始我十年来第一次真正的假期，她说，但那是一个谎言。这里面有一点是真的，但是她怀疑自己当时说的话是否可信。她从小到大都没有学会说谎，说谎技巧不怎么样。她猜29号航班剩下的乘客中应该没有人会太在意她有没有说谎。不是在这种情况下。你要去波士顿和一个你从未见过的男人见面，而且几乎可以肯定是和他上床，然而这件事和飞机上大多数乘客与所有机组人员离奇失踪比较起来就显得苍白无趣了。

亲爱的劳蕾尔：

我非常期待见到你。当你走出登机道的时候，甚至不用拿我的照片出来核对。我心里七上八下的，你只需要找那个飘飘然到天花板上的人……

他名叫达伦·克罗斯比。

她不需要看他的照片，这是事实。她记住了他的脸，就像她记住了他的大部分来信一样。问题是为什么。对于这个问题，她没有答案。她完全没头绪。这佐证了《魔戒》作者托尔金的那句话：你每次走出家门都必须小心，因为你面前是一条会一直向前的路。如果你一不小心，就会发现自己……呃……不知身在何处，变成一个陌生人，在一个陌生的地方，却不知道自己是怎么到那儿的。

劳蕾尔告诉了大家自己要去哪儿，但她没有告诉任何人她为什么要去或去做什么。她毕业于加州大学，有图书馆学硕士学位。虽然她不是模特，但身材匀称，看上去很讨人喜欢。她那一小群好友要是知道她怎么想的，肯定都目瞪口呆——远赴波士顿，打算暂住在一个只通过信的男人那里，一个她通过名为《朋友与恋人》杂志里的交友广告栏认识的男人。

其实她自己也感到非常惊讶。

达伦·克罗斯比身高六英尺一英寸，重一百八十磅[①]，有一双深蓝色的眼睛。他喜欢苏格兰威士忌（但不贪杯），他有一只叫斯坦利的猫，他是个完全的异性恋者，也是个完美的绅士（至少他是这么说的），他认为劳蕾尔是他听过的最美丽的名字。他寄来的那张照片上的人有着一张愉快、坦率、聪明的脸。她猜他是那种不一天刮两次胡子就会显得表情邪恶的人。这就是她所知道的全部。

在六年的时间里，劳蕾尔和六个男人通信——她认为这是一种爱好，但她从没想过要迈出下一步——这一步。她猜想达伦的嘲讽和自嘲式的幽默感吸引了她，但她沮丧地意识到，真正的原因根本不在达伦身上，而在她自己身上。真正吸引她的难道不是她想琢磨透自己为什么会有如此强烈的跳脱自我的欲望？为什么愿意直接飞到一个陌生之地，希望能遇到意外的好运？

你在干什么？她又问自己。

劳蕾尔从瞌睡中醒来，环顾四周。她看见那个十几岁的女孩坐在她对面的座位上正往窗外看。

“看见什么了？”劳蕾尔问，“有任何东西吗？”

“太阳升起来了，”姑娘说，“不过，就这样。”

“地面呢？”劳蕾尔不想站起来自己看。黛娜的头还靠在她身上，劳蕾尔不想吵醒她。

“看不到，下面都是云。”她环顾四周，眼神变清澈了，脸上也恢复了一点血色——虽然不多，但有一点，“我叫贝萨妮·希姆斯。你呢？”

“劳蕾尔·史蒂文森。”

“你觉得我们会没事吗？”

“应该会吧，”劳蕾尔说，然后勉强补充道，“我希望如此。”

“我很怕云层下面会有什么，”贝萨妮说，“我反正怕。怕去波士顿。尽管再过十天学校就要开学了，但母亲突然决定让我和肖娜姨妈一起住上几周，这真是个馊主意。我猜她们是想让我下机之后乖得像

---

① 1 磅=0.4535924 千克。

小羊羔，然后让肖娜姨妈随便控制。”

“怎么控制？”

“不要放弃，不要在乎那两百美元，直接到最近的康复中心把瘾戒了。”贝萨妮回答道，她用手捋着她乌黑的短发，“事情本来就已经很奇怪了，所以这看起来也没什么大不了的。”她仔细打量了劳蕾尔一下，然后非常严肃地补充道，“这是真的，不是吗？我是说，我已经在掐自己了。好几次了。并没有什么改变。”

“是真的。”

“感觉不像是真的，”贝萨妮说，“感觉像那种愚蠢的灾难片。《机场一九九〇》[1] 之类的。我一直在寻找像威尔福德·布里姆雷[2] 和奥利维娅·德哈维兰[3] 专门演这种电影的老演员。他们应该在暴风雨中相遇并坠入爱河，你懂吗？”

“我想他们不在飞机上。”劳蕾尔严肃地说。她们互相对视了一下，有好一会儿几乎都笑了起来。果真如此的话，她们会成为朋友的……然而她们没有。还差一点。

“你呢，劳蕾尔？你也遇到了灾难片一样的难题吗？”

“恐怕没有。”劳蕾尔回答说……接着她真的笑了起来。因为她脑海中闪过了一个鲜明的想法：*你在撒谎！*

贝萨妮用手捂住嘴，咯咯地笑了起来。

“天哪，”过了一会儿她说，“我的意思是，这真是吓死人了，你知道吗？”

劳蕾尔点头。“我知道。”她停顿了一下，然后问，“你需要戒什么呢，贝萨妮？”

“我不知道。”她又转过身向窗外望去，她的笑容不见了，声音也阴沉起来，“我想是吧。我以前以为那只是玩玩，但现在我不知道了。我猜是失去控制了。可是给人这么送走……我觉得自己就像一头躺在屠宰场滑道里的猪。”

---

① 戏仿电影《机场 1975》(*Airport 1975*)，美国灾难片。

② 威尔福德·布里姆雷（Wilford Brimley，1934—2020），美国演员。

③ 奥利维娅·德哈维兰（Olivia De Havilland，1916—2020），美国演员。

“我很抱歉。”劳蕾尔说，但她也向自己感到抱歉。那失明的小女孩已经跟定她了，她不需要第二个跟着她的。现在她又完全清醒了，而且非常害怕，害怕极了。如果这个女孩需要把满腹灾难片一样的焦虑发泄出来，她可不想当她的情绪垃圾桶。想到这里，她又笑了，她实在忍不住。这真是吓死人了。真的。

“我也很抱歉，”贝萨妮说，“不过我想现在不是担心这个问题的时候，对吧？”

“我想可能是吧。”劳蕾尔说。

“在那些有关机场的电影里，机长从来没有消失过，是不是？”

“我记得没有。”

“快六点了，还有两个半小时。”

“对。”

“希望世界还在，”贝萨妮说，“开始能这样就够了。”她又仔细看了看劳蕾尔，“我猜你不会有草可以吸吧？”

“恐怕没有。”

贝萨妮耸耸肩膀，疲倦地朝劳蕾尔微笑了一下，但却奇怪地有些迷人。“好吧，”她说，“你在我前面——我只是害怕。”

6

一段时间后，布莱恩·恩格尔重新检查了他的航向、空速、导航数据和飞海图。最后他看了看手表。现在是八点过两分。

“好了，”他头也不回地对尼克说，“不管怎么样，我想差不多是时候了。”

他向前伸手，轻弹了一下系好安全带的指示灯。铃声低沉而悦耳。然后他弹了一下对讲机的开关，拿起了话筒。

“女士们，先生们，你们好。我是恩格尔机长。我们现在在大西洋上空，在缅因州海岸以东大约三十英里，我们将很快降落到班戈地区。一般情况下，我不会这么早就打开安全带指示灯，但眼前情况非同寻常。我母亲总是说，谨慎是勇敢中更重要的一部分。本着这种精神，我希望你们确定自己的安全带都系紧了。我们下面的情况看起来并不是特别危险，但由于没有无线电通信，天气对我们所有人来说都可能是个惊喜。我一直希望乌云会散去，我确实在佛蒙特州上空看到有几个小洞，但我担心它们又闭上了。根据我当机长的经验，我可以告诉你们，在我们下面看到很多云，对我来说并不意味着天气很坏。我想班戈的天气可能是阴天，有小雨。我们现在开始下降。请保持冷静。我的仪表板上都是绿色的，一切程序都按常规进行。”

布莱恩没有花时间去设定自动驾驶的降落程序，而是自己动手开始降落。当767飞机在高空开始向四千英尺的云层缓慢下滑时，他让飞机做了一个漫长而缓慢的转弯，他的座位略微向前倾斜。

“这些话听起来让人安心。”尼克说，“伙计，你应该从政。”

“我怀疑他们现在是否会觉得舒服。”布莱恩说，“如果我是乘客，我就不会。”

其实，这是坐在驾驶座上以来最害怕的一次。相比之下，东京7号航班的漏压事故似乎只是个小故障。他的心脏在胸膛里缓慢而沉重地跳动着，像丧礼上的鼓声。他咽了口唾沫，听到喉咙里咕噜一声。29号航班下降到了三万英尺以下，仍然在下降。没有什么特征的白色云层现在更近了，从一端的地平线延伸到另一端地平线，就像某种奇怪的舞厅地板。

“我怕得要死，伙计。”尼克·霍普韦尔用一种奇怪的、嘶哑的声音说，“我是在马尔维纳斯群岛[①]见过阵亡的人，我腿上也中过枪，我的特氟龙膝盖可以证明这一点。我在贝鲁特还曾经差一点被一辆炸弹卡车炸死，那是一九八二年的事，但我从来没有像现在一样害怕。我有些想抓住你，让你带我们重新飞回去，飞到这架飞机的极限。”

“那样做没什么好处。”布莱恩回答道，他自己的声音也不再平静，他能在自己的声音里听见自己的心跳，“记住我以前说过的话……我们不能永远在空中飞。”

“我知道。可是我怕云层下面有东西，或者云层下面没有东西。”

---

① 英称福克兰群岛，原属阿根廷，1833年被英国占领。阿、英对其归属有争议。1982年曾爆发战争，1995年两国达成捕鱼和石油勘探、开采协议。

“这个，我们一起看看吧。”

“没有别的办法，是不是，伙计？”

“完全没有。”

767 降低到二万五千英尺以下，仍然在下降中。

7

所有的乘客都在主舱里，就连大部分时间里固执地坐在商务舱座位上的秃头男子也加入了他们的行列。除了坐在飞机最后面的那个大胡子男人，他们都醒了。他们听到大胡子男人的鼾声，阿尔伯特·考斯纳突然非常嫉妒他，多么希望他能像大胡子男人那样，等大家安全降落之后才醒来，然后说出他最可能说的话：我们到底在哪儿？

此外唯一的声音是克雷格轻轻撕机上杂志的撕……撕……撕声。坐着的他，脚边堆了高高的长纸条。

“你能不能停下来？”唐恩·加夫尼问道，他的声音非常紧绷，“这快把我逼疯了，老兄。”

克雷格转过头，用空洞的大眼睛注视着唐恩·加夫尼。他转回头去，举起他正在撕的一页，那页正好是美国骄傲航线图的东半部。

撕……撕。

唐恩张开嘴想说点什么，然后又闭上了。

劳蕾尔搂住黛娜的肩膀。黛娜用两只手握着劳蕾尔另一只手。

阿尔伯特和罗伯特·詹金斯坐在唐恩前面。坐在阿尔伯特前面的是那个留着黑色短发的女孩，她正望着窗外，身体笔直地站着，好像是用铁丝扎在一起。在她前面坐着的是商务舱的秃头男。

“好吧，至少我们能弄点吃的了！”他大声说道。

没有人回答。主机舱的气氛似乎非常紧张。阿尔伯特·考斯纳感到他身上的每一根汗毛都竖了起来。他想找沙漠公爵、邦特莱男爵“王牌”考斯纳来安慰自己，但找不着。“王牌”度假去了。

云层更近了，看起来不再是扁平的；现在劳蕾尔能看见云朵松软的曲线，和满是清晨阴影的云朵缺口。她很想知道达伦·克罗斯比是否还耐心等在那儿，还在洛根机场某个美国骄傲航空的空桥出口等着她。当发现自己其实并不在乎这个的时候，她并没有惊讶。她的目光被拉回到云层上，她完全忘记了喜欢苏格兰威士忌（但不贪杯）、自称是个完美绅士的达伦·克罗斯比。

她想象着一只手，一只巨大的绿手，突然冲破云层，像愤怒的孩子抓住玩具一样抓住767。她想象着那只手紧捏了，看到飞机燃料在那巨大的指关节间燃烧着橙色的火焰，于是她闭上了眼睛。

*别下去！*她想尖叫。*哦，求你了，不要下去！*

但他们还有什么选择呢？有什么选择？

“我很害怕。”贝萨妮·希姆斯带着哭腔含糊地说道。她走到中间的一个座位上，系好安全带，双手紧紧地按在肚子上。“我大概会昏过去。”

克雷格·图米瞥了她一眼，然后开始从航线图上撕下长长一条。过了一会儿，阿尔伯特解开安全带，站了起来，坐在贝萨妮旁边，又系上安全带。才刚刚系好，贝萨妮就抓住了他的两只手。她的皮肤和大理石一样冰冷。

“没事的。”他说，努力让自己的声音听起来坚强且不害怕，努力让自己听起来像密西西比河以西枪法最快的犹太小子。然而，他的声音只是像阿尔伯特·考斯纳，一个吓得快尿裤子的十七岁的小提琴学生。

“我希望……”贝萨妮刚开口，29号航班开始抖动起来，她失声尖叫。

“这是怎么了？”黛娜用细而焦虑的声音问劳蕾尔，“飞机出了什么问题吗？我们要坠机了吗？”

“我不……”

扩音器传出布莱恩的声音。“各位，这是普通的小湍流，”他说，“请保持冷静。当我们进入云层时，我们可能会抖得厉害些。你们大多数人以前都经历过这种情况，所以别担心。”

撕……撕。

唐恩·加夫尼又看了看那个圆领衫男一眼，突然感到一种无法克制的冲动，想从那个狗娘养的怪小子手里扯下那本飞行杂志，然后用杂志揍他。

云层现在很近了。罗伯特·詹金斯能看见767黑色的机身掠过飞机下方云层的白色表面。飞机很快就会亲吻到自己的影子，然后消失。他这辈子从来不曾有过预感，但现在有了，而且是个确定而完整的预感。当我们冲破云层，我们将看到人类从未见过的东西，令人完全难以置信的东西……但我们不得不相信。我们别无选择。

他放在座位扶手上的两只手握紧了，一滴汗水流进一只眼睛。罗伯特没有举起手去擦，而是试着眨了眨眼睛，驱散汗水带来的刺痛感。他觉得双手好像被钉在座位的扶手上了。

“我们会没事吗？”黛娜焦急地问。她的手紧紧握住劳蕾尔的手。她的手虽小，但捏起来还是让人很疼。“真的会没事吗？”

劳蕾尔向窗外望去。现在，767在云层上掠过，第一缕棉花糖一样的云从她的窗前飘过。飞机又经历了一连串的颠簸，她不得不按着喉咙，以免自己呻吟。她有生以来第一次因为恐惧而感到身体难受。

“希望如此，甜心，”她说，“希望没事，但我真的不知道。”

8

“雷达上有什么，布莱恩？”尼克问，“有什么异常情况发生吗？有没有什么情况？”

“没有。”布莱恩说，“它说世界还在下面，雷达就这么说。我们……”

“等等，”尼克说，他的声音紧绷，好像他的喉咙已经闭合成了一个针孔，“我们重新爬高，让我们仔细考虑一下。等云层散掉……”

“没有足够的时间和燃料。”布莱恩的眼睛死死地盯着面前的仪表，飞机又开始抖动，他不假思索就修正了，“坚持住。我们要穿过云层了。”

他把控制杆推向前。玻璃盖下面的测高仪指针开始快速移动，29号航班滑入云层。有一会儿，机尾伸了出来，像鲨鱼的鳍一样划过松软的表面。过了片刻，机尾也消失了。天空中什么也没有……就好像从来没有飞机一样。

第四章

云层中。欢迎来到班戈。热烈的掌声。逃生滑梯与输送带。
没有电话铃响。克雷格独自离开。失明小女孩的警告。

1

主机舱里从阳光四射变成了暮色朦胧，飞机开始颠簸得更厉害了。在一次特别沉重的震动后，阿尔伯特感到右肩有东西压着。他回头发现贝萨妮的头靠在自己肩上，沉得像一个成熟的十月南瓜。这个女孩晕过去了。

飞机又跳一下，头等舱传来一声沉重的撞击声。这次是黛娜尖叫起来。唐恩也大叫：“那是什么？老天，那是什么？”

“饮料推车。”鲍勃[1]·詹金斯用低沉干涩的声音说，他试着大声点，好让大家都能听见，结果却发现自己无法做到，“记得吗？饮料车被遗漏了。我想它一定是滚过去了……”

飞机来了一次令人眩晕的过山车飞跳，再急速下落，饮料手推车砰的一声翻倒。玻璃都碎了。黛娜又尖叫起来。

“没事的。”劳蕾尔心慌意乱地说，“别把我抱得那么紧，黛娜，亲爱的，没关系的……”

“求求你，我不想死！我不想死！”

“这是正常的湍流，各位。”布莱恩的声音从扩音器里传出来，听起来很平静……不过鲍勃觉得好像在那声音中听到了几乎无法控制的恐惧。“只是要——”

又一次旋转剧烈的抖动，又一次碰撞，更多的玻璃杯和小瓶子从

---

① 罗伯特的昵称。

翻倒的饮料车上掉了下来。

“——冷静。”布莱恩把话说完。

唐恩·加夫尼左手边过道对面还是：撕……撕。

唐恩转向那方向：“马上给我住手，混蛋，不然我就把剩下的杂志塞到你喉咙里去。”

克雷格无动于衷地盯着他：“试试，你这个老混蛋。”

飞机又上下颠簸。阿尔伯特靠在贝萨妮的身上，看着窗户，她的胸部贴在他的手臂上。五年来，这种触感第一次没有让他立刻忘掉一切。他盯着窗外，绝望地寻找云层中的开口，试图用意志力弄开一个口子。

除了深灰色，什么也没有。

2

“伙计，云有多低?”尼克问。现在他们真的在云端了，他似乎冷静多了。

“我不知道，”布莱恩说，“我可以告诉你，比我希望的要低。”

“如果空间不够怎么办?”

“哪怕我的仪表只有一点点偏差，我们都得掉水里喝个饱，”他干脆地说，“不过，我觉得不会这样。如果我降到五百英尺还见不到底，我就拉起来，飞去波特兰。”

“也许你现在就应该往那边飞。”

布莱恩摇了摇头：“那里的天气几乎总是比这里糟糕。”

“普莱斯克岛怎么样?那里不是有一个远程的战略空军司令部基地吗?”

布莱恩只有片刻的时间来思考，这家伙真的知道比他应该知道的更多。“我们到不了那儿，我们会坠毁在森林里。”

“那波士顿也到不了。”

“对。”

“伙计，这开始看起来像是一个糟糕的决定了。”

飞机撞上了另一股看不见的湍流，这架 767 就像一只受了重伤的狗一样颤抖着。尽管布莱恩做了必要的纠正，但他还是听到了主机舱里传来的微弱的尖叫声，他希望自己能告诉他们这没什么，这架 767 能安然度过比这强二十倍的湍流。真正的问题是云层高度。

“我们还没脱离云层。”他说。高度表指着两千两百英尺。

“可是我们没有机动空间了。”

“我们——”布莱恩突然住口。一股如释重负的感觉像一只冰冷的手让他醒了神。“我们到了。”他说，“我们快飞出来了。”

在 767 飞机黑色机头前方，云层正在迅速稀薄。这是他们飞越佛蒙特州后，布莱恩第一次看到灰白色毛毯上有一条薄纱般的裂缝。透过它，他看到了铅灰色的大西洋。

布莱恩对着舱内的麦克风说：“女士们，先生们，我们即将脱离云层。我预计脱离后这些小湍流就会减弱。几分钟后，你会听到下面传来砰的一声。这将是放下起落架和轮子锁定到位的声音。我现在要继续降落在班戈地区。”

他关上麦克风，转向坐在领航员位子上的那个人。

“祝我好运，尼克。”

“噢，我想的，伙计……我愿。”

3

劳蕾尔屏住呼吸望着窗外。云层正在迅速散开，她像眨眼一样能从空隙中看见若隐若现的海面：海浪，白色的浪头，然后是一大片岩石从水里伸出来，像一个死去的怪物的獠牙。她瞥见了一抹明亮的橙色，可能是一个浮标。

他们飞越一个绿树掩映的小岛，她斜着身子，伸长脖子才看见正前方的海岸。漫长如永恒般的四十五秒之间，一缕缕薄云模糊了视线。等他们脱离云层的时候，767 再度飞至陆地上空，他们飞越一片田野、一片森林、一处像池塘一样的东西。

但是房子在哪里？道路、汽车、建筑和高压电线在哪里？

然后一声喊叫陡然从她的喉咙里冒了出来。

“怎么了？”黛娜几乎尖叫，“怎么了，劳蕾尔？有什么问题吗？”

“没有！”她得意地喊道。她能看到下面一条狭窄的路通向一个海边的小村庄。从空中看来，它像个玩具小镇，大街上停着许多小玩具车。她看到了教堂的尖塔、镇上的碎石坑，还有一个少年棒球联盟的棒球场。“没有哪里不对！它们都在！都在！”

坐在她后方的罗伯特·詹金斯说话了。他的声音冷静平稳而且非常失望。“小姐，”他说，“恐怕你完全错了。”

4

一架长长的白色喷气式客机在班戈国际机场以东三十五英里的上空缓缓巡航，飞机尾部印着醒目的大数字 767。机身上写着“美国骄傲”，这些字体呈现向后倾斜的样子表示速度感。机头两侧是航空公司的商标：一只巨大的红色老鹰，它展开的翅膀上闪耀着蓝色的星星，鹰爪弯曲着，脑袋微微下垂，就像它装饰的那架客机一样，这只鹰看起来即将着陆。

飞机飞向前方建筑集中的城市时，在地面上没有留下任何影子。这里没有下雨，但是早晨是灰暗的，没有阳光。机腹滑开，起落架下降并展开，机身与驾驶舱下方的轮子的位置都已经锁定好。

美国骄傲航空 29 号航班进入在班戈降落的航道，飞机微微向左边倾斜。布莱恩机长能够通过视觉纠正他的航向了。

“我看见了！”尼克叫道，“我看到机场了！我的上帝，多美的景色啊！”

“如果你看到了，你就离开座位了。”布莱恩没回头就说话了，现在没有时间回头了，“系好安全带，闭嘴。”

但是那条长长的跑道是一幅美丽的景象。

布莱恩把机头对准跑道，继续向下滑行，高度从一千降到八百。在他的下方，一片似乎没有尽头的松树林从 29 号航班的翅膀下掠过，然后终于看见一片杂乱无序的建筑，布莱恩不安的眼睛立刻看见常见的那堆汽车旅馆、加油站和快餐店……然后他们经过佩诺布斯科特河，进入班戈上空。布莱恩又检查了一次，发现他的襟翼上亮起了绿灯，于是再尝试与机场联络……尽管他知道这是没有希望的。

“班戈塔台，这里是29号航班，”他说，“我宣布有紧急情况。重复，我宣布有紧急情况。如果有飞机在跑道上，请让出跑道。我要降落。”

他瞥了一眼空速指示器，正好降到了一百四十以下，这个速度理论上可以让他着陆。在他的脚下，稀疏的树木被一个高尔夫球场所取代。一个绿色的假日旅馆招牌在他眼前闪过，然后是跑道末端的灯光和跑道上漆着的巨大白色数字“33”向他冲来。

灯不是红色，也不是绿色，是死气沉沉的颜色。

没时间想了。没时间去想如果一架里尔喷气机或者一架宽体多伊卡型小飞机突然从他们前方滑上跑道会发生什么事。除了让飞机降落，现在没有时间做任何事。

他们飞过了一小片杂草和碎石，然后混凝土跑道在飞机下方三十英尺处出现。他们越过了第一组白色标识，然后地上开始有刹车痕，可能是国家空军警卫队的喷气式飞机在这么远的地方留下的。

布莱恩小心谨慎地让飞机对准跑道往下降。第二组白线标识闪现于他们下方……过了一会儿，主起落架着陆，飞机出现了轻微的颠簸。现在29号航班沿着三十三号跑道以每小时一百二十英里的速度滑行，机头微微抬起，机翼倾斜成一个小角度。布莱恩将襟翼全部拉起并启动反推力，于是又颠簸了一下，比刚才略轻一点，机头落地了。

然后飞机开始减速，从一百二十降到一百，从一百八十降到八十，从八十降到四十，从四十降到一个人可以奔跑的速度。

飞机降落了。他们降落了。

“常规降落，”布莱恩说，“没什么大不了。”然后他长长地、颤抖地呼了一口气，使飞机完全停了下来，此时距离最近的滑行道还有四百码。布莱恩瘦削的身体突然因为一阵寒颤扭曲了。他抬起手摸脸，擦去了一大把温热的汗水。他看着汗水，发出一声虚弱的笑声。

一只手落在他的肩膀上。“你没事吧，布莱恩？”

“还好。”他说着又拿起了机内通话麦克风，“女士们，先生们，”

他说，“欢迎来到班戈。”

布莱恩听到身后响起一片欢呼声，他又笑了起来。

尼克·霍普韦尔没有笑。他俯身在布莱恩的座位上，透过驾驶舱内的窗户向外张望。跑道上没有东西在动，滑行道上也没有动静，停机坪上没有卡车或安全车辆在柏油碎石路面来回穿梭。他能看到几辆车，一架陆军 C12 运输机停在外侧滑行道，还有一架达美航空 727 客机停在一个登机道旁，但都像雕像一样静止不动。

“谢谢你的欢迎词，我的朋友，”尼克轻声说，“非常感谢你，因为你似乎是唯一欢迎我们的人。这地方完全被废弃了。”

5

尽管无线电里继续保持安静，布莱恩还是不愿意接受尼克的判断……但当他滑行到客运大楼的两个登机道中间时，他发现自己非信不可了。不只是看不到人或者完全没有安全车辆疾驰过来查看这架意外飞来的 767 是怎么回事，而是这里一片死气沉沉。班戈国际机场好像已经荒废了一千年，或者十万年。那架达美航空喷气式飞机一侧机翼下有辆行李拖车，上面散落着几件行李。当他把 29 号航班尽可能靠近航站楼并停好时，他好几次盯着那辆行李拖车看，这十几个袋子看起来就像从某个令人难以置信的古城遗址挖掘出来的手工制品一样古老。他心想：*不知道当初发现图坦卡蒙陵墓的人是不是跟我现在的感觉一样。*

他让引擎熄火后，静坐片刻。现在，除了飞机后部的一个辅助动力装置——四个动力装置中的一个——发出的微弱声响之外，再也听不到任何声音。布莱恩的手移向一个标明“内部电源”的开关，碰了一下又缩回来。突然间，他不想关掉全部电源。实在没道理不关，但他强烈的直觉让他不要关。

况且，他想，我觉得周围不会有人抱怨我浪费燃料……反正剩下的也不多了。

然后他解开安全带，站了起来。

“现在怎么办，布莱恩?”尼克问。他也站起来了，布莱恩第一次注意到尼克比他足足高了四英寸。布莱恩想：我在掌控一切。自从发生这件怪事以来，准确地说，自从我们发现这件怪事发生以来，一直是我在掌控。但我认为这种情况很快就会改变。

他发现自己不在乎是不是自己在掌控。驾驶767飞入云层已经耗尽了他所有的勇气，他并不期望自己的保持理智与做好本职工作能得到任何感谢；勇气是他得到报酬的原因之一。记得有一次一名机长这么对他说：“布莱恩，公司每年付给我们十万美元或者更多，其实他们这么做只有一个原因。我们知道，在几乎每个飞行员的职业生涯中，总会出现飞行员能力挽狂澜的三十或四十秒钟。他们付给我们这么多，就是要我们在这种时候别吓傻了。”

你的脑子告诉你不管有没有云，你都得往下降，这完全没有错，因为你别无选择；然而你的神经末梢只是继续尖叫着老一套的警告，要你留意对未知的恐怖。即使是尼克，不管他是谁，不管他在地面上做什么，在关键时刻都想躲入云层。他需要布莱恩去做需要做的事情。他和其他所有人都需要布莱恩帮他们壮胆。现在他们已经落地，云层下也没有怪物；只有诡异的寂静，还有停在达美航空727机翼下的一辆被遗弃的行李拖车。

所以我这个会扭鼻子的朋友，如果你想接任机长的话，我祝福你。如果你愿意，我甚至可以让你戴我的帽子。但要等我们下了飞机。在你和其他乘客站在地上之前，我要对你们负责。

但是尼克问了他一个问题，布莱恩认为他应该回答。

“现在我们下飞机，看看是怎么回事。”他说着从英国人身边擦身而过。

尼克把一只手放在他的肩上：“你觉得……”

布莱恩突然感到一阵反常的愤怒，他挣脱尼克的手。“我想我们该下飞机了。”他说，“没有人来拉延长登机道或是给我们推梯子，所以我认为我们得使用紧急滑梯。下机之后再轮到你来觉得，伙计。”

他继续往头等舱走去……差点给横倒在地板上的饮料推车绊倒，地上有好多破碎的玻璃，酒精臭味令人眼泪直流。他跨过去。尼克在头等舱后端赶上他。

“布莱恩，如果我说了什么冒犯你的话，我很抱歉。你做了一件很了不起的事。”

“你没有冒犯我，”布莱恩说，“只是在过去的十个小时里，我不得不处理太平洋上空的压力泄漏，还得知我的前妻死于波士顿一场愚蠢的公寓火灾，而美国也消失了。我觉得有点晕乎乎的。”

他穿过商务舱，走进主机舱，先是鸦雀无声；一群人只是坐在那儿，一张张苍白的脸茫然地望着他。

然后阿尔伯特·考斯纳开始鼓掌。

过了一会儿，鲍勃·詹金斯也鼓掌起来……还有唐恩·加夫尼……和劳蕾尔·史蒂文森。秃头男人环顾四周，也开始鼓掌。

“怎么了？”黛娜问劳蕾尔，“发生了什么？”

“是机长，”劳蕾尔说，她开始哭了起来，“是机长把我们安全带到地上了。”

这时黛娜也开始鼓掌。

布莱恩目瞪口呆地盯着他们。站在他身后的尼克也鼓起了掌。他们解开安全带，站在位子前面向他鼓掌。只有三个人没有参加，他们是晕倒了的贝萨妮、在后排还在打鼾的大胡子男人，还有克雷格·图米。他用他那疯狂怪异的眼光凝视着大家，随后又开始从航空公司的杂志上撕下一页。

6

布莱恩觉得自己的脸涨红了——这太傻了。他举起手来，但他们还是不顾一切地继续鼓了一会儿掌。

“女士们，先生们，请……请……我向你们保证，这是很平常的一次降落……”

“胡说，没什么才怪。”鲍勃·詹金斯说着模仿了加里·库珀的腔调，阿尔伯特大笑起来，他身边的贝萨妮睁开眼睛，茫然地望着大家。

“我们是活着降落的，对吗?”她说，“我的上帝！太好了！我还以为我们都死定了呢!”

“拜托。”布莱恩说。他把手臂举得更高了，现在他觉得自己古怪地像接受党内提名再做四年总统的理查德·尼克松。他不得不压抑自己想尖声大笑的冲动。他不能笑出来，乘客们不会理解的。他们想要一个英雄，而他被挑中了，他不妨接受……且好好利用这个身份。毕竟，他还得把他们赶下飞机。“请大家听我说!”

他们一个接一个停止了鼓掌，用期待的目光看着他——除了克雷格，他突然果断地把杂志扔到一边，解开安全带站起来，走到过道上，把一堆纸条踢到一边。他开始在座位上方的储物柜里翻来翻去，皱着眉头，全神贯注地找。

“你们看过窗外，所以跟我一样清楚，”布莱恩说，“这架飞机上的大部分乘客和机组人员都在我们睡觉时失踪了。这已经够疯狂的了，但现在我们似乎面临着一个更疯狂的问题。地面上其他好多人似乎也失踪了……但从逻辑上讲，一定有其他人在附近的某个地方。不管是什么，我们都活了下来，所以其他人也一定活了下来。”

推理小说家鲍勃·詹金斯低声说了些什么，阿尔伯特听见了，但听不清他说的是什么。阿尔伯特半转身看罗伯特，正好听见那作家又喃喃地说着那两个词。这回阿尔伯特听清楚了，他说的是“逻辑错误”。

“我想，处理这件事最好的办法是一样一样来。第一步是离开飞机。”

“我买的是去波士顿的机票，”克雷格·图米冷静而理性地说，“波士顿才是我要去的地方。”

尼克从布莱恩的肩膀后面走了出来。克雷格瞟了他一眼，眯起了眼睛。有一会儿，他看上去又像个坏脾气的家猫了。尼克举起一只手握紧，伸出两根手指，然后把两个指节交叉在一起，摆出捏鼻子的姿势。曾经被强迫用脚趾头夹住燃烧的火柴、听妈妈唱生日歌的克雷格立刻明白了。他一向学得很快，而且他可以等。

“我们必须使用紧急滑梯，”布莱恩说，“所以我想和你们一起复习一下步骤。仔细听，排成单排，跟着我到飞机前面。”

7

四分钟后，美国骄傲航空 29 号航班前方的机门向内转开，轻柔的说话声从门打开的地方传了出来，似乎立刻就消失在充满凉意而静止的空气中。只听到一阵嘶嘶声，一大块橙色的织物突然在门口开花了。它看起来就像一朵奇怪的杂交向日葵，在落下的过程中变得越来越膨胀，逐渐成形，表面膨胀成一个鼓鼓的滑梯。滑道的底部碰到地面时发出低沉的一声“砰”，然后就靠在那儿，看起来像一个巨大的橙色气垫。

布莱恩与尼克站在头等舱左边一排短队伍的前头。

“外面的空气有点问题。”尼克低声说。

“什么意思？”布莱恩问，他把声音放得更低了，“有毒吗？”

“不……至少我不这么认为。但它没有气味，什么味道都没有。”

“你疯了。”布莱恩不安地说。

“我没有，”尼克说，“伙计，这是机场，不是什么该死的牧草地，但你能闻到石油或汽油味吗？我闻不到。”

布莱恩嗅了嗅空气。什么也没有。如果空气中有毒——他不认为有，但如果——有的话，也是缓慢作用的毒素。他的肺似乎工作得很好。但尼克是对的。没有气味。还有其他比较难以形容的特性，就是英国佬说的那个味道……也都没有。机门大开，敞开的门外的空气完全闻不出什么。好像是罐头里装的那样索然无味。

“有什么问题吗？”贝萨妮·希姆斯焦急地问，“我的意思是，我不确定我是否真的想知道，但是——”

“没什么问题，”布莱恩说，他数了数，十个人，然后又转向尼克，“后面那个人还在睡觉。你认为我们应该叫醒他吗？”

尼克想了一会儿，然后摇了摇头：“算了吧。我们现在的问题还不够多吗？还要再照顾一个宿醉的家伙？”

这正是他的想法。“对，我是这么想的。尼克，你先下去。抓住滑梯的底部。我来帮其余的人。”

“也许你最好先走，我得防着我那个大声嚷嚷的朋友再次因为这次临时降落而大发雷霆。”他说“临时”的时候英国口音特别明显。

布莱恩瞥了一眼那个穿圆领运动衫的人。他站在队伍的后面，手里拿着一个扁扁的交织字母图案的公文包，茫然地盯着天花板，脸上带着百货公司模特假人的表情。“我不会和他起任何纠纷，”他说，“因为我根本不在乎他做什么。他是去是留，对我来说都一样。”

尼克咧嘴一笑：“我也觉得。开始大逃亡吧。”

“要脱鞋吗？”

尼克举起一双黑色的小山羊皮便鞋。

“好啊……下去吧。”布莱恩转向贝萨妮，“看仔细了，小姐，下一个就是你了。”

“哦，上帝，我讨厌这种破事。”

尽管如此，贝萨妮还是挤在布莱恩身边，担心地看着尼克·霍普韦尔跳下滑梯。他跳起来，同时抬起两条腿，看起来就像在蹦床上做坐跳动作。他屁股坐上滑梯，一路滑到底。动作非常麻利，滑梯的底部几乎没有动。他穿着袜子的脚碰在柏油路面上，然后站起来，转过身，把胳膊放到身后，假装鞠了一躬。

“很简单！”他往上喊道，“下一位顾客？”

“就是你，小姐，”布莱恩说，“你叫贝萨妮吗？”

“对，”她紧张地应道，“我觉得我做不到。我三个学期的体育课都不及格，最后他们让我用家庭作业代替。”

“你会做得很好的。”布莱恩告诉她，他想到当人们看到机身上有个洞或者左舷引擎着火时，他们使用滑梯的时候就不需要我这么哄来哄去了，他们会主动得多，“请脱鞋吧？”

贝萨妮的鞋子——实际上是一双旧的粉色运动鞋——已经脱掉了，可她仍然试图从机舱门口和亮橘色的滑梯前退开。“也许我能先喝一杯的话……”

“霍普韦尔先生会抓住滑梯，你会没事的。”布莱恩在哄她，但他开始担心可能必须把她推下去。他并不想这么做，但如果她不马上跳，他就得动手了。绝不能让他们回到队伍最后等到重新鼓起勇气时再跳，这是使用逃生滑梯最大的禁忌。如果你这么做了，那所有人都会回到队伍最后。

“快点，贝萨妮，”阿尔伯特突然说道，他从头顶的行李柜里拿出小提琴盒，夹在一只胳膊下，“我怕死那东西了，要是你敢跳，我也跳。”

她惊讶地望着他：“为什么？”

阿尔伯特的脸涨得通红。“因为你是个女孩子，”他简单地说，“我知道我是个有性别歧视的臭小子，但我就是这样。”

贝萨妮又看了他一会儿，笑了笑，转向滑梯。布莱恩已经下定决心，如果她四处张望或再次退缩，他就推她一把，但她没有。“老天，真希望我能吃点草。”她说着就跳了。

她已经看到了尼克的坐跳式降落，知道该怎么做，但在最后一刻，她失去了勇气，试图重新站起来。结果，当她从滑梯的弹性表面上滑下来时，滑到了一边。布莱恩确信她会掉出去，但贝萨妮自己看到了危险，设法滚了回去。她用身体右侧飞快地从斜坡上滑下来，一只手捂着头，她的上衣几乎卷到了脖子领口。然后尼克抓住了她，她才走了下来。

“哦，天哪，”她气喘吁吁地说，“就像又回到了小时候。”

“你没事吧？”尼克问。

“啊哈，我可能吓尿了裤子，但我没事。”

尼克对她笑了笑，然后转向滑梯。

阿尔伯特抱歉地看着布莱恩，伸手交出小提琴。“你不介意帮我拿一下这个吧？我担心如果我从滑梯上掉下来，会把它摔坏了。我爸妈会宰了我的。这可是一把葛雷奇小提琴。”

布莱恩接过小提琴。他的表情平静而严肃，但他的内心在微笑。“我能看看吗？大概老早之前，我也拉过这东西。”

“当然。”阿尔伯特说。

布莱恩对小提琴的兴趣对男孩起了镇静的作用……这正是他所希望的。他扳开三个扣子打开琴盒，里面的小提琴确实是一把葛雷奇小提琴，而且还不是这种奢侈小提琴的基本款。布莱恩猜买这把琴的钱足够买辆小汽车了。

“真漂亮。”他说着在琴颈上迅速拨弄出《我的狗有跳蚤》这首曲子的四个音符，音色果然悦耳动听。布莱恩关上琴盒，然后扣紧。“我会保管好它的，我保证。”

“谢谢。”阿尔伯特站在机舱门口，深吸了一口气，然后又呼了出来。“杰罗尼莫！”他用微弱的声音说了句伞兵跳伞的口号，然后跳了下去。他跳的时候，两手塞在腋窝里。在任何可能造成身体损伤的情况下都要保护双手，这已经成为他的本能反应。他坐到滑梯上，利落地滑到滑梯底部。

“做得好！”尼克说。

“这没什么。”“王牌”考斯纳慢吞吞地说着，跨下滑梯，然后差点被自己的脚绊倒。

“阿尔伯特！”布莱恩朝下喊道，“接住！”他探出身子，把小提琴盒放在滑梯的中央，然后放手。阿尔伯特轻而易举地就在距离底部五英尺的地方接到了琴，夹在腋下，往后退了几步。

詹金斯闭上眼睛，跳了下去，滑下去时一边屁股倾斜。尼克敏捷地走到滑梯的左边，在罗伯特从滑梯上摔下来的时候抓住了他，罗伯特才没有摔在水泥地上。

“谢谢你，年轻人。”

“不客气，伙计。”

随后是唐恩，然后是秃头男。接下来劳蕾尔与黛娜站在了门口。

“我好怕。”黛娜用微弱的声音说。

“你会没事的，亲爱的。”布莱恩说，“你甚至不用跳。”他把手放在黛娜的肩膀上，让她转过身来，背对着他，“把手给我，我把你放到滑梯上。”

黛娜却把手背在背后：“不要你，我要劳蕾尔来放。”

布莱恩看着那个黑发的年轻女人：“你行吗？”

“行。”她说，“只要你教我怎么做。”

“黛娜已经知道了。抓住她的手，把她放在滑梯上，当她俯身躺着、脚伸直的时候，就可以往下滑了。”

劳蕾尔握住黛娜冰冷的双手。“我害怕。”她重复道。

“亲爱的，这就像从游乐场的滑梯上滑下来一样。”布莱恩说，“那个带着英国口音的男人正在下面等着接你。他举起双手，就像棒球比赛中的接球手。”不对，他想，黛娜不知道自己描述的看起来是什么样子。

黛娜看着他，好像他很蠢一样。“不是，我是害怕这个地方。闻起来很怪。”

劳蕾尔发现除了紧张的汗水味，没有闻到任何气味，她无助地看着布莱恩。

“亲爱的，”布莱恩单膝跪在这个失明的小女孩面前说，“我们必须下飞机。你知道的，对不对？”

墨镜的镜片转向了他：“为什么？我们为什么要下飞机？这儿没有人。”

布莱恩和劳蕾尔交换了一下眼神。

“好吧。”布莱恩说，“我们得先检查一下才能确定，对不对？”

“我已经知道了，”黛娜说，“这里什么也闻不到，什么也听不到，只有……只有……”

“只有什么，黛娜？”劳蕾尔问。

黛娜犹豫了。她想让他们明白，让她不安的不是她必须离开飞机的方式。她以前滑过滑梯，她信任劳蕾尔。如果有危险，劳蕾尔是不会放手的。但这里有些不对头，非常不对头，而这才是她所担心的——她害怕这里不对劲的事。不是这里的死寂，也不是空无一人。可能和这些有关，但不只是这些。

这个地方不对劲。

但是大人不相信孩子，尤其是失明的孩子，特别是失明的小女孩。她想告诉他们，他们不能待在这里，待在这里不安全，他们必须发动飞机，重新起飞。但是他们会怎么说呢？好吧，黛娜说得对，大家都回到飞机上吗？不可能。

他们会懂的。他们会发现这里什么都没有，然后我们就会回到飞机上，去别的地方。去不会觉得不对劲的地方。还有时间。

我想会这样。

“算了。”她低声用认命的语气和劳蕾尔说，“放我下去吧。”

劳蕾尔小心翼翼把她放上滑梯。过一会儿，黛娜抬起头来看着她——但她并没有真的在看，劳蕾尔想，她根本就看不见——她光着脚在橙色的滑梯上伸直了腿。

“好了吗，黛娜？”劳蕾尔问。

“不好，”黛娜说，“这个地方一切都不对劲。”黛娜还没等劳蕾尔松开她的手，就松开了自己的手。她滑到了底部，尼克抓住了她。

劳蕾尔紧随其后，她利落地坐上滑梯，僵硬地抓着裙子滑到滑梯底部。这样就剩下布莱恩、坐在飞机尾部打盹的醉汉，还有喜爱娱乐、爱撕纸条的派对狂，圆领衫先生。

我不会和他起任何纠纷，布莱恩刚才这么说过，因为我不在乎他做什么。现在他发现事实并非如此。那个人脑子不太正常。布莱恩怀疑连那个看不见的小女孩都知道这一点。如果他们把他留下，结果那家伙要横冲直撞怎么办？如果他发狂的时候要毁掉驾驶舱呢？

那又怎样？你哪儿也不去。油箱差不多空了。

尽管如此，他还是不喜欢这个想法，不仅仅是因为767是一件价值数千万美元的设备。也许，当黛娜从滑梯上抬起头来的时候，他的直觉大概和在黛娜脸上看到的迹象呼应上了。这里的情况似乎不对劲，实际比表面上看起来的样子更加怪异……这很可怕，因为他不知道还有什么比这更糟糕的。但飞机是没问题的，尽管油箱几乎是空的，但那是他熟悉和了解的世界。

“该你了，朋友。”他尽量客气地说。

“你知道我会为此告发你的，懂吗？”克雷格·图米用一种奇怪而温柔的声音问道，“你知道我打算起诉整个航空公司，要求赔偿三千万美元，而且我打算把你列为主要被告，你明白吗？”

“那是你的权利，你贵姓？”

“图米，克雷格·图米。”

“图米先生，”布莱恩附和道，他犹豫了一下，“图米先生，你知道我们出了什么事吗？”

克雷格在敞开的门口看了一会儿——看了看空无一人的水泥地和二楼宽敞的微微偏光的航站楼窗户，那里没有快乐的朋友和亲戚站在那里拥抱到达的乘客，没有不耐烦的旅客等待他们的航班的相关消息。他当然知道。是“兰格利尔”。就像他父亲说过的那样，兰格利尔要来抓那些愚蠢、懒惰的人。

克雷格还是用同样温和的声音说：“在沙漠太阳银行的债券部门，我被称为‘辕马’，意思是实在可靠的人。你知道吗？”他停了一会儿，显然是在等布莱恩回答，布莱恩没有，克雷格继续说，“你当然不知道。你也不知道波士顿保诚中心的会议有多重要。你一点也不在乎。不过，机长，我要告诉你一件事：许多国家的经济命运都维系在那个会议的结果上，就是那个我要缺席的会议。”

“图米先生，你说的这些都非常有趣，可是我真的没有时间……”

“*时间！*”克雷格突然朝他尖叫起来，“你懂个屁时间？问我！你问我！我懂时间！我知道时间的一切！时间不多了，先生！时间真他*妈的短！*”

见鬼去吧，我要把这个疯王八蛋推下去，布莱恩想，但还没来得及，克雷格·图米就转身跳了下去。他做了一个完美的落座动作，并把公文包举在胸前，这让布莱恩想起了电视上那个老的赫兹租车广告，广告里辛普森西装革履地穿过机场的画面在他脑海中疯狂地重复。

“*时间太他妈的短了！*”克雷格边滑边喊道，他把公文包像盾牌一样放在胸前，裤腿向上拉扯，露出他的及膝紧身黑色尼龙袜。

布莱恩喃喃说道：“天哪，真是个该死的怪人。”他在滑梯顶上稍停一下，再次环顾四周，看到了他飞机上那个舒适的、熟悉的世界……然后跳了下去。

8

十个人分成两群，都站在机头上有一只红蓝相间的老鹰的 767 巨大的机翼下。其中一群是布莱恩、尼克、秃头男人、贝萨妮·希姆斯、阿尔伯特·考斯纳、罗伯特·詹金斯、黛娜、劳蕾尔和唐恩·加夫尼。克雷格·图米，也就是“辕马”站在稍远一点的地方，独自成群。克雷格弯下身，专心甩开裤子的皱褶，还用左手拍了又拍，右手则紧抓公文包的把手。之后他就站在那儿，用他冷漠的大眼睛四下张望。

“现在怎么办，机长？”尼克轻快地问。

“你来告诉我，我们。”

尼克看了他一下，微微扬起一边眉毛，仿佛在问布莱恩是不是认真的。布莱恩把头倾斜了半英寸。这就足够了。

“好吧，我想先进候机厅吧。”尼克说，“到那儿最快的办法是什么？有没有什么想法？”

布莱恩朝一排停在主航站楼外伸处的行李拖车点点头：“没有登机通道的话，最快的方式就是走行李传送带。”

“好吧，女士们先生们，我们继续走吧，好吗？”

这是一段很短的路程，但与黛娜手牵着手走着的劳蕾尔认为这是她有生以来走过的最诡异的一段路。她仿佛能从上方看到他们一群人，十几个小点慢慢地在宽阔的混凝土平原上移动。没有风，没有鸟叫，远处没有引擎加速的声音，也没有人的声音打破这反常的寂静。就连他们的脚步声她也觉得不对劲。她穿着一双高跟鞋，但是她没有听到惯常的轻快的咔嗒声，她似乎只听到微小而沉闷的砰砰声。

似乎，她想，这个才是关键词。因为眼前的情况太过诡异，一切都开始显得诡异起来。别多想，不过是水泥地而已。高跟鞋在混凝土上听起来是不一样的。

但她以前也穿着高跟鞋在水泥地上走过。她不记得曾经听到过这样的声音。这声音……不知道为什么毫无生气、毫无力量。

他们走到停着的行李拖车旁。尼克走在他们中间，带领着队伍，然后停在一条没有动静的传送带前。传送带从一个洞里钻出来，洞里挂满了橡胶条，在处理人员通常站着卸载平板的停机坪上绕了一个大圈，然后通过另一个挂着橡胶条的孔重新进入航站楼。

“那橡皮片是做什么用的？”贝萨妮紧张地问。

“我想是为了在寒冷的天气里挡风吧。”尼克说，“让我把头伸进去看看。别怕，马上就出来。”还没等别人回答，他已经跳上了输送带，弯着腰朝一个洞走去。当他到达那里时，他跪了下来，把头伸进了橡胶条里。

我们会听到一声口哨，然后是砰的一声，阿尔伯特疯狂地想，*当我们把他拉回来时，他的头就不见了。*

没有口哨，没有沉闷的撞击声。尼克退回来的时候，他的头仍然紧紧地连在脖子上，脸上带着若有所思的表情。“没问题。”他说，对阿尔伯特来说，他那愉快的语气现在听起来像是硬装出来的，“过来吧，朋友们，也就一个身体见到一个尸体，仅此而已。”

贝萨妮退后一步：“那里有尸体吗？先生，里面是有死人吗？”

“我没看见那些，小姐。”尼克说，现在他只能放弃幽默感了，“我只是想让气氛轻松一下，结果引错了老鲍比·彭斯的话。我恐怕把事情弄得索然无味了，搞笑失败。其实我根本没看见任何人。但这和我们期望的差不多，不是吗？”

是没错……但这同样让他们感觉很沉重。从尼克的语气来看，他也是这个感觉。

他们一个接一个地爬上传送带，再跟着尼克钻过悬挂的橡胶条。

黛娜在洞口停了下来，回头看着劳蕾尔。朦胧的灯光从她的墨镜上闪过，她的镜片暂时成了镜子。

“这里真的很不对劲。”她重复了一遍，然后才走到另一头去。

9

他们一个接一个地出现在班戈国际机场的主航站楼，停止的行李传送带上躺着各种各样的行李。阿尔伯特扶着黛娜下来之后，他们都站在那里，惊奇地环顾四周。

一觉醒来看到飞机如魔法般变得空空如也的惊诧感已经消失，如今混乱的感觉代替了惊奇。他们谁也没有去过空无一人的机场航站楼。出租汽车的摊位空无一人。**到达 / 离港**监视器一片漆黑，死气沉沉。为达美航空、联合航空、西北航空和中部海岸航空服务的柜台前空无一人。地板中央的水族箱里装满了水，上面挂着“买缅因龙虾”的横幅，但里面却没有龙虾。头顶的日光灯熄灭了，从这大房间另一边的门里射进来的少量光线，在地板中间渐渐消失了，29号航班上的那一小群人在一个令人讨厌的阴影里挤作一团。

“好吧，”尼克努力装出轻快和克制的样子，结果只让人觉得不安，“我们试试电话，怎么样？”

阿尔伯特走去电话亭的时候，溜达到了“平价租车公司”的柜台。他看见后面墙上那一堆槽里放了**布里格斯**、**汉德福德**、**马尔钱特**、**芬威克**、**佩斯托曼**这些租车公司的文件夹，里面肯定都有一份租赁协议，以及缅因州中部地区的地图，每张地图上都有一个指向班戈市的箭头，写着“**你在这里**”。

*可是我们到底在哪里呢？*阿尔伯特很疑惑。*布里格斯、汉德福德、马尔钱特、芬威克、佩斯托曼这些租车公司又去哪儿了？都被送去另一个空间了吗？也许是感恩而死乐队在州里某个偏僻的地方演唱，大家都跑去听了。*

就在他身后传来一阵干巴巴的刮擦声。阿尔伯特几乎被吓了一跳，飞快地转过身来，像拿根棍子一样把他的小提琴盒举了起来。贝萨妮站在那里，正用一根火柴点烟。

她扬起眉毛：“吓到你了？”

“有一点。”阿尔伯特说着放下琴盒，对她尴尬地微笑了一下。

“抱歉。”她抖灭了火柴，把它扔在地上，深深地吸了一口烟，“至少这样好多了。在飞机上我不敢抽。我怕什么东西会爆炸。”

鲍勃·詹金斯踱了过来：“你们知道吗，我大约十年前就戒掉了。”

“请不要说教了。”贝萨妮说，“我有一种感觉，如果我们能活着而且神智正常地离开这里，我愿意结结实实地听一个月的说教。”

詹金斯扬起眉毛，但没有要求解释。“其实，”他说，“我正想问你能不能给我一根，这似乎是恢复老习惯的好时候。”

贝萨妮笑了笑，递给他一根万宝路。罗伯特接过去后，贝萨妮帮他点上了火。他吸了一口，便咳了串烟出来。

“你确实戒挺久了。”她用实事求是的语气说。

詹金斯附和道：“不过我很快就会习惯的。恐怕这才是习惯真正可怕的地方。你们两个注意到钟了吗？”

“没。”阿尔伯特说。

詹金斯指着男女卫生间门上方的墙壁。挂在那里的时钟在四点零七分停了下来。

“时间是对的，”他说，“我们知道在飞机起飞过了一段时间后发生了——我们就把那个称为‘那件事’吧——那件事才发生，因为没有更好的说法。那件事发生在凌晨四点零七分，就是东部夏令时间凌晨一点零七分。所以现在我们知道‘那件事’发生的时间了。”

“哇，太好了。”贝萨妮说。

“嗯。”詹金斯说，他要么没注意到，要么就是不想理会她口气中淡淡的讽刺意味，“可是有点不对劲。我只希望太阳出来。这样我就可以确定了。”

“你这是什么意思？”阿尔伯特问道。

“这些钟——电子钟，不管怎么说——不准。因为没电了。但如果有太阳，我们至少可以通过影子的长度和方向知道大致时间。我的表是九点一刻，但我觉得不对。我觉得应该更晚，我没有证据，也解释不了，但确实如此。”

阿尔伯特想了想，看了看周围，再回头看着詹金斯。“你知道的。”他说，“确实如此。好像快到午餐时间了。是不是好怪？”

“没有啊。”贝萨妮说，“只是有时差而已。”

“我不这么认为。”詹金斯说，“小姐，我们是从西向东飞的，小姐。从西往到东飞的任何旅客要是觉得时间感错乱了，那应该会感到眼下的时间比正确的时间更早。”

“我想问你一些你在飞机上说的事情。”阿尔伯特说，“机长告诉我们这里肯定还有某些其他人时，你说了‘逻辑错误’。其实你说了两次。但对我来说，这似乎已经足够直接了。我们都睡着了，而我们现在在这里。如果这件事发生在……”阿尔伯特瞥一眼时钟，“……

班戈时间凌晨四点零七分，城里的人应该都睡着了。”

“对。”詹金斯淡淡地问，“那么他们在哪儿呢？”

阿尔伯特有些困惑：“呃……”

尼克用力挂上了一部公用电话，发出了“砰”的一声巨响。那是长长一排付费电话的最后一部，他全都试过了。“全都没有拨号音，”他说，“投币的和直拨的都没有反应。布莱恩，之前飞机上你说了不会叫的狗，现在你可以再加上没有声音的电话。”

“那我们现在怎么办？”劳蕾尔问。她听到了自己嗓音中的凄凉，这使她感到非常渺小而茫然。黛娜在她身旁慢慢地打转。她看起来像一台人肉雷达。

“我们上楼吧。”秃头男建议道，“餐厅一定就在那儿。”

大家都看着他。唐恩嗤之以鼻：“你还真是固执啊，先生。”

秃头男挑起眉毛望着他。“首先，我的名字叫鲁迪·沃里克，不叫先生，”他答道，“其次，吃饱的时候会思考得更好。”他耸耸肩，“这是自然规律。”

“我认为沃里克先生说得很对，”詹金斯说，“我们都得吃点东西……如果我们上楼，我们可能会发现其他一些指向已发生事件的线索。真的，我觉得我们会发现的。”尼克耸耸肩，他突然显得疲惫而困惑。“为什么不呢？”他说，“我开始觉得自己像该死的鲁滨逊先生了。”

他们三三两两地向没通电的自动扶梯走去。阿尔伯特、贝萨妮和鲍勃·詹金斯一起走在后面。

“你知道一些事情，是不是？”阿尔伯特突然问道，“是什么？”

“我可能知道些什么，”罗伯特纠正道，“也可能不知道。目前除了给一个建议，我打算保持沉默。”

“什么？”

“不是给你的，是给这位小姐的。”他转向贝萨妮，“火柴省着用。这就是我的建议。”

“什么？”贝萨妮对他皱起了眉头。

“你没听错。”

“对，我是听见了，但我不明白你的意思。楼上可能有个报摊，詹金斯先生。那儿有很多火柴。还有香烟和一次性打火机。”

“对。”詹金斯说，“但我还是劝你火柴省着用。”

他又在扮演菲罗·克里斯蒂或其他什么侦探了，阿尔伯特想。

他正要指出这一点，想让罗伯特记住这不是他的小说，这时布莱恩·恩格尔在自动扶梯脚下停了下来，动作太突然了，劳蕾尔不得不猛地拉住黛娜的手，以免这位盲人女孩撞到他。

“看路好吗？”劳蕾尔说，“你没注意到小女孩看不见吗？”

布莱恩没理会，他环视着那一小群难民：“图米先生呢？”

“谁？”秃头男鲁迪问。

“那个要赶去波士顿开会的家伙。”

“谁在乎啊？”唐恩说，“总算摆脱了那个垃圾。”

可是布莱恩却很不安，他不喜欢图米自己溜了出去。他不知道为什么，但他一点也不喜欢这个想法。他瞥了尼克一眼。尼克耸耸肩，然后摇了摇头。“我没看见他走，伙计。我在试电话。对不起。”

“图米，”布莱恩喊道，“克雷格·图米！你在哪儿？”

没有回应。只有那种奇怪的、压抑的沉默。这时劳蕾尔注意到一件事，一件让她皮肤发冷的事。布莱恩双手握成杯状，向电梯上方大喊。在这样一个天花板很高的地方，至少应该有一些回音。

但什么也没有。

连回音都没有。

10

当其他人都在楼下的时候——两个少年和一个老头站在租车的桌子旁边，其他人看着这个英国人像个暴徒一样试电话——克雷格·图米像老鼠一样悄无声息地爬上了停着的自动扶梯。他清楚地知道自己想去哪里。当他到达那里时，他清楚地知道要找什么。

他迈着轻快的步伐穿过宽敞的等候室，公文包在右膝旁摇摆着，他没有理会那些空椅子和同样空无一人的红色男爵酒吧。在房间的另一头，一块牌子挂在一条宽阔、黑暗的走廊的入口处。上面写着：

五号登机口国际入境
免税商店
美国海关
机场安检

当他快要走到走廊的尽头时，他又从一扇宽大的窗户向外瞥了一眼停机坪……他的脚步犹豫了。他慢慢靠近玻璃，向外看。

除了空旷的混凝土地和一动不动的白色天空，什么也没有。但他的眼睛还是越睁越大，他感到恐惧开始悄悄潜入他的心里。

它们来了，一个死气沉沉的声音突然告诉他。这是他父亲的声音，而且是从隐藏在克雷格·图米内心阴暗角落里一座闹鬼的小陵墓里发出来的。

"不，"他低声说，他说的这句话让他唇前的窗户上出现了一团小小的雾，"没有人来。"

你一直不乖，更糟的是，你一直懒惰。

"我没有！"

是的。你有个预约却没去。你跑掉了。你跑到愚蠢的缅因州班戈去了。

"这不是我的错，"他喃喃地说，手里紧紧地抓着公文包的把手，几乎痛了起来，"我是被硬带来的。我……我是被绑架来的！"

心里的声音没有回答。克雷格只感到内心那个人一阵阵的不以为然，他的直觉又感受到一股压力，可怕的永无止境的压力，深海的压力。不需要他内心的声音告诉他根本没有借口可言。克雷格知道，他早就知道这件事了。

它们来过这里……它们会回来的。你知道这一点，不是吗？

他知道。兰格利尔还会回来。它们会回来找他的。他能感觉到它们。他从未见过它们，但他知道它们会有多可怕。只有他一个人知道吗？他认为不是。

他想，或许这个失明的小女孩也知道一些关于兰格利尔的事。

不过没关系。唯一重要的就是赶到波士顿，要赶在兰格利尔从它们邪恶可怕的巢穴钻出来，到达班戈把所有人活活吃掉之前到达波士顿。他必须去保诚开会，必须让他们知道他做了什么，然后他就会……

自由。

他就会自由。

克雷格强迫自己离开玻璃窗，从空旷和寂静中挣脱出来，冲进广告牌下的走廊。走过那些空无一人的商店时，他连看都没看一眼。他径直走过它们，来到了他正在寻找的门口，上面有一小块方形的牌子，就在一个靶心一样的窥视孔上方。上面写着“**机场安全部门**”。

他必须进去。不管怎样，他必须进去。

这一切……这些疯狂的事……全都与我无关。我不需要理会它们。再也不必了。

克雷格伸出手，摸了摸机场保安办公室的门把手。他眼中的茫然变成了坚定的决心。

我已经承受了很长很长一段时间的压力。从我七岁开始？不，我想它在那之前就开始了。事实上，我从记事起就一直处于压力之下。这个最新的疯狂事件只是一个新的形式而已。这可能就是那个穿破运动外套的人说的，这是一种实验。某个秘密政府机构或邪恶的外国势力的特工正在进行实验。但我选择不再参加任何实验。我不在乎是我的父亲，还是我的母亲，或是管理学院研究生院的院长，或是沙漠太阳银行的董事会开展的。我选择不参与。我选择逃避。我选择去波士顿，完成我一开始提出阿根廷债券购买计划时就打算做的事情。如果我没有去的话……

但他知道如果他不去的话会发生什么。

他会发疯的。

克雷格试了试门把手，扭不动。但他沮丧地轻轻推了一下，门开了。要不是这扇门原本就只是虚掩，那么就是断电和安全系统失灵时锁不上了。克雷格不在乎原因是什么。重要的是，他不需要在爬过空调管道之类的东西时弄脏自己的衣服。他仍然打算在今天结束之前出席会议，而且他不希望到达那里时衣服上沾满灰尘和油污。有一个简单而平凡的生活真理，那就是西装上有污垢的人是不可信的。

他推开门，走了进去。

11

布莱恩和尼克首先登上了自动扶梯的顶端，其他人围在他们周围。这里就是班戈国际机场的中央候机厅，一个很大的方形房间里摆满了外形美观的塑料座椅（有些座椅的扶手上还固定着投币式电视），其中一面墙是整片落地的强化玻璃窗。他们的左边是机场报刊亭和一号登机口的安检处；在他们的右边，穿过房间便是红色男爵酒吧和九重天餐厅；餐厅后面是通往机场安检办公室和国际航班入境大厅的走廊。

“走吧……”尼克刚开口，黛娜却说：“等等。”

她的口气强烈而急迫，大家都转身好奇地望着她。

黛娜放开劳蕾尔的手，举起双手。她把拇指放在耳后，手指像扇子一样张开。然后她就站在那里，像一根柱子一样一动不动，用一种相当古怪的姿势倾听。

“什么——”布莱恩正要说话，黛娜却突然不容争辩地说：“嘘！”

她稍稍向左一转，停了一下，然后转向另一个方向，直到从窗户射进来的白光正好照在她身上，把她本就苍白的脸变成了幽灵似的可怕的东西。她摘下墨镜。下面棕色的眼睛睁得大大的，并不是完全无神。

“那边。”她用一种低沉的、梦幻般的声音说，劳蕾尔感到恐惧开始用冰冷的手指敲打着她的心。不只是她有这种感觉，贝萨妮从她身边一侧挤了过来，唐恩·加夫尼挤到了她的另一边。“那边——我能感觉到光线。他们说这样他们就知道我又能看见东西了。我总能感觉到光亮。它就像我脑袋里的一团热气。”

“黛娜，什么——”布莱恩道。

尼克用手肘碰他。英国人的脸拉得老长，前额上布满了皱纹。“伙计，安静。”

“打斗是……在这儿。”

她慢慢地从他们身边走开，她的两只手还在耳朵旁张开着的手肘向前伸着，以便碰到任何可能挡住她的东西。她一直走到离窗口不到两英尺的地方，然后慢慢地伸出手，直到手指碰到了玻璃。在白色的天空衬托下，她的手指看起来像黑色的海星。她发出一声不愉快的喃喃细语。

“玻璃也不对劲。”她用做梦似的声音说。

“黛娜——”劳蕾尔开口了。

“嘘……”她没有回头，只是悄声说，她站在窗前的样子就像小女孩在等着她的父亲下班回家，“我听到了些什么。”

黛娜的耳语在阿尔伯特·考斯纳的心里勾起了一种无法言喻、令人不能思考的恐惧。他感到肩膀上有压力，低头一看，发现自己已经把双臂交叉在胸前，紧紧地抓着自己。

布莱恩全神贯注地听着。他听见了自己的呼吸声，还有其他人的呼吸声……但是他没有听到别的声音。这是黛娜的想象，他想，就是这样。

可是他也有些摸不着头脑。

“什么？”劳蕾尔急切地问，“黛娜，你听到了什么？”

“我不知道。”她头也不回地说，“声音非常微弱。我觉得我们下飞机的时候，我就听到了，但当时我以为是自己的想象。现在我听得更清楚了。即使隔着玻璃我也能听到，听起来有点像倒了牛奶后的脆米片。”

布莱恩转向尼克低声说：“你听见什么没有？”

“什么屁都没有。”尼克说话时的口气和布莱恩的一样，“但因为失明，她已经习惯让她的耳朵又能听又能看了。”

“我想她是歇斯底里了吧。”布莱恩低声说着，嘴唇几乎碰到了尼克的耳朵。

黛娜从落地窗前转过身来。

"'你听见什么没有?'"她模仿道,"'什么屁都没有。但因为失明,她已经习惯让她的耳朵又能听又能看了。'"她顿了顿又说,"'我想她是歇斯底里了吧。'"

"黛娜,你说什么呀?"劳蕾尔又困惑又害怕地问。她没有听到布莱恩和尼克的嘀咕,尽管她站得比黛娜离他们近得多。

"问他们。"黛娜的声音在颤抖,"我不是疯了!我是瞎子,但我没有疯!"

"好吧,"布莱恩的声音也有些颤抖,"好啦,黛娜。"他对劳蕾尔说:"我在和尼克说话。她听到我们了。她从窗户那边听到了我们的声音。"

"你的耳朵真棒,亲爱的。"贝萨妮说。

"我听见什么就是什么。"黛娜说,"我听到有些声音,在那边。"她隔着玻璃指向正东,她用看不见的眼睛扫视他们,"而且这声音很邪恶。是糟糕的声音,可怕的声音。"

唐恩·加夫尼犹豫地说:"小姑娘,如果你知道那是什么,也许会有帮助。"

"我不知道。"黛娜说,"但我知道它比之前更近了。"她用颤抖的手戴上墨镜,"我们必须离开这里。我们必须尽快离开。因为那个东西就要来了。那个发出脆米片声音的邪恶东西。"

"黛娜,"布莱恩说,"我们坐着来的飞机已经快没油了。"

"那你就得再往里面加点!"黛娜对他尖声叫道,"它来了,你不明白吗?它来了。如果它来的时候我们没走,我们就会死!我们都要死!"

她的声音哑了,开始抽泣起来。她不是女巫,也不是灵媒,她只是一个被迫生活在几乎完全黑暗中恐惧害怕的小女孩。她摇摇晃晃地朝他们走去,完全失去了镇定。劳蕾尔趁她还没被指示通往安检站的引导绳绊倒时,一把抓住她,然后紧紧地抱住。她试图安慰这个小女孩,但她最后那句话在劳蕾尔混乱、震惊的脑海中回响:如果它来的时候我们没走,我们就会死。

我们都要死。

12

克雷格·图米听到那个小屁孩在后面的某个地方开始嚷嚷，选择了无视。他在打开的第三个储物柜里找到了他要找的东西，就是前面贴着“马基·黛莫”字样的那个。马基先生的午餐——一个从棕色纸袋里伸出来的潜艇三明治——放在架子的最上面。马基先生的便鞋整齐地并排放在底层架子上。中间同一个钩子上挂着一件普通的白衬衫和枪带。马基的军用左轮手枪的枪柄从枪套里伸了出来。

克雷格解开安全皮带，拿出枪。他不太懂枪——对他来说，这支枪的口径可能是点三二、点三八，甚至是点四五——但他并不笨，摸索了几分钟后，他就能滚动子弹筒了。所有六个弹仓都装上了子弹。他把子弹筒推了回去，当听到它咔嗒一声回到家时，他轻微地点了点头，然后检查了击锤和握把的两侧。他在找保险栓，但似乎没有。他把手指按在扳机上，扣紧，直到看见击锤与枪膛稍稍移动为止。克雷格点点头，他很满意。

他转过身来，突然感到了成年生活中最强烈的孤独。枪似乎变重了，握枪的手拿不住。现在他垂着肩膀站在那里，右手拿着公文包，左手拿着那个安全警卫的手枪。他脸上带着一种极度可怜的痛苦表情。突然间，一件他多年没想过的事情又浮现在他的脑海里：十二岁的克雷格·图米躺在床上，颤抖着，热泪从脸上流下；另一个房间里的音响开得很大声，他妈妈用醉醺醺的低沉而走调的声音跟着梅里利·拉什[①]欢快地唱着：“叫我清晨天使，宝贝……抚摸我的脸颊……你之后再离开，宝贝……”

克雷格躺在床上，哭得发抖，完全不发出一点声音。他心里想着：为什么你不爱我，不让我一个人静一静，妈妈？你为什么就不能爱我？让我一个人静一静？

---

① 梅里利·拉什（Merrilee Rush，1944— ），美国歌手。

“我不想伤害任何人，”克雷格流着泪低声说，“我不想，但是这个……我忍不了。”

房间的对面是满满一墙的电视监视器，全都是空白的。他望着它们，一时间，已经发生的事情的“真相”，仍然在发生的事情，都挤进了他的脑海。有那么一会儿，这种“真相”几乎冲破了他大脑神经系统的复杂屏障，进入了他抵御外界的生活的防空洞中。

所有人都不见了，克雷格宝贝。除了你和那架飞机上的人，整个世界都消失了。

“不。”他呻吟着，瘫倒在房间中央一张覆有胶木的餐桌旁的椅子上，“不，不是这样的。事实并非如此。我反对那个想法。我完全不认同。”

兰格利尔在这里，它们会回来的。他父亲说，这声音盖过了他母亲的声音，一如既往。他们来的时候你最好已经走了。否则，你知道会发生什么。

他知道，没错。它们会吃掉他，兰格利尔会把他吃掉。

“但我不想伤害任何人，”他用一种凄凉而又心烦意乱的声音重复道。桌上放着一张油印的值班表。克雷格松开公文包，把枪放在身边的桌子上。然后他拿起值班表，茫然地看了一会儿，开始从左手边撕下一条长纸条。

撕……撕。

很快他就被催眠，旁边堆了一大堆细细的长纸条——也许是有史以来最细的！但即使这样，他父亲冷酷的声音仍然缠着他：

否则，你知道会发生什么。

第五章

火柴盒。意式香肠三明治的冒险。另一个推理。
亚利桑那犹太小子拉小提琴。镇上唯一的声音。

1

罗伯特·詹金斯终于打破了黛娜警告后的沉寂。“我们有些问题，”他用干巴巴的声音说，“如果黛娜听到了什么——按照她刚才给我们做的精彩演示，我倾向于认为她听到了——如果我们知道那是什么，会很有帮助。但我们不知道。这是一个问题。飞机缺乏燃料是另一个问题。”

“外面有一架727，”尼克说，“都搭在登机道上了。你会开那种飞机吗，布莱恩？”

“会。”布莱恩说。

尼克对着鲍勃摊开手，耸了耸肩，好像在说：你看，已经解开一个结了。

“假设我们真的要再次起飞，我们该去哪里？”罗伯特·詹金斯接着说，“第三个问题。”

“远远地。”黛娜马上说，“离那声音远点。我们必须远离那种声音，以及发出这种声音的东西。”

“你认为我们还有多长时间？”鲍勃温柔地问她，“它要多久才能到这儿，黛娜？你知道吗？”

“不知道。”她在劳蕾尔的臂弯里说，“我觉得还是很远。我想还有时间。但是……”

“那我建议我们完全按照沃里克先生的建议去做，”鲍勃说，“我们到餐厅去吃点东西，讨论一下接下来会发生什么。就像大侦探波洛说的，食物对小小的灰色脑细胞确实有好处。”

“我们不能再等了。”黛娜烦躁地说。

“十五分钟，”鲍勃说，“就这么长。就算你这个年纪，黛娜，你也应该知道，有益的思考必须先于有益的行动。”

阿尔伯特突然意识到，这位推理家想去那家餐馆是有他自己的原因的。詹金斯的小小灰色脑细胞都在有条不紊地工作——或者至少他认为是这样——在飞机上，经过他对情况怪异但精辟的剖析后，阿尔伯特至少愿意认为他有其他目的。他想向我们展示一些东西，或者证明一些东西，阿尔伯特想道。

“我们肯定有十五分钟吧？”他哄着黛娜说。

“嗯……”黛娜不情愿地说，“我猜有。”

“好吧，”鲍勃轻快地说，“那就这样决定了。”他快步穿过房间朝餐厅走去，好像想当然地认为其他人会跟着他似的。

布莱恩和尼克面面相觑。

“我们最好还是跟着走吧，”阿尔伯特平静地说，“我想他知道一些事情。”

“什么事？”布莱恩问。

“确切地说，我不知道，但我认为可能是值得一查的东西。”

阿尔伯特跟着鲍勃，贝萨妮跟着阿尔伯特，其他人跟在他们后面，劳蕾尔牵着黛娜的手。小女孩脸色很苍白。

2

九重天餐厅实际上是一家自助餐厅，后面有一个装满饮料和三明治的冷藏柜，不锈钢柜台旁边是一张张分隔开的保温餐桌。所有的隔间都是空的，干净得闪闪发光。烤架上没有一点油脂。那些上面有波纹、结实的自助餐厅玻璃杯都被整齐地按金字塔形状叠放在后架子上，放在一起的还有更结实的种类繁多的自助餐厅餐具。

罗伯特·詹金斯正站在收银机旁。当阿尔伯特和贝萨妮进来时，他说：“我可以再抽一支烟吗，贝萨妮？”

“哎呀，你可真爱占便宜。”她说，但语气很友好。她拿出一盒万宝路香烟，抖出一根。罗伯特拿过烟，然后碰了碰她的手，她也拿出了她的火柴盒。

“我就用这里的，怎么样？”收银台旁边有一个装满了印有拉萨尔商学院广告的纸梗火柴盒的碗。碗旁的一个小牌子上写着“**为我们无与伦比的朋友**”。鲍勃从里面拿了一个火柴盒，打开它，从中抽出了一根火柴。

“当然，”贝萨妮说，“可为什么呢？”

“这就是我们要搞清楚的。”他说，瞥了一眼其他人。他们都围着他站成半圆形注视着，只有鲁迪·沃里克除外，他已经走到后面的服务区，正在仔细检查冷藏柜里的东西。

鲍勃划了一下火柴，在擦火皮上留下了一点白色的痕迹，但是没有点着。他又擦了一遍，结果还是一样。第三次尝试时，纸火柴被擦弯了，反正能点燃的火柴头不见了。

“天哪，天哪。”他的语气一点都不讶异，“我想肯定太潮湿了。我们从下面拿一个火柴盒，怎么样？它们应该是干的。”

他掏到碗底，一些火柴盒被掏得滑落到台子上。在阿尔伯特看来，它们全都很干燥。在他身后，尼克和布莱恩又交换了一下眼色。

鲍勃又掏出一盒火柴，抽出一根，试图划着它，但点不着。

“混蛋。”他说，“我们似乎又发现了一个问题。我可以借你的火柴吗，贝萨妮？”

她一言不发地把它递了过去。

“等一下。”尼克慢慢地说，“伙计，你知道什么了？”

鲍勃说：“我只知道这种情况的影响比我们最初想象的还要广。”他的眼神很平静，但是他的脸色却很憔悴，“我觉得我们可能都犯了一个大错误。在这种情况下是可以理解的……但是，在我们纠正我们对这个问题的想法之前，我不相信我们能取得任何进展。我认为这是一种‘角度错误’。”

沃里克朝他们走来。他拿了一个包好的三明治和一瓶啤酒。他的收获似乎大大鼓舞了他。“各位，发生什么了？”

“我知道就见鬼了。”布莱恩说，“但我不喜欢现在的情况。”

鲍勃·詹金斯从贝萨妮的火柴盒里抽出一根火柴，划了一下，第一击就点着了。“啊。”他说着，把火凑近他的烟头。对布莱恩来说，烟闻起来无比刺激，无比香甜。稍作思考，他想到了其中的原因：除了尼克·霍普韦尔的剃须膏和劳蕾尔的香水的微弱气味之外，这是他唯一能闻到的气味。现在他想了想，布莱恩意识到他还可以闻到他的旅伴们的汗味。

鲍勃手里仍然拿着那根燃着的火柴。现在，他把从碗里拿出来的火柴盒打开，把所有的火柴头都露出来，然后用点燃的火柴碰了碰其他火柴头。很长一段时间，什么也没有发生。鲍勃把火苗在火柴头上绕来绕去地擦着，但就是点不着。其他人看傻了。

最后，他们听见微弱的噗嗤声，有几根火柴燃了起来，有了短暂而沉闷的生命。它们并没有真正燃烧，只是有微弱的火光，然后就熄灭了。几缕烟飘了起来，这烟似乎没有任何气味。

鲍勃环视着他们，严肃地笑了笑。“即使这样，”他说，“也超出了我的预期。”

“好吧，”布莱恩说，“告诉我们吧。我知道……”

就在这时，鲁迪·沃里克发出一声厌恶的叫喊。黛娜尖叫了一声，靠劳蕾尔更近了。阿尔伯特感到他的心在胸口猛跳了一下。

鲁迪打开了他的三明治——在布莱恩看来，里面像是意大利腊肠和奶酪——已经吃了一大口。现在他把它吐在地板上，厌恶地做了个鬼脸。

“坏了！”鲁迪喊道，“哦，该死的！我讨厌那样！”

“坏了？”鲍勃·詹金斯迅速地说，他的眼睛亮得像有蓝色的电火花，“哦，真的吗？现在加工过的肉类含有大量防腐剂，通常要在烈日下用上八个小时甚至更长时间才能把它们送过来。但从时钟上看，那个冷藏柜断电还不到五个小时。”

“也许不止。”阿尔伯特说，“是你说我们应该比手表显示的时间感觉还要晚的。”

“是的，但我不认为……冷藏柜还冰吗，沃里克先生？你打开的时候，冷藏柜还冰吗？”

“确切地说，不冰，但很凉。”鲁迪说，“不过那个三明治全坏了。对不起，女士们。拿去。”他伸出手来，“如果你们觉得没坏，就尝尝。”

鲍勃盯着三明治，似乎在鼓起勇气，然后在没有动过的那一半上咬了一小口。阿尔伯特看到一种厌恶的表情掠过他的脸，但他没有立即把食物扔掉。他嚼了一下、两下——然后转身吐了一口唾沫在手上。他把咬了一半的三明治塞进调味品架下面的垃圾桶里，把剩下的三明治也扔了进去。

“不是坏了。”他说，“是没味道，而且好像完全没有任何质感。”他的嘴向下一撇，显出一种不由自主的厌恶表情，“我们经常说东西吃起来平淡无味——没有调味的白米饭、白水煮土豆——但我想就算最平淡无味的食物也有味道。但这个什么都没有，就像在嚼纸。难怪你认为它坏了。”

秃头男固执地反复说：“真的坏了。”

“试试你的啤酒。”鲍勃用邀请的口吻说，“这不应该坏。啤酒的瓶盖还盖着，即使没有冷藏，有盖的啤酒也不会变质。”

鲁迪若有所思地看着手中的那瓶百威啤酒，然后摇了摇头，把它递给了鲍勃。他说：“我不喝了。”他看了一眼冷藏柜，目光充满恶意，似乎怀疑詹金斯在玩恶作剧整他。

“如果有必要我会喝的。”鲍勃说，“但我已经给科学献身过一次了。还有谁想尝尝这啤酒吗？我认为这非常重要。”

“给我。”尼克说。

“不。”唐恩·加夫尼说，“给我。我真想喝杯啤酒。我以前就喜欢喝温啤酒，我觉得没什么。”

他拿起啤酒，拧开瓶盖，直接举起来喝。过了一会儿，他突然转过身来，把那一口吐在地上。

“天啊！”他喊道，“没有气！里面完全没有气！”

“是吗？”鲍勃兴高采烈地问，“好！太棒了！我们都来亲眼看看！”他一闪而过绕过柜台，从架子上拿下一只玻璃杯。加夫尼把瓶子放在收银机旁边，鲍勃·詹金斯把它捡起来时，布莱恩仔细地看了看。他看不到有泡沫粘在瓶颈里面。他想，里头可能是水。

但鲍勃倒出来的并不像水，看起来像啤酒，没有气的啤酒。上面没有白泡沫。几颗小气泡粘在玻璃上，但没有一个浮上表面。

“好吧。”尼克慢慢地说，“是没气。有时会发生这种情况。如果在工厂里没拧好瓶盖，气就会漏出来。每个人都会时不时地喝到没气的啤酒。”

“但是再加上没有味道的意大利腊肠三明治，这就能说明问题了，不是吗？”

“到底说明了什么？”布莱恩忍不住了。

“等一等。”鲍勃说，“我们先看看霍普韦尔先生的警告，好吗？”他转过身，用双手抓起几只玻璃杯（另外几只从架子上掉了下来，在地板上摔得粉碎），然后开始以酒保敏捷的速度把它们沿着柜台摆好。“再给我拿点啤酒来。有的话，顺便再拿些软饮料。”

阿尔伯特和贝萨妮走到冷藏柜前，两人随便拿了四五瓶。

“他疯了吗？”贝萨妮低声问。

“我觉得没有。”阿尔伯特说，他模模糊糊地知道这个作家想向他们展示什么，他不喜欢这个想法在脑海中越来越清晰的样子，“还记得他叫你省着用火柴的时候吗？他知道这样的事情将要发生，所以他才那么着急要把我们带到餐厅。他想让我们看看。”

3

值班名单被撕成三十几根细条，兰格利尔现在更近了。

克雷格心里能感到它们在接近——更多的重量。

更多他不能忍受的重量。

该走了。

他拿起枪和公文包，然后站起来离开了保安室。他慢慢地走着，一边走一边排练：*我不想向你开枪，但如果必要的话我会的。带我去波士顿。我不想向你开枪，但如果必要的话，我会的。带我去波士顿。*

“如果有必要的话，我会的。”克雷格一边走回候机厅，一边咕哝着，“如果有必要的话，我会的。”他的手指摸到了击锤，把它往后扳。

走到一半，他的注意力又被从窗户射进来的苍白的光线吸引住了，于是他朝那个方向转过身来。他能感觉到那些兰格利尔的存在。它们把无用的、懒惰的人都吃了，现在又回来找他。他必须赶到波士顿。这是唯一他知道能拯救自己的方法……因为他们的死太可怕了。他们的死实在太可怕了。

他慢慢地走到窗前，望着窗外，没有理会——至少暂时不理会——身后乘客的嘀咕声。

4

鲍勃·詹金斯从每个瓶子里倒了一点到自己的杯子里。每杯啤酒都像第一杯啤酒一样平淡。“相信了吗？”他问尼克。

“信了。”尼克说，“如果你知道这是怎么回事，伙计，说出来。请尽管说。”

“我有个想法。”鲍勃说，“不太……恐怕会让人感到不舒服，但我相信，从长远来看，知道总是比无知更好、更安全，无论在第一次了解某些事实时感到多么沮丧，但知道总是好的。我说的对吧？”

“不对。”加夫尼马上说。

鲍勃耸耸肩，苦笑了一下。“尽管如此，我还是坚持我的声明。在我说其他话之前，我想请你们四处看看，并告诉我你们看到了什么。”

他们环视四周，全神贯注地盯着一堆小桌椅，没有人注意到克雷格·图米背对着他们，站在候机厅的另一边，凝视着外面的柏油路。

“没什么。”劳蕾尔最后说，“对不起，我什么也没看见。你的眼睛一定比我的敏锐，詹金斯先生。”

“一点也不。我看到什么，你就看到了什么：什么也没有。但是机场是二十四小时开放的。当这个——这件事——发生的时候，很可能是它二十四小时周期里人最少的时候，但我很难相信这里连几个在喝咖啡，可能还在吃早点的人都没有。飞机维修人员，或者机场工作人员。为了省钱，他们选择在午夜到凌晨六七点这段时间待在候机楼而不是附近的汽车旅馆。我第一次从行李传送带下来时就到处看，我感到特别不理解。为什么？因为机场从来不会完全荒废的，就像警察和消防站从来不会完全空无一人一样。现在再看看周围，问问自己：吃了一半的饭，喝了空了一半的饮料都在哪儿？还记得飞机上的饮料手推车上有脏杯子放在下面架子上吗？还记得驾驶舱里飞行员座位旁那个吃了一半的面包和那喝了一半的咖啡吗？这里没有这样的东西。事情发生时，这里哪有迹象表明这里有过人呢？”

阿尔伯特又看了看四周，然后慢慢地说：“前甲板上没有烟斗了，是吗？”

鲍勃仔细地看着他。“什么？你说什么，阿尔伯特？”

“我们在飞机上的时候。”阿尔伯特慢慢地说，“我在想我曾经读到过的那艘船。它叫‘玛丽·塞莱斯特’号，有人发现它漫无目的地漂着。嗯……我猜并不是真的漂浮，因为书上说帆已经升起，但是当发现它的人登上它时，玛丽·塞莱斯特号上一个人也没有。不过，他们的东西还在那里，炉子上还煮着食物。有人甚至在前甲板上发现了一支点燃的烟斗。”

“好极了！”鲍勃几乎是激动地叫道。现在他们都在看他，没有人看见克雷格·图米慢慢地朝他们走来。他找到的那支枪不再对着地板。

“好极了，阿尔伯特！你说对了！还有另一件著名的失踪事件——在一个叫做罗阿诺克岛的地方，有一整个殖民地的定居者……我想是在北卡罗来纳海岸。他们都消失了，但留下了营火的灰烬、一堆屋子和垃圾堆。现在，阿尔伯特，再想一想。这个航站楼和我们的飞机还有什么不同？”

有那么一会儿，阿尔伯特显得十分茫然，然后他的眼里露出了理解的神情。“那些戒指！”他喊道，“手抓包！钱包！钱！手术钢钉！这里都没有！”

“没错，”鲍勃轻声说，“百分之百正确。如你所说，这里没有这些东西。但是当我们这些幸存者在飞机上醒来的时候，驾驶舱里甚至还有一杯咖啡和一个吃了一半的丹麦面包。相当于前甲板上的烟斗，是不是？”

“你认为我们飞到了另一个空间，对吗？”阿尔伯特声音里充满了敬畏，“就像在科幻故事里一样。”

黛娜的头歪向一边，有那么一会儿，她看上去非常像胜利牌留声机商标上的那条狗。

“不。”鲍勃说，“我想——”

“小心！”黛娜尖声叫道，“我听到了什么——”

她的反应太迟了。克雷格·图米打破了束缚他的恍惚状态后，他开始行动，十分迅速。尼克和布莱恩还没来得及转身，他就用一只前臂夹住了贝萨妮的脖子，把她往后拖。他把枪对准她的太阳穴。那女孩发出绝望、惊恐的叫声。

“我不想开枪打她，但如果必要的话，我会的。”克雷格气喘吁吁地说，“送我去波士顿。”他的眼睛不再空洞，而是看向四周，充满了恐惧和偏执，“你听见了吗？带我去波士顿！”

布莱恩开始向他靠近，尼克将一只手挡在他的胸前，眼睛没有离开克雷格。“冷静点，伙计。”他低声说，“那不安全。我们这位朋友简直疯了。”

贝萨妮在克雷格的前臂下扭动着：“我呼吸不了！求你别勒我了！”

“发生了什么？”黛娜叫道，“怎么了？”

“别动！”克雷格朝贝萨妮喊道，“别动！你在强迫我做我不想做的事！”他把枪口对准了她头的一侧。她继续挣扎，阿尔伯特突然意识到她不知道他有枪——即使枪顶在她的脑袋上，她也没发现。

“姑娘，别动！”尼克厉声说，“别挣扎了！”

在阿尔伯特没做梦的时候，这还是他第一次发现自己不仅得像亚利桑那犹太小子那样思考，还得像那个传说人物一样行动。他目不转睛地看着这个穿圆领衫的疯子，慢慢地开始提起他的小提琴盒。他把手从把手上移开，双手抓紧琴盒的脖子。图米没有看到他，他的目光在布莱恩和尼克之间快速地来回穿梭，手忙得不可开交——毫不夸张地说——正忙着抓紧贝萨妮。

“我不想打她……”克雷格又说了一遍，然后他的手臂向上滑了一下，原来是那个女孩用臀部猛撞他的胯部。贝萨妮立刻咬住了他的手腕。“噢！”克雷格尖叫，**“噢啊啊啊啊啊啊！”**

他抓人的手松开了。贝萨妮钻了出去。阿尔伯特跳上前去，举起小提琴箱，图米正把枪对准贝萨妮。他的脸上痛苦和愤怒的表情扭曲在了一起。

“不要，阿尔伯特！”尼克大喊起来。

克雷格·图米看到阿尔伯特走过来，把枪口对准了他。有那么一会儿，阿尔伯特直视着它，完全不像是他的梦想或幻想里那么回事。他盯着枪口看，就像望向一座敞开的坟墓。

我这下可搞错了，他想。然后克雷格扣动了扳机。

5

没有出现震天动地的枪声，取而代之的是小小的爆裂声——像老式的空气枪的声音。阿尔伯特感到有什么东西撞在他穿着硬石餐厅T恤的胸口，他意识到自己中枪了，然后他把小提琴盒砸在了克雷格的头上，这结结实实的撞击传到他的胳膊上，他父亲愤怒的声音突然在他的脑海里响起：你怎么了，阿尔伯特？你不能这样对待昂贵的乐器！

琴盒内的小提琴跳了起来，发出吓人的哐当声。上面的一个盒锁插进了图米的前额，鲜血喷涌而出，场面骇人。然后他的膝盖马上软了下去，像快速电梯一样在阿尔伯特面前倒下。阿尔伯特看到他翻了个白眼，然后就倒在他的脚边，失去了知觉。

一时间，一个疯狂而又奇妙的想法充斥着阿尔伯特的脑海：上帝啊，我这辈子还没奏得这么好过呢！然后他意识到自己喘不过气来。他转向其他人，嘴角上扬，露出了一丝迷茫的微笑。“我想我被打中了。”“王牌”考斯纳说完，世界变得灰白，他自己的膝盖也一软，然后就倒在了地板上的小提琴盒上。

6

阿尔伯特失去知觉不到三十秒。他醒过来的时候，布莱恩正轻轻拍打着他的脸颊，看起来很焦虑。贝萨妮跪在他旁边，用“我的英雄”般的眼睛炯炯有神地看着阿尔伯特。在她身后，黛娜·贝尔曼还在劳蕾尔的怀抱里哭泣。阿尔伯特回头看看贝萨妮，感觉自己的心脏——显然仍然完整——在他的胸膛里膨胀。“本亚利桑那州犹太小子又赢了。”他嘀咕道。

“什么，阿尔伯特？”贝萨妮边问边抚摸着他的脸颊。她的手非常柔软，非常凉。阿尔伯特觉得自己恋爱了。

“没什么。”他说，然后机长又给了他一记耳光。

“你没事吧，孩子？”布莱恩问，“你没事吧？”

“应该是吧。”阿尔伯特说，“别这样，好吗？我的名字是阿尔伯特，朋友都叫我‘王牌’。我伤得多重？我还没有任何感觉。你能止血吗？”

尼克·霍普韦尔蹲在贝萨妮旁边，他脸上带着迷惑不解、难以置信的微笑。“我想你会活下来的，伙计。我这辈子还没见过这样的事……而我可是阅历丰富的。你们美国人简直愚蠢得可爱。伸出你的手，我给你一个纪念品。”

阿尔伯特伸出一只颤抖得无法控制的手，尼克把什么东西扔了上去。阿尔伯特举到眼前，看到是一颗子弹。

“我从地板上捡起来的。”尼克说，“连形状都没变。子弹肯定打中了你的胸部……你的衬衫上有一点火药的痕迹——然后弹开了。这是一次失败的射击。上帝一定喜欢你，伙计。”

“我在想那些火柴，”阿尔伯特有气无力地说，“我觉得枪根本打不了。”

“小伙子，这真是既勇敢又愚蠢。”鲍勃·詹金斯说，他的脸色惨白，看上去几分钟后就会昏倒的样子，“永远不要相信作家。你可以听他们的故事，但千万不要相信。天哪，要是我也搞错了呢？”

"你差点就搞错了。"布莱恩说，他扶阿尔伯特站起来，"这就像你点燃其他火柴一样——碗里的那些。火药的力量只是足够让子弹从枪口里打出来，要是力量再大点，子弹就会在阿尔伯特肺里了。"

阿尔伯特又一阵头晕目眩。他摇摇晃晃地站起，贝萨妮立即用手搂住他的腰。"我觉得这真的很勇敢。"她说着，抬起头看着他，从她的眼神中可以看出，她觉得阿尔伯特·考斯纳一定是个宝藏男孩，"我的意思是*真难以置信*。"

"谢谢。""王牌"酷酷地笑了笑（虽然有点晕乎乎），"这没什么。"密西西比河以西最快的希伯来神枪手知道有个姑娘紧挨在他身上，而且姑娘身上的气味好闻得几乎让人按捺不住。突然，他感觉非常好。其实，他认为自己这辈子从未感觉这么好过。这时他想起了他的小提琴，他弯下腰，捡起了琴盒。琴盒的一侧有一个深深的凹痕，其中一个盒锁掉了下来。上面有血和头发，阿尔伯特觉得有些反胃。他打开琴盒往里看。乐器看起来没问题，他轻轻松了口气。

然后他想到了克雷格·图米，解脱感立刻变成了惊慌。

"喂，我没杀死那家伙吧？我狠狠地给了他一下。"他看了看正躺在餐厅门口的克雷格，唐恩·加夫尼跪在他旁边。阿尔伯特突然又觉得要昏倒了。克雷格的脸上和前额上有大量的血。

"他还活着。"唐恩说，"但没知觉了。"

在梦里干掉的硬汉比无名客枪手[①]里干掉的还要多的阿尔伯特觉得喉咙哽了一下。"天哪，这么多血！"

"没事。"尼克说，"头皮伤口往往会流更多的血。"他走到唐恩一起，抬起克雷格的手腕，摸了摸他的脉搏。"你要记得他拿枪指着那姑娘的头，伙计。如果他近距离扣动扳机，他很可能会干掉她。还记得几年前那个用空包弹自杀的演员吗？这是图米自找的，完全是他的责任，和你无关。"

尼克放下克雷格的手腕，站了起来。

---

① 无名客枪手（The Man with No name），是意大利系列电影"镖客三部曲"中的主要人物。

“此外，”他说着，从一张桌子上的饮水机里抽出一大沓纸巾，“他的脉搏强劲而有规律。我想几分钟后他就会醒过来，只会头痛得厉害。我也认为采取一些预防措施来防止这类事情是比较妥当的。加夫尼先生，那边酒吧间里的桌子似乎都铺着桌布……奇怪但真实。不知道你能不能拿几条？我们最好还是把这个‘我一定要去波士顿’的家伙反绑双手。”

“你真的必须这么做吗？”劳蕾尔平静地问，“这人已经不省人事了，还在流血。”

尼克把他的临时弄来的餐巾压在克雷格·图米的头上，抬头看着她：“你叫劳蕾尔，对吧？”

“对。”

“好吧，劳蕾尔，我们直说吧，这个人是个疯子。我不知道是我们现在的冒险对他造成了这样的影响，还是他像拓普西那头大象一样因为环境而杀人，但我知道他很危险。如果黛娜刚才离他近一点，他就会抓住她，而不是贝萨妮。如果我们给他松绑，下次他可能会这样做的。”

克雷格呻吟着，无力地挥动着双手。尽管左轮手枪已经安全地塞进了布莱恩·恩格尔裤子的腰带里，但克雷格一动弹，罗伯特·詹金斯就从他身边走开，劳蕾尔也拉着黛娜躲开了。

“有人死了吗？”黛娜紧张地问，“没有，是吗？”

“没有，亲爱的。”

“我应该早点听到他的声音，但我在听一个像老师的人说话。”

“没关系。”劳蕾尔说，“黛娜，结果一切都好。”然后她看着外面空荡荡的航站楼，她觉得自己这话是在嘲笑自己。这里什么都不对劲，一切都不好。

唐恩两手各拿着一块红白格子的桌布回来了。

“好极了。”尼克说着拿起其中一条，迅速熟练地把它变成了一根绳子。他把桌布的中心放在嘴里，咬住牙齿不让它松开，然后用手把克雷格翻过来，就像煎蛋一样。

克雷格叫了起来，他的眼皮抖动着。

“你非得这么粗暴吗？”劳蕾尔厉声问道。

尼克盯着她看了一会儿，她立刻垂下了眼睛。她不禁把尼克·霍普韦尔的眼睛和达伦·克罗斯比寄给她的照片中的眼睛作了比较。宽眼距，清澈的眼睛在一张好看的但不引人注目的脸上。但是那双眼睛也很平常，不是吗？难道达伦的眼睛不就是她当初要飞这趟旅行的部分原因，甚至可以说是主要原因吗？她不是仔细研究了很久，才断定这是一个会守规矩的人的眼睛吗？一个如果你让他后退，他就会后退的男人的眼睛？

登上29号航班时，她告诉自己这是一次伟大的冒险，一次奢华的浪漫探戈——一次冲动地跨越大陆，扑向那个高大、黝黑的陌生人的怀抱。但有时你会发现自己身处一种令人厌烦的情况，真相再也无法回避，而劳蕾尔认为真相是这样的：她选择了达伦·克罗斯比是因为他的照片和信件告诉她，他和自己十五岁以来约会过的那些文静的男孩及男人差不多，他们会很快学会在下雨的夜晚进屋前要在门口的垫子上擦鞋子；会主动拿布帮忙洗碗，而不用你吩咐；只要你口气硬一些，他们就会让你走。

如果照片上的是尼克·霍普韦尔的深蓝色眼睛，而不是达伦的淡棕色眼睛，她还会在今晚的29号航班上吗？她不这么认为。她以为她会给他写一封亲切但不带个人感情的信，说：*谢谢你的回信和你的照片，霍普韦尔先生，但不知何故我觉得我们不适合对方*——于是就继续寻找像达伦那样的男人。当然，她非常怀疑像霍普韦尔先生这样的男人是否读过《征婚杂志》这样的刊物，更不用说在上面登广告了。尽管如此，她现在还是和他一同处在这种奇怪的情况中。

没错……她想过要体验一次冒险，就一次，在她步入中年之前。不是吗？对，现在她来了，证明托尔金说的是对的——昨天晚上，她像往常一样走出了自己的家门，看看她现在的结局：一个奇怪而沉闷的诡异世界。但这确实是一次冒险。紧急降落……废弃的机场……一个持枪的疯子。这当然是一次冒险。几年前读到的一些东西突然出现在劳蕾尔的脑海里，“*念念不忘，必有回响*”。

说得真对。

又多么让人困惑。

尼克·霍普韦尔的眼睛里没有困惑……但也没有怜悯。它们让劳蕾尔感到浑身颤抖，而这种感觉毫无浪漫可言。

*你确定吗？*一个声音在低语，劳蕾尔立刻让它闭嘴。

尼克把克雷格的手从他身下拉了出来，然后把他的手腕放在了他的腰背部。克雷格又呻吟起来，这回声音更大了，开始虚弱地挣扎着。

“放心吧，我的好朋友。”尼克安慰地说。他把桌布绳绕在克雷格的小臂上两圈，然后紧紧地打了个结。克雷格的胳膊肘一动，他就发出一声奇怪而微弱的尖叫。“好了！”尼克说着站了起来，“像‘约翰神父’的圣诞火鸡一样捆得整整齐齐了。我们还有一个备用，如果那条看起来捆不好的话。”他坐在一张桌子的边上，看着鲍勃·詹金斯，“喂，我们被无礼地打断时，你在说什么？”

鲍勃愣愣地看着他，露出了难以置信的表情：“什么？”

“说下去。”尼克说。他好像是个感兴趣的演讲听众，而不是一个坐在废弃机场餐厅桌子上的人，旁边还有一个被绑的人躺在血泊之中。“你刚刚讲到29号航班就像*玛丽·塞莱斯特号*一样。这个想法有点意思。”

“你想让我……继续？”鲍勃不敢相信地问，“好像什么也没发生似的？”

“让我*起来*！”克雷格喊道。他的声音被铺在餐馆地板上粗糙的工业地毯捂得有些低沉，但对于一个不到五分钟前还被小提琴盒打得挺尸的人来说，他的声音仍然显得异常活跃。“现在就让我起来！我要求你……”

然后尼克做了一件让所有人都震惊的事，就连那些见过尼克把克雷格的鼻子像拧浴缸水龙头把手一样拧紧的人也震惊了。尼克朝克雷格的肋骨狠狠地踢了一脚。他在最后一刻才收了些力……但收的不多。克雷格痛苦地哼了一声，然后闭上了嘴。

“你要是再吵，伙计，我就把你的骨头都踢到胸腔里去。”尼克冷冷地说，“我对你已经没有耐心了。”

“嘿！”加夫尼困惑地叫道，“为什么你他妈要……”

“听我说！”尼克说着，四下看了看，他那彬彬有礼的外表第一次完全消失了，他的声音因愤怒和急迫而颤抖，“各位小伙子和姑娘们，你们该醒醒了，我没时间好言相劝了。那个叫黛娜的小姑娘说我们这儿遇到了大麻烦，我相信她的话。她说她听到了一些东西，一些可能要到我们这边来的东西，我也很相信。我什么该死的声音都没听到，但我的神经紧张得像热锅上的油，我有这种反应的时候我就会特别小心。我认为有些东西确实即将来了，我不认为它们是来向我们卖吸尘器配件或最新的保险单。现在我们要么浪费时间围着这个该死的疯子争吵，要么想办法了解我们到底遇到了什么事。了解情况也许不能拯救我们的生命，但我越来越觉得不了解可能会让我们没命，而且会很快没命。”他的目光转向黛娜，“如果你认为我错了，就告诉我，黛娜。我非常乐意听你说。”

“我不想让你伤害图米先生，但我也不认为你错了。”黛娜用微弱而颤抖的声音说。

“好吧。”尼克说，“很好。我会尽我最大的努力不再伤害他……但我不做任何承诺。让我们从一个非常简单的概念开始。我捆起来的这个家伙……”

“图米。”布莱恩说，“他叫克雷格·图米。”

“好吧。图米先生疯了。也许，如果我们找到路，回到正确的地方，或者如果我们搞清楚所有人都去了哪儿，我们就可以找人帮他。但现在，我们只能通过让他不要添麻烦来帮助他——我已经做了这件事，在阿尔伯特慷慨而鲁莽的帮助下——回到我们现在的事。有人反对吗？”没有回答。29号航班上的其他乘客都不安地看着尼克。

“好吧。”尼克说，“请讲下去，詹金斯先生。”

“我……我不习惯……”鲍勃显然努力使自己镇定下来，“在我写的书中，我想我杀了足够多的人，足以坐满这架载我们来这里的飞机，但刚刚发生的事情是我目睹的第一起暴力事件。对不起，如果我……呃……表现不好。”

“我觉得你做得很好，詹金斯先生。”黛娜说，“我也喜欢听你说话。这让我感觉好多了。”

鲍勃感激地看着她，笑了。“谢谢你，黛娜。”他把双手塞进口袋，不安地瞥了一眼克雷格·图米，然后望向他们身后空荡荡的候机厅。

他终于说：“我觉得我提到了我们的想法中有一个核心谬误。是这样的：当我们开始了解这个事件的规模时，我们都认为世界上其他地方也发生了一些事情。这个假设很容易理解，因为我们都很好，而其他人——包括和我们在洛杉矶国际机场一同登机的其他乘客——似乎都失踪了。但我们面前的证据并不支持这个假设。所发生的事发生在了我们身上，也只发生在我们自己身上。我相信，我们所熟知的世界其实一如既往地一切正常。

“是我们——29号航班上消失的乘客和十一名幸存者——是我们失踪了。”

7

“也许我很笨，但我不明白你在说什么。”过了一会儿，鲁迪·沃里克说。

“我也没听懂。”劳蕾尔补充道。

“我们提到过两起著名的失踪事件。”鲍勃平静地说。现在连克雷格·图米似乎也在听……不管怎么说，他已经不再挣扎了。“其中一个是玛丽·塞莱斯特号事件，发生在海上。第二起发生在靠近海边的罗阿诺克岛。也不止这两个事件，我至少能想起另外两起与飞机有关的事件：女飞行员阿梅莉亚·埃尔哈特在太平洋上空失踪，以及几架海军飞机在被称为百慕大三角的大西洋上空失踪。我想后者发生在一九四五或一九四六年。领航飞机的飞行员发出了某种含糊不清的信号，救援飞机立刻从佛罗里达州的一个空军基地出发，但没有找到飞机或机组人员的任何踪迹。”

“我听说过这件事。”尼克说，“我想，这就是百慕大三角声名狼藉的原因。”

“不只是因为这个，有很多船和飞机在那里失踪了。”阿尔伯特插嘴说，“我读过查尔斯·伯利茨写的一本书。真的很有趣。”他扫视了一下四周，“我只是从来没想过自己会身处其中，你们懂我的意思吧。”

詹金斯说：“我不知道以前是否有飞机在美国陆地上空消失过，但是……”

“这种情况在小型飞机上发生过很多次。”布莱恩说，“还有一次，大约三十五年前，发生在一架商用客机上。船上有一百多人。一九五五年或一九五六年。航空公司不是环球航空就是君主航空，我不记得是哪个了。飞机从旧金山飞往丹佛。飞行员通过无线电与里诺塔台取得了联系——这绝对是例行联络——飞机从此杳无音讯。当然有搜索，但是……什么也没找到。”

布莱恩看到他们都带着一种可怕的入迷表情看着他，他不自在地笑了起来。

“飞行员的鬼故事。”他带着歉意说，“这听起来像加里·拉尔森卡通片的标题。”

“我敢打赌，他们都有这样的经历。”作家嘟囔着，他又开始用手擦着自己的脸，看上去很痛苦，几乎吓坏了，“除非他们找到尸体……？”

“请告诉我们你知道什么，或者你认为你知道什么。”劳蕾尔说，“这件事……的影响……好像积在一个人身上。如果我不能很快得到答复，我想你们不如把我捆起来，放在图米先生旁边。”

“别扯到我身上。”克雷格说，虽然声音有些含糊，但话说得很清楚。

鲍勃又不自在地瞥了他一眼，然后突然想通了。“这里没有问题，是飞机上出问题了。这里没有电，但飞机上有电。当然，这并不是最终结论——飞机有自己独立的电源，而这里的电力来自某处的发电厂。然后再想象火柴的情况。贝萨妮在飞机上，她的火柴都没问题。我从碗里拿的火柴擦不亮。图米从保安室拿的枪，我想，几乎是打不了的。我觉得如果你用装电池的手电筒，你也会发现用不了。或者，即使能用，也不会持续太久。”

“你说得对，”尼克说，“我们也不需要找手电筒来验证你的理论。”他向上指了指。厨房烤架后面的墙上有一盏应急灯，它就像头顶上的灯一样死气沉沉。“那是电池供电的。”尼克接着说，“停电时，光敏螺线管会启动它。这里的光线够暗了，可以让那东西启动，但它没有启动。这意味着要么是螺线管电路故障，要么是电池没电了。”

鲍勃·詹金斯说：“我怀疑两者都有。”他慢慢地走向餐厅门口，向外看了看，“我们发现自己生活在一个看似完整、秩序井然的世界，但同时这个世界似乎也已几近枯竭。碳酸饮料没气了。食物没有味道。空气没有气味。我们仍然散发着气味——比如，我能闻到劳蕾尔的香水和机长的须后水……但其他东西似乎都失去了味道。”

阿尔伯特拿起一只盛着啤酒的杯子，深深地吸了一口。有一股气味，他断定，但非常、非常微弱，就像压在书页间多年的花瓣会散发出的遥远的香味记忆。

“声音也是如此。”鲍勃继续说，“感觉是单调而且一维的，完全没有共鸣。”

劳蕾尔想起了她的高跟鞋在水泥地上发出的无精打采的咚咚声，还记起在恩格尔机长用手握成喇叭状，往自动扶梯上方喊图米先生的时候，并没有听到回声。

“阿尔伯特，我能请你用你的小提琴拉点东西吗？”鲍勃问。

阿尔伯特瞥了一眼贝萨妮。她微笑着点点头。

“好吧。当然。事实上，我有点好奇它在那……之后听起来如何。”他瞥了一眼克雷格·图米，“你知道的。”

他打开琴盒，手指碰到打伤克雷格的盒锁时做了个鬼脸，然后抽出了他的小提琴。他轻轻抚摸了一下，然后用右手拿起琴弓，把小提琴塞到下巴底下。他那样站了一会儿，思考着在这个电话不响、狗都不叫的奇怪的新世界里，什么样的音乐才是合适的呢？拉尔夫·沃恩·威廉姆斯吗？斯特拉文斯基？莫扎特吗？也许德沃夏克？不。都不合适。突然灵感来了，他开始演奏《我在铁路上工作》这首歌中“有人在厨房里陪着黛娜……”这部分。

演奏到一半时，琴弓颤抖着停了下来。

唐恩·加夫尼说："我猜你用小提琴砸那个家伙的时候，肯定把小提琴弄伤了。听起来好像里面塞满了棉球。"

"没有。"阿尔伯特慢慢地说，"我的小提琴完全没问题。我可以通过它给我的感觉，以及手指下琴弦的动作来判断……但还有一些其他的东西。过来，加夫尼先生。"加夫尼走了过来，站在阿尔伯特旁边。"现在你尽可能靠近我的小提琴。不用……不用这么近，我的琴弓会戳到你的眼睛的。就在那儿。刚刚好。再听一遍。"

阿尔伯特开始演奏起来，心里也跟着唱，他每次演奏这首虽然老土但却永远欢快的音乐时都这样。

"还一边哼唱着……嘀嗒嘀嘀嗒嘀……嘀嗒嘀嗒嘀嗒嘀……弹着那古老的五弦琴……"

"你听到区别了吗？"他演奏完问道。

加夫尼说："如果你是这个意思的话，近距离听起来好多了。"他真诚而尊敬地看着阿尔伯特，"孩子，你拉得不错。"

阿尔伯特朝加夫尼笑了笑，但他说话的真正对象其实是贝萨妮·希姆斯。他说："有时候，当我确信我的音乐老师不在的时候，我就会拉齐柏林飞艇的老歌。他们的音乐在小提琴上拉起来效果很好，你听了会惊讶的。"他看向鲍勃，"不管怎么说，这和你刚才说的很相符。你离得越近，小提琴的声音就越好。是空气不对劲，不是乐器。它没有按照应该的方式传导声音，所以发出的声音听起来就像这里啤酒的味道给人的感觉一样。"

"沉闷。"布莱恩说。

阿尔伯特点点头。

"谢谢你，阿尔伯特。"鲍勃说。

"不客气。我现在能把它收起来吗？"

"当然。"鲍勃继续说，阿尔伯特把他的小提琴放回琴盒里，然后用餐巾去擦弄脏的琴锁和自己的手指，"在我们所处的环境中，味觉和声音并不是唯一不对劲的因素。以云为例。"

"云怎么了？"鲁迪·沃里克问道。

"自从我们来了以后，云就没动过，我想它们也不会动了。我认为，我们所习惯的天气模式不是已经停止了，就是像旧怀表一样越来越慢。”

鲍勃停了一会儿。他突然显得苍老、无助和害怕。

“就像霍普韦尔先生会说的，咱们还是直说吧。这里的一切都不对劲。黛娜的感觉——包括我们称之为第六感的那种奇怪而模糊的感觉——比我们的更发达，她可能是感觉最强烈的，但我想我们在某种程度上都有过这种感觉。这里的情况就是不对劲。

“现在我们来看看事情的核心。”

他转过身来面对着他们。

“不到十五分钟前，我还说感觉像是午餐时间。现在我感觉比那要晚得多。下午三点，也许四点。我的胃现在想要的不是早餐，而是下午茶。我有一种可怕的预感，在我们的表告诉我们现在是上午十点差一刻之前，外面可能就要天黑了。”

“继续，伙计。”尼克说。

“我想这和时间有关。”鲍勃平静地说，“不像阿尔伯特说的是因为空间，而是因为时间。假设时间流中不时出现一个空洞？不是时空扭曲，而是时空撕裂。时间构造一个暂时的裂缝。”

“这是我听过的最疯狂的鬼话！”唐恩·加夫尼叫道。

“阿门！”躺在地上的克雷格·图米表示赞同。

“不。”鲍勃严厉地回答，“如果你觉得这是鬼扯，想想你站在六英尺远阿尔伯特的小提琴的声音。或者看看你的周围，加夫尼先生。看看你的周围。我们身上发生了什么……我们的处境……这才是鬼扯。”

唐恩皱起眉头，把手深深地塞进口袋里。

“说下去。”布莱恩说。

“好吧。我并不是说我是对的，我只是提供了一个符合我们所处环境的假设。就说这种时间结构上的裂痕不时出现，但大多出现在无人居住的地区……当然，我指的是海洋。我说不出为什么会这样，但这仍然是一个合理的假设，因为大多数失踪事件似乎都发生在那儿。”

“海上的天气模式几乎总是与大片陆地上的天气模式不同。”布莱恩说，“可能就是这样。”

鲍勃点点头。“不管是对还是错，这是一个很好的思考方式，因为这样就把它放到了我们都熟悉的环境中。这可能与偶尔报道的罕见天气现象类似：倒转的龙卷风、圆形彩虹、白天的星光。这些时间裂痕可能随机出现或消失，或者它们可能移动，就像锋面和高气压系统移动的方式一样，但它们很少出现在陆地上。

“但是统计学家会告诉你，迟早会发生的事情都会发生，所以我们就说昨天晚上确实发生了一次……倒霉的是我们飞了进去。我们还知道一些别的事情。这种神奇气象异常的某些不为人知的规律或特性，使得任何生物都不可能通过，除非是正好睡着了。”

“噢，这完全就是在讲童话故事啊。”加夫尼说。

克雷格的声音从地上传来：“我完全同意。”

“闭上你的嘴。”加夫尼对他吼道。克雷格眨了眨眼睛，然后把嘴唇往上翻，微微冷笑了一下。

“感觉说得对。”贝萨妮低声说，“感觉好像我们和一切……都不合拍。”

“机组人员和乘客怎么了？”阿尔伯特问道，他听起来不舒服，“如果飞机飞过了，我们也飞过了，其他人怎么了？”

他的想象力突然给了他一个无法让人忘怀的场面：数百人掉落在天空中，领带和裤子猛地飘动，裙子往上揭了起来，露出了吊带袜和内衣，鞋子脱落、笔（那些没有在飞机上的）从口袋里飞了出来，人们挥舞着胳膊和腿，试图在稀薄的空气中尖叫。那些把钱包、钱包、零钱，至少有一个植入了起搏器的人紧随其后。他看到他们像炸弹一样砸在地上，压扁了灌木，掀起一团团尘土，他们的身体在沙漠上砸出一个个人形图案。

“我猜他们是蒸发了。”鲍勃说，“完全消失了。”

黛娜一开始并不明白，然后她想到维琪姑妈的钱包，里面还放着旅行支票，就轻轻地哭了起来。劳蕾尔双臂拥着盲人小女孩的肩膀。与此同时，阿尔伯特正在热切地感谢上帝，好在他的母亲在最后一刻改变了主意，决定不陪他去东部。

“很多人是和东西一起不见的。”作家接着说，“那些留下钱包的人可能在那个……那个事件发生时已经把钱包拿出来了。但很难说什么会被带走，什么会被留下——我想到的是那顶假发，而不是别的东西——这似乎没有什么规律和道理。”

“你说得对。”阿尔伯特说，“比如手术钢钉。我不知道谁会无聊到把它从肩膀或膝盖里拿出来玩。”

“我同意。”鲁迪·沃里克说，“飞机还没飞多久，还不至于这么无聊。”

贝萨妮看着他，吃了一惊，随即大笑起来。

“我来自堪萨斯州。”鲍勃说，“这种反复无常的感觉让我想起了夏天我们经常遇到的龙卷风。风会彻底摧毁一个农舍，但厕所却纹丝不动，或者他们会把一个谷仓拆掉，而连旁边的谷物圆塔的一块木瓦都不动。”

“说重点，伙计。”尼克说，“不管我们现在是什么时候，我总觉得已经很晚了。”

布莱恩想起了克雷格·图米，这位“急着去波士顿的先生”，站在紧急滑梯的顶端尖叫着：“时间不多了！时间真他妈的短！”

“好吧。”罗伯特说，“最终结论：假设真的存在时间裂缝，我们已经通过了。我想我们已经回到过去，发现了时间旅行并不好玩的真相：你不可能出现在一九六三年十一月二十二日的得克萨斯州教科书仓库大楼阻止肯尼迪遇刺；你不能亲眼看到金字塔或罗马的建造；你不能一手调查恐龙存在的时代。”

他举起双臂，伸出双手，仿佛要把他们所处的整个寂静的世界环抱起来。

“好好看看你的周围吧，时光旅行者们。这是过去的事了。它是空的，是寂静无声的。这是另一个世界——也许是另一个宇宙——它的所有意义就像一个被丢弃的油漆桶。我觉得我们跳进了一段短暂的荒谬的时间里，也许只有十五分钟——至少一开始是这样。但显然，我们周围的世界正在逐渐消失，感官知觉正在消失，电已经消失了。天气就是我们刚刚跳到过去时的天气。但在我看来，随着世界逐渐结束，时间本身也在以一种螺旋形的方式向内挤压。”

“会不会是未来？”阿尔伯特小心地问。

鲍勃·詹金斯耸耸肩，他突然显得很疲倦。“当然，我也说不准……我怎么知道呢？但我不这么认为。我们身处的这个地方让人感觉又旧又蠢又无力又毫无意义。感觉像是……我不知道……”

黛娜说话了。他们都向她望去。

“感觉结束了。”她轻声说。

“是的。”鲍勃说，“谢谢你，亲爱的。我一直在想的就是这个意思。”

“詹金斯先生？”

“什么事？”

“记得我以前跟你说过的那个声音？我又能听到了。”她停顿了一下，“越来越近了。”

8

大家都沉默了下来，拉长了脸，静听着。布莱恩觉得他听到了什么，认为这是他自己的心脏的声音。或者只是想象。

“我想再去落地窗那边听。”尼克突然说。他跨过克雷格俯卧着的身体，没往下看一眼，一句话也没说就大步离开了餐厅。

“嘿！”贝萨妮喊道，“嘿，我也想去！”

阿尔伯特跟着她，其余的人大多数跟在后面。“你们两个呢？”布莱恩问劳蕾尔和黛娜。

“我不想去。”黛娜说，“我在这儿想怎么听就怎么听。”她顿了顿，又接着说，“不过，我想，如果我们不赶快离开的话，我会听得越来越清楚。”

布莱恩瞥了劳蕾尔·史蒂文森一眼。

“我要留在这儿陪黛娜。”她平静地说。

“好吧。”布莱恩说，“离图米先生远点。”

“‘离图米先生远点。’”克雷格在地上凶狠地模仿着。他费劲地转过头来，眼珠在眼窝里转了转，看着布莱恩，“你真的逃不掉这个惩罚，恩格尔机长。我不知道你和你的英国朋友认为你在玩什么游戏，但你不可能逃脱惩罚。恐怕你以后只能靠摸黑从哥伦比亚偷运可卡因维持生计了。至少你告诉你的朋友你是个专门运毒品的飞行员时，你没在撒谎。”

布莱恩刚要回答，然后又改变了主意。尼克说这个人至少暂时精神失常，布莱恩认为尼克是对的。跟一个疯子讲道理既没用又费时。

“我们会保持距离的，别担心。”劳蕾尔说。她把黛娜拉到一张小桌旁，和她坐在一起。“我们会没事的。”

“好吧，”布莱恩说，“如果他想逃跑，就大喊。”

劳蕾尔苍白地笑了笑：“你放心好了。”

布莱恩弯腰检查了尼克用来绑克雷格手的桌布，然后穿过等候室，走到其他人中间，他们都站在落地窗前排成一行。

9

还没走到候机厅路上的一半，他就开始听到了，等他和其他人走到一起时，已经不可能认为这是幻听。

那个女孩的听力真了不起，布莱恩想。

这声音很微弱——至少对他来说是这样——但它确实存在，而且似乎是从东面传来的。黛娜说它听起来就像在上面倒了牛奶后的脆米片。对布莱恩来说，这听起来更像是无线电里的静电干扰声——在太阳黑子活动剧烈的时候，你有时会听到异常剧烈的静电干扰声。不过，他认同黛娜说的，这听起来很*邪恶*。

他能感觉到他的后脖颈上的汗毛因为这个声音都竖了起来。他看了看其他人，看到了同样害怕惊愕的表情。尼克把自己控制得很好，而那个几乎不敢使用滑梯的年轻姑娘——贝萨妮——看上去最害怕，但他们都从声音里听到了同样的感觉。

邪恶。

邪恶的东西就要来了，*非常快*。

尼克转向他："你觉得那是什么，布莱恩？有什么想法？"

"没有。"布莱恩说，"一点都没有。我只知道这是城里唯一的声音。"

"还没到城里呢。"唐恩说，"不过我想快到了。我只希望我知道还要多长时间。"

他们又安静下来，听着从东面一直传来的劈啪作响的嘶嘶声。布莱恩想：我几乎能认出这种声音。不是牛奶里的脆片，也不是收音机里的静电，但是……是什么？要是不是那么微弱就好分辨了……

但他不想知道。他突然意识到这一点，而且非常强烈。他根本不想知道。这声音使他充满了深深的厌恶。

"我们必须离开这里！"贝萨妮说。她的声音很大，语调起伏。阿尔伯特用一只胳膊搂住她的腰，她用双手紧紧握住他的手，惊恐地紧紧抓住它。"我们必须马上离开这里，就现在！"

"是的，"鲍勃·詹金斯说，"她是对的。那声音……我不知道是什么，但太可怕了。我们必须离开这里。"

他们都看着布莱恩，他想，看来我又成了队长了，但这种情况不会持续太久。因为他们不明白。就连詹金斯也搞不明白，尽管他也许非常擅长推理，但他们哪儿都去不了。

发出这种声音的东西已经在路上了，但这并不重要，因为当它到来的时候，他们这些人还会在这里，没有地方可以去。他明白为什么会这样，即使其他人都不明白……布莱恩·恩格尔突然明白了被困在陷阱里的动物听到猎人的脚步不断接近时的感觉。

第六章

陷入困境。贝萨妮的火柴。前方双向来车。

阿尔伯特的实验。夜幕降临。

黑暗与刀刃。

1

布莱恩转过身来看着那位作家：“你是说我们必须离开这里，对吗？”

“是的。我想我们必须尽快离开……”

“那么你建议我们去哪儿呢？大西洋城吗？迈阿密海滩吗？地中海俱乐部？”

“你是说，恩格尔机长，我们没有地方可去了。我认为……我希望……在这一点上你是错的。我有个主意。”

“是什么？”

“等一下。首先，回答我一个问题。你能给飞机加油吗？即使没有电，你也能做到吗？”

“我想是的，我能。让我们假设，在几个壮汉的帮助下，我可以。然后呢？”

“然后我们又起飞了。”鲍勃说，他那布满皱纹的脸上露出了细小的汗珠，它们看起来像清澈的油滴，“那声音——那嘎吱嘎吱的声音——是从东面传来的。时间裂缝在这里以西几千英里处。如果我们按原来的路线飞回去……你能做到吗？”

“可以。”布莱恩说。他一直开着辅助动力装置，这意味着惯性导航系统的计算机程序仍然完好无损。这个程序记录了他们刚刚完成的旅行，即从第 29 号航班在南加州起飞到在缅因州中部降落的整个过程。只要按一下按钮，就可以指示计算机逆转这一进程；飞到空中后，再按下另一个按钮，自动驾驶仪就会开始飞行。特利丹公司的惯性导航系统可以以最小的偏差还原整个行程。“我可以这么做，但为什么呢？”

“因为裂缝可能还在那儿。明白吗？我们也许可以穿过它飞回去。”

尼克突然吃惊地盯着鲍勃，然后转向布莱恩：“他说的挺有道理，伙计。他说的有道理。”

阿尔伯特·考斯纳现在开始思考一个无关紧要但吸引人的想法：如果裂缝还在，如果29号航班在频繁使用的高度及方位上飞，类似在天空中的东西大道上，那在今天午夜一点过七分到现在（无论现在是几点）之间，也许还有其他飞机正降落，或者已降落在其他被遗弃的美国机场，其他机组人员和乘客在周围徘徊，不知所措……

不对，他想，我们碰巧有个飞行员在飞机上。这种情况发生两次的概率是多少？

他想起詹金斯先生说的泰德·威廉姆斯连续十六次上垒的概率，不禁颤抖起来。

“他说的可能对，也可能不对。”布莱恩说，“这真的不重要，因为我们靠那架飞机哪儿都去不了。”

“为什么不行？”鲁迪问，“如果你能给它加油，我不觉得……。”

“还记得火柴吗？餐厅里碗里的那个？那些点不着的火柴？”

鲁迪一脸茫然，但鲍勃·詹金斯的脸上露出了非常沮丧的表情。他用手扶着额头向后退了一步，看起来他似乎真的在他们面前变小了。

“什么？”唐恩问，他皱起眉头看着布莱恩，眼神里透着困惑和怀疑，“那有什么关系……”

但是尼克知道。

“你没有看见吗？”他平静地问，“你看不出来吗，伙计？如果电池不工作，如果火柴不亮——”

“——那飞机的燃料也烧不起来。”布莱恩最后说，“就像这个世界上的其他东西一样，都用不了，”他挨个看了一下他们每个人，“和把油箱装满糖浆差不多。”

2

“你们两位年轻的小姐听说过兰格利尔吗？”克雷格突然问。他的语气轻松，几乎可以说是活泼。

劳蕾尔跳了起来，紧张地看着其他人，他们仍然站在窗前聊天。黛娜只是转向克雷格的声音，显然一点也不惊讶。

“没有。”她平静地说，“那是什么？”

“别跟他说话，黛娜。”

“我听到了。”克雷格用同样愉快的语气说，“你知道，不是只有黛娜耳朵尖。”

劳蕾尔觉得她的脸热起来了。

“不管怎样，我不会伤害这个孩子。”克雷格继续说，“就像我不会伤害那个女孩一样。我只是害怕。你不怕吗？”

“我怕。”劳蕾尔厉声说，“但我不会在害怕的时候劫持人质，然后开枪射击十几岁的少年。”

克雷格说：“你又没有被像洛杉矶公羊队的前线防守队员那样的人压在地上过，那个英国佬……”他笑了，在这个安静的地方，他的笑声快乐得令人不安，正常得令人不安，“好吧，我只能说，如果你认为我疯了，那你根本就没有注意到他。那人的脑子里就像有台电锯。”

劳蕾尔不知道该说什么。她知道事实不是克雷格·图米说的那样，但当他说话时，似乎又好像应该是那样的……他说的关于那个英国人的话太像事实了。那人的眼睛……还有图米先生被绑起来后被他踢到肋骨上的那一脚……劳蕾尔发起抖来。

“兰格利尔是什么，图米先生？”黛娜问。

“嗯，我过去一直认为它们都是编出来的。”克雷格还是心情不错地说，“现在我开始怀疑……因为我也听到了，小姑娘。我确实听见了。”

“那个声音吗？”黛娜轻声问，“那是兰格利尔的声音吗？”

劳蕾尔把一只手放在黛娜的肩膀上：“亲爱的，我真的希望你不要再和他说话了。他让我紧张。”

“为什么？他不是被捆住了吗？”

“是的，但是……”

“你还可以叫人来，是不是？”

“嗯，我想……”

“我想知道有关兰格利尔的事。”

克雷格费了好大劲才转过头去看她们……现在劳蕾尔感受到了一些克雷格的人格魅力和力量，正是这种魅力和力量使克雷格能在完成父母为他写的高压剧本时一直牢牢地走在了快车道上。尽管他躺在地板上，双手被绑在背后，额头和左脸颊上的血迹正在干燥，她依然能感觉到这一点。

“我父亲说过，兰格利尔是一种生活在壁橱、下水道和其他黑暗地方的小生物。”

“就像小精灵一样？”黛娜想知道。

克雷格笑着摇了摇头。“恐怕完全没那么讨人喜欢。”他说，“它们实际上只是一堆头发、牙齿和跑得飞快的小短腿……他说，它们的小短腿很快，所以不管坏男孩和坏女孩逃得多快，它们都能追上。”

“打住。”劳蕾尔冷冷地说，“你把孩子吓坏了。”

“不，他没吓到我。”黛娜说，“假的我一听就知道。很有趣，仅此而已。”不过，从她的表情可以看出，这不仅仅是有趣的事。她听得全神贯注，沉浸其中。

“确实有意思，不是吗？”克雷格说，显然很高兴她会感兴趣，“我觉得劳蕾尔的意思是我在吓唬她。我赢了雪茄吗，劳蕾尔？如果是的话，请给我来一根 El Producto 牌雪茄。我可不想要那些便宜的白猫头鹰牌雪茄。”他又笑了起来。

劳蕾尔没有回答，过了一会儿，克雷格继续说：

“我爸爸说有成千上万的兰格利尔。他说肯定有，因为世界上有成千上万的坏男孩和坏女孩在到处乱跑。他总是这么说。我父亲一生中从未见过孩子跑步。他们总是‘窜’。我想他喜欢这个词是因为它意味着无意义的、没有方向的、没有效果的动作。但是兰格利尔……它们是跑的。它们有目的。事实上，你可以说兰格利尔是目的的人格化。”

“孩子们做了什么坏事？”黛娜问，“他们做了什么坏事，兰格利尔必须追他们？”

“你知道吗，我很高兴你问了这个问题。”克雷格说，“黛娜，因为我父亲说什么人不好的时候，他指的是懒惰。懒惰的人不能为**大局**出力。没可能。在我的家里，你要么为**大局**出了力，要么你就是**无所事事**，这是最糟糕最糟糕的。割断喉咙与**无所事事**相比是一种轻微的罪过。他说如果你不为大局出力，那些兰格利尔就会让你从大局中完全消失。他说有一天晚上你躺在床上，然后你就会听到它们来了……嘎吱嘎吱地向你冲来……即使你想逃跑，他们也会抓住你。因为他们的跑得飞快的小……”

“够了。”劳蕾尔说。她的声音单调而干涩。

克雷格说：“不过声音就在外面。”他的眼睛炯炯有神地望着她，几乎有点逗弄她的意思，“你不能否认这一点。声音真的是从……”

“住手，不然我要用什么东西打你了。”

“好吧，”克雷格说。他翻身仰面朝天，做了个鬼脸，然后又翻了起来，转到另一边，远离了她们，“当一个人被打倒捆得像头猪的时候，他就厌倦被人打了。”

这次劳蕾尔的脸不仅变得温暖，而且更热了。她咬着嘴唇，什么也没说。她想哭。她该如何对待这样的人？*要怎么办？*起初这个人看起来像臭虫一样疯狂，后来他又看起来神智正常。与此同时，整个世界——图米所描绘的那个**大局**——都陷入了地狱。

“我敢说你怕你爸爸，是不是，图米先生？”

克雷格回头看着黛娜，很吃惊。他又笑了，但这次的笑不同。那是一种可怜的、痛苦的微笑，不是笑给别人看的。“这次你赢了雪茄，小姐。”他说，“我很怕他。”

“他死了吗？”

“是的。”

“他是不是**无所事事**？兰格利尔找到他了吗？”

克雷格想了很久。他记得有人告诉他父亲在办公室里心脏病发作了。当他的秘书叫他十点开员工会议时，没有人回答，她进来时发现他死在地毯上，眼睛凸出，嘴里出来的泡沫都干了。

有人告诉过你吗？他突然想知道。他的眼睛凸了出来，嘴里有泡沫？真的有人告诉过你——也许是妈妈喝醉的时候说的——或者是她希望这样？

“图米先生？它们追到了？”

“对。”克雷格若有所思地说，“我猜他被追到了，我猜它们追到了。”

“图米先生？”

“什么？”

“我不是你眼中的我。我不丑。我们都不丑。”

他吃惊地看着她：“你怎么知道你在我眼里是什么样子的，失明的小姑娘？”

“你可能会吃惊的。”黛娜说。

劳蕾尔转向她，突然比以前更不安了……但当然，她什么都看不到啊。黛娜的墨镜打消了她的好奇心。

3

其他乘客都站在候机厅的另一边，听着那轻轻的哒哒声，一言不发。似乎没有什么可说的了。

“我们现在怎么办？”唐恩问。他似乎已经蔫在了那件伐木工人的红色衬衫里。阿尔伯特觉得那件衬衫本身已经失去了一些活泼鼓舞的男子气概。

“我不知道。”布莱恩说。他感到一种可怕的无力感在他的肚子里拼命地蠕动着。他望着窗外的飞机，曾短暂属于他的飞机，被它那干净的线条和光滑的美丽所打动。相比之下，坐在登机道左边的达美航空 727 看起来就像一个土气的保姆。你觉得它看起来很漂亮，是因为它再也不会飞了，仅此而已。这就像在豪华轿车的后座上瞥见一个美丽的女人——她看起来比实际更美丽，因为你知道她不是你的，永远也不可能是你的。

"还剩多少燃料，布莱恩？"尼克突然问，"也许这里的燃烧率不一样。也许比你意识到的还要多。"

布莱恩说："所有的仪表都正常。着陆时，我的油料还剩下不到六百磅。要回到发生这种情况的地方，我们至少需要五万磅。"

贝萨妮拿出她的香烟，递给罗伯特一包。罗伯特摇了摇头。她把一根塞进嘴里，拿出火柴，擦了一根。

点不着。

"哦，哦。"她说。

阿尔伯特看了一眼。贝萨妮一遍又一遍地划火柴。什么也没发生。她惊恐地望着他。

"来。"阿尔伯特说，"让我来。"

他从她手中接过火柴，又抽出一根。他在火柴盒背面的擦火皮上划了一下，什么也没有。

"不管这是什么，好像会影响到其他东西。"鲁迪·沃里克说。

贝萨妮哭了起来，鲍勃把他的手帕递给她。

"等一下。"阿尔伯特说，又划了一根火柴。这次它亮了……但是火焰很短，忽明忽暗，有气无力的。他把火焰靠近贝萨妮颤抖着的烟头，一个清晰的画面突然出现在他的脑海里：过去三年里，他每天骑十段变速车去帕萨迪纳高中时都经过的一个警告标志，上面写着"**注意前方双向来车**"。

这到底是什么意思？

他不知道……至少现在还不知道。他唯一确定的是，他有一个想法想要冒出来，但至少现在卡住了。

阿尔伯特晃熄了火柴，都不用怎么用力甩。

贝萨妮吸了一口烟，然后表情皱了一下。"啧！尝起来像卡尔顿牌之类的味道。"

“把烟吹到我脸上。”阿尔伯特说。

“什么？”

“你没听错。给我脸上吹点。”

她按要求做了。阿尔伯特闻了闻烟，之前甜丝丝的味道现在没了。

不管这是什么，似乎会影响到其他东西。

注意：前方双向来车。

“我要回餐厅去。”尼克说，他看起来情绪低落，“那小子给人一种狡猾阴险的感觉，我不愿意让他和女生们在一起待太久。”

布莱恩追上他，其他人紧随其后。阿尔伯特觉得这群人走来走去挺有意思——就像一群感觉空中要打雷的母牛。

“来吧。”贝萨妮说，“我们走。”她把吸了一半的香烟扔进了烟灰缸，用鲍勃的手帕擦了擦眼睛，然后她握住了阿尔伯特的手。

他们走到候机厅的中间，阿尔伯特正看着加夫尼的红衬衫的背面，突然那个画面又出现了。这一次更加有冲击力：**前方双向来车**。

“等一下！”他喊道。他突然伸出一只胳膊搂住贝萨妮的腰，把她拉到身边，把脸凑到她喉咙那儿深深地吸了一口气。

“噢，我的天！我们彼此几乎不认识啊！”贝萨妮喊道，然后她开始无助地咯咯笑起来，用胳膊搂住阿尔伯特的脖子。阿尔伯特没有注意到这一点，他生性腼腆，通常只是在白日梦里才会大起胆子。他用鼻子深吸了一口气。她的头发、汗水和香水的气味还在，但是很微弱，非常微弱。

所有人面面相觑，但阿尔伯特已经放开了贝萨妮，正匆匆走回窗口。

“哇！”贝萨妮说，她还在咯咯地笑，满脸通红，“奇怪的家伙！”

阿尔伯特看了看29号航班，看到了布莱恩几分钟前注意到的东西：它干净光滑，几乎是全白的飞机似乎在外面沉闷的寂静中颤动着。

他突然有了一个主意。这主意好像烟火一样在他的眼睛后面迸发出来。其中关键的概念就像一个耀眼的火球，各种含义从里面放射出来，像火热的火焰，有那么一会儿，他简直忘记了呼吸。

“阿尔伯特？”鲍勃问，“阿尔伯特，你怎么……”

“恩格尔机长！”阿尔伯特尖叫着。餐厅里的劳蕾尔听到立刻坐直了，黛娜的手像爪子一样紧紧地抱住她的胳膊。克雷格·图米伸长了脖子看。“恩格尔机长，快过来！”

4

外面的声音更大了。

对布莱恩来说，那是无线电静电干扰的声音。尼克·霍普韦尔觉得这声音听起来像一股强风在热带干燥的草上吹过时发出的沙沙响声。去年夏天曾在麦当劳工作过的阿尔伯特则感觉像炸薯条在油炸锅里炸时发出的声音。对鲍勃·詹金斯来说，那是远处房间里纸被揉成一团的声音。

他们四个爬过悬挂的橡胶条，走到行李卸货区，听着被克雷格·图米称为“兰格利尔”的声音。

“离这儿还有多近？”布莱恩问尼克。

“不好说。听起来很近了，不过当然，我们之前在里面。”

“走吧，”阿尔伯特不耐烦地说，“我们怎么回飞机？爬上滑梯吗？”

“没必要。”布莱恩说着指着二号门另一边的一段活动楼梯。他们朝梯子走去，鞋子踩在水泥地上发出沉闷的脚步声。

“你知道机会渺茫，是不是，阿尔伯特？”布莱恩边走边问。

“是的，但是——”

“渺茫总比没有好。”尼克替他说。

“我只是希望如果没有成功，他不要太失望。”

“别担心，”鲍勃轻声说，“我一个人失望就够了。那小伙子的想法合乎逻辑。应该能证明……不过，阿尔伯特，你知道这里可能有一些我们还没有发现的因素，是不是？”

“是的。”

他们走到滚动的梯子上，布莱恩放开了车轮上的脚刹。尼克抓住了从左边栏杆突出来的扶手。布莱恩抓住了右边的扶手。

“我希望轮子还能转。”布莱恩说。

“应该可以。”鲍勃·詹金斯回答，“一些——也许是大部分——相关生命的普通物理和化学因素似乎仍然正常。我们的身体还能呼吸，门的开关也没问题。”

“别忘了地心引力。”阿尔伯特插嘴说，“地球还吸得住你。”

“我们别再谈这个了，试一试吧。”尼克说。

楼梯很容易推动。两个人把它推过停机坪，走向 767，阿尔伯特和罗伯特跟在后面。其中一个轮子有节奏地吱吱作响。唯一的另一种声音是从东方地平线上某个地方传来的低沉而持续的嘎吱嘎吱声。

“看。”他们走近 767 时，阿尔伯特说，“你看看它。你看不出来吗？难道你看不出它比什么东西都更真实吗？”

没有必要回答，也没有人回答。他们都能看见。布莱恩不情愿地，几乎是违背自己的意愿地，开始想这个孩子说得可能有些道理。

他们把楼梯按逃生滑梯和机身之间的一个角度摆好，最上面的台阶距离打开的舱门只有一大步。“我先去。”布莱恩说，“等我把滑梯拉进去，尼克，你和阿尔伯特把楼梯推到合适的位置。”

“明白，机长。”尼克说着漂亮地敬了个礼，第一与第二指的指关节贴到了前额上。

布莱恩哼了一声。“初级武官。”他说，然后飞快地跑上楼梯。过了一会儿，他用逃生滑梯的绳索把滑梯拉了回去。然后他探出身子，看着尼克和阿尔伯特小心翼翼地把活动楼梯调整到最上面的台阶上，就在 767 前面的入口下方。

5

鲁迪·沃里克和唐恩·加夫尼现在看管着克雷格。贝萨妮、黛娜和劳蕾尔站在等候室的窗户前，向外张望。“他们在干什么？”黛娜问。

劳蕾尔说："他们拿走了充气滑梯，在门旁边安了个楼梯。现在他们正在上去。"她看着贝萨妮，"你真的不知道他们在干什么吗？"

贝萨妮摇了摇头。"我只知道'王牌'——我是说阿尔伯特——几乎疯了。我喜欢把这个想象成疯狂的性吸引力，但我想可能不是。"她顿了顿，笑了笑，接着又说，"至少现在还不是。他说飞机还在那里，我的香水少了。这可能会让可可·香奈儿什么的不高兴吧。还有双向来车，我没听懂。他真的很吵。"

"我想我懂了。"黛娜说。

"你认为是什么，亲爱的？"

黛娜只是摇了摇头："我只希望他们快点。因为可怜的图米先生是对的。兰格利尔来了。"

"黛娜，那只是他爸爸编出来的。"

"也许曾经是编的。"黛娜说着，把她失去视力的眼睛转向窗户，"但现在不是这样了。"

6

"好了，'王牌'。"尼克说，"继续展示吧。"

阿尔伯特的心扑扑跳，他双手颤抖地把实验的四个要素都摆在了头等舱的架子上。在那里，一千年前，大陆的另一边，一个叫梅兰妮·崔佛的女人曾照看一盒橙汁和两瓶香槟。

布莱恩仔细地看着阿尔伯特放下了一包火柴、一瓶百威啤酒、一罐百事可乐，还有从餐馆冰柜里拿来的花生酱果冻三明治，三明治用保鲜膜裹着。

"好吧，"阿尔伯特说，深吸了一口气，"让我们看看这里有什么。"

7

唐恩离开了餐馆，走到窗口："发生了什么？"

"我们不知道。"贝萨妮努力把另一根火柴弄出了火苗，又抽起烟来。等她从嘴里取下香烟时，劳蕾尔发现她已经扯掉了过滤嘴。“他们进了飞机。还在里面。情况就这样。”

唐恩凝视了几秒钟：“外面看起来不一样。我不知道为什么，但确实如此。”

“光线没了。”黛娜说，“就是这个区别。”她的声音很平静，但她的小脸上却带着孤独和恐惧，“我能感觉到光线在消失。”

“她是对的。”劳蕾尔赞同道，“天才亮了两三个小时，可是天又黑了。”

“你知道，我一直认为这是一场梦。”唐恩说，“这是我做过的最糟糕的噩梦，但我很快就会醒来的。”

劳蕾尔点点头：“图米先生怎么样？”

唐恩笑得不怎么幽默：“你不会相信的。”

“不会相信什么？”贝萨妮问。

“他睡着了。”

8

克雷格当然没睡着。在关键时刻睡着的人，就好像耶稣在客西马尼园祷告时，本该给他望风的人一样，这种人绝对不是能参与**大局**的人。

他一直用眯着的眼睛仔细地观察着这两个人，心里一直在想让他们中的一个或两个都走开。最终，那个穿红衬衫的人离开了。满口大假牙的秃头沃里克走到克雷格跟前，弯下腰。克雷格这才闭上眼睛。

“嘿。”沃里克说，“嘿，你醒着吗？”

克雷格静静地躺着，闭着眼睛均匀地呼吸。他考虑过假装小声打鼾，但后来改变了主意。

沃里克从侧面戳了戳他。

克雷格闭上眼睛，继续有规律地呼吸。

秃头直起身子，跨过他，走到餐馆门口去看其他人。克雷格眨了眨眼睛，确保沃里克背对着他。然后，他开始非常安静、非常小心地扭动被桌布绑着的手腕，他已经感到桌布松了。

他轻轻挥动手腕，注视着沃里克的后背，只要沃里克有转身的迹象，他就停止动作，再次闭上眼睛。他心里要沃里克不要回头。他想在那些混蛋从飞机上回来之前挣脱。尤其是那个英国混蛋，他弄伤了他的鼻子，还在他倒下的时候踢了他一脚。那个英国混蛋把他捆得很紧——感谢上帝，那只是一块桌布，而不是尼龙绳，不然他就倒霉了。由于其中一个结松开了，克雷格开始左右转动他的手腕。他能听到兰格利尔走近的声音。他打算在它们到达之前离开这里去波士顿。在波士顿他会很安全。当你身处一间满是银行家的会议室时，是不允许乱跑的。

任何要阻止他的人——不管是男人、女人，还是小孩——他们只能求上帝保佑了。

9

阿尔伯特拿起他从餐馆碗里拿出来的那盒火柴。“物证 A。”他说，“开始。”

他抽出一根火柴划了一下。他颤抖的手拿着火柴在纸火柴盒底部擦火皮上方整整两英寸处划了一下，火柴弯折了。

“妈的！”阿尔伯特喊道。

“你不如让我——”鲍勃开口道。

“让他来。”布莱恩说，“这是阿尔伯特想出来的。”

“稳住，阿尔伯特。”尼克说。

阿尔伯特又从火柴盒里抽出一根火柴，对他们苦笑了一下，然后划了上去。

火柴没点着。

他又划了一下。

火柴还是没点着。

“我想就是这样了。”布莱恩说，“没有……”

“我闻到了。”尼克说，“我闻到了硫黄味！再试一根，‘王牌’！”

阿尔伯特第三次用同一根火柴划过擦火皮……这一次突然点着了，而且不仅仅是点燃了易燃的火柴头，然后熄灭。这次火焰还逐渐升高，形成了熟悉的小泪滴状，底部是蓝色的，顶部是黄色的，然后逐渐烧到了下面的纸棒。

阿尔伯特抬起头来，张大嘴笑着。“看到了吗？”他说，“看到了吗？”

他把火柴甩熄，又抽了一根。这次第一划就点着了。他把火柴盒的盖子往后一折，用点燃的火柴去碰其他火柴，就像鲍勃·詹金斯在餐馆里做的那样。这一次所有火柴都发出干燥的“嘶”声烧了起来！阿尔伯特像吹生日蜡烛一样吹灭它们，足足吹了两次才吹灭。

“看得到吗？”他问，“你明白这是什么意思吗？双向来车！我们带来了自己的时间！外面的是‘过去’……到处都是‘过去’，我猜在我们穿过的洞的东边都是‘过去’……但‘现在’还在这里！还在这飞机里！”

“我搞不懂。”布莱恩说，但突然间，一切似乎又都有了可能。他感到一种狂野的、几乎无法抑制的冲动，想把阿尔伯特拉到怀里，猛捶他的后背。

“万岁，阿尔伯特！”鲍勃说，“啤酒！试一下啤酒！”

阿尔伯特把啤酒的瓶盖打开，尼克从饮料推车周围的摔出来的东西里捞出一只还没有打碎的玻璃杯。

“烟呢？”布莱恩问。

“烟？”鲍勃疑惑地问。

“嗯，确切地说，我想那不是烟，但当你打开啤酒时，瓶口周围通常会有看起来像烟的东西。”

阿尔伯特闻了闻，然后把啤酒倒给了布莱恩。“闻闻。”

布莱恩照做了，开始笑起来，他没办法停下来。“天哪，不管有没有烟，它闻起来都像啤酒。”

尼克把杯子递给阿尔伯特，看到英国人的手也不太稳，阿尔伯特很高兴。“倒吧。”他说，“快点，伙计——我的外科医生说玩悬念对老人家心脏不好。”阿尔伯特倒了啤酒，他们的笑容消失了。

啤酒没气，一点都没有。倒出来的啤酒就只是在尼克发现的威士忌酒杯里一动不动，看起来像一份尿液样本。

10

“老天啊，天快黑了！”

当鲁迪·沃里克走过去时，站在窗口的人都看了过来。

“你应该看着那个疯子。”唐恩说。

鲁迪不耐烦地指了指。“他睡过去了。我想他头上挨那一下让他的脑袋受的伤比我们想象的还要严重。外面发生了什么事？为什么天黑得这么快？”

“我们不知道。”贝萨妮说，“反正就是这样。你觉得那个怪家伙会进入昏迷之类的状态吗？”

“我不知道。”鲁迪说，“如果是这样的话，我们就不用再担心他了，对吧？天哪，那声音听起来是不是很恐怖！听起来就像一群在轻木滑翔机里兴奋过头的白蚁。”这是第一次鲁迪似乎忘记了他饿了。

黛娜抬头看着劳蕾尔。“我想我们最好去看看图米先生。”她说，“我很担心他。我敢说他吓坏了。”

“如果他失去了知觉，黛娜，我们就什么也不能——”

“我觉得他没有失去知觉。”黛娜平静地说，“我觉得他根本就没睡着。”

劳蕾尔低头看着小姑娘，沉思了一会儿，然后握住了她的手。“好吧。”她说，“我们去看看。”

11

尼克·霍普韦尔绑在克雷格右手腕上的绳结终于松了，让克雷格可以把手抽出来。他用松脱的手把捆在左手上的桌布往下推，然后迅速站了起来。一阵剧痛穿过他的脑袋，他晃了一会儿，成群的黑点冲进他的视野，然后慢慢消失。他意识到航站楼已经陷入黑暗。夜幕降临了。他现在可以更清楚地听到咀嚼的嘎吱嘎吱声，也许是因为他的耳朵已经适应了它们，也许是因为它们离得更近了。

在航站楼的另一边，他看到两个剪影，一个高一个矮，从其他人中间脱离，开始向餐厅走去。是那个声音尖利的女人和那个长相丑陋、撅着嘴的失明小女孩。他不能让她们发出警报。那就太糟糕了。

克雷格从他躺过的那块血迹斑斑的地毯上后退了几步，目不转睛地盯着那些走过来的人。他不懂为什么阳光消失得这么快。

收银机左边的柜台上放着一盆盆餐具，但都是塑料做的垃圾，对他而言，没用。克雷格绕过收银机，看到了更好的东西：一把切肉刀放在烤架旁边的柜台上。他拿了过来，蹲在收银机后面，看着她们走近。他特别地注视着这个小女孩。这个小女孩懂得很多……也许太多了。问题是，她是从哪儿知道这些的？

这确实是一个非常有趣的问题。

不是吗？

12

尼克看看阿尔伯特，又看看鲍勃。“所以。”他说，“火柴可以，但啤酒不行。”他转身把那杯啤酒放在柜台上，“这代表什么意——”

突然，一个小小的蘑菇云一样的气泡从杯子底部突然冒了出来，然后迅速上升，蔓延开来，最后在啤酒顶部变成了薄薄的一层泡沫。尼克瞪大了眼睛。

“显然，”鲍勃干巴巴地说，“要过一会儿这些东西才能跟上进度。”他拿起杯子，一饮而尽，咂了咂嘴唇。“太好喝了。”他又说，他们都注视着玻璃杯内形状复杂的一层白色泡沫，“这肯定是我这辈子喝过的最好的啤酒。”

阿尔伯特又往杯子里倒了些啤酒。这一次啤酒马上就冒着泡沫，从杯沿上溢出来，顺着往外流。布莱恩拿起杯子。

“你确定要喝吗，伙计？”尼克笑着问，“你们这些家伙不是喜欢说‘开飞机前二十四小时不喝酒’吗？”

布莱恩说："在时间旅行的情况下，这个规则不适用。你可以查一查。"说完他倾斜着杯子，喝了一大口，然后大笑起来，"你说得对。"他对鲍勃说，"这是我喝过的最他妈好的啤酒。试试百事可乐，阿尔伯特。"

阿尔伯特打开了可乐罐，他们都听到了无数碳酸软饮料广告里那一定会有熟悉的嘶嘶声。他喝了一大口，放下罐子时咧着嘴笑了——但他的眼里含着泪水。

"先生们，今天的百事可乐也很好喝。"他用高档餐厅的侍者的语调说，然后大家都笑了起来。

13

劳蕾尔和黛娜刚走进餐厅，唐恩·加夫尼就追上了她们。"我想我最好……"他说，然后又停住了，他环顾四周，"噢，糟了。他在哪儿？"

"我不……"劳蕾尔刚开口，黛娜就在她旁边说："安静点。"

她的头慢慢地转了过来，像一盏熄灭了的探照灯。一时间餐厅里一片寂静——至少劳蕾尔听不到声音。

"那儿。"黛娜最后指着收银机说，"他躲在那边什么东西的后面。"

"你怎么知道的？"唐恩声音干涩紧张地问，"我没听见……"

"我听到了。"黛娜平静地说，"我听到他的指甲碰在金属上。我听到了他的心跳，跳得非常快、非常猛烈。他吓得要死。我为他感到难过。"她突然松开劳蕾尔的手，向前走。

"黛娜，不！"劳蕾尔尖叫道。

黛娜没有理会。她走向收银机，伸出胳膊，手指寻找可能会碰到的障碍。阴影似乎伸向她，把她包围起来。

"图米先生吗？请出来。我们不想伤害你。请不要害怕……"

收银机后面响起了声音。那是一声尖厉、凄厉的尖叫。是一个词，或者试图发出一个词的声音，但已经失去理智。

“你——”

克雷格从他的藏身之处站了出来，目露凶光，举起了切肉刀，突然明白就是黛娜，她是它们的其中之一。戴着墨镜的她就是它们其中之一，她不仅是兰格利尔，还是兰格利尔的首领，是她在召唤其他兰格利尔，是她用失明的眼睛在召唤它们。

“你——”

克雷格尖叫着向她冲过去。唐恩·加夫尼把劳蕾尔推开，几乎把她撞倒在地，然后跳了上去。唐恩跑得很快，但还不够快。克雷格·图米疯了，他的行动速度快得像兰格利尔。他拼命地径直跑向黛娜，他不会乱跑的。

黛娜没有试图躲开，她用失明的双眼看着克雷格的眼睛，伸出双臂，仿佛要拥抱他，安慰他。

“你——”

“没事的，图米先生，”她说，“不要害怕——”然后克雷格把切肉刀插入了她的胸膛，接着跑过劳蕾尔，冲进航站楼，嘴里仍然尖叫着。

黛娜在原地站了一会儿。她的手摸到那个从她的衣服前面伸出来的木制刀柄，用手指触摸到它，摸索了一下。然后，她优雅地慢慢倒在地板上，在越来越大片的黑暗中变成了又一个影子。

第七章

阴影山谷中的黛娜。密西西比以东最快的烤面包机。
与时间赛跑。尼克做了一个决定。

1

阿尔伯特、布莱恩、鲍勃和尼克把花生酱果冻三明治分发给大家。每人吃了两口就没了……但吃的时候，阿尔伯特觉得他这辈子从来没有吃过这么美味的食物。他又有胃口了，马上开始大声叫着要吃更多。

“我想我们的秃头朋友沃里克先生最喜欢这个了。”尼克说着咽了一块，他看着阿尔伯特，“你是个天才，‘王牌’。你知道吗？你绝对是个天才。”

阿尔伯特高兴地脸红了。“没什么大不了的。”他说，“只是一点点詹金斯先生所谓的演绎方法。如果两股流向不同方向的溪流交汇，就会混合在一起，形成一个旋涡。我看到了贝萨妮的火柴，我想这里也会发生类似的事情。还有加夫尼先生的鲜红衬衫。它的颜色开始越来越淡。所以我想，如果东西不在飞机上就开始褪色，也许把褪色的东西带上飞机，它就会——”

“我不想打断你。”鲍勃轻声说，“但我想，如果我们打算回去的话，我们应该尽快开始这个流程。我们听到的声音让我担心，但还有一件事更让我担心。这架飞机不是一个密闭的系统。我认为很有可能不久后它就会开始失去它的……它的……”

“它暂时的完整性吗？”阿尔伯特说。

“对。说得好。我们现在往它油箱里装的任何燃料都可以燃烧……但几个小时后，可能就烧不起来了。”

布莱恩突然又有了一个令人沮丧的想法：767 飞在三万六千英尺的高空时，燃料可能会在半路上停止燃烧。他张开嘴想告诉他们——然后又闭上了。当他们无能为力的时候，告诉他们这一点又有什么用呢？

“我们怎么开始呢，布莱恩？”尼克用简洁、公事公办的口气问。

布莱恩在脑子里反复考虑了一下这个过程。做起来会有点尴尬，尤其是和那些对飞机的经验只到模型飞机为止的人合作，更显得麻烦，但他认为能做到的。

他说：“我们首先打开引擎，尽可能滑行靠近达美航空的 727 飞机。到那时，我将关掉右舷的引擎，让左舷的引擎工作。我们很幸运，这架 767 配备了机翼油箱和辅助动力装置，它——”

一声惊慌的尖叫声向他们袭来，像叉子刮过黑板一样，穿过了持续不停的低沉的嘎嘎声。接着是梯子上奔跑的脚步声。尼克朝那个方向转过身来，举起手来，阿尔伯特立刻就认出了这个手势。他曾看到一些学校里的武术迷在回家路上一直练习这个动作。这是典型的跆拳道防守姿势。过了一会儿，门口出现了贝萨妮苍白、恐惧的脸，尼克这才放下双手。

“快来！”贝萨妮尖叫，“你们一定要来！”她气喘吁吁，上气不接下气，在梯子的平台上摇摇晃晃地向后旋转。有那么一会儿，阿尔伯特和布莱恩以为她肯定会从陡峭的台阶上滚下去，摔断脖子。然后尼克跳上前去，用一只手托住她的颈后，把她拉进了飞机。贝萨妮似乎根本没有意识到自己死里逃生。她用发白的脸上那双发亮的黑眼睛看着他们。“快来！他捅伤了她！我想她快死了！”

尼克把手放在她的肩膀上，靠近她的脸，好像要吻她似的。“谁捅了谁？”他平静地问，“谁要死了？”

“我……她……图、图、图米先生……”

“贝萨妮，说‘茶杯’。”

她看着他，眼里充满了震惊和不解。布莱恩看着尼克，好像他疯了似的。

尼克轻轻地摇了摇那女孩的肩膀。

“说‘茶杯’。现在。”

“茶、茶、茶杯。”

“茶杯和碟子，说，贝萨妮。”

“茶杯和碟子。”

“好。好一点没？”

她点了点头：“对。”

“好。如果你觉得自己又失控了，马上说‘茶杯’，你就可以恢复冷静。现在——谁被捅了？”

“那个失明的小女孩。黛娜。”

“*真糟糕*。好吧，贝萨妮。只是——”尼克猛地提高了嗓门，因为他看到布莱恩走到贝萨妮身后，朝梯子走去，阿尔伯特就跟在他身后。“别！”他用清楚而严厉的声音喊了一声，止住了两人，“都给我他妈的*别动*！”

布莱恩在越南服役过两轮，当他听到“绝对命令”的声音时，他知道说话人不是开玩笑，突然停了下来，阿尔伯特的脸直接撞到了他的后背。*我知道*，他想，*我就知道他要接管一切。只是时间和环境的问题罢了*。

“你知道这是怎么回事吗？你知道我们那位可怜的旅伴现在在什么地方吗？”尼克问贝萨妮。

“那个家伙……那个穿红衬衫的人说……”

“好吧，算了。”他抬头瞥了布莱恩一眼，双睛因愤怒而发红，“这两个该死的傻瓜没看住他。我拿我的退休金打赌，不会再发生了，我们的图米先生的玩笑开够了。”

他回头看了看那女孩。她的头低垂，头发垂头丧气地盖在脸上，正大口大口地喘着气。

“她还活着吗，贝萨妮？”他温和地问。

“我……我……我……我……”

“茶杯，贝萨妮。”

“*茶杯*！”贝萨妮喊道，然后抬起头来看着他，红眼圈里的眼睛泪汪汪的，“我不知道。她还活着，我……你知道的，我来找你的时候。她现在可能已经死了。他把她伤得很重。天啊，为什么我们要和一个神经病纠缠在一起？难道情况还不够糟吗？”

“你们这些本应该看管这个家伙的人，根本不知道袭击发生后他去了哪里，对吗？”

贝萨妮用手捂着脸哭了起来。这是他们所有人都需要的答案。

“别对她太苛刻了。”阿尔伯特轻声说，然后用一只手搂住了贝萨妮的腰。她把头靠在他的肩上，哭得更厉害了。

尼克把他们俩轻轻推开：“如果我想对某人严厉，那就是我自己，‘王牌’。我应该留下来的。”

他转向布莱恩。

“我要回到航站楼去，你别去。詹金斯说的几乎肯定是正确的，我们在这里的时间不多了。我不喜欢去想到底有多短。你要发动引擎，但不要移动飞机。如果那女孩还活着，我们需要楼梯把她抬上来。罗伯特，你待在楼梯下面。注意那个讨厌的家伙。阿尔伯特，你跟我来。”

然后他说了几句话，大家都感到一阵寒意。

“我希望她已经死了，上帝保佑我。如果她死了，我能节省时间。”

2

黛娜没有死，甚至没有失去知觉。劳蕾尔摘下太阳镜，擦去她脸上冒出来的汗珠，黛娜那双深棕色的大眼睛茫然地望着劳蕾尔蓝绿色的眼睛。在她身后，唐恩和鲁迪肩并肩站着，焦急地低头看着她。

“对不起。”鲁迪第五次说，“我真的以为他昏过去了，失去知觉了。”

劳蕾尔不理他。“黛娜，你还好吗？”她轻声问。她不想看女孩裙子上凸出来的木质刀柄，但她的眼睛无法从它上面移开。至少到目前为止，血流得很少，只有刀刃插进去的位置周围一个小咖啡杯大小的圆圈有血而已。

到目前为止是这样。

“疼。”黛娜微弱地说，“呼吸困难，很热。”

“你会没事的。”劳蕾尔说，但她的目光还是禁不住地回到刀柄上。女孩个子非常小，她不明白为什么那把刀没有穿过她的身体，不明白她为什么还没死。

“……离开这里。”黛娜说着脸皱了一下，一团浓稠的血从嘴角缓缓流出，顺着脸颊流下来。

“别说话，亲爱的。”劳蕾尔说着把黛娜前额上湿漉漉的卷发向后梳了梳。

“你们必须离开这里。”黛娜坚持道，她的声音几乎是耳语，“你也不应该责怪图米先生。他……他只是害怕，仅此而已，他怕它们。”

唐恩愁眉苦脸地环顾四周。“如果我找到那个混蛋，我一定要吓死他。”他说着，双手握拳，在越来越昏暗的阴沉中，他一个指节上的戒指闪烁着微光，“我会让他希望自己一出生就死了。”

这时，尼克走进了餐厅，后面跟着阿尔伯特。他把鲁迪·沃里克推开，没有向他道歉，然后跪在黛娜身旁。他明亮的目光盯着刀柄一会儿，然后转向孩子的脸。

“你好，小可爱。”他愉快地说，但是他的眼睛变得黯淡了，“我看你的气息已经顺了。不要担心，你很快就能像个三脚架一样结结实实了。”

黛娜微微一笑。“什么三脚架？”她低声说。她说话的时候，更多的血从嘴里流出来，劳蕾尔看到她牙齿上也有血，感到一阵反胃。

“我不知道，但我肯定是好东西。”尼克回答，“我要把你的头转到一边。你要尽可能地别动。”

“好吧。”

尼克非常轻柔地转动她的头，直到她的脸颊几乎贴在了地毯上。“疼吗？”

“疼，”黛娜低声说，“热，疼到……不能呼吸。”她低声细语的声音变得嘶哑、破碎。一股细细的血从她嘴里流了出来，汇聚在离克雷格·图米的血迹干掉的地方不到十英尺的地毯上。

从外面传来了飞机发动机启动时突然发出的高压呜呜声。唐恩、鲁迪和阿尔伯特看着那个方向。尼克目不转睛地盯着那个女孩。他轻轻地说：“黛娜，你想咳嗽吗？”

“想……不想……不知道。”

“最好别咳。”他说，“如果你有这种感觉，试着忽略它。不要再说话了，好吗？”

“别……伤害……图米先生。她的话虽然很小声，但依然能听得出其中的郑重和紧迫。

“不会的，亲爱的，我不会想这么做的。相信我。”

“……不……信……你……”

尼克弯下腰，吻了吻她的脸颊，在她耳边低声说：“但你可以的，你知道——我的意思是相信我。现在，你只要静静地躺着，让我们来管这些事。”

他抬头看着劳蕾尔。

“你没有试着把刀拔出来？”

“我……没有。”劳蕾尔吞了吞口水，她喉咙里有一团火辣辣的东西，咽不下去，“我应该拔吗？”

“如果你试过的话，那她的机会也就不多了。你有护理经验吗？”

“没有。”

“好吧，我来告诉你该怎么做……但首先我要知道你看到血——相当多的血——会不会晕过去。我需要实话。”

劳蕾尔说：“自从我们玩捉迷藏，我妹妹撞到一扇门上磕掉了两颗牙齿之后，我真就没见过多少血了。但那时我并没有晕倒。”

“好。你现在也不会晕倒了。沃里克先生，给我从角落那间该死的小酒馆拿五六条桌布来。”他朝小女孩笑了笑，“再给我一两分钟，黛娜，我想你会感觉好多了。年轻的霍普韦尔医生对女士们非常温柔——尤其是对年轻漂亮的女士们。”

劳蕾尔突然产生了一种荒唐的欲望，想伸手去摸尼克的头发。

你怎么了？这个小女孩可能快死了，你想知道他的头发摸起来什么感觉！别想了！你太蠢了吧？

嗯，让我想想……我蠢到第一次通过所谓的交友杂志的个人专栏联系到一个男人，就打算跟他上床，只要他看起来还不错……当然，如果他没有口臭的话。

哦，别想了！别想了，劳蕾尔！

对，她心里的另一个声音同意了。你说的完全正确，在这样的时候还想那样的事情真是疯狂，我不会想了……但我想知道年轻的霍普韦尔医生在床上会是什么样子？我不知道他会不会很温柔，还是——

劳蕾尔打了个寒颤，也不知道这是不是意味着她开始疯了。

黛娜说："它们更近了。你们真的……"她咳嗽了一声，嘴唇间冒出一个大血泡，然后破掉，溅满了她的脸颊。唐恩·加夫尼咕哝着转过身去。"……真的得快点了。"她把话说完。

尼克愉快的微笑一点也没变。"我知道。"他说。

3

克雷格冲过航站楼，敏捷地跳过自动扶梯的扶手，顺着一动不动的金属阶梯往下跑，他的头脑里充满了恐慌的咆哮和拍击，就像暴风雨中大海的声音；它甚至盖过了兰格利尔不停咀嚼的嘎吱声。没有人看见他走掉。他飞快地穿过楼下的大厅，朝出口跑去，然后撞上了出口的门。他完全忘了在停电的情况下电动门不会自动打开。

他被弹了回来，岔了气，然后倒在地板上，像被网住的鱼一样大口喘着气。他在那里躺了一会儿，摸索着自己脑海中仅存的思维，发现自己凝视着自己的右手。在越来越浓的黑暗中，那只是一团白色的东西，但他能看见黑色的东西溅在上面，他知道那是什么：是小姑娘的血。

只不过她不是小姑娘，不真的是。她只是看起来像个小女孩。她是头号兰格利尔，她没了，其他兰格利尔才不能……不能………

干什么？

找到他？

但他仍能听到它们逼近时发出的饥饿的声音：那令人发狂的咀嚼声，仿佛东面的某个地方有一群巨大而饥饿的昆虫正在推进。

他的脑子在飞快运转。哦，他太晕头转向了。

克雷格看到一扇较小的门通向外面，他站了起来，朝那个方向走去。然后他停住了。那里有一条路，毫无疑问，这条路通往班戈市，但那又怎样？他并不在乎班戈。班戈绝对不是那个传说中的**大局**的一部分。他要去的是波士顿。只要他能到那儿，一切都会好的。这是什么意思呢？他父亲会知道的。这意味着他必须**停止到处乱跑，开始办正事**。

他的脑子里满是这个想法，就像沉船的受害者抓住一块残骸一样——任何能漂在水面上的东西都行，即使是厕所的门都得好好珍惜。如果他能去波士顿，这整个经历就会……就能……

“抛在脑后。”他喃喃地说。

听了这话，一道耀眼的理性之光似乎穿透了他头脑里的黑暗，一个声音（可能是他父亲的声音）肯定地喊道：“**这才对！！**”

但他该怎么做呢？波士顿太远了，走不到，在他伤害了那些人的失明小吉祥物后，其他人肯定不让他回到唯一还能用的飞机上。

“但是他们不知道。”克雷格小声说，“他们不知道我帮了他们一个忙，因为他们不知道她是什么人。”他一本正经地点了点头，一双湿漉漉的大眼睛在黑暗中闪着光。

藏起来。父亲低声对他说。躲在飞机上。

对！他母亲的声音又加了一句。藏进去！这就当做是机票了。克雷格……宝贝！如果你那样做了，你就不需要票了，对吧？

克雷格怀疑地看着行李传送带。他可以用它去停机坪，但假设他们在飞机旁安排了警卫？那个机长想不到这一点——一离开驾驶舱，他就明显是个低能儿——但英国佬几乎肯定会想到这一点。

那他应该怎么做？

如果航站楼朝班戈的一侧不行，跑道那边也不行，他该怎么办，该去哪儿？

克雷格紧张地看着一动不动的自动扶梯。他们很快就要追捕他了——肯定是那个英国佬领头——他站在这大厅中间暴露出来，就像个刚把乳贴和内裤脱下来丢向观众的脱衣舞娘。

我得躲起来，至少躲一会儿。

他听到外面喷气引擎发动的声音，但这并不使他担心。他对飞机略知一二，知道恩格尔不加油哪儿也去不了。而且加油也需要时间。他不必担心他们丢下他走了。

至少，现在，他们甩不掉他。

躲起来，克雷格宝贝。这就是你现在必须要做的。在他们来找你之前，你得躲起来。

他慢慢地转过身，眯着眼睛看着越来越黑的天色，寻找最能藏的地方。这一次，他看到安飞士租车办事处和班戈旅行社之间的门上有一个牌子。

上面写着“**机场服务**”。

这个牌子可以表示任何事情。

克雷格匆匆走到门口，一边走一边紧张地回头看了看，然后试了试。就像机场安检门一样，当他推门时，门把手不转，但门却开了。克雷格进去前回头看了最后一眼，没有看到任何人，然后便关上了门。

黑暗完全吞噬了他。在这里，他就像被他刺伤的小女孩一样失明了。克雷格并不介意。他并不害怕黑暗。事实上，他相当喜欢黑暗。除非你和一个女人在一起，否则没人指望你能在黑暗中做什么大事。在黑暗中，他的业绩表现不再重要。

更妙的是，兰格利尔咀嚼的声音变模糊了。

克雷格摸索着慢慢地向前走，双手伸展，拖着脚走。这样拖着脚步走了三次之后，他的大腿碰到了一个硬物，感觉像是桌子的边缘。他伸手摸索了一阵。对，是张桌子。他双手在桌子上摸了一会儿，从熟悉的美国白领上班族的用品中得到了一些安慰：一叠纸、一个收发篮、吸墨纸的边缘、一盒回形针、一套铅笔和钢笔。他绕着桌子到房间另一边，屁股撞到了椅子的扶手。克雷格在椅子和桌子之间挪动了一下，然后坐了下来。坐在办公桌后面让他感觉好多了。这让他更有自我的感觉——冷静，掌控。他摸索到最上面的抽屉，把它拉开，在里面找一件武器——一件锋利的东西。他的手几乎立刻碰到了一把开信刀。

他把刀拿出来，关上抽屉，把它放在右手边的桌子上。

他只是在那里坐了一会儿，听着自己模糊的心跳声和飞机引擎的微弱声音，然后他的手又在桌子上轻轻摸索，直到再次碰到那叠纸。他拿过最上面的那张凑到自己跟前，但上面一点白纸的反光都没有……甚至当他把它举在眼前的时候也看不到。

没关系，克雷格。你就坐在黑暗中，就坐在这里，等到时机成熟时——

我会通知你，他父亲冷冷地说。

“没错。”克雷格说。他的手指慢慢摸到那张看不见的纸的右上角，然后慢慢往下撕。

撕……撕。

他心里一片平静，就像一片清凉的海水。他把看不见的纸条扔在看不见的桌子上，再把手指移回到纸的上方。一切都会好的，没事的。他开始低声唱起来，声音小且没有音调。

“就叫我晨间天使，宝贝……”

撕……撕。

“在你离开我之前，摸摸我的脸颊……宝贝……”

克雷格平静地坐着，等待着他的父亲告诉他接下来该做什么，就像他小时候经常做的那样。

4

“仔细听着，阿尔伯特。”尼克说，“我们必须带她上飞机，但我们需要担架。飞机上不会有，但这里一定有。会在哪儿有呢？”

“啊，霍普韦尔先生，恩格尔机长会更清楚——”

“但是恩格尔机长不在这里。”尼克耐心地说，“我们只能靠自己了。”

阿尔伯特皱了皱眉……然后他想起了在楼下看到的一个标志。“机场服务？”他问，“听起来对吗？”

“非常好，”尼克说，“你在哪儿看到的？”

“在下面一层。就在租车柜台旁边。”

“好。”尼克说，“我们就这么处理这个问题。你和加夫尼先生负责找担架和抬担架。加夫尼先生，我建议你看看柜台后面的烤架，你应该会找到一些锋利的刀。我相信我们那个讨厌的朋友就是在那里找到刀的。你自己拿一把，给阿尔伯特拿一把。”

唐恩一言不发地走到柜台后面。鲁迪·沃里克抱着一堆红白格子桌布从红男爵酒吧回来了。

“我真的很抱歉——”他又说了一遍，但尼克打断了他。他仍然望着阿尔伯特，在黛娜小小的身体的阴影之上，他的脸现在只剩下一圈白色。夜幕快要降临了。

“你大概见不到图米先生了，我猜他是在恐慌中离开这里的，没有武装。我猜他现在不是找到了藏身之处，就是离开了航站楼。如果你真的见到了他，我劝你除非必要，否则千万不要跟他对峙。”他转头看着唐恩拿着两把切肉刀回来了，“你们两个，分清轻重缓急。你们的任务不是抓住图米先生、把他绳之以法，而是弄个担架尽快送过来。我们必须离开这里。”

唐恩递给阿尔伯特一把刀，但阿尔伯特摇摇头，看着鲁迪·沃里克。“我可以换一块桌布吗？”

唐恩看着他，好像阿尔伯特发疯了。“桌布吗？看在上帝的分上，桌布有什么用？”

“我弄给你看。”

阿尔伯特一直跪在黛娜身边。现在他站起来，走到柜台后面。他环顾四周，不确定自己到底在寻找什么，但他肯定自己看到就知道了。他也确实找到了。柜台上放着一台老式的两片烤面包机。他把面包机拿起来，拔掉墙上的插头，然后把电线紧紧地缠在上面，回到大家在的地方。他拿起一条桌布，铺好，把烤面包机放在一角。然后他把它翻了两次，把烤面包机包在桌布的末端，像包圣诞礼物一样。他在角落打了一个紧的兔耳结，做成了口袋。当他抓住桌布松散的一端站起来时，裹着的烤面包机已经变成了临时用的投石器里的石头。

“小的时候，我们经常扮演印第安纳·琼斯[①]。”阿尔伯特不好意思地说，“我做了一个像这样的东西，假装是我的鞭子。我有一次差点打断我弟弟大卫的胳膊。我用旧毯子包着我在车库里找到的吊锤。我觉得这很蠢。我不知道打起来会有多严重。我为此挨了一顿臭骂。我猜，它看起来很蠢，但实际上效果很好。至少一直是这样。”

尼克怀疑地看着阿尔伯特的临时武器，但什么也没说。如果裹着桌布的烤面包机能让阿尔伯特在黑暗中下楼时感觉更好些，那就这样吧。

“好吧。现在去找担架抬回来。如果机场服务处没有，你可以去别的地方试试。如果你们在十五分钟内一无所获——不，十分钟——就回来，我们来抬她。”

“你不能那样做！”劳蕾尔轻声叫道，“如果内出血的话。”

尼克抬头看着她：“已经内出血了，我想我们最多只能留出十分钟。”

劳蕾尔张嘴想回答，想争辩，可是黛娜沙哑的耳语使她停住了：“他说的对。”

唐恩把刀插进腰带。“来吧，孩子。”他说着，两个人一起穿过航站楼，走下自动扶梯到一楼。阿尔伯特边走用桌布裹住了手。

5

尼克回头去看地板上的女孩：“黛娜，你感觉怎么样？”

“疼得厉害。”黛娜有气无力地说。

“是，当然。”尼克说，“恐怕我将要做的事会让你更痛，至少会痛几秒钟。但是刀在你的肺里，必须把它取出来。你知道的，对吧？”

“对。”她那双失明的黑色眼睛抬头望着他，“我怕。”

“我也是，黛娜，我也是，但必须这么做。你勇敢吗？”

“对。”

---

① 印第安纳·琼斯（Indiana Jones），电影《夺宝奇兵》系列的主角。

“好姑娘。”尼克弯下腰，在她脸上轻轻地亲了一下，“真是个勇敢的好姑娘。不会花很长时间，我保证。黛娜，我要你躺着别动，别咳嗽。你明白我的意思吗？这很重要。尽量不要咳嗽。”

“我尽量。”

“可能会有那么一两下，你会觉得自己无法呼吸。你甚至会觉得自己在漏气，就像轮胎被戳破了一样。小可爱，这是一种可怕的感觉，它可能会让你想动，或者大叫。你绝对不能这样。你也不能咳嗽。”

黛娜回答了，但没有人听到。

尼克咽了口唾沫，快速动手擦掉了额头上的汗珠，然后转向劳蕾尔。“把两块桌布折成正方形垫子。要尽可能地厚。跪在我身边，尽可能靠近。沃里克，脱下你的腰带。”

鲁迪立刻答应了。

尼克回头看了看劳蕾尔，她又一次被尼克凝视的目光震慑住，但这一次却有点愉快。“我要抓住刀柄把它拔出来。如果刀没有卡在肋骨上——从位置判断，我觉得没有，刀拔出来的时候应该缓慢平顺。一拔出来，我就退后，让你能靠近那女孩的胸部，你要用布垫压住她的伤口，要按紧。你不用担心会伤到她，或者把她的胸部压得喘不过气来。她的肺至少有一个穿孔，我敢说是对穿。这些才是我们要担心的。你明白吗？”

“明白。”

“你把垫子放好后，我要把她朝你压的方向拉起来。如果我们看到她衣服后面有血迹，沃里克先生会把另一块布垫放在她下面。然后，我们要用沃里克先生的腰带把两个压垫固定住。”他抬头看了看鲁迪，“我叫的时候，老兄，你就把它给我。别让我叫两次。”

“我不会的。”

“你觉得这样做好吗，尼克？”劳蕾尔问。

“我想是的。”尼克回答，“我希望是。”他又看了看黛娜，“准备好了吗？”

黛娜喃喃地说了些什么。

“好吧。”尼克说。他深深地吸了一口气，然后呼了出来：“耶稣保佑。”

他用修长的手指握住刀柄，就像抓住棒球棒一样，然后往外拔。黛娜尖叫起来。大口鲜血从她嘴里喷涌而出。劳蕾尔紧张地向前倾着身子，她的脸突然被黛娜的血喷了一脸。她畏缩了。

“别退！”尼克头也不回地对她吼道，“你敢给我往后退！你敢！”

劳蕾尔又向前倾了倾，浑身颤抖着想吐。那把在黑暗中闪着暗淡银光的刀从黛娜的胸膛里被拔了出来。这个失明的小女孩的胸部起伏着，伤口向内缩的时候，出现了一种尖利怪异的哨声。

“现在！”尼克吼道，“压住！尽全力压！”

劳蕾尔身体前倾。有那么一会儿，她看见血从黛娜胸部的洞中涌出来，然后伤口就被遮住了。她手上的桌布垫几乎立刻变得又热又湿。“大力一些！”尼克对她咆哮道，“要用力压！堵住它！堵住伤口！”

劳蕾尔现在明白了人们所说的神经衰弱是什么意思，因为她觉得自己差不多到这个程度了。“我不能！我会压断她的肋骨——”

“去她的肋骨！你得堵住伤口！”

劳蕾尔跪着向前摇晃了一下，把全身的重量都压在手上。尽管她把桌布叠得很厚，但现在她能感觉到有液体从手指间慢慢渗出来。

尼克把刀扔到一边，身体前倾，脸几乎碰到了黛娜的脸。黛娜的眼睛闭着。尼克翻开她的一侧眼皮，说：“我想她终于昏过去了。我不能肯定，因为她的眼睛很奇怪，但我希望她昏过去了。”头发披散在他的额头上。他不耐烦地甩了甩头，然后看着劳蕾尔：“你做得很好。坚持住，好吗？我现在给她翻身，你在我翻身的时候继续用力压。”

“血太多了。”劳蕾尔呻吟道，“她会呛死吗？”

“我不知道。继续压。准备好了吗，沃里克先生？”

“哦，天哪，我觉得好了。”鲁迪·沃里克嘶哑地说。

“好。我们开始吧。”尼克把手伸到黛娜的右肩胛骨下，然后脸皱了一下，“比我想象的还要糟。”他喃喃地说，“糟糕得多。她被血泡透了。”他开始慢慢地把黛娜往上，朝劳蕾尔施加压力的方向拉。黛娜发出一声粗哑的呻吟。一口半凝固的血从她嘴里喷了出来，溅在地板上。现在劳蕾尔可以听到女孩身下的血如雨点般地滴落在地毯上。

突然间，劳蕾尔感觉世界开始离她远去。

“继续用力压！”尼克叫道，“别松手！”

但劳蕾尔快晕过去了。

劳蕾尔知道如果她真的晕倒了，尼克·霍普韦尔会怎么想她，于是劳蕾尔像一个做鬼脸的孩子一样把舌头咬在齿间，用最大的力气咬了下去。异常剧烈的疼痛感传来，她自己的血的咸味立刻弄得满嘴都是……但是那种世界像水族馆里慵懒的鱼一样从她身边游开的感觉消失了。她又回过神来。

楼下突然传来一阵痛苦和惊讶的尖叫声。接着是一声嘶哑的喊叫，最后传来一声刺耳的尖叫。

鲁迪和劳蕾尔都转向那个方向。“那个小伙子！”鲁迪说，“他和加夫尼！他们——”

“他们终于找到了图米先生。”尼克说。他的表情复杂，像是戴了一副面具，脖子上的肌腱像钢滑轮一样突了出来。

“我们只能希望——”

楼下传来砰的一声，然后是一声痛苦的嚎叫，接着是一连串低沉的重击声。

“——他们把形势控制住了，现在我们什么也做不了。如果我们现在停下来，这个小女孩肯定会死的。”

“但那听起来像是那个小伙子！”

“没办法帮，是不是？把垫子放在她下面，沃里克。现在就放，不然我就揍扁你。”

6

唐恩领着大家走下自动扶梯，然后在扶梯底部停了一会儿，在口袋里摸了摸。他拿出一个方形的东西，在黑暗中微微发亮。他说：

“这是我的芝宝打火机。你觉得还能用吗?”

“我不知道。”阿尔伯特说,“也许能用一段时间。除非迫不得已,你最好不要尝试。我当然希望能用。没有它,我们什么也看不见。”

“机场服务处在哪里?”

阿尔伯特指着克雷格·图米不到五分钟前走进的那扇门:“就在那儿。”

“你认为没上锁吗?”

“这个,”阿尔伯特说,“只有一个办法可以知道。”

他们穿过航站楼,唐恩仍然右手拿着打火机在前面带路。

7

克雷格听到他们来了——毫无疑问,他们都是兰格利尔的仆人。但他并不担心。他已经把那假扮成小女孩的东西料理好了,他也能解决其他的。他把手放在开信刀上,站起来,侧身绕到桌子后面。

“你认为它没上锁吗?”

“这个,只有一个办法可以知道。”

不管怎样,你们总会发现一些东西的,克雷格想。他走到门边的墙,那有一排排叠满纸的架子。他伸手摸了摸门铰。好。打开的门会把他和他们隔开……反正他们也不大可能看见他。这里黑得伸手不见五指。他把开信刀举到肩膀的高度。

“扭不动。”克雷格放松了……但只有一瞬间。

“试着推它。”这是哪个自以为聪明的小子。

门慢慢打开了。

8

唐恩走了进来,对着黑暗眨巴着眼睛。他用大拇指顶开打火机的盖子,举起来,然后弹了一下打火轮。火花一闪,一道低低的火焰升了起来。他们看到的显然是一间兼具办公室和储藏室功能的地方。房间的一角放着一堆凌乱的行李，另一角放着一台复印机，后墙排列着堆放着各种各样东西的架子。

唐恩走进办公室，举着打火机，就像洞穴探险者在黑暗的洞穴里举着一支蜡烛。他指着右边的墙：“嘿，小子！‘王牌’！看！”

那里贴着一张海报，画的是一个穿着西装的醉醺醺的家伙摇摇晃晃地走出酒吧，看了看手表。海报上告诫道“**工作是酗酒阶级的诅咒。**”旁边的墙上挂着一个白色的塑料盒子，上面有一个大大的红十字。下面是一张折叠的担架……有轮子的那种。

但阿尔伯特没有看海报、急救箱或担架。他的眼睛盯着房间中央的桌子。

他看见那上面有一堆乱七八糟的纸条。

“当心！”他喊道，“当心，他在——”

克雷格·图米从门后走出来，开始攻击他们。

9

“腰带。”尼克说。

鲁迪没有动，也没有回答。他的头转向餐厅的门。楼下的声音已经停止了。黑暗中，只有那个哒哒哒的声音和喷气发动机的隆隆轰鸣声。

尼克像骡子一样向后一踢，踢到了鲁迪的小腿上。

“噢！”

“腰带！快！”

鲁迪笨拙地跪到尼克旁边。尼克一只手托着黛娜，另一只手把第二块桌布压在她的背上。

“把腰带从垫子下穿过去。”尼克气喘吁吁地说，汗水从脸上淌下来，“快！我不能一直支撑着她！”

鲁迪把腰带从垫子下穿过。尼克把黛娜放下来，把手伸过她瘦小的身体，把她的左肩抬起，把腰带从另一边拉了出来。然后他把腰带在她胸前系紧，腰带的另一端给了劳蕾尔。尼克说。“继续用力压。

腰带扣用不了——她太瘦小了。”

“你要下楼吗？”劳蕾尔问。

“对。看来我得下去。”

“小心点。请小心点。”

尼克朝她咧嘴一笑，那些突然在黑暗中闪出来的白牙吓人一跳……但她发现，这并不可怕，反而让人安心。

“当然。我向来都很小心。”他俯下身，捏了捏她的肩膀。他的手是温暖的，在他的触摸下，一阵寒颤传遍了她全身。“你做得很好，劳蕾尔。谢谢你。”

他正要转过身去，这时一只小手摸索出来抓住了他蓝色牛仔裤的裤脚。他低头一看，只见黛娜那双失明的眼睛又睁开了。

“别……”她刚开口说话，突然接着一阵哽住的喷嚏让她颤抖起来。血从她的鼻子里喷出来，像一团细细的小水滴。

“黛娜，别——”

“别……你……别杀他！”她说，即使在黑暗中，劳蕾尔也能感觉到她说这句话时有多努力。

尼克低下头，若有所思地看着她：“你知道，那家伙捅了你。你为什么这么坚持要别人不伤害他？”

她窄窄的胸部被腰带束缚着，血迹斑斑的桌布上下起伏。她挣扎着，勉强又说了一句。他们都听到了。黛娜竭力想说清楚：“我……只知道……是我们需要他。”她低声说，然后又闭上了眼睛。

10

克雷格把开信刀深深捅进唐恩·加夫尼的后颈。唐恩尖叫了一声，打火机掉在地上，火焰病恹恹地忽明忽灭。阿尔伯特在看到克雷格朝唐恩过去时惊讶地大声尖叫，现在唐恩踉踉跄跄地朝桌子那边走，双手无力地乱抓插在身后的刀。

克雷格用一只手拔出开信刀，又从后面捅了唐恩一下。随着克雷格一拔一捅两下，阿尔伯特听到的声音仿佛像一个饥饿的人从一只全熟的火鸡上扯掉鸡腿。唐恩又尖叫起来，这次更大声了，然后整个人趴在桌子上，双手在前面胡乱挥动，撞到了**收发**信箱和那叠被克雷格撕成条的遗失行李表格。

克雷格转向阿尔伯特，把开信刀上的血甩了一地。“你也是他们之一。”他喘息着说，“嗯，去你妈的。我要去波士顿，你阻止不了我。你们谁也阻止不了我。”然后地板上的打火机熄灭了，他们陷入了黑暗之中。

阿尔伯特向后退了一步，他感到一阵温暖的空气迎面扑来，克雷格挥刀刺穿了他一秒钟前待过的地方。他用空着的那只手在身后摇摆摸索着，生怕退到角落里，克雷格就会随意用刀（在芝宝打火机苍白、黯淡的光线下，他以为是这样）攻击他，而他自己的武器也会毫无用处。他的手指只摸到了空地方，便从门里退到大厅里。他并不觉得酷，也不觉得自己是密西西比河沿岸最快的希伯来神枪手。他并不觉得自己比蓝色火焰还快。他觉得自己像个吓坏了的孩子，愚蠢地选择了儿时的玩具而不是真正的武器，因为尽管这个疯子对楼上的小姑娘下了手，但他一直不相信——真的，真的不相信——事情会到这个地步。他能闻到自己身上的气味。即使在死气沉沉的空气中，他也能闻到自己的气味。那是恐惧的味道，像令人作呕的猴子尿味。

克雷格举着开信刀从门里溜了出来。他像一个在黑暗中跳舞的影子。“我看见你了，小子。”他喘着气说，“我像猫一样看见你了。”

他开始向前慢慢移动。阿尔伯特向后退了几步。与此同时，他开始把烤面包机摆来摆去，提醒自己在克雷格冲上来、把刀插进他的喉咙或胸膛前，他只有一次攻击机会。

如果那烤面包机还没击中他就从他妈的口袋里飞出去，我就完了。

11

克雷格越逼越近，他的上半身左右摇摆，就像一条从篮子里爬出来的蛇。他的嘴角掠过一丝微笑，露出小酒窝。没错，在克雷格脑子中的不朽要塞里的克雷格父亲严酷地说，*如果你必须一个一个解决他*

们，你是做得到的。努力就会有回报，克雷格。还记得吗？努力就会有回报。努、力、就、会、有、回、报。

没错，克雷格宝贝，他妈妈插话说，你能做到，你必须做到。

“对不起，”克雷格微笑着对那个脸色苍白的男孩低声说，“我真的、真的很抱歉，但我必须这么做。如果你能从我的角度看问题，你就会明白的。”

他凑近阿尔伯特，把开信刀举到眼前。

12

阿尔伯特飞快地瞥了一眼身后，发现自己已经退到联合航空公司的售票台。如果他再退，他向后摆臂的空间就会受到限制。必须快点。他开始加快摇晃烤面包机的速度，被汗浸湿的手抓着被扭曲的桌布。

克雷格在黑暗中看到这个动作，但看不出这个小伙子在晃什么。这并不重要。他不能让这变得重要。他冷静了一下，然后向前冲。

“我要去波士顿！”他尖叫起来，**“我……”**

阿尔伯特的眼睛适应了黑暗，他看到了克雷格的行动。烤面包机已经往后晃出了半个圆弧。阿尔伯特没有把手腕往前伸来扭转方向，而是让手臂随着烤面包机的重量移动，以一个夸张的俯仰姿势将手臂举过头顶。与此同时，他向左走了一步。桌布末端包着的东西在空中形成了一个又短又实心的小圈，由于向心力的作用，它紧紧地包在口袋里。克雷格同时顺势走进烤面包机的下降弧线。面包机砸到了克雷格的前额和鼻梁，发出一种坚硬的、毫无音调的哐当声。

克雷格痛苦地号啕大哭，把开信刀扔在地上。他用手捂住脸，踉踉跄跄地向后退去。血从他受伤的鼻子里流出来，像从破裂的消防栓里喷出来的水一样，然后又从他的手指间渗了出来。阿尔伯特对他这一下感到害怕，但现在图米受伤了，他更害怕停下。阿尔伯特又向左走了一步，把桌布朝旁边甩了甩。桌布包着的面包机嗖的一声飞过空中，重重地砸在克雷格的胸膛中央。克雷格倒在地上，嘴里还在号叫。

阿尔伯特·“王牌”·考斯纳现在只有一个想法，其他一切都像是色彩、图像和情感搅在一起翻滚破碎的漩涡。

我必须让他不能动，否则他会起来杀了我。我必须让他不能动，否则他会起来杀了我。

至少图米已经丢了武器，那把刀在大厅的地毯上闪闪发光。阿尔伯特用穿着乐福鞋的一只脚踩着刀，又用烤面包机打出一击。它落下的时候，阿尔伯特弯下腰来，就像以前问候王室成员的管家一样。桌布末端包着的面包机撞到了克雷格·图米气喘吁吁的嘴，发出像包在手帕里的玻璃破碎的声音。

哦，上帝，阿尔伯特想，那是他的牙齿。

克雷格扑倒在地，扭动着身体，看起来很可怕。也许因为光线太暗，显得更可怕了。他可怕的生命力让他像是可怕的、杀不死的怪物或者昆虫。

他的手抓住了阿尔伯特的乐福鞋。阿尔伯特厌恶地大叫了一声“闪开”，露出了他踩着的开信刀，克雷格想去抓刀。在他两眼之间的鼻子被击成了一个破裂的肉球。他几乎看不到阿尔伯特，视线被一个巨大的白色光环占据，持续而尖锐的声音在他的脑袋里回响，就像电视测试模式的声音被调到最大音量。

他已经不能再伤害别人了，但阿尔伯特并不知道。慌乱中，他又把烤面包机砸在了克雷格的头上。里面的加热元件摔出来时，烤面包机发出了金属的撞击声。

克雷格不动了。

阿尔伯特站在他身旁，一边抽泣，一边喘着气，手上拿着沉甸甸的桌布。然后，他拖着沉重的脚步向自动扶梯走去，又深深弯下腰，朝地板上呕吐起来。

13

布莱恩在自己的胸前划了个十字，一边打开盖在767的惯性导航系统显示屏上的黑色塑料罩，心里还很害怕屏幕上什么也没有。他仔细地看了看……然后松了一口气。

最后程序

完成，

冰冷的蓝绿色字体这么告诉通知他，下面是：

新程序吗？是 否

布莱恩输入了“是”，然后：

逆转

美国骄傲29号航班：洛杉矶/洛根航程

屏幕暗了一会儿。然后：

逆转美国骄傲29号航班中，包括航线部分？是 否

布莱恩输入了“是”。

逆转

屏幕这么显示，不到五秒钟后：

程序完成

“恩格尔机长？”

布莱恩转过身来。贝萨妮正站在驾驶舱门口。在驾驶舱的灯光下，她显得苍白而憔悴。

“我现在有点忙，贝萨妮。”

“他们为什么还没回来？”

“我不知道。”

“我问鲍勃，也就是詹金斯先生，是否看到有人在航站楼里走动，他说他看不到。如果他们都死了呢？”

“我敢肯定他们没有。如果这能让你感觉好点，你为什么不和罗伯特一起站在活动楼梯下等呢？我还有一些事要做。”至少我希望还有。

“你害怕吗？”她问。

“怕。我肯定怕。”

她微微一笑：“我有点高兴，就我一人害怕太糟糕了……完全不真实的感觉。我现在不打扰你了。”

“谢谢。我肯定他们很快就会出来的。”

她离开了。布莱恩转过身来，对着惯性导航系统的显示屏继续输入：

本程序有无问题？

他按了执行。

没有问题。感谢您执飞“美国骄傲”。

“不用客气，我肯定没问题。”布莱恩喃喃地说着用袖子擦了擦额头。

现在，他想，只要燃料能燃烧就好了。

14

鲍勃听到梯子上有脚步声，迅速转过身来。只有贝萨妮在慢慢地、小心地往下走，但他仍然感到忐忑不安，从东面传来的声音越来越大。

更近了。

“嗨，贝萨妮。我可以再找你借一支烟吗？”

贝萨妮把快抽完的那盒烟给了他，然后自己拿了一根。她把阿尔伯特的实验用火柴夹在烟盒的玻璃纸里，试了一下，火柴很容易就点燃了。

“有他们的动静吗？”

“嗯，我想这完全取决于你所说的‘动静’是什么，”鲍勃谨慎地说，“我想就在你下楼之前，我听到有人喊叫。”他听到的声音实际上像是尖叫——*凄厉的惨叫*，如果直说的话——但他觉得没有理由告诉那个女孩。她看上去和罗伯特一样害怕，而且他觉得她已经喜欢上阿尔伯特了。

“我希望黛娜会没事，”她说，“可我不知道。他把黛娜伤得很重。”

“你见到机长了吗？”

贝萨妮点了点头：“他差不多算是把我赶了出来。我猜他是在给设备设定程序什么的。”

鲍勃·詹金斯严肃地点了点头：“希望如此。”

两人无话可说了，都朝东看。除了嘎吱嘎吱的咀嚼声，现在有一种新的、甚至更不祥的声音：一种高而尖的单调声音。这是一种奇怪的机械声，罗伯特觉得像是汽车变速器油不够时发出的声音。

“现在更近了，不是吗？”

鲍勃勉强点了点头。他吸了一口烟，炽热的余烬瞬间照亮了他那双疲惫而恐惧的眼睛。

“你觉得那是什么，詹金斯先生？”

他慢慢地摇了摇头：“亲爱的姑娘，我希望我们永远都不要知道。”

15

尼克在电梯上往下走到一半的时候，他看见一个弯着腰的人站在一堆没用的付费电话前，看不清是阿尔伯特还是克雷格·图米。尼克把手伸进右前侧的口袋，左手抵在口袋上以免弄出叮当的响声，他在零钱中摸出一对二十五美分的硬币。尼克右手握紧成拳头，把两角五分的硬币塞进手指间，做成一套临时的铜指节。然后他继续往下走到大厅。

尼克出现时，电话旁的人影抬起头来。是阿尔伯特。“别踩在我吐的东西上。”他没精打采地说。

尼克把二十五分的硬币扔回口袋，匆匆走到男孩站着的地方，男孩双手撑在膝盖上，就像一个严重高估了自己锻炼能力的老人。他能闻到呕吐物的酸味。这种气味，再加上从男孩身上散发出来的恐惧的汗臭，都是他太熟悉的气味了。他在福克兰群岛服役的时候就了解这种气味，在北爱尔兰的时候更是熟悉。他用左手搂住男孩的肩膀，阿尔伯特慢慢地站直身子。

“他们在哪儿，‘王牌’？”尼克轻声问，“加夫尼和图米——他们在哪儿？”

“图米先生在那儿。”他指了指地板上一个皱成一团的东西，“加夫尼先生在机场服务办公室。我想他们都死了。图米先生之前在机场服务办公室。我猜他是躲在门后面。他杀了加夫尼，因为加夫尼先进去的。如果我先进去，他会杀了我的。”

阿尔伯特困难地吞咽着。

“后来我杀了图米先生。我不得不杀他。他在追我，明白吗？他在某个地方发现了另一把刀，就追着我来了。”他说话的语气可能会被误认为是漠不关心，但尼克明白。他从阿尔伯特模糊的白脸上看到的并不是漠不关心。

“你还可以吗，‘王牌’？”尼克问。

“我不知道。我以前从来没有……杀、杀过任何人，而且……”阿尔伯特哽咽了一下，痛苦地抽泣起来。

“我知道。”尼克说，“这是一件可怕的事情，但可以克服。我知道。你必须克服它，‘王牌’。我们在睡觉前还有很长的路要走，没有时间去做心理治疗了。那个声音越来越大了。”

他离开阿尔伯特，走到地板上那团皱巴巴的东西前。那是侧躺着的克雷格·图米，他抬起一只手臂遮住了自己的脸。尼克把他翻过来，看着他，轻轻地吹了一声口哨。图米还活着——能听到他那刺耳的呼吸声——但尼克可以用他的银行存款打赌，这次他不是在装晕。他的鼻子不仅断了，看起来像是被打没了。他的嘴是一个血淋淋的窝，周围是破碎的牙齿。图米前额中央那深陷的凹处表明，阿尔伯特对这个人的颅骨做了一次整容。

“他是用烤面包机打的？”尼克喃喃自语，“圣主和圣母啊，汤姆、迪克和哈利在上。”他站起身来，提高了嗓门，“他没死，‘王牌’。”

尼克离开阿尔伯特时，阿尔伯特又弯下腰去。现在他慢慢站直身子，朝他走了一步。“他没死吗？”

“你自己听。他出局了，但比赛还在继续。”不过应该活不久了，听他的声音，应该活不久了，“我们去看看加夫尼先生……也许他也侥幸逃脱了。担架怎么办？”

“嗯？”阿尔伯特看着尼克，好像他在讲其他语言一样。

“担架。”尼克耐心地重复道，他们向敞开的机场服务处的门走去。

“我们找到了。”阿尔伯特说。

“是吗？太好了！”

阿尔伯特在门口停了下来。“等一下。”他喃喃地说，然后蹲下来摸了摸唐恩的打火机。过了一会儿，他找到了，打火机还是温的。他又站了起来。“我想，加夫尼先生在桌子的另一边。”

他们在周围走着，踩过一堆乱七八糟的纸条和收发信箱。阿尔伯特拿着打火机，试到第五次，灯芯着了，微弱地燃烧了三四秒钟又灭了。但这就足够了。尼克在打火机轮撞击的火光中已经看得够清楚了，但他不愿意对阿尔伯特说。唐恩·加夫尼仰面躺着，眼睛睁着，脸上依然是一种可怕而惊讶的神情。他还是没有侥幸逃脱。

“图米为什么没有放倒你？”过了一会儿，尼克问。

“我知道他在这里。”阿尔伯特说，“在他打加夫尼先生之前，我就知道了。”他的声音仍然干涩而颤抖，但他感觉好了一点。现在他面对着可怜的加夫尼先生——可以说是看着他的眼睛——他感觉好了一点。

“你听见了吗？”

“没有……我看见那些了。在书桌上。”阿尔伯特指着那一小堆撕下来的纸条。

“幸好你看见了。”尼克在黑暗中把手放在阿尔伯特的肩膀上，“你活着是应该的，伙计。这是你应得的。好吗？”

“我尽量这么想。”阿尔伯特说。

“就这么想，老弟。这样你能少做很多噩梦，相信我的话。”

阿尔伯特点点头。

“保持冷静，‘王牌’。事情到此为止——振作起来，你会没事的。”

“霍普韦尔先生？”

“嗯？”

“你能不能别那么叫我‘王牌’了？我……”他的声音哽住了，阿尔伯特用力地清了清嗓子，“我觉得我不再喜欢这个绰号了。”

16

三十秒后，他们从黑暗得像个洞穴的机场服务处出来，尼克提着折叠担架的把手。他们来到一堆电话旁时，尼克把担架递给阿尔伯特，阿尔伯特无言地接了过去。桌布就放在离图米大约五英尺远的地板上，而图米正在毫无节奏地断断续续地大口喘气。

时间很短，时间真他妈的短，但尼克必须看看这个。他必须去。

他拿起桌布，把烤面包机拿了出来。其中一个加热元件卡在面包槽中，另一个滚到了地板上。用来推面包的计时器刻度盘和把手都掉了下来。烤面包机的一角向内塌了进去。左侧被撞出一个深深的圆形凹痕。

这就是打中图米鼻子的部分，尼克想，*厉害啊*。他摇晃着烤面包机，听着里面破碎零件发出的咔嗒声。

“一台烤面包机。”他惊讶地说，“我有朋友，阿尔伯特……行内的朋友……他们不会相信。我自己也几乎不相信。我的意思是……就靠烤面包机。”

阿尔伯特转过头去。“扔掉它。”他嘶哑地说，“我不想看。”

尼克按男孩的要求做了，然后拍了拍他的肩膀。“把担架拿上楼去。我马上就来。”

“你要干什么？”

“我想看看办公室里还有什么我们可以用的东西。”

阿尔伯特看了他一会儿，但在黑暗中无法辨认尼克的表情。最后他说：“我不相信你。”

“你也不必相信。”尼克用一种奇怪的温柔声音说，“去吧，‘王牌’……我是说，阿尔伯特。我马上就来。不要回头看。”

阿尔伯特又盯着他看了一会儿，然后开始吃力地沿着不动的自动扶梯往上走，他低着头，担架像手提箱一样在他的右手上晃来晃去。他没有回头看。

17

尼克一直等到阿尔伯特消失在黑暗中，才走到克雷格·图米躺的地方，蹲在他旁边。图米还在昏迷，但他的呼吸似乎有点规律了。尼克想，在医院里经过一两个星期的持续护理治疗，图米是有可能康复的。他至少证明了一件事：他有一个令人害怕的硬脑袋。

*真遗憾，里面的脑子却很软，伙计，*尼克想。他伸出手来，打算一只手捂住图米的嘴，另一只手捂住他的鼻子——或者说捂住剩下的鼻子。这要不了一分钟，他们就再也不用担心克雷格·图米先生了。其他人会对这个做法感到非常害怕——会称之为冷血谋杀——但尼克把这看作差不多是为了保险起见。图米才从似乎完全失去知觉的状态中苏醒过来，就让大家一死一重伤，也许是致命伤。再给他一次伤人的机会是很不明智的。

还有一件事。如果他让图米活着，他究竟要让他活着干什么？在这个死透的世界里短暂地受折磨地活着？给他一个在所有天气模式似乎都已停止，一片死寂的天空下呼吸垂死的空气的机会？还是给他一个机会迎接从东面来的那个东西——那靠近的声音就像一群四处掠夺的蚂蚁的东西？

不。最好是给他个痛快。这样做不会有什么痛苦，而且也足够好了。

“这家伙罪有应得。”尼克说，但他还是犹豫了。

他记得那个小女孩用那双失明的黑色眼睛抬头望着他的样子。

*你不能杀他！*这不是请求，这是命令。她从自己隐藏的力气中鼓起最后一点力量，对他下了这个命令。*我只知道是我们需要他。*

她为什么要保护他？

他又蹲了一会儿，看着克雷格·图米那张被打烂的脸。鲁迪·沃里克站在自动扶梯的顶端讲话时，他吓得跳了起来，好像说话的是个恶魔。

“霍普韦尔先生？尼克？你要来吗？”

“马上！”他回头喊道。他又摸到图米的脸，停了下来，想起了她那双深色的眼睛。

我们需要他。

他突然站了起来，留下痛苦挣扎着呼吸的克雷格·图米。“来了。”他喊道，脚步轻快地上了自动扶梯。

第八章

加油。晨曦。

兰格利尔接近了。

晨间天使。永恒的计时者。

起飞。

1

贝萨妮扔掉了她那几乎没有味道的香烟，她爬到梯子的一半时，鲍勃·詹金斯喊道："我想他们出来了！"

她转身跑下楼梯。一连串的黑影从行李区冒出来，沿着传送带爬行。鲍勃和贝萨妮跑过去迎接他们。

黛娜被捆在担架上。鲁迪抬着一头，尼克抬着另一头。他们跪着走着，贝萨妮听得见秃头男人急促的喘息声。

"让我来帮忙。"她对鲁迪说，鲁迪高兴地让出了担架的一端。

"尽量别摇晃她。"尼克说着，双腿翻下传送带，"阿尔伯特，去贝萨妮那边，帮我们抬她上楼。我们要尽可能保持担架水平。"

"她情况有多坏？"贝萨妮问阿尔伯特。

"不好。"他严肃地说，"失去知觉，但还活着。我知道的就这些。"

"加夫尼和图米在哪儿？"他们登机时鲍勃问。他必须稍微提高嗓门才能让别人听见，嘎吱嘎吱的声音现在更大了，后面凄厉而尖锐的声音现在变成了令人发狂的主音调。

"加夫尼死了，图米也一样，"尼克说，"现在没有时间了。"他在楼梯底下停了下来，"你们两个，注意抬高了。"

他们慢慢地、小心地把担架抬上楼梯，尼克倒着走，在前面弯着腰，阿尔伯特和贝萨妮把担架举到前额的高度，两个人在后面狭窄的楼梯上屁股挤在一起。鲍勃、鲁迪和劳蕾尔跟在后面。阿尔伯特和尼克回来后，劳蕾尔只说过一次话，问图米是不是死了。当尼克告诉她说图米没有死的时候，她仔细地看了看他，才放心地点了点头。

当尼克爬到梯子顶端，小心翼翼地把担架放进去时，布莱恩正站在驾驶舱门口。

"我想把她放在头等舱。"尼克说，"把担架的这头抬起来，这样她的头就能抬起来。可以吗？"

"没问题。用两条安全带穿过担架头的框架来固定它。你们看到了吗？"

"看到了。"然后他对阿尔伯特和贝萨妮说，"上来吧。你们做得很好。"

在机舱的灯光下，黛娜脸上和下巴上的血迹在她那黄白的皮肤上显得格外突出。她的眼睛闭着，眼片是淡紫色的。腰带下面（尼克在腰带上打了一个新洞，比其他洞都高）的临时止血垫是暗红色的。布莱恩能听到她的呼吸。这声音听起来像用吸管在一个几乎空了的玻璃杯底部里吸空气。

"很糟，是不是？"布莱恩低声问。

"麻烦的是她的肺，不是她的心脏，她肺衰竭的速度远没有我担心的那样快……但确实很糟糕。"

"她能活到我们回去吗？"

"我怎么会知道？"尼克突然朝他喊道，"我是军人，不是他妈的外科医生！"

其他人愣住了，双眼谨慎地看着他。劳蕾尔又感到皮肤刺痛了。

"对不起，"尼克低声说，"时间旅行把人的神经弄得一团糟，不是吗？我很抱歉。"

"没必要道歉。"劳蕾尔说着，摸了摸他的胳膊，"我们都有压力。"

尼克对她疲倦地笑了笑，摸了摸她的头发："你真会安慰人，劳蕾尔，没错。来吧……让我们把她捆好，看看我们能做些什么离开这个鬼地方。”

2

五分钟后，黛娜的担架被倾斜地固定在两个头等舱座位上，她的头朝上，脚朝下。其他人在头等舱的服务区，紧紧地围着布莱恩。

“我们需要给飞机加油。”布莱恩说，“我现在要启动另一个引擎，把飞机停在离那架727-400尽可能近的地方。”他指着达美航空的飞机，那架飞机在黑暗中看起来只是一团灰色，“因为我们的飞机比较高，我就可以把右翼放在达美飞机的左翼上。我这么做的时候，你们四个人要弄一辆软管车来——另一个登机口旁边有一台。天黑前我看见它了。”

鲍勃说：“也许我们最好把坐在飞机后面的睡美人叫醒，让他帮我们一把。”

布莱恩想了一会儿，然后摇了摇头：“我们现在最不需要的就是又一个惊慌失措、晕头转向的乘客，而且还宿醉得要命。而且我们也不需要他——两个壮汉在紧要关头可以推动软管车的。我见过有人这么做。检查一下排挡，确保它在空挡位置。它得停在重叠的机翼下面。明白了吗？”

他们都点了点头。布莱恩看了看他们，觉得鲁迪和贝萨妮刚抬了担架，力气还没恢复，不能帮上忙。“尼克、鲍勃和阿尔伯特，你们推。劳蕾尔，你引导方向。好吗？”

他们点了点头。

“那就去干吧。贝萨妮？沃里克先生？跟他们一起下去吧。把梯子拉离飞机，当我把飞机重新停好后，你们把梯子放在重叠的机翼旁边。是机翼，不是门。明白了吗？”

他们点了点头。布莱恩环顾四周，发现他们的眼睛自降落以来第一次显得清澈明亮。当然，他想，*他们现在有事可做。感谢上帝，我也是。*

3

他们走近那辆停在无人的登机道左边的软管车时，劳蕾尔意识到自己真的能看见它。“我的上帝。”她说，“天又要亮了。天黑有多久了？”

“按我的表来看，还不到四十分钟，”鲍勃说，“但我感觉我们在飞机外面时，我的表就走得不太准。我还有一种感觉，不管怎么说，在这里时间并不重要。”

“图米先生会怎么样呢？”劳蕾尔问。

他们走到软管车跟前。那是一辆小车，后面有一个油箱，驾驶室是露天的，两边盘绕着黑色的粗软管。尼克用一只胳膊搂住她的腰，把她转向自己。她一时产生了他要吻她的疯狂想法，她感到自己的心跳加速。

“我不知道他发生了什么事。”他说，“我只知道在关键时刻，我选择做黛娜想做的事。我让他不省人事地躺在地板上。好吗？”

“不好。”她的声音有点颤抖，“但我想只能这样了。”

他微微一笑，点了点头，轻轻搂了搂她的腰。“如果我们能回到洛杉矶的话，你愿意和我一起吃晚饭吗？”

“愿意。”她马上说，“我挺期待的。”

尼克又点了点头。“对我来说也是。但除非我们给这架飞机加油，否则我们哪儿也去不了。”他看了看软管车敞开的驾驶室，“你会开手动挡的车吗？”

劳蕾尔盯着驾驶室地板上伸出来的手动挡：“恐怕我只会开自动挡的车。”

“我会。”阿尔伯特跳上驾驶室，踩下离合器，然后盯着手动挡把手上的示意图。在他身后，767的第二个引擎呜呜地启动了，两个引擎都开始有节奏地剧烈跳动。随着布莱恩启动了引擎，噪音越来越大，但劳蕾尔发现她一点也不介意噪声。因为这掩盖了其他声音，至少暂时如此。她一直想看看尼克。他真的邀请她出去吃饭了吗？这好像令人难以置信。

阿尔伯特换了挡，然后摇了摇排挡。“好了。”他说，然后跳下车，“上去吧，劳蕾尔。我们让它动起来后，你就要用力向右打方向盘，绕一圈。”

“好。”

她紧张地回头看了看并排站在软管车后的三个人，尼克在中间。

“你们都准备好了吗？”他问。

阿尔伯特和鲍勃点了点头。

“好吧，那么——一起来。”

鲍勃已经做好了全力推的准备，让过去十年一直折磨着他的腰痛滚开吧，但没想到软管车一推就动了。劳蕾尔用尽全力把方向盘打了一圈。黄色的小车在灰色的停机坪上划出了一个小圆，并开始向 767 的方向开去。767 正缓慢地驶入停在一旁的达美航空飞机右侧的位置。

鲍勃说：“这两架飞机之间的差别令人难以置信。”

“对。”尼克表示同意，“你说得对，阿尔伯特。我们可能已经脱离了‘现在’，但我们那架飞机仍然还是‘现在’的一部分。”

“我们也是。”阿尔伯特说，“至少，到目前为止还是。”

767 的涡轮引擎停了，只留下几台辅助动力设备稳定而低沉的隆隆声。布莱恩现在打开了全部四台辅助动力设备。它们的声音不足以盖住东面来的声音。在此之前，那种声音非常一致，但随着它的接近，声音开始分裂，好像声音中还有其他声音，整个声音开始变得熟悉得可怕。

*是动物吃东西的声音，*劳蕾尔想着不禁颤抖起来，*这就是它听起来的样子——动物吃东西的声音，但通过扩音器被放大到了诡异的程度。*

她发抖得厉害，感到恐惧开始蚕食她的思想，她无法控制自己，就像无法控制发出那种声音的东西一样。

鲍勃说：“如果我们能看到它的话，我们也许能对付它。”这时他们又开始推软管车。

阿尔伯特瞥了他一眼，说道：“我觉得不行。”

4

布莱恩出现在767的前门，示意贝萨妮和鲁迪把梯子推到他身边。推到后，他走到楼梯顶上，指着重叠的机翼。他们把他推往那个方向时，他听着渐渐靠近的声音，想起了很久以前在深夜时看过的一部电影。电影里的查尔顿·赫斯顿在南美洲拥有的一个大种植园遭到了一大群兵蚁的袭击，这些蚂蚁把所到之处的一切吃得一干二净——树木、草、建筑物、牛和人都没逃过。那部电影叫什么名字？布莱恩不记得。他只记得查尔顿不断尝试越来越绝望的办法来阻止蚂蚁，或者至少拖延它们。他最终打败它们了吗？布莱恩不记得了，但他梦中的一个片段突然又出现了，令人不安的是，这段梦境与任何东西都没有关联：写着“**只有流星**”的不祥的红色牌子。

“好了！”他朝下面的鲁迪和贝萨妮喊道。

他们不推了，布莱恩小心翼翼地从梯子上爬下来，直到他的头与达美航空飞机的机翼底面平齐。767和727这两种飞机都在左翼配备了单点加油口。他现在正看着一个小的方形舱口，上面写着“**油箱入口**”和“**加油前检查关闭阀**”。还有人在燃料舱门上贴了一张圆圆的黄色笑脸贴纸，让人有一点超现实的感觉。

阿尔伯特、鲍勃和尼克已经把软管车推到他下面的位置，他们抬起头来，在越来越亮的黑暗环境中，他们的脸出现了脏兮兮的灰色光圈。布莱恩弯下腰，朝尼克喊道：

“有两根油管，车一边一条！我要那条短的！”

尼克把它拽出来，递了上去。布莱恩一手抓着梯子和软管的喷嘴，靠在机翼下，打开了加油口。里面是一个阳螺纹接头，有一个像手指一样伸出来的钢制尖头。布莱恩进一步探出身子……然后滑倒了。他抓住梯子的栏杆。

“坚持住，伙计。”尼克说着爬上了梯子，“马上来帮忙。”他停在布莱恩下面三个台阶的地方，抓住了他的腰带，“帮我个忙，好吗？”

“什么？”

“别放屁。”

“我试试看，但不敢保证。”

他又探出身子，低头看着其他人。鲁迪和贝萨妮也跑到鲍勃和阿尔伯特这边来了。“走开，除非你们想被喷一身油！”他喊道，“我无法控制达美飞机的切断阀，可能会漏出来！”他等着大家后退，心想：当然，也可能不会漏。这架飞机的油箱搞不好已经全干了。

尼克已经牢牢地固定住了布莱恩。布莱恩又把身子探了出来，用两只手把喷嘴猛地插进了加油口。一阵短暂的喷油声——在这种情况下，这声音非常动听——然后是一声金属的撞击声。布莱恩把喷嘴向右转了四分之一圈，把它锁在了合适的位置上，满意地听着燃油通过软管流到小车上，车上有一个封闭的阀门可以挡住油的流动。

“好吧。”他叹了口气，回到梯子上，“到目前为止，都很好。”

“现在怎么办，伙计？我们怎样才能让那辆车发动起来？我们是从飞机上接电发动吗，还是怎么办？”

“即使有人记得带跨接电缆，我也怀疑我们能不能接。”布莱恩说，“还好，不必发动车。从本质上讲，软管车只是一个用来过滤和转移燃料的方便工具。我要用飞机上的辅助动力装置从727飞机上吸燃料，就像你用吸管从杯子里吸柠檬水一样。”

“要花多长时间？”

“在最好的情况下，也就是用地面动力泵送，我们每分钟可以装载两千磅的燃料。但现在计算就难了。我以前从来不用辅助动力装置加油。至少得一个小时。也许两个。”

尼克焦急地向东看了一会儿，当他再次说话时，他的声音很低：“帮我个忙，伙计——别跟别人说这个。”

“为什么不呢？”

“因为我想我们没有两个小时了。我们可能连一个小时都没有。”

5

黛娜·凯瑟琳·贝尔曼独自坐在头等舱，睁开了眼睛。

她看到了。

“克雷格。”她低声说。

6

克雷格。

但他不想听到自己的名字。他只想一个人待着，他再也不想听到他的名字了。当人们呼唤他的名字时，总是会发生一些不好的事情。总是这样。

克雷格！起来，克雷格！

不。他不肯起来。他的头像个巨大的蜂窝，疼痛在每一个不规则的房间和弯曲的走廊里咆哮着。蜜蜂来了。蜜蜂以为他死了。它们侵入了他的头部，把他的颅骨变成了蜂窝。而现在……现在……

它们感觉到我的思想，想蜇死我的脑筋，他想，然后发出一声沉重而痛苦的呻吟，血迹斑斑的手在楼下大厅地板的工业地毯上慢慢地张开又合上。让我死吧。哦，请让我死吧。

克雷格，你得起来！马上起来！

这是他父亲的声音，是他从来不能拒绝或不管的声音。但他现在会拒绝的。现在他要充耳不闻了。

“走开。”他嘶哑地说，“我恨你。走开。”

痛苦像刺耳的号声一样传遍他的脑袋。成群的蜜蜂，愤怒地从脑内吹响的喇叭里飞出来蜇他。

哦，让我死吧，他想。哦，让我死吧。这是地狱。我在充斥着蜜蜂和无数号角的地狱里。

起来，克雷格宝贝。今天是你的生日，你猜怎么着？你一起来，就会有人递给你一杯啤酒，然后打你的头……因为这狠狠的一下是你应得的！

“不。”他说，“别打了。”他的手在地毯上慢慢挪动。他努力想睁开眼睛，但干了的血把眼皮粘在了一起，“你死了。你们两个都死了。你不能打我，也不能逼我做事。你们两个都死了，我也想死。”

但他并没有死。在这些幽灵般的声音之外，他能听到远处引擎的轰鸣声……还有另一种声音。那是兰格利尔前进的声音，它们在跑步前进。

克雷格。起来。你得起来。

他意识到这既不是他父亲的声音，也不是他母亲的声音。那不过是他那可怜的、受伤了的脑子想愚弄自己罢了。这声音来自……来自……

（天上？）

某个其他地方，某个非常明亮的地方，在那里痛苦是神话，压力是梦境。

克雷格，所有你想见的人都来找你了。他们离开波士顿来到这里。你对他们就是这么重要。你还是可以的，克雷格。你仍然有办法。还有时间交报告，逃离你父亲的约束……如果你足够男人地去做这件事，你就能成功。

如果你足够男人地去做这件事。

“足够地男人吗？”他沙哑地说，“足够地男人吗？不管你是谁，你一定是在耍我。”

他又试着睁开眼睛。粘着眼皮的血裂开了一点，但还是睁不开眼。他设法把一只手举到脸上。

他的手摸到他剩下的鼻子，他发出了一声痛苦而又疲倦的低声尖叫。在他的脑袋里，号声大作，蜜蜂蜂拥而至。他等到疼痛减轻了，才伸出两根手指，把自己的眼皮撑开。

那光晕还在那儿。它在黑暗中形成了一个模糊，但令人想起什么东西的形状。

慢慢地，克雷格慢慢地抬起了头。

看到了她。

她站在光晕中。

是那个小女孩，但她的墨镜不见了，她正看着他，眼神很亲切。

起来，克雷格。快起来。我知道这很难，但你必须站起来——你必须站起来。因为他们都在这里，他们都在等待……但他们不会永远等下去。兰格利尔会让他们逃走的。

他看到她并没有站在地板上。她的鞋子似乎浮在上面一两英寸的地方，明亮的灯光环绕着她，辉光勾画出了她的轮廓。

来，快起来。克雷格。起来。

他开始挣扎着站起来。这非常困难。他的平衡感几乎消失了，很难才抬起头——当然，因为脑袋里满是愤怒的蜜蜂。他摔倒了两次，但每一次他都重新站了起来，他沉迷在了这个女孩亲切的眼神和让他最终解脱的承诺中。

他们都在等着呢，克雷格。等你。

他们在等你。

7

黛娜躺在担架上，用她失明的眼睛看着克雷格·图米单膝跪地，侧身倒在地上，然后开始试图再次站起来。她的心里充满了对这个受伤残缺的人、这条只想爆炸的杀人鱼令人害怕的万分怜悯。在他那被被毁了的、血淋淋的脸上，她看到了一种可怕的复杂情绪：恐惧、希望和一种无情的决心。

对不起，图米先生。她想。不管你做了什么，我都很抱歉。但我们需要你。

然后她又对他喊道，用她垂死的意识喊道：

起来，克雷格！快点！就要来不及了！

她觉得来不及了。

8

两条软管中较长的一根在767的腹部盘起来，并接到了加油口后，布莱恩回到驾驶舱，打开辅助动力系统的循环模式，开始抽取727-400的油箱。他看着右边油箱上的LED读数慢慢爬升到两万四千磅，同时紧张地等着辅助动力系统因为吸入无法燃烧的燃料而发出的突突声。

右边的油箱已经加到了八千磅，这时他听到飞机尾部的小型喷气发动机的声音变了——变得刺耳而吃力。

“发生了什么，伙计？”尼克问。他又坐在了副驾驶的椅子上，头发乱蓬蓬的，原先整洁的扣着纽扣的衬衫上有一大片油渍和血迹。

布莱恩说：“辅助动力单元尝到了727的燃料，但它们不喜欢那个味道。我希望阿尔伯特的魔法能起作用，尼克，但我不知道行不行。”

就在LED屏显示达到九千磅之前，第一个辅助动力单元停止了。布莱恩的仪表板上出现了一个红色的引擎关闭灯。他弹了一下关掉了这台动力辅助单元。

“能怎么办呢？”尼克问，他站起来，从布莱恩的后面往前望。

布莱恩说：“用另外三台辅助动力单元继续泵，希望可以。”

三十秒后，第二台辅助动力引擎突然停了，布莱恩伸手要把它关掉时，第三台辅助动力单元响起来了。驾驶舱的灯光随之熄灭。现在，只有液压泵不规律的咔嗒声和布莱恩仪表板上闪烁的灯光。最后一台辅助动力单元断断续续地咆哮着，速度上下波动，让飞机摇晃起来。

布莱恩说：“我要完全关机了。”他的声音听起来既严厉又紧张，他的语气显得他力不从心，像是在暗流中挣扎得精疲力尽，“我们得等达美航空的飞机燃料加入我们飞机里的时间流，或者时间框架，或者其他什么该死的东西。我们不能再这样下去了。在最后一台辅助动力单元切断之前，大幅功率激增会抹掉惯性导航系统的内容。甚至可能把它炸了。”

但当布莱恩伸手去抓开关时，引擎发出的断断续续的声音突然开始平稳了。他难以置信地转过身来盯着尼克。尼克回头看了看，脸上慢慢露出一个大大的笑容。

“我们可能走运了，伙计。”

布莱恩举起双手，交叉着两根手指，在空中晃了晃。“但愿如此。”他说着回头看仪表板，轻轻弹了一号、三号和四号辅助动力单元的开关，全都顺利发动了。驾驶舱的灯又亮了起来，机舱里的铃声也响了。尼克欢呼着拍了拍布莱恩的后背。

贝萨妮出现在他们身后的门口："发生了什么？一切都好吗？"

"我觉得。"布莱恩没有转身就说，"我们也许有机会。"

9

克雷格终于挺直了身子。那个发光的小女孩这时飘在行李传送带上方。她望着克雷格的眼神里有一种超自然的温柔和别的什么东西……这是他一生中所渴望的。是什么呢？

他想了一阵，终于找到了。

这是怜悯。

是同情和理解。

他环顾四周，发现黑暗正在渐渐消失。这意味着他整晚都失去知觉了，不是吗？他不知道。这都不重要。重要的是，那个发光的姑娘把那些投资银行家、债券专家、佣金经纪人和股票操盘手带到他面前来了。他们在这里，他们想要年轻的克雷格宝贝——图米先生解释一下他究竟要干什么，而令人狂喜的事实是：他在胡闹！这就是他所做的事情——没完没了地瞎胡闹。当他告诉他们——

"他们必须放了我……对吗？"

是的，她说。但你得快点，克雷格。不然他们会觉得你不会出现，就离开了。

克雷格开始慢慢地前进。姑娘的脚没有动，但当他走近她时，她像幻影一样向后飘去，飘向挂在行李提取区和外面装货区之间的橡胶带。

而且……哦，太棒了：她在笑。

10

现在人都回到了飞机上，除了鲍勃和阿尔伯特，他们正坐在楼梯上，听着那缓慢而破碎的声音向他们滚来。

劳蕾尔·史蒂文森站在敞开的前门看着航站楼，仍然在想他们要怎么处置图米先生，这时贝萨妮在后面拉了拉她的上衣。

“黛娜在说梦话还是什么。我想她可能是神志不清了。你能过来吗？”

劳蕾尔走了过去。鲁迪·沃里克坐在黛娜对面，握着她的一只手，焦急地看着她。

“我不知道。”他担心地说，“我不知道，不过我想她可能快不行了。”

劳蕾尔摸了摸女孩的额头，没有汗而且很烫。流血不是慢了下来就是完全停止了，但是女孩的呼吸里发出了一连串可怜的哨声。血像干了的草莓酱一样粘在她的嘴上。

劳蕾尔开口说：“我想……”然后黛娜很清晰地说：“但你得快点，不然他们会觉得你不会出现，就离开了。”

劳蕾尔和贝萨妮疑惑而恐惧地交换了一下眼色。

鲁迪告诉劳蕾尔：“我想她一定梦见了图米。她叫过他的名字。”

“对。”黛娜说。她的眼睛闭着，但她的头微微动了动，她似乎在听。“是的，我会的。”她说，“如果你要我这么做，我就这么做。但要快。我知道很疼，但你得快。”

“她神志不清了，是不是？”贝萨妮小声说。

“没有。”劳蕾尔说，“我不这么认为。我想她可能……在做梦。”

但她根本不是这么想的。她真的认为黛娜可能——

（看到了）

正在做什么。她并不想知道那是什么，但有一个念头在她的脑海里盘旋飞舞。劳蕾尔知道如果她愿意，她可以说出这个想法，但她没有。因为这里正在发生令人毛骨悚然的事情，非常诡异，她不由得去想这确实和——

（不要杀他……我们需要他）

图米先生有关。

“别管她了。”她用干巴巴的声音突然说，“别管她了，让她

（做她必须对他做的事）

睡吧。”

“上帝，我希望我们能快点起飞。”贝萨妮痛苦地说，鲁迪用一只手臂揽住她的肩膀安慰她。

11

克雷格走到传送带前，摔倒在上面。一种剧烈的痛苦撕裂了他的头、他的脖子、他的胸膛。他试着回忆起发生在自己身上的事情，却想不起来。他跑下不动的自动扶梯，藏在一间小房间里，坐在黑暗中撕纸条……这就记得这些。

他抬起头，头发垂在眼前，他看着那个发光的小姑娘。那个小姑娘现在盘腿坐在传送带前面，离传送带只有一英寸。她是他有生以来见过的最美丽的东西，他怎么会认为她是他们中的一员呢？

“你是天使吗？”他嗓音沙哑地问。

是的，发光的小姑娘回答。克雷格感到他的喜悦压倒了痛苦。他的视线模糊了，泪水开始从他的脸颊上缓缓流下，这是他成年后第一次流泪。突然，他发现自己想起了母亲唱那首老歌时那甜蜜、单调、醉醺醺的声音。

“你是晨间天使吗？你愿意做我早晨的天使吗？”

是的，我会的。如果你想要我做，我会的。但要快。我知道这很痛，图米先生，但是你得快。

“对。”克雷格啜泣着，开始沿着行李传送带急切地向她爬去。每一个动作都让他感到新的痛苦，让他走路的方向变得摇摆不定。血从他被打烂的鼻子和嘴里滴下来。但他仍然尽可能地加快速度。在他前面，小女孩在悬挂的橡胶条后面消失了，不知怎的，她离开的时候一点也没有碰到那些橡胶条。

“宝贝，在你离开我之前，摸摸我的脸颊。”克雷格说。他呛出一块海绵般的血块，然后吐在墙上，血块粘在墙上就像一只巨大的死蜘蛛。然后他爬得更快了。

12

在机场东边，一声巨大的断裂声充斥了这个怪异的早晨。鲍勃和阿尔伯特站了起来，脸色苍白，心里满是可怕的问题。

“那是什么？”阿尔伯特问道。

“我想那是棵树。”鲍勃边回答边舔着嘴唇。

“可是没有风呀！”

“对。”罗伯特同意了，“没有风。”

这声音现在变成了一团在移动的破碎的声音，其中的一些部分似乎变得清晰起来……就在能辨识的时候，声音又散开了。阿尔伯特发誓觉得自己一度听到了什么东西在乱叫……或者咆哮声…或者不管是什么声音……都会被一种像邪恶的电流声一样的短暂难听的嗡嗡声吞没。唯一不变的是嘎吱嘎吱的声音和持续不断的咀嚼声。

“发生什么了？”贝萨妮在他们身后尖声喊道。

“没……”阿尔伯特刚开口，鲍勃就抓住他的肩膀指了指。

“看！”他喊道，“看那边！”

在他们东面远处的地平线上，有一连串的高压电塔从北向南排列，穿过树木繁茂的山脊。阿尔伯特正看着其中一架电塔像玩具一样摇摇欲坠，然后倒了下来，后面拖着一堆电缆。过了一会儿，又一座电塔倒下，其他电塔也一座一座地跟着倒下。

“还有。”阿尔伯特麻木地说，“看那些树。那边的树抖得像灌木一样。”

但它们不只是在颤抖。阿尔伯特和其他人看着的时候，树也开始倒下消失。

嘎吱、啪啪、嘎吱、砰砰、呜呜！

嘎吱、啪啪、呜呜、咚咚、嘎吱！

“我们得离开这里。”鲍勃用双手抓住阿尔伯特，眼睛睁得大大的，露出了惊吓过度的白痴表情，和他那张瘦削而聪明的脸形成了古怪诡异的对比，“我觉得我们必须马上离开这里。”

在大约十英里以外的地平线上，一座无线电塔高高的台架颤抖着，往外滚了一下，然后轰然倒下，消失在抖动的树林中。现在他们能感觉到大地开始震动了，而且震动还跑上了梯子，穿着鞋的脚都感觉晃动起来。

“让它停下来！”贝萨妮突然从他们上方的门口尖叫起来，她用双手捂住耳朵，“噢，拜托让它**停下来！**”

但是，那声波向他们席卷而来……那是兰格利尔嘎吱嘎吱劈啪作响的咀嚼声。

13

“我不想逗你，但布莱恩，还要多久？”尼克的声音紧张起来，“在这儿以东大约四英里的地方有一条河……我们降落的时候我看见了……我想，现在要来的东西就在河的另一边。”

布莱恩瞥了一眼他的燃料读数。右翼有两万四千磅，左翼是一万六千镑。现在泵得更快了，他不用把飞机的燃油泵到另一边。

“十五分钟。”他说，他能感觉到额头上大滴大滴的汗珠，“尼克，我们需要更多的燃料，否则我们会摔死在莫哈韦沙漠里。还需要十分钟把管子拔出来，盖上，再滑行出去。”

“你不能把时间缩短吗？你确定不行吗？”

布莱恩摇摇头，继续看他的仪表。

14

克雷格慢慢地爬过橡胶条，感觉它们像柔软的手指一样从背上滑下来。他出现在外面惨白色的日光中，迎来了大大缩短的新的一天。那可怕的声音势不可挡，是食人大军入侵的声音。甚至连天空似乎也随之震动，有那么一刻，他也害怕得无法动弹。

看，他的晨间天使说着指了指。

克雷格看着……忘记了他的恐惧。在美国骄傲航空公司767客机后面，一片由两条滑行道和一条跑道隔出来的枯草丛生的三角形区域里，有一张长长的红木会议桌。桌子在无精打采的光线下闪闪发光。每个座位前都有一本黄色的便笺簿、一壶冰水和一个沃特福德玻璃杯。二十来个穿着严肃的银行家西装的人围着桌子坐着，现在他们都转过身来看着他。

突然，他们开始鼓掌，他们站在他面前为他的到来鼓掌。克雷格咧着嘴，脸上逐渐露出了一个大大的笑容。

15

黛娜被单独留在头等舱里。她的呼吸变得非常吃力，声音也像被掐得要透不过气来。

“快跑过去，克雷格！快！快！”

16

克雷格从传送带上摔了下来，重重地砸在混凝土上，骨头发出嘎吱作响的声音，双脚胡乱地摆动。痛苦已经不要紧了。是天使把他们带来的！当然是她带来的！天使就像斯克罗吉先生故事中的鬼魂一样——他们可以做任何他们想做的事情！她周围的光环开始暗淡下来，她也渐渐消失了，但这无关紧要。她给他带来了救赎，带来了一个终于可以接住他的安全网。

快跑，克雷格！绕着飞机跑！从飞机旁边跑！快跑过去！

克雷格开始跑步……一瘸一拐的步伐很快就变成了跛脚的冲刺。他跑的时候，脑袋像一株断了茎的向日葵一样上下甩动。他跑向那些毫无幽默感的、无情的人。他们是他的救星，这些人就像渔民，他们站在银色天空之外的一条船上，正在收渔网，想看看他们捕到了什么令人难以置信的东西。

17

当左边油箱的 LED 升到两万一千磅时，读数开始慢下来，当达到两万两千磅时，几乎停止了。布莱恩明白了发生了什么，他迅速打开了两个开关，关闭了液压泵。那架 727-400 飞机给了他们她必须给的东西：比四万六千磅多一点的燃油。这必须足够了。

“好了。”他说着站了起来。

“好什么？”尼克问完也站了起来。

“我们要拔掉油管，然后他妈的离开这里。”

越来越近的噪声已经达到了震耳欲聋的程度。在嘎吱嘎吱的声音和咀嚼的刺耳声中夹杂着倒下的树木和倒塌的建筑物发出的沉闷的撞击声。就在关闭油泵之前，他听到了一连串沉闷的碰撞声，接着是一连串的水花飞溅声。他觉得应该是有一座桥掉进了尼克看到过的那条河里。

“图米先生！”贝萨妮突然尖叫起来，“是图米先生！”

尼克比布莱恩更快冲进头等舱，但他们都及时看到克雷格在滑行道上蹒跚而行。他完全忽略了飞机。他的目的地似乎是交错的两条滑行道隔出来的一片空旷的三角形草地。

“他在做什么？”鲁迪吸了一口气。

“别管他。”布莱恩说，“我们没时间了。尼克？你先下楼梯。我解开软管时你抓住我。”布莱恩感觉自己就像一个裸体的男人站在海滩上，而潮水在地平线上涌起，向岸边冲去。

尼克跟着他下来，再次抓住布莱恩的腰带。这时布莱恩探出身子，拧开了软管的喷嘴。过了一会儿，他拉开软管，把它扔到水泥地上，喷嘴环发出沉闷的哐当声。布莱恩砰的一声关上了燃料口的阀门。

尼克把他拉回来后，他的脸又脏又灰。他说：“走吧，我们离开这里。”

但是尼克没有动。他僵在原地，盯着东方。他的皮肤白得像纸一样，脸上带着一种噩梦般的恐惧表情。他的上嘴唇颤抖着，在那一瞬间，他看上去就像一只害怕得不敢吠的狗。

布莱恩慢慢地把头转向那个方向，听到自己脖子上的肌腱咔咔作响，就像旧纱门上生锈的弹簧一样。他转过头，看着兰格利尔终于在左边登场了。

18

“所以你们看，”克雷格说着走近会议桌主位的那张空椅子，站在周围坐着的人面前，说，“与我做生意的奸商，不但无良，他们中的许多人实际上还是中央情报局的卧底，他们的工作就是联系和欺骗像我这样的银行家。这些人希望在短时间内把投资组合都填满。在他们看来，只要能在南美为所欲为，任何可行的手段都是正当的。”

“你是通过什么程序检查这些人的？”一个穿着昂贵的蓝色西装的胖子问道，“对这类案子，你们是找债券保险公司，还是你们银行聘请专门的调查公司？”蓝西装那圆圆的下巴刮得干干净净，两颊红润，如果不是因为身体健康，就是因为喝了四十年的威士忌和苏打水。他的眼睛像不带感情的碎蓝冰。那是一双奇妙的眼睛，父亲的眼睛。

在保诚中心顶楼往下两层的某个地方，克雷格可以听到会议室远处传来的嘈杂声。他猜想是在修路。波士顿总是在修路，他怀疑大部分都是不必要修的，在大多数情况下，都是那一套老掉牙的故事——不知廉耻的人占粗心大意的人的便宜。这与他无关，一点关系都没有。他的工作是和那个穿蓝西装的人打交道，他迫不及待地要开始了。

他自己公司的总裁说：“克雷格，我们在等你。”克雷格一时间感到惊讶——帕克先生并没有被安排参加这次会议——然后他的愉悦感淹没了惊讶的感觉。

“根本不用程序！”他冲着他们震惊的脸高兴地尖叫起来，“我买了又买！我**完全没有**……遵照……**程序**！”

他正要继续详细地阐述这个主题，真正地讲清楚，这时一个声音打断了他。这声音不在几英里以外，这声音很近，很近，也许就在会议室里。

一种短促的劈砍声，像饥饿的牙齿发出来的。

突然，克雷格觉得非常需要撕下一些纸——任何纸都可以。他伸手去拿桌子前的法务便笺纸，但便笺纸不见了。桌子也一样。银行家们也是。波士顿也不见了。

“我在哪儿？”他迷惑不解地小声问，四下看了看。他突然意识到了……他突然看见了它们。

兰格利尔已经来了。

它们是来找他的。

克雷格·图米开始尖叫。

19

布莱恩能看到它们了，但不理解他看到的是什么。奇怪的是，这些东西好像是让人视而不见的，他感觉到自己紧张得发狂的大脑在试图改变输入的信息，想要把二十一号跑道东端开始出现的那些形状变成它能理解的东西。

起初只有两个形状，一个是黑色的，另一个是番茄的深红色。

它们是球吗？他心里疑惑地问，它们会是球吗？

好像有什么东西在他的脑袋中咔哒一声响了起来，那是球，有点像沙滩球，只是这些球像涟漪一下散开，收缩，然后又膨胀起来，就好像他是透过一层热浪看到它们似的。它们从二十一号跑道尽头高高的枯草中滚出来，身后留下一片漆黑。它们在割草，不，他的心里不情愿地否认了。它们不仅仅是在割草，你知道的，它们割的东西要比草多得多。

它们留下的是一道道漆黑的窄线。现在，它们滚到了跑道尽头的白色混凝土路面上，身后仍然留下了狭窄的黑色线条。黑得像柏油一样闪闪发光。

不。他的头脑勉强地否认了这一点。这不是柏油。你知道那黑的是什么。那是虚无。什么也没有。它们吃掉的不仅仅是跑道表面。

它们的行为中有一种恶意的欢乐。它们在彼此的前进道路上纵横交错，在外面的滑行道上留下一个黑黝黝的“X”。它们在空中高高地弹起，兴高采烈地互相穿插，然后直奔飞机滚过来。

它们这么做的时候，布莱恩尖叫着，在他旁边的尼克也尖叫起来。滚动的球的表面下潜伏一些面孔——狰狞的、不像人的面孔。它们闪着光，扭动着，摇摆着，就像沼泽地鬼火气体组成的脸。眼睛只是凹下去的洞，但嘴巴很大，像个半圆形的洞穴，两旁排列着飞速磨动、已经变得模糊的牙齿。

它们边滚边吃，一条一条地吃掉整个世界。

外滑行道上停着一辆德士古油罐车。兰格利尔们扑向它，高速运动的牙齿呼哧呼哧地响着，从它们模糊的身体中伸出来。它们完全没有停顿，其中一个直接在后轮上划出一条路，在轮胎崩溃之前，布莱恩看到了它所切割的形状——像卡通片里的踢脚板上老鼠洞的形状。

另一只跳得很高，在德士古卡车四四方方的油箱后面消失了一会儿，然后径直穿过油箱，留下一个金属圆洞，从那里喷出一股暗淡的琥珀色燃料。它们撞到地面，像弹簧一样弹跳起来，然后又交叉着滚向飞机。现实世界在它们身下像一条条狭长的带子一样被剥离，无论它们碰到什么地方，现实都被剥离。随着它们越来越近，布莱恩意识到，它们不仅是在摧毁这个世界——它们是在打开永恒的深渊。

它们到停机坪边上停了下来，局促不安地待了一会儿，看上去就像在老式电影院里唱歌时跳过歌词上方的弹跳球。

然后它们转过身，飞快地朝一个新的方向滚去。

它们这是朝克雷格·图米的方向滚，克雷格站在那里正看着他们，尖叫声刺向白色的天空。

布莱恩费了很大的劲，终于摆脱了吓瘫的状态。他用胳膊肘捅了捅尼克，尼克仍然在下面僵硬地站着。“动啊！”尼克没有动，这次布莱恩用胳膊肘更用力地向后推了推，顶在了尼克的前额上，“我说你快啊！快动！我们要离开这儿！”

现在更多的黑色和红色的球出现在机场的边缘。它们蹦蹦跳跳，转来转去……然后向他们冲来。

20

他的父亲曾说过，*你无法摆脱它们，因为它们的腿，它们飞快的小短腿*。

但克雷格还是尝试逃走。

他转身向航站楼跑去，不时还用惊恐而痛苦的目光回头看。他的鞋子在人行道上嘎吱作响。他没有理会再次发动的美国骄傲航空公司的767客机，而是跑向了行李区。

不，克雷格，他父亲说。*你可能认为你在跑步，但你不是。你知道你在做什么——是在* ***乱窜！***

他身后的两个球加速了，轻松愉快地缩短了和克雷格的距离。它们来回交叉穿梭了两次，活像在死寂的世界里疯狂卖弄的两个球，身后留下尖尖的黑色线条。它们跟在克雷格后面，相距约七英寸，在它们古怪、闪闪发光的身体后面形成了看起来像是黑色的滑雪道。它们在离行李传送带二十英尺的地方抓住了他，并在一毫秒内咬断了他的脚。他飞快乱窜的脚前一刻还在那儿。接着，克雷格矮了三英寸。他的脚，连同他昂贵的巴利乐福鞋，已经不复存在了。没有血，伤口在兰格利尔划过的灼热路径中立即被烙干了。

克雷格不知道他的脚已经不存在了，他用光秃秃的脚踝在跑，等他的腿开始感觉到第一下疼痛时，那些兰格利尔急转弯回来了，并排在人行道上滚了回来。这一次，它们的轨迹交叉了两次，形成了一个有黑色边缘的新月状水泥块，就像儿童涂色书中描绘的月亮。只是这一弯新月开始下沉，不是下沉到地下——因为表面下面似乎没有泥土——而是沉入虚无。

这一次，兰格利尔们完美地同时向上蹦，吃掉了克雷格的膝盖。克雷格身形一沉，他还想跑，然后就倒在地上，甩动着膝盖以下都消失的腿。他逃窜的日子结束了。

“不！”他尖叫道，“不，爸爸！不！我会乖乖的！请让它们走开！我会听话的，我发誓从现在起我会听话的，只要你让它们走——”

然后它们又向他冲来，咕咕哝哝，哼哼唧唧，发出嗡嗡的呜呜声。他看到了它们咬牙切齿、晃动得像凝固了的模糊轮廓，也感觉到了它们疯狂、盲目的活力，然后它们在一瞬间把他撕成了碎片。

他最后的想法是：它们的小短腿怎么能跑得这么快？它们没有……

21

几十个黑色的东西出现了，劳蕾尔知道很快就会有几百、几千、几百万、几十亿个。尽管布莱恩把767飞机从梯子和达美航空飞机的机翼上拉开时，飞机的发动机在敞开的前舱门里发出呼啸声，但她仍能听到它们非人类的尖叫。

二十一号跑道的尽头纵横交错着无数黑色的大圆圈，然后向终点站划去的黑色轨迹汇聚起来，它们冲向了克雷格·图米。

我猜他们不是经常吃到活肉，她想，突然感到一阵恶心。

尼克·霍普韦尔不相信地看了最后一眼，砰地关上了前门。他开始摇摇晃晃地沿着过道往回走，像个醉汉一样左右摇晃。他的眼睛瞪得超大，似乎占满了他的整个脸。血顺着他的下巴流了下来，因为他用力咬破了下嘴唇。他伸出双臂搂住劳蕾尔，把自己滚烫的脸埋在她脖子和肩膀的凹处。劳蕾尔则用双臂搂住他，紧紧地搂着他。

22

在驾驶舱内，布莱恩尽可能加大马力，让767在滑行道上以自杀般的速度飞驰。机场的东部边缘现在被入侵的球弄得一片漆黑——二十一号跑道的尽头已经完全消失了，它以外的世界也正在消失。在那个方向，静止不动的白色天空现在变得向下拱起，下面的世界现在满是胡乱的黑色线条和倒下的树木。

当飞机接近滑行道尽头时，布莱恩抓起麦克风大喊：“系安全带！系安全带！如果你没有系安全带，就抓紧！”

他稍微减速了一下，然后让767滑向三十三号跑道。在他这样做的时候，他看到了一件令他心惊肉跳、悲叹不已的事情：跑道的东边的大片区域现在变成了巨大而不规则的现实世界碎片，就像货运电梯一样落入地面，留下大块毫无意义的虚无。

它们正在吞噬整个世界，他想，我的上帝，我亲爱的上帝，它们正在吃掉这个世界。

接着，整个机场都转到他面前，29号航班又朝向西边，前面是三十三号跑道，跑道很长，空无一物。

23

这架767飞机在跑道转向时，头顶的行李架被撞散了，随身行李像冰雹一样撒向主机舱。没来得及系好安全带的贝萨妮被甩到了阿尔伯特·考斯纳的大腿上。阿尔伯特既没有注意到摔进他怀里身体温热的姑娘，也没有注意到在弧形机舱壁上弹来弹去、距离他鼻子只有三英尺的公文包。他只看见他们左边二十一号跑道上飞驰的黑影，以及它们留下的闪闪发光的黑色线条。这些轨道汇聚在一个巨大的黑色的井里，这里曾经是行李装卸区。

它们是被图米先生吸引过去了，他想，或者被图米先生所在的地方吸引了。如果他没有从航站楼出来，它们就会选择飞机了。它们会吃掉飞机——还有里面的我们——从轮子往上吃。

在他身后，罗伯特·詹金斯用颤抖且惊恐的声音说：“现在我们知道了，是不是？”

“什么？”劳蕾尔用一种奇怪的、喘不过气来的声音尖叫着，她都认不出这是她自己的声音了。一个筒状行李包落在她的膝盖上。尼克抬起头，放开她，心不在焉地把包朝过道扔去。“我们知道什么？”

“呃，知道今天变成昨天时，会发生什么？知道现在变成过去时，会发生什么？它等待着——一片死寂。它在等着它们。它在等待着永恒的计时者，总是在后面跑着追赶，以最有效的方式清理混乱……就是吃掉它。”

“图米先生知道它们的事。”黛娜用做梦似的声音清晰地说，“图米先生说它们是兰格利尔。”然后，喷气发动机全速运转，飞机沿着三十三号跑道往前冲去。

24

布莱恩看见两颗滚球碾过他前方的跑道，现实的地面立刻出现两条晶亮如打光一般、黑檀木似的平行轨迹。现在停下已经太迟。767飞驰经过空空如也的地方时，好像一只受冻的狗一般浑身抖动。他把油门的节流阀往前推到尽头，注视他的地面速度显示器往起飞速度爬升。

即使是此时，他还能听见那些疯狂的咀嚼、狼吞虎咽的声音——但他不知道究竟是真的听见了，或只是出自他的想象。他也不在乎。

25

尼克越过劳蕾尔眺望窗外，看见班戈机场航站楼给切成一片片、剁成小方丁，碾出一条条的轨迹。那各形各状的拼图摇摇欲坠，紧跟着便开始崩塌，掉入疯癫的黑暗深渊。

贝萨妮尖声大叫。一条黑轨迹迅速沿着 767 旁边出现，吃掉了跑道的边缘。突然间它歪到右边，消失于飞机下方。

又是一次恐怖的碰撞。

“吃到我们了吗？”尼克吆喝道，“吃到我们了吗？”

没有人回答。其他人吓坏了的苍白脸孔愣愣地望着窗外，没有人回答他。只见一片模糊的灰绿色树木从窗边飞逝而过。驾驶舱里的布莱恩紧张地坐在位子的前缘，等着哪一个滚球蹦上驾驶舱小窗穿越而入。一个也没有。

在他的仪表板上，最后一个红灯转为绿色。布莱恩拉回操纵杆，于是 767 再度起飞了。

26

主机舱内一个蓄着黑胡须、两眼布满血丝的男人脚步蹒跚地往前走，仿佛猫头鹰似的眨着眼睛、注视着他的旅伴。“我们快到波士顿了吗?”他问大伙，“希望快到了，因为我想回去睡觉。我的头痛得半死。”

第九章

别了班戈。夜以继日向西飞行。

透过别人的眼睛看见了。无边无际的深渊。

时间裂缝。警告。布莱恩的决定。降落。只有流星。

1

飞机向东大幅倾斜，把大胡子一路往前甩到主机舱前段一整排空位上。他惊骇地张望其他所有空无一人的座位，然后紧紧闭上眼睛。“天哪，”他喃喃道，“震颤性谵妄。是震颤性谵妄。这是最厉害的一次。”他害怕地左顾右盼，“接下来就是虫了……那些他妈的虫呢?”

没有虫，阿尔伯特想，不过你等着看那些滚球吧，你肯定会爱死的。

“系上安全带，伙伴，”尼克说，“闭上你的——”

他住嘴了，难以置信地盯着下方的机场……或者曾经是机场的地方。主要的航站楼已经没了，西侧的国民警卫队基地正在消失当中。29 号航班飞越一片越来越大的黑暗深渊，一个似乎无边无际的永恒贮水槽。

“噢，亲爱的上帝，尼克。”劳蕾尔声音颤抖地说，然后突然用双手捂住眼睛。

他们飞到三十三号跑道上空一千五百英尺高的时候，尼克看见六十或一百条平行线飞快划过水泥地，把跑道分割成一条条狭长的黑线条，跑道陷入空无。他不由得想到了克雷格·图米。

撕……撕。

坐在走道另一边的贝萨妮“砰”的一声拉下阿尔伯特旁边的

窗子。

“你敢给我打开！”她用带着责骂与歇斯底里的口气警告他。

“别担心。”阿尔伯特说着，突然想到他把小提琴忘在下头了。好吧……这会儿肯定是没了。他兀地用双手捂住脸。

2

布莱恩在尚未开始再次往西转弯之前，就看见班戈的东边什么都没有了。空空如也。白色穹苍下，从地平线到地平线，整片成为一条庞大无比的黑色河流。树木没了，城市没了，大地本身也没了。

*在外太空飞行想必就像这样。*他想，然后又觉得自己的推理有误，就像先前他决定向东飞一样错了。他拼命把持住自己，让自己专心于驾驶飞机。

他迅速爬高，想钻入云层，想遮去地狱般的景象。然后29号航班又对准西方。在飞入云层之前一会儿，他看见绵延于城市西边的山丘、树林与湖泊，看见它们被成千上万蜘蛛网般的线条无情地切割。他看见大块大块的现实无声无息地滑入越来越大的深沟，这时布莱恩做出他从未在驾驶舱做过的一件事。

他闭上眼睛。再张开眼睛时，他们已经飞入云中。

3

这回几乎没有乱流，正如鲍勃·詹金斯所说，天气形态似乎如同老钟一般越走越慢了。飞入云层之后十分钟，29号航班出现在一万八千英尺高度开始的靛蓝色世界里。剩下的乘客紧张地互相看来看去，接着又看着播出布莱恩说话声音的扩音喇叭。

“我们飞上来了，”他简单地说，“现在各位都知道发生什么事了。我们还是照原路回去，也希望先前通过的门还在。如果它还在的话，我们会设法通过。”

他停顿了一会儿才又继续说：

“我们这次回程会花上四个半到六小时的时间。我也希望能说得精确一点，但我没办法。一般状况下因为风的关系，西向飞行通常比东向来得久。不过从我驾驶舱的仪器看来，根本没有风。”布莱恩停顿一下又说，“除了我们以外，没有任何东西往上移动。”对讲系统过了一会儿还开着，似乎布莱恩本来想说些什么，但随后又关掉了。

4

“老天，这里到底是怎么了？”大胡子颤抖着声音问。

阿尔伯特注视他半晌才说：“我觉得你不会想知道的。”

“我又进医院了吗？”大胡子害怕地猛眨眼睛，于是阿尔伯特蓦地起了同情心。

“喔，如果有帮助的话，你何不就这么想？”

大胡子害怕又着迷地盯着他看了良久良久，然后宣布道：“我要回去睡觉了。现在就去。”他躺回座位上闭起眼睛。不到一分钟，他的胸膛已经开始规律起伏，而且低声打起鼾来。

阿尔伯特好羡慕他。

5

尼克轻搂了劳蕾尔一下，然后解开安全带，站了起来。他说：“我要到前面去。你来吗？”

劳蕾尔摇摇头，指着过道对面的黛娜：“我陪着她。”

“你知道的，你什么也做不了。”尼克说，“恐怕现在一切都掌握在上帝的手中了。”

“这我知道。”她说，“但我想留下来。”

“好吧，劳蕾尔。”他用手掌轻轻地抚摩着她的头发，“真是个好名字。你人如其名。”

她抬头看了他一眼，笑了：“谢谢你。”

“我们有个晚餐约会……你没有忘记吧？”

“没有。”她说，仍然微笑着，“我没忘，也不会忘的。”

尼克弯下腰，在她的嘴上轻轻地吻了一下。“好。”他说，“我也不会。”

尼克走过去，劳蕾尔把手指轻轻按在嘴上，仿佛要把他的吻留在那里，那是属于他的吻。和尼克·霍普韦尔共进晚餐，一个肤色黝黑、神秘的陌生人。也许再来几根蜡烛和一瓶好酒。之后更多的吻……真正的吻。这一切似乎只会在她有时读的那些禾林系列浪漫小说中发生。那又怎样？这些都是令人愉快的故事，充满了甜蜜而无伤大雅的梦想。做梦也无妨，是不是？

当然没问题。但是为什么她觉得这个梦不可能实现呢？

她解开安全带，穿过走道，手摸着小女孩的额头。她之前摸着滚烫的额头已经不烫了，这会儿黛娜的皮肤像蜡一样冰凉。

我想她快不行了，鲁迪在他们开始急速起飞之前说过。现在这些话又在劳蕾尔的脑海里回荡，而且正确得让人厌恶。黛娜正浅浅地吸着空气，她捆着腰带，被桌布紧紧地裹住伤口的胸部几乎没有起伏。

劳蕾尔无比温柔地把女孩的头发从额头上拨开，她想起了餐厅里那个奇怪的时刻，当时黛娜伸手抓住了尼克牛仔裤的裤腿。*你不能杀了他……我们需要他。*

黛娜，你救了我们吗？你是不是对图米先生做了什么救了我们？你有没有让他用自己的生命换我们的？

她想也许发生过这样的事……她想，如果这是真的，这个失明又受了重伤的小姑娘，在她的黑暗中做出了一个可怕的决定。

她向前倾着身子，吻着黛娜清凉紧闭的眼皮。“坚持住。”她低声说，“求你坚持住，黛娜。”

6

贝萨妮转向阿尔伯特，握住他的双手，问道：“如果燃料用不了了怎么办？”

阿尔伯特认真且和善地看着她："你知道答案的，贝萨妮。"

"如果你愿意，你可以叫我贝丝。"

"好吧。"

她摸出香烟，抬头看了看禁烟提示灯，又把它们收了起来。"是啊，"她说，"我知道答案。我们会坠毁。故事结束了。你知道吗？"

他摇摇头，微微一笑。

"如果我们找不到那个洞，我希望恩格尔机长不要再让飞机降落。我希望他直接挑一座漂亮的高山然后把我们撞上去。你看到那个疯子的下场了吗？我不希望这种事发生在我身上。"

她颤抖着，阿尔伯特用一只胳膊搂住了她。她抬头坦率地看着他："你愿意吻我吗？"

"想。"阿尔伯特说。

"嗯，那你最好快点吧。早点吻更好。"

阿尔伯特吻了她。这不过是这位幻想自己是密西西比以西最快的希伯来神枪手的第三次吻。这个吻真是太棒了。他可以在回去的路上和这个女孩接吻，什么都不用担心。

"谢谢你。"她说，把头靠在他的肩上，"我需要这个吻。"

"嗯，如果你还需要，尽管跟我说。"阿尔伯特说。

她抬头看着他，觉得很有趣。"需要我自己问吗，阿尔伯特？"

"我觉得不用。"亚利桑那犹太小子慢吞吞地说，又继续吻了起来。

7

尼克在去驾驶舱的路上停下来和鲍勃·詹金斯说话——他有了一个非常糟糕的想法，他想问一下作家是怎么想的。

"你觉得飞机上会有那种东西吗？"

鲍勃仔细考虑了一会儿："从我们在班戈看到的情况来看，我认为不会。但这很难说，不是吗？在这件事上，谁都说不准。"

"对。我想也是这样。一切都说不准。"尼克想了一会儿，"你说的这个时间裂缝呢？我们找到的概率有多少？”

鲍勃·詹金斯慢慢地摇了摇头。

鲁迪·沃里克在他们身后说话，吓了他们一跳：“你没有问我，但我还是要把我的意见告诉你。我估计是千分之一。”

尼克想了想。过了一会儿，他的脸上绽放出了罕见的灿烂笑容。他说：“这个概率还不错。尤其当你想到另一种可能性的时候。”

8

不到四十分钟后，29号航班所经过的蓝色天空变得越来越蓝，先慢慢地转到靛蓝，然后转到深紫色。坐在驾驶舱内，看着他的仪器，布莱恩想喝杯咖啡，他还想到了一首老歌：*在深紫色的秋天……越过昏昏欲睡的花园围墙……*

这里没有花园的围墙，但他可以看到天空中闪烁的冷星。熟悉的星座一个接一个地出现在它们原来的方位上，给人一种安慰和镇定的感觉。他不知道，在那么多别的东西都变得离奇的情况下，它们怎么还会和以前一样，不过他很高兴它们能维持原样。

“飞得更快了，是不是？”尼克在他身后说。

布莱恩在座位上转过身来面对着他：“是。确实。我想，过不了多久，‘白天’和‘夜晚’也会快得以相机快门的速度流逝。”

尼克叹了口气：“现在我们得做最困难的部分，不是吗？我们等着看会发生什么。我想我还得祈祷一会儿。”

“不妨祈祷一下。”布莱恩打量了尼克·霍普韦尔很长时间，“我去波士顿是因为我的前妻死于一场愚蠢的火灾。黛娜去是因为一帮医生答应给她一双新眼睛。鲍勃要去参加会议，阿尔伯特要去音乐学院，劳蕾尔要去度假。尼克，你为什么要去波士顿？说实话吧。时间不多了。”

尼克若有所思地看了他很长时间，然后大笑起来。“为什么不呢？”他说，但布莱恩没有愚蠢到以为他在问自己，“当你看到一群杀人的绒毛球像地毯一样把世界卷走，‘极机密’的分级还算什么？”

他又笑了起来。

他对布莱恩说："不是只有美国通过肮脏的手段和秘密行动垄断市场。我们英国人搞的事比你们美国人知道的严重得多。我们在印度、南非和后来成为以色列的巴勒斯坦部分地区都搞过不少事。那时候我们肯定找错人搞事情了，不是吗？但我们英国人很相信间谍那一套，传说中的军情五处不是终点，而是起点。布莱恩，我在军队里待了十八年，最后五年都在参加特殊行动。从那以后，我打过各种各样的零工，有些无伤大雅，有些极其肮脏。"

现在外面全黑了，星星像女人的正式晚礼服上的亮片一样闪闪发光。

"我当时在洛杉矶——实际上是在度假——当我被告知要飞往波士顿的时候，通知是很突然的。在圣·加布里埃尔背包旅行了四天之后，我累坏了。这就是为什么詹金斯先生所说的'那件事'发生时，我正好睡得很熟的原因。

"波士顿有个人，你知道……或者曾经有个人……也可以说将有个人（时间旅行把旧的动词时态搞得一团糟，不是吗？），他是一个有名望的政客，是那种在幕后很活跃、很有影响力的人。这个人——为了说起来方便，我叫他奥巴尼恩先生吧——很有钱，布莱恩，他是爱尔兰共和军的热心支持者。他将数百万美元投入到这个被一些人称为'波士顿最喜爱的慈善事业'中。他的双手沾满了鲜血，不仅杀了英国士兵、学校里的孩子、洗衣店里的妇女，还有在婴儿车里被炸成碎片的婴儿。他是那种最危险的理想主义者：从来不用亲眼目睹大屠杀、没有看见过落在贫民窟里的断腿的人；因为没有这样的经历，所以不会反思自己的所作所为。"

"你本来要杀掉这个叫奥巴尼恩的人？"

"除非迫不得已，否则不会。"尼克平静地说，"他非常富有，但这不是唯一的问题。你看，他是一个十足的政客，他的影响力远不止可以在爱尔兰搅局。他有许多有权势的美国朋友，他的一些朋友也是我们的朋友……这就是政治的本质，玩这种复杂游戏的人大部分时间都安坐在有橡皮墙的房间里。杀死奥巴尼恩的政治风险很大。不过他身边有个被宠着的人，她才是我应该杀的。”

“作为警告。”布莱恩听得入迷，嗓音低沉地说。

“对。是个警告。”

几乎整整一分钟过去了，两个人坐在驾驶舱里，面面相觑。唯一的声音是喷气发动机沉闷的嗡嗡声。布莱恩充满震惊的眼睛不知怎么显得非常年轻。尼克只是看上去很疲倦。

“如果我们离开这里。”布莱恩最后说，“如果我们回去，你会按原计划进行吗？”

尼克慢慢地摇了摇头，但很有决心。“我的老伙计，我觉得我已经实现了那些基督复临安息日会的家伙所说的灵魂皈依。尼克再也不会半夜去做极端偏激的工作了。如果我们成功回去——虽然我现在觉得这个建议不太可靠——但我想我要退休了。”

“然后做什么呢？”

尼克若有所思地看了他一会儿，然后说：“嗯……我想我可以上飞行课。”

布莱恩突然大笑起来。过了一会儿，尼克才跟着他笑起来。

9

三十五分钟后，阳光开始扫进29号航班的主机舱。三分钟后，已经是上午了；再过十五分钟，大概就是中午了。

劳蕾尔环顾四周，发现黛娜失明的眼睛睁开了。

但那双眼睛不是完全失明的吗？眼睛里有某种东西，某种无法定义的东西，让劳蕾尔感到惊奇。她感到一种莫名的惊惧，一种几乎接近恐惧的感觉爬上心头。

她伸出手，轻轻地抓住黛娜的一只手。“别说话。”她平静地说，“黛娜，如果你醒着，不要说话，只管听。我们在空中。我们要回去了，你会没事的——我向你保证。”

黛娜的手拉得更紧了。过了一会儿，劳蕾尔意识到小女孩把她往前拉。她靠在固定的担架上。黛娜说话的声音很小，听来像是她以前声音完美地缩小了。

“别为我担心，劳蕾尔。我得到了……我想要的。”

“黛娜，你不应该……”

那双看不见的棕色眼睛看向劳蕾尔声音传来的方向。黛娜血淋淋的嘴掠过一丝微笑。“我看见了。”那细小的、脆弱得像玻璃制芦苇般的声音告诉她，“我是通过图米先生的眼睛看到的。开头和结尾都看到了，最后的结尾更好。一开始他看什么都觉得卑鄙龌龊。最后的结尾更好。”

劳蕾尔惊奇地看着她，不知所措。

黛娜松开了劳蕾尔的手，颤抖地摸她的脸颊。

“你知道，他不是很坏的人。”她说着咳嗽起来，点点血从她嘴里流出来。

“求求你，黛娜。”劳蕾尔说。她突然有一种感觉，她几乎可以透过这个失明的小姑娘看到东西了，这让她感到惊慌失措般的窒息。“求你不要再说话了。”

黛娜笑了。“我看见你了。”她说，“你真漂亮，劳蕾尔。一切都很美好……甚至那些已经死去的东西。只是看看……你知道的……就让人觉得很美妙。”

她浅浅地吸了一口气，然后吐了出来，就再也不吸了。她失去视力的双眼似乎望向了劳蕾尔·史蒂文森之外的很远的地方。

“求你深呼吸啊，黛娜。”劳蕾尔说。她握住那姑娘的手，开始不停地吻她的手，仿佛她能把生命吻回她的身体。黛娜在救了他们之后就死了，这太不公平了。上帝不能要求这样的牺牲，即使是对那些不知怎么跨到时间本身之外的人也不行。“求你呼吸，求你了，求你了，求求你呼吸啊。”

可是黛娜没有呼吸。过了很长一段时间，劳蕾尔把女孩的手放回到大腿上，凝视着她苍白、静止的脸。劳蕾尔等着自己的眼睛充满泪水，但她没有眼泪。然而她的心却因强烈的悲哀而痛得厉害，她的脑子也因强烈的愤慨而跳动着：啊！不！不公平！这不公平！收回它，上帝！还回来，该死的，把她的命还回来，你给我还回来！

但是上帝并没有把她的命还回来。喷气式飞机的引擎在持续震动，太阳照在黛娜那件漂亮的旅行裙血淋淋的袖子上，照出了一个明亮的长方形。上帝没有把她的命还回来。劳蕾尔望向过道的另一边，看到阿尔伯特和贝萨妮在接吻。阿尔伯特正隔着女孩的T恤轻轻地、爱护地、几乎虔诚地抚摸着她。他们的动作似乎变成了一种仪式，一个生命的象征，显示在面对最可怕的命运逆转和荒唐转折时，依然要把生命延续下去的那一点固执且难以捉摸的火花。劳蕾尔满怀希望地看了看他们，又看了看黛娜……上帝并没有把她的命还回来。

上帝并没有把她的命还回来。

劳蕾尔吻了吻黛娜平静的脸颊，然后把手抬到小女孩的脸上，手指在离眼皮只有一英寸的地方停住了。

我是通过图米先生的眼睛看到的。一切都很美好……甚至那些已经死去的东西。能看到真是太好了。

“对，”劳蕾尔说，“我接受了。”

她没有让黛娜闭上眼睛。

10

美国骄傲29号航班夜以继日地向西飞去，从天亮飞到天黑，再从天黑飞到天亮，仿佛飞过一大片懒洋洋地移动着的厚重云层。每一次循环似乎都比上次要稍微快一些。

飞行了三个多小时，他们下面的云层消失了，就在他们开始向东飞行的同一地点上空。布莱恩敢打赌，那个锋面连一英尺都也没动过。他们脚下的大平原是一片蓝绿色的寂静无垠的土地。

“这里没有它们的迹象。”鲁迪·沃里克说。他不必详细说明他所指的是什么。

“没有。”鲍勃·詹金斯表示同意，“无论是在空间上还是在时间上，我们似乎都到它们前面去了。”

“或者两种都是。”阿尔伯特插嘴道。

“是的……或者两者都是。”

但他们并没有。当29号航班飞越落基山脉时，他们又开始看到了下面的黑线，从这么高的高度看去，细如丝线。它们在凹凸不平的山坡上划上划下，在蓝灰色的树丛上画出毫无意义的图案。尼克站在前门，从舷窗往外看。这个舷窗有一种奇怪的放大效果，他很快就发现他能看得比他真正想看的还要清楚。就在他注视着的时候，两条黑线裂开了，迅速绕过了一座覆盖了白雪的山峰，又在另一边会合，交叉起来，再从不同的方向从斜坡上冲下来。在他们身后，整个山顶都塌了下去，留下的东西看起来像一座火山，顶部被截断的部分变成了一个巨大的死火山口。

“我的天啊。”尼克嘟囔着，用一只颤抖的手捂住自己的额头。

当他们穿过西部山坡向犹他州飞行时，夜幕又开始降临。夕阳将橙红色的光芒投射在一片破碎的地狱景象上，他们谁也不忍久看。他们一个接一个地效仿贝萨妮，拉下遮光板。尼克摇摇晃晃地回到座位上，把前额埋进冰冷而紧握的手里。过了一会儿，他转向劳蕾尔，她无言地把尼克拥在怀里。

布莱恩却不得不看。驾驶舱里没有遮光板。

他的下方和前方的科罗拉多州西部和犹他州东部一块一块地掉进了永恒的深渊。山峦、孤山、台地和山丘一个接一个地消失了，就像纵横交错的兰格利尔把它们从死亡的过去、腐烂的世界中分离出来，让它们四处飘荡，把它们送进没有阳光的无尽深渊。飞机上听不到一点声音，但这是最可怕的。他们脚下的大地像尘埃一样悄无声息地消失了。

然后，黑暗仁慈般地降临，他可以暂时集中精力看星星了。他嫉妒而恐慌地紧紧盯着星星们，在这个可怕的世界上，只剩下这些东西是真实的了：像猎人的猎户座、在午夜闪闪发亮的天马座，还有坐在繁星点点的宝座上的仙后座。

11

半小时后，太阳又升起来了，布莱恩感到他的理智在剧烈地颤抖，滑向了深渊的边缘。下面的世界消失了，最终彻底消失了。越来越蓝的天空像个圆顶，罩在无边无际、黑得像乌木般的虚空之海上。

29 号航班下的世界被撕碎了。

贝萨妮的想法也闪过了布莱恩的脑海。他想过，如果事态严重，情况变得更糟，他可以让 767 往下坠，让大家撞山，永远结束这一切。但是现在没有山可以撞了。

现在连地都没得撞了。

如果再找不到裂口，我们会怎么样？他想知道。如果我们用完燃料会发生什么？不要说我们会坠毁，因为我根本不相信——你不可能撞到任何东西。我想我们只会往下坠……一直下坠……会下坠多长时间？下坠多远？会在虚无之中下坠多远呢？

别想了。

但怎么能不想呢？一个人怎么才能不去想这种虚无呢？

他故意转过头去看他的计算纸。他算了一下，不停地翻阅着惯性导航系统的读数，直到天边的光芒又开始消退。他现在把日出和日落之间的时间定为二十八分钟。

他伸手打开控制舱内对讲机的开关。

“尼克？你能到前面来吗？”

不到三十秒，尼克出现在驾驶舱门口。

“他们把遮光板拉下去了吗？”尼克还没进来，布莱恩就问他。

“你最好相信他们拉了。”尼克说。

“他们很聪明。我正要说大家不要往下看，如果你扛得住的话。我想说你几分钟后往外看，一旦你往外看了，我想你就忍不住一直看，但我建议你尽量推迟去看。情况实在不是……很好。”

“都没了，是吗？”

“对。一切都没了。”

“那个小女孩也走了，黛娜。劳蕾尔陪她走了最后一程。她处理得很好。她喜欢那个小女孩。我也是。”

布莱恩点点头。他一点也不惊讶——女孩的伤口是那种需要立即在急诊室治疗的伤口，而且即使那样，预后无疑也不会太好——但他心里还是感觉好像被石头打中一样。他也喜欢黛娜，而且他相信劳蕾尔所相信的——不知为什么，黛娜是他们现在依然活着的关键。她对图米先生做了什么，用一种奇怪的方式利用了他……布莱恩觉得，图米内心深处并不介意被如此利用。所以，如果她的死是一个预兆，那是最糟糕的预兆。

“她最后还是没做到手术。”他说。

“对。”

“但是劳蕾尔没事吧？”

“还行吧。”

“你喜欢她，是不是？”

“对。”尼克说，“我有些朋友会笑我，但我确实喜欢她。她有些天真，但她挺勇敢。”

布莱恩点点头：“好吧，如果我们能回去，我祝你好运。”

“谢谢。”尼克又坐在副驾驶的座位上，“我一直在想你以前问我的问题。如果我们能摆脱困境，我该做什么……除了带可爱的劳蕾尔去吃饭。我想我最终还是会去找奥巴尼恩先生。在我看来，他和我们的朋友图米并没有多大不同。”

“黛娜要你饶了图米先生。”布莱恩明说道，“也许你应该把这一点也考虑进去。”

尼克点点头，他的动作仿佛是头太重了，脖子无法承受似的。“也许是。”

“听着，尼克。我叫你是因为如果鲍勃说的时间裂缝真的存在，我们应该快要接近之前穿过的地方了。你和我，我们一起找。你从右舷往中间找，我从左舷往中间找。如果你看到什么像时间裂缝的东西，就大声喊出来。”

尼克用一双天真无邪的大眼睛凝视着布莱恩：“我们是在找什么样的时间裂缝，还是你觉得这东西的形状有很多种，伙计？”

“这个想法很有意思。”布莱恩不由自主地笑了笑，“我完全不知道它会是什么样子，也不知道我们是否能看到它。如果我们找不到，如果它飘到一边去了，或者它的高度改变了，我们就完蛋了。相比之下，大海捞针简直是小菜一碟。”

“雷达呢？”

布莱恩指着 RCA/TL 彩色雷达监视器：“你看，什么也没有。但这并不奇怪。如果原来的机组成员在雷达上发现了这个该死的东西，他们一开始就不会穿过它。”

“如果他们亲眼看到了，也不会穿过去的。”尼克沮丧地指出这个事实。

“那倒不一定。他们发现的时候可能已经太晚了，无法避开了。喷气式飞机速度很快，机组人员也不会在整个飞行过程中一直在空中搜寻可能的障碍物。他们没有必要这么做，那是地面管制部门的事。飞行三十或三十五分钟后，机组人员的主要的飞行任务就完成了。飞机起飞了，飞出了洛杉矶的空域，防撞装置打开，每隔九十秒响一声，这表示它在正常工作。惯性导航系统的程序都设定好了——在飞机起飞之前就设定好了——它告诉自动驾驶仪该做什么。从驾驶舱看，驾驶员和副驾驶员正在喝咖啡休息。他们可能面对面地坐在这里，谈论他们上次看的电影或者他们在好莱坞露天剧场看得有多开心。如果在事件发生前有个空乘在这里的话，至少会有另一双眼睛，但我们知道没有。男机组成员喝着咖啡，吃着丹麦面包，事件发生时，空乘正准备为乘客提供饮料。”

尼克说：“这个设想说得好详细。你是想说服我还是说服你自己？”

“这会儿能说服任何人都行。”

尼克笑了笑，走到驾驶舱右舷的窗户前。他的眼睛不由自主地向下望着地面，他的笑脸先是僵住，然后从脸上消失了。他双膝发软，一只手抓住舱壁，稳住自己。

“太他妈可怕了。”他恐慌地小声说。

“不太好，是不是？”

尼克转过来看布莱恩。他的眼睛似乎在苍白的脸上浮了起来。他说：“我这辈子，每次听到有人说空空荡荡什么都没有的时候，我就会想到澳大利亚，但澳大利亚根本不算什么。下面这个才是。”

布莱恩很快又检查了惯性导航系统和图表。他在一张图表上画了一个小红圈，他们现在即将进入圆圈所代表的空域。“你能按我要求的做吗？如果你不能，那就说出来。我们现在没有地方留给个人的自尊心了……”

“当然可以。”尼克喃喃地说。他好不容易才把双眼从飞机下面巨大的黑洞挪开，然后扫视天空：“我要是知道我在找什么就好了。”

“我觉得你看到的时候就会知道的。”布莱恩顿了一下，然后又说，“如果你看得到的话。”

12

鲍勃·詹金斯坐在那里，双臂紧紧地交叉在胸前，好像很冷。他确实觉得冷，但这不是身体上的冷，寒意从他的脑袋里冒了出来。

有什么不对劲。

他不知道是什么不对劲，但总觉得有些不对劲。有什么不对……还是丢失了……或是被遗忘了。不是已经错了，就是将要错。这种感觉一直困扰着他，就像身上有个地方在痛，但又说不出具体在哪里。这种不正常的感觉几乎要成形，变成一个具体的想法……但它又会像那种不好驯服的小动物一样跑了。

有什么不对劲。

或者是不合适，或者丢了。

或者被忘了。

他前面的阿尔伯特和贝萨妮正心满意足地互相搂抱着。他身后的鲁迪·沃里克正闭着眼睛，嘴唇翕动着，一只拳头紧握着念珠。过道对面的劳蕾尔·史蒂文森坐在黛娜身旁，握着她的一只手，轻轻地抚摸着。

不对劲。

鲍勃把他座位的遮光板拉起来，往外窥视，然后又砰的一声关上。他看到的东西不会帮助他理性思考，反而会让他发疯。飞机下面的景象已经是完全的疯狂。

我必须警告他们。我不得不这么做。他们继续按照我的假设前进，但如果我的假设在某种程度上是错误的……而且有危险的话……那我必须警告他们。

警告他们什么呢？

这个想法又一次几乎进入了他思维聚焦的地方，然后又溜走了，变成了阴影中的一个影子……但这个影子有一双野兽般闪闪发光的眼睛。

他突然解开安全带，站了起来。

阿尔伯特环顾四周："你要去哪儿？"

"克利夫兰[①]。"鲍勃不高兴地说，然后开始沿着过道向飞机尾部走去，想拼命找到自己内心不安的来源。

13

布莱恩费力地将目光从天空移开——天空又出现了蒙蒙亮的迹象——他快速地看了一眼惯性导航系统的读数，然后看了看图表上的圆圈。他们现在正在接近圆圈的另一边。如果时间裂缝还在，他们应该很快就能看到。如果他们看不到，他就不得不手动控制，然后把飞机绕回去，在略微不同的高度和略微不同的航向再飞一次。他们的燃料已经很紧张了，但整个事情可能已经没有希望了，所以这也就无关紧要了。

"布莱恩？"尼克的声音颤抖着，"布莱恩？我想我看到了什么。"

14

鲍勃·詹金斯来到飞机尾部，转身又开始慢慢回到过道上，经过一排排的空座位。当他经过时，他看着座位上和地上的东西：钱包……一副眼镜……手表……一个怀表……两片磨损的、新月形的金属片，可能是鞋跟上的……补牙材料……结婚戒指……

有什么不对劲。

---

① 克利夫兰，美国俄亥俄州城市，词源含义：悬崖高地。

是吗？真的是这样吗？或者只是他劳累过度的脑子在为一些无关紧要的事情拼命纠结？精神疲劳是不是让他的脑子和疲劳的肌肉一样抽搐个不停？

还是算了吧，他劝自己，但他做不到。

如果真的漏了什么，你为什么看不到呢？你没告诉那个男孩说推理是你维持生计的手艺吗？你不是写了四十本悬疑小说吗？其中十几本不是相当不错吗？《纽盖特记事》不是说《沉睡的圣母》是“推理杰作”吗？

鲍勃·詹金斯突然停了下来，眼睛睁得大大的。他盯着靠近客舱前部的左侧座位。坐在那里的大胡子又睡着了，还打着呼噜。在鲍勃的脑海里，那只害羞的动物终于开始害怕地爬进了阳光里。只是它并不像他想象的那么小。那是他的错。有时你看不见某些东西是因为它们太小，但有时你忽略它们是因为它们太大、太明显。

《沉睡的圣母》。

沉睡的人。

他张开嘴想尖叫，但没有声音。他的喉咙哽住了。恐惧像猿猴一样压着他的胸膛。他又试着尖叫，但只发出气喘吁吁的吱吱声。

《沉睡的圣母》，睡着的人。

他们这些幸存者之前都睡着了。

但现在除了那大胡子，他们谁都没有睡。

鲍勃又一次张开嘴想尖叫，但还是什么也喊不出来。

15

“我的天哪！”布莱恩低声说。

时间裂缝在前面大约九十英里处，离767机头的右舷不超过七八度。即使它漂动过，也动得不多。布莱恩猜测这个微小的偏差是一个小小的导航错误造成的。

它实际上是一个菱形的洞，但不是黑色虚空。它周围环绕着暗淡的粉紫色光，就像北极光一样。布莱恩可以看到它后面的星星，但它们像在水里一样荡漾。一条宽阔的白色蒸汽带正慢慢地流进或变出悬挂在天空中的这个菱形裂缝。它看起来像一条怪异的空中高速公路。

我们可以跟着它进去，布莱恩兴奋地想，这比仪表着陆系统好多了！

“我们找到了！”他说着傻乎乎地笑了笑，在空中摇晃着握紧的拳头。

“肯定有两英里宽。”尼克小声说，“我的上帝，布莱恩，你认为还有多少架飞机通过了？”

“我不知道。”布莱恩说，“但我可以用我的枪和狗跟你打赌，只有我们有机会回去。”

他打开了内部通讯系统。

“女士们、先生们，我们找到了我们要找的东西。”他的声音里带着胜利和宽慰，“我不知道接下来会发生什么，也不知道是怎么发生的，也不知道为什么会发生，但是我们在天空中看到了一个巨大的、像活板门一样的东西。我要带大家穿过它的中间部分。我们一起去看看另一边是什么。现在，我希望你们都系好安全带，然后……”

就在这时，罗伯特·詹金斯疯狂地冲到过道上，大声尖叫着：“不要！不要！如果你进去，我们都会死的！回头！你必须回去！”

布莱恩在座位上转过身来，和尼克困惑地对望了一下。

尼克解开安全带，站了起来。“那是罗伯特·詹金斯。”他说，“听起来他好像紧张过度了。你继续，布莱恩。我会搞定他的。”

“好的。”布莱恩说，“就让他离我远点。我不愿意他在关键的时刻来捣乱，让我们飞到那东西的边缘去了。”

他关掉了自动驾驶仪，自己手动控制 767。他朝向他们前面发光的狭长缝隙的时候，地板微微向右倾斜。那个东西似乎滑过天空，直到它出现在 767 机头前面的中心。现在，他听到一种混合着喷气式发动机嗡嗡声的声音——一种低沉的、颤动的噪声，就像巨大的柴油发动机在空转。当他们逐渐接近蒸汽河的时候——它正在流入那个洞里，他现在看到了，不是从里面流出来——他开始注意到里面闪烁的色彩：绿色、蓝色、紫色、红色、糖果粉。这是我在这个世界上第一次看到真正的颜色，他想。

在他身后，鲍勃·詹金斯飞快地穿过头等舱，穿过通向服务区的狭窄通道……一头栽进已经在等待的尼克的怀里。

“别紧张，伙计。”尼克安慰道，“现在一切都没事了。”

“不！”鲍勃拼命挣扎，但尼克像抓住一只挣扎的小猫一样轻松地抓住了他，“不，你不明白！他必须回去！他得回去，不然就太迟了！”

尼克把作家从驾驶舱门拉开，回到了头等舱。“我们就坐在这儿，系好安全带，好吗？”他继续用温和亲切的声音说，“可能有点颠簸。”

布莱恩只是模模糊糊地听到尼克的声音。他飞入那道宽而流动蒸气带、跟着进入时间裂缝的时候，他感到一只巨大而有力的手抓住了飞机，着急地向前拽。他想到了从东京飞往洛杉矶的航班上遇到的压力泄漏，想到了空气在加压环境中从洞里冲出去会有多快。

仿佛整个世界……或者说剩下的世界……正从那个洞里漏出去，他想。他梦中的那句古怪而不祥的话又出现了：**只有流星**。

现在，那道裂缝就在767机鼻前面，还在迅速扩大。

我们要进去了，他想。上帝保佑我们，我们真的要进去了。

16

尼克用一只手把一直挣扎的鲍勃压在头等舱的一个座位上，用另一只手系紧安全带。罗伯特是个瘦小的人，就算把他泡得湿漉漉的，他的体重肯定不超过一百四十磅，但被恐慌刺激的他让尼克有些摁不住。

“我们真的会没事的，伙计。”尼克终于成功地扣上了鲍勃的安全带，“我们来到之前穿越的地方了，是不是？”

“我们进来的时候都睡着了，你这个该死的傻瓜！”鲍勃对着他的脸尖叫起来，“你不明白吗？**我们睡着了**！你必须阻止他！”

尼克伸手去拿自己的安全带时僵住了。鲍勃说的话——他一直想说的话——突然像一堆掉落的砖块一样击中了他。“哦，老天啊。”他低声说，“天哪，我们在想什么呀？”他一跃而起，冲向驾驶舱。

“布莱恩，停下来！掉头！掉头！”

17

他们越飞越近，布莱恩一直盯着裂缝，几乎被催眠了。没有湍流，但是那种巨大的力量，那种空气像大河一样冲进洞里的感觉却更加强烈了。他低头看了看仪表，发现767的空速正在迅速增加。然后尼克开始大叫起来，片刻后，英国人就已经在他身后，抓住他的肩膀，盯着机鼻前面越来越大的裂口，飞速变化的颜色掠过他的脸颊和额头，让他看起来像在大太阳下盯着彩色玻璃窗口看。稳定的敲打声变成了黑暗的雷声。

“掉头，布莱恩，你必须掉头！”

尼克这么说是有原因的吗？还是鲍勃的恐慌传染他了？现在没有时间从理性的角度作决定，只能在刹那间靠沉默的本能了。

布莱恩·恩格尔抓住操纵杆使劲往左转。

18

尼克被甩过驾驶舱，撞到舱壁上，他的胳膊断了，发出一声令人惊恐的劈啪声。在主舱里，布莱恩转向班戈国际机场的跑道时从头顶行李舱掉下来的行李又一次飞了起来，撞在弯曲的舱壁和窗户上，像一阵猛烈的冰雹。那个长着黑胡子的男人像个卷心菜娃娃一样从座位上被甩了出来，他迷迷糊糊地叫了一声，脑袋就撞到了座位的扶手上，然后姿势混乱地掉进过道。

贝萨妮尖叫起来，阿尔伯特把她紧紧地抱在自己怀里。两排后面的鲁迪·沃里克眼睛闭得更紧，更用力地紧握念珠，他的座位歪向一边，他祈祷的语速更快了。

现在出现了湍流，29号航班变成了一个带翅膀的冲浪板，在不平稳的空气中摇摆、旋转，机身砰砰作响。布莱恩的手被甩离了操纵杆一会儿，然后他又抓住了它。同时他把节流阀一路拉到顶，飞机的涡轮增压系统发出了一声低沉的咆哮声，这种声音在航空公司的维修机库外是很少能听到的。湍流增加了，飞机猛烈地上下颠簸，从某处传来金属过度紧绷的尖鸣。

头等舱的鲍勃·詹金斯紧抓着座位扶手，对英国人设法为他系好安全带感激不已。他觉得自己好像被绑在某个疯子的喷气动力弹簧高跷上了。飞机又往上严重颠簸了一下，左侧的机翼摇晃得几乎垂直，他的假牙从嘴里飞了出来。

我们进去了吗？我的老天，进去了吗？

他不知道。他只知道这个世界就像个翻天覆地、让人四处碰撞的噩梦……但他还没醒。

至少他现在还没醒。

19

当布莱恩驾驶着767号飞机穿过宽阔的蒸汽流进入裂口时，湍流继续增加。在他前方，飞机机头前方的洞越来越大，但已经慢慢偏向机身右侧。然后，在一次特别猛烈的颠簸后，他们离开了湍流，进入了比较平稳的空气中。时间裂口消失在右侧。他们差点就进去了……差多少，布莱恩不愿去想。

他继续倾斜着飞机，但角度不那么大了。“尼克！”他头也不回地喊道，“尼克，你没事吧？”

尼克慢慢地站了起来，左手抓着右臂搭在肚子上。他的面色非常苍白，咬紧牙关，脸因为痛苦皱成一团。一滴滴血从他的鼻孔里流了出来。“我好多了，伙计。我想我的胳膊断了。不过这也不是我这个可怜的老头第一次了。我们没进去，是不是？”

“我们没进去。”布莱恩应道，他继续让飞机缓慢地绕着大圈，“等一下你就告诉我，我们大老远来找它，为什么不要进去。我不管你断了胳膊也好，没断胳膊也好，你最好给我一个不错的理由。”

他伸手去开内部通讯器的开关。

20

劳蕾尔听见布莱恩说话，睁开了眼睛，发现黛娜的头在她的腿上。她轻轻地抚摸着自己的头发，然后调整了一下她在担架上的姿势。

“各位，我是恩格尔机长。对刚才的事我很抱歉，确实吓死人了，但我们没事，我的仪表板上都是绿灯。我再说一遍，我们找到了要找的东西，但是……”

他突然咔哒一声关掉了。

其他的人等待着。贝萨妮·希姆斯靠在阿尔伯特的胸前哭泣着。他们身后的鲁迪还在念经。

21

布莱恩意识到鲍勃·詹金斯站在他身边时，立刻关掉了通讯系统。这个作家在发抖，裤子上有一块湿漉漉的，他的嘴型也奇怪地凹陷着，看上去很奇怪，这是布莱恩以前没有注意到的……但他似乎能控制自己。他身后的尼克身形沉重地坐进副驾驶的椅子，皱着眉头，左手仍然抱着自己的已经肿起来的右胳膊。

“这到底是怎么回事？”布莱恩严厉地问罗伯特，“要是再多一点湍流，这架飞机就要散架了。”

“我能用那个东西说话吗？”鲍勃指着**内部通讯系统**的开关问。

“可以，但是——”

“那就让我说。”

布莱恩刚要反对，但后来改变了主意。他轻轻按了一下开关。“说吧，开关开了。”然后他又重复了一遍，“你最好给我个不错的理由。”

“你们都听我说！”鲍勃喊道。

从他们身后传来扩音器的啸叫声：“我们——”

“用你平常的语气说话就行了。”布莱恩说，“你会把他们的鼓膜震破的。”

鲍勃显然努力使自己镇定下来，然后压低了声音继续说：“我们不得不掉头，我们也确实掉头了。机长已经跟我说我们差点就进去了。我们非常幸运……也非常愚蠢。你们看，我们忘记了最基本的东西，尽管它一直就在我们面前，但没有人注意到。我们第一次穿过时间裂缝的时候，飞机上所有醒着的人都消失了。”

布莱恩在座位上抽搐了一下，觉得好像有人给了他一下。在767号机头前方大约三十英里的地方，那个微微发光的菱形又出现在天空中，看起来像是某种巨大的半宝石，看起来好像在嘲笑他。

“我们现在都醒着。”鲍勃说。（在主舱里，阿尔伯特望着那个躺在过道上的大胡子，心想只有一个人例外。）“从逻辑上讲，如果我们就这样通过裂缝，我们就会消失。”他想了想，然后说，“就这些了。”

布莱恩想都没想就关闭了通讯系统。尼克在他身后发出一阵痛苦的、不相信的笑声。

“就是这样吗？就这样了？我们该怎么办？”

布莱恩看着他，没有回答。鲍勃·詹金斯也沉默不语。

22

贝萨妮抬起头，看着阿尔伯特紧张而困惑的脸。“我们得睡觉吗？怎么睡啊？我这辈子都没有这么清醒过！”

“我不知道。”他满怀希望地望着过道对面的劳蕾尔。她已经摇了摇头。她真希望自己能睡着，就这样睡着，让这整个疯狂的噩梦消失，但是，像贝萨妮一样，她这辈子从来没有这么清醒过。

23

鲍勃向前迈了一步，怔怔地望着驾驶窗外。过了好一会儿，他用一种敬畏的声音小声说：“原来它是这个样子。”

布莱恩突然想起一首摇滚歌曲中的歌词：“你可以看，但最好不要碰。”他低头看了一眼LED燃料指示灯，他看到的读数并没有让他轻松一点。于是他无助地抬头望着尼克的眼睛。像其他人一样，他这辈子也从来没有这么清醒过。

“我不知道我们现在该怎么办。”他说，“但如果我们要试一下那个洞，那就得快点了。我们的燃料还可以支撑我们一个小时，也许再长一点点。再之后就不要想了。有什么主意吗？”

尼克低下头，仍然抱着肿胀的手臂。过了一会儿，他又抬起头来。“好吧。”他说，“其实我有一个。坐飞机的人很少把处方药放在托运行李里……他们喜欢随身携带，以防他们的行李到了世界的另一边，需要几天才能回来。如果我们仔细检查手提袋，肯定能找到不少镇静剂。我们甚至不用把袋子从行李柜里拿出来。从声音就能判断，很多行李袋已经掉在地上了……什么？这有什么问题吗？”

最后一句是他对鲍勃·詹金斯说的，“处方药”这个词从尼克嘴里一蹦出来，鲍勃就开始摇头。

“你对处方镇静剂了解吗？”他问尼克。

“有一点。”尼克说，但听起来像是在为自己辩护，“有一点，对。”

“嗯，我很了解。”鲍勃冷冷地说，“我对它们做了详尽的研究——从All-Nite到阿普唑仑。安眠药谋杀一直是我悬疑小说写作中的最爱，你知道的。就算在你检查的第一个药袋里，你就碰巧发现了一种药效很强的药物，但你也不太可能确定要用多少才能算安全剂量，又能很快见效。”

“为什么他妈的不能确定？”

“因为那玩意儿至少要四十分钟才能起作用……我强烈怀疑它是否适用于所有人。在压力下，大脑对这种药物的自然反应是抵抗——也就是试图抵制它。根本没有办法阻止这种反应，尼克……你可以试试控制自己的心跳。就算你找到足够多的药，你也有可能用了致命的剂量，然后把飞机变成集体自杀惨案中的琼斯镇。我们也许都能穿过裂缝，但我们都死了。”

“四十分钟，”尼克说，“老天。你确定吗？你绝对肯定吗？”

“是的。”鲍勃毫不犹豫地说。

布莱恩望着天空中发光的菱形。他让29号航班进入了一个绕圈模式，裂缝即将再次消失。它很快就会回来……但他们不敢接近。

“我不相信。”尼克沉重地说，“回顾一下我们经历过的事情……起飞成功，一路走来……找到了那个该死的东西……然后我们发现我们无法穿过它回到我们自己的时间，就因为我们睡不着？”

“不管怎么说，我们没有四十分钟了。”布莱恩平静地说，“如果我们等那么久，这架飞机会在机场以东六十英里处坠毁。”

“肯定还有别的机场……”

“确实有，但没有一座大到可以应对这种大小的飞机。”

“如果我们穿过后再往东飞呢？”

“拉斯维加斯。但是……”布莱恩瞥了一眼他的仪表，“……不到八分钟，我们就飞过拉斯维加斯了。我认为必须去洛杉矶国际机场。我至少需要三十五分钟才能到那儿。这是最保守的估计，即使他们清除了跑道上的所有东西，引导我们直接进入。这给了我们……”他又看了看精密计时器，“……最多二十分钟内得想出办法穿过裂缝。”

鲍勃若有所思地看着尼克。“你呢？”他问。

“你是什么意思，我怎么办？”

“我想你是军人……但我不认为你是一个普通人。也许你是英国特种空勤团的？”

尼克绷着脸：“如果我是那样或类似的人呢，伙计？”

“也许你能让我们睡着。”鲍勃说，“他们没有教你特种部队的技巧吗？”

布莱恩的脑海里闪过尼克第一次和克雷格·图米对质的情景。*你看过《星际迷航》吗？*他问过克雷格。*非常好看的美剧……如果你不马上闭上你的嘴，你这个该死的白痴，我很乐意为你示范斯波克先生著名的瓦肯勒晕擒拿技巧。*

“怎么样，尼克？”他轻声说，“如果我们需要试试著名的瓦肯人的勒晕擒拿技巧，那现在是最佳时间。”

尼克难以置信地看了看鲍勃和布莱恩，然后又看了看鲍勃。“先生们，请不要逗我笑……那样我的胳膊就更疼了。”

“什么意思？”鲍勃问。

“我说用镇静剂的办法错了，是不是？好吧，让我告诉你们，你们对我的看法全错了。我不是詹姆斯·邦德。现实世界中从来没有詹姆斯·邦德。我想用力给你脖子来一下手刀，鲍勃，我更可能让你终身瘫痪。甚至都不会打晕你。然后还有这个。”尼克举起他迅速肿胀的右臂，疼得缩了一下，“我的这只手正好长在刚骨折的手臂上。我也许可以用我的左手来保护自己……对付一个没受训过的对手……但是你说的那种事情？不。不行的。”

“你们都忘记了最重要的一件事。”一个新的声音说。

他们转过身来。劳蕾尔·史蒂文森脸色苍白，面容憔悴，正站在驾驶舱门上。她把双臂交叉在胸前，好像很冷似的，双手还托着双肘。

“如果我们都被击倒了，谁来驾驶飞机？”她问，“谁把飞机开到洛杉矶去？”

三个人瞠目结舌地望着她，一句话都说不出来。他们身后那个像半宝石的时间裂缝又悄无声息地溜进了人们的视线。

“我们完蛋了。”尼克平静地说，“你知道吗？我们死定了。”他笑了笑，然后猛地缩了缩身子，因为肚子碰到了他断了的胳膊。

“也许不会。”阿尔伯特说。他和贝萨妮出现在劳蕾尔身后。阿尔伯特搂住了女孩的腰。他的头发汗津津地贴在前额上，但他的黑眼睛清澈而专注，他盯着布莱恩：“我想你能让我们睡。”他说，“而且我觉得你能让我们降落。”

“你在说什么？”布莱恩粗暴地问道。

阿尔伯特回答说：“压力。我说的是压力。”

24

布莱恩的梦猛然又回到了他的脑海里，仿佛再次经历一样：安妮用手覆盖在飞机机身的裂缝上，裂缝旁写着红色的“只有流星”。

压力。

看到了吗，亲爱的？一切都安排好了。

“他是什么意思，布莱恩？”尼克问，“我看得出来他说得有道理，你的表情说明了这一点。怎么回事？”

布莱恩不理他。他目不转睛地看着这个十七岁的音乐学生，阿尔伯特也许想到了让大家脱离困境的办法。

“之后呢？”他问，“我们过去以后怎么办？我怎么才能醒来，好让飞机降落呢？”

“有人能解释一下吗？”劳蕾尔恳求道。她走到尼克面前，尼克用他那只没受伤的胳膊搂着她的腰。

“阿尔伯特建议我用这个……”布莱恩在控制板上敲了敲一个写着“**舱内压力**”的变阻器，“让我们都晕过去。”

“你能行吗，伙计？你真的能做到吗？”

“是的。”布莱恩说，“我认识一些飞行员——包机飞行员——他们会这样做，乘客喝太多酒后开始乱来，危及自己或机组人员的时候。这些飞行员就会通过降低气压让醉汉晕过去，这不难。但要让所有人都失去知觉，我所要做的就是再降低一点……比如降到海平面压力的一半。这就像在没有氧气面罩的情况下登上两英里的高度。突然一下！你就没知觉了。”

“如果你真能做到这一点，为什么没人用来对付恐怖分子？”罗伯特问。

“因为有氧气面罩，对吧？”阿尔伯特问道。

“是的。”布莱恩说，“每次商业飞机起飞前，机组人员都会演示一下——把金色的氧气杯罩在口鼻上，让人呼吸正常，对吧？舱室压力降到每平方英寸十二磅以下时，氧气罩就会自动下降。如果被劫机的飞行员试图通过降低气压来击倒恐怖分子，那恐怖分子所要做的就是抓起一个氧气面罩戴上，然后开始射击。在里尔型飞机这样的小型飞机上，情况就不是这样了。如果客舱失去压力，乘客必须自己打开头顶的行李架舱。”

尼克看了看精密计时钟。窗口显示现在只有十四分钟了。

他说："我认为我们最好别讨论了，行动起来。时间越来越短了。"

"还不行。"布莱恩说，又看了看阿尔伯特，"我可以让我们回到裂缝的位置，阿尔伯特，在我们朝着裂缝前进的过程中开始减压。我可以相当精确地控制舱内的压力，我很肯定我可以在我们穿过之前把我们都弄昏。但还有劳蕾尔的问题没有解决，如果我们都昏过去了，谁来开飞机？"

阿尔伯特张开了嘴，又合上了，他摇了摇头。

这时鲍勃·詹金斯开口了。他的声音干涩而单调，就像一个宣告末日的法官的声音。"我想你可以带我们飞回家，布莱恩。但为了让你做成这件事，必须得有人死。"

"解释一下。"尼克干脆地说。

鲍勃没花多长时间就解释完了。等他说完，鲁迪·沃里克已经凑到驾驶舱门口的人群中。

"这样管用吗，布莱恩？"尼克问。

"可以。"布莱恩心不在焉地说，"没有什么不可以的。"他又看了看精密计时器，"现在还剩十一分钟，要十一分钟才能到达裂缝的另一边。把飞机调好位置，设定自动驾驶仪，让飞机沿着四十英里的进场路线飞，差不多要花这么长的时间。可是谁来干呢？你们抽签吗？"

"没必要。"尼克说，他语气轻快，几乎漫不经心，"我。"

"不！"劳蕾尔喊道，她的眼睛非常大、非常黑，"为什么是你？为什么非得是你？"

"闭嘴！"贝萨妮对她嘶嘶地说，"如果他愿意，就让他去吧！"

阿尔伯特不高兴地看了看贝萨妮和劳蕾尔，然后又看了看尼克。一个声音——不是很有力的声音——在低声说他应该自愿参加，还说这单活应该正是亚利桑那犹太小子这样厉害的阿拉莫战役的幸存者应该做的。但他的大部分心声只知道他非常热爱生命——而且还不希望生命就此结束。于是他张了张嘴，又闭上了，一句话也没说。

"为什么是你？"劳蕾尔又急切地问，"我们为什么不抽签？为什么不是罗伯特？或鲁迪？为什么不是我？"

尼克抓住她的胳膊。“跟我来。”他说。

“尼克，时间不多了。”布莱恩说。他努力使自己的声音保持平稳，但他能听到绝望——也许甚至是恐慌——从全身往外渗。

“我知道。你该做什么，你就开始吧。”

尼克把劳蕾尔拽过舱门。

25

她抗拒了一会儿，然后才走了过去。尼克在小厨房的凹室里停下来，面对着她。就在那一刻，尼克的脸离她的脸不到四英寸的时候，她意识到一个令人沮丧的事实——尼克就是她一直希望在波士顿找到的那个人。他一直在飞机上。这个发现一点也不浪漫，这太可怕了。

“我想，你和我，我们可能有过一些东西。”他说，“你认为我说得对吗？如果你有，就说出来——没有时间闲聊了。绝对没有。”

“对。”她说，她的声音干涩而颤抖，“我觉得你是对的。”

“但我们不知道。我们无法知道。一切又回到时间上了，不是吗？时间……和沉睡……和未知。但我必须是那个人，劳蕾尔，我一直想让自己活个明白，但是我这辈子欠的东西太多了。这是我还债的机会，我打算抓住它。”

“我不明白你是什么意思——”

“嗯……但我知道。”他说得很快，几乎像在说唱。现在他伸出手，抓住劳蕾尔的前臂，让她更靠近自己，“你这次去波士顿是一次冒险，是不是，劳蕾尔？”

“我不知道你是什么——”

他轻轻摇了摇她。“我告诉过你——没有时间闲聊了！你是去冒险吗？”

“……是的。”

“尼克！”布莱恩在驾驶舱里喊道。

尼克迅速朝那个方向望去。“来了！”他喊道，然后回头看了看劳蕾尔，“我要让你再冒一次险。我的意思是，如果你能逃出去，而且同意去的话。”

劳蕾尔只是看着他，嘴唇在颤抖。她不知道说什么好。她的内心无可奈何地翻腾着。尼克紧紧地抓着她的胳膊，但她直到后来看到尼克的手指在自己胳膊上留下的淤青才意识到这一点。在那一刻，尼克的目光给人感觉更加有力。

“听着。仔细听着。”他停顿了一下，然后用特别而又有分寸的慎重口吻说，“我本来是打算放弃的。我已经下定决心了。”

“放弃什么？”她用微弱的声音问道。

尼克不耐烦地摇了摇头。“这不要紧。重要的是你是否相信我。你相信我吗？”

“相信。”劳蕾尔说，“我不知道你在说什么，但我相信你是认真的。”

“快啊！”布莱恩在驾驶舱里警告说，“我们就要朝它飞过去了！”

尼克又朝驾驶舱瞥了一眼，眯得紧紧的眼睛闪闪发光。“来了！”他喊道。他再次看着劳蕾尔，劳蕾尔觉得她一生中从来没有像现在这样感觉如此强烈地成为焦点。“我父亲住在伦敦南部的弗陆亭村。”他说，“你在大街上的任何一家商店去问霍普韦尔先生的名字，就能找到他。老一辈的人仍然叫他老头子。你去告诉他，说我已经决定不干了。你得坚持一下，因为他一听到我的名字就会转过身去大声咒骂，重复那套‘我没有儿子’的说辞。你能坚持跟他讲吗？”

“能。”

他点了点头，严肃地笑着：“好！把我告诉你的话重复一遍，告诉他说你相信我。告诉他我已经尽力为贝尔法斯特教堂后的那一天赎罪了。”

“在贝尔法斯特。”

“对。如果你不能让他听你说，你就告诉他必须听。因为雏菊。那次我带雏菊了。你记住了吗？”

“因为那次你给他带了雏菊。”

尼克几乎要笑了——但她从来没有见过一张如此悲伤和痛苦的脸。“不——不是给他，不过也行。这就是你的冒险。你愿意吗？”

“愿意……但是……”

“很好。劳蕾尔，谢谢。”他把左手搭在她的颈后，把她的脸拉近，吻了吻她。尼克的嘴很冷，劳蕾尔从他的呼吸中尝到了恐惧的味道。

过了一会儿，他走了。

26

“我们会不会觉得……憋气，你知道吗？”贝萨妮问，“感到窒息？”

“不会。”布莱恩说着站了起来，他想看看尼克是不是来了。尼克再次出现，身后跟着一脸震惊的劳蕾尔·史蒂文森，布莱恩坐回到座位上。“你会感到有点头晕……脑袋发晕……然后就什么都不知道了。”他瞥了尼克一眼，“直到我们全部醒来。”

“对！”尼克高兴地说，“谁知道呢？我可能还在这儿。坏人活得长，你知道，对吧，布莱恩？”

“我想一切皆有可能。”他把节流阀稍稍向前推了一下。天空又亮了起来，裂缝就在正前方。“都坐下吧。尼克，你就在我旁边。我来教你怎么做……以及什么时候动手。”

“请等一下。”劳蕾尔说。她脸上恢复了一些血色和镇定，踮起脚尖在尼克的嘴上吻了一下。

“谢谢你。”尼克严肃地说。

“你本来打算放弃的。你已经下定决心了。如果他不听，我就提醒他你带雏菊的那天。我说对了吗？”

他咧嘴一笑：“完全正确，亲爱的。完全正确。”他用左臂搂住她又狠狠地吻了她一下。尼克放她走的时候，他的嘴上露出了温柔而体贴的微笑。他说：“就这么继续。一切正好。”

27

三分钟后，布莱恩打开了内部通话系统。“我现在要开始减压了。大家检查一下你们的安全带。”

他们照做了。阿尔伯特紧张地等待着某种声音——也许是漏气的嘶嘶声——但只有喷气发动机单调的嗡嗡声。他觉得他比以前更清醒了。

“阿尔伯特？”贝萨妮害怕地小声说，“你能抱住我吗？”

“可以。”阿尔伯特说，“如果你也抱着我的话。”

在他们身后，鲁迪·沃里克又在念玫瑰经了。穿过过道的劳蕾尔·史蒂文森抓住座位的扶手。她仍然能感觉到尼克·霍普威尔的嘴唇印在她的嘴上。她抬起头来，看了看头顶的行李架，开始缓慢地深呼吸。她在等氧气面具掉下来……大约九十秒后，它们就掉下来了。

还记得贝尔法斯特那天吗，她想，*在教堂后面。一种赎罪的行为*，他说。*一种行为*……

想着想着，她的思绪飘散了。

28

“你知道……要做什么吗？”布莱恩又问。他说话的声音像梦里的一样，模糊不清。在他们前方，飞机驾驶舱的窗户再次被裂缝撑满，整个天空都是。现在天已经亮了，各种奇异的新颜色在盘旋游荡，然后流到裂缝奇怪的深处。

“我知道。”尼克说。他站在布莱恩旁边，他的话被他戴的氧气面罩弄得非常含糊。在面罩橡胶封口上方，他的眼睛平静而清澈。“别怕，布莱恩。一切都很安全。你去睡觉吧。做个好梦，祝一切顺利。”

布莱恩逐渐失去知觉。他感到自己越来越昏沉……然而他还在坚持，双眼凝视着现实结构中那个庞大的漏洞。它似乎正在向驾驶舱窗户的方向膨胀，伸向飞机。*太美了*，他想。*天啊，太美了！*

他感到那只看不见的手抓住了飞机，又把它往前拉。这次不能回头了。

“尼克。”他费了很大的劲才说张开嘴，他觉得嘴好像离他的大脑有一百英里远。布莱恩举起手来，那只手似乎长在一条长长的太妃糖做的手臂的末端，从他身上伸展出去。

“睡吧。”尼克说着握住他的手，“除非你想跟我一起去，否则别硬撑了。不会太久了。”

“我只是想说……谢谢你。”

尼克微笑着握了握布莱恩的手：“不客气，伙计。虽然没有电影和免费的含羞草鸡尾酒，但这是一段令人难忘的飞行。”

布莱恩回头看了看裂缝。一条色彩斑斓的河流现在流了进去。各种颜色打着旋涡混在一起……似乎在他茫然诧异的双眼前写下了几个字：

只有流星

“那是……是我们吗？”他好奇地问，他的声音这会儿好像来自某个遥远的宇宙。

黑暗吞没了他。

29

现在只有尼克一个人了，29 号航班上唯一醒着的人。他曾在贝尔法斯特的一座教堂后面枪杀了三个男孩，三个男孩一直在扔被涂成深灰色、看起来像手榴弹的土豆。他们为什么要做这样的事？那是什么疯狂的冒险游戏吗？他从来没有搞清楚原因。

他并不害怕，但内心充满了强烈的孤独感。这种感觉并不新鲜。这已经不是他第一次独自一人看守，而别人的性命就掌握在他的手中了。

他前面的裂口接近了。他把手放在控制舱内气压的变阻器上。

太美了，他想。他似乎觉得，现在从裂口里冒出来的颜色，和他们在过去几个小时里所经历的一切恰恰对立。他正在经历一场新生活和新行动的考验。

为什么它不应该是美丽的？这是生命——也许是所有生命——开始的地方。在这里，每一天的每一秒都是新鲜的，这里是创造的摇篮和时间的源泉。没有兰格利尔能超越这个点。

色彩如喷泉般在他的双颊和眉毛上喷涌：丛林般的绿色被熔岩般的橙色所取代；灰白色的热带阳光色代替了熔岩的橙色；阳光色又被北方海洋的冷蓝色所取代。喷气发动机的轰鸣声似乎很低，很遥远。尼克往下看，看到陷入沉睡的布莱恩被缤纷的色彩包围，千变万化的光辉涌到他的身体和五官上，他一点都不惊讶。布莱恩看上去变成了一个非常美丽的幽灵。

尼克看到自己的手和胳膊变得像黏土一样无色也没有感到惊讶。布莱恩不是鬼魂，我才是。

裂缝赫然耸现。

现在，飞机的声音完全被一种新的声音盖住，767就像在穿过一个满是羽毛的风洞。突然，就在客机机头的正前方，一颗巨大的新星像天上的烟火一样爆炸了，尼克·霍普韦尔看到其中出现了人们从未想象过的色彩。这巨大的爆炸不仅填满了时间裂缝，还用巨大的、闪闪发光的火焰充满了他的思想、神经、肌肉和骨头。

“哦，我的上帝，太美了！”尼克喊道，29号航班坠入裂缝的时候，他把舱内压力变阻器拧到最大。

片刻之后，尼克牙齿上的填充物“啪”地落在了驾驶舱的地板上。他膝盖上的特氟隆垫（一场比北爱尔兰的战争更光荣的冲突的纪念品）也掉了下来，发出一声轻微的“砰”。然后再也没有别的声音。

尼克·霍普韦尔不复存在了。

30

布莱恩意识到的第一件事是他的衬衫湿了，他又开始感到头疼。

他慢慢地从座位上坐起来，头一阵剧痛让他猛地缩了一下，竭力回忆自己是谁、身在何处、为什么他感到如此强烈而迫切地需要马上清醒过来。他到底在做什么事情如此重要？

是漏压，他的心里在嘀咕，主机舱压力泄露。如果再不稳定的话，就会有很大的——

不，不对。压力泄漏已经稳定下来了——或者说以某种神秘的方式自己稳定了——他已经让7号航班安全降落在洛杉矶国际机场。然后那个穿绿色夹克的人来了，而且——

这是安妮的葬礼！天啊，我睡过头了！

他的眼睛猛地睁开，但他既不在汽车旅馆的房间里，也不在安妮哥哥位于里维尔家的多余卧室里。他透过驾驶舱内的窗户，望着布满星星的天空。

他突然想起了……一切。

布莱恩马上挺直身体，太快了。他的头像宿醉一样感到非常恶心，血从他的鼻子里喷出来，溅在中央控制台上。他低头一看，发现自己的衬衫前襟都被血浸湿了。确实是什么漏了，是他自己漏了。

当然，他想，减压往往会导致这种反应。我应该提醒乘客的……顺便问一下，我还剩多少乘客？

他不记得了。他的脑子里一塌糊涂。

他看了看燃油指示灯，发现他们的情况正在迅速接近临界点，然后检查了惯性导航系统。他们已经到了应该在的地方，向洛杉矶快速下降，随时可能闯入其他飞行器的空域。

就在他昏倒之前，有人和他一起待在他们的飞行空域……是谁呢？

他寻思了一阵，想到了。当然是尼克。尼克·霍普韦尔。尼克走了。看来，他其实不是个坏人。但他一定完成了他的工作，否则布莱恩现在不会醒的。

他快速打开无线电。

“洛杉矶国际机场地面控制中心，这是美国骄傲航空公司航班……”他停了下来。他们是什么航班？他不记得了，脑袋里还是一团浆糊。

“29号航班，对吧？”一个茫然、颤抖的声音从他身后传来。

“谢谢你，劳蕾尔。”布莱恩没有转身，“现在回去系好安全带。我可能得让这架飞机做些特技动作。”

他又对着麦克风说话了。

“‘美国骄傲’29号航班，重复，29号。紧急呼叫地面控制中心，我宣布这里有紧急情况。请清除我前面的所有东西，我正飞向八十五号跑道，我没有燃料了。调泡沫车来，然后……”

“噢，别说了。”劳蕾尔在他身后语气单调地说，“别再说了。”

布莱恩转过身来，全然不顾从头到脚又一阵剧痛，也不理会从鼻子里喷出来的鲜血。“你快坐下来，该死的！”他咆哮道，“我们是在没有通知的情况下进入拥挤的空域交通。如果你不想摔断脖子……”

“下面的交通一点都不拥挤。”劳蕾尔用同样单调的声音说，“交通不拥挤，没有泡沫车。尼克白白牺牲了，我再也没有机会替他传话了。你自己看看吧。”

布莱恩看了。虽然他们现在在洛杉矶的偏远郊区上空，但他除了黑暗什么也看不见。

下面似乎没有人。

一个也没有。

他身后的劳蕾尔·史蒂文森因恐惧和沮丧发出了刺耳的、愤怒的呜咽声。

31

一架长长的白色喷气式客机在距洛杉矶国际机场十六英里的上空缓缓地巡航。飞机尾部印着醒目的大数字767，机身上写着“美国骄傲”，这些字的字体被向后拉扯以表示速度感。机头的两边都有一只红色的大鹰，翅膀上有蓝色的星星。这架客机就像装饰的一样，这只“鹰”号似乎即将着陆。

飞机在空无一人的街道网格上飞过时没有留下任何影子。离天亮还有一个小时。下面没有汽车，没有街灯散发着光芒。在它下面，一切都寂静无声，一动也不动。它前面也没有灯光闪烁的跑道。

飞机的腹部滑开了。起落架下降并展开。起落架已经就位。

“美国骄傲”第29号航班对准洛杉矶往下降，同时稍稍向右倾斜。布莱恩现在能够靠目视纠正航向。他们飞过一群机场汽车旅馆，布莱恩可以看到矗立在航站楼中心附近的纪念碑，那是一座造型优雅的三角架形建筑，三条弯曲的中间有一家餐馆。他们经过一小片枯草地，然后混凝土跑道在飞机下方三十英尺处展开。

没有时间让767慢慢降落了，布莱恩的燃料指示器显示为零，这只鸟即将变成一条疯狗。布莱恩用力拉飞机，就像在拉一辆装满砖头的雪橇。砰的一声，他的牙齿咯咯作响，鼻子又开始流血。他胸前的安全带扣得很紧。坐在副驾驶座上的劳蕾尔叫了出来。

然后他把襟翼升起来，把反向推进器开到最大。飞机开始减速。他们以每小时一百多英里的速度飞行时，两个引擎突然停止了工作，红色的引擎关闭灯亮了起来。他抓住对讲机开关。

“抓稳了！我们下降得很猛！抓稳！”

二号和四号引擎继续运行了几分钟，然后也关闭了。29号航班在可怕的寂静中冲下跑道，只有副翼在让它减速。布莱恩无助地看着混凝土从飞机下面消失，交错纠结的滑行跑道隐约可见。就在那里，正前方，停着一架太平洋航空公司通勤飞机的残骸。

767的时速至少还有六十五英里。布莱恩让飞机使劲往右转，用尽全身的力气把身子靠在死气沉沉的方向舵上。飞机反应迟钝，他们和停着的喷气式飞机擦身而过，距离只有六英尺。那架飞机的窗户像一排失明的眼睛一样闪过。

然后，他们滑向联合航空公司的候机楼，那里至少有十几架飞机像吃奶的婴儿一样连在登机道上。767的速度现在降到了三十英里多一点。

“抓稳了！”布莱恩对着内部通话系统喊道，一时间忘记了他自己的飞机和其他飞机一样，已经没有电了，通话系统没工作，“你们抓稳，做好碰撞的准备！抓……”

“美国骄傲”29号航班以大约每小时二十九英里的速度撞上了美国联合航空公司航站楼的29号登机口。砰的一声巨响，接着是金属压碎和玻璃破碎的声音。布莱恩又被甩进安全带里，猛地弹回到座位上。他在那儿坐了一会儿，身体僵硬地等着爆炸……然后想起油箱里没有什么东西可以炸。

他关掉了仪表板上的所有开关……仪表板已经失灵，但他的习惯改不了……然后他转身去看劳蕾尔。劳蕾尔望着他，目光呆滞而漠然。

“我以后再也不想这么急转弯了。”布莱恩声音颤抖地说。

“你应该让我们坠机。我们试过的所有东西……黛娜……尼克……但这一切都是徒劳的。这里和之前一样，还是一样。”

布莱恩解开安全带，摇摇晃晃地站了起来。他从后面的口袋里掏出手帕递给她。“擦擦鼻子。你出血了。”

劳蕾尔拿起手帕，只是看着它，好像她这辈子从未见过手帕似的。

布莱恩从她身边走过，慢慢地走进主机舱。他站在门口数着人头。他的乘客……剩下的几个乘客……看来都很好。贝萨妮的头紧贴着阿尔伯特的胸口，泣不成声。鲁迪·沃里克解开安全带，站起来，脑袋撞到了头顶上的行李架，又坐了下来。他用茫然、不解的眼神看着布莱恩。布莱恩想知道鲁迪是否还饿着。他猜不饿了吧。

“我们下飞机吧。”布莱恩说。

贝萨妮抬起头来。“它们什么时候来？”她歇斯底里地问他，“这次它们还要多久才能来？有人听见了吗？”

布莱恩的头又是一阵疼痛，他摇摇晃晃地站起来，突然觉得自己要晕过去了。

一只胳膊搂住了他的腰，他惊讶地回头看，原来是劳蕾尔。

“恩格尔机长说得对。”她平静地说，“我们下飞机吧。也许情况并不像看上去的那么糟。”

贝萨妮发出一声歇斯底里的狂笑。“能有多糟糕呢？”她问，“到底还能有多糟糕……”

“有点不一样。”阿尔伯特突然说着向窗外望去，“有什么变了。我说不出是什么……但就是不一样了。”他先看了看贝萨妮，然后又看了看布莱恩和劳蕾尔，“就是不一样了。”

布莱恩在鲍勃·詹金斯身边弯下腰，看着窗外。他看不出这里和班戈国际机场有什么大的不同……当然，有更多的飞机，但这些飞机同样是空的，死气沉沉……但他觉得阿尔伯特可能确实注意到了什么东西。与其说是看到，不如说是感到。的确有什么说不上来的根本差异，但他说不清。就像他前妻的香水名字一样，他之前怎么也想不起来。

是伦沃伊，亲爱的。这是我一直穿的衣服，你不记得了吗？

你不记得了吗？

“来吧。”他说，“这次我们用驾驶舱出口。”

32

布莱恩打开突出的仪表板下面的活板门，努力回想自己为什么没有在班戈国际机场用这个让乘客下飞机，这比充气滑梯好多了。但似乎没有原因，他只是没有想到这一点，可能是因为他受的训练是在紧急情况下先想到逃生滑梯。

他低头进入前货舱区域，钻到一簇电缆下面，打开了767机头地板上的舱门。阿尔伯特和他一起把贝萨妮扶了下来。布莱恩再帮劳蕾尔，然后他和阿尔伯特再帮鲁迪下来。鲁迪的动作好像他的骨头像玻璃一样脆弱，手里仍然紧握着他的念珠。驾驶舱下面的空间现在非常拥挤，鲍勃·詹金斯在上面等着他们，他双手撑在地上，透过活板门向下凝视着他们。

布莱恩把梯子从存放的地方拉出来，固定好，然后，他们一个接一个下到滑行跑道上，布莱恩先下，鲍勃最后下。

布莱恩的脚着地时，他感到一种疯狂的冲动，想用手捂住心脏，大声呼喊：*我要为29号航班的幸存者宣布这片充满酸臭牛奶和酸蜂蜜的土地是我们的……至少在兰格利尔到达之前是我们的！*

他什么也没说。他只是和其他人站在飞机机头下方，感受着微风吹过他的脸颊，环顾四周。他听到远处有声音。这不是他们在班戈渐渐清晰到的咀嚼声和嘎吱嘎吱声——完全不像——但他说不清这声音到底是什么声音。

“那是什么？”贝萨妮问，“那个嗡嗡声是什么？听起来像电的声音。”

“不，不是。”鲍勃若有所思地说，“这听起来像……”他摇了摇头。

“这听起来不像是我以前听过的。”布莱恩说，但他不确定这是不是真的。他觉得有某种东西就在他的理智所能理解的范围之外跳动，是他知道或应该知道的东西，这种感觉又缠上他了。

“是它们，对不对？”贝萨妮有点歇斯底里地问，“就是它们要来了。就是黛娜跟我们说过的兰格利尔。”

“我不这么认为。听起来完全不一样。”但他心里又感到了恐惧。

“现在怎么办？”鲁迪问，他的声音像乌鸦一样刺耳，“我们要重新开始吗？”

“好吧，我们不需要传送带了，这是个开始。”布莱恩说，“登机道是开着的。”他从767的机头下面走出来指着登机道。他们接近二十九号登机门的冲击力已经把梯子从门上撞开了，但把梯子推回去不难。“来吧。”

他们走向梯子。

“阿尔伯特？”布莱恩说，“帮我推梯——”

“等等。”鲍勃说。

布莱恩转过头，看到鲍勃谨慎又好奇地环顾四周。他先前茫然的眼神中多了……希望吗？

“怎么了？什么事，鲍勃？你看到了什么？”

“这只是另一个被废弃的机场。我觉得是这样。”他把一只手举到脸颊上……然后直接举在空中，就像在要求搭便车。

布莱恩刚要问他是什么意思，然后意识到他明白了。他们站在机头下时，难道他自己就没有注意到吗？他注意到了，但他没有在意。

微风吹过他的脸。不太像微风，和一口气差不多，但确实是微风。空气在运动。

“天哪。”阿尔伯特说。他把一根手指塞进嘴里，弄湿了它，然后举起来。他脸上露出难以置信的笑容。

“还不止这个。”劳蕾尔说，“听！”

她从他们站着的地方向767的机翼冲去，然后又跑回他们身边，她的头发在身后飘逸，穿的高跟鞋在混凝土上发出清脆的咔哒声。

“你们听见了吗？”她问他们，“你听见了吗？”

他们听到了。单调、沉闷的感觉消失了。现在，只要听着劳蕾尔的讲话，布莱恩就会意识到，在班戈，他们的声音听起来都像是把头伸进钟里说话，用黄铜或者可能是铅铸成的钟会让他们的声音变得沉闷。

贝萨妮举起双手，迅速打出了The Routers乐队[1]老歌《走吧》的节拍。每一拍都像田径赛场上发令枪的枪声一样清晰。她高兴地笑了起来。

“这是什么……”鲁迪问。

“飞机！”阿尔伯特高兴地尖声喊道。一时间，布莱恩荒谬地想起了老电视剧《梦幻岛》里的那个小家伙。他几乎笑出声来。“我知道有什么不同！看那架飞机！现在它和其他的都一样了！”

他们转过身去看。好长一段时间，谁也没说话。也许没有一个人说得出来。在班戈机场的时候，停在“美国骄傲”客机旁边的达美727飞机看起来又阴暗又肮脏，反正和767相比显得不那么真实。现在，所有的飞机——29号航班和那排连着登机道的联合航空公司的飞机——看起来都一样明亮，一样新。即使在黑暗中，它们的油漆和商标也闪闪发光。

“这是什么意思？”鲁迪问罗伯特，“这是什么意思？如果一切真的恢复正常了，电在哪里？人在哪儿？”

“那是什么声音？”阿尔伯特插话道。

声音已经更近，更清楚了。就像贝萨妮说的，那是一种嗡嗡的声音，但没有电的感觉。它听起来像风吹过敞开的管子，或者像非人类的唱诗班齐声敞开喉咙发出的音节：啊啊啊啊啊……

罗伯特摇了摇头。“我不知道。”他说着转过身去，“我们把梯子

---

①　路由器乐队（The Routers），20世纪60年代流行的美国音乐乐团，成立于1962年。

推回去，进去吧——”

劳蕾尔抓住他的肩膀。

“你知道！”她说，她的声音紧张得不自然，“我看得出来。为什么不让我们其他人也知道?”

他犹豫了一会儿才摇了摇头。“我现在还不准备说，劳蕾尔。我想先进去看看。”

听到这话，他们也不得不勉强接受。布莱恩和阿尔伯特把梯子推回原位。其中一根支撑支架微微弯曲了，布莱恩抓着它，其他人一个接一个地往上爬。他自己最后挨着梯子的一边往上，远离弯曲的支架。其他人都在等他到了再一起走上登机道，进入航站楼。

他们进了一处巨大的圆形房间，登机口沿着弯曲的单墙挨个间隔着。一排排的座位阴森森地空无一人，头顶的日光灯像暗色的方块，但阿尔伯特觉得他几乎可以闻到其他人的味道……就好像29号航班的幸存者从登机道出来的几秒钟前，其他人才集体离开一样。

外面合唱的嗡嗡声继续变大，像一阵缓慢而看不见的海浪一样逼近：——啊啊啊啊啊啊——

“跟我来，”鲍勃·詹金斯轻松地就管起了这群人，“快点，拜托。”

他向大厅走去，其他人在他后面排成一列跟着，阿尔伯特和贝萨妮挽着胳膊走在一起。从美联航登机休息室的地毯上一走到大厅里，他们的鞋跟就发出咔哒咔哒的响声，而且还有回音，仿佛他们有二十来个人，而不是只有六个人。他们经过墙上昏暗的广告海报：看CNN、抽万宝路、开赫兹租车、读《新闻周刊》、参观迪斯尼乐园。

那种声音，那种敞开喉咙哼唱的嗡嗡声继续变大。在外面的时候，劳蕾尔确信声音是从西边向他们靠近的。现在她似乎觉得声音就在这里，和他们在一起，好像那些歌手——如果他们是歌手的话——已经到了这里。确切地说，那声音并没有吓着她，但她心中的敬畏感让她的胳膊和后背都感到刺痛。

他们来到一家自助餐厅，鲍勃领着他们进去厅。他不假思索地绕过柜台，从柜台上的一堆糕点中拿了一块包好的。他试图用牙齿把它咬开……然后意识到他的假牙落在了飞机上。他厌恶地哼了一声，把它扔到柜台上给阿尔伯特。

“你来吧，”他说，他的眼睛闪闪发光，“快，阿尔伯特！快！”

“快，‘华生’，游戏开始了！”阿尔伯特说着，疯狂地笑了起来。他撕开玻璃纸，看着罗伯特，罗伯特点点头。阿尔伯特拿出糕点，咬了一口。奶油和覆盆子酱从边上喷了出来。阿尔伯特咧嘴一笑。“真好吃！”他声音含糊，边说边喷面包屑，“好吃！”他递给贝萨妮，贝萨妮咬了更大一口。

劳蕾尔可以闻到覆盆子酱的味道，她的肚子发出咕噜咕噜的声音。她笑了。突然她有一种头晕目眩、极度狂喜甚至飘飘然的感觉。机舱减压带来的昏沉感完全消失了，她的脑袋感觉就像在一个闷热的下午，楼上的房间吹进来一阵清新的海风。她想到了尼克，他已经不在这里了。他死了，这样其他人才能在这里，她想尼克不会介意她的这种感觉。

合唱的声音继续变大，一种没有方向的声音，一种没有来源、歌唱一样的叹息在围绕着他们：

——啊啊啊啊啊啊啊啊——

鲍勃·詹金斯跑回柜台，差点撞到收银机的一角，双脚几乎滑倒，他不得不抓住那台调味品手推车才没有摔倒。罗伯特站住了，但不锈钢手推车轰然一声倒在地上，塑料餐具、小包的芥末、番茄酱和调味料四处乱飞。

“快！”他喊道，“我们不能在这儿！它很快就要发生了……我相信随时都会发生……发生的时候，我们不能在这里！我觉得这里不安全！”

“什么不安……”贝萨妮刚开口，阿尔伯特就用胳膊搂住她的肩膀，推着她跟上罗伯特。罗伯特像个疯狂的导游，已经朝自助餐厅的大门跑去。

他们跟着跑了出去，再次冲向联合航空公司的登机大厅。现在，他们的脚步声的回声几乎淹没在空荡荡的终点站里的嗡嗡声中，在四通八达的走廊深处反复回荡。

布莱恩可以听到那个巨大而单调的声音开始分解。他想，不是破碎，甚至没有真正地发生改变，而是聚集起来，就像兰格利尔们接近班戈时聚集的声音一样。

他们再次进入候机室，看到一束缥缈的光掠过空荡荡的椅子、昏暗的“**入境**”和“**出境**”电视显示器以及登机柜台。蓝色之后是红色，红色之后是黄色，黄色之后是绿色。空气中似乎充满了某种丰富而奇异的期待。一阵战栗传遍了他全身，他感到全身的毛发都在抖动，要竖起来。一种清晰的确信感像清晨的阳光一样充满了他的心：有什么大事就要发生了——某种令人惊奇的大事。

“来这里！”鲍勃喊道。他领他们往刚才经过的登机道旁的墙走去。这是一个只供乘客停留的区域，用一条红色天鹅绒绳索挡着。罗伯特就像高中时的跨栏运动员一样轻松地跃了过去。“靠墙！”

“都靠墙站着，混蛋！”阿尔伯特在一阵突如其来的、无法控制的大笑中喊道。

他和其他人跟鲍勃一起靠着墙站，像被警察指认的嫌疑犯一样挤在墙边。在他们面前空荡荡的圆形客厅里，各种色彩一下子亮了起来……然后开始消失。然而，那个声音继续变清晰，变得更加真实。布莱恩觉得他现在可以听到人的声音、脚步声，甚至是几个婴儿的吵闹声。

“我不知道这是什么，但这感觉太棒了！”劳蕾尔半笑半哭地说，“我太喜欢了！”

“我希望我们在这里是安全的。”鲍勃必须提高嗓门才能被人听到，“大概会吧。我们远离人流量大的地方。”

“会发生什么事？”布莱恩问，“你知道些什么？”

“当我们通过时间裂缝往东飞的时候，我们回到了过去！”罗伯特喊道，“我们回到过去了！也许只相差十五分钟……你还记得我对你说过吗？”

布莱恩点了点头，阿尔伯特的表情突然振奋起来。

“这次它把我们带到了未来！”阿尔伯特喊道，“就是这样，是不是？这次时间裂缝把我们带到了未来！”

“我想是的，没错！”鲍勃大声回答，他无可奈何地咧嘴一笑，“我们来到的不是一个死亡的世界——一个没有我们却继续存在的世界——而是来到了一个等待诞生的世界！一个崭新的世界，就像一朵即将开放的玫瑰！我相信，这就是现在正在发生的事情。这就是我们听到的，感觉到的……让我们心中充满如此美妙又无助的喜悦感。我相信我们将会看到和经历一些任何活着的人都从未目睹过的事情。我们看见过世界的死亡，现在我相信我们会看到世界诞生。我相信，‘现在’即将赶上我们。”

随着色彩的闪烁和消退，那深沉的回响声也突然降低了。与此同时，隐含在其中的声音越来越大，越来越清楚。劳蕾尔意识到她能辨认出单词的发音，甚至是片段的句子。

“……必须在她做出决定之前给她打电话。”

“我真的认为这个选项不可行……”

“如果我们能把这件事交给母公司，就不会有麻烦了……”

这句话从他们前方过去，穿过丝绒绳空荡荡的另一侧。

布莱恩·恩格尔感到一种狂喜在他心中升起，让他仿佛充满了惊奇和幸福的光芒。他抓住劳蕾尔的手，朝她咧嘴一笑，劳蕾尔紧紧地握了一下。他们身旁的阿尔伯特突然拥抱了贝萨妮，贝萨妮则笑着不停地亲吻他的脸。鲍勃和鲁迪高兴地对着对方咧嘴一笑，就像久违的朋友竟在世界上最荒谬、犹如一潭死水的地方偶然相遇一样。

头顶上天花板上的荧光方块开始闪烁。它们按顺序亮起来一道越来越大的光圈从房间中央往外扩散，一路亮到了大厅，像追逐一群黑色的羊一样追逐前方黑夜的阴影。

布莱恩突然闻到一股味道，是汗水、香水、须后水、古龙水、香烟、皮革、肥皂、工业清洁剂的味道。

过了一会儿，宽阔的登机休息室里仍然没有人，但这里充满了若有若无的人声和脚步声。布莱恩想：我就要看到它发生了。我要看到移动的“现在”锁住静止的“未来”，把它拖着向前走。就像在南部和西部沉睡的小镇上，让奔驰的列车从铁轨旁的邮电杆上钩走邮包。我将看到时间像夏日清晨的玫瑰一样绽放。

“做好准备。”鲍勃喃喃地说，“可能会突然出现。”

仅仅过了一秒钟，布莱恩就感到了一记重击——不只是他的脚，而是整个身体。与此同时，他感到好像有一只看不见的手在他的背上狠狠地推了一下。他向前摇晃着，感到劳蕾尔也和他一样往前摇晃。阿尔伯特不得不抓住鲁迪以免自己摔倒。鲁迪似乎并不介意，他脸上绽开了一个大大的傻笑。

“看！”劳蕾尔气喘吁吁地说，“噢，布莱恩……看！”

他看到了……他感到呼吸在喉咙里停止了。

休息室里到处都是幽灵。

飘逸的、透明的人影纵横交错地出现在宽大的中心区域：男士们穿着西装、提着公文包，女士们穿着时髦的旅行装，十几岁的青少年穿着李维斯和印有摇滚乐队标志的T恤衫。他看到一个幽灵父亲领着两个幽灵孩子，透过他们，他看到更多的幽灵坐在椅子上，读着透明的《大都会》《时尚先生》和《美国新闻与世界报导》。随后色彩在一系列的彗星般转瞬即逝的闪烁中，颜色有了形状，并凝固了下来，回音的声音也变成了像普通的立体音响里真实的人声。

流星，布莱恩惊叹地想，*只有流星*。

变化发生的时候，只有这两个孩子碰巧直视了29号航班的幸存者；只有这两个孩子看见四个男人和两个女人出现在一秒前还只有一堵墙的地方。

“爸爸！”小男孩惊叫着，拽着他父亲的右手。

“爸爸！”小女孩拽着他的左手，用疑问的语气说道。

“什么？”父亲不耐烦地瞥了他们一眼，“我在找你们妈妈！”

“新的人！”小女孩指着布莱恩和他五名衣着邋遢的乘客说，“看看这些新来的人！”

这个人看了布莱恩和其他人一会儿，他的嘴紧张地绷紧了。布莱恩猜想是血的缘故。他、劳蕾尔和贝萨妮都流过鼻血。那人紧紧地抓住他们的手，开始把他们迅速拉开。“是的，很好。现在帮我找你们妈妈。这真是一团糟。”

“但他们之前不在那儿！”小男孩抗议道，“他们……”然后他们走进了匆忙的人群中。

布莱恩抬头看了看电视屏幕，注意到时间是凌晨四点十七分。

这里人太多了，他想，我肯定知道原因。

似乎是为了证实这一点，头顶上的扩音器大喊："由于莫哈韦沙漠上空异常的天气模式，所有从洛杉矶国际机场东行的航班继续延误。对于给大家带来的不便，我们深表歉意，但在此安全措施生效期间，请你保持耐心和谅解。重复：所有东行航班……"

异常的天气模式，布莱恩想，噢，是的，有史以来最怪异的天气模式。

劳蕾尔转向布莱恩，抬头看着他的脸。眼泪顺着她的脸颊流下来，她也不去擦。"你听见了吗？你听到那个小姑娘说的话了吗？"

"是的。"

"我们是这样的吗，布莱恩？新的人吗？你认为我们是这样的吗？"

"我不知道。"他说，"但感觉上是。"

"太棒了。"阿尔伯特说，"我的上帝，那是最美妙的事情。"

"好极了！"贝萨妮高兴地喊道，然后又开始拍出《走吧》那首歌的节拍。

"我们现在怎么办，布莱恩？"鲍勃问，"有没有什么想法？"

布莱恩环视了一下拥挤的登机区，说："我想我要出去呼吸一些新鲜空气。看看天空。"

"我们不应该通知当局吗？"

"我们会的。"布莱恩说，"但先看天空。"

"也许在路上吃点什么？"鲁迪满怀希望地问。

布莱恩笑了："为什么不呢？"

"我的表停了。"贝萨妮说。

布莱恩低头看了看自己的手腕，发现手表也停了。他们所有的表都停了。

布莱恩脱下他的外套，漫不经心地把它扔在地板上，用胳膊搂住劳蕾尔的腰。他说："咱们离开这里，除非你们有人想等下一班向东的班机？”

“今天算了。”劳蕾尔说，“但很快就会的。一直去英格兰。我要去……见个人。”她一时懵了，完全忘了地名……然后才想到。“弗陆亭。”她说，“问大街上的任何人都行，老一辈的人还是叫他老头子。”

“你在说什么？”阿尔伯特问道。

“雏菊。”她说着笑了起来，“我想我说的是雏菊。走吧……我们走吧。”

鲍勃咧嘴一笑，露出了婴儿般粉红色的牙龈：“至于我，我想下次去波士顿时，我要坐火车。”

劳蕾尔踩着布莱恩的手表问道：“你确定你不想要那个吗？它看起来很贵呢。”

布莱恩咧嘴一笑，摇了摇头，吻了吻她的额头。她头发的香味出奇地甜。他感觉非常好，感到重生了，身上每一寸都焕然一新，没有留下那个世界的半点痕迹。他觉得，其实如果他展开双臂，他就可以不借助引擎飞起来。“一点也不想要了。”他说，“我知道现在几点了。”

“哦？现在几点了？”

“‘现在’的半小时后。”

阿尔伯特拍了拍他的背。

他们成群结队地离开了候机室，在一群因延误而感到不满的乘客中间迂回前进。许多人好奇地看着他们，不仅是因为他们中的一些人最近流过鼻血，也因为他们在那么多愤怒且感觉不便的人中间一路大笑。

这六个人看上去比拥挤的休息室里的其他人都显得更亮眼。

更真实。

更存在。

只有流星，布莱恩想，突然想起还有一个乘客还在飞机上……那个留着黑胡子的人。这是一次他永远不会忘记的宿醉，布莱恩想着便笑了起来。他一把拉过劳蕾尔开始跑，劳蕾尔笑着拥抱了他。

他们六个人一起沿着广场，跑向自动扶梯，跑向外面的世界。

秘密之窗，秘密花园

献给查克·维里尔

午夜两点：《秘密之窗，秘密花园》前言

和很多人一样，我相信人生就是一连串的循环——轮子连着轮子，它们有些相互啮合，有些独自旋转，但所有这些都在执行某种特定的、重复的功能。我喜欢“人生就像工厂中一台高效的机器”那种抽象的想法，可能是因为贴近去看人们的现实生活，看到的是如此凌乱和奇怪的人生。要是能每隔一段时间就抽离一下，然后说“这毕竟是有规律的！我也不知道这是什么意思，但天哪，我明白了！”，那可真是不错啊。

所有这些轮子似乎差不多都在同一时间完成它们的周期，而当它们完成它们的周期时——我猜大约每二十年——我们就会经历一个事物结束的时期。心理学家甚至借用了一个议事术语来描述这种现象，他们称之为“中止辩论提付表决期”。

我现在四十二岁了，回顾过去四年的生活，我能看到各种各样的“中止辩论提付表决期”。它也明显反映在我的工作与其他层面。在《它》中，我用了大量的篇幅来讲述孩子们的故事，以及照亮了他们内心生活的广阔视角。明年，我打算出版以城堡岩为背景的最后一部小说《必需品专卖店》（本书的最后一个故事《太阳狗》是这部小说的序曲）。《秘密窗口，秘密花园》这个故事，我认为，是最后一个关于作家、写作以及存在于真实与虚构之间的奇特无人区的故事。我相信许多我的长期读者、那些耐心地忍受我执着于这个主题的人，会很高兴听到这件事。

几年前，我出版了一本名为《头号书迷》的小说，试图（至少在一定程度上）说明小说对读者的影响力。去年，我出版了一本名为《黑暗的另一半》的书，在这本书中，我试图探索逆命题：小说对作者强大的影响力。当这本书还在反复修改的时候，我开始思考，也许有一种方法可以同时讲述两个故事，那就是从一个完全不同的角度来

处理《黑暗的另一半》的一些情节元素。在我看来，写作是一种秘密行为——就像做梦一样私密——而这正是写作这门奇特且危险的技艺中我从未多想的一面。

我知道作家们会不时地修改旧的作品——约翰·福尔斯的《巫术师》就是这样的，我自己也对《末日逼近》这样做过，但修改旧作并不是我想要的。我想做的是将熟悉的元素以一种全新的方式组合在一起。在此之前，我至少尝试过一次，重组和更新布莱姆·斯托克的《德古拉》的基本元素来创作《撒冷镇》，我对这个想法很满意。

一九八七年深秋的一天，当这些事情在我的脑海里翻滚时，我来到我们家的洗衣房，把一件脏衬衫扔进了洗衣机。我们的洗衣房是二楼一个狭小的凹室。我把那件衬衫丢进洗衣机后，走到房间的一扇窗户前。这只是偶然的好奇，没有别的原因。我们在同一幢房子里住了十一年或十二年了，但我以前从来没有好好地朝窗外看过。原因非常简单，窗子落地，大多隐藏在烘干机后面，被几篮子的待修杂物挡住了一半，很难从那窗子看见外头。

不过我还是挤过去往外看。从那扇窗户往下看，可以看到房子和相连的玻璃门廊之间有一个地面铺着砖的小小壁龛。这是一个我几乎每天都能看到的地方……但这个角度是新的。我妻子在外头摆了六盆盆栽，我想，这样植物就可以吸收一点十一月初的阳光，结果就形成了一个只有我看得见的可爱的小花园。

我想到的这几个词当然就成了这个故事的标题。在我看来，这是一个很好的比喻，可以用来比喻作家们——尤其是那些奇幻作家——如何度过他们的日日夜夜。坐在打字机前或拿起铅笔是一种身体行为，而在精神上就像从一扇几乎被遗忘的窗户往外看……一个从一个完全不同的角度看一个寻常的景象……一个让寻常事物变得不寻常的角度。作家的工作就是透过窗户观察并报告他的所见所闻。但有时窗户会破裂。我认为，最重要的是本故事的关注点：当现实和非现实之间的窗口破裂，玻璃四散开来时，睁大眼睛的观察者身上了发生什么？

1

“你剽窃了我的故事，”站在门口的人说，“你剽窃了我的故事，这事非给我个交代不可。正确就是正确，公平就是公平，必须有个交代。”

莫特·雷尼刚刚睡完午觉醒来，感觉自己还半梦半醒，完全不知道该说些什么。在他工作、生病或身体健康、完全清醒或半睡半醒的时候，他从来没有这样过。他是一名作家，当有必要让角色用犀利的话反驳时，他从来都没有不知所措过。雷尼张开他的嘴，却没法做出任何又快又利索的反驳（事实上他甚至连软弱无力的反驳都没有），于是他又闭上了嘴。

他想：*这个人看起来不太像真的。他看起来像威廉·福克纳小说中的人物。*

这对解决眼前的问题毫无帮助，但又是无可否认的事实。在缅因州西部这个人迹罕至的地方，按雷尼家门铃的人看上去大约四十五岁。他很瘦。他的脸很平静，几乎可以说是沉着了。他脸上刻着的深深的皱纹有规律地横在他高高的额头上，然后从他薄薄的嘴角延伸到下巴，再从眼角扩散出细小的线条。这个人的眼睛很明亮，是毫不褪色的蓝色。雷尼说不出他的头发是什么颜色，这个人戴着一顶黑色的大帽子，圆圆的帽顶端端正正地扣在头上，帽檐下面顶到了耳朵。这帽子看起来像贵格会教徒戴的那种。这个人也没有连鬓胡子，莫特·雷尼觉得这个戴着圆顶毡帽的人可能和泰利·萨瓦拉斯一样秃顶。

他穿着一件蓝色工作服，扣子整整齐齐地一路扣到被剃刀刮得发红、松松垮垮的脖子上，不过没打领带。衬衫的下摆扎进一条看起来有些太大的牛仔裤里。裤脚都整整齐齐地垂在一双褪色的黄色工鞋上，那双工作鞋好像经常被他穿着跟在骡子后面三英尺半远的犁沟里走。

“怎么说？”他看见雷尼一言不发，于是又问道。

“我不认识你。”雷尼最后说。这是他从沙发上起来去开门以来说的第一句话，在他自己听来这话简直愚蠢至极。

“这我知道。”那人说，“这并不重要。我认识你，雷尼先生。这才是重要的。”然后他重申，“你剽窃了我的故事。”

他伸出手来，雷尼这才看到他手里有东西。那是一捆纸。但不是随便什么纸，而是一份手稿。他想，当你干了一段时间之后，你总是能认出手稿的样子。特别是没人要的那种。

过了一会儿，他才想：莫特[1]老伙计，算你走运，他掏出来的不是枪，不然你还没反应过来就已经下地狱了。

过了很久，他才意识到自己可能是在和一个疯子打交道。当然，这反应未免也太慢了。虽然他最近的三本书都是畅销书，但这还是第一次有疯子来拜访他。恐惧和懊恼在他心头交织，他的思想逐渐汇聚到一个问题上：如何尽可能快地摆脱这个家伙，而且尽可能少地引起不快。

“我不读手稿……”他刚开始说。

“这个你已经读过了。”这个人平静地说，脸上带着辛勤劳作的农夫的表情，“你剽窃了它。”他仿佛在陈述一个简单的事实，就像一个人说“太阳出来了，这是一个愉快的秋日”一样。

今天下午，莫特所有的思考似乎都慢了半拍。他现在第一次意识到自己在这里有多么孤立无援。在纽约度过了痛苦的两个月后，他于十月初来到塔什莫尔峡谷的这栋宅子里。他的离婚手续在上星期才刚生效。

这是一所很大的房子，是个避暑的好地方，而塔什莫尔峡谷也是个适合避暑的城镇。在沿着塔什莫尔湖北湾的那条路上，大概有二十间小屋，到了七八月份，其中的大部分或全部会住满，但现在不是七月或八月。现在是十月下旬。他意识到，这里要是有枪声，也可能会悄无声息地飘走。就算听到了枪声，听者只会认为有人在射击鹌鹑或野鸡，因为现在是打猎的季节。

“我可以向你保证……”

“我知道你能。”那个戴黑帽子的人同样非常耐心地说，“我知道。”

---

① 莫顿的昵称。

在他身后，莫特可以看到那人开来的车。是一辆旧旅行车，看上去好像开了很长的路，而且很少走在好路上。他可以看出车牌不是缅因州的，但看不出是哪个州的。他发现自己需要去找验光师配新眼镜有一段时间了，甚至计划过要在去年夏天把这事办了，但是亨利·杨格去年四月给他打了个电话，问他和艾米一起在购物中心的那个人是谁，也许是某个亲戚，是不是？但他又猜疑起来，最后以快得怪异的速度，在无过错方的名义下双方安静地离了婚，这次乱七八糟的离婚在最近几个月里占据了他全部的时间和精力。在这段时间里，如果他还记得换内衣裤，就已经算不错了，更不要说譬如预约验光师这种更复杂的事。

"如果你想跟别人谈谈你自己的委屈，"莫特开始犹豫起来，他讨厌自己夸夸其谈、千篇一律的腔调，但又不知道如何回答，"你可以跟我的经纪……"

"这是你我之间的事。"站在门口的人耐心地说。莫特的公猫胖胖蜷缩在房子一侧的垃圾矮柜上（你必须把垃圾放在这种封闭的柜子里，不然夜里浣熊来了会把垃圾翻个底朝天），现在它跳了下来，在陌生人的两腿之间蜿蜒地盘绕着。陌生人明亮的蓝眼睛一直盯着雷尼的脸："我们不需要外人插手，雷尼先生。这只是你我之间的事。"

"我不喜欢被指责抄袭，如果你是指责我抄袭的话。"莫特说。与此同时，他心里隐约地提醒自己，跟疯子打交道时必须非常小心。顺着他们？对的。但这个人似乎没有枪，莫特的体重至少比他重五十磅。*从外表看，我也比他年轻五岁或十岁*，他想。他曾在书上读到，真正的疯子可以积聚起异乎寻常的力气，但如果他就站在这里，让这个他以前从未见过的人继续说他，莫特·雷尼，剽窃了他的故事，那他就该死了。他必须反驳。

"你不喜欢，我不怪你。"戴黑帽子的男人说。他还是那样耐心而平和地说话。莫特觉得他说话的方式就像一位治疗师，那种教有轻微智力缺陷的儿童的治疗师。"但是你确实剽窃了我的故事。"

"你得走了。"莫特现在完全清醒了，也不再感到困惑、处于下风，"我跟你没什么可说的。"

“好，我走，”那人说，“我们以后再谈。”他拿出那捆手稿，莫特发觉自己居然伸手去接。就在这个不速之客把手稿塞进莫特的手之前，莫特把手缩回到身边，场面就像法院的人终于把传票塞给了一个已经躲了好几个月的人。

“我不会接受的。”莫特说，心里对人这种动物如此愿意顺着别人感到惊讶：当有人向你递东西时，你的第一本能就是拿走它。无论那是一张一千美元的支票，还是一个被点燃了导火线并嘶嘶作响的炸弹，你的第一反应都是把它拿走。

“跟我玩把戏对你没好处，雷尼先生。”那人温和地说，“这个问题必须解决。”

“在我看来，是这样的。”莫特说着，对着那张布满皱纹、饱经风霜但又不知何故不显老的脸关上了门。

他只恐惧了一两分钟，当他在迷迷糊糊的睡意中第一次意识到这个人在说些什么时，恐惧就来了。然后恐惧被愤怒吞没。他愤怒是因为他在小睡时被打扰，更愤怒的是意识到自己被某个疯子打扰。

门一关上，恐惧又回来了。他抿紧嘴唇，等着那个人开始用力敲门，但这没有发生。他确信那个人就站在那里，一动不动，像石像一样耐心地等着他再开门。他迟早会敲的。

接着他听到一声低低的撞击声，然后是穿过木地板走廊的轻轻的脚步声。莫特走进主卧室，从那里可以看到车道。这儿有两扇大窗户，一扇能看到车道和屋后的山腰，另一扇则可以看到一直延伸到塔什莫尔湖蔚蓝宜人的广阔湖面的斜坡。两扇窗户都做了反光处理，这意味着他可以往外看，但任何人想往里看都只能看到自己扭曲的形象，除非把鼻子贴在玻璃上，双手做成杯状，挡住眼睛上方的强光。

他看见那个穿着工作服和蓝色牛仔裤的男人走回他的旧旅行车。从这个角度，他可以辨认出车牌是哪儿的。是密西西比州的。当那人打开驾驶座的车门时，莫特想：*哦，该死。枪在车里。他没有带在身上，因为他相信他可以跟我讲道理，不管他的“讲理”是什么。现在他要把它拿过来了。可能就在杂物箱里或者座位下面……*

但那人坐进了车里，只停了一会儿便脱下他的黑帽子，扔在身边，然后就砰的一声关上门，发动了引擎。莫特想，这个人现在有点不一样了。直到午后的这个讨厌的不速之客在车道上倒车，消失在莫特总是不记得去修建的厚灌木丛后，莫特才意识到来人到底哪里变得不一样了。

那个人上车的时候，手里不再拿着手稿。

2

手稿在后门廊，上面还压着块石头，免得微风把一张张纸吹得遍布整个小院子。他听到的轻微的撞击声是那个人把石头放在手稿上的声音。

莫特站在门口，双手插在卡其布裤子的口袋里，看着手稿。他知道疯狂不会传染（他想，除非是长时间接触这种疯子），但他还是不想碰那该死的东西。不过，他认为自己非看不可。他不知道自己会在这里待多久——一天、一周、一个月，还是一年，似乎都有可能。但他不能就这样让这该死的东西就这么摆在那儿。他的管理员格雷格·卡斯泰尔斯今天下午会早早过来，告诉他翻修房子需要多少钱，格雷格看到肯定想知道那是什么。更糟糕的是，他可能会认为那是莫特的，而这就要他作更多的解释，为这该死的东西费唇舌不值得。

他一直站在那儿，直到来客汽车的引擎声变成午后时间迟缓的嗡嗡声，他这才去门廊上，光着脚小心翼翼地走着（门廊至少一年前就需要上油漆了，干裂的木板上有些木碎，走上去扎脚），然后把那块石头丢到门廊左边长满刺柏的溪谷里。他捡起那一小捆纸，低头看着。最上面的一页是个标题页。上面写着：

秘密之窗，秘密花园

约翰·舒特著

莫特不由自主地感到了片刻的轻松。他从未听说过约翰·舒特，也从未读过或写过名为《秘密之窗，秘密花园》的短篇小说。

经过厨房的时候，他顺手把手稿扔进了厨房的废纸篓，然后回到客厅的沙发上，再次躺下，五分钟后就睡着了。

他梦见了艾米。他最近经常睡觉，经常梦见艾米，被自己嘶哑的叫喊声惊醒这种事不再让他感到惊讶。他觉得这种情况最终会过去的。

3

第二天早上，莫特坐在文字处理机前，这是在客厅外的一个小角落，他搬来以后，就一直把这里当书房。文字处理机开着，但莫特却望着窗外的湖。两艘摩托艇在湖面上划着宽阔的白色尾迹。一开始莫特以为他们是渔夫，但他们从来没有放慢速度，只是划着大圈来回绕过对方的船头。孩子，他觉得只是些孩子在玩游戏。

他们做的事情并非很有趣，不过莫特也一样。自从离开艾米以后，他还没有写过任何值得一读的东西。每天他都坐在文字处理机前，从九点一直到十一点，就像他过去三年每天做的那样（仿佛千年之前，他花两个小时坐在一台老旧的皇家牌办公室打字机前一样），但是无论在这些时间里他做成了什么事，都不如拿这些时间去换一艘摩托艇，到外面湖上和那些孩子瞎玩一阵。

今天，他在两小时的写作中写下了以下几行不朽的文字：

> 在乔治满意地证实他的妻子对他不忠的四天后，乔治质问了她。“我得跟你谈谈，艾比。”他说。

这写得不行。

太接近现实生活了，不可能行。

在现实生活中，他从来没有这么热情过。也许这就是有问题的部分原因。

他关掉了文字处理机，在他按下开关后一秒钟才意识到自己忘了保存文件。嗯，算了。可能是他潜意识里的书评家做的好事，告诉他这份文件不值得保存。

楼上的加文太太显然已经搞完了卫生，伊莱克斯吸尘器的嗡嗡声终于停了。她每个星期二都来打扫。两周前莫特告诉她，他和艾米分手了，她大吃一惊，陷入了沉默。相比自己，他怀疑加文太太对艾米的喜爱要多得多。但她还是来清扫了，莫特觉得这很了不起。

就在加文太太从主楼梯上走下来的时候，莫特起身走到客厅。加文太太手里拿着吸尘器的软管，身后拖着那个小型管状机器。它发出一连串的撞击声，看上去像一只小型机械狗。*如果我试着那样把吸尘器拉下楼，它会撞到我的某个脚踝，然后一直滚到底部*，莫特想。*她到底是怎么做到的？*

"你好，加文太太。"他说着，穿过起居室朝厨房门走去。他想喝可乐。写垃圾东西总是让他口渴。

"你好，雷尼先生。"他试图让她叫自己莫特就好，但她不叫。她甚至都不叫他莫特。加文太太是个有原则的女人，但她的原则从未阻止她称呼他的妻子"艾米"。

也许我应该告诉她，我发现艾米和另一个男人在德瑞的高档汽车旅馆里的床上，莫特推开旋转门想。*至少，她可能会再改叫艾米雷尼太太。*

这是一种丑陋且卑鄙的想法，他怀疑这种想法是他写作问题的根源，但他似乎无法控制它。也许它也会过去……像梦那样过去。出于某种原因，这个想法让他想起了曾经在一辆很旧的大众甲壳虫后面看到的一张保险杠贴纸。贴纸上写着"**便秘了……无法通过**"。

当厨房门打开时，加文太太喊道："雷尼先生，我在垃圾堆里发现了你写的一篇故事。我以为你会想留下它，所以我把它放在厨房台子上了。"

"好吧。"他说，完全不知道她在说什么。他没有把写坏的手稿或碎片扔进厨房垃圾桶的习惯。当他写出烂稿子时（最近他写出来很多烂稿子），这些稿子要么直接进入"资料库"，要么进入他的文字处理机右边的纸篓里。

他从来没有想起那个满脸皱纹、戴着黑色贵格派教友圆帽的人。

他打开冰箱门，动了一下两个盛着不知道是什么剩菜的特百惠小盘子，发现了一瓶百事可乐。他一边打开瓶盖，一边用臀部轻轻推了推冰箱门，把门关上。当把瓶盖扔进垃圾桶的时候，他看到了手稿。手稿的扉页上有一些看起来像橙汁的东西，但其他的都完好。就放在伊莱克斯咖啡机的旁边的台面上。然后他想起来了。约翰·舒特，没错。密西西比分会的成员。

他喝了一口百事可乐，然后拿起手稿。他把扉页放在最底下，在第一页最上面看到这些：

约翰·舒特
一般邮件寄送
德尔拉古，密西西比州
三十页
大约七千五百个单词
出售北美第一次连载权

秘密之窗，秘密花园

约翰·舒特著

手稿是用高档铜版纸打印的，但这台机器一定很糟糕。从外观上看，打的机器是一台旧的办公用型号，保养得也不好。上面的大部分字母都像老人的牙齿一样歪歪扭扭的。

他读了第一句，接着第二句，然后第三句，有那么一会儿，他清晰的思维停止了。

托德·唐尼认为，一个在你只有爱情的时候偷走你爱情的女人，算不上什么了不得的女人。因此，他决定杀了她。他会在房子和谷仓形成的尖角中深深的角落里杀了她，他要在他妻子的花园中杀了她。

“哦，什么鬼。”莫特说着把手稿放回去。他的胳膊碰到了百事可乐的瓶子。瓶子翻倒在柜台上，冒着白沫，嘶嘶作响，顺着厨房台子一路滚了过去。“哦，**什么鬼**！”他喊道。

加文太太匆匆赶来，看看情况，说：“哦，没事的。我还以为你划到了自己的喉咙呢。请你动一下，好吗，雷尼先生？”

他挪了挪位置，加文太太做的第一件事就是从台面上把那一捆稿子拿起来，塞回他手里。手稿没事，可乐流到另一边去了。莫特曾经是一个相当有幽默感的人，不管怎么说，他一直是这样觉得的。但当他低头看着手中那一小叠纸时，他最多只能感到一种酸涩的讽刺，就像童谣里的猫，他想，那只总会回来的猫。

“如果你想毁掉这些。”加文太太一边说，一边从水槽下拿出抹布，一边对着手稿点点头，“那你就选对方向了。”

“这不是我的。”莫特说，但这说法太滑稽了，不是吗？昨天，当他几乎要伸手从给他的人手中接过手稿时，他想到过人是多么愿意迁就的动物。显然，这种迁就的欲望向四面八方延伸了，因为他读到这三句话的第一感觉就是内疚。这难道不正是舒特（如果他真叫舒特的话）想让他感受到的吗？当然了。你剽窃了我的故事，他说。难道小偷不应该感到内疚吗？

“对不起，雷尼先生。”加文太太说，举起抹布。

他往旁边跨了一步，让她去擦洒出来的可乐。“不是我写的。”他重复地说。实际上是在强调。

“哦。”她说着擦了擦厨房台子上的可乐，然后走到水池边拧干抹布，“我以为是你写的。”

“上面写着约翰·舒特。”他说着把扉页放回到最上面，转向她，“看到了吗？”

加文太太礼貌性地迅速瞥了一眼扉页，然后开始擦拭厨房台子的表面。她说：“我以为这是那种叫什么来着的东西。假名还是别名，反正是这类东西。”

“我不用笔名。”他说，“我从不用。”

她非常快速地瞥了一眼莫特，带着点乡下人的精明和略微逗趣的神情，然后蹲下擦干地上的百事可乐。“要是你用了，你也不会告诉我吧。”她说。

“我很抱歉把可乐洒了。”莫特说着侧身朝门口走去。

“这是我的工作。”她简短地说，没有再抬头看。莫特明白了她的暗示，然后离开了。

他在客厅里站了一会儿，看着地毯中央的那台被弃置的吸尘器。他脑中听到那个满脸皱纹的男人耐心地说：这是你我之间的事。我们不需要外人，雷尼先生。这完全是你我之间的事。

莫特想到了那张脸，在他训练有素、善于记忆面孔和动作的大脑中细细回想那张脸，他想，这不仅仅是一时的不正常，也不是以一种古怪的方式去见一个他可能认为出名也可能不出名的作家。他会再来的。

他突然走回书房，边走边把手稿卷了起来。

4

书房的四面墙中，有三面墙排列着书架，其中一面专门供莫特收藏他作品的国内外各种版本。他总共出版了六本书：五本小说和一部短篇小说集。这本短篇小说集和他的前两部小说受到了他的直系亲属和一些朋友的欢迎。他的第三部小说《街头手风琴师之子》终于成了畅销书。在获得成功后，他早期的作品被再版，而且销售情况很好，但它们从来没有像他后来的书那样受欢迎。

这本短篇小说集名叫《人人都投币》，其中大部分故事最初发表在男性杂志上，夹在涂着浓妆的女性照片和没穿啥的女性照片之间。但其中一篇故事已经在《埃勒里·奎因推理杂志》杂志上发表过，题为《播种季节》。他现在就翻到了这个故事。

> 一个在你只有爱的时候偷走你爱的女人并不算什么了不起的女人……至少汤米·哈夫洛克是这么认为的。他决定杀了她。他甚至知道他要在什么地方做这件事，确切的地点：她在屋角有一小块花园，就是房子和谷仓的夹角。

莫特坐下来，一遍又一遍地读这两个故事。当他读到一半的时候，他明白自己真的不需要再往下读了。有些地方用词不同，但在其他许多地方，措辞都是逐字逐句一样的；如果不看措辞，两个故事完全一样。在这两起案件中，一个男人杀死了他的妻子。在两个故事里，妻子都是一个冷漠、没有爱的恶妇，只关心她的花园和她做的罐头。在这两个故事中，凶手都将其配偶的尸体埋在了她的花园中，并悉心地照料花园，最终收获了一盆丰盛的果实。在莫特·雷尼的版本中，种的东西是豆子；在舒特的版本中则是玉米。在这两个版本中，凶手最终都疯了，被警察发现时，他吃了大量上面收获的作物，并发誓要除掉她，总有一天他终将除掉她。

莫特从不认为自己是个恐怖小说作家——《播种季节》也没有超自然的元素——但它仍然是一部令人毛骨悚然的小作品。艾米读完后微微颤抖着说："我想这本书不错，但那个男人的思想……天哪，莫特，就像他脑子里有一罐虫子。"

这很好地概括了他自己的感受。《播种季节》里的书中风景不是他愿意经常去看的，也不是《泄密的心》那种故事，但他觉得自己把汤姆·哈夫洛克逐渐崩溃的杀人心态描绘得很好。《埃勒里·奎因推理杂志》的编辑认可了，读者也认可了。这个故事收到了很多好评。编辑还想要更多，但莫特一直没能写出类似《播种季节》的故事。

托德·唐尼说："我知道我能行。"他从热气腾腾的碗里又拿了一根玉米吃，"我相信她迟早会全部消失的。"

这是舒特的结局。

"我有信心处理好这件事，"汤姆·哈夫洛克对他们说，然后从那满溢着热气的碗里又拿了一把豆子，"我相信，假以时日，她的死对我来说也会变成一个谜。"

这是莫特·雷尼的结局。

莫特合上了他那本《人人都投币》，若有所思地把它放回初版书的书架上。

他坐下来，开始慢慢地、彻底地翻找书桌的抽屉。书桌很大，大得家具工人不得不把它拆开才能搬进房间，书桌有很多抽屉，完全是他的地盘，艾米和加文太太都不能碰这里，抽屉里装满了十年来堆积的各种东西。莫特已经戒烟四年了，如果家里还有香烟的话，就应该放在这里。如果他找到，他就会吸。就在这时，他疯狂地想抽支烟。即使他找不到，也没关系，翻看这些乱七八糟的东西对他来说是一种安慰。他曾把信件放在一边打算回复，却再也没有回过。那些曾经如此重要的东西，如今却显得古老，甚至有了神秘感。他买了却没有寄出去的明信片、处于不同完成阶段的大叠手稿、半袋放了很久的多力多滋玉米片、信封、回形针、注销的支票。他能感觉到这里堆着的一层层东西就像地质学里的地层一样……像是夏季时光就地层层冻结。这确实能安慰人。他翻完一个抽屉，接着翻下一个，脑子里一直想着约翰·舒特和约翰·舒特的故事给他的感觉——*他的*故事，该死！

当然，最明显的是这让他想抽支烟。这已经不是他四年来第一次有这种感觉了。曾几何时，只要在红灯前停下，看到旁边的车里有人抽烟，就会一瞬间引发他的烟瘾。但这里的关键词当然是“瞬间”。这些感觉就像猛烈的暴雨一样匆匆而过，在令人目眩的银色雨幕从天空中落下五分钟后，太阳又开始照耀了。他再也没有觉得非要走进便利商店买包烟……或者为了找一两支香烟就翻遍车里的储物箱，就像他现在在桌子上翻找一样。

他感到*内疚*，这是荒谬的。令人愤怒。他没有剽窃约翰·舒特的故事，而且他心知肚明自己没有——如果有剽窃的话（肯定存在剽窃；这两个故事如此接近，如果说两人中的一方事先并不知情，莫特是不会相信的），一定是*舒特剽窃他*。

一定是这样。

这就像他的鼻子长在脸上一样明显……或者像约翰·舒特头上的

黑圆帽一样明显。

但他仍然感到心烦、不安、内疚……他有一种茫然的感觉，无法形容。为什么会这样？嗯……因为……

就在这时，莫特拿起一份《街头手风琴师之子》手稿的复印件，底下是一包 L&M 牌香烟。现在还在生产 L&M 吗？他不知道。这包烟好旧，皱巴巴的，但肯定味道还没散。他把烟拿出来看了看。他想自己一定是在一九八五年买的这包烟，他之所以得出这个时间，根据的是他自己的非正式分层学，人们可能会称之为——如果没有更好的词——姑且叫桌面分层学。

他朝那包烟里看了看。他看见三根小小的烟排成一排。

莫特想，这些是来自另一个时代的时间旅行者。他把一支香烟塞在嘴里，然后去厨房，从火炉边的盒子里拿火柴。来自另一个时代的时间旅行者，耐心的圆柱状旅行者，穿越岁月。它们的任务是等待，坚持，等到合适的时机让我再次踏上通往肺癌之路。现在看来，时机终于到来了。

“这烟的味道可能像屎。”他对着空荡荡的房子大声说道（加文太太早已回家了），然后点燃了香烟的烟头。不过抽起来不像屎，味道很好。他踱回书房，抽着烟，头昏眼花的感觉让他很爽。啊，这可怕而又挥之不去的瘾头，他想。海明威说了什么？不是今年八月，也不是今年九月……今年你必须做你喜欢做的事。但那种时候总会回来的，一向如此。迟早你会再把东西塞进你又大又笨的嘴巴里。一杯酒，一支烟，也许还有一杆猎枪。不是今年八月，也不是今年九月……

……可惜，现在是十月。

在之前四处翻找的时候，他发现了一罐半满的花生。他怀疑这些花生是否还能吃，但罐子盖很适合当烟灰缸用。他坐在桌子后面，望着窗外的湖（像加文太太一样，先前在那儿的小船已经消失了），他回味着自己以前的坏习惯，发现他可以稍微平静一点地思考约翰·舒特和约翰·舒特的故事了。

这个人当然是个疯子，不需要什么证据，这一点是确凿无疑的。

至于他发现两人的作品确实存在相似之处时的感受……

嗯，故事是一件东西，一件真实的东西，反正你可以这样想，尤其是如果有人付钱给你的话。但从另一个更重要的角度来说，它根本不是一件东西。它不像花瓶、椅子或汽车。它是纸上的墨水，但不是墨水，也不是纸。人们有时问他，他的思路是从哪里来的，虽然他嘲笑过这类问题，但总是感到隐约的羞耻和虚伪。他们似乎觉得在某个地方有一个中央思路库（就像在某个地方应该有一个大象坟场，或者有座传说中失落的黄金之城），而且他一定有一张能让他往返的秘密地图，但莫特清楚并非如此。他还记得当某些思路出现时，自己去过哪儿，也知道这个思路源自他在事物或人之间经常看到或感觉到的一些奇怪的联系，而这些东西之前是毫不相关的。但他最好也只能做到这样了。至于为什么他看到了这些联系，或者为什么看到之后他想写故事，对此他就一无所知了。

如果约翰·舒特来到他的门前说“你偷了我的车”而不是“你偷了我的故事”，莫特会迅速果断地打消这个念头。即使这两辆车是同一年份的、同一品牌、同一型号、同一颜色，他也不会这么纠结。他会给那个戴黑圆帽的人看他的汽车登记证，请他比较比较粉红色单据和门柱上的数字，然后让他走人。

但是当你有了一个故事的思路时，没有人会给你售货单。没有可追溯的出处。为什么会有呢？你免费得到某样东西时，没有人会给你售货单。如果有人想向你买那东西，你就要收费了（哦，是的，所有交易都要收费，如果可以的话，还可以再多收一点，以弥补那些混蛋每次把你的东西卖掉，赚了钱又不分给你的那部分），比如杂志、报纸、图书出版商、电影公司这些。但是这个东西是免费送上来的，清晰无阻。就这样了，他决定了。这就是为什么尽管他知道自己没有剽窃农夫约翰·舒特的故事，但还是感到内疚。他感到内疚，因为写故事总是让他觉得有点像在偷东西，可能一直会有这样的感觉。约翰·舒特刚好是第一个出现在他家门口大声指责他的人。他下意识地认为，他多年来一直都预料到会发生这样的事情。

莫特掐灭了香烟，决定打个盹。然后他又觉得这样不好。吃点午餐，看半个小时左右的书，然后沿着湖边散散步，这样才更好，对身心都健康。他睡得太多了，而睡得太多是抑郁的表现。他在去厨房的半路上，又转向起居室靠窗墙边的长沙发。真见鬼。他想，然后把一个枕头放在脖子下面，另一个放在脑后。我**就是**抑郁啊。

他睡着前的最后一个念头是重复这句话：他和我还没完呢。哦，不，这家伙不会就这么算了的。他不会善罢甘休的。

5

他梦见自己迷失在一片广阔的玉米地里。他跌跌撞撞地从一排玉米走到另一排玉米，太阳在他戴着的手表上闪闪发光。每只手臂上有六只表，每只表的时间都不一样。

救救我！他哭了。谁来救救我！我迷路了，我害怕！

在他前面，两边的玉米都在颤动，发出沙沙的响声。艾米从一边走了出来，约翰·舒特从另一边走了出来。两人都拿着刀。

“我有信心能处理好这件事。”他们举起刀向他逼近时，舒特说，“我相信，假以时日，我们也不会记得你是怎么死的。”

莫特转身要跑，但一只手——他肯定是艾米的手，抓住了他的皮带，把他拉了回来。两把刀在这个巨大的秘密花园灼热的阳光下闪闪发光。

6

一小时又一刻钟后，电话把他吵醒了。他挣扎着从可怕的梦中醒来，有人在追他，这是他唯一清楚记得的。他挣扎着在沙发上坐起来，感觉热得要命，他的每一寸皮肤似乎都在出汗。在他睡觉的时候，太阳已经悄悄溜到房子的这一边，从落地窗照在他身上，天知道有多久了。

莫特慢慢地走向前厅的电话桌，步履沉重，就像穿着潜水服的人逆流在河床上行走，他的头慢慢地砰砰作响，嘴里尝起来像死囊鼠的屎。他每向前迈一步，门厅的入口似乎就后退一步。莫特突然想到，但已经不是第一次想到，在炎热的下午睡得太久太沉，感觉就像身在地狱。最糟糕的不是身体的疲惫。最糟糕的是那种令人沮丧的、迷失自我的感觉，不知怎么的——他现在感觉就像是通过两台镜头模糊的电视摄像机看这个世界。

他拿起电话，以为是舒特打来的。

是啊，就是他，好吧——这个世界上唯一一个我不应该和他说话的人，我这会儿感觉脑子分家，很不清醒。肯定是他——还有谁？

“喂？”

不是舒特，但当听着电话另一端回应他的“喂”时，他发现这又是一个他不应该在虚弱时说话的对象。

“喂？莫特。”艾米说，“你没事吧？”

7

那天下午晚些时候，莫特穿上了他在初秋当外套穿的那件特大号红色法兰绒衬衫，去了他本应该早点去的地方散步。那只猫胖胖跟着他走了很长时间，结果发现他是真要出去，于是掉头回到屋里。

在天空湛蓝、有着红色树叶和金色空气的绝妙午后，他故意双手插兜，慢慢地走，尽可能让湖的恬静穿过他的皮肤，让他冷静下来，就像以前那样。他猜这就是为什么他要待在这儿，而不是纽约。当初他和艾米闹到要离婚的时候，艾米早就预料到他会这么做。他来到这里，是因为这是一个有魔力的地方，尤其在秋天。他来到这里的时候就觉得，如果这个星球上有什么伤心的人需要一点魔力的话，那么他就是那个需要一点魔力的人。现在这古老的魔法失败了，自己的写作变得非常不顺，他不知道该怎么办。

结果证明他不需要担心这个。过了一段时间之后，秋天来了，夏季的游客终于离开，塔什莫尔湖上似乎开始一直笼罩着一种寂静和奇怪的悬疑气氛，让他放松下来，就像两只温柔地揉搓着他的手。但现在他除了要考虑约翰·舒特之外，还有别的事情要考虑。他还得想想艾米。

“我当然没事。”他说话的语气就像醉汉试图让人们相信他是清醒的。事实上，他还没有完全清醒，甚至觉得真的有点醉了。他觉得嘴里说出来的每个词都好大，就像一块块软绵绵的、可以油炸的石头。他小心翼翼地继续讲下去，摸索着电话交谈时要用的客套话和开场白，就像第一次打电话那样：“你好吗？”

“哦，好，我很好。”她说，然后发出一声短促的笑声，这通常意味着她不是在调情，就是太紧张了。莫特怀疑她是不是在跟他调情——现在应该不是。意识到她也很紧张，莫特放松了一点。“只是觉得你一个人待在那里，几乎什么事都可能发生，没有人会知道——”她突然打住了话头。

“我不是一个人。”他温和地说，“加文太太今天来了，格雷格·卡斯泰尔斯也一直在附近。”

“哦，我忘了修屋顶的事。”艾米说。有那么一会儿，他惊讶地发现这些话听起来多么自然，自然得不像两个离了婚的人说的。*听听我们的话，莫特想，你绝对想不到我的床上躺过一个流氓地产经纪人，或者说我曾经的床上。*他等着愤怒的感觉卷土重来，那种受伤的、嫉妒的、被欺骗的愤怒。然而过去让愤怒升腾的心底现在却只剩下些隐约的感觉。

“嗯，格雷格倒没有忘记。”他向她保证，“他昨天来了，在屋顶上爬了一个半小时。”

“情况有多糟？”

他告诉了她，然后他们聊了五分钟左右的屋顶，这时莫特慢慢清醒过来。他们聊着那旧屋顶，仿佛一切都和过去一样，仿佛他们明年要在新的雪松木瓦屋顶下过夏天，就像过去的九个夏天一样。莫特想：*给我一个屋顶，给我一些木瓦，我能和这个婊子一直聊下去。*

他听着自己努力交谈的时候，一种越来越强烈的不真实感渐渐渗入了他的内心。他感觉自己又回到了半醒半睡的僵尸状态，就像他刚接电话时的状态，最后他再也无法忍受了。如果这是一场比赛，看谁能假装过去六个月什么事都没有，谁坚持得更久，那么他愿意认输，非常愿意。

她问格雷格要到哪里去买雪松木板、他会不会请镇上的人来帮忙，这时莫特插嘴道："你为什么打电话来，艾米？"

一阵沉默。莫特感觉到她试着回答，然后又放弃了，就像女人试帽子一样，这确实又激起了他的愤怒。这是他确实厌恶她的其中一件事，实际上是为数不多的几件事之一。完全下意识的表里不一。

"我告诉过你为什么。"她最后说，"看看你身体好不好。"她的声音又显得慌张和不确定了，这通常意味着她说的是实话。艾米撒谎时，听起来总是像在告诉你说地球是圆的。"我有我的一种感觉，我知道你不相信，但我想你知道我有这些感觉，我也相信这些感觉，是不是，莫特？"她没有表现出惯常的用愤怒防御自我的姿态，她听起来几乎像是在恳求他。

"是的，我知道。"

"嗯，我有一个感觉。我在给自己做三明治当午餐，我感觉你……你可能不太好。我忍了一段时间，我以为这种感觉会消失，但它没有。所以我最终打了电话。你很好，对吗？"

"是。"他说。

"什么事都没有吧？"

"嗯，确实发生了一些事。"他纠结了片刻后说道。他想，甚至觉得有可能，约翰·舒特（如果这真的是他的名字，他的脑海里坚持加上这个）在来这里之前曾试图在德瑞找过他。毕竟，在每年的这个时候，他通常都在德瑞。甚至可能是艾米叫他来的。

"我知道。"她说，"你是被那该死的电锯弄伤了吗？还是……"

"不需要住院治疗。"他微微一笑，"只是有件烦心事。你对约翰·舒特这个名字有印象吗，艾米？"

"没有，怎么了？"

莫特发出一声气恼的叹息，它像蒸气一样从紧闭的牙齿里逸出。艾米是个聪明的女人，但她的大脑和嘴巴之间总是有一段很短的距离。他记得有一次他想，她应该穿一件写着"**先说后想**"的T恤衫。"不要一开始就说没有。花几秒钟认真思考一下。这家伙相当高，大约六英尺高，我猜他有四十五岁左右。他的脸看起来要更显老，但他的动作像一个四十多岁的人。他有一张乡下人的面孔。肤色很深，皱纹也多。我看见他的时候，觉得他就像福克纳小说里人物……”

“是怎么回事，莫特？”

现在他又觉得回到了过去，现在他又明白了，为什么他曾经受到伤害和困惑，却依然拒绝了心中的那阵冲动——多半是在晚上，想问她他们是否能试着解决一下两人之间的分歧。他猜自己是知道的，如果他要求的时间够长，够坚持，她会同意的。但事实就是事实，他们的婚姻比艾米的房地产推销员那件事问题更大。她口气中刨根问底的态度变得越来越突兀，这是让他们婚姻死亡的另一个表现。你现在做了什么？字里行间的语气在问，不，是在质问。你又给自己惹上什么麻烦了？快解释清楚啊。

他闭上眼睛，又用紧闭的牙齿发出嘶嘶的呼吸声，然后才回答。然后他给她讲了约翰·舒特、舒特的手稿和他自己的短篇小说。艾米清楚地记得《播种季节》那篇故事，但她说她从来没有听说过叫约翰·舒特的男人，她说，这不是那种会忘记的名字，而莫特也赞同她的说法。她当然没有见过他。

“你确定吗？”莫特逼问道。

“是的，我确定。”艾米说，她的声音听起来对莫特的不断追问有点不满，“你走了以后，我还没见过这样的人。在你再次告诉我不要‘立刻说不之前’，我向你保证，从那以后发生的几乎所有事情我都记得很清楚。”

她停顿了一下，他意识到她现在说话很吃力，很可能真的很痛苦。莫特为心里那一丝刻薄的心思感到高兴，但他总体上不是这样的。他发现自己哪怕只是隐约对此感到高兴时，自己大体上还是会厌恶。然而，这对在他心里窃喜的小人没有任何影响。如果在他身上发起投票，心中的那个家伙可能不会赢，但他似乎对莫特——大莫特——想要铲除他的企图无动于衷。

“也许泰德看见他了。”莫特说。泰德·米尔纳是那个房地产经纪人。他仍然很难相信艾米已经甩了自己，去找那个房地产经纪人，他猜想一部分问题就出在这里，某种自负使事情发展到现在这个地步。他当然不会，尤其不会对自己说，他像玛丽的小羊羔一样无辜，是吗？

“你觉得好笑吗？”艾米听起来既生气又羞愧，除了悲伤，还有点要挑衅的意思。

“不是。”他说。他又开始感到疲倦了。

“泰德不在这儿。”她说，“泰德几乎不来这儿。都是我……我到他那里去。”

谢谢你和我分享这个，艾米。他几乎要脱口而出，然后又哽咽了下去。至少两人有一次谈话没有出现互相指责也是好事。所以他没有说谢谢分享，也没有说情况会改变，最重要的是他没有问艾米你到底搞什么鬼？

主要是因为她可能会反过来问同样的话。

8

她建议莫特给塔什莫尔镇的警察戴夫·纽瑟姆打电话，毕竟舒特这个人可能很危险。莫特告诉她，说他认为没有必要这么做，至少现在还没有，但如果“约翰·舒特”再打来电话，他可能就会给戴夫打电话了。他们又生硬地客套了几句，然后挂了电话。他可以看出她在为他的间接暗示感到痛苦，仿佛他说泰德现在可能正坐在“熊熊”莫特的椅子上，睡在“熊熊”莫特的床上，但他真的不知道要怎样才能避免提到泰德·米尔纳。毕竟，这个男人已经成为艾米生活的一部分。况且是艾米给他打电话，这才是重点。她有一种奇怪的感觉，于是给他打了电话。

莫特来到了湖边小路分叉的地方，右手的小路顺着陡峭的河岸向上，然后延伸到湖滨大道上。他慢慢走上那条岔道，品味着秋天的颜色。绕过岔道最后的弯路，眼前出现了一条狭窄的、像带子一样的黑色柏油路。他看见那辆挂着密西西比州车牌、灰头土脸的蓝色旅行车就停在旁边，像老被鞭子抽的狗一样拴在树上。约翰·舒特双臂横在胸前，瘦削的身形靠在车右前方的挡泥板上。莫特并不惊讶。

莫特等着心跳加快，等着肾上腺素涌入他的身体，但他的心脏继续保持着正常的跳动，肾上腺也按自己的节奏在工作。暂时看来，二者似乎都没有什么问题。

太阳从云层后面又出来了，原先明亮的秋日色彩现在似乎燃烧起来。他自己的影子又出现了，又黑又长，轮廓分明。舒特那顶黑色的圆帽显得更黑，蓝色的衬衫显得更蓝，空气是那么清新，人似乎是从比莫特所知更明亮、也更活力四射的现实中一刀刀剪出来的。他明白自己不给戴夫·纽瑟姆打电话的理由其实说错了……错了，或者是他想故意欺骗自己和艾米。事实是他想亲自处理这件事。*也许只是想向自己证明我还有能力处理很多事情*，他想，然后又向山上走去，约翰·舒特正靠在自己的车上等着他。

9

莫特沿着湖畔长长的小径慢慢地走着，偶尔绕过倒在地上的树，要么停下脚步捡起扁石头，在水面打水漂（他小时候捡过很棒的石头，就是所谓的“小扁石”，最多打出过九个水漂，不过他今天最多只打出四个），他这个时候心里不只是在想艾米打来的电话。他也想过要如何对付舒特，如果舒特再次出现，该怎么办。

的确，当他看到两个故事如此雷同时，他会有一种短暂的——或者并不短暂的——负罪感，但是他已经解决了这个问题。这只是所有小说家普遍时不时会有的负罪感。至于舒特本人，他唯一的感觉是烦恼、愤怒，还有一种解脱。几个月来，他满身都是一种茫然的愤怒。终于来了个人帮他发泄这种愤懑了，就像玩蒙着眼给画上的驴子粘尾巴这个儿童游戏一样，总算来了头驴子，让他把那条又丑又烂的尾巴粘好。

莫特曾听过这样一句老话：如果四百只猴子在四百台打字机上连续捣鼓四百万年，总有一只猴子能写出莎士比亚的全集。他不相信。即使这是真的，约翰·舒特也不是猴子，不管他的脸上有多少皱纹，他也活不了那么久。

所以是舒特抄袭了他的故事。为什么他选择了《播种季节》，莫特猜不出来，但他知道发生了什么，因为他已经排除了巧合。他非常清楚，虽然这个故事就像他的其他故事一样，可能也是他从宇宙中的奇妙点子银行里偷出来的，但他肯定没有从密西西比州的约翰·舒特那儿偷。

那舒特是从哪里抄来的？莫特认为这是最重要的问题。他揭露舒特是冒牌货、骗子的机会可能就隐藏在这个答案之中。

只有两种可能的答案，因为《播种季节》只发表过两次。第一次是在《埃勒里·奎因推理杂志》上，然后是在他的选集《人人都投币》上。短篇小说的出版日期通常列在书前面的版权页上，《人人都投币》也是这么做的。他已经查过了《播种季节》的致谢部分，发现这篇小说最初发表在一九八〇年六月的《埃勒里·奎因推理杂志》上。《人人都投币》的选集则由圣马丁出版社于一九八三年出版。此后又印了几次，只有一次是平装本，但那并不重要。他真正需要去考虑的只是一九八〇年和一九八三年这两个年份……以及他自己充满希望的信念，就是除了代理商和出版公司的律师外，没有人会过多关注版权页上的那些小字。

希望约翰·舒特也是这样，希望那个舒特就像大多数普通读者一样，认为自己第一次在一本选集里读到的故事是之前没有发表过的。莫特走向那个人，最终站在路边和他面对面了。

10

舒特说："我猜你现在一定读过我的故事了。"他说话很随意，就像在评论天气一样。

"我读过了。"

舒特严肃地点了点头："我猜你想起来了，是不是？"

"的确是。"莫特同意道，然后，他故作漫不经心地说，"你什么时候写的？"

“我就知道你会问这个。”舒特说着偷偷地微微一笑，但没有再说什么。他的双臂仍然交叉在胸前，夹在腋下两侧。他看上去就像一个完全愿意永远呆在原地的人，或者至少，能一直待到太阳沉入地平线，不再温暖他的脸为止。

“嗯，当然。”莫特说，仍然很随意，“你知道，我不得不这么做。两个人写出同一个故事，这事不小。”

“不小。”舒特用深沉而沉思的语调表示同意。

“要弄清楚这种事，”莫特继续说，“就要确定是谁抄袭了谁，唯一的办法就是找出是谁先写的。”他用自己干涩而坚定的眼睛盯住了舒特那双褪色的蓝眼睛。附近有只山雀在树丛中自鸣得意地叫着，然后又静了下来。“你说是不是这样？”

“我想是吧。”舒特表示同意，“我想这就是我大老远从密西西比赶来的原因。”

莫特听到一辆车驶来的隆隆声。两人朝那个方向转身，汤姆·格林利夫的越野车后面带着一阵落叶旋风，开到最近的一座山丘。汤姆七十多岁，是塔什莫尔本地人，身体硬朗，湖这一边格雷格·卡斯泰尔斯不管的地方大部分都是他在管。汤姆经过时举起一只手打招呼。莫特也招了招手。舒特把夹着的一只手抽出来，向汤姆弹起一根手指，做了个友好的手势。这手势用一种模糊的方式说出了汤姆在乡下生活许多年的经历，多少年来，他曾多次以同样漫不经心的方式向过往的卡车、拖拉机、干草翻晒机和打包机的司机们打招呼。之后，汤姆的越野车去到视线之外，舒特把手放回到胸口，胳膊又交叉起来了。树叶哗啦哗啦地落在路边，他耐心、坚定、几乎永恒不变的目光又一次回到了莫特·雷尼的脸上。“我们刚才说什么来着？”他口气几乎是温和地问道。

莫特说：“我们正要确定出处，意思是……”

“我知道这是什么意思。”舒特说，他用冷静而略带轻蔑的目光瞥了莫特一眼，“我知道我穿着乡巴佬的衣服，开着乡巴佬的车，而且我家几辈子都是乡巴佬，也许这让我自己也成了乡巴佬，但这并不一定会让我变成愚蠢的乡巴佬。”

“没错。”莫特同意道，“我不这么认为。但聪明也不一定让你诚实。事实上，我觉得事实往往恰恰相反。”

“如果我先前不知道这一点，那我从你身上也能得出这个结论。”舒特说得很干脆，莫特觉得自己脸红了。他不喜欢被人责怪，也很少被责怪，但舒特刚才轻松地就把他责怪了一番，就像经验丰富的射手轻易打烂黏土鸽子一样。

他想让舒特掉入陷阱的希望破灭了。虽然不至于完全没有，但也基本没戏。聪明和精明不是一回事，但他现在怀疑舒特可能两者兼而有之。不过，继续纠缠这个问题没有意义。他不想再和这个人呆在一起了。从某种奇怪的角度来说，当初他十分肯定两人的再次对质无可避免，他本来挺期待这次对质，或许仅仅因为这样可以打破枯燥乏味和令人不快的常规。现在他想结束这一切。他不再肯定约翰·舒特是个疯子了，至少不是完全疯了，但他认为这个人可能很危险。他真是他妈的难搞。他决定使出浑身解数，赶快把事情解决，再也不旁敲侧击了。

“你什么时候写的这个故事，舒特先生？”

“也许我的名字不是舒特。”那人说着露出好笑的表情，“也许那只是个笔名。”

“我明白了。你的真名是什么？”

“我并没有说它不是我的真名，我只说了可能。不管怎样，这个和我们的事无关。”他平静地说，似乎对一片慢慢地飘过高高的蓝天、向着西边的太阳飞去的一朵云更感兴趣。

“好吧。”莫特说，“但你写那个故事的时间和我们的事有关。”

“我是七年前写的。”他说话的时候还在研究那朵云，它现在已经碰到了太阳的边缘，缀上了一根金色的流苏，“一九八二年。”

很好，莫特想。不管他是不是老谋深算的老混蛋，他终究还是落入了陷阱。他从我的选集里挑的这个故事。既然《人人都投币》出版于一九八三年，他认为说在那之前的任何日期都是安全的。老弟，你该看看版权页的。

他等待着胜利的感觉，但什么也没有。只有一种悄无声息的宽慰感，终于可以送这疯子走了，不会再有任何麻烦或混乱。不过，他还是很好奇，这是写作者受到的诅咒吗？举个例子，为什么会是那个故事，一个和他平常的故事不一样的故事，一个彻头彻尾的非典型的故事？如果那个人要指控他抄袭，为什么要选一篇没什么知名度的短篇小说，他完全可以拼凑出类似他的畅销书《街头手风琴师之子》之类的手稿。那样会很有赚头，选这个短篇简直就是个笑话。

莫特心想，我猜要整出一本小说太费功夫了。

"你为什么等了这么久？"莫特问，"我的意思是，我的短篇小说集出版于一九八三年，那是六年前的事了。现在快七年了。"

"因为我不知道。"舒特说，他把目光从云端移开，又带着那种略带轻蔑、让人尴尬的表情打量起了莫特，"我想，像你这样的人，应该会觉得只要有书出版，就算出版了你的书的国家不是每个人都读过你写的书，你也会认为在美国的每个人都会读过你写的书。"

"我不觉得我这么想过。"莫特说，这回轮到他的语气漫不经心了。

"但现实不是这样。"舒特继续说，他没有理会莫特，用他那令人恐惧的平静和全神贯注的方式说话，"根本不是这样。我直到六月中旬才看到这个故事。今年六月。"

莫特很想说：你猜怎么着，强尼[①]老弟？直到五月中旬，我才看到我老婆和另一个男人躺在床上！如果他真的大声说出这样的话，会不会打乱舒特的节奏？

他仔细看了看那人的脸，决定还是不说了。那对淡漠的眼睛里的宁静，就像大热天即将来临时，弥漫在山上的雾气一样消散了。现在，舒特看起来像个原教旨主义传教士，正要把一大盆火和硫黄舀到他的信众发抖、低垂的头颅上。莫特·雷尼第一次真正地对这个人感到害怕起来，但他还是很生气。这时他第一次与"舒特"的接触快要结束的想法再度浮现。不管怕不怕，如果他只是想站在这里任由这个人指控他剽窃，尤其是这个人现在已经从说的话中暴露了说谎的迹

---

① 约翰的昵称。

象，自己还这么怂，那自己也真是活该。

“让我猜猜。像你这样的人，对自己读的东西有点太挑剔，懒得读我写的垃圾。你喜欢马塞尔·普鲁斯特和托马斯·哈代，对吧？晚上，挤完奶后，你喜欢点起一盏靠谱的乡村煤油灯，啪的一声把它放在厨房的桌子上。桌子上当然铺着居家的红白两色格子桌布。然后拿一本小小的《苔丝》或者看看《追忆似水年华》，放松一下。也许在周末的时候，你会把头发放下来一点，变得时髦一点，再拖出一些厄斯金·考德威尔或安妮·迪拉德的书翻翻。是你的一个朋友告诉你，我是如何抄袭你勤勤恳恳写出来的故事的。是不是这么回事，舒特先生，要不你说说你的真名是什么？”

莫特的语气变得粗鲁起来，他惊讶地发觉自己的愤怒要按捺不住了。但他并不觉得非常意外。

“不。我没有朋友。”舒特用一种干巴巴的语调说，就像只是在陈述一个事实，“没有朋友，没有家人，没有妻子。我在珀金斯堡以南二十英里的地方有个小房子，我厨房的桌子上确实有块格子桌布，你说对了，但我们镇上有电灯。我只在暴风雨来袭，停电的时候才会点煤油灯。”

“很好。”莫特说。

舒特不理会他的讽刺。“房子是我父亲给的，另外从我奶奶那儿继承了一点钱。我确实养了一群奶牛，大约有二十头，这点你也说对了。晚上我写故事。我猜你用的是那种带屏幕的电脑，但我只有一台老式打字机。”

舒特沉默了，有那么一会儿，他们都能听到树叶在傍晚的微风中发出的清脆的沙沙声。

“至于你的故事和我的一样，这都是我自己弄明白的。你知道吗，我一直在考虑卖掉农场。我想再多点钱，我就可以在头脑清醒的白天写作了，而不是在天黑以后写。珀金斯堡的房地产经纪人想让我见见杰克逊的一个人，这个人在密西西比拥有许多奶牛场。我不喜欢一次开车超过十到十五英里，这让我头疼，尤其是在城市里开车，因为城里的蠢货特别多，所以我选择坐公共汽车。我准备上车时才想起我没带什么可看的东西。我讨厌坐长途汽车没东西看。”

莫特发现自己不由自主地点头。他也讨厌乘公共汽车、火车、飞机或汽车时没有东西可读，他需要比日报更有实质内容的东西。

“珀金斯堡没有巴士站，灰狗巴士只在雷氏药妆店门口停留个五分钟就走了。我已经走进了那辆灰狗巴士的车门，正要上阶梯的时候才发觉两手空空。我问巴士司机可不可以等我一下，他说等的话可就惨了，因为已经稍微迟了点，于是他盯着手中的怀表再等了三分钟。要是我赶得及就好，要是赶不及，也只能望着车屁股叹气。”

他像个说故事的人那样**说话**，莫特想，不像才怪。他试着打消这个念头（这似乎不是好的思考方式），但很难做到。

“我嘛，就冲进药妆店。珀金斯堡的雷氏药妆店有那种老式铁架，上面摆了好多平装版小说，就像你家再前面一条路的小杂货店一样。”

“鲍伊杂货店？”

舒特点头。“就是那里没错。总之，我随便抓了第一本。光看封面的模样，搞不好是本平装版圣经也不一定，不过并不是。那是你的短篇小说集，《人人都投币》。我只知道那些是你的短篇小说。除了那一篇以外。”

现在就结束掉吧。他已经冒了一脸的汗，所以要趁现在让他熄火。

但他发现他并不想。也许舒特确实是一个作家。他两个条件都满足：他说了一个你想听到结局的故事，尽管你清楚地知道故事会如何收尾，以及他满嘴谎话，都说漏嘴了。

莫特没有说原本要说的话，就算舒特有丰富的想象力，但说实话，他，莫特，写出这篇故事的时间依然比他早两年。他说：“所以你是在去年六月坐灰狗巴士去杰克逊，打算卖掉你的奶牛农场时，在车上读了《播种季节》。”

“不。我是在回去的路上读的。我卖掉了农场，又坐上了灰狗汽车，口袋里揣着卖掉农场得来的六万美元支票。我读了前面六个故事。我不觉得它们有什么了不起的，倒是能打发时间。”

“谢谢你。”

舒特简短地打量了他一下："我并没有真的要夸你。"

"难道我不知道吗？"

舒特想了一会儿，然后耸了耸肩："不管怎么说，我又读了两篇……然后就读到了这个。我的故事。"

他看了看云朵，现在它变成了一团飘着的闪闪黄金，然后又看了看莫特。他的脸和以前一样冷静，但莫特突然明白，他大错特错了。他之前以为这个人有的平静和祥和，其实完全不存在。他误以为舒特身上的这些情绪，其实是舒特为了抑制自己徒手杀死莫特·雷尼而装出来的。舒特的表情是冷静的，但他的眼睛里燃烧着莫特从未见过的最深沉、最狂野的怒火。他明白，他从湖边沿着小路，愚蠢地走到了可能让自己死在这个家伙手里的地方。这是个够疯狂也够愤怒的人，足够到杀人的程度。

"我感到奇怪的是，以前没有人跟你谈起过这个故事，这篇故事和其他故事都不一样，完全不同。"舒特的声音依然平静，但莫特现在听出这是一个男人在拼命地克制自己，不让自己动手或掐住对方的脖子。他清楚地表明只要听着自己的声调螺旋上升，觉得自己被耍了的时候，就会跨越动口不动手和直接杀人之间的界限。用这个腔调说话的人，清楚自己私了解决问题有多么容易。

莫特突然觉得自己像独自身处一间黑暗的房间，房间里交错着发丝般细的绊索，所有这些绊索都连着无数包的高爆炸药。很难相信，就在片刻之前，他还觉得自己控制着局面。他的问题（艾米的问题，还有自己写不出东西的问题）现在似乎成了不重要的场景中的路人。从某种意义上说，它们已经不再是问题。他现在只有一个问题了，那就是能活着回家，更不用说要活着看到日落了。

他张开嘴，又闭上了。他现在什么也不敢说，房间里满是连着爆炸物的绊索。

"我非常吃惊。"舒特重复道，他的声音沉重而平静，现在听起来像是对平静的拙劣模仿。

莫特下意识地说："我的妻子。她不喜欢这个故事。她说这和我以前写的任何东西都不一样。"

“你是怎么弄到的？”舒特缓慢而凶恶地问道，“这正是我真正想知道的。像你这样的乱写乱画就能大把赚钱的混蛋，怎么会到密西西比的一个破小镇偷我的故事？我也想知道这是为什么，除非你其他的故事也都是偷来的，不过，我现在只想听你是怎么做到的。”

这种极度的不公平让莫特自己的愤怒无法得到发泄的渴望再度回到了心头。一时间，他忘记了除了这个来自密西西比的疯子，湖滨路上只有他独自一人。

“算了。”他严厉地说。

“算了？”舒特问道，脸上是笨拙而又惊讶的神情，“算了？你到底是什么意思，算了？”

“你说你的故事是一九八二年写的。”莫特说，“我记得我是在一九七九年末写的。我不记得确切的日期，但我知道它第一次发表是在一九八〇年六月。登在一本杂志上。我比你早了两年，舒特先生，不管你叫什么名字。如果这里有人要对剽窃感到愤怒，那个人应该是我。”

莫特没有确切地看到那个人在动。上一刻，他们还站在舒特的车旁面面相觑，这一刻他发现自己被摁在驾驶室的门上，舒特的双手抓着自己的上臂，他的脸紧贴着自己的脸，额头对着额头。在这两个位置之间，他只是模糊地感觉到自己先被人抓住了，然后整个人就旋转起来。

“你撒谎。”舒特说，他呼出一股淡淡的肉桂味。

“该死的，我没有。”莫特说着向前用力顶住那人摁住他的力道。

舒特很强壮，几乎可以肯定他比莫特·雷尼更强壮，但是莫特更年轻，体重更重，而且他还能往身后的蓝色旧旅行车上借力。于是他挣脱了舒特的控制，让他踉踉跄跄地向后退了两三步。

现在他要来打我了，莫特想。自从四年级在校园里“你拉我，我就要推回你”的扭打之后，他就没打过架，但他惊讶地发现自己的头脑是如此清醒和冷静。*我们就要为那篇愚蠢的故事大打一场了。嗯，也好，反正我今天也无所事事。*

但两人没有打起来。舒特举起双手，看了看，发现它们都攥成了拳头，他强迫自己把手张开。莫特看到这个男人为重新掌控自己所付出的努力，他心里又惊又怕。舒特将一只张开的手掌放在嘴边，非常缓慢、非常谨慎地用它擦了擦嘴唇。

“证明给我看。”他说。

“好吧。和我一起回屋子。我给你看这本书版权页上的日期。”

“不。”舒特说，“我不在乎这本书，我对这本书一点也不在乎。给我看看这篇故事。给我看看登了这篇故事的杂志，我自己就可以看。”

“我这儿没有这本杂志。”

莫特还想说点什么，但舒特把脸转向天空，发出了一声大笑。这声音干得像斧头在劈柴。“没有。”他眼睛里仍然燃烧着跳动的怒火，但他似乎又控制住了自己，“没有，我敢打赌你没有。”

“听我说。我通常只和我太太夏天来这儿。这里放了我的几本书和国外的译本，但我也在许多杂志上发表过文章、散文和短篇小说。那些杂志都放在我们平常整年住的房子里。在德瑞的那座房子。”

“那你为什么不在那儿?”舒特问。从他的眼里，莫特看到了不相信和令人难堪的得意……很明显，舒特已经料到他会这样摆脱困境，在舒特看来，莫特现在正在忽悠他，或者要忽悠他。

“我来这儿是因为……”他停了下来，“你怎么知道我会在这儿?”

“我只是看了看我买的书的封底。”舒特说，莫特沮丧地拍了拍自己的前额，突然明白过来。当然——在精装版和平装版《人人都投币》的封底上都有一张他的照片。这是艾米拍的，拍得非常好。他站在照片的前景中，房子在中间，塔什莫尔湖在后面。标题简单地写着：莫顿·雷尼在缅因州西部的家中。所以，舒特来到了缅因州西部，他可能不用去太多的小镇酒吧或者药店，就能找到一个对他说“莫特·雷尼？噢，是的！他在塔什莫尔有座房子。其实，我们还是好朋友！”的人。

这至少回答了一个问题。

他说：“我来这里是因为我和妻子离婚了。一切都成了定局。她住在德瑞。换了任何一年，这里的房子都没人住。”

“嗯。”舒特说。他的语气又一次激怒了莫特。他这个强调是在说你在撒谎，但在这种情况下，这无关紧要。因为我知道你会撒谎。毕竟，你喜欢撒谎，不是吗？“嗯，无论在什么地方，我都会找到你的。”

他用冷酷的目光盯着莫特。

“如果你搬到巴西去，我也会找到你的。”

“这我相信。”莫特说，“不过，你错了。或者是在骗我。恕我直言，我相信这是搞错了，因为你似乎很真诚……”

老天，难道他不是吗？

“但在你说你写那篇小说的两年前，我就发表了。”

他又看到舒特眼睛里闪着疯狂的光芒，然后就消失了。不是完全熄灭，而是被压制住了，就像用项圈压住一条天性凶残的狗。

“你说这本杂志在你另一所房子里？”

“对。”

“杂志上有你的故事？”

“对。”

“杂志的日期是一九八〇年六月。”

“对。”

起初，莫特对这冗长的一问一答感到不耐烦（在每个问题之前，都有很长一段时间的沉思时间），但现在他感到有了一点希望：似乎这个人正在努力让自己理解莫特话中的真相。莫特觉得，约翰·舒特肯定一直都知道这一点，因为这两个故事之间几乎完全雷同绝非巧合。他仍然坚信这一点，但他已经改变了想法，认为是舒特可能无意中剽窃了自己的故事，但忘了。因为这个人显然是疯了。

他不像第一次看到舒特眼中闪烁的仇恨和愤怒时那样害怕了，当时他觉得舒特眼里的怒火就像谷仓里失去控制的火焰的倒影。莫特推开这个人的时候，他已经踉跄着向后退了，莫特想，如果真的要打架的话，自己大概不会输……说不定还能把这个人打翻在地。

不过，如果事情没有发展到这个地步，那就更好了。奇怪的是，他开始有点可怜起舒特来。

与此同时，舒特依然坚定地向前推进。

“另一幢房子，你妻子现在住的那幢，也在缅因州？”

“对。”

“她住在那儿？”

“对。”

这一次停顿的时间长得多。舒特的样子让莫特奇怪地想起正在处理大量信息的电脑。最后他说：“我给你三天时间。”

“你太慷慨了。”莫特说。

舒特紧紧抿住他长长的上唇，露出了过于整齐的牙齿，肯定是邮购的假牙。“别不把我当回事，小子。”他说，“我尽力控制了自己的脾气，而且控制得还不错，但是……”

“你！”莫特朝他喊道，“那我呢？真是难以置信！你不知从哪儿冒出来，对作家提出了一个最为严厉的指控，我告诉你，我有证据证明你不是弄错了，就是他妈的在撒谎时，你就开始庆幸自己控制住了脾气！难以置信！”

舒特的眼皮耷拉下来，狡猾地看了他一眼。“证据？”他说，“我没看到任何证据。我听见你在说而已，但语句并不能作为证据。”

“我告诉过你了！”莫特喊道，他感到很无助，像个努力把蜘蛛网打包的人，“我都解释过了！”

舒特盯着莫特看了很长一段时间，然后转过身，手伸进了打开的车窗。

“你在干什么？”莫特问，声音绷得紧紧的。现在他感到肾上腺素大量分泌到身体里，让他做好了要么战，要么逃的准备。如果舒特伸手去拿那把在莫特的想象中突然看到的大手枪，那他很可能要逃命。

舒特说：“我只是拿烟，你别慌。”

他从车里抽出胳膊时，手里拿着一包红色包装的烟。他把烟从仪表板上拿了出来：“来一根？”

“我自己有。”莫特不高兴地说，从红色法兰绒外套下面的口袋里掏出那盒旧包装的 L&M 牌香烟。

两人各自点了根烟。

“如果我们继续这样下去，肯定会打一场。”舒特最后说，“我不想那样。”

“老天，我也不想。”

“你有点想。”舒特反驳道，他继续眯着眼，带着乡下人精明的神情，打量着莫特，“你心里有一点想的，但我不觉得是我或我的故事让你想打架。你心里有别的烦心事让你愤怒，那才是让你恼火的原因。你有一点想打架，但你不明白的是，如果我们真的要打起来，那不是轻易能结束的，除非我们中有一个死了。”

莫特想寻找舒特吹牛的迹象，但没有发现。他突然感到一阵凉意从下往上传遍背脊。

“所以我给你三天时间。你打电话给你的前妻，让她把那本登了你那篇故事的杂志寄过来，如果真有这本杂志的话。我还会回来的。当然，其实根本没有任何杂志，我想我们都清楚这一点。但在我看来，你需要不少时间好好想想。”

他带着一种令人尴尬的严肃而又怜悯的表情看着莫特。

“你不相信会有人识破你，是吗？”他问，“你真的没想到。”

“如果我把那本杂志给你看，你能走吗？”莫特问，他与其说是在对舒特说话，不如说是在自言自语，“我觉得我真正想知道的是这样做是否值得。”

舒特突然打开车门，滑进驾驶座。莫特觉得这个人的动作速度有点吓人。“三天。你喜欢怎么用就怎么用吧，雷尼先生。”

他发动了引擎。汽车发出的低沉的声响是阀门需要重新打磨的标志，旧排气管喷出的浓烈油烟污染了傍晚的空气。“正确就是正确，公平就是公平。第一件事是把你带到这儿，让你知道我咬住了你，你这辈子肯定惹了不少麻烦，之前一直都能全身而退，但这一次你没法靠耍什么伎俩摆脱了。这是我要做的第一件事。”

他从驾驶座的窗户望着莫特，面无表情。

“第二件事。”他说，“是我来的真正原因。”

“是什么？”莫特听见自己说。这很奇怪，也很让人恼火，可是他又感到一种罪恶感无情地向他袭来，仿佛这个疯狂的乡巴佬指责他做的事是真的。

“我们会再聊的。”舒特说着把他那辆老旧的旅行车发动起来，“与此同时，你要想想什么是正确，什么是公平。”

“你疯了！”莫特吼道，但舒特已经沿着湖滨大道向二十三号公路驶去了。

他一直看着那辆车驶出视线，才慢慢地走回房子。他越靠近房子，心里越感到空虚。愤怒和恐惧都消失了。他感到的只是寒冷、疲倦，想念一段已不复存在的婚姻。而且他现在开始觉得，这段婚姻根本就不曾存在过。

11

他从湖滨大道走下陡坡，在通往房子的车道上才走了一半，就听见电话铃响了。莫特跑了起来，他知道自己来不及接，但还是继续跑，一边咒骂自己的愚蠢反应。就像巴甫洛夫狗的条件反射！

他打开纱门，摸索着里面的门把手，这时电话噤声了。他走进去，关上身后的门，看了看电话，它放在一张小古董桌上，桌子是艾米在梅凯尼克瀑布的一个跳蚤市场买的。在那一刻，他可以很容易地想象那台电话也刻意摆出不耐烦的神情回望着他：*别问我，老大，我不生产消息，我只是消息的搬运工*。他想他应该买一台那种可以记录信息的机器……或者还是算了。他仔细想了想，他意识到电话并不是他最喜欢的小玩意儿。如果人们真的要找你，他们迟早会再打电话来的。

他给自己做了一个三明治和一碗汤，然后发现自己不想吃。他感到孤独、不快乐，还轻微感染了约翰·舒特的疯狂。他发现这些感觉汇集在一起让他有困倦感，他并不十分惊讶。他开始向沙发投去渴望的目光。

好吧，一个声音低声说，*记住，你逃得掉，但你躲不掉。你醒的*

时候，这个破事还会在这儿。

这是千真万确的，他想，但与此同时，一切都会过去，会过去的，令人愉快地过去。对于短期解决方案，你可以肯定地说总比什么都没有强。他决定给家里打个电话（他一直把德瑞的房子当作自己的家，他怀疑这种情况不会很快改变），叫艾米把那本载有《播种季节》的《埃勒里·奎因推理杂志》用快递寄来。然后他会在沙发上躺上几个小时。他会在七点左右起床，神清气爽地走进书房，再写点废话。

就你这个态度，你写的都是屎，内心的声音责备着他。

“去你的。”莫特跟那个声音说——在他看来，独自生活的少数好处之一就是你可以大声自言自语，而不会让别人怀疑你是不是疯了。

他拿起电话，拨了德瑞的号码。他听着长途电话接通时惯常的咔哒声，然后是所有电话中最烦人的声音：忙音的嗒嗒嗒声。艾米正在和某人打电话，艾米真的打电话时，一通电话可能会持续好几个小时，也可能是好几天。

“哦，妈的，太棒了！”莫特叫道，用力把听筒使劲塞回去，力道大得让电话发出了微弱的丁当声。

那么，现在怎么办，小家伙？

他想他可以给住在街对面的伊莎贝尔·福汀打个电话，但突然间似乎让他觉得这太麻烦，太痛苦了。伊莎贝尔已经在他和艾米的分手中卷入得太深，她做了所有的事情，就差拍个家庭录像了。而且，已经五点多了——不管今天什么时候寄杂志，要到明天早上，德瑞和塔什莫尔之间的邮政通道才能真正开始投递。他会在今晚晚些时候给艾米打个电话，如果打到家里的电话又占线了（或者如果艾米可能还在打同一个电话），他还是会给伊莎贝尔打个电话，把这个消息告诉她。此刻，起居室的沙发给人的诱惑实在太强烈了，他没法置之不理。

莫特把电话线拔了出来。不管刚才他走下车道的时候给他打过电话的人是谁，请再等一会儿，谢谢。然后他走进客厅。

他把枕头按自己熟悉的位置支好，一个枕在脑袋后面，一个枕在脖子后面，他望着外面的湖，太阳正落在一条长长的壮观的金色轨迹的尽头。我这辈子还从来没有感到这么孤独、这么恐惧过，他有些惊讶地想着。然后，他的眼皮慢慢闭上，盖住了微微充血的眼睛，莫特·雷尼还没弄清楚真正的恐怖是什么，就睡着了。

12

他梦见自己在一间教室里。

这是一个熟悉的教室，不过他说不出为什么。他和约翰·舒特在教室里。舒特的一只手臂弯曲地举着一个杂货袋。他从袋子里拿出一个橘子，若有所思地在手里上下抛着。他朝莫特的方向看，但没有看莫特。他的目光似乎盯着莫特肩膀背后的什么东西。莫特转过身来，看见一堵煤渣墙、一块黑板和一扇上面嵌着磨砂玻璃的门。过了一会儿，他才琢磨出磨砂玻璃上反着写的字。

欢迎来到困苦学校

黑板上的字更容易看懂。上面写的是：

播种季节

莫顿·雷尼的短篇小说

突然，有什么东西嗖地一声从莫特的肩头掠过，差点打中他的头。是个橙子。莫特缩回去的时候，橙子砸在了黑板上，发出一种腐烂的、压扁的声音，橙汁溅在了黑板的字上。

他转身朝向舒特。别丢了！他用颤抖的、责骂的声音叫道。

舒特又把手伸进包里。有什么事吗？舒特用他平静、干巴巴的声音问，你看到血橙的时候，你认不出它们吗？你算个什么作家？

他又扔了一个。橙汁溅在莫特的名字上，开始顺着墙壁慢慢滴下去。

别再丢了！莫特尖叫了一声，但舒特又慢慢地、毫不犹豫地往袋子里一掏。他那长着老茧的手指插进了他拿出的橙子里；血红的橙汁以针状液滴的形式流到橙子皮上。

别丢了！别丢了！求你了！别丢了！我承认，我承认一切，一切，只要你别丢了！只要你别丢了，什么都行！只要你……

13

“——别丢了，只要你别丢了……”

他在往下掉。

莫特抓住了沙发的边缘，总算没有痛苦地摔在地板上。他朝着沙发靠背翻过身，在那里躺了好一会儿。他抓着垫子，浑身发抖，试图抓住那梦支离破碎的尾巴。

好像有间教室，有血橙，还有那折磨人的体验。这种体验还在继续，但其他的都不记得了。不管是什么，都很真实。太真实了。

最后，他睁开了眼睛，可视野很模糊。他一直睡到了太阳下山很久之后。他全身僵硬得可怕，尤其是脖子下面，他怀疑自己至少睡了四个小时，也许是五个小时。他小心谨慎地去摸索客厅的电灯开关，设法避开八角形的玻璃咖啡桌（他以前觉得这张咖啡桌好像是有点灵性的，天黑后会稍微换个地方，好撞到他的小腿），然后进了前厅，再次试着给艾米打电话。路上他看了看手表。现在是十点一刻。他睡了五个多小时……这也不是第一次了。他甚至不会就此整夜翻来覆去，根据过去的经验，他在卧室里，头一碰枕头就能睡着。

他拿起电话，一时间被耳朵里死寂般的安静弄糊涂了，然后他才想起他拔掉了电话线。他从手指间拉过电话线，走到插孔那要转身把电话线插进去的时候，又停了下来。在这个位置，他可以从门左边的小窗户往外看。这让他能看到后门廊，那个神秘而又令人不快的舒特先生昨天把他的手稿压在了这里的一块岩石下。他还看到了垃圾柜，上面有些东西——实际上是两件东西。一个白色的东西和一个黑色的东西。那个黑乎乎的东西看上去很恶心。在那可怕的一瞬间，莫特还以为那里蹲着一只大蜘蛛。

他放下电话线，匆忙打开了门廊的灯。然后在一段时间里——他不知道这段时间有多长，也不想知道……他僵住了。

白色的东西是一张纸——一张非常普通的八又二分之一英寸乘十一英寸的打印纸。虽然垃圾柜离莫特站的地方足足有十五英尺远，但上面的几个字都是大笔画的，他很容易看清。他觉得舒特一定是用了笔芯极软的铅笔或艺术家用的炭笔。“**记住，你还有三天时间。**”留言写道，“**我不是在开玩笑。**”

那个黑色的东西是他的猫胖胖。显然，舒特先是拧断了猫的脖子，然后用莫特自己工具棚里的螺丝刀把它钉在了垃圾柜的盖子上。

14

他没有意识到自己已经摆脱了吓瘫的状态。在前一刻，他还呆呆地站在电话桌旁边的门厅那儿，看着乖巧的老猫胖胖。现在这只猫胸口那片环形的白毛的中心，就是艾米喜欢称为“胖胖的围兜”的那个地方，好像长出了螺丝刀的握把。接着，他站在门廊中央，夜晚的凉风刺穿了他薄薄的衬衫，他的视线想努力同时顾及几个方向。

他强迫自己停下来。舒特当然已经走了，所以他留下了便条。舒特也不像是那种喜欢看莫特恐惧模样的疯子。他确实是个疯子，不过是另一种疯。他只是利用胖胖来对付莫特，就像农夫用撬棍对付农田里的顽石一样，里面没有任何私人恩怨，只是一项必须完成的工作。

接着，他想起了那天下午舒特的眼神，不由得剧烈地颤抖。不，这是私人恩怨。这完全就是私人恩怨。

“他相信是我剽窃了。”莫特对着缅因州西部寒冷的夜晚低声说，他那打战的牙齿把这句话咬得支离破碎，“这条疯狗真的相信是我剽窃了。”

他走近垃圾柜，胃里像玩把戏的小狗一样翻腾。他的额头上冒出了冷汗，他不确定自己是否能处理好需要处理的事情。胖胖的头歪到了左边很远的地方，像是用奇怪的眼神在质疑他。胖胖露出了牙齿，小而整齐，像针一样锋利。在螺丝刀插进他的胖胖的“围兜”的地方，螺丝刀边缘有一点血，但不是很多。胖胖是一只友好的猫，如果舒特走近它，胖胖也不会退缩。莫特想，舒特一定就是这么做的。他擦了擦额头上因为恶心而渗出来的汗珠。舒特把猫抱起来，用手指把猫的脖子像一根冰棍一样咔嚓地折断，然后把它钉在垃圾柜倾斜的顶上。这一切都发生在莫特·雷尼睡觉的时候。

莫特把那张纸揉成一团，塞进他身后的口袋，然后把手放在胖胖的胸口。胖胖的身体还未僵硬，也还没凉透，在他的手底下动来动去。莫特的胃又翻腾起来，但他强迫自己用另一只手握住螺丝刀的黄色塑料把手，然后把它抽出来。

他把螺丝刀扔到门廊上，右手托着可怜的老胖胖，像托着一捆破布。现在他的胃像自由落体一样，不受控制地翻腾起来。他把垃圾柜上两个盖子中的一个拿起来，用带孔的钩子固定住，以免有人丢垃圾时被沉重的盖子砸到胳膊或脑袋。柜子里面排列着三个垃圾桶。莫特打开中间垃圾桶的盖子，轻轻地把胖胖的尸体放了进去。它耷拉在一个橄榄绿色的大塑料袋上，看起来就像一件毛皮披肩。

他内心突然对舒特大发雷霆。如果那个人在那个时候出现在车道上，莫特会毫不犹豫地冲过去，把他打倒在地，如果可能的话会掐死他。

很简单，很难不让人这么想。

也许是的。也许他根本不在乎。这不仅仅是因为舒特杀死了他在寂寞的十月湖边屋子里唯一的同伴，他还是在莫特睡着的时候干的，而且还让乖巧的老胖胖死得这么惨，变成了令人厌恶的对象，这场面很难不让人吐出来。

最过分的是，他被迫把他乖巧的猫像垃圾一样扔进垃圾桶。

我明天就埋葬它。就在房子左边那块松软的地方。从那里能看到湖。

是的，但是因为依然还在附近的某个人、某条疯狗，今晚胖胖得躺在垃圾柜里的一大包垃圾上面。那个人因为一篇莫特·雷尼近五年内都没想起过的故事而怨恨莫特。那个人是个疯子，因此莫特今晚不敢埋葬胖胖，因为不管有没有纸条，舒特都可能还在附近。

我想杀了他。如果那个疯狂的家伙再逼我的话，我可能会试一试。

他走进屋子，砰的一声把门关上，然后锁上。接着他故意穿过房子，锁上所有的门窗。办完这些事后，他又回到门廊的窗口，若有所思地望着外面的一片黑暗。他能看见螺丝刀倒在木板上，还有当舒特把它插入垃圾箱右边盖子时，螺丝刀在盖子上钻出的黑色圆孔。

他突然想起他本来要再给艾米打一次电话。

他把电话线插回墙上，飞快地拨着号码，手指敲击着那些老旧又熟悉的按键，这给他“家”的感觉。他在考虑是不是要把胖胖的事告诉艾米。

一开始显示咔嗒咔嗒的声音，然后出现了一段不自然的长时间停顿。他正要挂断电话，这时响起了最后一声“咔哒”声……声音大得几乎像“砰”的一声……接着是一个机器人的声音，告诉他他拨打的电话现在处于故障中。

“棒极了。”他咕哝着说，“你到底在搞什么，艾米？煲电话粥煲到电话坏了？”

他按下了挂断电话的按钮，心想他还是得给伊莎贝尔·福汀打电话。正当他在回忆她的电话号码时，他手中的电话响了。

直到电话响，他才意识到自己绷得有多紧。他发出一声尖厉的尖叫，往后一跳，把电话听筒扔在了地板上，然后差点被艾米买来放在电话桌旁的那张该死的长凳绊倒。这张长凳，包括艾米自己在内，从来没有人用过。

他用一只手往外伸，抓住书柜，才没有摔倒。然后他抓起电话：“喂？是你吗，舒特？”因为在那一刻，整个世界似乎正在慢慢地而又肯定地上下颠倒，他想不出还会有谁打电话给他。

“莫特？”是艾米，她几乎喊了出来。在他们结婚的最后两年，他就很熟悉这种腔调。这不是沮丧就是愤怒，更有可能是后者。“莫特，是你吗？是你吗，看在上帝的分上？莫特？”

“是的，是我。”他说。他突然感到疲倦了。

“你他妈的上哪儿去了？过去三个小时我一直在找你！”

“睡着了。”他说。

“你拔掉了电话线。”她用一种疲倦而又责备的口吻说，这不是她第一次碰到这种事，“好吧，你这次选了个好时机，你这个家伙。”

“我五点左右给你打过电话。”

“我在泰德家。”

“嗯，有人在那儿，”他说，“也许是……”

“你说有人在那儿是什么意思？”她像抽打的鞭子一样飞快地问，“谁在那里？”

“我怎么会知道，艾米？是你在德瑞，记得吗？你在德瑞，我在塔什莫尔。我只知道我给你打电话时电话占线。如果你在泰德家，我想伊莎贝尔……”

“我还在泰德家。”她说，现在她的声音出奇地平静，“我想我会在泰德那儿待上一段时间，不管你喜不喜欢。有人把我们的房子烧了，莫特。有人把它烧了。”突然，艾米哭了起来。

15

他太过关注约翰·舒特了。他呆呆地站在只剩下自己的屋子的走廊上，电话紧贴在耳朵上，他的第一反应是，舒特烧毁了房子。动机？当然，警官。就为了烧掉一本杂志，他烧掉了那栋经过修复的价值约八十万美元的维多利亚式房屋。确切地说，他要烧的是一九八〇年六月那一期的《埃勒里·奎因推理杂志》。

但会是舒特吗？当然不是。德瑞和塔什莫尔之间有一百多英里的距离，而胖胖的身体仍然温暖而柔韧，螺丝刀的尖端周围的血有点粘，但还没有干。

如果他是急匆匆地做了这些事……

哦，打住，为什么要胡思乱想？过不了多久，你就会把离婚的责任推给舒特，以为自己每天有十六个小时都在睡觉，因为舒特在你的食物里放了镇静剂鲁米那。在那之后呢？你可以写信给报纸说美国的可卡因主犯是来自密西西比的一个叫约翰·舒特的人。他杀死了吉米·霍法，同时在一九六三年十一月从那个草丘上向肯尼迪打了著名的第二枪。那个人是疯了……但你真的认为他往北开了一百英里，为了销毁一本杂志就烧了你们的房子吗？尤其是那本杂志肯定在美国其他地方肯定还有？理性点吧。

但……如果他快点的话……

不。这太荒谬了。但是，莫特突然意识到，这样他就没法把那该死的证据给那个人看了，是不是？除非……

书房在房子的后面，是他们用谷仓的阁楼改造的。

“艾米。”他说。

“这太可怕了！”艾米哭了，“我在泰德家，伊莎贝尔打来电话……她说那里至少有十五辆消防车。水管在喷水……人群……脖子伸得老长在那里围观……好多人呆呆地在看……你知道我非常讨厌很多人来呆呆地盯着房子看，就算房子没着火，我也讨厌这样……”

他不得不使劲咬着双颊的内侧，以抑制住一阵狂笑。现在再笑，那是最糟糕、最残忍的事，因为他心里明白。经过多年的奋斗，他在自己选择的职业上取得了成功，这对他来说是一件伟大而充实的事。他有时觉得自己像个在危险的丛林中获胜的人，在那里大多数的冒险家都死去了，而他却获得了惊人的奖赏。艾米为他感到高兴过，至少一开始是这样，但对她来说，这有一个痛苦的负面影响：她不仅失去了隐私，而且失去了作为一个独立的人的身份。

“是。”他尽量温柔地说，一面还咬着自己的脸颊内侧，不让按捺不住的笑声响起来。如果他笑了，那也是因为艾米选择了不恰当的措辞，但她不会这样认为。在他们在一起的那些年里，她经常误解他的笑声。“是的，我知道，亲爱的，告诉我发生了什么事。”

“有人把我们的房子烧了！”艾米哭喊着，“就是这么回事！”

“全烧光了？”

“是的。消防队长说的。”他能听到艾米哽咽着，试图控制住自己，然后她的眼泪又流了出来，“它烧得……烧成平地了！”

“我的书房也烧了？”

“火就是从那里开始的。”她抽着鼻子说，“至少消防队长说他们是这么认为的。这和帕蒂看到的情况很符合。”

“帕蒂·钱皮恩？”

雷尼家右边的房子是钱皮恩的。这两块地之间隔着一条紫杉带，这些紫杉多年来已经慢慢地枯萎了。

“是的。等一下，莫特。”

艾米擤起了鼻涕，他听到响亮如喇叭的声音，当她回来继续讲电话时，她似乎镇定多了。“帕蒂告诉消防员，她在遛狗。这时天黑没多久。她走过我家，看见门廊下停着一辆车。然后她听到里面传出砰的一声，就看到书房的大窗户里着火了。”

“她看到那是什么车了吗？”莫特问。他感到胃里在翻江倒海。随着消息的沉淀，约翰·舒特这件事给人的冲击逐渐变小，重要性也开始下降。被烧掉的不仅仅是一九八〇年六月出版的《埃勒里·奎因推理杂志》，还有他几乎所有的手稿，包括已经出版的和不完整的，还有他大部分书的第一版、外国版本和赠送给投稿人的杂志。

哦，但这只是开始。他们损失了多达四千册的藏书。如果火灾的情况像艾米说的那样严重的话，那她所有的衣服都被烧了，她收集的那些古董家具——有时是在他的帮助下，但大部分是艾米自己收集的——现在都变成了灰烬和残渣。她的珠宝和他们的个人文件——保险单等等……可能没问题，因为保险柜藏在楼上的壁橱后面，应该是防火的，但土耳其的地毯应该是烧成灰了，数千盘录像带熔化成塑料块，还有视听设备……他的衣服……他们的照片，成千上万张的照片……

天啊，他想到的第一件东西居然是那本该死的杂志。

“没有。”艾米回答了这个问题，一个他现在才意识到自己的损失是多么巨大而几乎忘记了的问题，“她分不清那是什么车。她说她认为肯定有人用了汽油弹，或者类似的东西。因为在玻璃破碎的声音之后，窗户里的火就冒了出来。她说她开始沿着车道走，然后厨房门开了，一个男人跑了出来。布鲁诺开始朝那人狂叫，但帕蒂吓了一跳，把他拉了回来，但她说他差点就把她手里的皮带扯断了。”

“然后，那个人上了车，发动了车子。他打开车灯，帕蒂说车灯几乎把她弄瞎了。她举起胳膊遮住眼睛，汽车从门廊下呼啸而出。那就是她说的……她向后都顶到了我们前面的栅栏上，用尽全力拉住布鲁诺，否则那个人的车肯定会撞到她。然后他驶出车道，飞快地沿街驶去。”

“她一直没看到那是什么车？”

“没有。一开始是因为天很黑，然后，火光开始透过你书房的窗户照到外面，车前灯的灯光也让她眼花缭乱。她跑回家给消防队打了电话。伊莎贝尔说他们来得很快，但你知道我们的房子有多老……而且……干燥的木头烧起来有多快…特别是用了汽油……”

是的，他知道。这座旧的、干燥的、满是木头的房子就是纵火犯梦想的作案目标。但是谁烧的呢？如果不是舒特，是谁？这个可怕的消息，像在一顿令人作呕的晚餐后又吃了一顿可怕的甜点，这一天中事情接踵而来，几乎完全瘫痪了他的思考能力。

“他说可能是汽油……我说的是，消防队长……他先到了，但警察来了，他们不停地问问题，莫特，大部分是关于你的……关于你可能树敌的事……仇人……我说我不认为你有仇人……我尽量回答他所有的问题……”

“我相信你已经尽力了。”他温和地说。

艾米继续往下说，仿佛没有听见他的话，说话时一直喘不过气，断断续续，就像电报员刚刚接受完重要消息，此刻正在大声报出来一样。“我甚至不知道该怎么告诉他们我们已经离婚了……当然，他们不知道……最后是泰德不得不告诉他们……莫特……我母亲的圣经……在卧室的床头柜上的那几本……里面有我家人的照片……是……是我手上唯一一件……她的遗物……”

她的声音变成了凄惨的啜泣。

“我明天早上就过去。”他说，“如果我七点钟走，九点半就能到那儿。也许九点能到，现在暑期路上没有什么车。你今晚住在哪儿？泰德家？”

“对。”她吸了吸鼻子，“我知道你不喜欢他，莫特，但我不知道今晚如果没有他，我该怎么办……我不知道该怎么回答……你知道的……他们提的那些问题……”

“那我很高兴你有他。”他坚定地说。他发现自己声音里的平静和文明实在叫人吃惊。“多保重。你带药了吗？”在他们结婚的最后六年里，她一直在服用镇静剂，但只是在她必须坐飞机时才服用……或者，他还记得，是他有公共活动要出席的时候，需要指定配偶在场时。

“它们在药柜里。”她没精打采地说，“没关系。我没有压力，只是伤心。”

莫特差点就告诉她，说他觉得这两样是同一种东西，但决定还是不说了。

“我一有空就去。”他说，“如果你认为我今晚过来，能做点什么……”

“不用了。”她说，“我们在哪儿见面？在泰德家？”

突然，他发现自己禁不住想象出一个画面，他的手握着清洁女佣的钥匙，看见钥匙在汽车旅馆的门锁上转动。他看见门摇晃着开了。他看到床单上那两张错愕万分的脸，艾米在左边，泰德·米尔纳在右边。泰德被吹干、造好型的头发因为睡觉变得歪歪斜斜，全部塌了下来。在莫特看来，他有点像电影《小淘气》里的小男生阿尔菲。看到泰德睡觉时的头发像个螺旋状的开塞钻，这也是第一次莫特觉得泰德这个人很真实。他看到了他们满脸的错愕和他们裸露的肩膀。突然间，几乎毫无预兆地，他想起一句话：*当你只有爱情时，女人就会把它偷走。*

“不要。”他说，“不去泰德家。威查穆街上的那家小咖啡店怎么样？”

“你希望我一个人来吗？”她的声音听起来并没有生气，但听起来她已经准备好要生气了。我多了解她啊，他想。她的每一个动作，她声调的每一次升降，她说话的每一个转折。她一定也很了解我。

“没。”他说，“跟泰德一起来。不要紧。”其实很要紧，但他可以接受。他认为可以。

“那九点半。”她说，他听出她的气消了一点，“马奇曼。”

“这就是那个地方的名字吗？”

“是的……马奇曼餐厅。”

“好吧。九点半或稍早一点。如果我先到那里，我会用粉笔在门上画个记号。”

“……如果我先到那儿，我就把它擦掉。”她结束了他们之间由来已久的套路问答，两个人都笑了一下。莫特发现，即使是笑也会伤人。他们彼此非常了解。这不正是他们在一起生活这么久的原因吗？当你发现那些时光不仅会结束，而且真的会结束的时候，不就是因为这个而让人痛彻心扉吗？

他突然想起了那张贴在垃圾柜盖子下面的便条……**记住，你还有三天的时间。我不是在开玩笑**。他想说，*艾米，我在这里也遇到了一点小麻烦*，然后他知道自己不能再给现在已经痛苦的她添麻烦了。这是他自己的问题。

“如果事情发生得再晚点，至少能把你的东西救下来。”她说，“我不愿想到你的那些手稿都被烧了，莫特。如果你两年前买了赫伯建议的防火抽屉，也许……”

“我认为这无关紧要。”莫特说，“新小说的手稿都在我这儿。”确实如此，整整十四页又差又无聊的稿子，“其余的稿子见鬼去吧。明天见，艾米。我……”

（*爱你*）

他闭上了嘴。他们离婚了。他还会爱她吗？这似乎有点不正常了。即使他知道自己还爱她，他还有权利这么说吗？

“我真的很遗憾。”他对她说。

“我也是，莫特。非常非常遗憾。”她又哭了起来。现在他可以听到有个人——一个女人，可能是伊莎贝尔·福汀——在安慰她。

“睡一会儿，艾米。”

“你也睡吧。”

他挂了电话。突然，这所房子似乎比他以前单独待在这里的任何一个晚上都要安静得多，他什么也听不见，只听见夜风在屋檐下飒飒作响，还有很远的地方，一只潜鸟在湖边鸣叫。他从口袋里拿出纸条，把它弄平，又读了一遍。这是你应该留给警察的东西。其实，在警察给它拍照并对它进行鉴定之前，你根本不应该碰它。这是——背景音乐请来一段鼓声和号角声——**证据**。

妈的，莫特想，又把它揉成一团。不需要警察。戴夫·纽瑟姆这个当地警官到午饭时间都记不起早餐吃了什么，也想不起来要把这件事告诉县警长或州警察。毕竟，这并不是有人想要他的命；他的猫被杀了，但猫不是人。听过艾米那边的噩耗之后，约翰·舒特似乎不再那么重要了。他是个疯子，脑子有毛病，可能会有危险……但莫特越来越倾向于要尝试自己处理这件事，即使舒特是个危险人物，尤其他很危险的话，还是自己处理比较好。

德瑞镇的房子比约翰·舒特和约翰·舒特的疯狂想法更重要。它甚至比谁做了这件事更重要——可能是舒特或其他怀恨在心的人，或精神有问题的人，或两者兼而有之的人。房子，他想，还有艾米。她的情况显然很糟，他尽他所能安慰她，对他们俩谁也没有坏处。也许她甚至会……

但他不去想艾米会做什么。这样只会让他看到痛苦，最好相信艾米那条路已经永远关闭了。

他走进卧室，脱下衣服，双手枕在头后躺下。那只潜鸟又叫了一声，声音绝望而遥远。他又一次想到，舒特可能鬼鬼祟祟地还在外面，古怪的黑帽子下面露出一圈苍白的脸。舒特是个疯子，尽管他用手和螺丝刀对付了胖胖，但这并不排除他可能还有枪。

但莫特不认为舒特在外面，不管他有没有武器。

电话，他想。我去德瑞镇的途中至少得打两个电话。一个打给格雷格·卡斯泰尔斯，一个打给赫伯·克里克莫尔。如果我七点离开的话，从这里打就太早了，不过我可以用奥古斯塔收费站的付费电话……

他翻了个身，心想今晚要熬很长时间才能睡着……然后，睡眠像平滑的黑色波浪一样在他身上翻滚，如果有人在他睡觉的时候窥视他，他也不会知道。

16

闹钟在六点十五分吵醒了他。他花了半个小时把胖胖埋在房子和湖之间的沙地上，到了七点，他像计划的那样出发了。他在公路上开了十英里，前往“大城市”梅卡尼克福尔斯。这里有一家一九七〇年已经关闭的纺织厂，有五千居民，还有二十三号公路以及七号公路十字路口的黄色信号灯。这时他发现自己的老别克没油了。他开进比尔的雪佛龙加油站时，禁不住骂自己在出发前没有检查油量表……如果他已经过了麦坎尼克佛斯，又没注意到油量表的数字已经很低，那他可能得走好长一段路，和艾米的这次会面也会迟到很久。

加油站的工作人员正尝试把别克车的无底洞灌满时，他走向墙上的付费电话。他从左后口袋里掏出破旧的通讯录，拨打了格雷格·卡斯泰尔斯的电话。他觉得这么早能逮住格雷格，他是对的。

“喂？”

“嗨，格雷格……是莫特·雷尼。”

“嗨，莫特。我猜你在德瑞遇到麻烦了，是吧？”

“是。”莫特说，“新闻上有吗？”

“第五频道。”

“看上去怎么样？”

“什么东西看上去怎么样？”格雷格回答。莫特的身体畏缩了一下……但如果他必须从任何人那里听到这个消息，他倒是很乐意从格雷格·卡斯泰尔斯那儿听说。格雷格是个和蔼可亲的长发嬉皮士，在伍德斯托克音乐节之后不久，他皈依了某个相当隐晦的宗教派别……也许是叫斯韦登伯格教派。他有一个妻子和两个孩子，一个七岁，一个五岁。据莫特所知，他们全家都像格雷格一样慵懒。你已经习惯了这个男人始终如一的微笑，以至于偶尔没看到这种笑，就觉得他像没穿衣服。

“那么糟糕，嗯？”

“是。”格雷格简单地说，“那火一定像火箭一样，噌的一下就烧上去了。我真的很抱歉，伙计。”

“谢谢你。我现在就过去，格雷格。我是从麦坎尼克佛斯打来的。我不在的时候你能帮我个忙吗？”

“如果你说指的是木瓦的话，我想它们就要送过来了……”

“不，不是木瓦。别的东西。前两三天有个家伙一直在烦我。一个疯子。他说我六七年前偷了他写的一篇故事。我告诉他，在他声称自己写了这个故事之前，我已经写好了我自己的版本，并告诉他我可以证明这一点，他听了以后勃然大怒。我有点希望不要再见到他，但运气不好。昨晚，我在沙发上睡觉时，他杀了我的猫。”

“胖胖吗？”格雷格听起来有点吃惊，这种反应相当于其他人的大吃一惊，“他杀了胖胖？”

“你说对了。”

“你跟戴夫·纽瑟姆谈过了吗？”

“没有，我也不想去。如果可能的话，我想亲自对付他。”

“这家伙听起来不太好惹，莫特。”

“杀猫和杀人相差太远了。”莫特说，“我想也许我比戴夫更能对付他。”

“嗯，你说的有点道理。”格雷格同意道，“戴夫七十岁以后就反应慢了。我能为你做些什么，莫特？”

“首先，我想知道这个人住在哪儿。”

“他叫什么名字？”

“我不知道。他给我看的故事上的署名是约翰·舒特，但后来他又耍了个小聪明，告诉我说这可能是假名。我想是的，听起来像个假名。不管怎样，如果他住在当地的汽车旅馆，我怀疑他不会用这个名字登记。”

“他长得什么样？”

“他大约六英尺高，四十多岁。他有张饱经风霜的脸，眼睛周围有太阳晒出的皱纹，还有脸上的纹路从嘴角往下延伸，好像框住了整个下巴。”

就在他说话的时候，“约翰·舒特”的脸越来越清晰地浮现在他的意识里，就像幽灵的脸扭曲地游向灵媒水晶球的表面。莫特感到手背的鸡皮疙瘩窜了出来，身体有点微微颤抖。他的脑子里有个声音一直在嘀咕，说他如果不是在犯错误，就是在故意误导格雷格。舒特很危险，没错。他不需要看那人做了什么就能明白这一点。昨天下午他已经在舒特的眼睛里看到了这个人危险的一面。那他为什么还要扮演义警，想自己去解决问题？

因为，另一个更低沉的声音用带着危险而坚定的语气回答。只是因为，仅此而已。

脑中的声音又担心地说：你是想伤害他吗？这就是原因吗？你想伤害他吗？

但是那深沉的声音没有回答。它已经安静了下来。

“听起来像是这附近农民常见的长相。”格雷格疑惑地说。

“好吧，还有几件事可能会帮助你认出他。”莫特说，“首先，他是南方人……他的口音很明显。他戴着一顶黑色的大礼帽，我想是毡帽吧，帽子顶是圆的。它看起来像阿米什人戴的那种帽子。他开着一辆蓝色的福特旅行车，六十年代早期或中期的型号。密西西比州的车牌。”

“好……好。我问问周围的人。如果他在这一带，肯定有人知道他在哪儿。外州车牌在每年的这个时候都很显眼。”

“我知道。”他的脑海里突然闪过另一件事，“你可以先问问汤姆·格林利夫。昨天，在我家以北约半英里的湖滨大道，我跟这个舒特说过话，那时候碰到过汤姆。他走过时向我们挥了挥手，我们也向他挥了挥手。汤姆一定被狠狠地瞪了一眼。”

“好吧。如果我在十点左右顺便去喝杯咖啡，我可能会在鲍伊的商店看到他。”

“他也去过那儿。”莫特说，“我知道，因为他提到了平装书架，一种老式的书架。”

“如果我找到他，要怎样？”

“不怎样。”莫特说，“什么也不要做。我今晚给你打电话。明天晚上我应该回到湖边的房子了。我不知道除了在灰烬中翻找，我在德瑞还能做些什么。”

“艾米怎么样？”

“她有个男朋友。”莫特说，努力让自己听起来不那么僵硬，可能听起来还是差不多，“我猜艾米接下来要做什么，他们两个得好好想想。”

“哦。对不起。”

“没必要。”莫特说。他看了看加油平台，看到加油工已经加完油，正在清洗别克的挡风玻璃，他没想过这辈子能再看到这个场面。

“亲自处理这家伙……你真的确定你想这么做？”

“对，我想是的。”

他犹豫了一下，突然明白了格雷格的想法：他在想，如果他发现那个戴黑帽子的人，莫特因此受伤，他，格雷格，就要负责任。

“听着，格雷格……如果你愿意的话，你可以陪我去和那个人谈谈。”

“我也可以这么做。”格雷格松了口气说。

“他想要证据。”莫特说，“所以我给他弄来证据就好。”

“可你说你有证据。”

“是的，但他并没有完全相信我的话。我想我得把证据丢在他脸上，让他别来烦我了。”

“哦。”格雷格想了想，“这家伙真的疯了，不是吗？”

“是。”

“好吧，我去看看能不能找到他。今晚给我打电话。”

“我会的。谢谢你，格雷格。”

“别客气。换换环境就像休息一样，对人有好处。”

“都这么说。”

他跟格雷格道别，看了看表。快七点半了，现在打电话给赫伯·克里克莫尔还太早，除非他想把赫伯从床上撬起来，而且事情也不是那么紧急。在奥古斯塔的收费站停一下就可以了。他走回别克车，把通讯录放回原处，然后掏出他的钱包，问加油工要付多少钱。

“加上现金折扣，一共是二十二点五美元。”加油工说，然后害羞地看着莫特，“我想知道能否让您亲笔签个名，雷尼先生？您的书我都读过。”

这使他又想起了艾米，想起了艾米是多么讨厌那些索要签名的人。莫特本人并不理解这些人，但也看不出他们有什么害处。对艾米来说，这些书迷似乎总结了他们生活中越来越令人讨厌的一面。到他们婚姻的最后，每当有人当着艾米的面问他这个问题时，莫特的内心都会感到畏缩。有时他几乎能感觉到她在想：*如果你爱我，为什么不**阻止**他们呢？*他想，好像他能一样。他的工作就是写这些人想读的书……至少他是这么看的。当他成功地写出了书，他们就会来要签名。

他在信用卡账单背面给加油工签了名（毕竟，这个人洗干净了他的挡风玻璃），想着艾米有没有因为他做了书迷喜欢的事，就指责他。莫特认为，在某种程度上她自己可能也不知道，但艾米确实怪过他。莫特觉得自己应该被怪罪，但他就是这么个性格。

就像舒特说的那样，正确就是正确。公平就是公平。

他回到车里，向德瑞开去。

17

他在奥古斯塔收费站付了七十五美分，然后把车停进了另一边电话旁的停车场。那天阳光明媚，但寒风凛冽，风从西南方向的利奇菲尔德吹来，一路吹过收费公路广场所在地的开阔平原，风大得足以让莫特迎风流泪。尽管如此，他还是乐在其中。他几乎能感觉到它把他脑袋各个房间里积得太久的灰尘都吹出去了。

他用信用卡给纽约的赫伯·克里克莫尔打了电话，打去了他的公寓，不是办公室。赫伯还要一个多小时才会出发前往莫特·雷尼的经纪公司詹姆斯与克里克莫尔公司，不过莫特认识赫伯很久了，很清楚地知道这个人这会应该已经淋浴完，正一边喝咖啡一边等浴室镜子的雾气散去，然后刮胡子。

他连续第二次走运了。赫伯回答的声音里，睡意已消失得无影无踪。我今天早上运气好吗？莫特想着，迎着十月的寒风咧嘴一笑。穿过四车道的公路，他可以看到人们正在架起防雪栅栏，为即将到来的冬天做准备。

“嗨，赫伯。”他说，“我是用奥古斯塔收费广场外的付费电话打给你的。我的离婚程序走完了，我在德瑞的房子昨晚着火了，有个疯子杀了我的猫，天气比挖井工人的皮带扣还冷……你说这是不是有意思？”

他没有意识到他的这一系列的不幸听起来有多荒谬，直到听到自己大声地逐一讲述，他几乎笑了。天啊，外面很冷，但是感觉很好！是不是感觉很清净！

“莫特？”赫伯小心翼翼地说，好像有人怀疑这是恶作剧。

“正是在下。”莫特说。

“你的房子怎么了？”

“我告诉你，但只有一次。如果有必要的话记笔记，因为我打算在电话旁被冻僵之前回到车里。”他从约翰·舒特和约翰·舒特的指控开始，最后说的是他昨晚和艾米的对话。

赫伯作为莫特的老相识和艾米的客人已经有很长一段时间了（莫特猜测，赫伯对他们离了婚感到非常吃惊），赫伯对德瑞那所房子发生的事情表示了惊讶和悲伤。他问莫特是否知道是谁干的。莫特说他不知道。

“你怀疑这个叫舒特的家伙？”赫伯问，“我明白在你醒来前不久就杀死那只猫的意思，但是……”

“我想这在技术上是可能的，我也不完全排除这种可能性。”莫特说，“但我非常怀疑。也许这只是因为我无法想象一个人为了销毁掉一本杂志而烧毁了一栋有二十四个房间的房子。但我想这主要是因为我见过他。他真的认为我偷了他的故事，赫伯。我的意思是，他一点也不怀疑。当我告诉他我可以给他看证据时，他的态度是‘去你吧，混蛋，逗我玩呢’。”

“还……你报了警，是不是？”

“是的，我今天早上打了个电话。”莫特说，虽然这句话有点言不由衷，但也不是彻头彻尾的谎言。他今天早上打了个电话，打给了格雷格·卡斯泰尔斯。他能想象到赫伯穿着整洁的粗花呢裤和肩带T恤，坐在纽约公寓的客厅里，但如果他告诉赫伯·克里克莫尔说打算自己处理这个问题，而且只有格雷格伸出援手，他怀疑赫伯是否能理解。赫伯是个好朋友，但他在某种程度上是一个刻板的人：文明人，二十世纪晚期的典型都市人，彬彬有礼。他是那种相信劝导的人，相信冥想和调停的人。这种人在有理性的时候就相信讨论，而在没有理性的时候就立即把问题委托给有权威的人。对赫伯来说，有时爷们儿必须自己动手这个概念确实没错……但这个概念只存在于西尔维斯特·史泰龙主演的电影中。

“嗯，那就好。”赫伯听起来松了口气，“你手头的事情已经够多的了，不用担心某个来自密西西比的疯子。如果他们找到他，你会怎么办？控告他骚扰吗？”

“我宁愿说服他打消受迫害妄想的念头，让他赶紧上路回去。”莫特说。他那令人愉快的乐观情绪，虽然毫无根据，但真实而又坚定。他以为自己很快就会崩溃，但还是忍不住咧着嘴笑，于是他用外套的袖口擦了擦流着鼻涕的鼻子，继续笑。他已经忘记了露齿而笑的感觉有多棒了。

“你打算怎么做呢？”

“我希望得到你的帮助。你有我稿子的存档，对吧？”

“对，但……”

“好，我需要找到一九八〇年六月发行的《埃勒里·奎因推理杂志》。就是那期登了《播种季节》的。我自己的那本因为火灾已经烧了，所以……”

“我没有。”赫伯平静地说。

“你没有？”莫特眨了眨眼睛。这是他没有预料到的，“为什么没有？”

“因为一九八〇年是我成为你经纪人的两年前。我帮你卖掉版权的书我都至少有一份，但那个故事是你自己卖的。”

“哦，该死！”在他的脑海里，他看到了《人人都投币》中《播种季节》的致谢辞。其他大多数致谢辞中都有这句话，“经作者及其代理人詹姆斯和克里莫尔公司允许转载。”《播种季节》(与合集中其他两三篇故事）的那篇致谢辞只是这么写的：“经作者许可再版”。

“对不起。”赫伯说。

“当然是我自己寄的……我记得在稿子寄出去之前写过询问信。只是我觉得你好像一直都在当我的经纪人。”他笑了笑，接着又说，“无意冒犯。”

“没事。”赫伯说，“你要我给《埃勒里·奎因推理杂志》打个电话吗？他们肯定有往期的杂志。”

“你愿意吗？”莫特感激地问，“那太好了。”

“这可以马上打。只是……”赫伯顿了顿。

“只是什么？”

他说：“向我保证，拿到了这篇故事的杂志后，你不要独自去和这个人对质。”

“我保证。”莫特立刻同意了。他并不诚实，但管他呢——他在做这件事的时候会叫格雷格一起，格雷格也同意了，这样他就不会孤单了。赫伯·克里克莫尔是他的文学经纪人，又不是他爸。他处理个人问题的方式真的和赫伯无关。

“好吧。”赫伯说，“我来办。到了德瑞给我打电话，莫特……也许情况并不像看上去的那么糟糕。”

“我希望如此。”

“但你不信吗？”

“恐怕是的。”

“好吧。”赫伯叹了口气，然后，他迟疑地补充道，“代我向艾米问好可以吗？”

“是的，我会的。”

“好。你走吧，别在那儿被风吹了，莫特。我能听到话筒里风呼啸的声音。你一定冻僵了。”

“快了。再次感谢，赫伯。”

他挂了电话，若有所思地看了一会儿电话。他忘记了别克需要加油，这是次要的，但他也忘记了赫伯·克里克莫尔直到一九八二年才成为他的经纪人，而这可不是小事。他猜想是因为压力太大了。这让人怀疑他还会忘记什么。

他心中的声音，不是脑中的声音，而是来自深处的声音，突然开口：那你一开始偷别人故事的那件事呢？也许你把这个也忘了？

他哼了一声，匆匆回到他的车里。他一生中从未去过密西西比，即使是现在，他像以往一样，就算陷入了作家文思枯竭的困境中，他离堕落到剽窃也还差得远呢。他滑到方向盘后面，启动了发动机，揣摩一个人的心思有时确实会引发些乱七八糟的怪念头。

18

莫特不认为人们——即使是那些对自己相当诚实的人——知道事情什么时候会结束。他认为人们常常会继续相信，或试图去相信，哪怕事实不仅在墙上写着，还写得特别大，不用望远镜在一百码外就能看得清，人们还是会坚持己见。如果是你真正关心并且觉得需要的东西，就能很轻易地欺骗你，很容易让你将你的生活和电视混淆，并且说服自己觉得错误的事情最终都会变得正确……可能放完下一个商业广告后就这样了。莫特觉得，如果人类没有自欺欺人这个厉害的本事，那人类会比现在更疯狂。

但有时真相会突然出现，如果你有意识地试图绕过真相去思考或幻想，那结果可能是毁灭性的。这就好像是一股巨浪咆哮着，不是从头上越过去，而是径直冲向挡在它前面的堤坝，把你和堤坝都冲得粉碎。

警察和消防部门的代表离开后，只剩下莫特、艾米和泰德·米尔纳三个人独自慢慢走在冒烟的废墟中，这会儿莫特·雷尼体验到了上述灾难性的顿悟。这栋绿色的维多利亚时代的房子耸立在堪萨斯街九十二号一百三十六年了。就在他们心怀悲哀查看屋子的废墟时，他才明白，他与缅因州波特兰的艾米·多德的婚姻结束了。这不是“婚姻压力期”。这不是“试分居期”。这也不会是你会经常听到的那种双方都后悔自己的决定，之后再婚的情况。一切都结束了。他们在一起的生活已成为历史。就连他们曾经一起度过那么多美好时光的房子，现在也只是一堆阴森森的、像巨人的牙齿一样插进地窖的闷烧的木头。

他们在威查穆街的小咖啡馆马奇曼的会面还算顺利。艾米拥抱了他，他也搂住了她，但当他想吻她的嘴时，她灵巧地把头转向一边，结果他亲到了她的脸颊上。就像他们在办公室聚会上说的那样，亲亲，见到你真高兴，亲爱的。

泰德·米尔纳坐在角落的桌子旁，注视着他们。今天早上，他吹干的头发梳得整整齐齐，完全不像电影里那个叫阿尔菲的角色了。他手里拿着烟斗，在过去三年左右的时间里，莫特曾在各种宴会上看到他咬着烟斗。莫特确信烟斗是装模作样的东西，是一种小道具，唯一的目的就是让烟斗的主人显得比他本人老成一些。他多大了？莫特不太确定，但艾米已经三十六岁了，他觉得穿着完美的灰色石洗牛仔裤和普莱诗敞领衬衫的泰德起码比她小四岁，可能还更小。他不知道艾米是否知道十年后——甚至五年后——她可能会陷入麻烦，然后他想，这话需要一个比自己更合适的人跟她说。

他问有没有什么新情况。艾米说没有。然后泰德接了过来，带着淡淡的南方口音，比约翰·舒特的鼻音柔和多了。他告诉莫特，说德瑞镇的消防队队长和消防队的警察局的警督会在泰德所说的“现场”与他们会面。他们想问莫特几个问题。莫特说很好。泰德问他要不要来杯咖啡，他们有时间。莫特说这也可以。泰德问他过得怎么样。莫特又说了好。每一次从他嘴里吐出来这个“好”时，他感觉越来越乏味。艾米有些担心地看着他们之间的交流，莫特能理解这一点。在他发现他们俩一起躺在床上的那天，他告诉泰德他要杀了他。事实上，他可能说过要杀了他们两个。他对那件事的记忆很模糊。他怀疑他们俩的记忆可能也差不多。他不知道这种三角恋其他两个角的情况，但他自己觉得这种记忆模糊不仅可以理解，而且也是件仁慈的事。

他们喝了咖啡。艾米问他关于“约翰·舒特”的事。莫特说，他认为情况已经基本得到了控制。他没有提到猫、便条或杂志。过了一段时间，他们离开了马奇曼咖啡馆，来到堪萨斯街九十二号，那里曾经是一所房子，而不是“现场”。

消防队长和警探如约出现了，他们问了很多问题。大多数问题都是问是不是有人恨他恨到丢汽油弹进他书房的地步。如果只有莫特一个人的话，他会闭口不提舒特的名字，但就算他没有提，艾米当然会提，所以他把他们最初的遭遇讲了一遍。

消防队长维克沙姆说：“那家伙很生气？”

“是的。”

“愤怒到开车到德瑞烧了你的房子？”警探布拉德利问道。

他几乎肯定舒特没有这样做，但他不想深入探究他与舒特的短暂交锋。首先，这意味着要告诉他们舒特对胖胖做了什么。这会让艾米心烦意乱，这会让她非常难过……会让人想起一大堆难受的事，他宁可不提。莫特觉得，现在是时候再次言不由衷。

“起初他可能是这样。但我发现这两个故事真的很像时，我就在自己的网站上查找了原始的出版日期。”

“他的小说从来没有发表过？”布拉德利问。

“没有，我肯定没有。然后，昨天，他又出现了。我问他的故事是什么时候写的，希望他能提到日期比我的要晚。你明白吗？”

警探布拉德利点点头：“你是想证明你比他先写。”

“对。《播种季节》被收录在我一九八三年出版的一本短篇小说集里，但它最初发表于一九八〇年。我本来希望这家伙能选个比一九八三年早一两年的日期，这比较安全。我很幸运。他说他是在一九八二年写的。所以你看，我比他早。”

他希望事情到此为止，但消防队队长维克沙姆继续说道：“你明白了，我们也明白了，雷尼先生，可他明白了吗？”

莫特暗自叹了口气。他想他已经知道人只能在一段时间里言不由衷——如果事情发展到一定程度，真相总要说出来的，要么就得编造一个彻头彻尾的谎言。此时此刻已经到了这个关口。但这是谁的事呢？他们的还是他的？确实是他的事。他打算继续这样下去。

“是的。”莫特告诉他们，“他明白了。”

“那他后来呢？”泰德问。莫特有点恼火看着他。泰德把目光移开，似乎希望还能有支烟斗把玩。但烟斗放在车里，普莱诗的衬衫没有能装它的口袋。

“他走了。”泰德的多管闲事让莫特对他有些恼怒，这让他更容易说谎了，“他嘟囔着说这一切是多么不可思议的巧合，然后跳进他的车，就像他的头发着火了，要烧到屁股一样急忙开走了。”

“雷尼先生，你有没有注意到这车的牌子和车牌？”布拉德利问。他拿出了一本笔记本和一支圆珠笔。

“那是辆福特车。”莫特说，“对不起，我没法给你车牌。不是缅因州的车牌，但除此之外……”他耸了耸肩，试图表现出歉意。内心深处，他对事情的发展感到越来越不舒服。当他只是装可爱，避开任何赤裸裸的谎言时，似乎一切都还好……他现在赤裸裸地撒谎似乎是要避免让艾米痛苦，不让她知道那个人扭断了胖胖的脖子，然后用螺丝刀捅了它。但现在他把自己置于如此的处境，他得对不同的人讲不同的故事。如果他们在一起把他说的事比较一番，他就尴尬了。要解释他说谎的原因可能很难。他觉得只要艾米没有和格雷格·卡斯泰尔斯或赫伯·克里克莫尔说话，应该不会出现这样的比较。但假设他和格雷格找到舒特，把一九八〇年六月的《埃勒里·奎因推理杂志》杂志甩到舒特的脸上，和他激烈争执呢？

没关系，他对自己说，大个子，船到桥头自然直。想到这里，他又体验到了在收费站和赫伯说话时那种短暂的兴奋，几乎要开怀大笑起来。他忍住了。如果他笑出来了，他们肯定会奇怪他为什么会笑，他认为他们的奇怪是有道理的。

“我想舒特肯定是要去……”

（密西西比）。

“……他当初来的地方。”他几乎没有停顿地说完。

“我想你是对的。”布拉德利说，“但雷尼先生，我要追查这个问题。你可能已经说服了那个家伙他是错的，但这并不意味着他是开开心心地离开的。很有可能他勃然大怒，开车到这里来，放火烧了你的房子，就因为他生气了——对不起，雷尼太太。”

艾米别扭地微微一笑，挥手示意不用抱歉。

“你不认为这是可能的吗？”

是的，莫特想，我觉得这不可能。如果他决定烧掉房子，我想他来德瑞之前就会杀了胖胖，以防我在他回来之前醒来。在那种情况下，我找到胖胖的时候，血应该是干的，胖胖也会变得僵硬。但事情不是这样发生的……但我不能这么说。即使我想也不行。首先，他们会好奇为什么我把胖胖的事瞒了这么久。他们可能会认为我哪里不对劲。

“我想是的。”他说，“但我见过那个人。在我看来，他并不是那种会烧房子的人。”

“你是说他的姓不是施诺普斯。”艾米突然说。

莫特吃惊地看着她——然后笑了。“对。”他说，“他是南方人，但不姓施诺普斯。”

“这个意思是？”布拉德利有点警惕地问。

“是个老笑话，警督。”艾米说，“施诺普斯那家人是威廉·福克纳小说中的人物。他们是从烧谷仓起家的。”

“哦。”布拉德利茫然地说。

维克沙姆说：“雷尼先生，没有专门烧房子的那种人。他们高矮胖瘦什么样的都有。相信我。”

“嗯……”

布拉德利说：“如果可以的话，再多说一点汽车的事。”他把铅笔放在笔记本上，“我想让州警察注意到这个家伙。”

莫特突然决定再撒点谎。其实他要撒很多很多谎。

“嗯，那是一辆轿车。我可以肯定地告诉你。”

“嗯。福特轿车。哪年的？”

“我想大概是上世纪七十年代的。”他相当肯定，舒特的旅行车实际上是在一个名叫奥斯瓦尔德的人枪杀肯尼迪总统后，林登·约翰逊变成美国总统那年制造的。他停顿了一下，然后又说：“车牌是浅色的。可能是佛罗里达的。我不能保证，但很有可能。”

“嗯。他本人呢？”

“平均身高。金发。戴眼镜。约翰·列依曾经戴过的那种圆形细框眼镜。我就记得这些……”

“你不是说他戴着一顶帽子吗？”艾米突然问。

莫特觉得他的牙齿咔嗒一声合在了一起。“是的。”他愉快地说，“对，我忘了。深灰色或黑色。更像是鸭舌帽。”

“好吧。”布拉德利啪地合上了笔记本，“从这里开始。”

“这难道不是一起简单的故意破坏、纵火取乐的案件吗？”莫特问，“在小说中，每件事都有联系，但我的经验是，在现实生活中，有时事情就这么发生了。”

“可能是这样。”维克沙姆赞同道，“但检查一下这些明显的联系也无妨。”他朝莫特严肃地眨了眨眼睛，说，“你知道，有时生活仿效艺术。”

“你们还需要什么吗？”泰德问他们，一只胳膊搂住了艾米的肩膀。

维克沙姆和布拉德利交换了一下眼神，然后布拉德利摇了摇头：“我觉得没了，至少目前没有。”

“我这么问只是因为艾米和莫特得花点时间和保险经纪人打交道。”泰德说，“可能还要和总公司的调查员谈。”

莫特觉得这个人的南方口音越来越烦人。他怀疑泰德来自美国南部，比福克纳老家更北的几个州，但这仍然是一个他本可以不考虑的巧合。

警探和消防队长与艾米和莫特握了握手，表达了他们的同情，并告诉他们说如果有任何事情发生，请与他们联系，然后离开了，留下他们三个在房子周围转了一圈。

“我为这一切感到抱歉，艾米。”莫特突然说。艾米走在他们中间，回头望着他，显然从他的声音里听出了什么，吓了一跳。也许只是因为莫特声音里的真诚。“所有一切。真的很抱歉。”

“我也是。”她轻轻地说，摸了摸他的手。

“好吧，加上泰德是三个。”泰德严肃认真地说。艾米又回头去看他，在那一刻，莫特非常想高高兴兴地掐死那个人，直到他的眼球拉着视神经爆出来为止。

他们现在正沿着房子西边的街道走。这里原来是他的书房与房子相接形成的一个深深的角落，不远处是艾米的花园。现在所有的花都死了，莫特想这也许也无妨。火已经热得足以把废墟周围十二英尺远的地方的青草都烤得干干净净。如果花开了，它们也会被烤得皱起来，那就太让人感到悲哀了，那应该会……

莫特突然停了下来。他想起了那些故事。那个故事。你可以叫它《播种季节》或者你可以叫它《秘密之窗，秘密花园》，但是一旦你拿掉表面的华而不实的东西，看看下面，它们都是一样的东西。他抬起头来。除了蓝天什么也看不见，至少现在是这样，但在昨晚的火灾之前，他正在看的地方应该有一扇窗户。那是洗衣房旁边那个小房间的窗户。那个小房间是艾米的工作室。她在那里开支票，写日记，打电话……他怀疑艾米几年前就是在这个房间开始写小说的。写小说的梦想消逝以后，艾米把梦想体面而安静地埋葬在那个房间的某个书桌抽屉里。桌子一直靠窗。艾米喜欢早上去那儿。她可以在隔壁房间开始洗衣服，然后一边做文书工作，一边等待洗衣机发出提示音提醒衣服洗好，再把衣服拿出来丢进烘干机。她说，这个房间离主楼很远，她喜欢这里的安静。这里有安静、清晰、神清气爽的晨曦。她喜欢不时地向窗外看，看房子和书房形成的深邃角落里长着的那些花。他听见她说：这是我们家最好的房间，至少对我来说是这样，因为除了我，几乎没人去那儿。它有一个秘密的窗户，能俯视着秘密花园。

“莫特？”艾米叫道。有好一会儿，莫特都没有注意到她，他把她的真实声音和她在自己心里的声音混淆了，那是记忆中的声音。但这是真实的记忆还是虚假的记忆？这才是真正的问题，不是吗？这似乎是一段真实的记忆，但在舒特、胖胖和屋子的大火之前，他就已经承受了巨大的压力。难道他有可能在体验……一段记忆幻觉？他想让自己和艾米的过去在某种程度上符合那个该死的故事，那个男人疯了，杀了他妻子的故事？

天啊，我希望不是。我希望不是，因为如果我是，那就离精神崩溃不远了。

“莫特，你没事吧?”艾米问。她烦躁地拽着他的袖子，至少暂时打断了他的恍惚状态。

“没事。”他说，然后又突然地说，“不。说实话，我有点不舒服。”

“也许是因为吃的早餐。”泰德说。

艾米看了泰德一眼，莫特觉得好受了一点。那不是友好的表情。“才不是早饭，”她有点气愤地说，她对着烧焦的废墟挥了挥手臂，“是因为这个。我们离开这里吧。”

“保险公司的人中午就会到。”泰德说。

“好吧，还有一个多小时呢。我们去你那儿吧，泰德。我自己也觉得不太舒服。我想坐下。”

“好吧。”泰德用一种略带恼怒的，仿佛你没有必要那么大声的语气说，这让莫特心里好受了些。尽管那天早上吃早饭的时候，他本来说泰德·米尔纳的家是他在这个世界上最不想去的地方，但他还是毫无异议地陪着他们去了。

19

他们穿过镇子来到泰德住的东区，一路上都很安静。莫特不知道艾米和泰德在想什么。艾米应该是在想那所房子，泰德应该是在想他们是否能及时和保险公司的业务员们见面，这些可能都猜准了，但莫特知道自己在想什么。他在想自己是不是疯了。那到底这是真的，还是记忆?

他最终认定，艾米真的说过她的工作室就在洗衣房旁边……这不是虚假的记忆。她是在“约翰·舒特”声称自己写了《秘密之窗，秘密花园》的一九八二年之前就说过吗?他不知道。无论他多么认真地欺骗他混乱而疼痛的大脑，总是得到一个简单的信息：没法确定答案。但如果她真的说了，无论什么时候，舒特的故事标题不也只是简单的巧合吗?也许是，但巧合越来越多，不是吗?他断定这场火灾，一定是巧合。但艾米满是枯死的花朵的花园的记忆却冒了出来……现在越来越难以相信这一切没有以某种奇怪的，甚至是超自然的方式联系在一起。

“舒特”自己不也同样困惑吗？你是怎么弄到的？他这么问的，声音里充满了愤怒和困惑。这正是我真正想知道的。一个像你这样乱写乱画就能大把赚钱的混蛋，怎么会到密西西比的一个破小镇偷我的故事？当时，莫特认为这要么是这个人疯狂的另一种表现，要么就是这个人演技特别好。现在，在泰德的车里，他第一次想到，如果情况反过来，他自己也会做出同样的反应。

从某种意义上说，情况确实反过来了。这两篇小说有一点完全不同，那就是篇名。但是现在莫特发现他有一个问题要问舒特，这个问题和那个舒特已经问过他的问题非常相似：舒特先生，你是怎么想到这个故事篇名的？这就是我真正想知道的。你是怎么知道的，在离你的密西西比小镇一千二百英里的地方，一个你声称从未听说过的作家的妻子有她自己的秘密窗口，可以俯瞰她自己的秘密花园？

当然，只有一个办法可以知道。当格雷格找到舒特时，莫特得问问他。

20

莫特接过泰德递过来的一杯咖啡时，问他是否可以提供一杯可口可乐或者百事可乐。泰德也确实给他了杯可乐，莫特喝完后，感觉他的胃舒服了。他原以为，只要现在来这个泰德和艾米玩过家家的地方（他们现在倒是不用躲在廉价的小镇汽车旅馆里了），他就会愤怒且不安。但他没有这种感觉。这只是一所房子，每个房间似乎都在宣告主人是个还没玩够的年轻单身汉。莫特发现他很容易就释怀了，不过他又一次为艾米感到有点紧张。他想起艾米那个小工作室里清新且让人头脑清楚的阳光，还有隔壁烘衣机传过来的令人昏昏欲睡的嗡嗡声。她有着秘密之窗的小小的工作室，那所房子里唯一一个可以俯瞰房子下方与侧房形成的小夹角的地方，莫特想着她属于那里，非常不属于这里。但这是她必须自己解决的问题。莫特在这个另一所房子里待了几分钟后，觉得自己想开了，这所房子并不是可怕的罪恶之所，只是一所房子而已……他甚至可以心满意足地接受。

她问他是否会在德瑞镇过夜。

“不了。我们和保险业务员聊完，我就得回去。如果有其他事情发生，他们可以联系我……或者你可以联系我。”

莫特朝艾米微笑。艾米也对他报以微笑，轻轻碰了碰他的手。泰德看了不喜欢。他皱着眉头，望着窗外，手里摆弄着烟斗。

21

他们准时参加了与保险公司代表的会面，这无疑使泰德·米尔纳松了一口气。莫特并不是特别喜欢泰德跟着；毕竟，那房子从来就不是泰德的家，甚至在他们离婚之后也不是。不过，有他在身边，艾米的心情似乎能放松些，于是莫特就不去管他了。

负责他们业务的团结保险公司的代理唐·斯特里克在他的办公室里主持了这次会面，他们在那里又参观了一次“现场”。在办公室里，他们遇到了一个名叫弗雷德·埃文斯的人，他是公司专门从事纵火调查的综合实地调查员。埃文斯那天早上没有和维克沙姆和布拉德利在一起，中午也没有跟斯特里克和他们在“现场”见面的原因很快了然。这是因为前一天晚上他大部分时间都在用十芯电池的手电筒和宝丽来相机在废墟中搜寻，他说他在见到雷尼夫妇之前，得先回汽车旅馆房间打个盹。

莫特非常喜欢埃文斯。他似乎真的很在乎他和艾米遭受的损失，而其他人，包括“加上泰德是三个人”的泰德先生，似乎只是嘴上说说同情的套话，然后又去忙自己手上的事（莫特觉得，泰德·米尔纳手头的事就是让自己赶紧从德瑞镇离开，尽快回去塔什莫尔湖）。弗雷德·埃文斯没有把堪萨斯街九十二号称为“现场”，他把它叫作“那所房子”。

他问的问题与维克沙姆和布拉德利的问题本质上相同，但更温和、更详细、更深入。虽然他最多只睡了四个小时，但他的眼睛明亮，讲话迅速而清晰。在和他谈了二十分钟后，莫特决定，如果以后他要为获得保险金而烧房子的话，他绝对不会和这家团结保险公司打交道。或者等到这个人退休。

埃文斯问完问题后，朝他们笑了笑。“你帮了我很大的忙，我想再次感谢你周到的回答和对我的友好对待。好多人一听见‘保险调查员’这个词就会生气。因为他们已经很难过了，这是可以理解的，而且很多时候他们觉得调查人员出现在现场，就是在指控他们自己放火烧毁自己财产。”

“考虑到眼下的情况，我觉得我们也没什么好要求的。”艾米说，泰德·米尔纳使劲地点了点头，他的头就像被一根绳子拴着一样——好像有个神经兮兮的木偶演员在控制他。

“接下来的部分很难。”埃文斯说。他向斯特里克点点头，斯特里克打开书桌抽屉，拿出一个夹着电脑打印资料的夹板。“调查人员确定火灾很严重之后，显然你们的这场火灾就很严重，我们必须向客户出示索赔的可保财产清单。你们看一遍，然后签署一份宣誓书，发誓清单上列出的物品仍然属于你，而且火灾发生时它们还在房子里。你应该在你上次与斯特里克先生的保险盘点后已经出售的物品，以及火灾时不在房子里的任何受保的财产旁边打个勾。”埃文斯把拳头放在嘴唇上，清了清嗓子，然后继续说，“有人告诉我，最近你们分居了，所以最后一点可能特别重要。”

“我们离婚了。”莫特直截了当地说，“我住在我们在塔什莫尔湖的房子里。我们只在夏天去住，不过房子里有一个炉子，在寒冷的月份里是适宜居住的。可惜，我还没有抽出时间把我的大部分东西搬出去。我拖了挺久。”

唐·斯特里克同情地点点头。泰德跷起二郎腿，摆弄着烟斗。他给人的印象是，他努力不让自己看上去很无聊。

“这张单子，你尽你最大的努力去办吧。”埃文斯说，他从斯特里克手里接过夹板，隔着桌子递给艾米，“这件事可能会让人有点不愉快，有点像‘寻宝’反了过来。”

泰德放下了烟斗，开始伸长脖子看名单，他不再觉得无聊了，至少暂时不无聊。他的眼神就像那些围观惨烈事故的旁观者一样热切。艾米看见他在看，还好意地把表格朝他的方向挪了挪。坐在她另一边的莫特把表格扯了回去。

“你不介意吧？”他问泰德。莫特很生气，真的很生气，他们都从他的声音里听出来了。

“莫特……”艾米说。

“我不想小题大做。”莫特对她说，“但这是我们的东西，艾米。我们的。”

“我不认为……”泰德开始气愤地说。

“不，他说得很对，米尔纳先生。”弗雷德·埃文斯温和地说，莫特觉得这种温和可能是骗人的，“法律规定你根本无权查看清单上的财产物品。如果没人介意，我们就也不会管，只会使个眼色……但我想雷尼先生介意。”

“雷尼先生他妈的非常在意。”莫特说着双手在膝上紧紧地攒起了拳头。他能感觉到他的手指甲咬进手掌柔软的肉里，掐出了微笑的形状。

艾米把她那不高兴的恳求的表情从莫特身上转到泰德身上。莫特以为泰德会气呼呼的，好像要把别人的房子吹倒，但泰德没有。莫特觉得自己做出这样的假设，是出于对这个人的敌意。他和泰德不是很熟（不过他确实知道在一家无人知晓的汽车旅馆里突然把泰德叫醒那会，泰德长得有点像影视作品里那个绰号“阿尔菲”的角色），但他了解艾米。如果泰德是个吹牛大王，她早就离开泰德了。

泰德笑了笑，完全不理会莫特和其他人，他跟艾米说：“如果我绕着街区散散步，会有用吗？”

莫特试图克制自己，但还是做不到。“为什么不多散两圈？”他假装和蔼地问泰德。

艾米恶狠狠地瞪了他一眼，然后回头看了看泰德：“你可以吗？这可能容易一点……”

“当然。”他说。他在她的颧骨上吻了一下，莫特又感到了另一种悲哀：这个男人真的爱她。他可能不会一直爱她，但现在他是爱她的。莫特意识到自己总是觉得艾米只是暂时吸引了泰德的一件玩具，一个他很快就会厌倦的玩具。但这与他对艾米的了解也不相符。艾米对人有更好的直觉……而且很尊重自己的感受。

泰德起身离开了。艾米责备地看着莫特："满意了吗？"

"应该是吧。"他说，"听着，艾米……我可能处理得不够好，但我的动机已经足够高尚了。这些年来，我们共同经历了很多。我想这是最后一件事了，我认为这是我们两个人之间的事。好吗？"

斯特里克看起来不太自在。弗雷德·埃文斯却没有。他看了看莫特，又看了看艾米，然后又看莫特，那种兴致勃勃的劲头，就像在看一场精彩的网球比赛。

"好吧。"艾米低声说。莫特轻轻地碰了碰她的手，艾米对他笑了笑。他觉得虽然有点勉强，但总比不笑强。

他把自己的椅子拉到她的椅子旁边，两人低头看着清单，头靠在一起，就像为考试而学习的孩子一样。他很快就明白了埃文斯为什么警告他们。他认为自己已经掌握了损失的规模。他错了。

看着电脑打出来的冷冰冰的字，莫特想，如果有人把堪萨斯街九十二号房子里的所有东西都拿出来，撒在整个街区，让全世界的人都盯着看，他也不会更加难过。他无法相信所有这些已经烧没的东西自己居然都忘了。

七件主要电器。四台电视机，其中一台有录像剪辑装置。斯波德瓷器，还有艾米买的一件美国早期的真品家具。他们卧室里的古董衣橱标价一万四千美元。他们没有认真地搞艺术收藏，但他们都会欣赏，他们损失了十二件原创艺术品，它们的价值是两万两千美元，但莫特并不关心值多少美元；他在想 N. C. 怀斯画的两个男孩乘小船出海的精美画作。画上是下雨时男孩们穿着雨衣雨靴，咧嘴大笑。莫特曾经很喜欢那幅画，现在它没了。还有沃特福德玻璃器皿。车库里的运动器材……滑雪板、十速自行车和旧城独木舟。清单上列出了艾米的三件皮衣。他看见艾米在海狸皮和貂皮旁边做了小小的标记……显然还在……但她没有勾选那件狐皮短大衣。那是件秋天穿的又暖和又时髦的外套，火灾发生时，那件外套一直挂在衣橱里。他记得六七年前送了她那件外套作为生日礼物。现在这件外套已经不存在了。他的星特朗望远镜没了。艾米的妈妈在他们结婚时送给他们的大拼图被子也没了。艾米的母亲已经去世，那床被子也灰飞烟灭，被风吹散。

最糟糕的，至少对莫特来说，是第二栏中间的那些东西。同样不是美元价值的损失让他心痛。上面写的是一百二十四瓶红酒，价值四千九百美元。酒是他们俩都喜欢的东西。他们并不贪杯，但他们一起打造了地下室的小酒窖，一起存了这些酒，偶尔还一起喝了几瓶酒。

“连酒也没了。”他对埃文斯说，“甚至酒都没了。”

埃文斯奇怪地看了他一眼，露出无法理解的眼神，然后点了点头。他说：“酒窖本身没有着火，因为酒窖里的燃料油很少，也没有发生爆炸。但里面温度很高，大多数瓶子都爆了。少数没有……嗯，我对葡萄酒了解不多，但我怀疑剩下的是否还适合喝。也许我错了。”

“你没说错。”艾米说着一颗泪珠从她的脸颊上滚落下来，她心不在焉地擦掉。

埃文斯把手帕递给她。她摇摇头，又和莫特一起弯腰清点。

十分钟后他们点完了。他们在正确的地方签名，斯特里克为他们的签名作了连署。泰德·米尔纳片刻之后出现，就好像他一直在某个隐秘的监视屏幕上一直观看整件事。

“还有别的事吗？”莫特问埃文斯。

“现在没了。可能以后会有。雷尼先生，你在塔什莫尔的电话号码没有登记吗？”

“没有。”他给埃文斯写下了电话号码，“如果我能帮上忙，请与我联系。”

“我会的。”埃文斯站起来，伸出手，“这总是一件令人讨厌的事。我很遗憾你们俩经历了这一切。”

他们和周围的人握手，然后离开，留下斯特里克和埃文斯去写报告。一点多钟了，泰德问莫特是否愿意和他和艾米一起吃午饭。莫特摇了摇头。

“我想回去写点东西，看看我能不能暂时忘掉这一切。”他觉得自己也许真的能写作。这并不奇怪。在艰难时期——直到离婚之前（那似乎是违反常规的例外）——他总是发现能比较容易写作，甚至是必要的。当真实的世界伤害了你的时候，有这些虚幻的世界可以依靠，也是很好的。

他有点指望艾米会要求他改变主意，但她没有。“开车注意安全。”艾米说着，在他的嘴角上真诚地吻了一下，“谢谢你能来，谢谢你对这一切都……这么理性。”

“我能为你做点什么吗，艾米？”

她摇摇头，微微一笑，握住泰德的手。如果他是在寻找什么信息的话，这条信息可太清楚了。

他们慢慢走向莫特的别克车。

“你在那儿住得还好吧？”泰德问，“你需要什么吗？”

这是他第三次被这个男人的南方口音所震惊——这又是一个巧合。

“想不出什么。”他打开别克车的车门，从口袋里掏出车钥匙说，“泰德，你是哪里人？你或艾米一定跟我说过，但我不记得了。密西西比州吗？”

泰德放声大笑：“离那儿很远，莫特。我在田纳西州长大，一个叫‘舒特小丘’的小镇。”

22

莫特开车回塔什莫尔湖，双手紧握方向盘，脊椎像尺子一样挺得笔直，眼睛牢牢地盯着路面。他把收音机开得很响，每次感觉到脑子要胡思乱想的时候，他就全神贯注地听音乐。还没走完四十英里，他就感到膀胱里有一种压迫感。他乐见出现这个新情况，甚至没有考虑在路边找个厕所停一下。想要小便是另一个很好的分散注意力，让自己不要乱想的绝妙办法。

他在四点半左右到达了家，把别克车停在了房子侧面经常停车的地方。埃里克·克莱普顿[1]正在收音机里倾情独奏吉他，莫特关掉了汽车引擎，一切顿时安静下来，就像一堆石头都裹进了泡沫橡胶里。湖面上没有一条船，草地上连一只虫子也没有。

撒尿和思考有很多共同之处，他边想边从车里爬出来，拉开拉链。*你可以把它们都往后推迟……但不能永远推下去。*

莫特·雷尼站在那里撒尿，想着秘密窗户和秘密花园。他想到了谁可能拥有秘密花园，谁可能从秘密窗户往外看。他想到他需要这本杂志来证明某个家伙不是疯子就是骗子，而就在他想要得到它的那天晚上，杂志却碰巧被烧了。他想他前妻的情人，那个他发自肺腑厌恶的人居然来自一个叫做“舒特小丘”的小镇，而舒特正好又是上述那个不是疯子就是骗子的家伙用的化名。这个人恰好在莫特开始领会“他的离婚不仅仅是个术语上的概念，而是他之后人生的简单事实”的时候进入了他的生活。他甚至想到“约翰·舒特”说过他发现莫特·雷尼剽窃行为的时间差不多是在莫特·雷尼和妻子分居的同一时间。

问：所有这些都是巧合吗？

答：从技术角度来说，这是可能的。

问：他相信所有这些都是巧合吗？

答：不相信。

问：那么他相信自己疯了吗？

“答案是否定的。”莫特说，“不相信。至少现在还没有。”他拉上拉链，转身走到门口。

23

莫特找到了他的钥匙，开始把它插进锁里，然后又把它拔了出来。他的手反而去摸门把，当他握住门把时，他清楚地感觉到门把会很容易地转起来。舒特来过这里……曾经来过，或者还在这里。而且

---

① 埃里克·克莱普顿（Eric Clapton，1945— ），英国音乐人、歌手、作曲家、吉他手。

他也不需要强行进入。不。这个王八蛋不要又来搞事。莫特把塔什莫尔湖屋的备用钥匙放在工具棚里一个高架子上的旧肥皂盒里，舒特就是从那儿急忙拿了一把螺丝刀把可怜的胖胖钉在了垃圾柜上。舒特现在在房子里，四处张望着……或者隐藏着。他在……

门把扭不动。莫特的手指在上面滑开了。门仍然锁着。

“好吧。”莫特说，“好吧，没什么大不了的。”他甚至笑了笑，把钥匙插进屋里，转动着。门是锁着的并不意味着舒特不在房子里。事实上，当你真正停下来想这件事的时候，他更有可能就在房子里。他可以用那把备用钥匙，把它放回去，然后从里面锁上门，以消除敌人的怀疑。毕竟，你所要做的就是锁定它，按下旋钮设置的按钮。他是想吓死我，莫特走进来想。

房子里充满了傍晚的阳光和寂静。但这并不是一种空无一人的寂静。

“你是想让我发疯，是不是？”他说。他以为自己听起来会很疯狂。一个孤独、偏执的男人对一个闯入者说话，毕竟，闯入者只存在于他自己的想象中。但他自己听起来并没有发疯。相反，他听起来就像个把诡计看透了一半的人。看透一半可能没什么，但总比完全蒙在鼓里好。

他走进客厅，那里有教堂般的天花板、面朝湖面的窗户，当然还有举世闻名的莫特·雷尼沙发，也被称为“昏迷作家沙发”。他脸上露出一丝浅笑，感觉腹股沟下面绷得紧紧的。

“诡计得逞一半总比什么都没有强，对吧，舒特先生？”他喊道。

他的话音消失在尘土飞扬的寂静中。他能从灰尘中闻到陈旧的烟味。他的目光偶然落在了他从书桌抽屉里挖出来的那包破烂不堪的香烟上。他突然想到屋子里有一种气味——几乎是臭味——那是一种可怕而难闻的气味：不是女人的气味。然后他想：不对。这不对。不是那样的。你闻到的是舒特的味道。你闻到的是他的味道，你闻到的是他的烟味。不是你的，是他的。

他慢慢地转过身来，头向后仰着。二楼的一间卧室俯瞰着客厅，正对着那面米色的墙壁；楼梯口竖了一排深褐色的木板条，本来是用来防止粗心的人掉下来摔到客厅地板上，但它们也有装饰的作用。莫特以前觉得它们的装饰性不是特别强，看起来就像监狱的铁栏杆。在这个被他和艾米称为客房的地方，他只能看到天花板和床的四根柱子中的一根。

“你在上面吗，舒特先生？”他喊道。

没有回答。

“我知道你是想让我发疯！”现在他开始觉得有点可笑了，“可是没用！”

大约六年前，他们在客厅里装了一个用黑石泽西炉的大壁炉。旁边放着一排生火用的铁叉子。莫特抓住烟灰叉子的把手，想了一会儿，然后松开手，改去拿起了火钳。他面对着装了木板的客房，高举火钳，动作像骑士对女王敬礼。然后他慢慢地走到楼梯，开始往上爬。他感觉到一股紧张的气氛正在慢慢侵蚀他的肌肉，但他明白他所害怕的并不是舒特，他害怕的是一无所获。

“我知道你在这儿，也知道你想让我发疯！我唯一不知道的是这到底为什么，‘阿尔菲’，等我找到你，你最好告诉我！”

他在二楼的平台上停了下来，他的心在胸腔里剧烈地跳动着。客房的门在他的左边。客用浴室的门在右边。他突然明白舒特是在这里，但不是在卧室里。不对，那只是一个策略。这正是舒特想让他相信的。

舒特在浴室里。

他站在楼梯平台上，右手紧紧攥着火钳，汗水从头发里流出，顺着脸颊往下淌。莫特听到了他的声音。一个微弱的窸窸窣窣声。他在里面，没错。听声音是站在浴缸里。他只小小地动了一下。躲猫猫，约翰小子，我听到了。你有武器吗，你个混蛋？

莫特觉得他可能带了，但他不认为他带了枪。莫特觉得这个人最接近火器的地方也就是他的笔名舒特了。舒特看上去是那种更喜欢用钝器的人。他对胖胖所做的事情似乎证明了这一点。

我敢打赌那是一把锤子，莫特想，然后用空着的那只手擦了擦脖子后面的汗珠。他能感觉到自己的眼睛随着心跳在眼窝里上下跳动。我打赌他拿的是工具房的锤子。

直到他清楚地看见舒特站在浴缸里，头戴黑色圆帽，穿着黄色乡巴佬靴子后，他脑子里才不会再想这件事。他看见舒特咧嘴笑着，露出邮购来的假牙，看起来像个鬼脸。他的汗水从脸上滴下，就像水沿着镀锌的锡排水沟往下流，同时他举着工具房里拿来的锤子，仿佛高举着法官的木槌，就站在浴缸里，等着把锤子敲下去。好像在说“法警，下一个案子”。

我了解你，伙计。我对你了如指掌。我第一次见到你就明白了。你猜怎么着？你选错了作家。我想我从五月中旬起就一直想杀个人，杀你或者杀别人都行。

他把头转向卧室的门。与此同时伸出左手（在衬衫前面先把手擦干，这样在关键时刻他的手才不会滑开），然后他握住了浴室的门把手。

“我知道你在里面！”他冲着紧闭的卧室门喊道，“如果你在床底下，你最好出去！我数到五！如果我到的时候你还没出来，我就进来……然后我会大摇大摆地进来！你听到我的话了吗？”

没有回答……但是，他其实也没有指望有人回答，或者希望有人回答。他握紧浴室的门把手，在卧室门口大喊大叫。如果他把他的头转向浴室的方向，他不知道舒特是否会听到或感觉到其中的区别，但他觉得舒特可能听得出来。这个人显然很聪明。相当聪明。

就在他开始数的一瞬间，他听到浴室里又有微弱的动静。即使站得这么近，要不是他聚精会神地听，说不定就错过了。

“一！”

天哪，他在冒汗！像一头猪！

“二！”

浴室门的把手在他紧握的拳头里就像一块冰冷的石头。

“三……”

他转动浴室的门，然后用力撞开，门被撞得从墙上弹开，力量之大割开了墙纸，浴室门的铰链都松了。舒特就在那儿，舒特就在那儿，高举着武器朝他冲过来，脸上带着杀手般的笑容，露出了森森的牙齿。他的眼神很疯狂，彻底的疯狂，莫特用手里的火钳迅速向下一击，刚刚有足够的时间意识到舒特也在挥舞火钳。莫特发现舒特没有戴他的黑色圆帽，然后发现那人根本不是舒特，他意识到那是他，那个疯狂的人就是他自己。然后火钳打碎了洗脸台上面的镜子，银色的玻璃碎得到处都是，在黑暗中闪闪发亮，医药柜也掉进了洗脸槽里。被撞得弯曲的医药柜门像张大的嘴巴一样打开，吐出了几瓶止咳糖浆、碘酒和李斯德林漱口水。

“我杀了他妈的一面镜子！”莫特尖叫着，正要把火钳甩出去，这时波纹状的淋浴拉门后的浴缸里确实有什么东西在动，尖叫着发出一阵惊恐的吱吱声音。莫特咧嘴一笑，用火钳朝旁边一劈，在那扇塑料门上划了一道锯齿状的口子，把塑料门打飞了。他把火钳举过肩膀，眼睛像玻璃珠子一样目光呆滞，嘴唇抿成了他想象中的舒特脸上的表情。

然后他慢慢放下火钳。他发现他必须用左手的手指撬开他右手的手指，才能松开，火钳掉到了地上。

“看这个狡猾胆小的小东西。”他对在浴盆里盲目乱窜的老鼠说，“你心里有多恐慌啊。”莫特的声音听起来沙哑、平淡又怪异。听起来一点也不像他自己的声音。就像第一次听到他自己的声音。

他转过身，慢慢地走出浴室，经过那扇铰链松脱、歪到一边的门，他的鞋子踩在碎玻璃上发出嘎吱嘎吱的声音。

他突然想到楼下躺在沙发上睡个觉。刹那间，这是他在这世界上最想做的事。

24

电话吵醒了他。暮色几乎变成了黑夜，他慢慢走过那张爱撞人的玻璃桌面的咖啡茶几，感觉时间不知怎么地又回到了自己身边。他的右臂痛得要命，背也好不到哪里去。不管怎么说，他到底用了多大的劲来挥舞那根火钳？他有多恐慌？他不喜欢去想。

他拿起电话，懒得去猜是谁打来的。亲爱的，最近生活忙得可怕，不定是总统打来的。“你好吗？”

“你好吗，雷尼先生？”那个声音问，莫特缩了一下身体，把听筒猛地从耳朵旁移开，好像有条蛇要咬他似的。他慢慢地朝话筒贴了回去。

“我很好，舒特先生。”他用干巴巴的声音说，“你好吗？”

“我挺不错的。”舒特操着浓重的南方口音说，不知怎么的，他的口音听起来就像孤零零地立在田野中央、未上油漆的谷仓一样光秃秃地扎眼，“但我觉得你并没有真的那么好。你偷别人的东西，这似乎从来没有困扰过你。但是被逮住了……那好像让你非常痛苦。”

“你在说什么？”

舒特的声音听上去好像被逗乐了。“嗯，我在广播上听到有人烧毁了你的房子。你另外的房子。然后，你回到这里的时候，听起来好像你一进房子就发作了。大喊大叫……猛砸东西……也可能只是像你这样的成功作家，当事情没有按照你期望的那样发展时，你就会发脾气。也许是这样吧？”

天哪，他来过这里。他在这儿。

莫特发现自己望着窗外，似乎舒特还在外面……也许是躲在灌木丛里，正在用某种无线电话跟莫特说话。当然，这有些荒唐。

莫特说：“登了我的故事的杂志正在路上。等它来了，你会不会就不来烦我了？”

舒特的声音听起来仍然懒洋洋的：“雷尼先生，没有任何杂志登了这篇故事。你我都知道。一九八〇年就没有。直到一九八二年，我的故事才被你偷走，你怎么可能有杂志发表呢？”

“去你的，我没有偷你那该死的……”

“当我听说你的房子被烧掉时，”舒特说，“我出去买了一份《晚间快报》。他们上面登了一张房子残骸的照片。剩下的真的不多。还有一张你妻子的照片。”在一阵长长的、深思熟虑的沉默后，舒特说，“她很性感。”他故意语带讽刺地用乡下人的口音，“雷尼先生，像你这么丑的人，怎么能幸运地娶到那么漂亮的妻子？”

“我们离婚了。”他说，“我告诉过你。也许她发现了我有多丑。为什么我们不把艾米放到一边？这是你我之间的事。”

两天来，这是他第二次意识到自己是在半清醒、几乎毫无防备的状态下接的电话。结果，舒特几乎完全控制了谈话。他牵着莫特的鼻子在发号施令。

那就挂断电话。

但是他不能。至少现在还不能。

“这是你我之间的事，是不是？”舒特问，“那我想你也不会在别人面前提起我吧。”

“你想要什么？告诉我！你到底想要什么？”

“你想知道我来的第二个原因，是吗？”

“是！”

“我想让你给我写个故事。”舒特平静地说，“我要你写一篇故事，把我的名字写在上面，然后给我。你欠我的。正确就是正确，公平就是公平。”

莫特站在走廊上，疼痛的手紧握着电话，前额中央的血管在跳动。有那么一会儿，他的愤怒是如此的强烈，他发现自己几乎都被活埋在愤怒中，他心里一次又一次所能想到的就是：**就是这样！就是这样！就是这样！**

“你在吗，雷尼先生？”舒特用他平静、慢吞吞的声音问。

“如果你继续纠缠我，我唯一要给你写的东西，”莫特说，他的声音缓慢，里面充满了化不开的愤怒，“就是你的死刑执行令。”

“你口气挺大啊，老顽固。”舒特耐心地说，就像成年人向愚蠢的孩子解释简单的问题一样，“因为你知道我不会伤害你的。如果你偷的是我的狗或车，我就可以带走你的狗或车。这就像拧断你的猫的脖子一样容易。如果你想阻止我，我可以伤害你，不管怎样我都会接受。但这个不同。我想要的东西在你脑子里。你把东西锁在脑子里就像锁在保险箱里一样。只是我不能把门炸掉，或者从后面用焊枪切开。我必须找到密码。对不对？”

“我不知道你在说什么。”莫特说，“等自由女神像穿上尿布的那天，你再从我这里得到故事。老顽固。”

舒特若有所思地说：“如果可以的话，我会把她排除在这件事之外，但我开始觉得你让我别无选择。”

突然，莫特的嘴变得特别干，觉得嘴变得麻木而滚烫。“什么……你怎么……”

“你想在你从那愚蠢的昏睡中醒来后，发现艾米被钉在你的垃圾桶上吗？”舒特问，“或者某天早上打开收音机，听到她在一场比赛中以第二名的成绩跑输了你车库里的电锯？还是车库也被烧了？”

“注意你的言辞。”莫特小声说。他睁圆的眼睛充满了愤怒和恐惧的泪水，让他觉得刺痛。

“你还有两天时间考虑。要是我就会仔细想想，雷尼先生。我是说，如果我是你，我会好好为她考虑。我想我不会和其他人谈论这件事。这就像站在雷雨中，引诱闪电劈自己。不管有没有离婚，我觉得你对那个女人还是有感情的。你该长大一点了。你逃不掉的。你还没意识到吗？我知道你干了什么，在我拿到属于我的东西之前，我是不会罢休的。”

“你疯了！”莫特尖叫道。

“晚安，雷尼先生。”舒特说着，挂了电话。

25

莫特在那里站了一会儿，听筒渐渐从耳边移开。然后，他把公主式电话的底座抄了起来，差点要把整个电话砸到墙上，但后来他忍住了。他又把电话放了下来，深深地吸了几口气……这几口气足以使他的头感到眩晕和轻松。然后他拨通了赫伯·克里克莫尔家的电话。

赫伯的女友德洛丽丝在电话铃响第二响时拿起话筒，叫赫伯来接电话。

“你好，莫特。”赫伯说，“房子怎么了？”他的声音从话筒那边移开了一点，“德洛丽丝，你能把那只煎锅移到炉子后排去吗？”

这个时候是纽约的晚餐时间，莫特想，他想让我知道这一点。管他呢。一个疯子刚刚威胁要把我妻子切成小牛肉片，但生活还得继续，对吧？

“房子烧没了。”莫特说，“保险公司会赔偿损失的。”他停顿了一下，“反正经济损失会赔。”

“对不起。”赫伯说，“我能做点什么吗？”

“呃，我要跟你说的不是房子方面的。”莫特说，“还是要谢谢你的好意。不过，我要说的是那篇故事……”

“哪篇故事，莫特？”

他觉得自己的手又一次在电话听筒上绷紧了，于是强迫自己放松下来。赫伯不知道这里的情况。你必须记住这一点。

他说：“就是让我那个疯子朋友气得发疯的那篇。”他努力保持一种轻松的、基本上不太在意的语气，“登在《埃勒里·奎因推理杂志》上的《播种季节》。”

“哦，那篇！”赫伯说。

莫特感到一阵恐惧：“你没有忘记打电话吧？”

“没有……我打过了。”赫伯安慰他说，“一时就把这事全忘了。你失去了你的房子和一切。”

“嗯？他们怎么说？”

“什么也不用担心。他们明天会派人把复印件寄给我，我用联邦快递直接寄给你。后天十点钟你就能拿到。”

有那么一会儿，莫特觉得似乎所有的问题都解决了，他开始放松下来。接着，他想起了舒特的眼睛闪闪发光的样子。他们俩凑得那么近，他的前额和莫特的前额几乎碰在一起。他想起了舒特呼出的干燥的肉桂味，说：“你撒谎。”

复印件？他都不确定舒特是否会接受原件……还弄来个复印件？

“不行。”他慢慢地说，“那不行，赫伯。复印件不行，编辑打电话不行。必须是杂志的原件。”

“嗯，这有点难。当然，他们在曼哈顿有自己的编辑部，但他们的往期杂志都存在宾夕法尼亚州的订阅办公室。他们每期只保留五份……这是他们能存下的量，考虑到《埃勒里·奎因推理杂志》从一九四一年就开始出版了。他们真的不太愿意把这些杂志借给别人。”

“行了，赫伯！你可以在后院跳蚤市场和美国一半的小镇图书馆里找到这些杂志！”

“但不是都能找到啊。”赫伯停顿了一下，“打个电话也不行，对吧？你是在告诉我，这个家伙太偏执了，他会以为他在和你成千上万的助理之一说话吗？”

后面有声音传来：“你要我倒酒吗，赫伯？”

赫伯把嘴移开说：“等几分钟，迪伊[①]。”

“我耽误你吃晚餐了。”莫特说，“我很抱歉。”

赫伯说：“不要紧。听着，莫特，实话告诉我……这家伙真的像他听起来那么疯狂吗？他危险吗？”

我想我不会和其他人谈论这件事。这就像站在雷雨中，引诱闪电劈自己。

“我不这么认为。”他说，“但我不想让他缠着我，赫伯。”莫特犹豫了一下，寻找着合适的语气，“过去半年左右，我一直都过得很糟糕。这可能是我能改变的一件事。我只是想甩掉那个笨蛋。”

“好吧。”赫伯突然下了决心，“我会打电话给《埃勒里·奎因推理杂志》的玛丽安·贾夫瑞。我认识她很长时间了。如果我让她去问图书室馆长——他们是这么称呼那个人的，真的，他们管那家伙叫馆长……给我们寄一份一九八〇年六月出版的杂志，她会这么做的。我能不能说你可能在未来某个时候给他们写篇故事，可以吗？”

“当然可以。”莫特说着在心里想：*告诉她说自己会用约翰·舒特这个笔名*，他几乎笑出了声。

“好。她会让馆长从宾夕法尼亚直接用联邦快递寄给你。只要把杂志完好无损地归还就行了，否则你就得去你说的那些后院跳蚤市场上找一本代替了。”

“这一切有可能在后天搞定吗？”莫特问。他痛苦地觉得赫伯肯

---

① 德洛丽丝的昵称。

定会认为他光是这么问都很疯狂……他一定觉得莫特是在小题大做。

赫伯说："我认为这是一个非常好的机会。我不能保证，但我几乎可以保证。"

"谢谢你，赫伯。"莫特衷心感谢地说，"你太好了。"

"哦，糟了，女士。"赫伯说着蹩脚地模仿起西部片里的约翰·韦恩。他对自己的模仿很自豪。

"现在去吃晚餐吧。替我吻一下德洛丽丝。"

赫伯还处在约翰·韦恩的状态："管它呢。我会给她一个吻，老顽固。"

你在吹牛，老顽固。

莫特突然感到一阵恐惧和惊慌，他几乎叫出声来。同样的字眼，同样平淡的语调，同样慢吞吞的声音。舒特不知怎么窃听了他的电话线，不管莫特想给谁打电话，也不管他拨的是什么号码，回答他的都是约翰·舒特。赫伯·克里克莫尔只是他的另一个笔名。

"莫特？你还在那儿吗？"

他闭上了眼睛。既然赫伯已经不再模仿约翰·韦恩，那就还好。他又只是赫伯了，而且一直都是。赫伯用了那个词，刚才是……

什么？

只是一连串巧合中的另一个？好吧。当然。没有问题。我就站在路边看着这个巧合溜过去。为什么不呢？我已经看过六七个大大的巧合了。

"我在，赫伯。"莫特说着睁开了眼睛，"我只是想弄清楚我多么爱汝。你知道的，我在算呢？"

"你冒什么傻气。"赫伯说，显然很高兴，"你会小心谨慎地处理这件事的，对吧？"

"对。"

"那我就跟我的心肝宝贝吃晚餐了。"

"这听起来是个好主意。再见，赫伯……谢谢。"

"不客气。我尽量安排后天寄到你那里。迪伊也跟你说再见。"

"如果她想倒酒，我敢说她一定想。"莫特说着，两人笑着挂了电话。

他刚把电话放回桌上，幻想又回来了。舒特。他用不同的声音假扮警察。当然，他孤身一人，周围很黑，这是一种滋生幻想的环境。尽管如此，他还是不相信——至少在他的脑海里，他不相信约翰·舒特要么是个超自然的存在，要么是个超级罪犯。如果他是个超自然的东西，他肯定会知道莫特·雷尼没有剽窃——至少没有剽窃那篇故事——如果他是个超级罪犯，他就会去抢银行了，而不是到缅因州来瞎搞，企图从一个写小说赚了很多钱的作家身上再挤出一篇短篇故事。

他开始慢慢地向起居室走去，打算穿过它到书房去，用一下文字处理机，这时一个想法

（至少没有剽窃那篇故事）

突然涌现，让他停了下来。

这到底是什么意思，没有剽窃那篇故事吗？他剽窃过别人的作品吗？

自从舒特带着一捆手稿出现在门廊上以来，莫特第一次认真地考虑了这个问题。许多对他的著作的评论都表明，他并不是一个真正有独创性的作家，他的大部分作品都给人似曾相识的感觉。他记得艾米曾读过一篇关于《街头手风琴师之子》的评论，这篇评论首先肯定了这本书的节奏和可读性，然后又暗示了它在情节设计上的某种衍生性。她当时说："那又怎样？难道这些人不知道天下只有大约五个真正的好故事，而作家只是用不同的角色一遍又一遍地讲述它们吗？"

莫特本人认为至少有六个故事：成功、失败、爱和失去、复仇、错误的身份、寻找更高的力量，且无论是上帝还是魔鬼。他一遍又一遍地讲过前四个故事题材，现在想来，《播种季节》至少体现了其中三个概念。但这是剽窃吗？如果是这样的话，世界上每一位没封笔的小说家都犯了这种罪。

他认为，剽窃是彻头彻尾的盗窃。他这辈子还从来没有这样做过。从来没有。

"从来没有。"他说着抬起头，睁大眼睛，大步走进他的书房，像

个走向战场的战士。他在那里坐了一个钟头，一个字也没写。

26

他在文字处理器前的枯坐使他相信，晚餐最好是喝而不是吃。他喝到第二杯波本酒加水的时候，电话响了。他小心翼翼地走近电话，突然希望自己能有个电话答录机。答录机至少有一个卓越的品质：你可以监控来电并区分敌友。

他犹豫不决地站在电话机旁，心想他是多么讨厌现代电话发出的声音。曾几何时，它们曾欢快地叮当作响。现在它们发出一种尖锐的声音，听起来像是偏头痛要发作了。

好吧，你是打算接电话，还是就站在这里听它响？

我不想再和他说话了。他让我害怕又让我生气，我不知道我更讨厌哪种感觉。

也许不是他。

也许是。

听着这两种想法转来转去，比听着电话那低低的哔哔声还要糟糕，所以他拿起电话，粗声粗气地打了声招呼。结果不是什么危险人物，而是他的管理员格雷格·卡斯泰尔斯。

格雷格问了那些现在已经很熟悉的关于房子的问题，莫特又回答了一遍，认为解释这样的事件就像解释猝死一样——如果有什么能让你从震惊中平复，那就是不断重复已知的事实。

“听着，莫特，今天下午晚些时候我终于找到了汤姆·格林利夫。”格雷格说，莫特觉得格雷格的声音有点奇怪——有点谨慎，“他和桑尼·特罗茨正在粉刷卫理公会教堂的大厅。”

“嗯？你跟他谈过我和那家伙的事吗？”

“是的，我说了。”格雷格说。他听起来比之前更加谨慎了。

“怎么样？”

短暂的停顿后，格雷格说：“汤姆认为你一定是搞错日子了。”

“搞错日子了……你这是什么意思？”

“嗯。”格雷格抱歉地说，“他说他昨天下午确实在湖边开车，而且确实看到了你。他说他向你招手，你也向他招手。但是，莫特……”

“什么？”但他担心自己已经知道了。

“汤姆说他只看到了你一个人。”格雷格接着说。

27

很长一段时间，莫特什么也说不出来。他觉得自己说不出话来。格雷格也没说什么，给了他思考的时间。当然，汤姆·格林利夫已经不年轻了，他比戴夫·纽瑟姆年长至少三岁，可能长了六岁。但他没有老到头晕眼花。

“老天。”莫特终于开口。他说话声音很轻。其实他有点喘不过气来。

“我的想法是，”格雷格迟疑地说，“也许是汤姆有点糊涂了。你知道他并不完全……”

“年轻了。”莫特最后说，“我知道了。不过，我不知道在塔什莫尔还有谁比汤姆对陌生人的眼光更敏锐。他这辈子都在记住陌生人，格雷格。这是这里管理员要做的事情之一，对吧？”他犹豫了一下，然后大声说，“他看着我们！他正好看着我们俩！”

小心翼翼又好像只是在开玩笑似的，格雷格说：“莫特，你确定这家伙不是你做梦梦到的吗？”

“我之前甚至都没这么想过。”莫特慢慢地说，“如果这一切都没有发生，而我却到处告诉人们这是真的，我想我会疯掉的。”

“哦，我完全没那么想。”格雷格急忙说。

“我知道。”莫特回答。他想：但也许这就是他真正的想法。让人们觉得你疯了。也许最终，人们的想法会成为事实。

噢，对。他和老汤姆·格林利夫串通干这件事。事实上，很可能是汤姆去了德瑞烧掉了房子，舒特却待在这里废掉那只猫……对吧？

现在，想想。真的**好好想想**。他在那儿吗？他**真的**在那儿吗？

于是莫特想了想。他对这个问题的思考比他一生中对任何事情的思考都要认真。在五月的那一天，他发现艾米和泰德躺在床上，他当时想该怎么办，现在这个情况让他思考得比当时思考艾米出轨的事更认真。约翰·舒特是他幻想出来的吗？

他又想起舒特抓住他，把他摁到汽车一侧的速度。

“格雷格？”

“我在，莫特。”

“汤姆也没看见那辆车？旧旅行车，密西西比的车牌？”

“他说，他昨天根本没在湖道上看到车。只有你站在通往湖边的小路的尽头。他以为你在欣赏风景呢。”

这是真的，还是幻想？

他不停地想起舒特紧紧抓住他的上臂，把他甩向汽车时的速度。“你撒谎。”舒特说。莫特看到他眼睛里压抑的愤怒，在他喘出的气里闻到了干燥的肉桂味。

他的手。

他双手的压迫感。

“格雷格，你等一下。”

“好的。”

莫特放下听筒，试着卷起衬衫袖子。他不太成功，因为他的手抖得很厉害。他解开衬衫的扣子，把衬衫扯了下来，然后伸出双臂。起初，他什么也没看见。然后他把它们尽可能地向外扭，终于在两只胳膊的内侧，胳膊肘上方看到两处发黄的瘀伤。

那是约翰·舒特抓住他，把他扔向汽车时，他的大拇指在自己身上留下的痕迹。

他突然觉得自己可能理解了，但又害怕起来。但不是替他自己害怕。

他是在替老汤姆·格林利夫害怕。

28

他拿起电话：“格雷格？”

“我在。”

“你跟汤姆说话时，他看上去还好吧？”

“他累坏了。”格雷格马上说，“那个愚蠢的老头实在不应该在冷风里整天在脚手架上爬来爬去刷油漆。这不是在他的年龄应该做的事。如果他不赶快到床上去睡觉，他看上去好像随时要掉到旁边的一堆树叶上了。我明白你的意思，莫特，我想如果他太累了，他可能会忘记的，但是……”

“不，我不是这么想的。你确定只是太累了吗？可不可能是他害怕？”

这时，电话的另一端出现了一段长长的、沉思的沉默。尽管莫特很不耐烦，但他并没有打断它。他打算让格雷格有足够的思考时间。

“他看起来和平时不一样。”格雷格最后说，“他似乎心不在焉……不知道为什么。我觉得他纯粹是累了。但也许不是，或者不完全是。”

“他是不是对你隐瞒了什么？”

这一次，停顿的时间并不长。“我不知道。他可能有。我能肯定的就是这些，莫特。你让我觉得我当时应该多跟他谈谈，问得更仔细些。”

“我想我们最好去他那儿一趟。现在就去。事情的经过就是我告诉你的那样，格雷格。如果汤姆说了什么不同的话，那可能是因为我那个朋友把他吓得魂不守舍了。我在那儿和你碰头。”莫特说。

“好吧。”格雷格听上去又担心起来，“不过，你要知道，汤姆不是那种容易受惊的人。”

“我曾相信这是真的，不过汤姆已经七十五岁了。我觉得人年纪越大，就越容易被吓到。”

“我们不如在那边见吧？”

“听起来不错。”莫特挂了电话，把他剩下的波旁酒倒进了水槽，然后开着别克前往汤姆·格林利夫的房子。

29

莫特到的时候，格雷格已经把车停在了车道上。汤姆的“侦察兵”越野车停在后门。格雷格穿着一件领子竖起来的法兰绒夹克。湖上的风很猛烈，令人感到不舒服。

“他没事。”他马上告诉莫特。

“你怎么知道？”

他们俩都低声说话。

“我看见了他的‘侦察兵’越野车，所以我走到后门去。那里钉着一张纸条，上面写着他今天很累，很早就睡了。”格雷格咧嘴一笑，拨开脸上的长发，“它还说，如果经常找他的人需要他，他们可以打电话给我。”

“是他亲笔写的吗？”

“是的。老人家的潦草笔迹。我在哪里都认得出来。我走过去，从他卧室的窗户往里看。他在里面。窗户是关着的，他鼾声那么响竟然没有把玻璃打破。你想自己看看吗？”

莫特叹了口气，摇了摇头。“但这里头有问题，格雷格。汤姆看到了我们。我们俩。汤姆经过后几分钟，那人就火冒三丈，抓住了我的胳膊。我身上有他造成的瘀伤。如果你想看，我可以指给你看。”

格雷格摇了摇头。“我相信你。我越想越不喜欢他说见到你时只有你一个人的口气。他有些……不对头。我明天早上再跟他谈谈。或者如果你愿意的话，我们可以一起跟他谈谈。”

“那太好了。什么时间？”

“要不九点半左右到教区会堂来？他会喝两到三杯咖啡……在他喝完咖啡之前，你没法跟他说话……我们可以把他从那个该死的脚手架上弄下来休息一会儿。也许这样就救了他一命。听起来怎么样？”

“行。”莫特伸出手来，“对不起，我让你白跑一趟。”

格雷格握了握他的手：“没必要。这里有些不对劲。我很想知道是怎么回事。”

莫特回到他的别克车里，格雷格也溜进了他的卡车。他们朝相反的方向驶去，留下疲惫的老人继续睡。

莫特自己则直到凌晨三点才睡着。他在卧室里翻来覆去，直到床单乱得像战场，他再也无法忍受了为止。然后他迷迷糊糊地走向起居室的沙发。他的小腿又撞到了那张该死的咖啡桌，他语气单调地咒骂了几句，然后躺下来，调整了一下垫脑袋的垫子，然后立刻昏睡得像坠入了黑洞中。

30

第二天早上八点钟醒来时，他觉得自己感觉很好，直到他把腿从沙发上挪了下来，坐了起来后，才发出一声几乎闷在嘴里的尖叫呻吟，他只能先坐了一会儿，希望自己能同时护住后背、膝盖和右臂。手臂的感觉是最糟糕的，所以他只好护住手臂。他在某个地方读到，人在恐慌中可以凭借力量完成几乎超自然的行为，能把汽车从被困的婴儿身上抬起来，或者徒手勒死杀人的杜宾犬。他们当时什么也感觉不到，只有在情绪的浪潮消退后，他们才意识到自己的身体是多么地过度劳累。现在他相信了。他用力推开了楼上浴室的门，用力得震掉了一个铰链。他挥舞火钳的时候有多用力？根据他今天早上后背和右臂的感觉，应该比他想象的还要用力。他也不想去想，楼上的损害在别人眼中看来又有多严重。他确实知道他要自己弥补损失……或者至少是尽可能弥补损失。莫特认为，格雷格·卡斯泰尔斯肯定已经对自己的精神状况产生了严重的怀疑，尽管他的话与此相反，但看一眼坏掉的浴室门、砸坏的淋浴间门和摔坏的药柜，绝对不会让格雷格对自己精神状态有所改观。他记得当时他在想，舒特可能是想让人们相信他疯了。现在，他在白天仔细看了下自己的周围，这个想法一点都不显得愚蠢，可以说似乎比以往任何时候都更合乎逻辑、更可信。

但他承诺九十分钟后在教区会堂与格雷格会面……现在时间快到了……要去和汤姆·格林利夫谈谈。坐在这里数自己有几个地方疼并不能让他到那里。

莫特强迫自己站起来，慢慢穿过房子，走向主浴室。他把淋浴器开得热得直冒蒸汽，吞下三颗阿司匹林，然后爬到淋浴器下。

等他出来的时候，阿司匹林已经开始起作用了，他觉得自己终于可以熬过这一天了。这样做并不好玩，而且他觉得熬过的这点时间感觉像过了好几年，但他认为自己能挺过去。

这是第二天了，他边穿衣服边想。他感到一阵恐惧。明天是他的最后期限。这让他首先想到艾米，然后才是舒特说的如果我能，我会把她排除在外，但我开始觉得你让我别无选择。

让他纠结的感觉又回来了。先是那个疯狗杀死了胖胖，然后他威胁了汤姆·格林利夫（他肯定威胁了汤姆·格林利夫），然后，莫特意识到，舒特真的有可能烧毁了德瑞镇的房子。他以为自己早就知道这一点，只是不想承认罢了。当然，舒特的主要目的是烧掉房子，烧掉杂志。像舒特这样疯狂的人，根本不会想到那本杂志到处都有副本。在疯子对世界的认知里，是没有这种事情的。

胖胖呢？那只猫可能只是他后来想杀才杀了。舒特回来，看见那只猫在门廊上等着被放进来，看到莫特还在睡觉，就心血来潮杀了那只猫。然后快速往返德瑞镇可能有点紧，但这是可以做到的。这一切都说得通。

现在他威胁要把艾米牵扯进来。

我得警告艾米，他想着把衬衫塞进裤子后面。今天早上给她打电话，把事情彻底说清楚。亲自和这个人打交道是一回事，看着一个疯子把我唯一真正爱过的女人卷入她一无所知的事情……这是另一回事。

是的。但首先要和汤姆·格林利夫谈谈，从他那里弄到真相。如果没有汤姆证实舒特确实在附近，而且非常危险，莫特自己的行为会显得可疑或疯狂，或者两者兼而有之。所以他得先去找汤姆。

但在卫理公会教区会堂见到格雷格之前，他打算去鲍伊杂货店，吃一份格尔达著名的培根奶酪煎蛋卷。大兵雷尼，军队饿着肚子是没法行军的。你说得对，长官。他走到走廊前面，打开挂在电话桌上墙上的小木箱，摸着别克车的钥匙。别克车的钥匙不在里面。

他皱着眉头，走到厨房里。钥匙就在那儿，在洗涤槽旁边的柜台上。他把它们捡起来，若有所思地在手掌上抛了两下。他昨晚跑到汤姆家回来时不是把它们放回盒子里了吗？他试着回忆，却想不起来……他也不确定。回家后把钥匙扔进盒子里是个习惯，多一次少一次根本分不清。如果你问一个喜欢煎蛋的人，他三天前早餐吃了什么，他不记得了……他会以为自己吃过煎蛋，因为他经常吃，但他不能确定。车钥匙就像这样。他回来时又累又痛，心事重重。他实在不记得了。

但他不喜欢这样。

他一点也不喜欢。

他走到后门，把门打开了。门廊的木地板上放着约翰·舒特那顶圆顶黑帽。

莫特站在门廊看着那顶帽子，一只手紧握着汽车钥匙，下面垂下来的黄铜钥匙扣映着晨光。他能从耳朵里听到自己的心跳。他的心脏在刻意缓慢地跳动着。他有点预料到了这个情况。

那顶帽子就放在舒特留下手稿的地方。再往前，车道上停着他的别克车。他昨晚回来时把车停在了拐角处——他记得——但现在车到了这儿。

“你在搞什么？”莫特·雷尼突然对着晨曦尖叫起来，一直在树上漫不经心地叽叽喳喳的鸟儿突然安静下来，“你究竟干了些什么？”

但就算舒特在某个地方注视着他，他也不会回答。或许他觉得莫特很快就会知道他干了些什么。

31

别克车的烟灰缸被拉开了，里面有两个烟屁股。未经过滤的烟屁股。莫特用指甲挑出其中一段，脸上露出扭曲而厌恶的表情，肯定是舒特抽的佩尔美尔牌香烟。果然是。

他转动钥匙，引擎立刻发动了。莫特出来的时候并没有听到车子发出滴答滴答、砰砰作响的声音，但一发动引擎好像是暖的。舒特的帽子现在后车厢里。莫特带着对烟头的厌恶把帽子捡了起来，手指只抓住一点点帽檐。帽子下面什么也没有，里面只有一条很旧的、汗渍斑斑的帽内带。不过，帽子还有另外一种气味，一种比汗液更刺鼻、更浓烈的气味。莫特模模糊糊地认出这气味，但说不上来是什么。也许他之后会想到的。他把帽子放在别克车的后座上，然后想起一小时后他就会看到格雷格和汤姆。他不确定自己是否想让他们看到这顶帽子。他也不知道自己为什么会有这种感觉，但今天早上，跟着自己的直觉走似乎比质疑直觉更妥当。于是，他把帽子放进后备厢，朝城里开去。

32

在去鲍伊的店的路上，他又经过了汤姆家。汤姆的车已经不在车道上了。这让莫特一时感到紧张，然后他认为这是一个好兆头，而不是坏兆头——汤姆一定已经开始了他一天的工作，或者他自己去了鲍伊的店——汤姆是个鳏夫，他经常在鲍伊那家店的午餐柜台解决三餐。

塔什莫尔公共工程局的大部分人都站在柜台边，一边喝着咖啡，一边谈论着即将到来的猎鹿季，但汤姆不在。

（*汤姆死了，舒特杀了他，你猜他用的是谁的车。*）

“莫特·雷尼！”格尔达·鲍伊用她那总是沙哑得不一般的叫喊向他打招呼。她是个高个子女人，一头栗色鬈发，胸部丰满。“老久没见你了！最近有没有写什么好书？”

“尽量，”莫特说，“可不可以给我做你特制的煎蛋卷？”

“不行，才怪！”格尔达笑了起来，表示她只是在开玩笑。穿着橄榄色工作服的公共工程局成员们也跟着她一起笑了起来。莫特想要一把像电影里的警探哈里[①]一样在花呢运动服里藏着的大枪。然后砰，砰，砰，砰，也许这里就没这么吵闹了。“马上就来，莫特。”

“谢谢。”

她送上面包、咖啡和橙汁时，她压低声音说：“我听说你们离婚

① 警探哈里，同名电影（*Dirty Harry*）中的主角。

了。我很抱歉。”

莫特用一只手几乎稳稳地把咖啡举到嘴边：“谢谢，格尔达。”

“你自己一个人有好好过吧？”

“嗯……尽量。”

“因为你看起来有点憔悴。”

“有时候晚上很难入睡。我想我还不习惯安静吧。”

“胡说……这是因为你还不习惯一个人睡。但一个男人不会仅仅因为他的女人不懂珍惜，就要永远独自入睡。莫特。我希望你不介意我这样跟你说话。”

“一点也不。”但是他很介意。他觉得格尔达·鲍伊扮演安·兰德斯给他做的心理咨询很糟糕。

“可你是这个镇上唯一的名作家。”

“也许这样还好。”

她笑着揪了揪他的耳朵。莫特想知道，如果他去咬那只揪耳朵折磨他的手，她会说些什么，那些穿着橄榄色工作服的大个子会说些什么。他对自己被这个想法强烈地吸引感到有点吃惊。他们都在说他和艾米吗？一些说她不知道自己嫁了个好人，其他人说可怜的女人终于厌倦了和疯狂的男人生活在一起，决定离开，没有人知道他们都他妈的在放屁，或者他们不清楚自己和艾米过得幸福的时候。他们当然会嚼舌根，他疲倦地想。人本来就最擅长大谈在报纸上看到的人。

他低头看着自己的煎蛋卷，不想吃了。

不过，他还是猛吃了起来，好不容易把大部分都塞进了喉咙。这仍然是漫长的一天。格尔达·鲍伊对他外表和爱情生活的看法不会改变这一点。

他吃完早饭，付了钱，买了一份报纸，离开了杂货店（公共工程局的人员在他之前五分钟就已经大批撤离，其中一人还停了一下，时间刚好够他跟莫特为他要过生日的侄女要了个签名）。这时已经是九点五分了。他在方向盘后面坐了很长时间，想看看报纸上有没有关于德瑞镇房子失火的报道，结果在第三版找到了一篇。标题是：德瑞镇消防检查员表示雷尼住宅纵火事件没有线索。报道本身不到半栏那么长。最后一句写道：“莫特·雷尼，因《街头手风琴师之子》和《德拉古一家》等畅销小说而闻名，我们无法联系到他对此置评。”这意味着艾米没有给他们塔什莫尔的号码。很好。之后他再跟她聊的时候会感谢她的。

先找汤姆·格林利夫。他到达卫理公会教区会堂时，应该快到九点二十，差不多九点半了。他把别克车挂上挡，开走了。

33

他到达教区会堂时，只有一辆车停在车道上——一辆老旧的福特“野马”，后面有一辆露营车，还有每扇车门上都挂着的一个牌子，写着**桑尼·特罗茨　上漆、护理　首席木工**。莫特看见桑尼自己站在脚手架上，他个子不高，四十来岁，没有头发，双眼露着快活劲。他一边大片地扫着油漆，一边播放着埃德·艾姆斯或汤姆·琼斯拉斯维加斯风格的歌曲——不管是哪个，总之就是个在演唱时不扣衬衫前三颗扣子的那家伙。

“嗨，桑尼！”莫特喊道。

桑尼继续在刷油漆，他听着埃德·艾姆斯或是谁在歌声中问着男人是什么，男人有什么，以近乎完美的节奏来回地刷。这些都是莫特问过自己一两次的问题，不过没有音乐伴奏而已。

“桑尼！”

桑尼晃了一下。白色的油漆从他的刷头飞了出来，在那可怕的一瞬间，莫特以为他可能真的要从脚手架上掉下来。然后他抓住一根绳子，转身向下看。“干吗呢，雷尼先生！”他说，“你把我吓了好大一跳！”

不知什么原因，莫特想到了迪士尼电影《爱丽丝梦游仙境》中的门把手，他不得不抑制住一阵狂笑。

“雷尼先生？你没事吧？”

“没事。”莫特把笑声咽了下去。这是他老早以前在教区学校里学会的一种把戏，也是他发现能让自己不笑出来的唯一万无一失的办法。就像大多数成功的好把戏一样，挺难受的。“我还以为你要掉下来呢。”

“我不会。”桑尼笑着说，他关掉了正在放抒情歌曲的扩音器，“汤姆可能会掉下去，但我不会。”

“汤姆在哪儿？”莫特问，“我想和他谈谈。”

“他很早就打电话来，说他今天不来了。我告诉他没关系，反正工作不够我们俩干。”

桑尼自信地低头看着莫特。

“这活就像一道主菜，但是这次汤姆往盘子里倒的太多了。这不是老人家该做的工作。他说他腰痛。也肯定是腰痛了。他听起来一点都不像他平时的样子。”

“那是什么时候的事？”莫特问，努力让自己的语气听上去轻松些。

“很早。”桑尼说，“六点吧。我正准备早上去厕所好好释放一下。我是很有规律的。”桑尼听起来非常自豪，“当然，汤姆，他知道我什么时候起床，什么时候开始做事。”

“但他听起来不是很对劲？”

“对。一点也不像他自己。”桑尼停了下来，皱着眉头。他看上去好像在努力回忆什么事情，然后他微微耸了耸肩，继续说下去：“昨天湖上刮起了大风，他可能感冒了。但是汤姆的身子骨硬朗得很。给他一两天，他就会好起来的。我更担心他会分心，走了个跳板。”桑尼用他的刷子指了指脚手架的板子，白色的油漆都滴在他鞋子旁的木板上，“我能帮你什么吗，雷尼先生？”

“没有。”莫特说，他感觉心里有一团说不清的恐惧卡在里面，就像一张揉皱了的帆布，“对了，你见到格雷格了吗？”

“格雷格·卡斯泰尔斯？”

“是的。”

“今天早上没看见。当然，他做的都是有钱人的生意。”桑尼笑了，“他比我们起床得晚，他就是这样。”

“哦，我以为他也要过来看看汤姆。”莫特说，“我再等一会儿你不介意吧？他可能会来的。”

“请便。”桑尼说，“我听音乐你不介意吧？”

“完全不介意。”

“现如今你可以从电视上直接买到录音带，真是令人惊讶。你要做的就是给他们你的信用卡号码。甚至不用付电话费。那是个免费电话。”他朝大音箱弯下腰，然后认真地低头看着莫特，“这是罗杰·惠特克[①]的歌。”他虔诚地低声说。

“哦。”

桑尼按下播放键，罗杰·惠特克的歌词告诉他们，有时候（他肯定他们知道）他会贪多嚼不烂。莫特偶尔也会这样，但不像他还有音乐伴奏。他走到车道边，心不在焉地敲着衬衣口袋。他有点惊讶地发现，原来那包L&M香烟现在只剩下最后一根了。他点燃了最后一根香烟，预感会闻到刺鼻的味道，于是他缩了缩身子。但味道还不赖。事实上，它几乎没有任何味道……仿佛岁月把它偷走了。

这不是岁月偷走的唯一东西。

没错。虽然无关紧要，但确实如此。他一边抽烟，一边看着马路。现在，罗杰·惠特克在歌词中告诉他和桑尼，一艘满载的船停泊在港口，他们很快就会驶往英国。桑尼唱了每一行的最后一个词。一个词都不多，他只唱最后一个。卡车和其他车辆在二十三号公路上来来往往。格雷格的福特“漫游者”没有来。莫特扔掉了香烟，看了看表，发现已经十点差一刻了。他知道一向守时的格雷格也不会来了。

舒特把他们两个都摆平了。

哦，胡说！你又不知道是什么情况！

是的，我知道。这顶帽子。汽车。钥匙。

你不仅是贸然下结论，你根本是胡说八道。

这顶帽子。汽车。钥匙。

他转身向架子走去。“我猜他忘了。”他说，但桑尼没听见。他正

---

① 罗杰·惠特克（Roger Whittaker，1936— ），英国创作型歌手与音乐家。下文提及的歌曲为《最后的告别》（*The Last Farewell*）。

忙着摇摆，沉浸在粉刷艺术和罗杰·惠特克的灵魂中。

他回到车里，开走了。他陷入了沉思，完全没有听见桑尼在后面叫他。

不管怎样，反正音乐的声音会盖过他的。

34

他在十点十五分回到家里，下了车，向房子走去。走到一半，他转身打开后备厢。帽子放在里面，黑色的，就像在一个想象的花园里有一只真正的癞蛤蟆。他把帽子捡起来，这次他没有小心地拿着了，然后砰的一声把箱子关上，走进屋里。

他站在前面的走廊上，不知道下一步要做什么……突然，他莫名其妙地把帽子戴到了头上。他这样做的时候哆嗦了一下，就像一个人有时在吞下一口不掺水的烈酒会发抖一样。但那阵哆嗦过去了。

实际上，这顶帽子感觉非常合适。

他慢慢走进主浴室，打开灯，然后他在镜子前摆好姿势。他几乎要笑出声来了——他看上去就像格兰特·伍德那幅《美国哥特式》中拿着干草叉的那个人。虽然画中的人没有戴帽子，但他看起来就像那样。帽子完全遮盖住莫特的头发，正如它完全遮盖了舒特的头发一样（如果舒特有头发的话——这还有待确定，但莫特认为既然帽子已经在自己手上，下回看见他的时候就知道他有没有头发了），刚好碰到他的耳顶。这很有趣。事实上，让人想惊声尖叫。

这时，他脑子里那个不安的声音问道：你为什么戴上它？你觉得你长得像谁？他吗？笑声消失了。他当初为什么要戴上这顶帽子呢？

“他想让你戴。”不安的声音平静地说。

是吗？但是为什么呢？为什么舒特要莫特戴上帽子？

也许他想让你……

什么？他又催促那不安的声音。想要我做什么？

他以为那个声音已经消失了，正要伸手去碰电灯开关时，它又说话了。

……让你感到困惑，它说。

这时电话铃响了，吓了他一跳。他内疚地摘下帽子（有点像一个担心自己会被发现在试穿妻子的内衣的人），去接电话，以为是格雷格，结果发现是汤姆在格雷格的家里。是的，当然，事情就是这样。汤姆给格雷格打了电话，告诉了他舒特的事和舒特的威胁，然后格雷格把老汤姆带到他的地方来保护他。这完全讲得通，莫特不敢相信自己以前没有想到过。

但打电话来的不是格雷格。是赫伯·克里克莫尔。

"一切都安排好了。"赫伯高兴地说，"玛丽安帮了我一个大忙。她真让人开心。"

"玛丽安？"莫特傻乎乎地问。

"玛丽安·贾菲里，《埃勒里·奎因推理杂志》的！"赫伯说，"《埃勒里·奎因推理杂志》?《播种季节》? 一九八〇年六月？你听懂了吧，老兄？"

"哦。"莫特说，"哦，好！谢谢，赫伯！肯定吗？"

"是的。你明天就能拿到了……真正的杂志，而不仅仅是故事的复印件。会由宾州联邦快递公司送来。你还听到舒特先生的什么消息了吗？"

"还没有。"他低头看着手中的黑帽子。他仍然能闻到帽子上散发出的古怪而令人回味的香味。

"嗯，俗话说没有消息就是好消息。你和当地的警察谈过了吗？"

他答应过赫伯要报警吗？莫特不太记得了，但他可能答应过。无论如何，最好小心行事。"是的。老戴夫·纽瑟姆并不是很紧张。他认为那家伙可能只是在玩游戏。"对赫伯撒谎真是可恶透顶，尤其是在赫伯帮了他那么大的忙之后。可是，告诉他真相又有什么意义呢？这事情太疯狂、太复杂了。

"嗯，你多和一些人说说这事。我觉得这很重要，莫特。我真这么觉得。"

"好。"

"还有别的事吗？"

“没有了……但真是非常感谢。你救了我的命。”也许，他想，这不仅仅是一种比喻。

“很乐意能帮上忙。请记住，在小城镇，联邦快递通常会直接送到当地的邮局。好吧？”

“我记住了。”

“新书怎么样了？我真的一直想问问。”

“非常好！”莫特衷心地喊道。

“嗯，好。把这个家伙甩掉，赶紧开始写。工作能拯救许多像你我这样的人，莫特。”

“我知道。向你的爱人问好。”

“谢谢。也向……”赫伯突然停住，莫特几乎能看见他咬着嘴唇。分开真是令人很难适应。听说截肢者仍然能感觉到已经不存在的肢体。“……你自己问好。”他最后说。

“我明白了。”莫特说，“赫伯特[①]，保重。”

他慢慢地走到露天平台上，俯视着湖面。今天湖上没有船。*无论发生什么事，我都能抢先一步。我可以给他看那该死的杂志。可能还是无法让他服气……但话说回来，也不一定。毕竟，他是个疯子，你永远不知道疯子会做什么，不会做什么。他们的魅力就在于一切都是不确定的，一切皆有可能。*

他想，甚至有可能格雷格还在家里——他可能忘记了他们在教区会堂的会面，或者出现了一些与这件事完全无关的事情。莫特突然感到充满希望，他走到电话旁，拨了格雷格的号码。电话铃响了三声，他想起一周前格雷格说他的妻子和孩子们要去岳父母家呆一段时间。他说梅根明年就要上学了，他们要想出去走动就更难了。

所以格雷格单独在家。

（帽子）

像汤姆·格林利夫。

（汽车）

---

① 赫伯的正式名字。

年轻的丈夫和年老的鳏夫。

（钥匙）

他是怎么做到的？就像从电视上订购罗杰·惠特克的录音带一样简单。舒特去了汤姆·格林利夫的房子，但不是开他的旅行车——哦，不，那就太像做广告了，所有人都知道了。他把车停在莫特·雷尼的车道上，或者停在房子的一侧。他开着别克去汤姆家。迫使汤姆打电话给格雷格。也许把格雷格从床上叫了起来，但是格雷格脑子里想着汤姆，所以就匆匆赶过去了。然后，舒特强迫汤姆打电话给桑尼，告诉桑尼他感觉不太舒服，不能来上班。舒特用一把螺丝刀顶着老汤姆的咽喉，说如果汤姆不照办，就要他的老命。汤姆把话说得很好……即使是不太聪明、刚起床的桑尼也意识到汤姆的声音和平时不一样。舒特用螺丝刀杀了汤姆。格雷格赶到的时候，舒特用螺丝刀——或者类似的东西——杀了他。然后……

*你简直疯了。这只是对最坏的情况的想象而已，要反复记住：***仅……此……而……已**。

这很合理，但并没有说服他。那想法不像切斯特菲尔德长沙发，没法令人满足。

莫特飞快地穿过楼下的屋子，用力地拽着头发。

那汤姆的越野吉普车和格雷格的漫游者呢？加上别克，你会想到三辆车——四辆车，如果你算上舒特的福特车，但舒特只是一个人。

他不知道……但他知道已经受够了。

他再次来到电话旁时，从抽屉里拿出电话簿，开始寻找镇上警察的电话号码。突然他停了下来。

*其中一辆就是别克，***我的***别克。*

他慢慢地放下电话。他试图想出舒特可以处理所有车辆的方法。想不出来。这就像坐在文字处理器前，等待自己的灵感出现——结果得到的只是一个空白的屏幕。但他知道他不想给戴夫·纽瑟姆打电话。还不想。他从电话机旁走开，也不去哪儿，这时电话铃响了。

是舒特。

“去我们前几天见面的地方。”舒特说，“沿着小路走一小段。雷尼先生，你给我的印象是你想事情像老年人咀嚼食物一样，但我愿意给你足够的时间。我今天下午晚些时候会再打来。你在这段时间里给谁打电话都是你的责任。”

“你做了什么？”他又问，这一次，他的声音毫无力量，只比耳语大一点，“你究竟干了些什么？”

但对方已经挂掉了电话。

35

他走到小路和大路交汇的地方，就是被倒霉的汤姆·格林利夫看见他和舒特谈话的地方。不知什么原因，他不想开别克。路两旁的灌木丛被压得凹凸不平，就像剥了皮，形成了一条崎岖不平的小路。他沿着这条小路跌跌撞撞地走着，心里知道他去到第一片大灌木林里会有什么……他确实找到了。是汤姆·格林利夫的越野吉普车。两个人都在里面。

格雷格·卡斯泰尔斯仰着头坐在方向盘后面，一把螺丝刀——这次是一把菲利普斯螺丝刀——深深地插在右眼上方的前额上。这把螺丝刀是从莫特家餐具室的碗橱里拿出来的。红色的塑料把手破损严重，他不可能认不出来。

汤姆·格林利夫坐在后座上，头上插着一把斧头。他双眼圆睁。干了的脑浆顺着他的耳朵淌了下来。斧头的灰柄上写着褪色但仍清晰可辨的红色字母：**雷尼**。这是从他的工具棚里拿出来的。

莫特静静地站着。一只山雀在叫，一只啄木鸟在用中空的树发送莫尔斯电码。一阵清新的微风在湖面上吹起了白浪，今天的湖水是深蓝色的，与白色的浪花形成了鲜明的对比。

他身后传来一阵沙沙的声音。莫特转过身来，速度太快，差点摔倒——要不是靠在越野车上，他可能会摔倒。不是舒特。原来是只松鼠。它在一棵闪耀着红火秋日的枫树的树干上一动不动俯视着他，双眼仿佛带着强烈的仇恨。莫特等着他那奔驰的心慢下来，也等着松鼠爬上树。他的心跳慢了下来，但松鼠没有。

“他把他们俩都杀了。”最后，他对松鼠说，“他开着我的别克去汤姆家了。然后他坐着汤姆的吉普车去了格雷格家，让汤姆开的车。他杀了格雷格。然后他叫汤姆开车到这里来，再把他杀了。他用我的工具做了这两件事。然后他走回汤姆家——也许他跑回去的。他看上去很健壮，可以跑。桑尼觉得汤姆的声音不对头，我知道为什么。桑尼接到电话的时候，太阳就要升起来了，而汤姆已经死了。是舒特在模仿汤姆。这可能并不难。从桑尼今天早上播放音乐的样子来看，他有点耳聋。舒特耍完桑尼后，他又坐上了我的别克车，开回了家。格雷格的漫游者一直停在他自己的车道上。事情就是……”

松鼠急忙爬上树干，消失在火红的枫叶中。

“……就是这样的。”莫特没精打采地说。

突然，他双腿发软。他沿着小路倒退了两步，想到汤姆·格林利夫面颊上已经干了的脑浆，他的双腿就支撑不住。他倒下晕了过去。

36

莫特醒过来，翻了个身，昏昏沉沉地坐了起来。他转动手腕看了看表。时间到了两点一刻，当然，手表昨天晚上一定是在那个时候停了。他是在上午十点左右找到汤姆的吉普车的，现在不可能是下午。他昏过去了，考虑到当时的情况，这还不算令人惊讶。但没有人会晕倒三个半小时。

然而，手表的秒针正在平稳地转着圈。

我坐起来的时候一定弄得表又继续走了，就是这样。

但不只是这样。太阳改变了位置，很快就会消失在布满天空的云层后面。湖水的颜色已经暗淡，变成了一种无精打采的灰暗的颜色。

他开始昏倒，然后呢？听起来不可思议，但他想他一定是睡着了。过去的三天很伤脑筋，昨天晚上他直到三点钟才睡着。所以应该称之为身心俱疲。他的大脑刚刚停止运转。而且……

舒特！老天。舒特说他会打电话的！

他试着站起来，然后“啊”的一声又倒下了！他的左腿弯在身下，直不起来。他的声音里夹杂着痛苦和惊讶，仿佛到处都是大头针在疯狂地扎他。他一定是压在该死的腿上了。看在上帝的分上，他为什么不把别克车开来？如果舒特打电话来，而莫特不在那里接电话，他可能什么事都做得出来。

他又猛地站了起来，这次整个人都站了起来。但当他试着用左腿迈开步子时，腿却承受不住他的重量，又让他向前倒下。他的头差点撞到汤姆的越野车的一侧，他突然从汤姆车的一个轮毂盖里看到了自己。凸出的表面使他的脸看起来像一个滑稽可笑的面具。至少他把那顶该死的帽子留在屋里了。如果看到他头上有那顶帽子，莫特想自己会尖叫起来的。他会无法控制自己。

他突然想起车里有两个死人。他们正在他上面坐着，身子僵硬了，脑袋上还插着五金工具。

他从车的阴影中爬出来，用手把左腿交叉到右腿上，开始用拳头猛击它，就像一个人试图把一块廉价的肉弄嫩一样。

*停下来！*一个细小的声音叫道——这是他所能掌握的最后的理智，感觉好像是他两耳之间的一大团黑色的雷暴中尚存的一点理性。*停下来！他说他会在下午晚些时候打来，现在才两点一刻！时间足够！时间足够！*

但如果他早点打电话呢？或者，如果南方疯子乡巴佬说的“晚些时候”是在两点开始的呢？

你继续那样打你的腿，到头来你会抽筋的。然后你就知道爬回去接他的电话有多舒服了。

这招奏效了。他让自己停了下来。这一次，他站起来更加小心，在试着走之前只站了一会儿（他小心地背对着汤姆的车……他不想再往里面看）。他发现针刺感在消退。他走路一开始明显一瘸一拐，但走了十几步以后，他的步态开始变得平稳。

快要从被汤姆的车子压垮的灌木丛小径走出来时，莫特听见有车靠近。莫特想都没想就跪倒在地，看着一辆生锈的旧凯迪拉克飞驰而过。那是唐·贝辛格的车，他在湖的另一边有一块地。贝辛格是个老酒鬼，他的大部分时间都在拿他得到的遗产买酒，喝个没完，他时常走湖滨大道这条通往贝辛格路的捷径。莫特想，唐大概是这里唯一一个常年住在这里的人。

凯迪拉克开得看不见了，莫特站起来，匆匆走完了剩下的路，来到大路上。现在他庆幸自己没有把别克车带来。他认识唐·贝辛格的凯迪拉克，贝辛格认识莫特的别克。唐现在离喝得不省人事的状态可能还为时过早，他很可能会记得看到过莫特的车，它要是停在那儿，那就是停在了会有人发现可怕事情的地方附近。

他正忙着把你和这件事联系起来呢，莫特一边沿着湖边的车道一瘸一拐地朝他家走去，一边想着。*他一直在这么做。如果有人昨晚在汤姆·格林利夫家附近看到一辆车，那几乎肯定是你的别克。他用你的工具杀了他们。*

我可以扔掉这些工具，他突然想到。*我可以把它们扔到湖里。我可能会试个一两次时间把它们弄出来，但我想我能做到。*

你能做到吗？我怀疑。即使你做了……舒特几乎肯定也想到了这种可能性。他似乎已经想到了所有其他的事。他知道，如果你想丢掉斧头和螺丝刀，警察要是深入调查、最后又找到它们的话，你会显得更可疑，对你来说，情况会更糟。你知道他做了什么吗？你看出来了吗？

是的。他看见了。约翰·舒特给了他一份礼物。就像是个用柏油做的玩偶。一个大的、闪闪发光的柏油玩偶。莫特用左手敲了一下柏油玩偶的头，手被牢牢地粘住了。于是他用右手狠狠地敲了一下那个老旧的柏油玩偶的肚子，让它松开，结果他的右手也被粘住了。他一直……他一直用的那个词是什么？“言不由衷”，不是吗？是的，就是这样。这段时间里，他越来越难摆脱约翰·舒特送给他的这个柏油玩偶。现在呢？他对各种各样的人撒过谎，如果被人发现，那就糟了。在他后面四分之一英里的地方，有个人脑袋上插着一把斧头，像戴着一顶帽子，斧柄上写着莫特的名字，那让整件事情看起来更糟糕。

莫特想象着空房子里的电话在响，强迫自己小跑起来。

37

舒特没有打电话。

时间像太妃糖一样拉得很长，舒特没有打电话。莫特不安地在屋子里走来走去，一边转来转去，一边揪着自己的头发。他觉得这就是吸毒者等待毒贩出现的感觉。

有两次，他改变了等待的想法，并打电话给有关部门……不是老戴夫·纽瑟姆，甚至不是警长，而是直接打给州警。他会坚持古老的越南格言：把他们全部杀死，剩下的交给老天爷。为什么不呢？他毕竟有个好名声。他是缅因州两个社区中受人尊敬的成员，而舒特是个……

舒特到底是什么？

“幻影”这个词出现在脑海里。

“鬼火”这个词也浮现在脑海中。

但这并不是阻止他打电话的原因。他没有给警察打电话是因为他内心有着一种可怕的肯定，那就是他在打电话的时候，舒特也会拨电话进来……那个枪手会听到忙音，挂断电话，然后莫特就再也没有他的消息了。

三点四十五，开始下雨了……持续不断的雨点，冷冷地，轻柔地从白色的天空中叹息着落下，敲打着屋顶和房子周围干硬的树叶。

三点五十，电话响了。莫特跳了过去。

是艾米。

艾米想谈谈火灾的事。艾米想谈谈她有多不开心，不仅是为了她自己，也是为了他们俩。艾米想告诉他，保险调查员弗雷德·埃文斯还在德瑞，还在检查现场，还在询问情况。从最近的电线检查到谁有酒窖的钥匙，泰德对他的动机产生了怀疑。艾米想让莫特和她一起想想，如果他们有孩子，情况会不会有所不同。

莫特尽其所能地对这一切作出了回应，在和她谈话的所有时间里，他都感到时间——下午晚些时候的黄金时间——在悄悄溜走。他担心舒特会打来电话，发现电话占线，然后犯下新的暴行，他担心得都快发疯了。最后，他说了唯一能让她挂断电话的事：如果他不尽快去洗手间，他就要憋死了。

“是喝酒吗？”艾米关切地问，“你喝酒了吗？”

“早餐，我想。”他说，“听着，艾米，我……”

“在鲍伊那儿吃的？”

“是的。”他说，努力让自己的声音听上去因痛苦和努力而窒息。事实是，他确实感到窒息了。仔细想想，这完全像一出喜剧。“艾米，真的，我……”

“天哪，莫特，她的烤架是镇上最脏的。”艾米说，“去吧。我过会儿再打过来。”他耳边的电话没了声音。他把话筒放回机座，站了一会儿，惊讶而沮丧地发现，他编造出来的身体状况居然成真：他的肠子陷入了一个疼痛而悸动的死结。

他跑向浴室，一边跑一边解开腰带。

就差那么一点，但他成功了。他坐在马桶圈上，闻着自己的排泄物散发出浓烈的气味，裤脚缠在脚踝上，大口喘气……电话又响了起来。

他像盒子里的弹簧小丑一样跳了起来，一只膝盖在盥洗架的一侧狠狠地撞了一下，然后就朝电话跑去。他一只手撩起裤子，像个穿紧身裙的姑娘似的用小碎步快速走着。他有一种痛苦而尴尬的感觉——“我没有时间擦干净屁股”，他猜想每个人都会有这种感觉，但他突然意识到他从来没有在书里读到过……从来没有书写过这个。

哦，生活真是一出喜剧。

这次是舒特。

“我在那边看见你了。”舒特说，他的声音一如既往地平静安详，“我是说在我放他们的地方。你好像中暑了，只不过现在不是夏天。”

“你想要什么？”莫特把电话转到另一只耳朵上。他的裤子又滑到了脚踝。他任由裤子滑落，内裤也悬在膝盖和屁股之间。他想，这是个什么样的作家形象啊。

“我差点给你留了张纸条。”舒特说，“我决定不这么做。”他顿了顿，然后带着一种心不在焉的轻蔑补充说，“吓唬你可太容易了。”

“你想要什么？”

“怎么，我已经告诉过你了，雷尼先生。我想要一个故事来弥补你偷的那个。你还不准备承认你偷过吗？”

是的……告诉他我不承认！随便告诉他什么，告诉他地球是平的，约翰·肯尼迪和猫王都没死，在古巴演奏班乔二重唱，梅丽尔·斯特里普有异装癖，随便告诉他**什么**……

但他不会。

所有的愤怒、沮丧、恐惧和困惑突然以一声嚎叫从他的嘴里迸发出来。

“我没有！我没有！你疯了，我可以证明！我有那本杂志，你这个疯子！你听到了吗？我有那该死的杂志！”

电话那头对这番大吼的反应是没有反应。对面一片寂静，死气沉沉的，甚至遥远的、打破这平静的黑暗的幽灵的呓语都没有，此前他在这里独自度过的每一个夜晚，都有这种呓语爬上窗壁。

“舒特？”

沉默。

“舒特，你还在吗？”

更多的沉默。他消失了。

莫特把电话从耳朵上垂下来，正把它放回机座时，舒特微弱而遥远，几乎听不见的声音说：“现在……？”

莫特把电话放回耳边，感觉电话似乎有八百磅重。“什么？”他问，“我还以为你挂了。”

“你有吗？你有这本所谓的杂志？现在？”他觉得舒特第一次听起来很沮丧。不安和不确定。

“没有。”莫特说。

“哼，我说吧！”舒特说，听起来如释重负，“我想你终于准备说……”

“联邦快递寄过来。”莫特打断了他的话，“明天十点前会送到邮局。”

“寄过来什么？”舒特问，“旧且字迹模糊的复印件？”

“不是。”莫特有一种强烈而不可否认的感觉是，舒特被他的话镇住了。他真的突破了舒特的防线，狠狠地打了他一下，让他难受。有好一会儿，舒特的声音听起来几乎是害怕了，莫特却又生气又高兴。“是整本杂志，真正的杂志。”

又是一阵长时间的沉默，但这一次莫特把电话紧紧地贴在耳朵上。舒特还在。突然之间，那篇故事又成了焦点，那篇故事和对剽窃的指控。舒特把他当成一个该死的大学生，这就是问题所在，也许舒特最终得跑路了。

以前他还在那间他学会忍住狂笑的教会学校上学的时候，他看见一个男孩把别针插进一只甲虫里，那只被扎着的甲虫一直在他的桌子上扭动，动弹不得，奄奄一息。当时，莫特感到悲伤和恐惧。现在，他明白了。现在他只想对舒特做同样的事情。那个疯狂的男人。

“不可能有什么杂志。”舒特最后说，“里面不可能登了那篇故事。那个故事是我的！”

莫特能听出那个男人声音里的痛苦。真正的痛苦。这让他很高兴。别针插好了。舒特在上面扭来扭去。

“明天十点就到。”莫特说，“或者联邦快递会把东西直接丢在塔什莫尔。我会很高兴在那儿见到你。你可以看一看。你看多久都行，你这该死的疯子。”

“不去那儿。”舒特又停顿了一下，说，“去你的房子。”

“算了吧。拿《埃勒里·奎因推理杂志》那一期给你看的时候，我想找个地方，如果你发疯要乱来，我可以大喊救命。”

“你按我说的去做。”舒特说。他的声音听起来镇定多了……但是莫特认为舒特甚至连他之前一半的淡定都没有。“如果你不这么做，我就把你送进缅因州监狱，罪名是谋杀。”

“别逗我笑。”但莫特觉得他的肠子又开始打结了。

“我用了很多你不知道的方式把你和那两个人联系在一起了。”舒特说，“你还撒了不少聪明的谎。雷尼先生，如果我消失了，你就会发现自己站在那里，头套在绳套里，脚踩在油上。”

“你吓不倒我。”

“哈，我当然可以。”舒特说，他说话的语气比刚才温和些，“唯一的问题是，你也开始吓到我了。我不太明白你的意思。”

莫特沉默了。

“这挺有趣的。”舒特用一种奇怪的、沉思的语气说，“如果我们真的在不同的时间，不同的地方写出了同样的故事。”

“我也有过这样的想法。”

“是吗？”

“我打消了这个念头。太多的巧合了。如果情节相同还有可能，那是一回事。但是写的方式一样？措辞还该死的一样？”

“嗯哼。”舒特说，“我也这么想，老顽固。实在是太多巧合了。是你偷了我的，没错，可要是我能想出你是用的什么办法，知道你是什么时候偷的，我就他妈的见鬼去了。”

“哦，别扯了！”莫特嚷道，“我有那本杂志！我有证据！你不明白吗？事情结束了！不管你这是在玩什么疯狂的游戏，还是你在妄想，都结束了！我有那本杂志！”

在长时间的沉默之后，舒特说：“还没有，你还没有。”

“太对了。”莫特说，他突然对这个人产生了一种他宁可不要的亲近感，“那我们今晚要怎么样？”

“什么也不干。”舒特说，“那两个人的事不会被发现的。一个人的妻子和孩子去走亲戚了。另一个独居。你明天早上去拿你的杂志。我中午的时候去你家。”

“你会杀了我的。”他发现这个想法并没有让他很恐惧——至少今晚没有，“如果我把这本杂志给你看，你的幻想就会崩溃，你就会杀了我。”

“不！”舒特回答，这次他显然很吃惊，“你？不，先生！但是其他人会妨碍我们的事。我不能允许这样……我发现我可以利用他们来强迫你面对我，勇敢地承担你的责任。”

“你真狡猾。”莫特说，“我佩服你这一点。我相信你是个疯子，但我也相信你可能是我这辈子遇到的最狡猾的狗娘养的。”

“好吧，你可以这么认为。”舒特说，“如果我明天来发现你走了，雷尼先生，我会以毁灭世界上你爱和关心的每一个人为使命。我必将你的人生如同风中的芦苇地一样烧个精光。你会因为杀了那两个人而进监狱，但入狱将是你最微不足道的痛苦。你明白吗？”

“是的。”莫特说，“我明白了。老顽固。”

“那么你就在家了。”

“假设……只是假设……我给你看那本杂志，目录页上有我的名字，里面有我的故事。然后怎么样？”

短暂的停顿后，舒特才说：“我会到警察那儿，承认所有事都是我干的。但我会在审判之前自行了断，雷尼先生。因为如果事情变成那样，我想我应该疯了。那种疯子……”他叹了口气，“那种疯子没有活下去的借口或理由。”

这句话给了莫特一种奇怪的力量。*他不确定，他想。这是他第一次真的不确定……这是他从未有过的感觉。*

但他用力打消了这个念头。他从来没有理由不确定。这是舒特的错。这都是舒特的错。

他说：“我怎么知道你不会说这本杂志是假的？”

他没有料到舒特会对他的话有任何反应，以为他只会说“莫特要如何保证”之类的话，但舒特却让他大吃一惊。

“如果是真的，我会知道的。”他说，“如果是假的，我们都知道。我想不管在纽约有多少人为你卖命，你都不可能在三天内就把假杂志弄出来。”

轮到莫特思考了，他思考了很长、很长时间。舒特等着他。

“我相信你。”莫特终于说，“当然，我也不知道为什么。也许是因为这些天我没有什么可以指望的了。但我不会完全相信你。你到这里来。站在我能看见你的车道上，看你没带武器。我就出来。可以吗？”

“可以。”

“上帝保佑我们俩。”

“我都不知道自己现在什么情况，真见鬼……这感觉真不舒服。”

“舒特？”

“在。”

“我想让你回答一个问题。”

对面沉默了……但这是一种引人对质的沉默，莫特想。

“是你烧了我在德瑞的房子吗？”

“不。”舒特马上说，“我一直在盯着你。”

“还有胖胖。”莫特痛苦地说。

“听着。”舒特说，“你拿到我的帽子了吗？”

“是的。”

“我想要我的帽子。”舒特说，“一定要。”

电话线断了。

就这样。

莫特慢慢地、小心翼翼地放下电话，然后走回浴室，边走边提着裤子。他要回去拉完。

38

艾米真的又打电话来了，大概七点左右，这一次莫特能够跟她正常地说话，好像楼上的浴室没有被打烂，没有两个死人坐在湖泊小径两旁的灌木丛后面。傍晚已经变为黑夜，那两具尸体肯定变得越来越硬了。

艾米说，自从上次通话后，她自己就和弗雷德·埃文斯谈过，她确信他可能知道一些事情，或者怀疑一些他不想告诉他们的关于火灾的事情。莫特试图安慰她，他认为自己的安慰有些效果，但他自己也很担心。如果放火的不是舒特，而且莫特倾向于相信那个人说的是事实，那么这一定是纯粹的巧合……对吧？

他不知道这是对还是错。

“莫特，我一直很担心你。”她突然说。

这把他从沉思中拉了回来。“我？我很好。”

“你确定吗？我昨天见到你的时候，我觉得你看起来……很紧张。”艾米停顿了一下，“事实上，我觉得你看起来就像你之前得那个……你知道的。”

“艾米，我没有精神崩溃。”

“哦，不是。”她马上说，“但你知道我的意思。就是电影公司对《德拉古一家》处理得很糟糕的时候。”

那是莫特一生中最痛苦的经历之一。派拉蒙公司以七万五千美元的价格买下了那本书，得到了以七十五万美元购买那部作品的电影拍摄权——真是一大笔钱。正当他们快要行使选择权的时候，有人在文件中发现了一个旧的剧本，一个叫《家庭队》的东西，这个东西和《德拉古一家》很像，可能会引发法律问题。在他的职业生涯中，这是唯一一次——至少在这场噩梦之前——他被指控有可能剽窃。高管们最终在最后一刻放弃选择权。莫特仍然不知道他们是真的担心剽窃，还是只是重新考虑了他的小说拍成电影的潜力。如果他们真的担心，他不知道这样一群娘娘腔怎么能拍得出电影。赫伯・克里克莫尔拿到了一份《家庭队》剧本的副本，而莫特只看到了一些微不足道的相似之处。艾米也认同他的看法。

这件事发生的时候，他正在写一本他拼命想写的小说，却走进了死胡同。与此同时，他为平装版的《德拉古一家》做了一次简短的公关旅行。所有这一切立刻使他处于极大的压力之下。

但他并没有精神崩溃。

“我没事。”他坚持表示，语气温和。几年前，他发现了关于艾米的一件惊人而又相当感人的事情：如果你对她说话够温和，她几乎会相信你说的任何事情。莫特经常想，如果这是一种人类共同的特质，比如露出牙齿来表示愤怒或喜悦，那几千年前战争就应该停止了。

“你肯定吗，莫特？”

“是的。如果你有保险公司那位朋友的消息，就给我打电话。”

“我会的。”

他停顿了一下。“你在泰德家吗？”

“是的。”

“这些天来，你觉得他怎么样？”

她犹豫了一下，然后简单地说："我爱他。"

"哦。"

"我没有跟过别的男人。"她突然说，"我一直想告诉你这一点。我没有跟过其他男人。但是泰德……他穿过你看到了我，莫特。他看到了我。"

"你是说我没有。"

"你在这儿的时候看到我了，"她说，她的声音听起来又小又凄凉，"可你经常不在。"

他睁大了眼睛，做出了要争辩的准备。他要为正义争辩。"什么？自从《德拉古一家》之后我就没参加过公关旅行！而且那次的行程还很短！"

"我不想和你争论，莫特。"她轻声说，"那部分应该结束了。我想说的是，即使你在这里，你也离开了很久。你有自己爱的对象，你知道的。你只爱你的工作。"她的声音很平静，但他感觉到里面深埋着泪水，"我多么恨工作那个婊子啊，莫特。她比我漂亮，比我聪明，比我有趣。我怎么能竞争得过呢？"

"都怪我，为什么不呢？"他问她，沮丧地发现自己快要哭了，"你要我做什么？当该死的水管工？我们会很穷，我会失业。我其他什么都不会，你不明白吗？我没有其他办法！"他本希望自己不会流泪，至少暂时不会，但是眼泪还是流了下来。谁又擦了这盏可怕的神灯？这次是他还是她？

"我不是在责怪你。我也有责任。要不是我太懦弱，你也不会……在那种情况下……发现我们的事。这不是泰德的错，泰德想让我们一起去告诉你。他一直在问。我一直拖延，我告诉他我不确定。我告诉自己我还爱着你，一切都可以回到从前……但我想那种事情永远不会发生。我……"她屏住了呼吸，莫特意识到她也在哭，"我永远不会忘记你打开汽车旅馆房门时脸上的表情。我到死也会记得。"

好！他真想对她大喊。很好！因为你只需要看到那个表情！但我脸上却得一直挂着那个表情！

"你知道我爱什么。"莫特声音发抖地说，"我从来没有隐藏过。

你从一开始就知道。”

“但我从来不知道，”她说，“你抱她抱得那么紧。”

“好吧，振作起来。”莫特说，“她现在好像已经离开我了。”

艾米在哭泣。“莫特，莫特……我只希望你活着，幸福。你看不出来吗？你不能过得开心吗？”

他看到的是她裸露的肩膀碰到了泰德·米尔纳裸露的肩膀；看到他们的眼睛睁得大大的，惊恐万分；看到泰德的发型像个竖起来的开塞钻。他想把这件事告诉她……不管怎样，他想试一试……但还是算了。够了。他们已经互相伤害得够多了。也许下一次，他们可以再说这个。不过，他希望她没提那件关于精神崩溃的事。他没有精神崩溃。

“艾米，我想我该走了。”

“是的……我们都是。泰德出去看房子了，但他很快就会回来。我得准备些晚餐。”

“我为刚才的争吵感到抱歉。”

“如果你需要我，你会打电话吗？我还是担心。”

“会。”他说了声再见，就挂了电话。他在电话旁站了一会儿，以为自己一定会哭起来。但伤心的感觉过去了。这也许才是真正可怕的。

伤心的感觉过去了。

39

连绵不断的雨使他觉得无精打采，而且愚蠢无比。他把壁炉里的小火点起，拉了一把椅子过来，想看看最新一期的《哈泼》，但他不停地打瞌睡，下巴耷拉着，然后又猛地惊醒过来，这一下压住了气管，让他打了一下鼾。*我今天应该买些香烟，他想，我抽几支烟就可以保持清醒。*但他没有买任何香烟，而且也不确定香烟是否能让他保持清醒。他不仅仅是累了，他感觉自己被震惊到休克了。

最后，他走到沙发跟前，调整了一下枕头，躺了下来。在他的脸颊旁，冰冷的雨水打在深色的玻璃上。

只有一次，他想，我就只做过一次。然后他就沉沉地睡着了。

40

在梦里，他在世界上最大的教室里。

墙壁绵延数英里。每张桌子都有台地那么大，灰色的地砖就像一望无际的平原。墙上的钟是一个巨大而寒冷的太阳。走廊的门关着，但莫特·雷尼能看清楚毛玻璃上的字：

《家庭队》写作室
德尔拉古教授

他们拼错了，莫特想，写多了一个“L”。

但另一个声音告诉他事实并非如此。

莫特站在巨大的黑板那宽阔的粉笔沟槽上，胳膊向上伸展着。他手里拿着一支棒球棒大小的粉笔。他的胳膊痛得厉害，他想把它放下来，但是他做不到。除非他在黑板上罚写五百遍同样的句子：“我不会剽窃约翰·金特纳的东西。”他想，他一定已经写了四百遍了，但是四百遍还不够。从一个除了作品什么都没有的人那里剽窃，这是不可原谅的。所以他不得不不停地写啊写啊，根本不去理会他脑子里的声音，告诉他这只是个梦，他的右臂疼痛有其他原因。

粉笔发出可怕的吱吱声。刺鼻而又熟悉的粉尘——如此熟悉的感觉——掠过他的脸庞。最后他再也忍不住了。他的手臂垂在身体两侧，像装满铅块的袋子。他在粉笔沟槽上一转身，看到大教室里只有一张课桌上有人。那个人是个年轻人，有一副乡下人的面孔，就是那种你会在骡子屁股后面看到的那种脸。他的浅棕色头发像尖刺一样都竖了起来。他那乡巴佬似乎满是粗大指节的双手交叠地放在他面前的桌子上。他用苍白而专注的眼睛看着莫特。

我认识你，莫特在梦里说。

没错，老顽固。约翰·金特纳用他那光秃秃、拖长的南方口音说。你只是把我的名字搞错了。现在继续写吧。不是五百遍，你要写五千遍。

莫特开始转身，但他的脚在粉笔槽边上滑了一下，突然他的身体向外倾倒，尖叫声刺进满是粉笔尘的干燥空气中，约翰·金特纳放声大笑起来，而莫特……

41

……在地板上醒来，头几乎钻到那张讨厌的咖啡桌下面。他抓着地毯，尖声哀号。

他是在塔什莫尔湖。不是在某个古怪且庞大的教室里，而是在湖边的房子里……东方一片雾蒙蒙的，黎明已经来临。

我一切都好。那只是一场梦，我没事。

但他并不好。因为这不仅仅是个梦。约翰·金特纳是真实的。天哪，他怎么会忘记约翰·金特纳呢？

莫特在贝茨上过大学，主修创意写作。后来，当他对一群立志要当作家的学生们讲话时（他一有机会就会回避这种差事），他告诉他们，如果一个人想以写小说为生，那么选这个专业可能是所能犯的最严重的错误。

“去邮局找份工作吧。”他会说，“对福克纳很管用啊。”然后所有人就笑了。他们喜欢听他说话，他认为自己很擅长逗乐听众。这似乎很重要，因为他怀疑他或其他任何人能否教会别人学会创意写作。不过每次演讲完，他从写作班、工作坊或研讨会走出去的时候，他就很开心。那些孩子让他紧张，他认为约翰·金特纳是原因所在。

金特纳是从密西西比来的吗？莫特不记得了，但他不这么认为。但他还是来自南方腹地的某个乡下地方——阿拉巴马州、路易斯安那州，也许还有佛罗里达的北部。他不确定。在贝茨学院工作已经是很久以前的事了，他也没有想过约翰·金特纳。他有一天突然退学了，原因只有他自己知道。

这话不对。你昨晚就想着他了。

梦见过他，你的意思是说。莫特很快纠正了自己的说法，但他内心那个恶魔般的小声音就是不放。

不，比那更早。你在和舒特通电话的时候想到了他。

他不想去想这些。他不愿意去想。约翰·金特纳属于过去，约翰·金特纳与现在发生的事情毫无关系。他站起身来，在乳白色的晨光中摇摇晃晃地走向厨房，准备冲杯浓咖啡。很多很多的浓咖啡。只是那恶魔般的小声音不让他去。莫特看着艾米那套挂在磁化钢轨上的菜刀，心想，如果他能把那个小声音割掉，他就会立刻做这个手术。

你认为你动摇了那个人的信心——你终于动摇了他。你认为这篇故事已经再次成为中心问题，那篇故事和剽窃的指控。舒特把你当成该死的大学生是问题所在。像个该死的幼稚大学生。像个……

“住嘴。”莫特声音嘶哑地说，“给我闭嘴。”

那个声音没了，但他发现自己没法不去想约翰·金特纳。

他用颤抖的手量了量咖啡，想起了自己一贯的、刺耳的声明：他没有剽窃舒特的故事，他从来没有剽窃过任何东西。

但他有过。他确实有过。

一次。

只有一次。

“但那是很久以前的事了。”他低声说，“这和这件事没有任何关系。”

这也许是真的，但并没有让他不去想。

42

他当时是三年级学生，那是个春季学期。他所在的创意写作班那学期的重点是短篇小说。老师是一个叫小理查德·珀金斯的家伙，他写了两部小说，好评如潮，销量却很低。莫特试着写过一本小说，他认为好评和坏销量的根本原因是一样的：书让人不好读懂。但这个人并不是个坏老师……他至少让他们写得很开心。

班上大约有十几个学生，其中一位是约翰·金特纳。金特纳只是一名大一新生，但他得到了特别许可，选修了这门课。莫特想，这是他应得的。不管他是不是南方的乡巴佬，那个小笨蛋还真能写。

这门课要求他们每人写六篇短篇小说或三篇长篇小说。每周珀金斯都会选出那些他认为会让讨论变得最活跃的内容，并在下课时分发出去。学生们被要求在下一周来准备讨论和批评。这是上此类课程的通常方式。有一个星期，珀金斯给他们念了约翰·金特纳写的故事。那个故事的名字是……它叫什么名字？

莫特打开了水，想把咖啡壶里的水倒满，但现在他只是站在那里，心不在焉地望着窗外的雾，听着流水的声音。

你知道那个故事叫什么名字。《秘密之窗，秘密花园》。

“明明*不是！*”他对着空房子暴躁地喊道。他狂怒地想，决心让内心那个恶魔般的小声音永远地闭嘴……他突然想到了。

“叫《鸦脚一英里》，”他尖叫道，“那个故事的名字叫《鸦脚一英里》，*它跟其他事情都没有关系！*”

这也不是完全正确的，而且他并不真的需要这个小小的声音蹲在他疼痛的脑袋中间的某个地方来指出这个事实。

金特纳已经写了三到四篇故事，然后不知道消失到哪里去了（如果让莫特猜的话，他会猜越南——六十年代末他们好多人都消失在那里——不管怎么说，都是年轻人）。《鸦脚一英里》并不是金特纳写的最精彩的故事……但也很不错。金特纳显然是小理查德·帕金斯班上最好的作家，几乎被帕金斯当同辈一样看待。在莫特·雷尼不那么谦虚的评价中，珀金斯这样做是对的，因为他认为金特纳比小理查德·珀金斯好得多。就这一点而言，莫特也认为*自己*比理查德·珀金斯强。

但他比金特纳强吗？

“嗯哼，”他一边打开咖啡机，一边小声说，“我第二。”

是的。他曾经是第二，他痛恨这一点。他知道，大多数上写作课的学生只是在消磨时间，追求一时的心血来潮，然后就会放弃幼稚的东西，投入到真正的工作中去。他们中的大多数人在晚年所做的创意写作，最多不过是为当地报纸的社区日历页面投稿，或者为“亮蓝风”牌洗洁精写广告文案。莫特自信地来到珀金斯的班级，希望自己能成为最好的，因为他从来都是这样。正因为如此，约翰·金特纳的到来对他来说就像一个让他郁闷的打击。

他记得有一次试着和这个男孩交谈……但金特纳在课堂上只在被问的时候才会发表意见，事实证明他不善言辞。他大声说话的时候，看起来就像一个贫穷的白人佃农的孩子，只上过四年级就不再上学一样。他口齿不清，结结巴巴。显然，写作是他唯一的声音。

但你偷了他的声音。

“闭嘴。”莫特嘟囔着，“闭嘴。”

你没他强，你讨厌这样。他走了，你很高兴，因为这样你就可以再次成为第一。就像你以前一样。

是的。没错。一年后，在莫特准备毕业的时候，他和另外两个学生一起住在路易斯顿那套肮脏的公寓里，在清理房间后壁柜的时候，他发现了一叠珀金斯写作课上的抽印本。那堆书里只有一篇金特纳的故事。正好是《鸦脚一英里》。

他记得自己坐在卧室里破旧的、散发着啤酒味的地毯上，读着那篇故事，旧日的嫉妒又重新涌上心头。

他扔掉了抽印本中的其他故事，但带走了那个故事……其中的原因他不愿深究。

在大学二年级时，莫特曾向一本名为《阿斯彭季刊》的文学杂志投稿。稿子被寄回时还附有一张便条，上面说读者们觉得它很不错，“尽管结尾似乎有些枯燥幼稚。”莫特觉得这张便条既傲慢又令人兴奋，是在鼓励他继续投其他的稿子。

在接下来的两年里，他又投了四篇短篇小说。都被退稿了，但每条退稿条都附有一张亲笔便条。莫特历经了作家还没有作品发表时乐观与悲观交替的痛苦。有几天，他确信自己在《阿斯彭季刊》有所突破只是时间问题。有时候他又很笃定地认为，整个编辑部的那些细脖子怪人都在耍他，好像手里拿着肉，在饥饿的狗面前晃来晃去的那样逗他，等到狗跳起来，他们又忽地把肉拿开，根本吃不到。他有时想象他们中有人举起刚从牛皮纸信封里拿出来的他的手稿，喊道“缅因州那个笨蛋又寄来一篇！这次谁想写退稿信啊？”所有的人都笑了起来，甚至笑到在菲尔莫尔的歌手琼·贝兹和莫比·格雷普海报下打滚。

大多数时候，莫特并没有沉溺于这种可悲的妄想之中。他明白自己是优秀的，投稿成功只是时间问题。那年夏天，他在一家罗克兰餐馆当服务员时，想到了约翰·金特纳的故事。他想那篇故事可能还在他的行李箱里晃来晃去。他突然有了一个主意。把故事改个标题，并以自己的名字向《阿斯彭季刊》投稿这篇《鸦脚一英里》！他记得自己当时想要好好开他们一个玩笑，不过现在回想起来，他想不出这个笑话有什么好笑的。

他记得他并没有打算以自己的名义发表那篇故事……或者，就算他在内心更深的层次上有这样的意图，他也没有意识到。如果稿子被接受了，他就会要求撤回这篇稿子，说他想再改改。如果他们拒了，至少也说明《阿斯彭季刊》觉得约翰·金特纳也不行，至少自己能开心一下。

所以他把故事寄了过去。

他们接受了。

莫特任由他们接受了。

他们寄给他一张二十五美元的支票。附带的便条里称之为“酬金”。

然后他们把故事发表了。

莫特·雷尼对自己的所作所为感到迟来的内疚，有一天他终于忍不住了。那天他把支票兑现了，然后把钱塞进了奥古斯塔圣凯瑟琳医院给穷人募捐的箱子里。

但他感到的不仅仅是内疚。哦，远不止。

莫特一手支着头，坐在厨房的桌子旁，等着咖啡滤煮好。他感到头疼。他不想去想约翰·金特纳和约翰·金特纳的故事。他盗用《鸦脚一英里》的所作所为是他一生中最可耻的一件事。他把这件事在记忆中埋了这么多年，真的令人吃惊吗？他真希望现在能把它再埋回去一次。毕竟，今天是他这辈子中最重要的一天，也许是他生命的最后一天。他应该考虑去邮局的事。他应该想想他和舒特的冲突，但他总是在想那段不幸的旧时光。

他看到那本杂志，那本发表了署着他的名字的约翰·金特纳的故事的杂志时，他感觉就像从可怕的梦游中醒来，好像他在无意识中出去了一趟，在梦游中他做了一些不可挽回的事情。他怎么会放任事情走到这个地步？这本来是一个玩笑，看在上帝的分上，只是想开个玩笑……

但他已经任由事情发展到这个地步了。这个故事已经出版，世界上至少有十几个人知道这不是他写的——包括金特纳本人。如果他们中有人碰巧每季度买一本《阿斯彭季刊》……

他自己当然没有告诉任何人。他只是等待被发现，害怕得要死。夏末秋初，他睡得很少，吃得也很少，人都瘦了，眼袋发黑。电话铃一响，他的心就怦怦直跳。如果电话是找他的，他就会拖着沉重的脚步走到电话前，额头上冒着冷汗，那肯定是金特纳打来的，从金特纳嘴里说出的第一句话就是：你偷了我的故事，你得给我个交代。我想我会先告诉大家你是个什么样的小偷。

最不可思议的事情是：他早就知道，他很清楚这样做对一个希望以写作为职业的年轻人可能产生的后果。这就像用火箭筒玩俄罗斯轮盘赌。但还是……还是……

不过，随着那年秋天平安无事地过去，他开始放松了一些。《阿斯彭季刊》已被新刊取代。那期杂志不再摆在全国图书馆期刊室的桌子上，它被收在书架里，或者被转移到缩微胶片上。这可能仍然会带来麻烦——他郁闷地认为他的余生将不得不一直带着这种提心吊胆被发现的感觉——但在大多数情况下，还是眼不见心不烦。

后来，在那年的十一月，《阿斯彭季刊》寄来了一封信。

莫特手里拿着信，看着信封上自己的名字，开始浑身发抖。他的眼里充满了液体，那些液体滚烫、具有极强的腐蚀性，以至于不像是眼泪。那信封先是变两倍大，然后是三倍。

被发现了。他们发现是我了。他们会让我回复金特纳写给他们的信……或者帕金斯……或者写作班上的其他人……我被发现了。

他当时想过自杀……他非常平静、非常理智地这么想。他妈妈在吃安眠药。他会用到的。想到这里，他心里多少松了一口气，他撕开信封，抽出一张信纸。他把折起来的信纸拿在手里，久久地握着，甚至看都没看就想把它烧了。莫特不知道自己能不能站着看对自己赤裸裸的指控。他认为这会逼疯他。

看吧，该死的……看一眼。你至少可以看看后果。你可能无法面对他们，但你可以看看。

他展开了信。

亲爱的雷尼·莫特：

你的短篇小说《乌鸦眼》在这里很受欢迎。我很抱歉这封跟进信迟迟未到，但坦率地说，我们期待收到你的来信。你这么多年来一直持续投稿，你的故事终于“成功”发表，但你现在的沉默有点令人费解。如果你的故事在排版、设计、排版等方面有什么你不喜欢的地方，我们希望你能提出来。与此同时，可否再惠寄一篇故事？

你诚挚的，

查理[①]

查尔斯·帕尔默

助理编辑

莫特把这封信读了两遍，然后声音嘶哑地开始在屋子里狂笑，幸好屋子里没有人。他曾听过笑破肚皮的说法，现在肯定就是这个状况——他觉得，如果不马上停下来，他真的会笑破肚皮，肚子里的东西会喷得满地都是。他本来准备用他母亲的安眠药自杀，结果他们想知道他是否对故事的排版方式感到不满！他原以为自己的事业还没开始就被毁了，而他们还想要更多！*更多！*

他大笑起来——实际上是吼叫——直到他笑破肚皮的大笑变成了

---

① 查尔斯的昵称。

歇斯底里的眼泪。然后他坐在沙发上，又读了一遍查尔斯·帕尔默的信，哭得又笑起来。最后，他回到自己的房间，躺下，把枕头按自己喜欢的方式放在脑后，然后就睡着了。

他侥幸逃脱了惩罚。这就是结果。他没有受到惩罚，而且他再也没有做过任何类似的事情，而这一切都发生在很久很久以前，那么为什么现在又回来困扰他呢？

他不知道，但他打算不再去想。

“现在也不要想。”他对空荡荡的房间说，然后轻快地走到咖啡壶前，尽量不去理会头疼。

你知道你现在为什么在想它。

“闭嘴。”他说话的口气相当愉快……但当他拿起咖啡壶时，他的手在颤抖。

有些事你无法永远隐藏。你可能病了，莫特。

“闭嘴，我警告你。”他用愉快的谈话语调说。

你可能病得很重。事实上，你可能要精神崩溃了……

“闭嘴！”他叫了一声，使劲把咖啡壶扔了出去。咖啡壶飞过柜台，飞过房间，在飞行中翻来覆去，嘎吱一声撞到窗户墙上，摔得粉碎，掉在地板上一动不动。他朝窗壁看去，只见一条长长的银色裂缝从咖啡壶撞到的地方开始曲曲折折地通向顶部。莫特觉得自己脑子中央可能有一条类似的裂缝。

但是那个声音已经闭上了嘴。

他不慌不忙地走进卧室，拿起闹钟，又回到客厅。他一边走，一边把闹钟定在十点半。十点半，他要去邮局，拿起他的联邦快递包裹，然后麻木地把这个噩梦抛在脑后。

不过，在这段时间里，他会睡一觉。

他会睡在沙发上，他一直在沙发上睡得最好。

“我没有精神崩溃。”他低声对那小声音说，但那小声音根本没有争论。莫特想他可能把那个小声音吓坏了。他希望如此，因为那小声音吓到他了。

他的眼睛发现了窗上的银色裂缝，茫然地顺着它望去。他想起旅馆女服务员的钥匙。房间里很暗，他的眼睛花了一会儿才调整过来。他们赤裸的肩膀。他们害怕的眼睛。他一直在大喊大叫，他不记得是怎么喊的——也从来不敢问艾米——但从他们的眼神判断，一定是什么可怕的事情。

他看着那道闪电般毫无意义的裂缝，心想，如果我的神经会崩溃的话，那应该是在那个时候。该死，那封来自《阿斯彭季刊》的信，和打开一扇汽车旅馆的门，结果看到你的妻子和另一个在田纳西州一个鬼地方当房地产中介的男人在一起相比，简直是小巫见大巫。

莫特闭上眼睛，当他再睁开时，是因为另一个声音在吵闹。这次是闹钟的声音。雾散了，太阳出来了，该去邮局了。

43

还在路上的他突然确信联邦快递来了又走了……茱丽叶站在窗前，露着脸，摇着头，对他说，对不起，没有他的包裹。那他的证据呢？像烟一样消失了。这感觉是不合理的——赫伯是个谨慎的人，不会做出无法兑现的承诺，但这种感觉太强烈了，无法否认。

他不得不强迫自己下车，从邮局门口走到茱丽叶·斯托克站在那里分拣邮件的窗口，那些邮件排起来似乎至少有一千英里长。

他到达那里时，他试图说话，但一句话也说不出来。他的嘴唇动了动，但喉咙太干，发不出声音来。茱丽叶抬头看着他，然后向后退了一步。她露出惊讶的表情。不过，这个吃惊的程度不如艾米与泰德看见他打开汽车旅馆房间的门，然后用枪指着他们的时候。

“雷尼先生？你没事吧？”

他清了清嗓子：“对不起，茱丽叶。我刚才有一瞬间很难呼吸，像是喉咙被死死地掐住了。”

“你脸色很苍白。”她说，他从她的声音里可以听出来塔什莫尔的许多居民对他说话时都用这种语气——这是一种骄傲，但带有一点点不留痕迹的恼怒和屈尊俯就的意味，仿佛他是一个需要特别照顾和喂养的神童。

“我想是昨晚吃的东西吧。”他说，“联邦快递有什么寄给我吗？”

“没，什么也没有。”

他绝望地抓住柜台的底部，有那么一会儿他觉得自己要晕倒了，尽管他几乎立刻明白她说的不是这个意思。

“请再说一遍？”

她已经转过身去，在地上的包裹中翻找着，用她乡下人的结实臀部对着他。

“就这个。”她答道，然后转过身，在柜台对面把包裹滑过去给他。他看到寄信地址是宾夕法尼亚州的“埃勒里·奎因推理杂志社”，顿时一股如释重负的感觉窜过全身。感觉就像凉水从干燥的喉咙里倾泻而下。

“谢谢你。”

“不客气。你知道，如果邮局知道我们帮忙处理联邦快递人员的邮件，他们一定会生气的。”

“嗯，我当然很感激。”现在有了杂志，他觉得有必要离开，回到家里去。这种需要是如此强烈，他几乎满脑子都是这个想法。他不知道为什么……离中午还有一小时一刻钟……但这种感觉确实有。在痛苦和困惑中，他实际上想给茱丽叶一笔小费，让她闭嘴……但那么一来，以她骨子里的北方佬性格，肯定会到处嚷嚷。

“你不会告诉他们的，是吗？”她狡黠地问道。

“没门。”他忍住笑说。

“很好。”茱丽叶·斯托克微笑着说，“因为我看到了你做的事。”

他在门口停住了：“请再说一遍？”

“我说如果你告诉他们，他们会开枪打死我的。”她说着仔细打量着他的脸，“你应该回家躺下，雷尼先生。你看上去气色真不好。”

我觉得过去的三天我都躺在床上，茱丽叶……我没有把时间花在打砸上。

“好吧。”他说，“也许这是个不错的主意。我还觉得很虚弱。”

“你可能感染了最近流行的一种病毒。”

接着威格莫尔营的两个女人进来了，尽管她们表现很谨慎……但镇上的人都怀疑她们是女同性恋。莫特成功地开溜。他坐在别克车里，膝盖上放着那个蓝色的包裹，他不喜欢大家都说他看上去病了，他喜欢不乱想的自己。

没关系。事情快结束了。

他开始拉开信封，这时威格莫尔营的女士们走了出来，望着他。她们的头凑在一起。其中一个笑了，另一个则大笑起来。莫特突然决定他要等回家再拆包裹。

44

他把别克车停在房子旁边他惯常停车的地方，关掉了发动机。接着，一种淡淡的灰色笼罩了他的视线。当那团灰色退去时，他感到奇怪和害怕。是不是出什么问题了，他身体有什么问题吗？

不……他只是压力太大了，他断定。

他听到了什么声音——或者他认为自己听到了什么声音——就迅速地向四周看了看。什么都没有。不要紧张，他颤抖着对自己说，你现在要做的……是不要那么紧张。

然后他想：我确实有枪。那天我把子弹都卸了。我后来告诉了他们。艾米相信我。泰德怎么样我不知道，但艾米知道，而且——

是吗，莫特？真没装子弹吗？

他又想起了窗户墙上的裂缝，锯齿形的银色的闪电从中间穿过。事情就是这样发生的，他想。人生中的事情就是这么发生的。

然后他又低头看了看联邦快递的包裹。这才是他应该考虑的东西，不是艾米和什么田纳西州舒特之丘小镇那见鬼的泰德先生，而是眼前这个。

封口已经开了一半……现在的人越来越粗心了。他拉开封口，把杂志抖到膝盖上。封面上鲜红色的字母写着《埃勒里·奎因推理杂志》。下面字体更小的一行写的是“一九八〇年六月”。更下面是本期专题中一些作者的名字。爱德华·D.霍克。露丝·兰德尔。艾德·麦克班恩。帕特丽夏·海史密斯。劳伦斯·布洛克。

上面没有他的名字。

当然啦。那时候，他几乎不为人所知，更不用说他是一位写推理故事的作家了。《播种季节》是一时的作品。他的名字对杂志的老读者来说毫无意义，所以编辑们也不会把他的名字写在杂志封面上。他翻过封面。

下面没有目录。

目录页被剪掉了。

他疯狂地翻着杂志，还掉在地上一次，捡起来的时候还急得小声地叫了一下。他翻了一遍后，没有找到被剪掉的部分，翻第二次时，他意识到八十三到九十七页都不见了。

“你剪掉了！”他尖叫道。他放声大吼，眼珠都要从眼眶里凸出来了。他开始用拳头敲别克车的方向盘，一次又一次。喇叭像打嗝一样响了起来。你剪掉了！你这个狗娘养的！你是怎么做到的？剪掉了！剪掉了！你剪掉了！

45

他还没走到半路，那致命的小声音就又开始纳闷舒特是怎么做到的。这个信封是从宾夕法尼亚用联邦快递寄来的，就放在茱丽叶旁边，所以到底是怎么……

他停住了。

很好。茱丽叶说，很好，因为我看到了你的所作所为。

就是这样，这就说得通了。茱丽叶也参与其中了。只是……

只是茱丽叶一直在塔什莫尔。

只是她并没有说那句话。那只是他的想法。是他的一点偏执妄想罢了。

“不过，他还是剪掉了。”莫特走进屋子，一进门，就使劲地把杂志扔了出去。杂志像受惊的小鸟一样飞起来，书页翻开，啪的一声落在地板上。“哦，是的，当然了，我敢打赌，他剪掉了。那我不必等他！

我——”

他看到了舒特的帽子。舒特的帽子正放在他书房门前的地板上。

莫特在原地站了一会儿，心怦怦直跳，然后迈着卡通片角色那蹑手蹑脚的步伐走到炉子跟前。他从一堆工具中抽出火钳。火钳的尖端轻轻碰在灰铲上的声音吓了他一跳。他拿起火钳，小心翼翼地走回关着的门，他之前拿着这把火钳冲进去打烂过浴室。这一次他不得不避开扔在路上的杂志。

他走到门口，站在门前。

“舒特?”

没有回答。

“舒特，你现在最好自己出来！如果我不得不进来抓你出来，绝不会让你自己走出去!”

仍然没有回答。

他又站了一会儿，鼓起勇气（但不确定自己是否有勇气），然后拧了拧把手。他用肩膀撞门，一边尖叫一边挥舞着火钳飞快地冲了进去。

房间是空的。

但舒特确实来过。没错。莫特的文字处理机的 VDT 单元掉在地板上，破碎的屏幕就像一只瞪着的眼睛。舒特毁了机器。本来放录像机的桌子上放着一台老式的皇家牌打字机。这只如恐龙般古老机器的钢铁表面看起来很单调，布满灰尘。键盘上放着一份手稿。是舒特的手稿，是那本一百万年前他留在门廊的石头底下的手稿。

那是《秘密窗口，秘密花园》。

莫特把火钳丢在地板上。他仿佛被催眠一样走向打字机，拿起了手稿。他慢慢地翻着，终于明白了加文太太为什么那么肯定这是他的……肯定到足以把它从垃圾堆里救了出来。也许她没有意识到，但她的眼睛已经认出了不规则的字体。没可能认不出来？多年来，她看到的都像是《秘密窗口，秘密花园》这种字体的手稿。“王氏”文字处理机和“五号系统”激光打印机相对来说算是新产品。但在他写作生涯的大部分时间里，他都在使用这台古旧的皇家牌打字机。岁月几乎把它上面的字体磨平了，现在它看起来很糟糕——你在上面打字时，它吐出的字母像老人的牙齿一样歪歪斜斜。

当然，它一直就放在这儿——收在书房的壁橱里，藏在一堆旧校样和手稿的后面……编辑们称之为“淤塞物”。舒特一定是偷了这台打字机，在上面打好了他的手稿，然后趁莫特去邮局时偷偷把它送了回来。确定。这很说得通，不是吗?

不，莫特。这说不通。你愿意做点说得通的事情吗? 那就报警吧。这才说得通。叫警察来把你关起来。告诉他们在你造成更大的破坏之前，赶快行动。在你还要杀任何人之前，赶紧告诉他们。

莫特发出一声狂叫，把手稿放了下来。稿子一页又一页地在他周围懒洋洋地上下飘动，所有的真相就像一道锯齿状的银色闪电，一下子向他扑来。

46

约翰·舒特不存在。

从来没有存在过。

“不。”莫特说。他又在大客厅里大步踱来踱去。他的头痛一阵一阵地发作，一阵一阵地痛。“不，我不相信。我完全不相信。”

但他的相信或拒绝相信并不会让事情有任何区别。整件事如拼图般的所有片段都在眼前，当他看到那台老式的皇家牌打字机时，所有片段都拼在了一起。现在，十五分钟过去了，它们还严丝合缝地拼在一起，他似乎没有能力强迫它们分开。

他脑海中不断浮现的画面是，在梅卡尼克福尔斯，一个加油站司机正在用橡胶刮刀清洗他的挡风玻璃。他以为这辈子再也看不到那样的景象了。后来，他以为这个人认出了他，而且喜欢他的书，于是附赠了他一点额外的服务。也许是这样，但挡风玻璃确实需要清洗了。夏天过去了，但如果你在乡间小路上开得足够远、足够快，还有很多东西溅在挡风玻璃上。他一定是走了小路。他一定是在创纪录的时间内加速到德瑞再返回，只停了足够长的时间烧掉了他的房子。回来的路上，他甚至还没来得及停车加油。毕竟，他有那么多地方要去，还有猫要杀，不是吗？真忙，真忙，真忙。

他停在房间中央，转过身来盯着窗户的墙壁。“如果那一切都是我做的，为什么我记不住呢？”他问玻璃上的银色裂纹，“为什么我到现在都想不起来？”

他不知道……但他确实清楚那个名字是从哪儿来的，不是吗？一半来自他在大学里被他偷了故事的那个南方人，一半来自偷了他妻子的那个人。这仿佛像文学圈子里某种奇怪的笑话。

她说她爱他，莫特。她说她现在爱他。

“他妈的。跟别人老婆上床的男人就是贼。而那个女人是他的帮凶。”

他挑衅地看着裂纹。

裂纹什么也没说。

三年前，莫特出版了一本名为《德拉古一家》的小说。舒特的寄件地址是密西西比州的德尔拉库尔。那……

他突然跑到书房里去找百科全书，匆忙中被散落在地上的一堆乱七八糟的书页绊了一下，几乎摔倒在地。他抽出M卷，终于找到了密西西比的词条。他用颤抖的手指顺着那张城镇列表往下看——它占据了整整一页——他抱着一线希望。

但他白找了。

这里没有德尔拉古或密西西比州的德尔拉古。

他想到了去找珀金斯堡，舒特曾告诉他，在这个小镇上，他在上车前买了一本平装版的《人人都投币》。莫特干脆把百科全书关上。何苦呢？密西西比州或许有一个珀金斯堡，但就算有，也毫无意义。

莫特遇到约翰·金特纳的那门课的任课老师，那个小说家，就叫小理查德·珀金斯。这就是这个名字的由来。

对，但我什么都不记得了，那怎么……？

哦，莫特，那细小的声音悲哀地说，你病得很重，你现在是个重病缠身的人。

“我不相信。”他又说了一遍，他被自己微弱无力的声音吓坏了，但还有什么别的选择呢？他难道没有想过吗？这一切仿佛他是在睡梦中做事，到了不可挽回的地步？

你杀了两个人，那个小声音低声说。你杀了汤姆是因为他知道那天只有你一人，你杀了格雷格是为了不让他知道。如果你只杀了汤姆，格雷格会报警的。你不想那样，也不能允许那样。直到你讲的这个可怕的故事全部结束之前，都不行。你昨天起床的时候身体很酸痛，又僵又痛。但这不仅仅是因为撞坏了浴室的门和淋浴间，对吧？你比那忙多了。你要处理汤姆和格雷格。你说的对，车是怎么开来开去的……但你是一路小跑回到汤姆家去取别克车的那个人，是你假装汤姆打电话给桑尼·特罗茨。刚从密西西比来的外人是不会知道桑尼有点聋的，但你知道的。你杀了他们，莫特，你**杀了**那些人！

“我不承认是我干的！”他尖叫起来，“这都只是他计划的一部分！这都只是他小伎俩的一部分！他的心理小伎俩！我不相信……”

住嘴，那个小小的声音在他的脑海里低声说。莫特安静了下来。

一时间，他脑子里和他脑子外的两个世界都完全沉默了。

过了一会儿，那细小的声音又轻声问道：你为什么这样做，莫特？你为什么要精心策划这整个杀人事件？舒特一直说他想要一个故事，但舒特这个人不存在。你想要什么，莫特？你**为什么**要创造约翰·舒特？

接着，从外面传来了一辆汽车驶过车道的声音。莫特看了看表，发现时间已经是正午。一股胜利和解脱的感觉像窜上烟囱的火焰一样窜遍他全身。他有那本杂志，但仍然没有证据，这无关紧要。舒特是否会杀了他并不重要。只要知道舒特是真实存在的，而他不必为此刻正在担忧的恐怖杀人事件负责，那他倒是可以开开心心地去死。

“他来了！”莫特高兴地尖叫起来，跑出了书房。他双手举过头顶，疯狂地挥舞着，转过拐角，走进大厅的时候，他还跳起了舞。

莫特停了下来，望着外面，走过之前钉着胖胖尸体的垃圾柜顶盖。他的手慢慢垂到两侧。黑暗的恐惧悄悄笼罩了他的头脑。不，不在上面；那种恐惧落了下来，仿佛有一只无情的手在拉着窗帘。拼图的最后一块到位了。莫特刚才在书房里想过，他可能创造了一个想象出来的杀手，因为他缺乏自杀的勇气。现在他意识到，舒特说他永远不会杀莫特的那句话是真的。

那不是他想象中约翰·舒特开的旅行车，而是艾米那辆如假包换的小斯巴鲁。车刚刚停了下来，是艾米在开车。她偷走了他的爱，而一个在你的爱确实是你所能给予一切的时候偷走你的爱的女人，并不算什么好女人。

但他还是爱她的，一如既往。

是舒特恨她。是舒特打算杀了她，然后把她埋在湖边，胖胖附近。不久之后，她到底在哪儿，他们两个都会忘掉。

“走开，艾米。”他用一个老人般颤抖的声音低声说，“走开，不然就太迟了。”

但是艾米下了车，她关上身后的车门时，那只一直在莫特脑子里拉窗帘的手完全拉上了窗帘，他陷入了一片黑暗。

47

艾米试了试门，发现门没锁。她走了进来，想叫莫特，但没叫。她环顾四周，睁大眼睛，吃了一惊。

这地方一团糟。垃圾桶满了，里面的垃圾溢出来洒在地上。几只懒洋洋的秋蝇正从被踢到角落里的铝制馅饼盘里爬进爬出。她能闻到陈腐的饭菜和发霉的空气。她甚至能闻到变质食物的味道。

“莫特？”

没有回答。艾米往屋子里走了一小步，不太确定她是否想看看屋子的其他地方。加文太太三天前才来过这儿……事情怎么会从那以后就一发不可收拾了呢？发生了什么事？

在他们结婚的最后一年里，她一直在为莫特担心，但离婚后她更担心了。她既觉得担心，当然，也觉得内疚。她心中有一部分在责怪自己。她觉得这辈子会一直这样。但是莫特从来没有坚强过……他最大的弱点是他固执地（有时甚至歇斯底里地）拒绝承认这一事实。今天早上他听起来像个要自杀的人。她之所以听从了他的劝告，不带泰德来，唯一的原因是她认为，如果莫特真打算要自杀的话，那他一看到泰德，盛怒之下就会自杀了。

她从来没有想过杀人的事，现在也没有。即使在那个可怕的下午，莫特在汽车旅馆向他们挥舞着枪，她也不害怕。不是的，莫特不是杀手。

“莫特？莫……”

艾米绕过厨房柜台，就把话吞了回去。她睁大了眼睛，目瞪口呆地盯着那间宽敞的客厅。纸丢得到处都是。似乎莫特在某个时候挖出了他抽屉里和文件里的每一份手稿的副本，把它们全都扔在这里，就像黑色新年前夜庆祝活动上的五彩纸屑一样。桌子上堆满了脏盘子。咖啡壶支离破碎地掉在中间有一条曲折裂痕的落地窗旁边。

另外是到处，到处，到处都写着“**舒特**”这个名字。

墙上用彩色粉笔写着“**舒特**”，这肯定是他从她放美术用品的抽屉里拿出来的。被喷在窗户上的两个“**舒特**”看上去像是用干奶油喷的……没错，炉子底下有一罐废弃的挤压式鲜奶油罐。厨房的柜台用墨水写了一个又一个“**舒特**”，而在房子另一边的露天平台的木头支柱上则是用铅笔一路向下，写成一条直直的“**舒特舒特舒特舒特**”。

最糟糕的是，在擦得锃亮的樱桃木桌子上，还刻了几个三英尺高、锯齿状的大字，仿佛是一种怪异的爱情宣言，写的还是：“**舒特**”。

莫特最后用来刻这个名字的螺丝刀就放在旁边的椅子上。螺丝刀的钢轴上有红色的东西，艾米猜是樱桃木的木屑。

“莫特？”艾米环顾四周地低声说。

现在她害怕会看到他已经死在他自己手里了。他在哪儿？当然是在他的书房里。不然还会在哪儿？他一生中最重要的部分都是在那里度过的，他肯定选择了死在那里。

虽然她不想进去，也不想去找他，但她的脚仍然把她带往那个方向去。艾米一边走，一边踢开赫伯·克里克莫尔寄来的《埃勒里·奎因推理杂志》。她没有低头看，而是走到书房门口，慢慢推开门。

48

莫特站在他的老式皇家打字机前，他的文字处理器的屏幕和键盘部件被打翻在地上，变成了一堆碎玻璃。他看上去很奇怪，像个乡村牧师。她想部分是因为他站着的姿势，他几乎是一本正经地站着，双手背在背后。但最重要的还是那顶帽子。那顶黑色的帽子拉得很低，几乎碰到了他的耳朵。她觉得他看起来有点像《美国哥特式》那幅画中的老人，不过照片中的老人没有戴帽子。

“莫特?”艾米问。她的声音微弱而含糊。

他没有回答，只是盯着她。他的眼睛冷酷而闪闪发光。她从没见过莫特这样看着她，即使是在汽车旅馆那个可怕的下午。这几乎不是莫特，而是一个长得像莫特的陌生人。

但她认出了那顶帽子。

“你在哪儿找到那顶旧帽子的？阁楼吗?”她的声音随着心跳在颤抖。

他一定是在阁楼上找到的。从她站着的地方，也能闻到上面樟脑丸的气味。这顶帽子是莫特几年前在宾夕法尼亚州的一家礼品店买的。他们当时旅行穿过阿米什人的聚居区。艾米在德瑞的房子里有一个小花园，就在房子和书房的接合处。这是她的花园。莫特文思枯竭的时候，经常会去那里除草。他这样做的时候通常都戴着那顶帽子。他把这顶帽子叫做他的思考帽。她记得有一次他戴着这顶帽子对着镜子看自己，还开玩笑说他应该在书封面上用它拍张照片。“当我穿上这件衣服。”他说，“我看起来就像在骡子屁股后面干农活的乡巴佬。”

然后帽子就不见了。它一定被拿到这儿来了，被收了起来。但是……

“是我的帽子。”他终于用一种生疏的、茫然的声音说，“从来都是我的。”

“莫特？怎么了？你怎么……”

“你搞错了，女士。这里没有莫特。莫特死了。”他那双锐利的眼睛死死地盯着艾米，“他挣扎了好一会儿，不过最后还是骗不了自己，更别说骗我了。我从没碰过他，雷尼太太。我发誓。他像个胆小鬼似的逃了出去。”

“你为什么这样说话?”艾米问。

“我说话就是这样。”他略带惊讶地说，“密西西比那边的人都是这么说话的。”

“莫特，不要这样！”

“你不明白我说的话吗？”他问，“你不聋吧？他死了。他自杀了。”

“别这样，莫特。”艾米说着开始哭起来，“你吓到我了，我不喜欢这样。”

“没关系。”他说着从背后伸出双手，一只手握着书桌最上面抽屉里的剪刀。他举起剪刀的时候，太阳已经出来了，剪刀开合的时候，阳光在刀刃上照出亮眼的星状光芒。“你不会害怕太久的。”他开始向她走去。

49

艾米在原地站了一会儿。莫特不会杀了她。如果莫特要杀人，那么他肯定会在汽车旅馆的那天杀人。

然后艾米看到了他的眼神，明白了莫特也知道这一点。

但这人不是他。

艾米尖叫着转过身，向门口冲去。

舒特紧随其后，向下劈的剪刀划出一道银色的弧线。要不是他的脚在硬木地板上散落的纸张上打滑，他早就把剪刀插进艾米的肩胛骨之间，只留下剪刀把在外面了。他扑倒在地，又困惑又愤怒地叫了一声。剪刀的刀刃刺穿了《秘密窗户，秘密花园》的第九页，刀尖折断了。他的嘴撞在地板上，溅出了鲜血。那包佩尔美尔香烟从莫特的口袋里甩了出来。这是以前创意写作课中间下课的时候，默默抽烟的金特纳分给莫特·雷尼抽的香烟的牌子。那包香烟在光滑的地板上滑了很远，就像酒吧里打圆盘游戏用的圆盘一样。他跪坐起来，鲜血流过他的嘴唇与牙齿，他咆哮着，微笑着。

“这对你没有任何帮助，雷尼太太！”他喊着站了起来。他看了看剪刀，“蹭”地一下打开，仔细打量了一下钝了的剪刀头，然后不耐烦地扔到一边。“我在花园里给你留了个地方！我都为你选好了。

现在你听我说！”

他跑出门去追她。

50

跑到客厅中间的时候，艾米也摔倒了。她的一只脚踩到了被丢弃的那期《埃勒里·奎因推理杂志》上，结果倒在了地上，摔伤了臀部和右胸。她疼得喊出声来。

舒特在她后面跑到桌子前，抓起他之前用来捅死猫时用过的螺丝刀。

“就在那儿待着，别动。”他说。艾米转过身来，睁大了眼睛盯着他，好像被人下了药似的。“如果你乱动，我只会把你折磨到死。我不想折磨你，太太，但如果必要的话，我会的。你看，我一定要得到点东西。我大老远跑到这儿来，一定得得到点东西才行。”

他越走越近，艾米用胳膊肘支撑着身子，用脚往后拖拽自己的身体。她的头发垂在脸上，皮肤上覆盖着汗水。艾米可以闻到汗水从她身上涌出来，又热又臭。她那张脸，严肃的、审判的脸上露出精神错乱的表情。

“不，莫特！求求你！不要，莫……”

他扑向她，把螺丝刀举过头顶，然后往下猛刺。艾米尖叫着滚到左边去了。螺丝刀的刀尖划破了她的衣服，在她的身上开了一道口子，她的臀部感到如火烧般的灼痛。然后，艾米赶紧跪坐起来，听到也感觉到她的裙子被歪歪斜斜地扯掉好长一条。

“不行，女士。”舒特气喘吁吁地说，他的手抓住了她的脚踝，“不行，女士。”艾米扭头，透过她蓬乱的头发看到他正用另一只手从地板上拔出螺丝刀。圆顶黑礼帽歪戴在他头上。

他猛地拔出螺丝刀，刺进艾米的右小腿。

艾米疼得要命。仿佛整个世界只剩下疼痛。她尖叫着，向后踢着，踢到了他的鼻子，把它踢断了。舒特哼了一声，侧身倒在地上，双手捂着脸，艾米站了起来。她听到一个女人在号叫，听起来像狗对着月亮号叫。她猜想那不是狗。她想那个声音是她自己的。

舒特站了起来。他的下半张脸像是一张沾满鲜血的面具。那张血面具裂开了，露出了莫特·雷尼弯曲的门牙。她还记得自己和莫特亲吻时，曾经用舌头舔过他的牙齿。

“你真是个好动的家伙，是不是?”他笑着说，“没关系，女士。你继续啊。”

他向艾米扑过去。

艾米蹒跚地往后退。螺丝刀从她的小腿上掉下来，滚到地板上。舒特瞥了一眼，然后像玩耍一样又朝她冲了过去。艾米抓起客厅里的一把椅子，扔在他面前。一时之间，他们就隔着椅子对视了一会儿。然后舒特抓住她衣服的前襟。艾米整个人畏缩起来。

“我跟你这顿架就要结束了。”他气喘吁吁地说。

艾米转身冲出门去。

他立刻追了上去，扑向她的后背，他的指尖滑过她的颈后，拼命想要抓住她裙子的领子，结果刚抓住又松了手，没法稳稳地拉住她往后拽。

艾米冲出厨房柜台，朝后门奔去。她右脚穿着的懒人鞋一直发出咯吱咯吱的声音。原来鞋子里面全是血。舒特在后面一直追着她，鼻孔里不停地吹着血泡，双手伸着要紧紧地抓着她。

艾米的手撞在纱门上，然后绊了一跤，直挺挺地倒在门廊上，一口气没喘上来。她正好倒在舒特留下手稿的地方。她翻了个身，看着他走过来。他现在手上什么都没有，但看起来杀她已经绰绰有余了。在黑帽子的帽檐下，他严肃又坚定的亲切眼神让人毛骨悚然。

“我很抱歉，女士。”他说。

“雷尼！”一个声音叫道，“停！”

艾米想转头去看但转不动。她脖子有什么地方扭到了。舒特根本看都不看，径直向她逼来。

“雷尼！住手！”

“雷尼不在……”舒特刚开始说，接着就是一声清脆的枪响划过秋日的空气。舒特停在原地，好奇又几乎是漫不经心地看着自己的胸部。那里有一个小洞。没有流血——至少一开始没有——但洞就在那儿。他伸手去摸，又把手拿开。他的食指上有一个小血点。它看起来像是一种标点符号——像完结句子用的句号。他若有所思地看着这个，然后放下双手看着艾米。

“宝贝？”他说完就直挺挺地倒在她身边的门廊地板上。

艾米翻了个身，用胳膊肘勉强撑起来，爬到他躺着的地方，开始抽泣起来。

“莫特？”她哭了，“莫特？求你了，莫特，你说话啊！”

但他什么也说不了，过了一会儿，艾米才充分意识到这一点。在接下来的几个星期和几个月里，她一次又一次地拒绝接受他已经去世的这个简单事实，然后精神衰弱，然后又再次意识到这一点。他已经死了。他已经死了。他在这里疯了，然后死了。

他，还有附在他身上的那个人。

艾米把头靠在莫特的胸前哭了起来。有人从她身后走来，把手放在她的肩膀上安慰她，但艾米没有回头看。

尾声

在塔什莫尔湖事件发生三个月后，泰德·米尔纳和艾米·米尔纳前来看望射杀艾米第一任丈夫、著名作家莫特·雷尼的人。

在三个月里，在审讯的时候，他们还见过这个人一次，但那是在正式场合，而且艾米不想亲自跟他说话。她很感激他救了她的命。但莫特曾经是她的丈夫，多年来她一直爱着他，在她内心最深处，她觉得扣动扳机的手指并不只是弗雷德·埃文斯的手指。

不管怎样，她还是会及时去的，这样她就能在心里尽可能地把事情弄清楚。她本来想拖上一年，或者两年，甚至三年。但是在这期间发生的事情让她加快了速度。她希望泰德会让她一个人去纽约，但泰德的语气很坚决。上次是他最后一次让她一个人去某个地方。那次她差点被杀。

艾米不耐烦地指出，泰德很难“放她走”，因为她从一开始就没有告诉过他要去，但泰德只是耸了耸肩。于是他们一起去了纽约，一起搭电梯上了摩天大楼的第五十三层，一起被领到团结保险公司办公室的一个小隔间里。弗雷德·埃文斯在工作日里常把这家公司称为家。当然，除非他出差做调查去了。

艾米尽可能地坐在角落里，尽管办公室里很暖和，但她还是把围巾裹在身上。

埃文斯的态度慢吞吞、和蔼可亲——在她看来，他几乎就像那个在她童年时照顾过她的乡村医生——她喜欢他。但这是他永远不会知道的，她想。我也许能鼓起勇气告诉他，埃文斯会点点头，但埃文斯的点头并不表示相信。他只知道，对我来说，他永远是射杀莫特的那个人。他不得不看着我趴在莫特的胸口哭泣，直到救护车来了，一名护理人员还给我打了一针，我才肯放开莫特。而埃文斯不知道的是，我仍然喜欢他。

埃文斯从外面的一间办公室叫来一位女士，让她拿三大杯热气腾腾的茶进来。外面已经是一月了，风很大，温度很低。她心里短暂地向往着塔什莫尔的情形，湖终于结了冰，要命刺骨的寒风会把长蛇般鬼魅的干雪吹过冰冻的湖面。接着，她的脑海里浮现出一些模糊而令人难受的联想，她看到莫特摔在地上，看到那包佩尔美尔牌香烟像推圆盘游戏里的圆盘一样滑过木地板。她颤抖着，短暂的渴望完全消失了。

“你还好吗，米尔纳太太？”埃文斯问。

她点了点头。

泰德把玩着烟斗，表情沉重地皱着眉头，说：“我妻子想听听你所知道的一切，埃文斯先生。一开始我试着劝阻她，但现在我觉得可能这样也好。从那以后，她一直做噩梦。”

“当然。”埃文斯说，他并不是完全无视泰德，而是直接对艾米说，“我想你这样会持续很久。其实，我自己也有类似的情况。我从来没开枪杀过人。”他停顿了一下，然后又说，“我晚出生了一年多，没能参加越战。”

艾米对他笑了笑。脸色苍白，但还是微笑了。

“她在审讯的时候听过了。”泰德接着说，“可她还想再听一遍，听你说，把法律用语那部分略去。”

“我明白。”埃文斯说，他指着烟斗，“你想抽的话可以抽。”

泰德看了看它，然后迅速地把它扔进了他的外套口袋里，似乎有点惭愧。“实际上，我正试着戒烟。”

埃文斯看着艾米。“你认为这么做有什么用？”他用同样亲切而和蔼的声音问她，“或者我这么问，你需要它的目的是什么？”

“我不知道。”艾米的声音低沉而平静，“三个星期前，泰德和我在塔什莫尔把那地方打扫了一遍——我们把它挂牌出售了——然后发生了一件事。实际上，两件事。”她看着丈夫，又一次露出苍白的微笑，“泰德意识到发生了什么，因为那时我和你联系并约好见面。但他不知道是什么，我担心他会对我发火。也许他就要发火了。”

泰德·米尔纳并不否认艾米惹怒他了。他把手伸进上衣口袋，正要取出烟斗，然后又把手缩回来。

“但是这两件事……它们与十月份在你湖边的房子发生的事有关吗？”

“我不知道。埃文斯……发生了什么？你知道多少？”

“嗯。”他说着，向后靠在椅子上，抿了一口杯子里的茶，“如果你期待这次能得到所有的答案，你会非常失望。我可以告诉你那场火灾，但至于你丈夫为什么那样做……你可能比我能填更多的空白。最让我们困惑的是大火从哪里开始——不是在主楼，而是在雷尼先生的办公室里，那个扩建的部分。这样看来，他的纵火行为似乎是针对他自己的，但他根本就不在现场。

“然后我们在办公室的废墟中发现了一大块破酒瓶子。里面本来装的是酒——确切地说，是香槟——但毫无疑问，里面最后装的是汽油。部分标签完好无损，我们发了一份传真到纽约。它被确认为酩悦香槟，一九八〇年左右的。但这也并不无可争辩地证明了用来做汽油弹的酒瓶就来自你们自家的酒窖，米尔纳太太，但非常有说服力，因为你们的财产清单里列出了十几瓶酩悦香槟，有些是一九八三年的，有些是一九八四年的。

“这让我们产生了一个似乎很清楚但不太合理的猜想：你或你的前夫可能把你自己的房子烧掉了。米尔纳太太说她走了，没锁门……”

“我为此失眠了好长时间。”艾米说，“我如果只出去一会儿，我经常忘记锁门。我在班戈北部的一个小镇长大，乡下人的习惯很难改掉。莫特以前总是……”她的嘴唇颤抖着，说不出话来，双唇紧紧地贴在一起，嘴唇都变白了。等她重新控制住自己的情绪时，她用低沉的声音说完了她的想法：“他常常为此责备我。”

泰德握住她的手。

“当然，这无关紧要。”埃文斯说，“如果你把房子锁上了，雷尼先生还能进去，因为他还有钥匙。对吗？”

“是的。”泰德说。

“如果你锁上了门，可能会加快侦查速度，但这也不能肯定。不管怎么说，在我的工作中，星期一早上的发号施令是我们这一行要避免的恶习。有一种理论认为它会影响职业道德，我赞同这一理论。重点是：根据雷尼太太——不好意思，米尔纳太太——的证词，房子没有上锁，我们一开始认为纵火犯可能是任何人。但当我们开始假设使用的酒瓶来自酒窖时，范围就缩小了。”

“因为那个房间是锁着的。”泰德说。

埃文斯点点头。“你还记得我问谁拿着房间的钥匙吗，米尔纳太太？”

“叫我艾米好吗？”

他点了点头。“你记得吗，艾米？”

“记得。三四年前，在几瓶红酒消失后，我们开始锁上小酒柜。莫特以为是女管家。我不相信，因为我喜欢那个管家，但我知道他可能是对的，而且很可能是对的。我们当时就开始上锁，这样其他人就不会被里面的酒诱惑了。”

埃文斯看着泰德·米尔纳。

“艾米有酒窖的钥匙，她相信雷尼先生的钥匙还在。这就缩小了可能性。当然，如果是艾米，你肯定会和她串通起来，米尔纳先生，因为你们俩都为那天晚上找了借口。雷尼先生没有不在场证明，但他离得很远。主要的事情是：我们看不到犯罪的动机。他的工作使艾米和他自己在经济上都很富裕。尽管如此，我们在寻找，而且采集到了两个不错的指纹。这是我们在德瑞见面后的第二天。两个指纹都是雷尼先生的。它还不能证明……”

“这样还不能？”泰德问道，看上去很吃惊。

埃文斯摇了摇头。“实验室测试证实，这些指纹是在瓶子被大火烧焦之前留下的，但验不出多久以前。你看，火把油脂都煮没了。如果我们的假设是正确的，那就得有人亲手把它从装酒的袋子或纸盒里拿出来，再放回到酒架上。那个人可能是雷尼先生或雷尼太太，他可能会争辩说指纹就是这么上去的。”

“他什么也争辩不了了。”艾米轻声说，“在最后那几天。”

“我想是的，但我们并不知道。我们所知道的是，一般人拿瓶子的时候，通常会抓住瓶颈或瓶身的上半部分。这两个指纹印却都在接近底部的地方，角度也很奇怪。”

“好像他是横着拿着，甚至是倒着拿着似的。”泰德插嘴说，“你在听证会上不是这么说的吗？”

“对……而懂酒的人是不会这样做的。对于大多数酒来说，这么拿会打散酒的沉淀物。至于香槟……”

“就会被摇晃。”泰德说。

埃文斯点点头。“如果你使劲摇晃香槟，瓶子会因为压力而爆开。”

“反正里面也没有香槟。”艾米平静地说。

“是没有。不过这并不是证据。我在附近的加油站里找了半天，想看看那天晚上有没有长得像雷尼先生那样的人买了少量汽油，但运气不太好。我并不太惊讶，他可以在塔什莫尔或两地之间的五十几家加油站买到汽油。

“然后我去见了帕特里夏·钱皮恩，她是我们的证人之一。我拍了一张一九八六年别克车的照片……我们认为雷尼先生会开同一个牌子的车型。她说可能是那辆车，但她还是不能肯定。所以我得处理这个。我回到屋里四处看看，结果你来了，艾米。那时候是清晨。我想问你一些问题，但你显然心烦意乱。我问过你为什么在那儿，你说了一件奇怪的事。你说你要到塔什莫尔湖去看你的丈夫，可是你先来花园看了。”

“他在电话里不停地说他所谓的‘我的秘密窗口’……能俯视花园的那个。他说他在那儿留了个东西给我。但是什么也没有。反正我没看到。”

“我们见面时，我对这个人有一种感觉。”埃文斯慢慢地说，“一种他不是……很对劲的感觉。我并不是说他在某些事情上撒谎，尽管我很肯定他在撒谎。但我觉得不对劲的是其他东西。一种距离感。”

“是……我也越来越感觉到这种距离感。”

“你看起来担心得几乎要生病了，所以我决定跟着你去另一所房子。艾米，尤其是你告诉我，如果米尔纳先生来找你，不要告诉他你去了哪里。我不相信这是你自己的主意。我想我可能会查出一些事情。我还在想……”他说得越来越慢，一脸茫然。

“你以为我会出事。”她说，“谢谢你，埃文斯先生。你知道，他会杀了我的。如果你没有跟踪我，他就会杀了我。”

“我把车停在车道的前面，下车就听到屋里传来很大的吵闹声，我就跑了过去。就在这时，你差不多从纱门里摔了出去，他跟在后面追你。”

埃文斯认真地看着他们俩。

“我叫他住手。”埃文斯说，“我说了两次。”

艾米伸出手，轻轻地握住他的手，过了一会才松开了。

“就是这样。”埃文斯说，“我还知道很多事，大部分来自报纸和我与米尔纳先生的两次谈话……”

“叫我泰德。”

“好的，泰德。”相比叫艾米的名字，埃文斯似乎对叫泰德的名字不那么容易接受，“我知道雷尼先生可能患有精神分裂症，他成了两个人，但他们都不知道它们实际上存在于同一个身体里。我知道其中一个叫约翰·舒特。我从赫伯特·克里克莫尔的证词中得知，雷尼先生认为舒特是在为一篇叫做《播种季节》的文章纠缠他，而且克里克莫尔先生有一份刊登了这篇故事的杂志，这样雷尼先生就可以证明他是第一个发表这篇文章的。杂志在你抵达之前不久就到了，艾米……这是在房子里发现的。寄杂志用的联邦快递信封就在你前夫的别克车座位上。”

“但是他把故事剪掉了，是不是？”泰德问。

“不仅是故事，目录页也剪掉了。他小心翼翼地除掉自己的每一个痕迹。他随身带着一套瑞士刀，很可能就是用这个剪的。缺的那几页还在别克汽车的置物箱里呢。”

“到最后，他自己都不知道那篇故事到底是不是存在了。”艾米轻声说。

埃文斯看着她，扬起了眉毛：“不好意思，你说什么？”

她摇了摇头：“没说什么。”

“我想我已经把能告诉你的都告诉你了。”埃文斯说，“其他任何猜测都将是纯粹的猜测。毕竟，我是保险调查员，不是精神病医生。”

“他确实是两个人。”艾米说，“他既是他自己……也是他创造的一个角色。泰德认为‘舒特’这个姓是有意义的，应该是莫特发现泰德来自田纳西州一个叫‘舒特之丘’的小镇，然后他就记住了。我相信泰德是对的。莫特总是这样给角色取名字……有点像玩字谜游戏。

“其余的我也不太清楚……我只能猜测。我知道，有一家电影制片厂放弃了他的小说《德拉古一家》的版权时，当时莫特几乎精神崩溃。他们清楚地说——赫伯·克里克莫尔也同意——他们说小说和另一本小说有偶然的雷同之处，他们也知道他不可能看过那个叫《家庭队》的剧本。其实没有剽窃的问题……但莫特是这么想的。他的反应很夸张，不正常。就像用木棍在一堆看起来像熄灭的营火里搅动，结果发现有一块还在烧的木炭。”

“你不会认为他是为了惩罚你创造了约翰·舒特吧？”埃文斯问。

“不。我觉得……舒特是来惩罚莫特的。”她停顿了一下，调整了一下披肩，把它在肩上裹得更紧了一些，然后伸出一只发抖的手，拿着茶杯，“我认为莫特在过去某个时候偷了别人的作品。”她说，“大概是很久以前的事了，因为他写了《街头手风琴师之子》之后，他的作品都广为流传。我想如果有抄袭，一定会被发现。我怀疑他是否真的发表过他抄袭的东西。但我认为事情就是这样，我认为这就是约翰·舒特的真正来源。不是因为电影公司放弃了他的小说，也不是因为我的……我和泰德在一起，也不是因为离婚。也许所有这些因素都起了作用，但我想根源要追溯到我认识他之前。然后，他独自呆在湖边小屋时……”

“舒特出现了。”埃文斯轻声说，“他来指责他剽窃。不管雷尼先生偷了谁的东西，那个被偷的人从来都没有出现过，所以最后他不得不惩罚自己。不过我怀疑这不是全部真相，艾米。他确实想杀你。”

“没有。”她说，“那是舒特。”

埃文斯扬起眉毛。泰德仔细地看着她，然后又从口袋里掏出烟斗。

“真正的舒特。”

“我不明白你的意思。”

艾米露出苍白的微笑。“我自己也不明白。这就是我来的原因。我不认为讲这些有什么实际意义……莫特死了，一切都结束了……但这可能对我有帮助。它可以让我睡好一点。”

“那就告诉我们吧。”埃文斯说。

“你知道，我们下楼打扫房子时，停在了镇上的小商店——鲍伊商店那儿。泰德给油箱加满了油——鲍伊餐馆一直都是自助式的——我进去买点东西。里面有个叫桑尼·特罗茨的人，他以前和汤姆·格林利夫一起工作。汤姆是两个被杀害的看护人中年龄较大的一个。桑尼想告诉我他为莫特感到多么难过，他还想告诉我一件别的事，因为他在莫特死的前一天见过他，当时想跟他说的，于是他打算告诉我，是关于汤姆·格林利夫有关的事。那事情是汤姆告诉桑尼的，他们一起粉刷卫理公会教堂的会堂。桑尼在那之后见到了莫特，但他说没想过马上告诉他。然后他想起这和格雷格·卡斯泰尔斯有关——”

“另一个死人？”

“是的。所以他转身大喊，但莫特没有听见。第二天，莫特死了。”

“格林利夫先生跟这个家伙说了什么？”

“他认为他可能看到了鬼。”艾米平静地说。

他们看着她，没有说话。

“桑尼说汤姆最近越来越健忘，汤姆很担心。桑尼认为这只不过是一种普通的健忘，人上了年纪，就会出现这种情况，但是汤姆在五六年前就照顾过他患了阿尔茨海默氏症的妻子，他害怕自己也会得这种病，也会走上同样的路。根据桑尼的说法，如果汤姆忘记带油漆刷子，他会耿耿于怀老半天。汤姆说这就是为什么当格雷格·卡斯泰尔斯问他是否认出了他昨天见到和莫特·雷尼谈话的那个人，或者如果再见到他会不会认出他时，汤姆干脆说他没有看到任何人和莫特在一起……莫特是一个人。”

“啪”的一声火柴划着了。泰德·米尔纳还是决定点燃他的烟斗。

埃文斯没理他。他在椅子上向前倾着身子，目不转睛地盯着艾米·米尔纳。

“让我们把事情搞清楚。根据这个桑尼·特罗德斯的说法……”

“特罗茨。”

“对，特罗茨。据他说，汤姆·格林利夫确实看见莫特和别人在一起？”

“不完全是。”艾米说，“桑尼认为，如果汤姆真的认为自己看到了，确实看到了，他就不会对格雷格撒谎。汤姆说他不知道他看到了什么，他很困惑，似乎不提这件事更安全些。他不希望任何人——尤其是同样从事看护工作的格雷格·卡斯泰尔斯——知道他有多困惑，最重要的是他不希望任何人认为他可能会像他已故的妻子得一样的病。”

“我不知道我是否理解了你的意思……对不起。”

“据桑尼说，”她说，“汤姆带着他的侦察兵越野吉普车从湖道上下来，看见莫特一个人站在湖边的小路上。”

“在发现尸体的地方附近？”

“是的。很近了。莫特向他挥手，汤姆也回敬。他开车经过了。然后，根据桑尼的话，汤姆从后视镜里看到了另一个人和莫特站在一起，还有一辆旧旅行车，但十秒钟之前，那个人和车根本不在那儿。那人戴着一顶黑帽子。他说……*但你能看穿他，也看穿那辆车，他们就像是透明的*。”

“噢，艾米。”泰德温柔地说，“那家伙在跟你胡扯。真能瞎扯。”

她摇了摇头：“我认为桑尼没那么聪明，编不出这样的故事来。他告诉我，汤姆认为他应该联系格雷格，告诉他自己可能还是见过这么一个人。如果他省略了人和车透明的那部分，那就没有问题了。但是桑尼说老汤姆吓坏了。他确信这只有两种可能性：要么他得了老年痴呆症，要么他看到了鬼。”

“嗯，这确实令人毛骨悚然。”埃文斯说，而且也确实是——他手臂和后背的皮肤有那么一瞬间起了鸡皮疙瘩，“但这只是传闻……事实上，这是一个已死之人说的。”

“是的……但还有另一件事。”艾米把茶杯放在桌上，拿起钱包，开始翻了起来，“我在打扫莫特的办公室时，发现了那顶帽子——那顶可怕的黑帽子——在他桌子后面。这让我很震惊，因为我没有预料到。我以为警察一定是把它作为证据带走了。我用一根棍子从后面把它勾了出来。它是上下颠倒出来，我用棍子挑着把它挪到外面去，然后丢进了垃圾桶里。你明白吗？”

泰德显然没有明白。埃文斯显然懂了。“你不想碰它。”

“对。我不想碰它。那帽子正好掉在一个绿色垃圾袋上——我敢保证。大约一个小时后，我拿着一袋旧药品、洗发水和浴室里的东西出去了。当我打开垃圾柜的盖子想把帽子放进去时，帽子又被颠倒了。这个东西被塞进了帽子的吸汗带里。”她从钱包里掏出一张折好的纸，递给埃文斯，那只手仍在不停地颤抖，“我把帽子从桌子后面拿出来的时候，这张纸还不在里面。我很清楚。”

埃文斯接过折叠好的纸，只是拿了一会儿。他感觉很不喜欢。这张纸感觉太重了，质地也不太好。

艾米说：“我觉得约翰·舒特确实存在。我认为他是莫特最伟大的创造——一个栩栩如生的角色，他真的变成了现实。”

“我认为这是鬼魂给我的消息。”

埃文斯拿起那张纸条，把它打开。写在中间的是这样一条信息：

女士……很抱歉给你带来这么多麻烦。事情失控了。我现在要回家了，我得到了我的故事，这是我来的唯一目的。它叫《鸦脚一英里》，这是一部非常棒的作品。

敬启

约翰·舒特

手稿工整的字迹下面是潦草的笔迹。

“这是你已故前夫的签名吗，艾米？”埃文斯问。

“不是。”她说，“完全不像。”

他们三个坐在办公室里面面相觑。弗雷德·埃文斯想说点什么，可是想不出来。过了一段时间，办公室里的寂静（还有泰德·米尔纳烟斗的气味）变得让他们都无法忍受。于是米尔纳夫妇道谢之后告辞，离开了埃文斯的办公室，尽他们所能继续过自己的日子，弗雷德·埃文斯也是一样。有时，到了深夜，埃文斯和曾经嫁给了莫特·雷尼的那个女人会从梦中醒来。在梦中，一个戴着黑色圆顶帽的男人睁着因为阳光而褪色的眼睛看着他们，他眼眶周围是网状的皱纹。他的眼神毫无爱意……但他们两个觉得其中有一种怪异的遗憾。

这不是亲切的表情，也没有给人留下任何宽慰的感觉。他们两人虽然不在同一个地方，但他们还是有空间忍受这种眼神。也有余力去打理他们的花园。

图书馆警察

献给帕萨迪纳图书馆的所有员工和主顾

午夜三点：《图书馆警察》前言

这个故事的灵感始于某天早上，我正和儿子欧文坐在早餐桌旁。我妻子已经上楼洗澡穿衣了。炒蛋和报纸这两件象征“七点已到”的重要东西都已经摆好。威拉德·斯科特——一星期来我们家五天的人正在给我们讲内布拉斯加州一位刚满一百零四岁的女士的故事，我和欧文都靠他告诉我们发生了哪些大事。换句话说，这是金家典型的工作日早晨。

欧文跳过了报纸的体育版面，问我如果哪天我去购物中心，想让我买一本书，学校写报告参考要用。我不记得是哪本书了——可能是《约翰·特莱梅》或者霍华德·法斯特关于美国革命的小说《四月早晨》——不然就是那种你在书店里永远也弄不到的大部头。这种书总是刚刚绝版或准备要再版。

我建议欧文去当地的图书馆看看，那里很不错的。我肯定他们有这本书。他低声回答了几句。我只听清楚其中的两个词，但光是这两个词就足以激起我的兴趣了。他说的是“图书馆警察”。

我把折成一半的报纸放在一边，用遥控器上的静音键关掉了正在报道乔治亚州蜜桃节的威拉德的声音。然后我让欧文重复一遍。

他不愿意，但我硬要他重复。最后他告诉我，他不喜欢去图书馆，因为他害怕“图书馆警察”。他急忙补充说他知道图书馆里没有警察，但这是那种在你潜意识里潜伏、挥之不去的传说。在他七八岁的时候，他就从斯蒂芬妮姨妈那儿听到了这个传说，正是最容易相信别人的年纪，从那以后，这个传说就一直根植在他的心里。

当然，我对这件事还挺很高兴的，因为我自己小时候也害怕图书馆警察——如果你没有把过期的书还回来，这些不露面的执法者真的会到你家里来，那就太糟了……但如果那些奇怪的执法者真的出现时，你却找不到这些逾期书怎么办？然后会发生什么？他们会对你做什么？他们会采取什么措施来弥补丢失的书呢？我已经有好多年没有想到图书馆警察了（虽然从小就没有想到过，但我清楚地记得六年还是八年前与彼得·斯特劳布和他的儿子本讨论过这个问题），但现在，那些既可怕又吸引人的老问题又重新出现了。

在接下来的三四天里，我陷入了对图书馆警察的沉思。在我沉思的时候，我开始想出了下面这个故事的大纲。这是我的故事通常发生的方式，但构思的时间通常要比这次长得多。我开始写这个故事的时候，将它命名为《图书馆警察》，我自己都不知道要写什么。我觉得这可能是个有趣的故事，有点像已故的麦克斯·舒尔曼常写的郊区噩梦风格的故事。毕竟，这个想法很有趣，不是吗？我是说，图书馆警察！这个概念多荒谬啊！

然而，我意识到了一件我早就知道的事情：童年时代的恐惧具有可怕的持久性。写作是一种自我催眠的行为，在这种状态下，会经常发生完全回到过去的情感回忆，本该早已消失的恐惧又开始活跃起来。

在我写这篇故事的时候，这一切开始发生在我身上。一开始写，我知道，我小时候就很喜欢图书馆——怎么会不喜欢呢？这是唯一一个像我这样相对贫穷的孩子能看到所有想看的书的地方。但随着我继续写下去，我重新认识了一个更深层次的事实：我也曾经害怕过图书馆。我害怕在漆黑的书架间迷路，我害怕被遗忘在阅览室的黑暗角落、被锁在图书馆里过夜，我害怕老图书管理员蓝色的头发和猫眼石眼镜，还有她几乎看不见嘴唇的嘴巴。要是你忘记自己在图书馆，开始说话很大声，她就会用长而惨白的指甲捏你的手背。当然，我还害怕图书馆警察。

我有一部长得多的叫作《克丽斯汀》的小说里面的桥段也出现在这篇故事里。写了大约三十页左右，幽默开始消失了。大约五十页后，整个故事开始了一个令人尖叫的转折，进入了我经常穿行但至今仍知之甚少的黑暗之地。最终，我找到了我要找的人，我努力抬起头来，直视着他那双银色的眼睛。各位忠实的读者们，我曾试着为你带回他的肖像速写，但可能画得还不够好。

因为，你看，我画完时，双手都还在颤抖。

第一章

顶　替

1

后来，山姆·皮伯斯断定，这一切都是那个该死的杂技演员的错。如果那个杂技演员没有在错误的时间喝醉，山姆就不会有这样的麻烦。

“还不够糟。”山姆痛苦地想，这话也许有道理：人生就像无尽的鸿沟上的一根窄梁，一根我们必须蒙着眼睛走的梁。这很糟糕，但还不是无可救药。有时，我们还在这根窄梁上推推搡搡。

但那是后来的事了。首先，在图书馆警察之前，是那个喝醉了的杂技演员惹的事。

2

在枢纽城，每个月的最后一个星期五是在当地扶轮社会堂的“演讲之夜”。一九九〇年三月的最后一个星期五，扶轮社员们被安排去看“科里与特伦波明星马戏团巡回演出”的杂技演员“神奇乔”的表演。

周四下午四点零五分，山姆·皮伯斯办公桌上的电话响了。山姆接了电话。这台电话总是山姆来接——他不是亲自接，就是在电话答录机上接，因为他是枢纽城房地产和保险公司的老板和唯一的雇员。他不是个有钱人，但相当幸福。他喜欢告诉人们，他距离实现买第一辆奔驰的目标还很远，但他有一辆几乎全新的福特，而且在凯尔顿大道有自己的房子。他还喜欢补充说：“还有，这生意让我整天喝啤酒，玩玩九柱戏[①]。”但实际上他从大学开始就没怎么喝啤酒，也不太清

① 原文 skittles，意为九柱戏（ninepin）里用的木柱。九柱戏为现代保龄球运动的前身。

楚“九柱戏”指的是什么。他以为那是椒盐脆饼的牌子。

“枢纽城房地产和保……”

“山姆，我是克雷格。那个杂技演员摔断了脖子。”

“什么？”

“你没听错！”克雷格·琼斯悲痛欲绝地喊道，“那个杂技演员摔断了他妈的脖子！”

“哦。”山姆说，“哎呀。”他想了一会儿，然后小心地问，“他死了吗，克雷格？”

“不，他没有死，但对我们来说，他可能已经死了。他在锡达拉皮兹的医院，脖子上打满了二十磅的石膏。比利·布莱特刚打电话给我。他说那家伙在今天下午的日场喝醉了酒，想做个后空翻，结果落在了外面，颈背部直接摔在地上。比利说他坐在看台上就能听到摔断的声音。他说听起来就像踩在刚结冰的水坑里一样。”

“哎哟！”山姆皱着眉头喊道。

“我并不感到惊讶。因为我感觉神奇乔这个名字算什么马戏团艺名？我是说，叫神奇的兰迪克斯，这种可以。神奇的托特立尼，还不赖。但是，神奇乔？对我来说，这听起来像是个会摔坏脑袋的名字。”

“天哪，那太糟糕了。”

“简直像面包上抹了屎一样。这样我们明晚就没有演讲者了，好兄弟。”

山姆开始希望他四点钟准时离开了办公室。克雷格会一直守在山姆的电话答录机旁，这样会给山姆这个大活人多一点时间来思考。他觉得自己很快就需要时间来想想如何是好。他还觉得克雷格·琼斯不会给他任何时间。

“是。”他说，“我想你说的千真万确。”他希望自己的话听起来显得豁达但又无可奈何，“真遗憾。”

“当然。”克雷格应道，然后直截了当地说，“但我知道你会很高兴来填补这个空缺。”

“我？克雷格，你在开玩笑吧！我连空翻都不会，更不用说后空翻了……”

克雷格·琼斯不死心地说："我觉得你可以谈谈在小镇生活中独立经营企业的重要性。如果这个话题你觉得不适合，你可以说说棒球。还不行的话，你总还可以脱掉裤子，在观众面前甩两下。山姆，我不仅是演讲委员会的负责人——不过这已经够糟糕的了。但因为肯尼搬走了，卡尔也不来了，整个演讲委员会只剩下我了。现在，你得帮帮我。我明晚需要一个演讲者。这个该死的俱乐部里，我觉得必要的时候可以信任的总共有五个人，你就是其中之一。"

"可是……"

"在这种情况下，你也是唯一一个还没有填补过空缺的人，所以你被选中了，兄弟。"

"弗兰克·斯蒂芬斯——"

"顶替过一个去年因欺诈罪被大陪审团起诉了的卡车运输工会里的一个家伙，山姆，这回轮到你了。你不能让我失望啊，兄弟。你欠我的人情。"

"我是做保险业务的！"山姆叫道，"我不做保险业务的时候，我就在卖农场！而且主要卖给银行！大多数人觉得这行无聊！不觉得无聊的人会觉得恶心！"

"这些都不重要。"克雷格现在正准备大杀特杀，他不顾山姆微不足道的反对，反而穿着可怕的钉头靴子大步逼近，"你知道，到晚餐结束时，他们全都会喝醉的。到星期六早上，你说的话他们一个他妈的也不会记得，但与此同时，我需要有人站起来高谈阔论半个小时，这个人就是你！"

山姆坚持反对了一会儿，但克雷格也在坚持，毫不留情地强调他之前说的东西。需要。必须。欠人情。

"好吧！"山姆终于说，"好吧，好吧！够了！"

"我的好哥们儿！"克雷格说，他的声音突然像是充满了阳光和彩虹，"记住，演讲的时间不需要超过三十分钟，你可以留个十分钟的提问时间。如果有人有任何问题。如果你想的话，你真的可以脱下裤子甩一甩。我怀疑是否有人真的能看见它，虽然……"

"克雷格。"山姆说，"够了。"

“啊！对不起！我闭嘴！”克雷格也许是松了一口气，他咯咯地笑了起来。

“好了，聊够了吧？”山姆伸手去拿他放在书桌抽屉里的胃药，他突然觉得在接下来的二十八个小时左右，他可能需要吃好多次胃药，“看来我得写一篇演讲稿。”

“你说的对。”克雷格说，“记住……六点钟吃晚饭，七点半演讲。就像他们在电视剧《天堂执法者》① 里说的那样，开始啦！阿罗哈！”

“阿罗哈，克雷格。”山姆说，然后挂断了电话。他盯着电话，感到热气慢慢地从他的胸口升到喉咙。他张开嘴，从胃里打出一个酸溜溜的嗝。五分钟前他的胃里可还风平浪静的。

他吃了第一颗胃药，之后还得吃很多颗。

3

那天晚上，山姆·皮伯斯没有像他计划的那样去打保龄球，而是把自己关在家里的书房里，手里拿着一本黄色的记事本、三支削尖的铅笔、一包肯特香烟，还有一包六颗的咖啡因提神口香糖。他从墙上拔下电话线，点上一支烟，盯着那个黄色的记事本。盯着看了五分钟后，他在第一页的第一行写下了这样一句话：

小镇企业：美国的命脉

他大声地念了出来，并且喜欢这个念出来的感觉。嗯……也许他不太享受这感觉，但可以忍受。他念得更大声，也更喜欢这种感觉了。效果好了一点，但其实也没那么好。事实上，感觉像吞了个毛茸茸的大家伙一样恶心，但它比“共产主义：恐吓或威胁”这种狗屁题目好太多了。而且克雷格是对的——无论如何，他们中的大多数人在周六早上都会因为宿醉而记不起周五晚上听了什么。

在些许的鼓励下，山姆继续写下去。

---

① 《天堂执法者》(*Hawaii Five-O*)，由美国哥伦比亚广播公司出品的警匪电视剧集于1968年至1980年间播映。

“一九八四年，我从欣欣向荣的艾姆斯大都市搬到了枢纽城……”

4

“……这就是为什么我现在感觉，就像在一九八四年九月那个阳光明媚的早晨一样，小企业不仅是美国的命脉，而且是整个西方世界光明灿烂的命脉。”山姆停了下来，在他办公桌上的烟灰缸里掐灭了一支香烟，满怀希望地看着娜奥米·希金斯。

“好吗？你觉得怎么样？”

娜奥米是个来自克森市以西四英里处，一个名叫普罗维比亚小镇的年轻美女。她和她垂垂老矣的母亲住在普罗维比亚河边一所摇摇欲坠的房子里。大多数扶轮社员都认识娜奥米，不时有人打赌是她的房子先垮掉还是她的母亲先垮掉。山姆不知道他们是否曾经下过这样的赌注，但如果下过，结果也不会让他们等太久。

娜奥米毕业于爱荷华城市商学院，能将速记笔记还原成完整清晰的句子。由于她是当地唯一拥有这种技能的女性，她在枢纽城为数不多的生意人中很受欢迎。她还有一双修长迷人的双腿，但这也不会影响众人对她能力的评价。她每周五天早上工作，雇主是四男一女——有两名律师、一名银行家和两名房地产经纪人。每到下午，她就回到那幢摇摇欲坠的房子里去。她在家不是照顾老母亲，就是把她所记下的口述内容打出来。

山姆·皮伯斯雇佣了娜奥米每周五早上十点到中午来做事，但是今天早上虽然有些回信急需处理，但山姆依然把信都放在一旁，问娜奥米是否愿意听他说些事情。

“当然，我想应该没问题。”娜奥米回答道。她看上去有点担心，好像她怕曾经和她短暂约会过的山姆可能打算求婚。当山姆解释说克雷格·琼斯让他来代替那个受伤的杂技演员、他想让她听他演讲时，娜奥米才放松下来，全神贯注地听了整个二十六分钟的演讲。

“不要害怕，说实话。”在纳奥米开口之前，山姆补充道。

“不错。”她说，“很有趣。”

“没事，没关系……你不必顾及我的感受。有话就直说吧。”

“我说了。真的很好。再说，等你开口说话的时候，他们早就都……”

“是，我知道他们早就喝醉了。”这个念头起初让山姆感到安慰，但现在他有点失望了。听着自己的朗读，他觉得自己的演讲其实很好。

“有一件事。”娜奥米若有所思地说。

“哦？”

“有点……你知道……闷。”

“哦。”山姆说。他叹了口气，揉揉眼睛。他先是写这篇讲稿，然后修改，一直到今天凌晨一点才睡。

“但这很容易解决。”她安慰他说，“去图书馆拿几本相关的书参考一下就行。”

山姆感到小腹突然一阵剧痛，赶紧拿出胃药。为了一篇愚蠢的扶轮社演讲稿？特地跑去图书馆查资料？这有点过分了，不是吗？他以前从来没有去过枢纽城的图书馆，现在也找不到去那里的理由。不过，娜奥米刚才听得很仔细，她是在尽力帮忙，如果不听她的意见，那就太失礼了。

“什么书？”

“你知道——有些书的内容，可以使演讲生动起来。它们就像……”娜奥米思索道，“嗯，这么说吧，你知道在‘中国之光’餐厅你可以找他们要的那种辣酱吗？”

“我知道。”

“大概就是这个意思。有些书里有不少笑话。还有一本书，叫做《美国人最喜爱的诗》。你可能会在里面找到能放在结尾的东西。某种振奋人心的东西。”

“这本书中有诗歌是关于小企业在美国生活中的重要性的？”山姆怀疑地问。

娜奥米说：“当你引用诗歌时，人们会感到振奋。没人关心到底讲的是什么，山姆，更别说你为什么要引用了。”

“他们真有专门用来演讲的笑话集吗?”山姆觉得这几乎很难相信,不过要是听说图书馆有关于小型发动机修理和发型设计等秘笈,他倒是一点也不惊讶。

“有啊。”

“你怎么知道?”

娜奥米说:“菲尔·布拉克曼竞选州议会议员时,我总是帮他打演讲稿。他有一本那样的书。我只是不记得书名了。我只记得是《马桶时光笑话选》之类的,当然,书名肯定不是这个。”

“我觉得也不是。”山姆同意了,他认为从《马桶时光笑话选》里选几个俏皮的笑话可能会让他大获成功。但他开始明白娜奥米的意思,尽管多年来他从来没想过去当地的图书馆,甚至十分乐意忽视图书馆,但这个想法吸引了他。山姆觉得能给他沉闷的演讲内容加点料,把残羹剩饭重新下锅、将肉卷变成烹饪大师的杰作,还是让他很心动的。而图书馆毕竟只是个图书馆。如果你不知道如何找到你想要的东西,你只要问图书管理员就行了。回答问题是他们的工作,不是吗?

“总之,你可以不改稿子。”娜奥米说,“我的意思是,他们反正都会喝醉。”她温和地看着山姆,表情中透着严厉,然后看了看表,“你只剩下一个多小时了……你要先处理回信?”

“不用,我想不用了。不如你帮我把我的演讲稿打印出来,好吗?”山姆已经决定把午餐时间花在图书馆了。

第二章

图书馆（Ⅰ）

1

在枢纽城的这些年里，山姆已经经过图书馆几百次了，但这是他第一次认真地看图书馆。他发现了一件相当惊人的事，那就是他一看到这个地方就讨厌。枢纽城公共图书馆位于道斯特街和米勒大道的拐角处，这是一座花岗岩砌成的方形建筑，窗户很窄，看上去像射击孔。石板屋顶悬在建筑的四面。当人从前面靠近它时，狭窄的窗户和屋顶产生的阴影线使建筑看起来像石头机器人皱眉的脸。这是一种相当常见的爱荷华州建筑风格，太普通了，所以从事房地产生意近二十年的山姆·皮伯斯给它起了个名字：中西部丑陋屋。在春、夏、秋三季，图书馆周围的枫树让这座建筑令人生畏的面貌有所缓和，但现在，爱荷华州的严冬已经过去，枫树依然光秃秃的，图书馆看起来就像一个超大的地窖。

山姆不喜欢它，他感到不安，也不知道为什么。毕竟，那只是个图书馆，不是宗教裁判所的地牢。果然，他沿着石板路走的时候，他的胃里又挤出一个酸嗝。这个嗝打得有一股奇怪的甜味，让他想起了什么……也许是很久以前的事了。他吞了一颗胃药，把它嚼碎，然后突然做了一个决定。他的演讲就目前而言已经够好的了。不算非常好，但已经足够好了。毕竟他要演讲的地方是扶轮社，不是联合国。不应该再花时间在演讲稿上了。山姆要回办公室去处理一些他早上忽略了的信件。

他开始转身，然后想：*这太蠢了。真的蠢。你想当个蠢货吗？好吧。但是你都同意发表那该死的演讲了，干吗不干脆好好讲？*

山姆站在图书馆的人行道上，皱着眉头，犹豫不决。他喜欢取笑扶轮社。克雷格和弗兰克·斯蒂芬斯也是一样。在枢纽城，大多数年轻的生意人都对这种聚会嗤之以鼻，但他们也都尽可能地参加，山姆觉得他知道其中的原因：这是一个可以建立人脉的地方。像他这样的人可以在这里遇见一些老一辈的生意人。比如埃尔默·巴斯金，他的银行两年前出资在比弗顿建立了一整条购物中心。还有乔治·坎迪这样的人，据说他打一个电话就能搞到三百万美元的开发资金……如果他想的话。

这些都是典型的小镇居民，高中棒球迷、在吉米理发店剪头发、睡觉时穿内衣裤而非睡衣、到现在还喝瓶装啤酒，甚至有些人要是没穿得老土跑去锡达拉皮兹市玩，他们就会觉得不痛快。他们也是推动和影响枢纽城的人。归根结底，这不就是山姆在周五晚上继续参加聚会的原因吗？总而言之，这难道不是克雷格在那个愚蠢的杂技演员扭断了他愚蠢的脖子之后焦急地打电话的原因吗？你想引起那些有影响力的人的注意，把事情搞砸肯定不是个好办法。*他们都会喝醉的*，克雷格说过，娜奥米也这么认为，但现在山姆想起他从没见过埃尔默·巴斯金喝过比咖啡更带劲的东西。一次也没有。他可能不是唯一有这种习惯的。他们中的一些人可能会喝醉……但不是所有人都会喝醉。而那些没有喝醉的人可能才是真正重要的人。

办好这件事，山姆，可能对你自己有好处，这并不是不可能。

没错。确实是这样。当然，虽说可能性不高，但也不是不可能。参加或不参加星期五晚上的扶轮社演讲聚会，除了结交真正的商业大咖之外，他还在乎另一件事，那就是他总是为自己能尽可能地做好工作而自豪。这次只是一次愚蠢的小演讲，怕什么？

而且，那图书馆只是一个蠢到家的小镇图书馆。有什么大不了的？边上甚至连灌木丛都没长出来。

山姆又走上了那条步道，但现在他皱着眉头停了下来。这是一个奇怪的想法，似乎是突然冒出来的。图书馆边上没有长灌木——这有什么关系吗？他不知道……但他知道这对他有一种近乎神奇的影响。他不再犹豫不决，又开始往前走。他爬上四级石阶，停了一会儿。不知怎么搞的，这地方感觉空荡荡的。他抓住门把手想：*我敢打赌门是锁着的。我打赌这个地方星期五下午不开门。*这种想法给他一种莫名的安慰。

但是他的拇指往下一压那老式的门闩，沉重的门便无声地向里转动打开。山姆走进小门厅，地上是像棋盘一样的黑白格大理石地板。这间前厅的中央有一个画架。画架上支着一块牌子，只简单写着一个词：

安静!

而不是写

沉默是金

或

请安静

但只有一个醒目刺眼的一个词：

安静!

“好的。”山姆说。他只是喃喃地念着那些字，但这个地方的回音效果非常好，他那低沉的喃喃声被放大成一种不愉快的嘟哝，使他感到有些畏缩。那声音似乎真的从高高的天花板上弹回来。在那一刻，山姆觉得自己好像又回到了四年级，眼看就要因为他轻率的举动被格拉斯特斯老师责备一番。他不安地环顾四周，猜想会有一个暴脾气的图书管理员从正厅冲出来，看看是谁竟敢亵渎这里的寂静。

别胡思乱想了，老天。你四十岁了。四年级是很久以前的事了，伙计。

不过这似乎也不算是很久以前的事。至少在这里好像没那么久。在这里，四年级的回忆似乎触手可及。

他穿过画架左边的大理石地板，不自觉地向前倾着身体，这样他的乐福鞋鞋跟就不会咔嚓作响，然后他走进了枢纽城图书馆的大厅。

天花板上（比门厅的天花板至少高出二十英尺）悬挂着许多玻璃球灯泡，但没有一个是亮着的。室内光线全部都来自两个特定角度的大型天窗。在阳光明媚的日子里，这些光线就足够照亮房间了，它们甚至可能把整个空间渲染得明亮而热情。但这个星期五天气阴沉，光线暗淡，大厅的各个角落都笼罩着阴暗的阴影。

山姆·皮伯斯感到不太对劲。他仿佛不仅走进了一扇门、穿过了一间门厅。还进入了另一个世界，这个世界与爱荷华州那个他时而喜欢时而讨厌但大多时候却习以为常的小镇完全不同。这里的空气似乎比正常的空气凝重，而且似乎不像正常的空气那样能传导光线。这里的寂静像厚重的地毯，像雪一样冰冷。

图书馆里空无一人。

他头顶四面都是书架。抬头望着那些由纵横交错的加固钢丝构成的天窗，山姆感到有点眩晕，他产生了一个短暂的幻觉：他觉得自己被倒过来了，他的脚后跟被吊在了一个摆满书的方形深坑上。

梯子靠在墙上，就是那种安装在铁轨上，用橡胶轮子在地板上滚动的梯子。两个木制的“人工岛”在他站立的地方和这个又大又高的房间另一边的借书柜台之间形成了巨大的、仿佛湖泊一般的空间。其中一个“人工岛”是个长长的橡木杂志架。许多包着塑胶书套的杂志挂在这个架子上的木榫上。那些杂志封面看上去就像被留在这间死寂的屋子里要拿来加工的奇怪动物的兽皮。架子上挂着一个牌子，上面写着：

所有杂志必须放回原处！

杂志架的左边是一架子崭新的虚构和非虚构类书籍。架子顶上的牌子标明了它们一概只借七天。

山姆走过杂志和“只借七天”书架之间的宽阔过道。尽管他努力想放轻脚步，但他的脚后跟还是发出啪嗒啪嗒的响声。他发现自己真希望能顺从自己最初的冲动，转身回办公室去。这个地方令人毛骨悚然。桌子上有一台小小的、带罩子的缩微胶卷阅读机在发出嗡嗡声，但没有人操作或操作它。桌子上放着一块牌子：

A. 洛兹

牌子就在桌子上，但没有洛兹或其他人的影子。

可能是在上厕所，然后去查看新一期的图书馆期刊了。

山姆有一种疯狂的欲望，想张开嘴大喊："一切都还好吧？洛兹？"但这股冲动很快就过去了。枢纽城公共图书馆不是那种鼓励人们开玩笑的地方。

山姆的思绪突然回到了童年时代的一首小诗上。不要笑，不要闹；教友聚会开始了。若你露出齿舌开玩笑，惩罚一定不会少。

如果你在这里露出牙齿或舌头，洛兹会让你付罚金吗？山姆想知道。他又看了看四周，让他的神经末梢感受到寂静中令人皱眉的气氛，觉得自己可以就此写本书。

山姆不再对获得笑话书或《美国人最喜爱的诗》感兴趣，而是不由自主地被图书馆那悬疑、梦幻的气氛迷住了，他朝"只借七天"书架右边的一扇门走去。门上的一块牌子上写着这里是儿童图书馆。他在圣路易斯长大的时候用过儿童图书馆吗？也许有吧，但那些记忆是模糊的、遥远的，难以把握。尽管如此，当他走近儿童图书馆的门时，还是有一种奇怪的、难以忘怀的感觉。就像回家一样。

门关着。门上有一幅"小红帽"的海报，海报里小红帽低头看着躺在奶奶床上的狼。这只狼穿着奶奶的睡衣，戴着奶奶的睡帽。狼在咆哮，唾沫从它裸露的尖牙之间滴下来。惊呆了的小红帽的脸上出现了恐怖的表情，画得相当精致。海报似乎不仅是在暗示，而且实际上是在宣告这个故事——所有的童话故事都一样——的幸福结局是一个随意的谎言。小红帽那张苍白得吓人的脸好像在说父母们可能会相信这些鬼扯，但小孩子们其实更懂事，不是吗？

好吧，山姆心想，门上有这样一张海报，我敢打赌很多孩子都会喜欢去这个儿童图书馆。我打赌小家伙们特别喜欢它。

山姆打开门，把头探了进去。

他的不安感消失了，他立刻被迷住了。门上的海报当然不对劲，但它背后的东西似乎完全正常。当然，他小时候也来过图书馆。他只是看了一眼里面这个如出一辙的世界，那些回忆就回来了。山姆是家中的独子，他的父亲英年早逝，母亲是上班族，除了星期日和假日，他很少见到母亲。当他没钱去看放学后的电影时——这是常有的事——他就只能跑去图书馆消遣了。他现在看到的这个房间，突然带着一股怀旧的浪潮让他回到了那段日子，这种怀旧既甜蜜又痛苦，还隐隐地令人恐惧。

过去是一个小世界，现在也是一个小世界：这是一个明亮的世界，即使是在最阴雨连绵的日子里，这个世界也依然如此。不像外面挂着不亮的玻璃球灯泡，这个房间天花板上的磨砂镶板后面就是驱散阴影的日光灯，所有的灯都亮着。桌子的顶部离地板只有两英尺；椅子的座位更近了。在这个世界上，成年人是入侵者，是不受欢迎的外星人。如果他们想坐在桌子旁边，他们会把桌子放在膝盖上保持平衡，而且他们要低头去喝远处墙上的喷泉里的水，抬起头时便会把头撞破。

在这里，书架并没有以一种不友善的透视角度向上伸展，这种角度如果抬头看得太久，就会使人头晕眼花。天花板很低，很舒适，但又没有低到让孩子感到局促。这里没有一排排阴沉沉的封面装帧，只有那些用活泼的原色装饰的书籍，有明亮的蓝色、红色、黄色……在这个世界上，童书作家苏斯博士是国王，少年小说家朱迪·布鲁姆是女王，仿佛所有的王子和公主都就读于小说里的甜蜜谷高中。在这里，山姆感受到了那种久违的、让人宽慰的放学后放松的感觉，在这里，书几乎乞求被触摸、捧起、阅读和探索。但这种感觉也有一种说不出的可怕。

然而，他最清楚的感觉是一种近乎渴望的快乐。有一面墙上挂着一张小狗的照片，那只小狗长着一双沉思的大眼睛，在它焦虑而又充满希望的脸上，写着这个世界上最伟大的真理之一：**当个好孩子不容易**。另一面墙上挂着一幅野鸭群的画，画的是它们沿着河岸向芦苇丛生的岸边走去。海报上写着“**给小鸭子让路！**”。

山姆看了看他的左边，嘴唇上淡淡的微笑开始颤抖，然后消失了。这是一张海报，上面画着一辆黑色的大汽车从他以为是学校大楼的地方疾驰而去。一个小男孩正在后车窗往外看，他的手贴在玻璃上，张着嘴尖叫着。在他后面，有个人，那只是一个模糊的、不祥的形状，正弓着腰对着方向盘，拼命踩着车的油门。这张海报下面的文字是：

永远不要搭陌生人的车！

山姆意识到，这张海报和儿童图书馆门口小红帽的海报都能激起同样原始的恐惧情绪，但他发现这张海报更令人不安。当然，孩子们不应该接受陌生人的搭车邀请，当然，必须教导他们不要这样做，但这是表达观点教育他们的正确方式吗？

他想知道，有多少孩子因为这个小小的公益广告一整个星期都做噩梦？

还有另一张，贴在收银台的正前方，让山姆的后背感觉到一月一样的寒冷。画面上是一对沮丧的男孩和女孩，年龄肯定不到八岁，正面对一个穿着风衣、戴着灰帽子的男人退缩。那人看上去至少有十一英尺高，他的影子落在孩子们仰起的脸上。他那顶二十世纪四十年代风格的软呢帽的帽檐也投下了阴影，而穿风衣的人的眼睛则在黑色的深处无情地闪烁着。他的眼神打量着孩子们，带着权威的严肃目光盯着他们，看上去就像两块冰块的碎片。他手里握着一个证件，上面有个星形警徽——那个星形看起来好奇怪，至少有九个角。可能有十二个。海报下面写着：

当心图书馆警察！
好孩子要准时还书！

那种甜蜜而令人不快的味道又回到了山姆的嘴里。他产生了一个奇怪又可怕的想法：我以前见过这家伙。当然，这太荒谬了。不是吗？

山姆想到，这样一张海报会把小时候的他吓得半死。一想到这张海报从图书馆这个安全的避风港偷走了多少孩子简单、纯粹的快乐，山姆心中就充满了愤怒。他朝海报走了一步，更仔细地观察那个奇怪的星形，同时从口袋里掏出胃药。

他正要把其中一颗放进嘴里，这时身后传来一个声音。“嗨，你好！”

山姆跳了起来，转过身来，准备和图书馆里的恶龙搏斗，现在它终于露出真身了。

2

没有恶龙。只有一个五十五岁左右的白头发胖女人，用装着静音橡胶轮的推车推着一车书。她的白发垂在她那微笑而没有皱纹的脸上，形成了像是才刚在美容院修过的整齐的卷发。

“我猜你是在找我吧？”她说，“是佩卡姆先生叫你到这里来的吗？”

“我一个人也没看见。”

“没有？那他回家去了。”她说，“我并不意外，毕竟今天是星期五。佩卡姆先生每天早上大约十一点进来看《枢纽城新闻报》。他只是兼职的看门人。有时候他会待到一点——在星期一，大多会待到一点半，因为那是最需要打扫、报纸也最厚的一天——不过你知道星期五的报纸有多薄。”

山姆笑了：“我想你是图书管理员吧？”

“我就是。”洛兹太太对他微笑着说，但山姆并不认为她的眼睛在微笑，她的眼睛似乎在仔细地、几乎是冷淡地注视着他，“你是……”

“山姆·皮伯斯。”

“哦，是！你是做房地产和保险的！”

“惭愧惭愧。”

“很抱歉，你看到图书馆的大部分都是空的——你一定以为我们闭馆了，是有人不小心让门开着的。”

“其实，”他说，“我确实这么想过。”

“从两点到七点，我们有三个人值班。”洛兹太太说，“两点是学校放学的时候，你知道——小学两点放学，中学两点三十分，高中两点四十五分。在我看来，孩子们是我们最忠实的客户，也是最受欢迎的客户。我喜欢这些小家伙。我过去有一个全天工作的助理，但是去年镇议会削减了我们八百美元的预算，所以……”洛兹太太双手合在一起，模仿着鸟儿飞走的样子。这是一个有趣的、迷人的动作。

那么，山姆想知道，为什么我没有被迷住或被逗乐呢？

他猜想是那些海报。他还是忍不住把小红帽、那个在车里尖叫的孩子，以及那个目光阴沉的图书馆警察，和这个微笑着的小镇图书管理员联系在一起。

洛兹伸出她的左手，那是一只小巧的手，和她身体其余的部分一样又丰满又圆润，她的姿态充满了完全未经雕饰的自信。他看了看第三根手指，发现它没有戴戒指。她原来不是洛兹“太太”。那她这样的老处女在他看来完全符合典型的小镇风格。几乎就像一幅讽刺画。山姆和她握了握手。

“你以前没来过我们的图书馆，是不是，皮伯斯先生？”

“没有，恐怕是这样。叫我山姆吧。”他不知道他是否真的想让这个女人叫他山姆，但他是个小生意人，应该说他是个推销员，涉及这一点时，你会不由自主地让别人直呼其名。

“为什么你没来过呢，谢谢你让我叫你山姆。”

山姆等着她回答，报上洛兹自己的名字，但她只是期待地看着他。

山姆说：“我遇到了些麻烦。我们今晚在扶轮社安排的演讲者出了意外，而且……”

“哦，那太糟糕了！”

“我也好不到哪儿去。我被叫来代替他。”

“哦，真糟糕！”洛兹女士说。她的语气听起来是紧张的，但她的眼睛却眯了起来，露出了愉快的神情。山姆仍然没有发现自己对她有热络起来的感觉，而他这个人通常很快就可以和别人混熟（就算是表面上的，他也能很快混熟）。山姆这种人没有什么亲密的朋友，但他还是忍不住在电梯里和陌生人聊天。

“我昨晚写了一篇演讲稿，今天早上我把它读给帮我记录口述和回信的小姐听……”

“那一定是娜奥米·希金斯吧。”

“是……你怎么知道的？”

“娜奥米是常客。她借了很多言情小说……詹妮弗·布莱克、罗斯玛丽·罗杰斯、保罗·谢尔顿，诸如此类作家的书。”她放低声音说，“她说这是给她妈妈的，但其实我觉得她是自己看。”

山姆笑了。娜奥米梦幻般的眼神确实像暗藏的浪漫小说读者才会有的。

“不管怎样，我知道她就是大城市里所谓的办公室临时员工。我想在枢纽城这里，她是唯一干这份工作的秘书了。她就是你所说的那个年轻女人，这似乎很合理。”

“对。她喜欢我的演讲——至少她是这么说的……但她觉得有点干巴巴。她建议……”

“我敢打赌，她推荐了《演讲者的伙伴》！”

“嗯，她不记得确切的名字了，但你说的这本听起来肯定没错。”山姆停了下来，然后有点不安地，“里面有笑话吗？”

“那书只有三百页。”她说着伸出右手——和她的左手一样，她的右手也没有戴戒指——拉了拉山姆的袖子，然后就这么拉着山姆的衣袖领着他向门口走去，“我会解决你所有的问题，山姆。我只希望你下次不是因为情况紧急才来图书馆。图书馆很小，但很好。不管怎么说，我是这么认为的，当然从我的角度说这话是有些偏颇的。”

他们穿过那扇门，进入了图书馆阴森森的主室。洛兹女士轻轻按了按门旁的三个开关，头上悬挂的地球仪亮了起来，发出柔和的黄色光芒，温暖了整个房间，氛围让人感到欢欣鼓舞起来。

她以一种分享“这才是真正的图书馆”这个大秘密的声音说：

“天气阴沉沉的时候，这里变得非常阴暗。”她仍然紧紧地拽着山姆的袖子，“但是你当然知道，镇议会抱怨这个地方的电费账单太多了，也许你不知道，但我肯定你能猜得到这个情况。”

“我能。”山姆附和道，同时把声音压低到接近耳语的程度。

“但与他们就冬季取暖费说的话相比，这只能算小意思。”她翻了一下白眼，“石油太贵了。是那些阿拉伯人害的……现在看看他们在干些什么……雇些宗教杀手去追杀作家。”

“确实有些野蛮。”山姆说。不知什么原因，他发现自己又想起画着高个子男人的海报——奇怪的星形警徽别在他的证件上，身躯的阴影不祥地笼罩着仰着脸的孩子们，像污垢一样盖在他们的脸上。

“当然，我一直在儿童图书馆忙来忙去。我一进去，就会忘记时间。”

“那是个有趣的地方。”山姆说。他本想继续问她关于海报的事，但洛兹女士抢先开了腔，让山姆清楚地明白，在这个平常的日子里，究竟是谁在掌控这趟特别的图书馆之旅。

“当然啦！现在，给我一分钟。”她伸出手来，把手搭在山姆的肩膀上——她得踮起脚尖才能这么做——一时间，山姆冒出了一个荒谬的想法，以为她想吻自己。相反，她把山姆摁下来，让他坐在“只借七天”书架旁的长椅上。“山姆，我知道哪儿能找到你需要的书。我甚至不用查看卡片目录。”

“我可以自己去拿……”

“我知道。”她说，“但那些书在‘特别参考区’，如果可以的话，我还真不想让别人靠近那边。我在这方面很坚持的，但我总是知道到哪里可以找到我需要的东西……反正就是这样。你知道，人太乱来了，他们一点也不讲究秩序。孩子是最糟糕的，但如果你放任的话，即使是成年人也会肆意妄为。你什么都不用担心。我马上就回来。”山姆无意再说什么，但就算他想反驳，他也没有时间。洛兹已经走了。山姆坐在长凳上，感觉自己又像个四年级学生了——一个做错了事的四年级学生，因为太淘气，所以不能在课间和其他孩子一起出去玩。

山姆能听到洛兹女士在收款台后面的房间里走动，他若有所思地环顾四周。除了书，什么也看不见——甚至没有领退休金的老人在看报纸或翻阅杂志。这似乎很奇怪。虽然他不觉得像这样的小镇图书馆会在工作日的下午人潮涌动，但也不会连一个人也没有吧？

他想，至少还有那个佩卡姆先生，但是他看完报纸就回家了。你知道，星期五的报纸非常薄。要打扫的卫生也很少。然后他意识到，他只是从洛兹女士那儿听说佩卡姆先生曾经来过这里而已。

有这个可能吗？……但她为什么要撒谎呢？

他不知道，也不相信洛兹女士会因为这种无关紧要的事撒谎。但他竟然会怀疑这个刚认识且看起来和蔼可亲的女人是否诚实，这种感觉突出了这次会面中最令人费解的一个事实：他不喜欢洛兹女士。不管她是不是和蔼可亲，他对她一点好感都没有。

应该是因为海报。你不会喜欢那些在儿童阅览室张贴这些海报的人。但这无关紧要，因为他也不常来。拿到书，离开这儿。

山姆在长椅上动了动，抬头一看，看见墙上写着一句话：

如果你想知道男人是如何对待他的妻子和孩子的，那就看看他如何对待他的书。

拉尔夫·瓦尔多·爱默生

山姆也不太喜欢这句格言。他不知道确切的原因……但他觉得不管是什么样的男人，就算是个书虫，对待家人也应该比对待他的书要好一点。这句用金箔漆在一段上釉的橡木板上的格言，像是在对他怒目而视，似乎在暗示他对这句话最好再思考一番。

他还没来得及再想想，洛兹女士就回来了，她抬起借书台的板子，大步走了进去，又在身后动作利索地把板子放了下来。

“我想我已经找到了你需要的东西，”她高兴地说，“我希望你也这么认为。”

她递给山姆两本书。一本是肯特·阿德尔曼编辑的《演讲者的伙伴》，另一本是《美国人最喜爱的诗》。后者的封皮（最外面还套了一层坚硬的塑料书套）上的字说这本书的内容并不是编著的，而是由哈泽尔·菲勒曼挑选出来的。封面上写着“生命之诗！家庭与母亲之诗！欢笑与奇思妙想之诗！被《纽约时报书评》评为读者最喜欢翻阅的诗集!”。它还表示，哈泽尔·菲勒曼“能够准确把握美国人民的诗的脉搏”。

山姆疑惑地看着她，她毫不费力地读懂了他的心思。

“是的，我知道，它们看起来很过时。”她说，“尤其是在自助励志类书籍风靡的今天。我想，如果去锡达拉皮兹购物中心的连锁书店，你随便就能找到十几本教初级演讲技巧的书。但这些书都不如这两本，山姆。我相信对于那些刚接触公开演讲艺术的人来说，这两本书绝对是最有用的。”

“换句话说，是给外行人的。”山姆笑着说。

“嗯，是。以《美国人最喜爱的诗》为例。这本书的第二部分——如果没记错的话，是从第六十五页开始的——是‘灵感’方面的诗选。山姆，你几乎肯定能在那里找到一些东西，为你的演讲带来适当的高潮。你会发现，你的听众即使忘记了一切，也会铭记一首精选的诗，特别是如果他们有点……”

“醉了。”他说。

“我想说微醺。”她的语气中带着一点温和的责备，“不过我想你比我更了解他们。”但她盯着山姆的眼神表明，她这么说只是出于礼貌。

她拿起《演讲者的伙伴》。封面上是一幅画着挂满了彩色缎带的大厅的漫画，一群穿着老式晚礼服的男人坐在放着酒瓶与酒杯的桌子旁，他们都在大笑。站在演讲台上的人——也穿着晚礼服，他显然是晚宴后的演讲者——正得意地朝他们笑着。很明显他的演讲获得了巨大的成功。

“在开头有一节讲了餐后演讲的理论。”洛兹女士说，“但既然你给我的印象不是那种想以此为职业的人……”

“你说得对。”山姆热切地表示赞同。

“我建议你直接看中间部分，叫做‘生动的演讲’。你能在里面看到氛围三个阶段的笑话和故事，分别是‘放松’‘软化’和‘结束’。”

听起来像是给小白脸写的泡妞手册，山姆想，但没说出来。

她又一次看透了他的心思："我想这的确有点暧昧……不过这些书都是在一个更单纯、更天真的时代出版的。确切地说，是上世纪三十年代末出版的。"

"天真多了，对吧。"山姆说，他想到了废弃的尘封的农场、穿着面粉袋做的衣服的小女孩，还有被挥舞着警棍的警察包围着的匆匆拼凑起来的生锈的贫民窟"胡佛村"。

"但这两本书还是用得上的。"她边说边用手敲着强调，"这在生意上是很重要的，不是吗，山姆？你想要结果，是不是？"

"是的……我想是的。"

山姆若有所思地看着她，洛兹小姐扬起眉毛——也许有点自卫的意味。"一点个人意见。"她说。

他说："我想我长大后很少见到这种事。不是没有听说过，不是那样，而是很罕见。我来这里是为了拿几本书给我的演讲添彩，而你似乎给了我想要的东西。这样的事情发生的频率有多高？在这个世界上，当你下定决心要去杂货店买几块不赖的小羊排时，往往就很难如愿以偿。能这么顺利真是太难得了。"洛兹笑了，这似乎是发自内心的快乐的微笑……但山姆再次注意到她的眼神里并没有笑意。他觉得自从他在儿童图书馆第一次见到她——或者她第一次见到他以来，她的眼神表情并没有改变。那双眼睛只是继续看着山姆。"我觉得我刚被恭维了一番！"

"是的，女士。确实是这样。"

"谢谢你，山姆。我非常感谢你。人们总说甜言蜜语会使你得到一切，但恐怕我还是得向你要两美元。"

"真要？"

"是办成人图书证的费用。"她说，"但有效期是三年，续证只要五十美分。要办吗？"

"听起来不错。"

"那就往这边走。"她说。山姆跟着她走向借书台。

3

她给了他一张卡片让山姆填写——他在上面写上了自己的名字、地址、电话号码和公司地址。

“我看你住在凯尔顿大道。挺棒的！”

“嗯，我喜欢住那儿。”

“房子又漂亮又宽敞——你应该结婚才是。”

山姆有点吃惊：“你怎么知道我没有结婚？”

“就像你知道我未婚一样。”她说，她的微笑变得有点狡黠，有点像猫，“你左手无名指上什么也没戴。”

“哦。”山姆笨拙地说，只能笑了笑。他不觉得自己的笑容像平常一样灿烂，只觉得脸颊感到发热。

“麻烦给两美元。”

他给了她两张一美元。洛兹走到一张放着一台老旧得好像只剩下架子的打字机的小桌子前，在一张亮橙色卡片上很快地打了些字。她把它拿回借书台，在底部飞快地手签上自己的名字，然后把它推到山姆面前。

“请检查并确保所有信息都是正确的。”

山姆检查了一遍。“都对。”他注意到她的名字叫阿黛丽娅。一个漂亮的名字，相当少见。

她把山姆的新借书证抽了回去——这是他大学毕业后的第一张借书证，现在他想起之前那张他用得很少。洛兹把借书证放在缩微胶卷记录器下面，并从两本书的封底抽出图书卡。“这些‘特别参考书’只能外借一周。这是我自己为借阅需求量很大的书创造的一个类别。”

“很多人借这种演讲入门书？”

“那些演讲入门书，还有关于管道维修、简单魔术的书，社交礼仪的书……或许你会对人们在紧要关头需要什么书籍感到惊讶。但我都清楚。”

“你肯定清楚。”

“我干这行已经很久很久了，山姆。而且它们是不能续借的，所以一定要在四月六日前归还。”她抬起头来，眼神多了一丝光芒。山姆以为那只是反光引起的，几乎没有注意——但事实并非如此。那是一种相当强烈、显得严谨而冷酷的闪光。有那么一会儿，阿黛丽娅·洛兹的两只眼睛看上去好像都塞了一枚镍币。

“不然呢？”山姆问道，突然觉得自己的微笑像是一副面具。

“否则我就得叫‘图书馆警察’来找你了。”洛兹说。

4

有那么一会儿，他们的目光紧紧地锁在一起，山姆觉得自己看到的是真正的阿黛丽娅·洛兹，这个女人一点也不迷人、不温柔，也不像那种老姑娘一样的图书馆长。

这个女人可能真的很危险，山姆想，然后有点尴尬地把这个念头抛开。阴沉的天气——也许还有即将到来的演讲带来的压力——让他感到难受。*洛兹就像那些表里不一的人一样危险……这种感觉不是因为阴沉的天气，也不是因为今晚的扶轮社聚会，是因为那些该死的海报。*

他腋下夹着《演讲者的伙伴》和《美国人最喜爱的诗》，当他们几乎走到门口时，他才意识到洛兹在带他出去。山姆突然停下双脚，停了下来。洛兹惊讶地看着他。

“我能问你一件事吗，洛兹女士？”

“当然，山姆。这就是我在这儿的工作——回答问题。”

“是关于儿童图书馆的，”他说，“还有里面的海报。其中一些海报让我吃惊，甚至可以说让我很震惊。”他本以为这样的话听起来会像浸信会牧师发现有教区居民在咖啡桌上的杂志底下藏了一期《花花公子》，但他的表现根本不是这样。因为，*他想，这不只是意外。我是真的很震惊。没有那个“甚至”。*

“海报吗？”洛兹皱着眉头问道，然后她的眉头就舒展开了，她笑了，“啊！你一定是说‘图书馆警察’……当然还有‘笨蛋西蒙’。”

“笨蛋西蒙？”

“你知道那张写着‘**永远不要搭陌生人的车**’的海报吗？孩子们叫海报里的小男孩西蒙。就是那个大喊大叫的。他们叫他‘笨蛋西蒙’……我想小朋友们都鄙视他，因为他做了这样一件蠢事。我认为这有益身心健康，不是吗？”

“他没有大喊大叫。”山姆慢慢地说，“他是在尖叫。”

洛兹耸耸肩。“大喊大叫和尖叫又有什么区别？我们在这里都听不到。孩子们都很乖，他们非常尊重图书馆。”

“我想也是。”山姆说。现在他们又回到了前厅，山姆看了一眼画架上的牌子，牌子上写的不是

沉默是金

或

请尽量保持安静

只写了一个无可争辩的命令：

安静！

“再说……这完全取决于从什么角度理解海报，不是吗？”

“我想是的。”山姆说。他感到自己正被巧妙地操纵着，进入一个他在道德层面上站不住脚的地方，辩证显然是阿黛丽娅·洛兹很擅长的事。她给山姆的印象是她习惯于这样做，这使他更加想反抗。“但那些海报给我的印象太偏激。”

“偏激？”她礼貌地问。现在他们已经在图书馆门口停住了。

“是。很可怕。”他鼓起勇气，说出了他真正的想法，“不适合贴在小孩子聚集的地方。”

他发现自己听起来仍然不太神经质，也不太自以为是，至少对他自己来说是这样，这让他松了一口气。

洛兹微笑了，这微笑让山姆恼火。“你不是第一个这么说的人，山姆。没有孩子的成年人并不是儿童图书馆的常客，但他们偶尔会来……叔叔、姨妈、不得不负责接小孩的单亲妈妈的男朋友……或者像你这样的人，山姆，他们都会来向我反映。”

有困难的人，她冷冷的蓝灰色眼睛说，来寻求帮助的人一旦得到了帮助，就会停下来批评我们枢纽城公共图书馆的管理方式。批评我在图书馆做事的方式。

“我猜你认为我的意见不对。”山姆友好地说。他觉得自己心里其实很不爽，突然之间，他不想再假装温和，但这是做生意的一种技巧，他现在把这种技巧裹在自己身上，像一件防护用的斗篷。

“不。只是你不明白而已。去年夏天我们进行了一次投票，山姆，那是年度‘夏季阅读计划’的投票。我们称为‘枢纽城夏日惊喜’，每个孩子读一本书就有一票。这是我们多年来制定的鼓励孩子阅读的策略之一，也是我们图书馆最重要的责任之一。”

我们知道自己在做什么。她坚定的目光告诉他。我一直很有礼貌，不是吗？你从来没有来过这里，第一次来就敢大肆批评我。

山姆开始觉得自己错了。这场辩论也许洛兹不是稳赢——至少不完全稳赢——但是他发现自己已经在退缩。

“根据调查，去年夏天孩子们最喜欢的电影是《猛鬼街》第五部。他们最喜欢的摇滚组合是‘枪炮与玫瑰’……第二名是重金属摇滚歌手奥兹·奥斯朋，据我所知，奥斯朋曾经以在演唱会上把活生生的动物的头咬下来而出名。他们最喜欢的小说是一本叫做《绝唱》的平装版小说。这是一个叫罗伯特·麦卡蒙的人写的恐怖小说。我们都没法好好保管这本书，山姆。每次买新的《绝唱》，不过几个星期就被孩子们翻烂了。我有一本都加了封皮，做成精装本了，结果书还是被偷了，一个坏孩子偷的。”

她的嘴唇抿成了一条细线。

“第二名是一部关于乱伦和杀婴的恐怖小说，名叫《阁楼里的花》。这本书连续五年蝉联冠军。有几个人甚至提到了也提及乱伦、谋杀的《佩顿广场》!”

洛兹表情严厉地看着他。

“我自己从来没有看过《猛鬼街》系列电影。我从来没有听过奥兹·奥斯朋的唱片，也不想听，也不想读罗伯特·麦卡蒙、斯蒂芬·金或 V. C. 安德鲁斯的小说。你明白我的意思了吗，山姆?”

“我知道。你是说这不公平。”他想找个词，思考了一下找到了，“……强行改变孩子们的喜好是不公平的。”

她粲然一笑——除了她的眼神，那双眼睛似乎又露出了镍币的反光。

“这是一部分原因，但不是全部。儿童图书馆里的海报——既有好看的、没有争议的，也有让你讨厌的。这些海报全部来自爱荷华图书馆协会。爱荷华图书馆协会属于中西部图书馆协会，美国中西部图书馆协会属于国家图书馆协会，国家图书馆协会的大部分资金来自税收。来自良好市民，也就是我，以及你，交的税。”

山姆把重心从一只脚换到另一只脚。他不想花整个下午听关于图书馆如何为你服务的讲座，但难道不是他自己惹来的吗?他不太确定。他唯一能绝对肯定的是，他对阿黛丽娅·洛兹的好感越来越少了。

“爱荷华图书馆协会每隔一个月寄给我们一叠东西，里面有大约四十张海报。”洛兹女士继续不依不饶地说，“我们可以随便挑五张，每超过一张要多付三美元。我看你有点坐立不安了，山姆，但你应该听我解释一下，我们终于谈到了问题的关键。”

“我?我没有不安。”山姆不安地说。

洛兹朝他笑了笑，露出了过于整齐的牙——肯定是假牙。她说:“我们有一个儿童图书馆委员会。谁在委员会里?当然是孩子们!九个孩子。四个高中生、三个中学生和两个小学的学生。每个孩子的学业平均成绩必须达到 B 才有资格参加委员会。他们挑选我们要订的新书，他们挑选了我们去年秋天重新装修时要买的新窗帘和新桌子……当然，他们还选海报。正如我们一位小委员曾经说过的，这是‘最有趣的部分’。现在你明白了吧?”

"好吧。"山姆说，"孩子们选出了《小红帽》《笨蛋西蒙》和《图书馆警察》。他们喜欢这些海报是因为它们很吓人。"

"正确！"她微笑着。

突然间，山姆觉得自己受够了。他觉得受够图书馆这些东西了。确切地说，不是因为海报，也不是因为这个图书馆馆长，而是图书馆本身。突然间，图书馆就像一个让人恼怒的碎刺，深深扎在屁股上。

不管是什么，总之……够了。

"洛兹女士，你在儿童图书馆有《猛鬼街》第五集的录像带吗？有枪炮与玫瑰乐队和奥兹·奥斯朋的精选专辑么？"

"山姆，你没有抓住重点。"她耐心地开始说。

"《佩顿广场》怎么样？你有没有因为一些孩子读过这本书就把它放在儿童图书馆里？"

就在他说话的时候，他还在想，还有人在读那么老的书吗？

"不会。"洛兹说。山姆看见她的脸上泛起一股怒气。这个女人显然不习惯自己的判断受到质疑。"但我们确实保留了一些关于破门入户、父母虐待和入室盗窃的故事。我说的当然是《金发姑娘和三只熊》《汉塞尔与格莱特》和《杰克与魔豆》。我原以为像你这样的人会更通情达理一些，山姆。"

你的意思是在紧要关头得到帮助的人，山姆想。可是，姑娘啊，这又如何，镇上付你工资不就是让你做这件事吗？

然后山姆让自己冷静下来。他不知道洛兹所说的"像你这样的人"到底是什么意思，他也不确定自己是否想知道，但他心里明白，这场讨论已经到了失控的边缘，即将成为一场争吵。他来这里是为了找个好说话的人来让他的演讲更加生动，而不是为了儿童图书馆这个问题和图书馆馆长吵一架。

"如果我说了什么冒犯你的话，我向你道歉。"他说，"我真得走了。"

"我觉得也是。"洛兹说，"我认为你应该走了。"我不会接受你的道歉。她流露出这样的眼神。完全不会接受。

"我想，"山姆说，"我对自己的首次演讲有点太紧张了。我昨晚熬夜弄这个。”他露出了山姆·皮伯斯式的和善微笑，提起了公文包。

洛兹的火气消了点——稍微一点点——但她的眼神还是愤怒的。“可以理解。我们在这里就是提供服务的，当然，我们总是乐于听到纳税人的建设性意见。”她稍稍加重了“建设性”一词的语气，显然想让山姆知道他的意见毫无建设性。

现在一切都结束了，他就有一种冲动——几乎是需要——把一切都重新整理一遍，就像在铺得很好的床上把被单弄平一样。这也是这位生意人的习惯之一，他猜这也许是生意人自我保护的某种方式。他突然有了一个奇怪的想法——今晚他的演讲真正应该谈的是他遇到阿黛丽娅·洛兹这件事。比起他写的整个演讲稿，这件事更能反映出这个小镇的人心和精神。这并不是让人开心的话题，但肯定不会让人觉得无聊。而且这个话题还能展现明确的真相，扶轮社星期五晚上的演讲中很少谈到这方面的内容。

“好吧，有那么一两秒钟，我们的气氛有点紧张。”他下意识地说着伸出手去，“我想我有些过分了。我希望你不要怪我。”

洛兹握了握他的手，只是一下短暂且象征性的一握。洛兹的手很光滑、很凉，让人感觉不舒服，不知何故，就像用伞架握手一样。“一点也没有。”她嘴上这么说，但眼神却不是这个意思。

“那好吧……我先走了。”

“嗯。记住，只能借一周，山姆。”她伸出一根手指，修剪得整整齐齐的指甲指着他手里的书，然后笑了。山姆觉得那个微笑有某种特别令人不安的意味，但是他怎么也说不出那到底是什么。“我可不想让图书馆警察来找你。”

“当然。”山姆同意了，“我也不想那样。”

“那就好。”阿黛丽娅·洛兹说，仍然面带微笑，“你当然不想。”

5

走到半路，山姆又想到海报上那个尖叫的孩子的脸。

（笨蛋西蒙，孩子们叫他笨蛋西蒙，我认为这有益身心健康，不是吗？）

山姆的脑海中出现了一个念头，一个简单而又实际的念头，足以使他停下脚步。是这样的：如果孩子们有机会挑选海报，由孩子组成的委员会很可能会选这张……但是，任何一个图书馆协会，无论是爱荷华图书馆协会、中西部图书馆协会，还是整个国家的图书馆协会，真的会提供这样的海报吗？

山姆·皮伯斯想起了那贴在冷酷无情的监狱般车窗上恳求的双手，想起了那尖叫着的、痛苦不堪的嘴型，他突然觉得这简直难以置信。他觉得这根本不可能。

那《佩顿广场》那本书呢？那又怎么解释？他猜大多数去图书馆的成年人已经忘记了那本书。他真的相信他们的某些孩子——那些小到使用儿童图书馆的孩子——重新发现了那本遗迹一样的老书吗？

这我也不相信。

他不想再惹阿黛丽娅·洛兹生气——一次就够了，山姆觉得她还没有露出最生气的样子——但这种困惑的想法强烈得足以让他转过身去。

洛兹不见了。

图书馆的门紧闭着，像沉思的花岗石上面长了一张垂直而紧闭的嘴。

山姆在原地又站了一会儿，然后匆匆走向停在路边的车。

第三章

山姆的演讲

1

山姆的演讲大获成功，令人振奋。

他用自己从《演讲者的伙伴》的“渐入佳境”部分改编的两则小故事开头——一则关于一个努力批发自己的农作物的农民，另一则关于将冷冻食品卖给因纽特人，然后在三分之一的地方讲了第三个故事（这个故事真的很无聊）。他在题为“结束”的小节中找到了另一个好故事，用铅笔做了记号，然后想起了洛兹和《美国人最喜爱的诗》。她说，你很容易发现，即使你的听众忘记了其他的一切，他们也会记住一首精心挑选的诗。山姆在“灵感”部分找到了一首不错的短诗，她没说错。

山姆俯视着他的扶轮社员伙伴们仰起的脸说：“我已经告诉了你们，我为什么会在像枢纽城这样的小镇生活和工作，我希望这些理由至少让你们有同感。如果不是，我就有大麻烦了。”

随之而来的是一阵善意的笑声（还有一股混合了苏格兰威士忌和波旁威士忌的味道）。

山姆满头大汗，但他实际上感觉很好，而且他开始相信他会毫发无损地摆脱这场灾难。麦克风只发出了一次啸叫，没有人离开，也没有人朝他扔食物，听众只交头接耳了几次，且是在讨论他的演讲内容。

“我想，一位名叫斯宾塞·迈克尔·弗利的诗人非常好地总结了我一直想说的事情。你看，我们在小城镇的生意上出售的几乎所有东西，比在大城市的购物中心和郊区的购物中心卖得更便宜。这些地方喜欢吹嘘说，你可以在那里买到几乎所有你需要的商品和服务，而且便宜的时候可以免费停车。我想他们基本没说错。但还有一件事是小镇的企业能提供，而商场和购物中心所不能提供的，这就是弗利先生在他的诗中谈到的。那首诗不是很长，但很有内涵。它写道：

世间唯有人际交流最高。
你我双手触摸之际，
相比有瓦遮头、面包和酒，
更能抚慰柔弱的心灵。
因为黑夜一过庇护所就消失，面包也只够吃一日，
但手的触感和人的声音
在灵魂中永远歌唱。”

看着演讲稿的山姆抬头看了看听众，那天他第二次惊讶地发现他刚才说的每一个字都是发自肺腑的。他发现自己的心里突然充满了幸福和纯粹的感激之情，发现自己的热诚并没有因为平凡日子的例行公事消磨掉。他还发现自己能把这种热诚表达出来，更是让人感觉好极了。

“我们这些小城镇的生意人恰好能提供这种人际之间的人情味。一方面，或许这没什么了不起……但另一方面，这种人际交流几乎就是一切。我知道正是因为人际交流，我才回来为实现更多的目标而努力。我希望我们原定的演讲者，‘神奇乔’能尽快康复；我要感谢克雷格·琼斯邀请我代替他演讲；我感谢大家耐心地听我这场不足为道的无聊演讲。所以……非常感谢大家。”

他还没说完最后一句话，台下掌声就响了起来。他把娜奥米打好的、他花了一个下午修改的几页稿子收起来时，掌声愈发热烈。山姆坐下来，这时掌声达到了雷动的程度，山姆对周围的反应感到困惑。

嗯，肯定是因为他们喝多了，他对自己说。如果你告诉他们你是如何在特百惠组织的派对上遇到耶稣，然后成功戒烟，他们也会这样朝你鼓掌的。

然后听众们开始站起来，他想，如果他们急着要出去，一定是因为自己说得太久了。但他们还是继续鼓掌，然后他看到克雷格·琼

斯也在向他挥手。过了一会儿，山姆明白了。克雷格想让他站起来鞠躬。

他用食指在耳朵旁划圈：你疯了！

克雷格用力地摇了摇头，并开始用力地举起双手，他起来就像一个复兴派牧师在鼓励信徒们大声唱赞美诗。

于是山姆站起来，当他们真的为他欢呼时，山姆感到很惊讶。

过了一会儿，克雷格走向讲台。他轻敲了麦克风几下，发出一种像用棉花包裹的巨大拳头敲打棺材的声音，欢呼声才终于平息了下来。

“我想我们都认可，”他说，“山姆的演讲足以抵过今晚这顿味同嚼蜡的鸡肉餐的价格。”

这又引起了一阵热烈的掌声。

克雷格转向山姆说：“山米[①]，如果我知道你有这样的天赋，我一开始就找你了！”

这引起了更多的掌声和口哨声，在一切平息之前，克雷格·琼斯抓住山姆的手，开始轻快地上下挥舞。

“讲得太棒了！”克雷格说，“你从哪儿抄来的，山姆？”

“我没有抄。”山姆说。他感到两颊发热，虽然他只喝了一杯杜松子酒和一杯奎宁水——很清淡的那种——但他觉得有点醉了。“我自己写的。我从图书馆借了几本书，它们对我很有帮助。”

其他扶轮社员这时都围了过来。山姆一直和人握手，他开始觉得自己像夏天干旱时镇上的水泵。

“棒极了！”有人在他耳边喊道。山姆转过身去，发现是弗兰克·斯蒂芬斯，那个顶替那位因违法乱纪而被起诉的卡车工会官员的人。“我们应该录下来，我们可以把它卖给他妈的国际青年商会的那群人！妈的，你讲得真不错，山姆！”

“得推出去！”鲁迪·皮尔曼说，他圆圆的脸红红的，满头大汗，“我几乎哭出声了！老天啊！你在哪儿找到那首诗的？”

---

① 山姆的昵称。

“在图书馆。”山姆说。他还是觉得头昏眼花……而现在他为自己居然完好无损地完成了任务而感到的欣慰，却被一种压抑的喜悦所取代。他想他得给娜奥米一笔奖金。“在一本叫做……”但他还没来得及告诉鲁迪这本书的名字，布鲁斯·恩格尔斯就抓住了他的胳膊肘，拉着他走向吧台：“这是两年来我在这个愚蠢的俱乐部里听到的最牛逼的演讲！”布鲁斯惊叫道，“有你来讲！谁还想要他妈的杂技演员啊？我请你喝一杯，山姆。见鬼，我请你喝两杯！”

2

山姆一共被人请了六杯酒才脱身。克雷格·琼斯把他送到位于凯尔顿大道的房子前，他刚下车，就在自己的迎宾垫上吐了几口，结束了他的胜利之夜。山姆觉得胃胀得厉害，这下要把房门钥匙插进前门的锁可不容易，因为现在看起来那儿似乎有三把锁和四把钥匙……他都来不及吐到门廊旁边的灌木丛里。所以，当他终于成功地把门打开时，他只能捡起了迎宾垫（小心翼翼地抓住两边，让黏糊糊的呕吐物留在中间），然后把它扔到一边去。

山姆喝了一杯咖啡想躺下，结果喝的时候电话响了两次。都是人们打来祝贺的。第二个电话来自埃尔默·巴斯金，他当时根本就不在那里。他觉得自己有点像电影《一个明星的诞生》里的朱迪·加兰，但他的胃还在翻腾，脑袋也开始惩罚他的过度放纵，这会儿他很难享受成名的感觉。

山姆在客厅里按下电话答录机，这样再有电话来的时候就可以录下来，然后上楼到他的卧室，拔掉床边的电话线，吃了两片阿司匹林，脱下衣服，躺了下来。

山姆的意识开始迅速模糊……他疲惫不堪，又被灌了酒……但在睡觉之前，他还有时间思考：*这次成功大部分归功于娜奥米……还有图书馆里那个讨厌的女人。是叫霍斯特，还是叫保世特。不管叫什么名字。也许我也应该给她发奖金。*

他听到楼下的电话响了起来，然后转接到了答录机。

好样的。山姆睡意朦胧地想。尽你的职责，我的意思是，毕竟，这不就是我付钱给你的原因吗？

然后他就陷入了黑暗之中，直到星期六上午十点钟他才醒来。

3

山姆醒了过来，感觉胃里发酸，轻微头痛，但情况本来可能会更糟的。他为那张迎宾垫感到遗憾，但很高兴他至少吐出来了一些酒，免得脑袋胀得更厉害。他在淋浴间站了十分钟，只是象征性地洗了个澡，然后擦干，穿好衣服，把毛巾包在头上下楼。电话答录机上的红色信息指示灯在闪烁。他按下播放信息按钮时，磁带只倒了一小段；显然，他睡着时听到的电话是昨晚的最后一通。

哔！“你好，山姆。”山姆把毛巾从头上拿下来的动作停住了，他皱着眉头。那是一个女人的声音，他听出来了。但想不起是谁。“我听说你的演讲很成功。我真为你高兴。”

他意识到是那个叫洛兹的女人。

她是怎么拿到我的电话号码的？当然，有电话簿啊……他在图书卡申请表上也写了自己的电话，不是吗？肯定是这样。不知为什么，一阵轻微的寒颤传遍了他的后背。

“一定要在四月六日之前把借的书还回来。”她接着说，然后狡猾地说，“记住图书馆警察哦。”

电话被挂断了。山姆的答录机上“**所有留言播放完毕**”的指示灯亮了起来。

“女士，你真有点讨厌，嗯？”山姆对着空房子说，然后走进厨房烤面包吃。

4

在“演讲之夜”中“出道”即大获成功一周后的周五早上，娜奥米十点钟进来时，山姆递给她一个长长的白色信封，信封的正面写着她的名字。

“这是什么?”娜奥米疑惑地脱下雨衣。外面雨下得很大，是一场典型且阴沉的早春雨。

“打开看看。”

娜奥米打开发现里面是一张感谢卡。还有一张印着安德鲁·杰克逊头像的二十美元。

“二十元!”她更加怀疑地看着他，“为什么?”

“因为你建议我去图书馆，救了我一命。”山姆说，“演讲进行得很顺利，娜奥米。我觉得甚至可以说大受欢迎。要是我知道你会接受的话，我就放五十元了。”

现在她明白是怎么回事，显然很高兴，但她还是想把钱还给山姆。“我真高兴能帮上忙，山姆，但我不能要……”

“可以，你当然要收下。”他说，“你一定要收。如果你给我做销售，你拿提成不是很正常吗?是不是?”

“不过，我没有做业务。我什么也卖不出去。在我当女童子军的时候，只有我妈跟我买饼干。”

“娜奥米，我亲爱的，不要这么紧张不安。我不是要跟你调情。我们两年前就已经调过了。”

“确实。”娜奥米赞同道，但她看起来仍然很紧张，像是在检查自己该从哪儿能顺利地退到门口，如果需要的话。

“你知不知道，自从那该死的演讲之后，我已经卖了两幢房子和将近二十万美元的保险?虽然其中大部分是普通的团体保险，最高优惠额很高，佣金率很低，这是事实，但我赚的加起来够我买一辆新车了。如果你不拿那二十元，我就会感觉自己是个烂人。”

“山姆，别这样!”她看上去有点被吓到了。娜奥米是虔诚的浸礼会教徒。她和母亲经常去普罗维比亚的一个小教堂，那里几乎和她们住的房子一样摇摇欲坠。山姆知道是因为他去过那儿一次。但他高兴地看到娜奥米开心……和有些放松的样子。

一九八八年夏天，山姆和娜奥米约会过两次。第二次约会时，他想更进一步。于是他尽量表现得礼貌，但想更进一步的想法又足够明显，最后他没有成功，事实证明娜奥米避重就轻的能力就像职业美式足球比赛那些擅长出其不意传球的球员一样，强到可以在丹佛野马队当后卫了。娜奥米当时解释说她并不是不喜欢他，只是她认为他们俩永远不可能“那样”相处。山姆感到很困惑，问她为什么不。娜奥米只是摇了摇头。有些事情很难解释，山姆，但确实如此。我们不适合。相信我，就是行不通。这就是山姆能从她那里问到的结果。

“我很抱歉我说了唐突的话，娜奥米。”山姆现在对她说话的语气很谦恭，但他怀疑娜奥米是否有她听起来那么严肃，“我想说的是，如果你不拿那二十元，我会觉得自己像一坨屎。”

娜奥米把钞票塞进钱包，然后尽量用一种庄重且拘谨的表情看着他。她差一点就成功了……但她微微颤抖的嘴角露了馅。

“满意了吗？”

“还差五十元没给你呢，”山姆说，“奥米，你再收下五十元，好吗？”

“不要。”她说，“请不要叫我奥米。你知道我不喜欢这样。”

“我很抱歉。”

“接受你的道歉。我们可以聊别的吗？”

“好吧。”山姆愉快地说。

“我听到几个人说你的演讲很好。克雷格·琼斯对此赞不绝口。你真的认为这是你生意兴隆的原因吗？”

“如果熊……”山姆刚开口，觉得该换个说法，“对，我是这么认为的。有时候事情就是这样。很有趣，但又确实如此。原来没有变化的销售曲线这周真的飙升了。当然，它会下降，但我不认为它会一直下降。如果新客户喜欢我做生意的方式——我想他们会喜欢的——那我可以一直做下去。”

山姆向后靠在椅子上，双手扣在脖子后面，若有所思地看着天花板。

“克雷格·琼斯打电话把我安排过去时，我都想开枪打他的。不开玩笑，娜奥米。”

“真的？”她说，“你那时候就像患了严重的毒葛过敏。”

“我？”他笑了，“是，我想也是。有时候事情的结果很有趣——纯粹的运气。如果真有上帝的话，有时你就会想，他是不是在开动大机器，在让一切运转之前就把所有的螺丝都拧紧了。”

他以为娜奥米会因为他对上帝不敬而责骂他（这不是第一次了），但她今天没有。相反，她说：“如果你从图书馆得到的书真的帮了你的忙，你就比你自己了解的更幸运。图书馆通常星期五下午五点才开门。我本来想告诉你的，可是后来就忘了。”

“哦？”

“你一定看到普莱斯先生正在整理他的资料什么的。”

“普莱斯？”山姆问，“你是说佩卡姆先生吗？看报纸的看门人？”

娜奥米摇了摇头。“我在这儿只听说过老艾迪·佩卡姆，他几年前就死了。我说的是普莱斯先生。图书馆馆长。”她看着山姆，好像他是世界上……或者至少在爱荷华州枢纽城里最蠢的人，“高个子男人？很瘦？大约五十岁？”

“没见过。”山姆说，“我遇到一位叫洛兹的女士。个子矮，身材丰满，年纪的话，大概是喜欢穿鲜艳的绿色涤纶的年龄段。”

娜奥米的脸上闪过一串奇怪的表情——先是惊讶，然后是怀疑，之后又生气又好笑。这一系列表情几乎总是表示同一件事：某人开始意识到自己被耍了。要是在平时，山姆可能会对此感到疑惑，但他已经一个星期都在到处忙房地产的生意，有大量的文书工作要做。他已经心不在焉了。

“哦。”娜奥米笑着说，“是洛兹小姐吗？那肯定挺有趣。”

“她确实很古怪。”山姆说。

“当然。”娜奥米表示赞同，“事实上，她绝对……”

如果她把要说的话讲完，她肯定会吓山姆·皮伯斯一大跳，但山姆刚才说的运气在人类的命运中会起到极其重要作用，运气眼下就起了作用。

电话铃响了。

是伯特·艾弗森，枢纽城小律所的精神领袖。他要和山姆谈一笔非常巨大的保险协议，是和新的医学中心需要的团体保险相关，还在规划阶段，但你知道这可能是多大的生意，山姆。等山姆的注意力回到娜奥米的时候，早就把洛兹的事忘光了。山姆当然知道这笔生意会有多大，大到能让他买得起他一直想买的那辆奔驰车。如果他想的话，他真不愿意去想自己从那场愚蠢的演讲中到底得到了多少好运。

娜奥米确实认为山姆只是在开玩笑。她完全知道阿黛丽娅·洛兹是谁，而且认为山姆也一定知道。毕竟，这个女人曾经是枢纽城近二十年来发生的最骇人听闻的事件的中心人物……甚至比第二次世界大战结束时，那个莫金斯家的小伙子从太平洋退役回家做的那件事更可怕。那个小子成了精神病，杀了他全家，然后把他的手枪枪管塞进了他的右耳，打爆了自己的头。伊瑞·莫金斯那件事之后，娜奥米才出生，但她没有想到，早在山姆来到枢纽城之前，阿黛丽娅那件事就已经发生了。

不管怎么说，山姆放下电话的时候，她已经把整件事完全忘了，已经在想晚餐要吃斯托弗烤千层面搭配“精致美食”牌的微波炉食品。山姆一直口授信件内容到十二点，然后问娜奥米是否愿意下楼去麦肯纳和他一起吃午餐。娜奥米拒绝了，她说她必须回她母亲那里，她的母亲在这个冬天身体很不好。关于阿黛丽娅·洛兹的事，两人都没再提起。

至少在那天。

第四章

丢失的书

1

山姆这一周的早餐都吃得不多，一杯橙汁和燕麦麸松饼对他来说就够了，但在周六早上（至少他不会因为前一晚在扶轮社喝太多，要忍受宿醉感的周六早晨）他喜欢晚一点起床，去麦肯纳广场散步，慢慢品尝一份牛排加鸡蛋，真正地好好阅读《枢纽城新闻报》，而不是在和客户的约见之间随便扫几眼。

第二天早晨，也就是四月七日，他一切照旧。前一天的雨停了，天空一片湛蓝——这正是早春的景象。山姆吃完早饭，走了一段很长的路回家，停下来看看哪些郁金香和番红花开得很好，哪些开得晚。然后他在十点十分回了家。

他电话答录机上的**播放信息**按钮亮着。他按下答录机的按钮，取出一根香烟，划了一根火柴。

“你好，山姆。”阿黛丽娅·洛兹轻柔的声音清晰地说着，火柴在离山姆的香烟六英寸远的地方停住了，“我对你非常失望。你的书到期了。”

“啊，糟了！”山姆说。

他一直觉得有什么东西在他身上萦绕了整整一个星期，就像你想要说一个词，结果舌尖就像一张蹦床，老是把这个词弹到够不着的地方。是那些书。该死的书。毫无疑问，这个女人肯定觉得如她预料的一样，山姆是个没有教养的人——因为他毫无理由地评判哪些海报该放在儿童图书馆，哪些不该放。唯一真正的问题是，她是要在电话答录机上恶语相向，还是留到见到山姆本人时再说。

山姆抖灭火柴，它扔进电话机旁的烟灰缸里。

“我想我已经向你解释过了。”她继续用她那温和而又有点过于理智的声音说，“《演讲者的伙伴》和《美国人最喜爱的诗》来自图书馆的特别参考区，不能外借超过一个星期。我对你的期望很高，山姆。我真的以为你会做得不错。”

山姆意识到自己站在房子里，嘴里叼着一根没有点燃的香烟，内疚的红晕爬上了脖子，开始在脸颊上蔓延，这让他非常恼怒。他又一次完全像是回到了四年级——这次他面朝角落坐在一张凳子上，头上紧紧地顶着一顶惩罚时要他戴的尖顶纸帽。

阿黛丽娅·洛兹的语气继续表现得像个帮了大忙的人：“不过，我已经决定给你延期。你必须在星期一下午之前归还所借的书。请配合，以避免任何不愉快的事情。”一阵沉默后，“记得我说的图书馆警察，山姆。”

“这把戏已经老套了，阿黛丽娅宝贝。”山姆喃喃地说，但他甚至没有对这答录机说。洛兹在提到“图书馆警察”后就挂断了电话，然后答录机自动关掉，一切归于沉寂。

2

山姆又划了一根火柴点燃了烟。他刚吐出第一口，突然就想到了要怎么办。虽然这样也许有点小气，但这样可以让他和洛兹女士永远不再有关联。而且这么做对她来说也算公平。

他给娜奥米发了她应得的奖金，他也会给阿黛丽娅同样的奖金。山姆在书房的写字台前坐了下来，他就是在那里写了那篇著名演说的稿子。然后他把笔记本拉了过来，在信头（来自山姆·皮伯斯办事处）的下面，他潦草地写下了这样一句话：

亲爱的洛兹女士：

我为逾期归还您的书向你真诚地道歉。因为这些书对我准备演讲非常有帮助。请接受这笔钱，作为逾期的罚款。找零请您留下，以表我的谢意。

谨致问候，

山姆·皮伯斯

山姆从书桌抽屉里摸出一枚回形针，把那张便条看了一遍。他考虑过把“归还您的书”改成“归还图书馆的书”，最后还是决定保持原样。阿黛丽娅·洛兹给他留下了深刻的印象，她是那种赞同法国国王路易十四“朕即国家”那种理念的女人，只是这里的“国家”只是当地的图书馆。

他从钱包里取出一张二十美元的钞票，用回形针夹在便条上。他又迟疑了一会儿，烦躁地用手指敲着桌子边缘。

她会认为这是贿赂。她很可能会生气，气到发疯。

可能确实如此，但山姆不在乎。他知道今天早上洛兹那个女人那通电话背后是什么——加上之前的电话一共两次。在儿童图书馆的海报这件事上，他对她的批评太严厉了，她正在报复他，或者试图报复。但他已经不是四年级了，他不再是一个跑来跑去、惊恐万分的小孩（至少现在不是），他也不会被吓倒。他不怕图书馆门厅里那个吓唬人的告示牌，也不怕图书馆馆长那“你晚了整整一天才还书，你这个坏孩子”的唠叨。

“他妈的！”他大声说，“如果——你他妈的不想要那笔钱，就把它存入图书馆维护基金什么的。”

他把夹着二十元的便条放在桌上。他不想当面给洛兹，让她有机会对他发火。他要把钞票和便条放在其中一本书里，然后用几根橡皮筋把两本书绑在一起，让便条和钱露出一段。然后他就会把书扔进还书箱。他在枢纽城待了六年，却不认识阿黛丽娅·洛兹。如果运气好的话，六年后也许又会见到她。

现在他所要做的就是找到那些书。

它们肯定不在书桌上。山姆走到餐厅，看了看桌子。这是他通常堆放需要归还的东西的地方。有两盘录像带准备送回布鲁斯录像带出租店，还有一个正面写着“报童”的信封、两个装着保险单的文件夹……但没有《演讲者的伙伴》。也没有《美国人民最喜爱的诗》。

“糟糕。”山姆说，抓了抓头，“搞什么鬼……”

他走到厨房里。厨房的桌子上除了晨报什么也没有。他进来的时候会把晨报放在那儿。他检查厨房柜台时，心不在焉地把晨报扔进烤炉旁的纸箱里。柜台上什么也没有，只有他拿昨夜冷冻晚餐的盒子。

他慢慢地上楼去查看二楼的房间，但已经开始有一种很不好的感觉。

3

到了下午三点，这种糟糕的感觉更强烈了。事实上，山姆·皮伯斯气得不得了。在从上到下翻了两遍房子（第二次他甚至检查了地窖）之后，他下楼到办公室去了，尽管他很肯定上周一下午下班时把那两本书带回了家。但果然和他预料的一样，他什么也没找到。他现在就是这么个情况，在美丽春天的星期六，时间都浪费在找图书馆的那两本书，而且毫无结果，其他什么都做不了。

山姆一直在想她那低沉的语调——*记得我说的图书馆警察，山姆*——如果她知道自己在山姆脑子里萦绕不去，肯定很高兴。如果真的有图书馆警察的话，山姆毫不怀疑那个女人会很高兴地派出来找他。他越想越生气。

他回到书房，看到给阿黛丽娅·洛兹的便条和二十元依然在桌子上静静地盯着他。

“*妈的！*”山姆怒吼道，几乎要对这所房子进行另一次旋风般的搜查，然后他想了一下还是停下了脚步。因为什么都找不到。

突然，他听到了去世已久的母亲的声音。那个声音温柔而甜美，充满理智。*当你找不到东西的时候，山姆，到处乱找没有益处。坐下来好好想想。动动脑筋，少跺脚。*

在山姆十岁的时候，这个忠告对他很有用；他想，现在他已经四十岁了，情况也是一样的。山姆在桌子前坐下，闭上眼睛，开始在脑海里追踪那些该死的书，从洛兹小姐把书交给他的那一刻到……任何可能的时刻。

他从图书馆把书带回办公室，中途停在山姆比萨店，买了一块洋葱蘑菇派，然后他在办公桌上吃着派，读着《演讲者的伙伴》，想在里面找到合适的笑话，思考要怎么用。他还记得自己是多么小心地翻书，没有把哪怕是一点点比萨酱弄到书上——考虑到现在两本书都找不到了，这有点讽刺。

他把整个下午的时间都花在了演讲稿上，构思笑话，然后把最后一部分重写了一遍，使这首诗更适合他的演讲。他周五下午晚些时候回到家的时候，带着已经修改完成的演讲稿，而没有带书。他对此非常肯定。克雷格·琼斯在扶轮社晚餐会的时间来接他，后来又把他送回家，正好赶上山姆像给迎宾垫弄施洗礼一样吐在上面。

星期六早上，他一直在对付轻微但令人讨厌的宿醉感。周末剩下的时间，他就待在家里看书、看电视，还有——让我们面对现实吧，伙计——沉浸在胜利的喜悦中。整个周末他都没去办公室。他非常肯定。

好吧，他想，最难的部分来了。现在得集中精力。但他发现，他根本不需要怎么努力集中精力就能办到。

周一下午五点差一刻，他离开办公室，然后电话响了，他回头接电话。是斯图·扬曼打来的，他想找山姆买一份金额巨大的房屋保险。他的生意兴隆就是从那一周开始的。和斯图谈话时，他的目光偶然落在了书桌角上的那两本图书馆的书上。

第二次离开时，他一手拿着公文包，一手拿着两本书。他对那一点也很肯定。

他打算那天晚上把书还给图书馆，但是弗兰克·斯蒂芬斯希望他和他的妻子以及他们的侄女一起吃个晚饭，他们的侄女是从奥马哈来看他们的（山姆注意到，只要你还是小镇上的单身汉，甚至你的点头之交都会不停地帮你找对象）。他们去了布雷迪肋排餐厅，回来得很晚——大约十一点，对工作日的晚上来说已经很晚了——等他回到家时，他已经把图书馆的书忘得一干二净。

从那以后，他就再也没见过那两本书。他的生意出乎意料地好，他大部分时间脑子里想的都是这个。直到那个叫洛兹的女人打电话来，他才想到要把书还给她。

从那以后那两本书可能就没有移动过。它们一定在我星期一下午晚些时候回家时放的地方。

刹那间，山姆感到非常有希望……也许它们还在车里！然而，就在他起身检查时，他想起了周一回到家时，自己是如何把公文包换到拿着书的那只手上的。他这样做是为了让自己能从右前襟口袋里掏出钥匙。他根本没有把它们留在车里。

你进来的时候做了什么？

他想起自己打开厨房的门，走进去，把公文包放在厨房的椅子上，手里拿着书转过身来……

“哦，不。”山姆喃喃地说。不好的感觉一下子又回来了。

在他的厨房柴炉旁边的架子上放着一个相当大的纸板箱，那种可以在卖酒的店里买到的纸板箱，已经在那儿放了好几年了。人们搬家的时候，有时会把他们的小物品打包到这样的纸箱里，但纸箱也可以用来装杂物。山姆就是用炉子旁边的那个纸箱放《枢纽城新闻报》。他把每天的报纸看完后放进纸箱里，他刚刚把今天的报纸丢了进去。大约每个月一次……

“邋遢戴夫。”山姆喃喃自语。

他从桌子后面站起来，匆匆走进厨房。

4

侧面印着尊尼获加戴着单眼眼镜和“我好时髦”字样的商标的盒子几乎是空的。山姆翻动着里面薄薄的一叠《枢纽城新闻报》，他明明什么也找不到，还是只能拼命地翻，就像人们在盛怒之下，半信半疑地认为只要足够想要一件东西，那东西就会凭空出现一样。他找到了星期六的报纸——他刚刚丢进去的那份——和星期五的报纸。当然，他就是找不到书。山姆在那里站了一会儿，心里开始有不祥的感觉，然后他走到电话前给每个星期四早上都帮他打扫房间的玛丽·瓦瑟打电话。

“喂？”一个略有些担心的声音回答道。

“嗨，玛丽。这是山姆·皮伯斯。”

“山姆？”那边的语气更加担心了，“到底出什么事了？”

是我！到星期一下午，那个管理当地图书馆的婊子就会来找我了！可能还带着十字架和很长的钉子！

当然，他不能对玛丽说这样的话。她是一个不幸的人，出生的时候兆头也不好，生活在自己不祥预感的阴云中。世界上像玛丽·瓦瑟这样的人相信，在许多人行道的三层楼上，悬挂着许多巨大的黑色保险柜，保险柜由磨损的电缆支撑着，等待命运将那些注定要倒霉的人送进保险柜要坠落的地点。如果不是保险箱，那就是醉酒的司机；如果不是醉酒的司机，那就是海啸（在爱荷华州有海啸？对，他们觉得有）；如果不是海啸，那就会有陨石。玛丽·瓦瑟就是这样杞人忧天的人，当你打电话给他们的时候，他们总是想知道是不是出了什么问题。

“没什么。”山姆说，“什么事也没有。我只是想知道你有没有看到戴夫。”这个问题并不是随便问问。毕竟，报纸不见了，而邋遢戴夫是枢纽城里唯一回收旧报纸的人。

“有。”玛丽说，山姆保证一切正常的诚恳语气似乎使她更紧张了，现在她的声音里带着几乎无法掩饰的慌张，“他是来取旧报纸的。我不该让他拿走吗？他来收旧报纸好多年了，我想……”

“你没错。”山姆强颜欢笑地说，“我刚看到报纸不见了，就想确认一下……”

“你以前从来没有这么问过。”她的声音哽咽了，“他没事吧？戴夫出什么事了吗？”

“没有。”山姆说，“我的意思是，我不知道，我只是……”一个念头闪过他的脑海，“优惠券！”他急切地叫道，“我星期四忘了剪优惠券，所以……”

“啊！”她说，“如果你想要，我可以给你。”

“不，我不能……”

“我下星期四把它们带来。”她打断了山姆的话，“我有几千张。”太多了，我永远都没有机会用上。她的声音暗示着。毕竟，在外面的某个地方，保险柜正等着我从下面走过，或者一棵树正等着被狂风刮倒，压死我，又或者在某个北达科他州的汽车旅馆里，电吹风正等着我从架子上掉下来，掉进浴缸里。我这条命是借来的，所以我拿着一堆他妈的福尔杰水晶折价券干什么？

“好吧。”山姆说，“那太好了。谢谢你，玛丽，你人太好了。”

“你肯定别的地方都没有问题吗？”

“都没有。”山姆回答，比以前更诚恳了。他觉得自己听起来就像一个疯狂的上士，在催促他剩下的几个人对架设了机关枪的碉堡进行最后一次毫无结果的正面攻击。上啊，伙计们，我觉得敌人可能睡着了！

“好吧。”玛丽疑惑地说，最后饶过了山姆。

他一屁股坐在厨房的一把椅子上，用苦涩的目光看着那几乎空无一人的尊尼获加纸箱。每个月的第一个星期，邋遢戴夫都来收报纸，但这一次，他不知道自己还带走了一些别的东西：《演讲者的伙伴》和《美国人最喜爱的诗》。山姆很清楚这两本书现在会是什么样子。

纸浆。回收纸浆。

邋遢戴夫是枢纽城的一个酒鬼。他没有稳定的工作，靠别人丢弃的东西勉强维持生活，在这方面，他对大众还是很有益的。他收集可回收的瓶子，像十二岁的基思·乔丹一样，他有送报路线。唯一的区别是，基思每天都要宣读枢纽城的新报纸，而邋遢戴夫·邓肯每月一次从山姆那里收集旧报纸，老天才知道凯尔顿大道上有多少户订了报纸。山姆见过他很多次，他推着装满绿色塑料垃圾袋的购物车穿过城镇，向废品回收中心走去。废品回收中心位于旧火车站和无家可归者收容所之间，邋遢戴夫和他的十几个朋友大部分晚上都在那里度过。

山姆又在原地坐了一会儿，手指咚咚地敲着厨房的桌子，然后站起身来，穿上一件夹克，上了车。

第五章

角街（I）

1

毫无疑问，做招牌的人的想法是很好的，但他的拼写很差。告示钉在铁路旁那所老房子门廊的柱子上，上面写着：

角街[①]

由于这条铁路大道上没有什么角，山姆看不出来角在哪儿——就像爱荷华州的大多数街道和道路一样，它笔直得像一根绳子。他估计招牌制造商指的是天使街[②]。好吧，那又怎样？山姆觉得虽然善意的道路可能会通往地狱，但那些试图填补道路上的坑洼的人至少应该得到一些赞扬。

“角街”是一幢很大的建筑。山姆猜想，在枢纽城还只是铁路枢纽的时代，这里曾是铁路公司的办公室所在地。现在只有两组工作轨道，都是东西走向的。其他的都生锈了，杂草丛生。大多数枕木都不见了，显然被“角街”的那些无家可归的人拿去烧了。

山姆在五点差一刻到达。在城市边缘空旷的田野上，太阳投下了一层悲哀而黯淡的光线。一辆长得似乎没有尽头的货运列车在这里为数不多的建筑物后面隆隆驶过。微风吹拂，山姆停车走下来，他能听到的枢纽城生锈的老旧标志在废弃的月台上方摆动摇晃，发出嘎吱嘎吱的声音，人们曾经在这里登上前往圣路易斯和芝加哥的列车——甚至乘坐“阳光地带特快”前往拉斯维加斯和洛杉矶的快乐天堂，而枢

---

① 原文：Angle Street。

② 原文：Angel Street。

纽城是这趟车在爱荷华州唯一的停靠站。

无家可归者收容所曾经是白色的；现在，它因为油漆脱落变成没上过漆的灰色。窗户上的窗帘是干净的，但破旧且毫无生气。煤渣场院子里杂草试着扎根，山姆觉得它们得长到六月才会成功。在通向门廊的破旧的台阶上放着一只生锈的大桶。在“角街”招牌对面，还有一块牌子钉在另一根门廊的支撑柱上，上面写着：

这里不许喝酒！

如果你有瓶子，在你进去之前必须先把酒瓶放到桶中！

山姆运气不错。虽然星期六的晚上快到了，枢纽城的酒吧和啤酒店都开业了，在等着邋遢戴夫，但他还在这里，而且他是清醒的。事实上，他正和另外两个酒鬼坐在门廊上。他们都在用白色的纸板制作长方形的海报，三个人都自得其乐。坐在走廊另一头地板上的那个人用左手握着右手腕，努力不让手剧烈摇晃。中间的那个人舌头从嘴角探出来，活像一个上了年纪的幼儿，拼命地要画一棵树，想拿颗金星给妈妈看。邋遢戴夫坐在靠近门廊台阶的一把破旧的摇椅上，他看起来状态最好，但这三个人看上去都身体畏缩，好像身体有残缺。

“你好，戴夫。”山姆说着走上台阶。

戴夫抬起头，眯起眼睛，然后试探性地笑了笑。他所有剩下的牙齿都在前面。笑容把仅有的五颗牙都暴露了出来。

“皮伯斯先生？”

“嗯。”他说，“你好吗，戴夫？”

“哦，好极了，我想可以说还不错吧。”他看了看四周，“说，你们！跟皮伯斯先生打个招呼吧！他可是律师！”

那个伸出舌尖的家伙抬起头，微微点了点头，又继续忙他的海报，左鼻孔挂着一条长长的鼻涕。

“其实，”山姆说，“我是做房地产的，戴夫。房地产和保……”

“你带了我的吉姆肉干吗？”那个手发抖的人突然问道。他根本没有抬起头来，而是全神贯注地皱着眉头。山姆可以从他站着的地方看到他的海报：上面布满了长长的、弯弯曲曲的橙色线条，模糊的东西有点像是文字。

“麻烦再说一次？”山姆问。

“那是鲁基。”戴夫低声说，“他今天不太好，皮伯斯先生。”

“给我吉姆肉干，给我我的吉姆肉干，给我他妈的吉姆肉干。”鲁基头也不抬地念叨着。

“呃，不好意思……”山姆正要说。

“他没有吉姆牌肉干！”邋遢戴夫喊道，“闭嘴，做你的海报，鲁基！莎拉六点前要它们！你得做好点！”

“我要吃个该死的吉姆肉干。”鲁基用低沉而紧张的声音说，“如果我不吃，我想我就只得吃老鼠屎了。”

“别理他，皮伯斯先生。”戴夫说，“怎么了？”

“嗯，我想知道你上周四收旧报纸时是否发现了两本书。我把它们放错地方了，我想应该来查查看。那两本书已经在图书馆超期了。”

“你有两毛五吗？”那个伸出舌尖的人突然问道，“那个词是什么？来一枚雷鸟！”

山姆下意识地把手伸进口袋。戴夫伸出手，碰了碰他的手腕，几乎有些带着歉意。

“别给他钱，皮伯斯先生。”他说，“这是鲁道夫。他不需要雷鸟。他和鸟没关系。他只需要睡一觉。”

“对不起。”山姆说，“我忘记带钱了，鲁道夫。”

“是啊，你和其他所有人一样。”鲁道夫回去弄他的海报，喃喃地说，“能要你多少钱？两个五毛而已。”

“我什么书也没看见。”邋遢戴夫说，“我很抱歉。像往常一样，我只是把报纸收走。瓦瑟太太也在，她可以告诉你。我没拿错东西。”但他那双粘着眼屎、露着不愉快的眼睛好像并不指望山姆会相信这一点。不像玛丽，邋遢戴夫·邓肯并不觉得末日就在路上或就在拐角处；他觉得自己就生活在末日里，身上就仅存一点点尊严。

“我相信你。”山姆把手放在戴夫的肩上。

“我像往常一样，只是把你那箱报纸扔进了我的袋子里。”戴夫说。

“如果我有一千根吉姆肉干，我就会把它们全吃了。”鲁基突然说道，“我要把这些家伙一口吞下去！我要吃！我要吃！我要大吃特吃！”

“我相信你。”山姆重复道，拍了拍戴夫瘦骨嶙峋得可怕的肩膀。他自己在想，上帝保佑戴夫身上没有跳蚤。紧跟着这个不算有同情心的想法，他又想到是否有其他扶轮社员，那些一星期前让他大出风头的精神矍铄、精力充沛的伙伴最近是否来过这座城市的边缘地带。他想知道他们是否知道“角街”。他不知道斯宾塞·迈克尔·弗利在写到“世间唯有人际交流最高。你我双手触摸之际”时是否会想象鲁基、鲁道夫和邋遢戴夫这样的人。山姆回想起他那充满天真的助人为乐的讲话，以及对小镇生活的简单乐趣的认可，突然感到一阵羞愧。

“那好。”戴夫说，“那我下个月再来？”

“可以。你把报纸拿到回收中心去了，对吗？”

“嗯。”邋遢戴夫用手指了指，他手指的指甲都发黄裂开了，“在这里。但是他们关门了。”

山姆点点头。“你在干什么？”他问。

“哦，在随便打发时间。”戴夫说着把海报转过来，让山姆能看到。

海报上是一位面带微笑的女士，手里拿着一盘炸鸡。山姆首先感到的是，画得不错——画得真不错。不管是不是个酒鬼，邋遢戴夫有一种天生的艺术触觉。在海报上方，整齐地写着以下文字：

卫理公会第一教堂的鸡肉晚餐
提供给“天使街”无家可归者收容所
四月十五日
下午六时至八时
欢迎个人及家属前往

“那是在戒酒会之前。”戴夫说，“但你不能在海报上写任何关于戒酒会的内容。因为那是秘密。”

“我知道。”山姆说，他停顿了一下，然后问，“你去戒酒会吗？如果你不想回答，你就不必回答。我知道这真的不关我的事。”

“我去。”戴夫说，“可戒酒太难了，皮伯斯先生。我吃的戒酒薯片比卡特吃的肝丸都多。我有时能坚持一两个月，有一次我几乎戒酒整整一年。但很难戒。”他摇了摇头，“他们说，靠这个戒酒方式有些人永远都戒不了。我一定是其中之一。但我一直在努力。”

山姆的目光转向画上那个端着一盘鸡的女人。这幅画太精细了，不可能是漫画或素描，但它也不算是一幅正式的画。很明显，邋遢戴夫画得很匆忙，但他让画中的女人眼睛里显露出了一丝善意，还有微微扬起的嘴角，就像一天结束时的最后一缕阳光那么温暖。最奇怪的是那个女人让山姆觉得很眼熟。

“真有这个人？”他问戴夫。

戴夫的微笑愈发开朗，他点了点头。“这是莎拉。她是个好姑娘，皮伯斯先生。要不是她，这个地方五年前就关闭了。她会在税收似乎太高的时候，或者当建筑检查员来而我们无法把房子修缮好以满足他们的要求的时候，找人来捐钱。她把给钱的人叫做天使，但她自己就是天使。我们以萨拉的名字命名这个地方。当然，汤米·圣约翰做这个标志时，他把一部分拼错了，但他的本意是好的。”戴夫沉默了一会儿，看着他的海报。头也没抬，他接着说，“汤米已经死了，熬了好久。去年冬天去世的。他的肝不行了。”

“哦。”山姆说，然后他笨拙地加了一句，“对不起。”

“没事。他已经解脱了。”

“大吃特吃！”鲁基叫道，站了起来，“大吃特吃！那不是应该大吃特吃吗！”他把海报拿给戴夫。在那些橙色的花体字下面，他画了一个怪物一样的女人，她的腿末端是鲨鱼鳍，山姆以为那是鞋子。一只手上端着一个形状奇怪的盘子，里面好像装满了蓝色的蛇。另一个只手夹着一个棕色的圆柱形物体。

戴夫从鲁基手里接过海报，仔细看了看。“画得很好，鲁基。”

鲁基咧开嘴，露出愉快的微笑。他指着那个棕色的东西。“看，戴夫！她自己拿着一份他妈的‘小吉姆’肉干！”

“她确实有。不错。如果你想看电视就去吧，去打开电视。《星际迷航》马上就要开始了。你怎么样，道夫？”

“我喝醉的时候画得更好。”鲁道夫说，然后把他的海报给了戴夫。上面有一根巨大的鸡腿，火柴人形状的男男女女站着围在旁边，仰望着它。“这是幻想手法。”鲁道夫对山姆说。他的口气有些粗野。

“我喜欢这个。”山姆说。他确实喜欢。鲁道夫的海报让他想起了《纽约客》的一幅漫画，这幅漫画有时让他无法理解，因为太超现实了。

“好。”鲁道夫仔细端详着他，“你真的连个两毛五的硬币都没有吗？”

“没有。”山姆说。

鲁道夫点点头。他说：“在某种程度上，这是好事。但换个角度讲，真是很糟糕。”他跟着鲁基进了屋，很快，《星际迷航》的主题曲就从敞开的门里飘了出来。电视上的威廉·夏特纳告诉“角街”的酒鬼和已经废了的人，他们的任务是勇敢地去以前没有人去过的地方。山姆猜这里有些观众已经在那里了。

“除了我们这些家伙和城里的一些戒酒会的会员，没人会来参加聚餐。”戴夫说，“但这让我们有事可做。除了画画，鲁基几乎不说话了。”

“你画得太棒了。”山姆对他说，“你真的画得好，戴夫。你为什么不……”他停住了。

“我为什么不怎样，皮伯斯先生？”戴夫温和地问，“我为什么不用右手去赚钱？原因和我找不到固定工作的原因一样。太晚了，我没法工作了。”

山姆想不出要说什么。

“不过，我也试过。你知道我是拿全额奖学金去得梅因上的罗瑞拉德学校吗？那是中西部最好的美术学校。我第一学期就被退学了。因为酒。算啦，你想进来喝杯咖啡吗，皮伯斯先生？要不要坐一坐？你可以见见萨拉。”

“不，我得回去了。我有事要办。”

山姆确实有事。

“好吧。你真的没有生我的气吗？”

“完全没有。”

戴夫站了起来。“那，我要进去了，”他说，“本来天气很好，但现在有点凉了。祝你今晚愉快，皮伯斯先生。”

“好。”山姆说，尽管他怀疑这个星期六晚上他会不会过得很开心。可是他的母亲也说过：良药苦口，快咽快咽。这也是他打算要做的。

他走下“角街”的台阶，邋遢戴夫·邓肯则转身进去了。

2

山姆几乎要走回到他的车旁，然后绕了一圈朝回收中心的方向走。他慢慢地走过杂草丛生、铺满煤渣的地面，看着长长的货运列车消失在开往卡姆登和奥马哈的方向。车尾上的红灯像垂死的星星一样闪烁着。由于某些原因，货运列车总是让他感到孤独，而现在，在他与邋遢戴夫的谈话之后，他感到前所未有的孤独。有几次，他在戴夫收拾旧报纸的时候见到他，他看上去是个快活得几乎有点滑稽的人。今晚，山姆觉得他看到了戴夫面具背后的东西，而他所看到的让他感到不快乐和无助。戴夫是一个迷失自我的人，平和但完全迷失了方向，他的才华只能用来为教会聚餐制作海报。

穿过垃圾区来到回收中心——首先要走过旧报纸上掉下来的泛黄的广告纸，还有撕破的塑料垃圾袋，最后是堆成一圈的破碎的瓶子和压扁的易拉罐。隔板房的窗帘都拉上了。门上挂着的牌子上写着“**已关闭**”。

山姆点了一支烟，朝他的车走去。他刚走了五六步，就看见一个熟悉的东西躺在地上。他把它捡起来。它是《美国人最喜爱的诗》的书套，上面还盖着“枢纽城市立公共图书馆的财产”字样的印章。

所以现在他知道了。他把书放在尊尼获加箱子里的报纸上面，然后就把它们忘了。他还把其他的报纸——星期二的、星期三的、星期四的——都压在了书的上面。上周四早上晚些时候，邋遢戴夫来了，把所有的东西都扔进了他的塑料袋里。然后把袋子放进他的购物车，把购物车推到这里，最后就剩下这一件东西了——上面有泥泞脚印的塑胶书套。

山姆松开手，任由书套从手中被风吹走，然后慢慢地走回他的车里。他有件事要办，最好在晚餐时候就办好。

他看起来好像要去请罪了。

第六章

图书馆（II）

1

走到图书馆的半路上，山姆突然有了一个主意——太明显了，他简直不敢相信自己没有想到这个主意。他弄丢了几本图书馆的书，后来他发现它们已经被毁坏了，他得为此赔钱。

仅此而已。

他突然想到，在让他像四年级学生那样思考方面，阿黛丽娅·洛兹比他自己预期的更成功。孩子丢了书，对孩子来说感觉就像是世界末日，无能为力，只能畏缩在图书馆规定的阴影下，等待着图书馆警察的出现。但图书馆警察是不存在的，作为成年人，山姆非常清楚这一点。图书馆只有像洛兹那样由市政府雇的工作人员，他们有时会过分夸大自己在整个体制中的地位；只有像山姆这样的纳税人，有时会以为自己是摇尾巴等待施舍的狗，而不是反过来。

我要进去，我要道歉，然后我要让她给我寄一张再买那两本书的账单，山姆想。*就是这样，就这么结束。*

这件事再简单不过了。

山姆仍然感到有点紧张和尴尬（但至少能控制这个小题大做的事情了），他把车停在了图书馆的街对面。主入口两侧的路灯是亮着的，把柔和的白光投射到台阶和建筑的花岗岩外立面上。晚上的灯光让这里显得比较友善，也让人没有被拒千里之外的感觉，在他第一次来时肯定没有这些，或者只是因为现在是春天，一切都让人感到振奋，而他第一次见到这头“图书馆巨龙”的时候天气是阴沉的。现在图书馆石头机器一样令人生畏的面孔消失了，又变回了普通的公共图书馆。

山姆正要下车，然后停了下来。之前他像被启示一样得到了灵感，现在他突然又有了另一个。

戴夫的海报上那个女人的脸又回到了他的脑海里，那个端着一盘炸鸡的女人，戴夫叫她“莎拉”的那个。那个女人对山姆来说很眼熟，突然，他脑子里闪过一个模糊的念头，他知道原因了。

是娜奥米·希金斯。

2

山姆在台阶上和两个穿着枢纽城高中夹克的孩子擦肩而过，在门还没关上之前，他抓住了门把。他走进门厅。他首先想到的是声音不对。大理石台阶后面的阅览室一点也不吵闹，但也不像一个多星期前的星期五中午那样安静。

可现在是星期六晚上了，他想。*这里有孩子，可能在为期中考试而学习。*

但是，这样的喋喋不休，阿黛丽娅·洛兹会容忍吗？从声音上看，答案似乎是肯定的，但这情况肯定不对头。

第二件让山姆觉得不对头的事是原来装在画架上的那句无声的命令。

安静！

不见了。取而代之的是一幅托马斯·杰斐逊的画像。下面还有一句他的话：

没书我可活不下去。

——托马斯·杰斐逊（给约翰·亚当斯的一封信）

一八一五年六月十日

山姆对着画像研究了一番，觉得这改变了人准备进入图书馆时的整个感受。

安静！

引起恐惧和不安的感觉（例如，如果有人肚子咕噜咕噜地响，或者如果有人觉得肠胃胀气，要憋不住了，该怎么办？）

没书我可活不下去。

这就完全不一样了，这个标语让人产生愉悦和期待的感觉——它让人感觉就像饥饿的人终于拿到食物时的感觉一样。

山姆困惑地想为什么这么小的细节就会让事情截然不同，他走进大厅，突然停了下来。

3

大厅里比他第一次来的时候明亮多了，但这只是变化之一。一直延伸到上层架子昏暗尽头的梯子不见了。根本不需要它们，因为天花板离地面只有八九英尺，而不是三十或四十英尺。如果你想从较高的书架上拿一本书，只需要随便拿一张在附近的凳子垫脚就够得着。借书台旁边一张宽桌子上有一堆呈扇形摆放、引人翻阅的杂志。之前用来挂杂志，就像挂死去动物的兽皮一样的橡木架子现在已经不见了。连写着“**把所有杂志放回原处！**”的牌子也消失了。

新小说的书架还在，但是“**只出借七天**”的标志已经被写着“**享受读畅销书的乐趣**”的牌子取代！

图书馆里大部分是年轻人，他们来来去去，低声交谈。有人还笑了，笑声轻松而自然。

山姆抬头看着天花板，拼命想弄明白这里到底发生了什么。倾斜的天窗不见了。房间原来的天花板已经被现代化的吊顶遮住。旧的悬挂式球型灯泡已经被嵌在新天花板上的内嵌式日光灯所取代。

有个女人手里拿着几本悬疑小说本来要去借书台，结果她顺着山姆的目光看着天花板，但没有看到什么不寻常的地方，于是好奇地看着山姆。其中一个坐在杂志桌右边的长桌旁的男孩用胳膊肘推了推他的同伴，把山姆指给他们看。另一个用手指敲了敲自己的太阳穴，他们都窃笑起来。

山姆既没有注意到他们的注视，也没有注意到他们的窃笑。他没有意识到自己只是站在主阅览室的入口处，张大嘴巴呆呆地望着天花板。他想不通图书馆怎么会有如此大的变化。

自从你上次来这里，他们就安装了吊顶。那又怎样？可能会让图书馆更暖和一点？

是的，但是那个叫洛兹的女人从来没有说过图书馆会有变化。

没有，但她为什么要跟他说？山姆又不是常来图书馆，不是吗？

不过，她本应该对图书馆装修这事感到不爽的。她给山姆的印象是那种坚如磐石的传统主义者。她不会喜欢这样的。肯定会反感。

没错，但还有一件事，更让他不安的事。安装吊顶是一次重大的翻新。山姆不明白这件事怎么能在一个星期内完成。还有那些高高的书架和上面的书呢？架子哪儿去了？书到哪儿去了？

现在其他人都在看着山姆，就连图书馆的助理员工也从借书台的另一边盯着他看。大厅里交头接耳的说话声都安静下来了。

山姆揉了揉眼睛——真的揉了揉——又抬头看了看悬挂着的镶有日光灯的天花板。他没有看错。

我走错图书馆了！他疯狂地想。就是这样！

他混乱的思维一想到这个念头就紧紧地抓住它，然后又退缩，就像被骗得向影子扑去的小猫。以爱荷华州中部的标准来看，枢纽城相当大，人口约三万五千，但认为这个城市能负担得起两个图书馆的想法是荒谬的。此外，建筑的位置和房间的配置都没错……只是里面的一切都变了。

山姆想了一会儿自己是不是疯了，然后打消了这个念头。他环顾四周，第一次注意到大家都停下了正在做的事情，都看着他。他突然感到一阵疯狂的冲动，想说："回去忙你的……我只是发现整个图书馆一周内变了。"但他没有说，只是悠闲地走到杂志桌前，拿起一份《美国新闻与世界报道》。他假装很有兴趣地开始翻看，并用余光观察着房间里的人，看他们是否回去忙之前的事。

当山姆觉得自己不会引起别人过分的注意时，他把杂志放回桌子上，信步走向儿童图书馆。他觉得自己有点像穿越敌境的间谍。门上的标识完全一样，暖色的深橡木上写着金色的字母，但海报却不同。他这时看到，吓人的小红帽海报已经被唐老鸭的侄子休伊、杜威和路易的海报取代。他们穿着泳裤，跳入一个装满书的游泳池。下面的标语是：

进来吧！阅读很好玩的！

“这是怎么回事？”山姆喃喃自语。他的心脏跳得太快了，他能感觉到手臂和后背上沁出了汗珠。如果只是那张海报的话，他可能会认为洛兹被解雇了……但不仅仅是海报变了。而是一切都变了。

他打开儿童图书馆的门，往里面看了看。他看到了同样令人愉快的小世界，还有低矮的桌椅，同样明亮的蓝色窗帘，同样挂在墙上的饮水机。只是现在这里的吊顶与主阅览室的吊顶一模一样，所有的海报都换过了。黑色轿车里尖叫的孩子

（*笨蛋西蒙……他们都叫他笨蛋西蒙，他们鄙视他，我认为这有益身心健康，不是吗？*）

不见了，穿着风衣、有颗奇异的多角星警徽的图书馆警察也不见了。山姆往后退，转过身，慢慢地走到借书台。他觉得全身就像随时会碎掉的玻璃。

两个图书馆的工作人员，一男一女都是大学生，就看着他慢慢走近。山姆还没有完全慌乱，但看得出这两个工作人员有点紧张。

*要小心点。不……要表现得***正常***些。他们已经觉得你和疯子差不多了。*

他突然想起了鲁基，这时一种可怕的、毁灭性的冲动攫住了他。他可以想象到自己张大了嘴巴，对着这两个紧张的年轻人大喊大叫，用最大的声音要求他们给他一些他妈的吉姆肉干，因为那东西超好*吃！超好吃！要大吃特吃！*

但他说话的声音反而变得平静而低沉。

“也许你们能帮我一下。我需要和图书馆馆长谈谈。”

“哎呀，对不起。”那女孩说，“普莱斯先生星期六晚上不来。”

山姆低头看了一眼桌子。和他上次去图书馆时一样，缩微胶卷记录旁边有一块很小的名字牌，但上面写的不是

A. 洛兹

而是

普莱斯先生

他心里想起了娜奥米的声音：“高个子男人？很瘦？大约五十岁？”

“不是。”他说，“不是普莱斯先生，也不是佩卡姆先生。是一个叫阿黛丽娅·洛兹的人。”

男孩和女孩困惑地面面相觑。“这里没人叫阿黛丽娅·罗德。”男孩说，“你一定把这里和其他图书馆弄混淆了。”

“不是罗德。”山姆告诉他们，他感觉自己的声音好像是从很远的地方传来的，“*洛兹*”。

“没这个人。”女孩说，“你一定弄错了，先生。”

他们又开始对他警惕起来，但山姆想坚持告诉他们，阿黛丽娅·洛兹当然在这里工作，他八天前才见过她，但他还是忍住了。在某种程度上，这一切都很合理，不是吗？整个事情很不对劲，但在这种疯狂的情况中，一切又非常说得通。这件事当然疯狂，但这并没有改变事实的内在逻辑是完整的。就像那些消失的海报、天窗和杂志架一样，阿黛丽娅·洛兹也已经不复存在。

娜奥米的声音又在他脑子里想起。*哦！是洛兹小姐吗？那一定挺有趣。*

“娜奥米认出了这个名字。”山姆喃喃地说。

现在，图书馆的工作人员都惊愕地看着他。

“对不起。”山姆说，试着笑了笑，他觉得他的表情更扭曲了，“我和以前的事搞混了。”

“我觉得是。”男孩说。

“肯定是。”女孩也说。

他们认为我疯了，山姆想，你知道吗？我一点也不怪他们。

“还有别的事吗？”男孩问。

山姆张开嘴想说没有，然后匆忙离开……他随即改变了主意。事情已经到这一步了，他不如再进一步。

“普莱斯先生当图书馆馆长多长时间了？”

两位工作人员又交换了一下眼色。女孩耸耸肩。“我们到这儿以后一直都是他。”她说，“不过我们在这里时间不长吧，你是……？”

“皮伯斯。”山姆说着伸出了手，“山姆·皮伯斯。我很抱歉。我有些失态。”

他们俩都放松了一点——虽然不明显，但看得出来，这让山姆也放松了一点。不管心烦意乱与否，他至少用上了他那让人安心的强大能力。如果房地产和保险推销员不能做到这一点，那就该另谋高就了。

“我是辛西娅·贝里根。”她说着迟疑地握了握山姆的手，“这是汤姆·斯坦福。”

“很高兴见到你。”汤姆·斯坦福说。虽然他看起来有些犹豫，但还是和山姆的手快速地握了一下。

“不好意思？”拿推理小说的女人问，“请问谁能帮我一下？我打桥牌要迟到了。”

“我来吧。”汤姆对辛西娅说，然后走到桌子那边去处理那个女人的书。

辛西娅说：“皮伯斯先生，汤姆和我是查普顿大专的学生。这是一份半工半读的工作。我在这儿已经三个学期了……去年春天普莱斯先生雇用了我。汤姆是夏天来的。”

“普莱斯先生是唯一的正式员工吗？”

“嗯。”辛西娅有一双可爱的棕色眼睛，现在山姆能从眼睛里看到一丝担忧，“到底出什么事了？”

“我不知道。”山姆又抬起头来，他忍不住，“自从你来上班后，这个吊顶就一直在这儿吗？”

她顺着他的目光望去。“嗯。”她说，“我不知道这个是不是叫吊顶，不过，你说的是对的，自从我来这儿以来，这儿就是这样的。”

“你瞧，我本来以为上面有天窗的。”

辛西娅笑了。“嗯，当然。我的意思是，如果你绕到大楼的一侧，你可以从外面看到天窗。你在书架上也能看到它们，但它们都被钉上了木板。我是说天窗，不是书架。我觉得它们这样已经很多年了。”

很多年了。

“你从来没有听说过阿黛丽娅·洛兹这个人。”

她摇了摇头。“嗯。不好意思。”

“图书馆警察呢？”山姆忍不住问。

她笑了。“只有我的老姑妈说过这个。她过去常告诉我，如果我不按时把书带回来，图书馆警察就会去逮我。但那时还在罗德岛的普罗维登斯，我还是个小女孩。已经很久以前了。”

当然啦，山姆想。也许是在十年、十二年前。恐龙还在地球上到处跑。

“好吧。”他说，“谢谢你告诉我。我不是故意要吓你的。”

“你没吓到我。”

“我觉得有一点。有那么一瞬间，我脑子里一塌糊涂。”

“这个阿黛丽娅·洛兹是谁？”汤姆·斯坦福回来后问道，“这个名字听起来很耳熟，但我就是想不起来在哪儿听过。”

“也是。我真的不知道那是谁。”山姆说。

“嗯，我们明天闭馆，但普莱斯先生周一下午和周一晚上在。”他说，“也许他能告诉你你想知道的事。”

山姆点点头：“我想我要去找他。再次感谢你们。”

“我们本来就是来帮忙的。”汤姆说，“我真希望我们能给你更多的帮助，皮伯斯先生。”

“谢谢。”山姆说。

4

山姆回到车里之前，还好好的，但当他打开驾驶座车门的时候，他肚子和腿上的肌肉似乎都僵住了，他不得不用一只手支撑住车顶，以免摔倒。他并没有真的上车，而是瘫倒在方向盘后面，然后坐在那里，喘着粗气，担心自己会不会晕倒。

这是怎么回事？我感觉就像罗德·瑟林那部老剧集里的角色。“本集将让您看到一位名叫塞缪尔·皮伯斯的人，他曾经是枢纽城的居民，一名房地产商人，一切都在本集的……《阴阳魔界》。”

是的，就是这样。在电视上看角色们应对不可思议的事件算是一种乐趣。但山姆发现当自己就是那个不得不与不可思议的事情纠缠的人时，那些无法解释的东西就失去了原本的许多乐趣。

他望着街对面的图书馆，那里的人们在路灯柔和的灯光下来来往往。拿着推理小说的老太太上了街，大概是去打桥牌。有几个姑娘走下台阶，一起有说有笑，手里的书靠着她们隆起的胸脯上。一切看起来都很正常……当然都正常。反常的是他一周前进入的那间图书馆。他想，那些古怪之处没有给他更大的打击的唯一原因是他一直在想着他那篇该死的演讲稿。

别想了，他告诫自己，但他担心他的思绪完全不受控制。*像《乱世佳人》里的思嘉丽·奥哈拉一样，明天再想吧。太阳升起后，这一切就会说得通了。*

他把车挂上挡，回家的路上一直想着这件事。

第七章

夜　惊

1

他回家后做的第一件事就是检查电话答录机。当看到等待信息的灯亮着时，他的心跳加速快了一挡。

一定是她。我不知道她到底是什么人，我开始觉得除非她把我逼疯了，否则她不会放过我的。

那就别听，他内心的另一个声音说。山姆现在很困惑，他不知道这是不是个合理的想法。这看起来很合理，但也有点懦弱。事实上，他意识到自己这会儿正汗涔涔地站着咬指甲，突然发出一声轻但恼怒的呼噜声。

从四年级的感觉到精神病人的感觉，他想，亲爱的，我他妈绝对不会让事情变成这样。

他按下了按钮。

“嗨！”一个像是喝了威士忌的男人说，“我是约瑟夫·兰道夫斯基，皮伯斯先生。我的艺名是‘神奇乔’。我打电话是想感谢你替我参加扶什么社的聚会。我想告诉你我感觉好多了……我的脖子只是扭伤了，而不是像他们一开始想的那样断了。我寄给你一套演出的免费票。把它们发给你的朋友吧。照顾好你自己。再次感谢。再见。”

录音停止。“**所有留言已播放**”的灯亮了。山姆对自己刚才的精神紧张嗤之以鼻……如果阿黛丽娅·洛兹想让他在阴影里紧张兮兮的，那她就如愿以偿了。山姆按下了倒带按钮，一个新的想法闪过他的脑海。他习惯倒带记录信息，但这意味着旧信息被新信息覆盖。“神奇乔”的信息会抹去阿黛丽娅之前的信息。他唯一能证明这个女人确实存在的证据已经不见了。

不过也未必是这样，不是吗？他还有借书证。他当时站在那张该死的借书台前，看着她在上面用华丽的字体签上自己的名字。

山姆掏出他的钱包，翻了三遍才承认自己连借书证也不见了。他觉得自己知道其中的原因。他依稀记得把它塞进了《美国人最喜爱的诗》封底装图书卡的袋子里。

是为了保管。

这样他就不会弄丢。

太好了。这真是太好了。

山姆坐在沙发上，用手捂着前额。他的头开始疼了。

2

十五分钟后，他站在炉子旁加热一罐汤，希望一点热的食物能缓解头疼，这时他又想起了娜奥米——娜奥米，长得很像邋遢戴夫海报上的那个女人。娜奥米是否以萨拉的名字私底下过着某种秘密生活的问题已经不重要，重要的是至少娜奥米知道阿黛丽娅·洛兹这个人。但她对这个名字的反应……这有点奇怪，不是吗？她愣了一两分钟，然后开始开玩笑，然后电话响了，当时是伯特·艾弗森打来的，山姆试着在脑海里回忆这段对话，却想不起来什么，感到很懊恼。娜奥米说过，阿黛丽娅很奇怪，他对这一点很有把握，但除此之外就什么也记不起来了。这事当时似乎并不重要。当时重要的是，他的职业生涯似乎取得了巨大的进步。当然他的进步仍然很重要，但洛兹的事占据了自己的脑海。说真的，洛兹这件事已经让他想不了其他事了。他的思绪总是落到图书馆那现代且实用的吊顶和那些低矮的书架上。他不相信自己疯了，完全没有，但他开始觉得，如果这件事不解决，他可能会发疯。就好像他在脑袋中间发现了一个洞，它是那么深，你把东西扔进去，不管扔的东西有多大，也不管你竖起耳朵等了多长时间，都听不到水声。他猜想那种感觉会过去的——也许吧——但那种感觉依然很可怕。

他把汤下的炉子打成小火，走进书房，找到了娜奥米的电话号码。电话铃响了三次，然后一个沙哑的、苍老的声音说："请问是谁？"虽然山姆已经快两年没见到这个声音的主人了，但他立刻认出了这个声音。是娜奥米垂垂老矣的母亲。

"你好，希金斯夫人。"他说，"我是山姆·皮伯斯。"

他停了下来，等着她说"哦，你好，山姆"或者"你好吗？"，但只有希金斯夫人肺气肿发作一般的沉重呼吸。山姆一直都不讨她喜欢，似乎长时间没见，也没有让她对山姆的态度变好些。

既然她不打算开口，山姆决定还是自己起头吧。"你好吗，希金斯夫人？"

"有时好，有时不好。"

山姆愣了一会儿。这话似乎很难接。如果说"很抱歉"那不合适，但要说"那太好了，希金斯夫人！"听起来更糟。

他只好直接问能不能跟娜奥米谈谈。

"她今天晚上出去了。我不知道她什么时候回来。"

"你能让她给我打电话吗？"

"我要去睡觉了。也别让我给她留便条。我的关节炎很严重。"

山姆叹了口气："我明天再打吧。"

"我们明天早上去教堂。"希金斯夫人用同样平淡、不予帮助的语气说，"这个季节的第一次浸礼会青年野餐是明天下午。娜奥米已经答应我去帮忙了。"

山姆决定还是改天再打。他很清楚希金斯太太是个很势利的人。山姆开始想说再见，然后改变了主意。"希金斯夫人，洛兹这个名字你熟吗？阿黛丽娅·洛兹？"

她沉重的呼吸促然停了下来。一时间，电话里一片寂静，然后希金斯夫人低声恶狠狠地说："你们这些不信神的异教徒还要在我们面前提那个女人多少次？你觉得好玩吗？你觉得这么做明智吗？"

"希金斯夫人，你不明白。我只是想知道……"

他的耳朵里响起了一声尖锐的咔哒声。听起来好像希金斯夫人在她的膝盖上折断了一根干燥的木棍子。然后电话断了。

3

山姆喝了汤，然后花了半个小时想看看电视。但没用。他老是走神。可能先是想到邋遢戴夫海报上的那个女人，或者先想到《美国人最喜爱的诗》封面上泥泞的脚印，或者先想到消失的《小红帽》海报。但无论从哪开始，他的思绪总是在同一个地方结束：枢纽城公共图书馆主阅览室上方那个和之前完全不同的天花板。

最后山姆放弃了，爬上了床。那是他记忆中最糟糕的一个星期六，也很可能是他一生中最糟糕的星期六。他现在唯一想做的就是快速地进入无梦的无意识睡眠中。

但他一直睡不着。

取而代之的是恐惧。

其中最让他感觉不安的是他可能正在失去理智。山姆从来没有意识到这种想法有多么可怕。在他看过的电影中，有些人会去看精神病医生，然后在说“医生，我感觉我要疯了”的同时戏剧性地抓着自己的头发。他觉得自己已经把精神不稳定的状态和服用了伊克赛锭的头痛联系起来。他发现事实并非如此，随着时间的流逝，四月七日已经逐渐过去，四月八日到了。现在的情况更像是伸手去挠自己的睾丸，然后发现那里有一个大肿块，担心是不是恶性肿瘤。

图书馆不可能在一个多星期内发生如此彻底的变化。他不可能从阅览室里看到天窗。这个名叫辛西娅·贝里根的女孩说从她到图书馆工作时，天窗就已经全用木板封起来了，至少一年前就是这样。所以这是某种精神崩溃，还是得了脑瘤或阿兹海默症？如果是这样，倒是有一个令人欣慰的想法。他在某个地方读到过——也许是《新闻周刊》——说阿兹海默症的患者越来越年轻。也许这整件怪异的事是个令人不安的、过早衰老的信号。

一个令人不快的广告牌开始浮现在他的脑海里，广告牌上写着三个油腻腻的、甘草色的字母。上面写的是：

我疯了。

他过着平凡的生活，充满了平凡的快乐和平凡的遗憾，可以说有些浑浑噩噩。他从来没有见过自己的名字在聚光灯下出现，这是真的，但他也从来没有任何理由怀疑自己的理智。现在他躺在那张皱巴巴的床上，想知道自己是不是正要离开真实而理性的世界。特别是他已经开始

疯了。

枢纽城无家可归者收容所的天使是娜奥米？还是只是个化名？这是另一个疯狂的想法。这不可能……可能吗？他甚至开始怀疑他的生意是否真的兴隆了起来。也许整件事都是幻觉。

快到午夜的时候，他的思绪转到了阿黛丽娅·洛兹身上，这时情况才真正开始恶化。他开始想，如果阿黛丽娅·洛兹在他的衣橱里，甚至在床底下，那该有多可怕。他看见她在黑暗中开心地偷笑着，扭动的手指，又长又尖的指甲，她的头发披散在脸上，就像戴着一顶怪异的吓人的假发。他想象着如果她开始对他耳语，他的骨头会变得像果冻一样软。

你把书弄丢了，山姆，所以必须找图书馆警察了……你把书弄丢了……你把它们弄丢丢丢丢了……

最后，大约在十二点三十分，山姆再也无法忍受了。他坐起来，在黑暗中摸索着找床头灯。这时，一个新的幻想攫住了他的心，这种幻想如此生动，几乎就像真的：他并非独自一人在卧室里，而来的人也不是阿黛丽娅·洛兹。哦，不。进来的人是海报上的图书馆警察，海报已经不在儿童图书馆了。他站在此刻的黑暗中，是肤色苍白的高个男人；是左脸颊上、左眼下面、鼻梁上有一道锯齿状的白色伤疤的脸色很差的风衣男。山姆没有在海报上看到脸上的伤疤，但那只是因为画家不想把它画进去。它在那儿。山姆知道它在那儿。

*灌木丛的事，你错了。*图书馆警察用他轻微口齿不清的声音说。*图书馆路边长着灌木丛。很大一片灌木丛。我们去看看。我们一起去看看。*

不！停下来！赶快……**停下来！**

他颤抖的手终于找到了灯的开关，房间里的一块木板嘎吱嘎吱地响了起来，他有气无力地发出了轻声的尖叫，手攥成拳头朝开关砸了下去。灯亮了。起先，他以为自己看到了那个高个子，后来才意识到那只是衣柜旁边墙上的影子。

山姆把双脚甩到地板上，双手捂住脸。然后他伸手去拿床头柜上的肯特香烟。

“你得冷静下来，”他喃喃地说，“你他妈的在想什么？”

我不知道，他心里的声音立刻回答。而且，我也不想知道。永远都不想知道。灌木丛是很久以前的事了，我再也不要去回忆灌木丛，或者去回忆那个味道。那个甜甜的味道。

他点燃一支香烟，深深地吸了一口气。

最糟糕的是：下次他可能真的会看到那个穿风衣的人。或者阿黛丽娅。或者戈尔戈，地底人的皇帝什么的。因为如果他能创造出一种幻觉，就像他去图书馆和会见阿黛丽娅·洛兹那样完整的幻觉，他就能产生任何幻觉。一旦你开始想到不存在的天窗、不存在的人，甚至不存在的灌木丛，一切似乎都是可能的。要如何才能平息脑海中的胡思乱想？

山姆下楼来到厨房，一边走一边打开灯，克制住了回头看是否有人在后面偷偷摸摸跟着他的冲动。比如手上拿着警徽的人。他觉得自己需要安眠药，但因为他没有——甚至连像盐酸苯海拉明这样的非处方制剂都没有，他只能临时凑合了。他把牛奶倒进平底锅，加热，倒进咖啡杯，然后加了一杯白兰地。这是他在电影里看到的。他尝了一口，表情皱了起来，几乎要把这恶心的混合物倒进水槽，山姆看了看微波炉上的时钟。凌晨一点差一刻。很长一段时间里，他都在想象着阿黛丽娅·洛兹和图书馆警察用牙齿咬着刀偷偷爬上楼梯的情景。

或者带的是箭，他想。黑色长箭。阿黛丽娅和图书馆的警察牙缝里咬着长长的黑色箭，蹑手蹑脚地走上楼梯。各位觉得这个场面怎么样？

箭？

为什么是箭？

山姆不愿意去想。他已经厌倦了各种想法，这些想法像发臭的飞碟一样，从他内心那未曾料想到的黑暗中呼啸而来。

我不想再被这些事烦心了，也不会去想它。

他喝完了加了酒的牛奶，然后回到床上。

4

山姆让床头灯开着，这让他感到稍微平静了一些。他甚至开始想他可能会在宇宙热寂之前的某个时间睡着。他把被子拉到下巴，双手放在脑后，看着天花板。

他想，**有些事情**一定真的发生过。不可能都是幻觉……除非这也是幻觉的一部分，而我其实是在锡达拉皮兹的一个加了软垫的精神病房里，身上裹着紧身衣，想象着自己躺在自己的床上。

他确实发表了演说。他用了《演讲者的伙伴》中的笑话，还有《美国人最喜爱的诗》中斯宾塞·迈克尔·弗利的诗。他自己的藏书不多，所以这些书一定是从图书馆借来的。娜奥米知道阿黛丽娅·洛兹——知道她的名字，娜奥米的母亲也知道。有这个人！山姆说出这个名字的时候，就好像在她的安乐椅下点燃了爆竹。

*我可以去查查看，*他想。*如果希金斯夫人知道这个名字，其他人也会知道。查普顿大专那两个兼职的学生不知道，但在枢纽城住了很长时间的人知道。弗兰克·斯蒂芬斯也许知道。或者邋遢戴夫……*

这时，山姆终于睡着了。他不知不觉地跨越了清醒和睡眠之间几乎浑然一体的界限。他的思绪从来没有停止过，反而开始扭曲成越来越奇怪和难以置信的形状。形状变成了一个梦。变成了一场噩梦。他又来到了“角街”，三个酒鬼正站在门廊上，忙着张贴海报。他问邋遢戴夫他在做什么。

*哦，随便打发时间而已。*戴夫说。然后，他不好意思地把海报转过来，好让山姆看到。

这是一张笨蛋西蒙的画。他被串起来在篝火上烤。他一手抓着一大捆正在融化的红色甘草糖，衣服都烧了起来，但他还活着，正在尖叫。这张可怕的海报上面写着：

公共图书馆灌木丛中的儿童餐
招募图书馆警察基金
午夜十二点到两点
欢迎个人或阖家前往
“这要大吃特吃！”

戴夫，这太可怕了，山姆在梦里说。

才没有。邋遢戴夫回答道。孩子们叫他笨蛋西蒙。他们喜欢吃它。我觉得这有益身心健康，不是吗？

看！鲁道夫喊道。看，是莎拉！

山姆抬起头，看见娜奥米正穿过“角街”和回收中心之间的杂草丛生的空地。因为推着一辆购物车，她走得很慢。车里装满了《演讲者的伙伴》和《美国人最喜爱的诗》。在她身后，太阳好像在一个颜色阴沉的熔炉里闪耀着红光。一列长长的客运火车沿着铁轨隆隆地缓慢行驶，驶进爱荷华州西部的空旷地带。这列车至少有三十节车厢，每节车厢都是黑色的。挂在窗户上的绉纱摆动着。山姆意识到，那是一列送葬火车。

山姆转过身对着邋遢戴夫说：她不叫莎拉。她叫娜奥米。娜奥米·希金斯，来自普罗维比亚。

才不是，邋遢戴夫说。死亡就要来了，皮伯斯先生。死亡是个女人。

这时鲁基开始尖叫起来。在极度的恐惧中，他的声音听起来像一头人形的猪。她有吉姆肉干！她有吉姆肉干！哦，我的上帝，她有他妈的所有的吉姆肉干！

山姆转过身去看鲁基在说什么。那个女人离她更近了，但她不再是娜奥米了，而是阿黛丽娅。她穿着一件颜色像冬季暴风雪的风衣。购物车里并不像鲁基说的那样装满了吉姆肉干，而是成千上万交织在一起的红色甘草糖。在山姆的注视下，阿黛丽娅抓起一把，开始往嘴里塞。她的牙齿不再是假牙，那些牙齿又长又惨白。在山姆看来，它们就像吸血鬼的牙齿，既锋利又可怕。她扭曲着表情，咀嚼着满嘴的甘草糖。鲜血喷了出来，在夕阳照耀的空中喷射出一团粉红色的云，有的顺着她的下巴往下流。一块块的甘草糖滚落在杂草丛生的地上，上面还在喷涌着鲜血。

她举起了已经变成钩爪的手。

“你你你你你把把把把书书书弄弄弄丢丢丢了了！”她冲着山姆尖叫着冲了过去。

5

山姆在气喘吁吁的抽搐中醒来。他把所有的床单都扯出来了，整个人在床脚附近缩成一团，汗流浃背。窗外新的一天的第一缕微弱的阳光正悄悄透过拉下的窗帘窥视房里。床边的时钟显示现在是早上五点五十三分。

山姆站起身来，卧室的空气在他汗湿的皮肤上的凉意让他觉得清醒了些。他走进浴室，撒了泡尿，头还在隐隐作痛，不是因为凌晨喝了一小杯白兰地，就是因为做梦的压力。他打开药柜，吃了两片阿司匹林，然后蹒跚地回到床上。他尽可能地把被子拉起来，在潮湿的被单上的每一处都能感觉到残留的梦魇。他肯定没法再睡着了……他心里清楚……但他至少可以躺在这里，直到噩梦消散。

当他的头碰到枕头时，他突然意识到自己还知道一件事，一件和他突然明白邋遢戴夫海报上的那个女人是他的兼职秘书一样令人惊讶且意想不到的事。这个新发现也与邋遢戴夫有关……还和阿黛丽娅·洛兹有关。

这是一场梦，他想。我搞清楚了。

山姆沉沉地、自然地睡着了，他再也没有做梦。当他醒来时，已经快十一点了。教堂的钟声召唤着信徒们去做礼拜。外面天气很好，阳光洒在鲜嫩的草地上。这一切不仅使他感到愉快，还让他觉得自己几乎获得了新生。

第八章

角街（II）

1

山姆给自己做了早午餐——橙汁、三个鸡蛋加大葱的煎蛋卷，还有大量的浓咖啡——他准备吃完后去“角街”。他还记得，自己在短暂醒着的那一刻顿悟了，他完全相信自己的理解是正确的，但他怀疑自己是否真的想继续追究这件事。

在春天早晨的明亮光线中，前一天晚上的恐惧显得既遥远又荒谬，他有一种强烈的欲望——几乎像是一种需要——想让事情就此打住。他想，一定是什么事情在他身上发生了，某种没有合理解释的事情。问题是，那又怎么样呢？

他读过关于鬼魂、未卜先知和鬼上身之类的东西，但他对这些东西兴趣不大。他偶尔喜欢看恐怖电影，但也仅此而已。他是个讲求实际的人，他看不出灵异事件有什么实际意义……如果它们真的发生了，比如这次他就经历了……好吧，就说是某件怪事吧，也找不到更好的词来描述了。现在事情结束了。为什么不就此罢休呢？

因为她说她要求明天之前把书还回去……那要怎么办？

但现在看来，这对他已经没有什么影响了。尽管她在山姆的答录机上留言，但山姆已经不再完全相信阿黛丽娅·洛兹的存在了。

真正使他感兴趣的是他自己对所发生的事情的反应。他发现自己想起了一次大学生物课。老师一开始就说，人体有对付外来生物入侵的极其有效的方法。山姆记得老师说过，因为坏消息——比如癌症、流感或者梅毒这样的性传播疾病——总是上新闻头条，人们倾向于认为自己比实际更容易感染疾病。“人体，”教授说，“有它自己的特种部队。当人体被外来生物攻击时，女士们、先生们，这种力量的反应是迅速而无情的。对外来生物毫无怜悯之心。如果没有这支由训练有素的杀手组成的军队，你们没到一岁就已经死了二十多次了。”

人体用来摆脱外来入侵者的主要方式是隔离。入侵者首先被包围，无法获得生存所需的营养，然后要么被吞噬、打击，要么被饿死。现在山姆发现——或者他认为——大脑在受到攻击时使用的是完全相同的方法。他记得有很多次，他觉得自己感冒了，第二天早上醒来却感觉良好。身体的机制已经完成了它的工作。就在他睡着的时候，一场残酷的战争依然在进行，入侵者已被彻底消灭……被杀得片甲不留。它们要么被吞噬，要么被打垮，要么被饿死。

昨天晚上，他的精神状态就像快要感冒了。今天早上，入侵者，也就是对他清晰理性认知的威胁，已经被包围了。切断它的营养从而消灭它现在只是时间问题。他的内心在警告他的潜意识，如果再进一步调查这件事，反而会起到资敌的效果。

事情就是这样发生的，山姆想。*这就是为什么世界上没有充斥着奇怪事件和无法解释的现象的报告。大脑会经历这些东西……会退缩一段时间……然后反击。*

但他很好奇。就是这样。他们不是说过，虽然好奇杀死了猫，但不追究到底又如何能满足本性呢？

谁？这话谁说的？

山姆不知道……但他认为自己能找到答案。只需要去一趟当地的图书馆就行了。山姆微笑着把盘子拿到洗碗槽边。他发现自己已经作出了决定：他要再进一步确认这件疯狂的怪事。

再进“一步”就行。

2

山姆大约在十二点三十分回到“角街”。看到娜奥米的蓝色旧达特桑牌汽车停在车道上时，他并不十分惊讶。山姆把车停在后面，下了车，爬上要散架的台阶，经过一个写着他必须把他的所有酒瓶都扔进垃圾桶里的牌子。他敲了敲门，但没有回应。他推开门，里面是一个宽阔的大厅，除非公共电话算家具，里面可以说是任何家具都没有。墙纸很干净，但已经褪色了。山姆看到有地方用思高牌胶带修补过。

“有人吗？”

没有任何回答。他感觉自己像个入侵者，然后走进了大厅。左边的第一扇门通向公共休息室。这扇门上钉着两块牌子。

付费的朋友请这边进！

下方的牌子写着另一句标语，在山姆看来，既显得很有道理，又蠢得很到位。上面写的是：

时间是要花时间的。

公共休息室里摆着的几把废弃的椅子并不配套，还有一张用胶带修补过的长沙发——这次是电工用的胶带。墙上还挂着更多的标语。电视旁边的小桌子上有一个咖啡壶，但电视和咖啡机都关着。

山姆继续穿过大厅，经过楼梯，觉得自己更像个入侵者了。他看了看朝向走廊的另外三间屋子。每个房间都有两张小床，都是空的。房间非常干净，但三间房给人的感觉是一样的。有一种气味很臭；另一种气味令人作呕，好像里面有人病得厉害。*要么最近有人死在这个房间里了，山姆想，要么有人就要死了。*

大厅的另一头的厨房也空着。厨房是一间阳光充足的大房间，地板上铺着褪了色的油毡，让地板显得有些凹凸不平。一个木材与瓦斯两用的巨大炉子塞满了厨房的凹室。水槽很大、很旧，上面的瓷釉因锈迹而变色。这些水龙头配有老式的旋转式把手。餐具室旁边放着一台老式的美泰牌洗衣机和一台烧煤气的肯摩尔牌烘干机。空气中隐约闻到昨晚烤豆子的味道。山姆喜欢这个房间。虽然让人感觉有些斤斤计较的穷酸感，但也让人感受到了爱、关怀和来之不易的幸福。这让他想起了祖母的厨房，那是个好地方。一个安全的地方。

在餐厅大小的亚曼拿冰箱上有一块磁贴留言板，上面写着：

上帝保佑戒酒之家。

山姆听到外面有微弱的声音。他穿过厨房，透过一扇开着的窗户往外看，这扇打开的窗户是想让温暖春天的和煦微风吹进屋里。

“角街”的后草坪已初露绿意。在这片土地的后面，有一小片刚刚发芽的树木，旁边有一个闲置的菜园在等待着天气转暖。在左边，一个排球网呈柔和的弧线下垂着。右边是两个马蹄形的洼地，杂草刚刚发芽。这并不是个讨人喜欢的后院，在每年的这个时候，乡下的院子里都是这个样子。山姆看得出来，自从冬天没有再下雪后，有人至少把这个后院整理了一次以上。因为即使他能在离菜园不到五十英尺处看见闪烁反光的铁轨，地上却没有任何煤渣。他想，“角街”的居民可能没有太多需要照顾的东西，但他们会爱惜好他们所拥有的东西。

大约有十来个人坐在折叠椅上，在排球网和马蹄形洼地之间大致围成一圈。山姆认出了娜奥米、戴夫、鲁基和鲁道夫。片刻之后，他意识到他也认出了枢纽城最成功的律师伯特·艾弗森，以及那位银行家埃尔默·巴斯金，他没有去听山姆在扶轮社的演讲，但后来打来了电话祝贺他。微风吹拂，吹起了挂在窗户两侧朴素的格子窗帘，山姆正透过窗户望着窗外。它还吹乱了埃尔默的银发。埃尔默把脸转向太阳，笑了。山姆被他看到的那种单纯的快乐所打动，这种快乐不是在埃尔默的脸上，而是在他的情绪中。在那一刻，他可以说是小城里最富有的银行家，也可以说不是，他是一个在漫长寒冷的冬天之后迎接春天的普通人，他为自己还活着、身体健康、没有痛苦而感到高兴。

山姆感到很不真实。娜奥米·希金斯竟然在这里与枢纽城那些无家可归的酒鬼厮混，而且还用了另外一个名字，这已经够奇怪的了。发现镇上最受尊敬的银行家和最能干的律师也在这里，真有点让人惊讶。

一个穿着破旧的绿裤子和辛辛那提猛虎队运动衫的人举起了手。鲁道夫指着他。“我叫约翰，是个酒鬼。”身穿辛辛那提猛虎队运动衫的男子说。

山姆迅速从窗口后退。他的脸觉得很热。现在他觉得自己不仅是个入侵者，而且是个间谍。他猜想他们星期天中午通常会在公共休息室举行戒酒会的活动——这里的咖啡壶说明了这一点。但是今天天气太好了，他们把椅子搬到了外面。他肯定这是娜奥米的主意。

*我们明天早上到教堂，希金斯夫人说，这个季节的第一次浸礼会青年野餐是明天下午。娜奥米已经答应我去帮忙了。*他不知道希金斯夫人是否知道她的女儿是和酒鬼们在一起，而不是和浸礼会一起度过了下午。山姆猜她知道。他觉得自己也理解了为什么娜奥米和他约会了两次突然就打住了。当时他以为是宗教的问题，而娜奥米从来没有试图暗示这是别的什么问题。但第一次约会是看电影，在那之后，她同意再和他约会。第二次约会之后，她对他不再有任何浪漫的感情。因为第二次约会时，他们一起吃了晚饭。他点了酒。

看在上帝的分上，我怎么能知道她是个酒鬼？我难道还得会读心术吗？

当然，答案是他不可能知道……但他的脸还是觉得更热了。

也可能不是酒……或者不仅仅是酒。也许她还有其他问题。

山姆意识到自己在想如果伯特·艾弗森和埃尔默·巴斯金这两位权势人物发现他知道他们属于世界上最大的秘密组织，会发生什么呢？也许什么也没有。他对戒酒会还不够了解，无法肯定。不过，他知道两件事：戒酒会名称的两个A中的第二个代表“匿名者”，而这些人如果愿意的话，可以轻松地破坏他蒸蒸日上的生意。

山姆决定尽快安静地离开。他作这个决定的理由让他感到有些自豪，这一决定并非基于他对个人生意的考虑，而是他觉得坐在“角街”后院草坪上的人们都有着同一个严重的问题。这是他偶然发现的，他不打算故意留下来偷听。

当他再次走回走廊时，他看到付费电话上面有一堆裁好的纸条。一截铅笔被绑在墙上电话旁边的一根短绳子上。他灵机一动，拿起一张纸，在上面写下了他的留言。

戴夫：

今天早上我顺路来看你，但附近没人。我想和你谈谈一个叫阿黛丽娅·洛兹的女人。我猜你知道她是谁，我很想知道她的情况。如果有空，你今天下午或晚上给我打个电话好吗？电话号码是555-8699。非常感谢。

他在底部签上自己的名字，把纸对折，在折过来的那一面上写上戴夫的名字。他想过把便条拿回厨房放在柜台上，但他不想让任何人，尤其是娜奥米，担心他看到了他们奇怪但可能对他们有用的聚会。山姆把便条放在公共休息室的电视上，把写有戴夫的名字的一面朝外。他想在纸条旁边放一个两角五分的硬币打电话用，但没有这么做，因为他怕戴夫可能会误会。

然后山姆离开了，很高兴自己又回到了阳光下，而没有被人发现。当回到车里时，他看到了娜奥米的达特桑牌汽车保险杠上的贴纸。

上面写着：**不要纠结，迎接上帝吧。**

"上帝来总比阿黛丽娅来好。"山姆喃喃地说着，然后倒车从车道退到大路上。

3

下午晚些时候，山姆因为头天晚上断断续续没睡好，一股强烈的困意这时悄悄降临到他身上。他打开电视，发现辛辛那提队对波士顿队棒球表演赛正在缓慢地进入第八局。他躺在沙发上看比赛，几乎立即就打起了瞌睡。在他感觉令人头晕目眩的困意还没真正让他睡着之前，电话响了，山姆迷迷糊糊站起来去接电话，他觉得自己头晕眼花，分不清东西南北。

"喂？"

"你不会想谈论那个女人的。"邋遢戴夫直接来了这么一句，他的声音几乎不受控制地颤抖着，"你甚至不应该去想这个人。"

你们这些不信神的异教徒还要在我们面前提那个女人多少次？你

觉得好玩吗？你觉得这么做明智吗？

山姆的睡意一下子全消失了。“戴夫，那个女人怎么了？人们要么把她当成魔鬼避而不谈，要么对她一无所知。她是谁？她到底做了什么事把你吓成这样？”

有很长一段时间的沉默。山姆等待着，他剧烈跳动的心几乎要从胸腔跳到喉咙里。如果不是听到戴夫的呼吸声，他还会以为电话挂了。

“皮伯斯先生。”他终于开口了，“你这些年帮了我大忙。当我自己都不确定我自己是不是该继续活着的时候，你和其他一些人帮助我活了下来。但我不能谈论那个贱人。我做不到。为了你自己着想，你不要再对任何人提起她。”

“这听起来像是威胁。”

“不是！”戴夫说，他的语气听起来不仅惊讶，而且非常震惊，“不是……我只是劝你，皮伯斯先生，就像我看到你在一口周围长满杂草的老井周围游荡一样，你看不到那个井口，我也会劝你小心的。不要谈论她，也不要想她。让死人继续待着吧。”

让死人继续待着。

在某种程度上，山姆对这句话并不感到惊讶；所发生的一切（也许只有电话答录机留下的那句话除外）都表明了同样的结论：阿黛丽娅·洛兹早就死了。而他——山姆·皮伯斯，小城里的房地产和保险经纪人，不知不觉中一直在和一个鬼魂说话。只是跟她说话吗？妈的！还跟她有交易！山姆给了她两块钱，她给了山姆一张借书证。

所以他一点也不惊讶……不过，一股深沉的寒意仍然开始沿着他的骨架迅速放射出来。他往下一看，看见胳膊上冒出了一堆苍白的鸡皮疙瘩。

叫你别管了，他的潜意识悲伤地说，我不是告诉过你了吗？

“她什么时候死的？”山姆问。他的声音听起来冷淡且无精打采。

“我不想谈这个，皮伯斯先生！”戴夫现在听起来几乎发狂了，他的声音颤抖着，几乎高到了假音的地步，最后破了音，“求你了！”

别逼他了，山姆内心对自己怒吼道，难道他的麻烦还不够多吗？

没错。他可以饶过戴夫——镇上肯定会有其他人跟他谈论阿黛丽娅·洛兹的事……如果他能想办法接近这些人，但又不会让他们报警才行。但还有一件事，一件也许只有邋遢戴夫·邓肯才能肯定地告诉他的事。

“你曾经给图书馆画过海报，是不是？我想我从昨天你在门廊上做的海报上看出了你的画风。但事实上，我几乎可以肯定。有一张是一个小男孩坐在一辆黑色汽车里。还有一个穿风衣的——图书馆警察。你……”

还没等他说完，戴夫就发出了一声因羞愧、悲伤和恐惧而发出的尖叫，让山姆停了下来。

“戴夫？我……”

“别再说这件事了！”戴夫哭了，“我控制不了自己，您就不能算了吗……”

他的叫声突然减弱了，有人从他手里接过了电话，发出了嘎嘎的响声。

“够了。”娜奥米说，她的声音听起来几乎要哭了，但也很愤怒，“你就不能打住吗，你这个讨厌的家伙？”

“娜奥米——”

“我在这儿的时候叫萨拉。”她慢慢地说，“但不管我叫哪个名字，山姆·皮伯斯，我都讨厌你。我再也不会踏进你的办公室了。”她的声音开始提高，“你为什么不能放过他？你为什么要把这些陈年破事挖出来？为什么？”

山姆很紧张，几乎无法控制自己，他说：“你为什么要叫我去图书馆？娜奥米，如果你不想让我见到她，你当初为什么要叫我去那该死的图书馆？”

电话的另一端传来了一阵喘息。

“娜奥米？我们可以——”

“咔哒”一声，她挂了电话。

电话断了。

4

山姆坐在书房里一直到九点半左右，他一边吃胃药，一边在用来写演讲稿初稿的笔记本上写下很多名字。每写完一个，他就盯着那个名字看一会儿，然后划掉。六年了，在一个地方似乎已经算很长一段时间了……但至少到今晚，这六年时间给人的感觉似乎短了很多，就像过了一个周末差不多。

克雷格·琼斯，他写下了这个名字。

他盯着这个名字，心想，克雷格可能知道阿黛丽娅……但他想知道我为什么会对这个人感兴趣。

他真的能相信克雷格会如实回答这个问题吗？答案一定是否定的。克雷格是枢纽城的一名年轻律师，一个真正想成为律师的人。他们一起吃过几次商务午餐……当然，在扶轮社也见过……克雷格曾邀请他到他家吃过一次晚餐。他们偶然在街上相遇时，会热络地聊一聊，有时谈生意，但更多的是谈天气。不过，这些都算不上友谊，而且如果山姆打算把这桩疯狂的事情告诉某人，他希望是和朋友说，而不是和在喝了第二杯杜松子酒后叫他“老兄老兄”的生意伙伴说。

他把克雷格的名字从名单上划掉了。

自从来到枢纽城，他交了两个相当亲密的朋友，一个是梅尔登医生诊所的医生助理，另一个是市里的警察。一九八九年初，这个他熟识的医生助理拉斯·弗雷就跳槽到大急流城一家收入更高的家庭诊所。而那个警察汤姆·威克利夫自一月一日起就被调去监督爱荷华州巡逻队负责新成立的交通控制委员会了。从那以后，他就和这两个人失去了联系……他不擅长交友，也不善于保持联系。

他这下该怎么办？

山姆不知道。他只知道阿黛丽娅·洛兹的名字对枢纽城的一些人来说影响巨大，就像个邮包炸弹。他知道——或者他相信自己知道——就算她已经死了，但他确实见过她。山姆甚至不能说服自己是遇到了某个亲戚，或某个自称阿黛丽娅·洛兹的疯女人。因为——

我觉得我碰到鬼了。其实，我觉得我是在鬼屋内撞的鬼。我觉得我去的图书馆是阿黛丽娅·洛兹活着并担任馆长时的枢纽城图书馆。我想这就是为什么那间图书馆让人感觉如此怪异、不正常。这不像时间旅行，也不像我想象的那样。有那么一会儿更像是进入了地狱的边缘。事情是真实发生过的。我敢肯定那是真的。

山姆停下笔，手指咚咚地敲着桌子。

她从哪里给我打的电话？那儿有电话吗？

他盯着名单上许多被画了线的名字看了很长时间，然后慢慢地把那张黄色的纸从便笺簿上撕下来，揉成一团，然后扔进了废纸篓。

你不应该去追究的，他的潜意识又开始哀叹。

但他没有听。现在怎么办？

打电话给你信任的人。打给拉斯·弗雷或汤姆·威克利夫。只要拿起话筒打个电话就行了。

但山姆不想那样做。至少今晚不行。他感觉这有些不理智，甚至有些迷信——最近他打的和接的电话惹了不少人，自己也落了个不开心，或者看起来是这样……今晚他太累了，打不动了。如果他能睡个好觉（他觉得如果让床头灯开着，他能睡好），也许明天早上他精神奕奕的时候，会从更好、更具体的角度考虑事情。之后，他认为应该试着修复与娜奥米·希金斯和戴夫·邓肯的关系……但首先他想知道他们之间有什么矛盾。

如果他有的选的话。

第九章

图书馆警察（一）

山姆的确睡得很好，没有做梦。第二天早上洗澡的时候，一个想法自然而轻松地出现在他的脑海里，就像有时你的身体休息好了，但大脑还没有清醒足够长的时间、没有被一堆垃圾搞得一团糟时冒出了想法一样。公共图书馆不是唯一能获得信息的地方，如果你感兴趣的是当地历史——尤其是最近的当地历史时，公共图书馆甚至不是获得这些信息的首选之地。

“《枢纽城新闻报》！”他喊着把头伸到喷头下冲洗肥皂。

二十分钟后山姆换好衣服下了楼，但还没来得及穿上外衣，打好领带。在书房里喝咖啡时，那本法律便签又出现在他面前，上面是新列出的一张清单。

一、阿黛丽娅·洛兹……她是谁？或者她生前是什么人？

二、阿黛丽娅·洛兹……她做过什么？

三、枢纽城公共图书馆翻新过吗？什么时候？有照片吗？

正在这时，门铃响了。山姆起身去接电话时瞥了一眼钟。时间是八点半，该去工作了。他可以在十点到《枢纽城新闻报》的办公室，那是他通常喝咖啡休息的时间，去查阅旧报纸。该查多久以前的？他还在琢磨这个问题……毫无疑问，有的报纸肯定会更快让他找到答案……同时他从口袋里掏要给报童的钱。门铃又响了。

“我就来，基思！”他喊着，走进厨房，抓住入口的门把手，“别再他妈的敲门……”

就在这时，他抬头一看，在门上挂着的窗帘后面，有一个比基思·乔丹的块头还要大的身影。他的脑子里满是心事，更关心刚开始的这一天，而不是星期一早晨付报童钱这种惯例的事情，但就在那一瞬间，一股纯粹的恐惧像冰锥一样刺穿了他散乱的思绪。他不必看那张脸。即使隔着薄壁，他也能认出那个身形的形状和姿势——当然还有那件风衣。

甜得令人作呕的红色甘草糖的味道充斥了山姆的嘴。

他松开了门把手，但为时已晚。门闩咔哒一声响了。就在那一刻，站在后门廊上的那个人猛地推开了门。山姆被撞进了厨房。他挥舞着双臂保持平衡，将悬挂在过道上的三件外套撞到了地上。

图书馆警察进来了，他身上裹着一层冰冷的气息。他慢吞吞地走进来，仿佛世上所有的时间都归他所有，然后随手把门关上了。他一手拿着山姆那份卷得整整齐齐的《枢纽城新闻报》，像举起指挥棒一样举起。

“我把你的晨报带来了。”图书馆警察说，他的声音听上去出奇地遥远，仿佛是透过一块沉重的玻璃向山姆传来的，“我本来也打算给那男孩钱的，但他似乎急于逃走。我不知道为什么。”

他朝厨房走去，朝山姆走去。山姆蜷缩在柜台边，用惊恐的大眼睛盯着闯进来的人，他的眼神像个吓坏了的孩子，又像那个可怜的四年级的“笨蛋西蒙”。

这是我想象出来的，山姆想，或者我在做噩梦……非常可怕的噩梦，相比之下，我前两天晚上的梦简直是美梦。

但这不是噩梦。这很可怕，但不是噩梦。山姆在一瞬间希望自己只是疯了。发疯并不是什么好事，但是没有什么比这个庞大的人形东西更可怕的了。这东西走进了他的房子，这东西周身包裹着严冬的气息。

山姆的房子很旧，天花板也很高，但图书馆警察在进门时必须低着头，甚至在厨房里，他的灰色毡帽的帽顶也几乎擦到了天花板。这意味着他身高超过七英尺。

他的身体裹在一件铅灰色的大衣里，在黄昏时看起来像一层雾。他的皮肤像纸一样白。他面无表情，好像完全不知道什么是仁慈、爱和怜悯。他的嘴紧紧地闭着，摆出一种冷漠的威严感。山姆在混乱中想到了那扇紧闭的图书馆的门是多么地像这张机器人花岗岩般脸上的嘴。图书馆警察的眼睛看上去像是被霰弹枪的小子弹打出来的银色圆圈，眼睛周围都是粉红色的肉，看上去就要流血了。而且他的眼睛没有睫毛。最糟糕的是：这是山姆熟悉的一张脸。他知道这不是他第一次在这黑暗的目光下恐惧地畏缩。在他的脑海深处，山姆听到一个微弱的声音口齿不清地说着：跟我来，小子……我是警擦。

伤疤在那张脸上的位置就像山姆想象中的那样……从左脸颊开始，穿过左眼下方，划过鼻梁。除了伤疤，他和海报上的那个人一样……是一样吗？他没法确定。

跟我来，小子……我是警擦。

枢纽城扶轮社的宠儿山姆·皮伯斯尿裤子了。他感到他的膀胱涌出一股暖流，但那似乎很遥远，也不重要。现在重要的是在他的厨房里有一个怪物，而关于这个怪物最可怕的事情是山姆几乎好像认得出他的脸。山姆感到他脑海深处有一扇被三把锁锁住的门，这扇门膨胀得就要爆开。他从没想过逃跑。逃跑的念头超出了他的想象。他又变成了孩子，一个被当场抓住的——

（那本书不是《演讲者的伙伴》）

做坏事的孩子。他没有立刻——

（那本书不是《美国人最喜爱的诗》）

逃跑，只是慢慢挡住了自己湿了的胯部，倒在柜台边的两张凳子中间，然后两手盲目地举过头顶。

（那本书是）

“不。”他用嘶哑、无力的声音说，“不，求求你……不，求求你，求求你别这样对我，求求你，我会很乖的，求求你别那样伤害我。”

他卑微地如此哀求也没有任何效果，那个穿着雾色雨衣的巨人——

（那本书是罗伯特·路易斯·史蒂文森的《黑箭》[1]）

现在就站在他的正上方。

山姆低下了头，好像头有一千磅重。他望着地板，语无伦次地祈

---

① 《黑箭》（*The Black Arrow*），是一部以英国玫瑰战争为背景的传奇小说，讲述主人公战胜邪恶、收获爱情的故事。作者罗伯特·路易斯·斯蒂文森（Robert Louis Stevenson，1850—1894），英国文学家，新浪漫主义作家代表之一。

祷，等他抬起头来的时候——等他有力气抬起头来的时候——那个身影就会消失。

“看着我。”那个遥远又有力的声音命令道。那是邪神的声音。

“不要。”山姆用嘶哑的、喘不过气来的声音叫道，然后无助地哭了起来。这不仅仅是因为害怕，尽管这个场面足够真实、足够恐怖。除此之外他还感觉到一种冰冷的、深入骨髓、只有孩子才有的恐惧和羞耻感。这种感觉就像糖浆一样黏在他不敢回忆的事上，而那件事和一本他从没读过的书有关，那就是罗伯特·路易斯·史蒂文森的《黑箭》。

啪！

什么东西打中了山姆的头，他尖叫起来。

“看着我！”

“求你了，不要逼我。”山姆恳求道。

啪！

山姆抬起头来，用一只橡皮般无力的胳膊遮住了泪汪汪的眼睛，正好看见图书馆警察的胳膊又甩了下来。

啪！

他用山姆自己那份卷起来的《枢纽城新闻报》打他，就像打一只在地板上撒尿的粗心的小狗一样。

“这样好多了。”图书馆警察口齿不清地说着。他咧嘴一笑，露出仿佛毒蛇的毒牙般尖尖的牙齿。他把手伸进大衣口袋，拿出一个皮夹弹开，露出了那颗有许多角、怪异的星形警徽。那颗星在清澈的晨光中闪闪发光。

山姆此刻无可奈何地把目光从那张无情的脸和那双瞳孔小得像弹孔一样的银色眼睛上移开。他在流口水，他意识到了，但他止不住。

“你有两本书是我们的。”图书馆警察继续口齿不清地说，他的声音似乎还是从远处传来，或是从厚厚的玻璃窗后面传来，“洛兹女士对你很不满，皮伯斯先生。”

“我把书弄丢了。”山姆说，哭得更厉害了。他对这个男人就——

（《黑箭》）

那些书，就任何事情撒谎，都是不可能的。他是至高无上的权威，有着至高无上的权力，代表至高无上的力量。他既是法官，又是陪审团和刽子手。

看门人在哪里？山姆的思绪一片混乱。那个看表然后回到神智正常的世界的看门人呢？在神智正常的世界里，这样的事情是不会发生的啊？

“我……我……我……我……我……”

“我不想听你那些废话。”图书馆警察说。他迅速合上皮夹，塞进右边的口袋里。与此同时，他把手伸进左口袋，掏出一把长而锋利的刀。为了挣上大学的钱，山姆当过三个暑假的货物勤杂工，他意识到这把刀是用来割硬纸箱的。毫无疑问，美国每个图书馆都有一把这样的刀。“你还书的期限到午夜。然后……”

他弯下身子，用一只苍白得像尸体的手把刀刃推了出来。冰冷的空气打在山姆的脸上，让他感觉发麻。他想尖叫，但只能在沉默的空气中发出呆滞般的低语。

刀尖刺破了他的喉咙，就像被冰柱刺痛一样。鲜红色的血渗出来，然后凝固成一颗小小的血珠。

“……然后我就来找你。”图书馆警察用他古怪、浑浊的声音说，“你最好找到你要找的东西，皮伯斯先生。”

那把刀被放回到口袋里。图书馆警察挺直了身体，恢复成原来的身形。

“还有一件事。”他口吃不清地说，“你一直在问问题，皮伯斯先生。不要再问了。你明白了吗？”

山姆试图回答，但只能挤出一声呻吟。

图书馆警察开始弯下腰，像平底船的船首推一大块河冰一样，推着前面的冷空气。“不要问与你无关的事情。你明白了吗？”

“明白！”山姆尖叫，“明白！明白！明白！”

“好。因为我会看着你的。我不是一个人。”

他转过身来，风衣沙沙作响，然后穿过厨房朝门口走去。他目不转睛地回头看山姆。他走的时候穿过了清晨明亮的阳光，山姆看到了一件奇怪而又可怕的事情：图书馆警察没有影子。

他走到后门。他抓住门把手。他没有回过头来，用一种低沉而可怕的声音说：“如果你不想再看到我，皮伯斯先生，那就把那些书找出来。”

他打开门走了出去。

就在门再次关上的那一刻，山姆听到图书馆警察的脚步声从后门廊传来，他的脑海充斥着疯狂的念头：他必须得锁上门。

山姆刚站起来就觉得眼前一片灰蒙蒙，然后他向前倒了下去，失去了知觉。

第十章

按-时-间-顺-序-来-讲

1

“有什么我可以……帮你的吗？”接待员问。她又看了一眼刚刚走到桌前的那个男人，略微停顿了一下。

“有。”山姆说，“如果可能的话，我想看看以前的《枢纽城新闻报》。”

“当然可以。”她说，“不过……可能我有点多管闲事了，请原谅……你感觉还好吧，先生？你的脸色很不好。”

“我想我可能是有什么病。”山姆说。

“春季感冒最厉害了，不是吗？”她说着站了起来，“从柜台尽头的门直接进来吧，你叫……？”

“皮伯斯。山姆·皮伯斯。”

她停了下来，这个大概六十多岁的胖女人歪着头，涂了红色指甲油的手指放在嘴角。“你是卖保险的，对吧？”

“是的，夫人。”山姆说。

“我想我认出你了。你的照片上了上周的报纸。是得了什么奖吗？”

“没有，夫人。”山姆说，“我发表了演讲。在扶轮社。”他想，只要能让时光倒流不去做那次演讲，我愿意付出任何代价。我会让克雷格·琼斯滚一边去。

“嗯，听起来很棒。”她嘴里说着——但她说话的口气好像对这件事有些怀疑似的，“你和照片里看起来不一样。”

山姆从门进来了。

“我是多琳·麦吉尔。”那女人说着，伸出了一只胖乎乎的手。

山姆摇了摇头，跟她寒暄了几句。这需要他费很大的劲。他觉得在今后相当长的一段时间里，与人交谈——尤其是触碰别人——对他来说会是件很不容易的事。他过去那种安逸轻松的状态似乎一去不复返了。

她领着他走向铺着地毯的楼梯，按了一下电灯开关。楼梯很窄，头顶上的灯泡很暗，山姆立刻觉得恐惧感开始饥渴地向他袭来，就像某个精彩的演出门票售罄时，粉丝向提供免费票的人蜂拥而上一样。图书馆警察可能就在那里，在黑暗中等待着，他死人一般的惨白皮肤，红边的银色眼睛，还有那不严重但令人难以忘记的大舌头口音。

不要再想了，他告诉自己。如果你无法不去想，那就看在上帝的分上控制一下自己吧。你必须这样。因为这是你唯一的机会。如果你不能走下楼梯去一间普通的位于地下室的办公室，你还能做什么？你打算就这么蜷缩在你的房子里，等到午夜？

“那是‘停尸房’。”多琳·麦吉尔指着说，这显然是一位喜欢抓住一切机会用手指表达自己意思的女士，“你只要……”

“停尸房？”山姆转身问她，他的心开始猛烈地撞击着肋骨，“停尸房？”

多琳·麦吉尔笑了：“人人都这么叫。太可怕了，不是吗？但这就是他们的叫法。我猜是因为某些愚蠢的报纸传统。别担心，皮伯斯先生……下面没有尸体，只有一卷又一卷的缩微胶卷。”

我可不那么肯定，山姆想，跟着她走下铺着地毯的楼梯。他很高兴她能在前面带路。

她轻轻按了一下楼梯底部的一排开关。嵌在看起来像倒置的超大号制冰盘里的日光灯都亮了起来。它们照亮了一间铺着和楼梯一样深蓝色地毯的低矮大房间。房间里排列着一排排摆满了小盒子的架子。左墙上有四个缩微胶卷阅读器，看起来像未来派的吹风机。它们和地毯一样是蓝色的。

多琳说：“我得告诉你，你要在这簿子上签名。”她又指了指，这次指的是用铁链锁在门边架子上的一本大册子，“还要写上日期和你进来的时间，也就是……”她看了看手表，“十点二十分，还有要写下你离开的时间。”

山姆弯下腰在册子上签名。他上面的名字是阿瑟·米查姆。米查姆先生在一九八九年十二月二十七日到过这里。那是三个多月前了。这间灯火通明、资料丰富、效率很高的房间显然来的人很少。

“这下面还挺好的，是不是?”多琳得意地问，“这是因为联邦政府会资助报社的‘停尸房’，或者资料室，如果你更喜欢这个叫法。我自己是喜欢的。”

一个影子在过道上闪了过去，山姆的心又开始猛跳。但那只是多琳·麦吉尔的影子。她弯下腰来确认他记录了正确的时间，而且——

——**他**是没有影子的，那个图书馆警察。再说……

他试图让自己不继续想，但做不到。

再说，我也不能这样活下去。我不能忍受这种恐惧。如果要长时间这样，我会把头伸进煤气炉里自杀的。如果能那样自杀的话，我会那么做的。不仅仅是因为我害怕他——那个人，或者不管他是什么。那是一个人思想上的感受，就是当人感觉自己曾经相信的一切毫不费力地破灭时，心灵深处尖叫的感觉。

多琳指了指右边的墙，那儿的一个架子上放着三本对开本的大书。她说：“那是一九九〇年的一月、二月和三月的报纸。每年七月，我们报社都会把一年的前六个月的报纸送到内布拉斯加州的格兰德岛进行缩微拍摄。十二月结束的时候也一样。”她伸出那只胖胖的手，用涂着红色指甲油的手指指着书架，从右边的书架一直指到左边的缩微胶卷阅读器。她这样做的时候，似乎是在欣赏自己的指甲。她说：“微缩胶卷是按时间顺序这样排列的。”她小心地说出，像在说其他语言：按–时–间–顺–序–来，“现代在你的右边，古代在你的左边。”

她笑了笑，表示这是一个玩笑，也许是为了表达她觉得自己介绍得太棒了。按–时–间–顺–序–来–讲，她微笑的意思好像是这话也是随口说出。

“谢谢你。”山姆说。

“别客气。这是我们的工作之一。”她把指尖放在嘴角上，又对山姆露出了小孩在玩捉迷藏时候的笑容，“皮伯斯先生，你知道怎么操作缩微胶卷阅读器吗?”

“我会，谢谢。”

“好吧。如果还需要我帮你什么，我就在楼上。你可以随时叫我，不要客气。”

“你要……”他开口了，然后又猛地把嘴闭上，把我一个人留在这儿吗？这句话他咽了回去。

多琳扬起了眉毛。

“没什么。”他说着看她回到楼上。他不得不克制住想跟着她上楼梯的强烈冲动。因为不管是不是铺着让人感觉舒适的蓝色地毯，这里都可以算是枢纽城的另一间图书馆。

而这一间被人称为“停尸房”。

2

山姆慢慢走向放着沉重的方形缩微胶卷盒的架子，不知道从哪里开始。头顶上的日光灯亮得足以驱散角落里大部分令人不安的阴影，这让他很高兴。

他不敢问多琳·麦吉尔是否知道阿黛丽娅·洛兹这个名字，甚至也不敢问她枢纽城图书馆上次翻修大概是什么时候。你一直在问问题。图书馆警察说过。不要问与你无关的事情。你明白了吗？

是的，山姆明白。他想他现在这样做是在冒着激怒图书馆警察的风险……但他并没有问问题，至少没有确切的提问的动作。而且这些是他非常在意的事情，一直萦绕在他心头不去。

我会看着你的。我不是一个人。

山姆紧张地回头看了看。什么也没看见。事情都这样了，但他仍然无法决定是不是要继续。他不只觉得受到了威胁，也不只是非常害怕。他感到精神要崩溃了。

“你必须继续。”山姆厉声嘟囔着，用颤抖的手擦了擦嘴唇，“你必须做。”

他左脚向前迈了一步。他就那样站了一会儿，两腿叉开，就像在涉水一样。然后右脚再赶上了左脚。他犹豫不决，勉为其难地走到离那本合订的对开本最近的书架前。架子末端的一张卡片上写着：

一九八七——九八九

这个时间段可以说几乎离现在很近了。事实上，图书馆的翻修一定是在一九八四年春天之前进行的，那时他刚搬到枢纽城。如果事情发生在那以后，他一定会注意到那些装修的工人，听到人们谈论这件事，在报纸上读到消息。但是，除了猜测这一定是十五年或二十年以前发生的事情之外（吊顶看上去最旧也就到这个程度），他没法把时间段再缩窄了。除非他可以更冷静地思考！但是他不能。那天早上发生的事情扰乱了他理性思考的能力，就像太阳黑子活动会干扰无线电和电视传输信号一样。现实和超自然像两块巨大的石头聚集在一起，而山姆·皮伯斯，一个微不足道的、尖叫着、挣扎着的人类，不幸地夹在了二者中间。

他向左挪动了两个走道，主要是因为他害怕如果在原地站得太久，他可能会完全僵住，然后他沿着标有“一九八一——一九八三”的通道走了过去。

山姆几乎是随便拿起一盒微缩胶卷放到一个缩微胶卷阅读器前。他按下按钮，试着把注意力集中在缩微胶卷的线轴上（线轴也是蓝色的，山姆想知道为什么在这个干净、光线充足的地方，所有的东西都是一样的颜色）。首先要把胶卷穿过轴；然后必须装好胶卷，检查有没有对齐；接着将胶片的前端卷进卷轴里。这个机器的操作简单，一个八岁的孩子都会用，山姆却花了将近五分钟才装好；他要应付自己颤抖的双手以及恐惧和慌乱的神智。等他终于把缩微胶卷装好，滚动到第一帧时，他发现自己把胶卷装倒了。印制的东西全部颠倒了过来。

他耐心地把缩微胶卷倒了回去，转了一圈，又重新接了胶片。他发现自己一点也不在乎这个小小的挫折。他要一次一小步，重复这个操作，这样似乎能让他平静下来。这一次，一九八一年四月一日发行的《枢纽城新闻报》的头版出现在他眼前，正面朝上。标题写的是一位山姆从未听说过的市政官员突然辞职，但他的目光很快被页底的一个方框吸引住了。方框里有这样一条信息：

理查德·普莱斯和枢纽城公共图书馆的全体工作人员提醒您，四月六日至十三日是国家图书馆周，请你莅临！

我本来就知道这件事吗？山姆疑惑地想。这就是我拿这盒胶卷的原因吗？我是否下意识地知道四月的第二周是国家图书馆周？

跟我来。一个阴沉且口齿不清的低语回答道。跟我来，小子……我是警擦。

山姆感到一阵战栗，全身起了鸡皮疙瘩。山姆把这个问题和那幽灵般的声音从脑海中都赶了出去。毕竟，他选择一九八一年四月发行的《枢纽城新闻报》的原因并不重要；重要的是，他作出了选择，这是一个幸运的突破。

也许是个幸运的突破。

他很快地把胶卷往前推进到四月六日，看到了他所希望看到的一切。报纸刊头上用红墨水写着：

随刊附上图书馆特别增刊！

山姆转到增刊，第一页有两张照片。一个是图书馆的外观。另一张则是图书馆馆长理查德·普莱斯站在借书台前，对着镜头紧张地微笑着。他看上去和娜奥米·希金斯描述的一模一样——个子高高的，戴着眼镜，大约四十岁，留着小胡子。山姆对照片的背景更感兴趣。他看到了悬挂式的天花板，他第二次去图书馆时看到的吊顶让他震惊不已。翻修工作是在一九八一年四月之前完成的。

报纸的内容和他预期的一样，是那种沾沾自喜的自吹自擂。他读《枢纽城新闻报》六年了，非常熟悉报纸的社论倾向。报道中有关国家图书馆周、夏季阅读计划、枢纽城图书流动展和刚刚开始的新基金筹款活动的信息很丰富（或者说多到让人目不暇接）。山姆很快地浏览了一遍。在增刊的最后一页，他发现了一个有趣得多的故事，是普莱斯自己写的。标题是：

枢纽城公共图书馆

一百年的历史

山姆的期待没有持续多久就没了。里面没有阿黛丽娅的名字。他伸手按下开关，想倒回缩微胶卷，然后停了下来。他看到了一篇关于改造项目的报道——那是在一九七〇年——里面还有别的事情让山姆觉得不对头。山姆又开始读普莱斯先生那篇饶舌的历史笔记的最后一部分，这次读得更仔细了。

> 随着大萧条的结束，我们的议会投票决定拨款五千美元来修复图书馆在一九三二年的洪水中遭受的巨大损失。费利西亚·卡尔佩珀夫人担任了图书馆馆长一职，无偿贡献了自己的时间。她从来都没有忘记自己的目标，那就是彻底翻修一间图书馆，为迅速转型为城市的小镇服务。
>
> 一九五一年，卡尔佩珀夫人离职，让位给克里斯托弗·拉文，他是第一位获得图书馆学学位的枢纽城图书馆馆长。拉文先生为卡尔佩珀纪念基金举行了揭牌仪式，该基金在成立的第一年就筹集到了超过一万五千美元用于购买新书，而枢纽城公共图书馆也开始步入现代化！
>
> 一九六四年，在我成为图书馆馆长后不久，我就把大整修作为我的首要目标。实现这一目标所需要的资金终于在一九六九年底到位，虽然市议会与联邦政府的经费帮助我们成功打造了这栋让枢纽城书迷们深深喜爱的美丽建筑，但要不是那些志愿者提供的帮助，这个计划肯定无法完成；而在一九七〇年八月举办的“打造属于你的图书馆”活动期间，这些志愿者甚至带着锤子和台锯出席！
>
> 二十世纪七十年代和八十年代其他值得注意的项目包括……

山姆若有所思地抬起头来。他觉得理查德·普莱斯这篇单调且事无巨细的城镇图书馆历史介绍中遗漏了一些东西。不对，转念一想，“遗漏”不是一个恰当的词。这篇文章让山姆觉得普莱斯是个吹毛求疵的人——他可能是个友善的人，但是个喜欢小题大做的人——这样的人不会遗漏任何事情，尤其是面对这个他们显然熟悉的话题时。

所以不是遗漏了什么，而是刻意隐瞒了。

按-时-间-顺-序-来说，这并不完全合乎情理。一九五一年，一个名叫克里斯托弗·拉文的人接替了圣·费利西亚·卡尔佩珀，成为图书馆长。一九六四年，理查德·普莱斯继任馆长。但普莱斯是拉文的继任者吗？山姆不这么认为。他想，在那十三年空白的岁月里，有一个叫阿黛丽娅·洛兹的女人接替了拉文。山姆想，普莱斯已经接替了她，但普莱斯对图书馆的小题大做的叙述中没有提到她，因为她做了……某些事情。山姆根本不知道那是什么，但觉得这件事肯定非同小可。不管那是什么事，对普莱斯来说，肯定非常糟糕，以至于他这种非常喜欢细节和连续性的人都要把洛兹的存在抹掉。

谋杀，山姆想。一定和谋杀有关，只有这件事足够糟糕到……这时突然一只手拍了下山姆的肩膀。

3

如果他尖叫了，他无疑会吓到拍他的人，那个人被吓到的程度不会亚于山姆受到的惊吓。但是山姆叫不出来。相反，他感觉所有的空气都从他身上呼啸而出，世界再次变成灰色。他的胸部感觉就像一台被大象的脚慢慢踩扁的手风琴。他所有的肌肉似乎都变得像通心粉一样瘫软。不过他不再尿裤子了。这也许是这次唯一的可取之处。

“山姆？”他听到一个声音叫他，这声音似乎来自很远的地方——比如远在堪萨斯州的某个地方，“是你吗？”

缩微胶卷阅读器前的山姆转过身来，几乎从椅子上摔了下去。山姆看到了娜奥米，他努力喘过气来，想说点什么，但只发出无力的喘息声。整个房间似乎在他眼前晃动起来，眼前灰蒙蒙的东西来来回回。

然后，他看见娜奥米蹒跚地后退，惊恐地睁大眼睛，用手捂着嘴。她撞到了一个缩微胶片架子上，几乎把它撞翻了。架子摇晃着，两三个胶卷盒砰的一声滚到地毯上，然后架子才稳了下来。

“奥米。”山姆终于勉强说了一句。他的声音变得低沉而尖细。他记得小时候在圣路易的时候，有一次他用棒球帽盖住了一只老鼠，老鼠在帽子里逃窜的时候就是这么叫的。

“山姆，你怎么了?”娜奥米的声音听起来也像要不是因为吓到喘不过气，她肯定也会尖叫起来。我们真是天生的一对，山姆想。两人一对全中了邪。

“你在这儿干什么?”山姆说，“你吓得我都快拉裤子里了!”

你看，山姆想，我不只又爆了粗，还又叫你“奥米”，不好意思。他觉得好受了一点，想站起来，但还是决定不起来了。还是不要逞强了。毕竟他仍然不能完全确定自己的心脏会不会突然停止。

“我到办公室去找你了。”她说，“卡米·哈林顿说她好像看见你进来这边了。我想向你道歉。也许是这样。我一开始还以为你肯定是在故意整戴夫。他说你永远不会做那样的事，我开始觉得这不像你。你一直都很好……”

“谢谢。”山姆说，“我猜是吧。”

“……你在电话里听上去很困惑。我问戴夫是怎么回事，但他不说。我所知道的就是我听到的那些……还有他跟你说话时的样子看上去就像见了鬼一样。”

不，山姆想告诉她。我才是那个看见了鬼的人。今天早上我看到了更糟糕的事情。

“山姆，你必须了解有关戴夫的一些事情……和我的事。嗯，我猜你已经知道戴夫的事了，但我的……”

“我想我知道。”山姆告诉她，“我在给戴夫的便条里说我在‘角街’没看见任何人，但那不是事实。一开始我没看见任何人，但我穿过楼下去找戴夫，我在后面看到你们了。所以……我知道是什么情况。不过，如果你明白我的意思的话，我并不是故意这样做的。”

“好吧。”她说，“没关系。但是……山姆……老天啊，发生了什么事?你的头发……”

“我的头发?”他严厉地问她。

她的手微微颤抖地打开钱包，摸索着拿出一个有镜子的粉饼盒。

“看。”她说。

山姆看了，但其实他已经知道自己会看到什么。

从今天早上八点半起，他的头发几乎全白了。

4

“我看你找到你的朋友了。”他们走楼梯回去的时候，多琳·麦吉尔对娜奥米说。她把一根手指放在嘴角上，露出“我是小可爱”的笑容。

“是。”

“你离开的时候写了时间吗？”

“嗯。”娜奥米又说。山姆没有，但娜奥米给他们俩写了。

“你有没有把用过的缩微胶卷放回去？”

这次是山姆回答了。他不记得他或娜奥米有没有把他装上的那卷缩微胶卷还回去，他也不在乎。他只想离开这里。

多琳仍然忸怩作态。她用手指敲着下唇，抬起头对山姆说：“你和报纸上的照片看起来确实不一样，但我又说不出是哪儿不一样。”

他们走出门时，娜奥米才回答了那句话：“他终于想通不再染头发了。”

山姆在外面的台阶上放声大笑。他用力笑得弯下了腰。那是歇斯底里的笑声，离尖叫只有半步之遥，但他不在乎。这样笑的感觉很好。感觉像是给心做了一次彻底的清洗。

娜奥米站在他旁边，似乎既不介意山姆的大笑，也不介意街上路人好奇地瞥他们一眼。她甚至举起一只手，向她认识的人挥手。山姆用手撑着大腿，仍在无助地狂笑，但他已经清醒到可以思考了，*娜奥米以前见过这种反应，会是在哪儿呢？*可是他还没来得及把问题想清楚，就已经知道答案了。娜奥米酗酒，她把帮助其他酒鬼作为自己治疗的一部分。她在“角街”的那段时间，除了这种歇斯底里的大笑之外，可能还见过别的。

她会打我耳光的，山姆想，他还在不停地笑着，脑海里想象自己正对着浴室的镜子，耐心地把希腊配方牌的染发剂抹在头发上。*她会*

打我耳光的，因为这样才能让歇斯底里的人停下来。

娜奥米显然不打算这么做。她只是在阳光下耐心地站在山姆身边，等待他重新控制住自己。最后，山姆的笑声逐渐减弱为狂野的喘息和失控的窃笑。山姆的腹肌很痛，他的视线模糊，脸颊被泪水打湿了。

“感觉好点了吗？”她问。

“哦，娜奥米……”山姆开口了，接着又发出了一阵“嘻嘀”的咯咯笑声，回荡在阳光明媚的早晨，“你不知道这感觉有多好。”

“我当然知道。”她说，“来吧……我们坐我的车。”

“我们……”山姆打着嗝，“我们要去哪儿？”

“天使街。”她说，按招牌油漆工原来要写的说了这条街的名字，“我很担心戴夫。今天早上我先去的那儿，但他不在那里。恐怕他出去喝酒了。”

“这不是什么新鲜事，是吗？”山姆问着，跟她走下台阶。她的达特桑车停在路边，就在山姆的车后面。

她瞥了山姆一眼。这是一个短暂的一瞥，但却是复杂的一瞥：愤怒、放弃、同情。山姆认为，如果你把那一瞥的涵义浓缩一下，意思就是：你不知道你刚才在说什么，但这不是你的错。

“这一次，戴夫已经戒酒快一年了，但总体健康状况不佳。就像你说的，重新酗酒对他来说不是什么新鲜事，不过再犯一次酒瘾可能会要了他的命。”

“那就是我的错了。”他最后的笑声消失了。

娜奥米看着山姆，有点惊讶。“不是。”她说，“那不是谁的错……但这并不意味着我希望这种事发生。或者一定会发生。来吧。开我的车。我们可以在路上谈。”

5

“告诉我，你怎么了？”他们朝枢纽城的边缘开去时，娜奥米说，“告诉我一切。不只是你头发的事情，山姆，你看起来老了十岁。”

“胡说。”山姆说，他在娜奥米的化妆镜里看到的不仅仅是自己的头发，他把自己看得比他想的更清楚，“更像老了二十岁。感觉好像已经一百岁了。”

“出了什么事？你怎么了？”

山姆张开嘴想告诉她，但他想了想整件事听起来会怎样，然后就摇了摇头。“不要。”他说，“不说了。你先告诉我一件事。你要告诉我关于阿黛丽娅·洛兹的事。那天你以为我在开玩笑。我当时没有意识到这一点，但我现在意识到了。告诉我关于她的一切。告诉我她是谁，她干了些什么。”

娜奥米把车停在枢纽城的老花岗岩消防站外的路边，看着山姆。她的皮肤在淡妆下显得非常苍白，眼睛睁得大大的。“你不是在开玩笑吗？山姆，你是想告诉我你当时不是在开玩笑吗？”

“没错。”

“但是山姆……”她停了下来，有那么一会儿她似乎不知道该怎么说下去。最后，她轻轻地说，好像是在对一个做了错事却不知道错在哪的孩子说话。“但是山姆，阿黛丽娅·洛兹已经死了。她已经死了三十年了。”

“我知道她死了。我是说，我现在确定她死了。我想知道的是其余的情况。”

“山姆，你以为你看见的那个人……”

“我知道我看见了谁。”

“告诉我，你怎么会认为……”

“你先告诉我。”

娜奥米把车挂上挡，检查了一下后视镜，又开始向“角街”驶去。“我知道的不多。”她说，“她死的时候我才五岁。我所知道的大部分都来自于偶然听到的流言蜚语。她是普罗维比亚第一浸礼会的成员——她至少去过那儿……但我母亲不谈论她。年长的教区居民也不提她。对他们来说，她就像从未存在过一样。”

山姆点点头：“在普莱斯先生写的一篇关于图书馆的文章中，他就是这样处理洛兹的。我正在读那篇文章的时候，你把手放在我肩上，吓得我少活了十二年。这也解释了为什么当我周六晚上和你妈妈提到那个名字时，她会对我大发雷霆。”

娜奥米吃惊地瞥了他一眼。“你就是为了这个打电话的？”

山姆点点头。

“哦，山姆……如果你以前不在妈妈的黑名单上，现在你在了。”

“嗯，我以前就上黑名单了吧，不过我觉得她更讨厌我了。”山姆笑了，然后身体缩了一下。他的肚子还在痛，因为他在报社的台阶上大笑过，但他很高兴自己曾经那么笑了一场……一小时以前，他从来没想到自己的心理状况可以恢复到这么平衡的程度。事实上他之前还觉得山姆·皮伯斯和内心平和是水火不容的。“继续，娜奥米。”

“我听到的大部分内容都是在戒酒互助会里所谓的‘真正的聚会’上听到的。”娜奥米说，“这个时候，人们会站在一起喝咖啡，无所不谈。”

他好奇地看着她：“你参加戒酒会多久了，娜奥米？”

“九年了。”娜奥米平静地说，“我已经有六年没喝过酒了。但我一直是个酒鬼。酗酒不是后天的，山姆，酗酒是天生的。”

“噢。”山姆不知该怎么接话，然后他说，“她参加了这个互助会吗？阿黛丽娅·洛兹？”

“天哪，当然没有——但这并不意味着戒酒互助会里就没有人记得她。我想她是一九五六年或一九五七年来的枢纽城。她去公共图书馆为拉文先生工作。一两年后，拉文先生突然去世了——我想可能是心脏病发作或中风——于是镇里的人把这个工作交给了那个叫洛兹的女人。我听说她很擅长这份工作，但从所发生的事情来看，我得说她最擅长的就是骗人。”

“她做了什么，娜奥米？”

“她杀了两个孩子，然后自杀了。”娜奥米简单地说，“那是一九六〇年夏天。大家都在找那两个孩子。没有人想到到图书馆去找他们，因为那天图书馆应该是关门的。孩子们是第二天被发现的，第二天，图书馆应该是开放的，但没有开。图书馆屋顶上有天窗……”

“我知道。”

“但现在你只能从外面看到天窗，因为他们装修了图书馆的内部。降低天花板来保温，或者做了别的什么。不管怎么说，那些天窗上有很大的黄铜挂钩。我猜应该是用一根长杆把天窗打开，让新鲜空气进来。她在其中一个钩子上系了一根绳子……她一定是用了书架上的梯子……然后上吊自杀了。她是在杀了孩子之后才这么做的。”

“我明白了。”山姆的声音很平静，但他的心在缓慢而猛烈地跳动着，“她怎么……她是怎么杀死孩子们的？”

“我不知道。没人说过，我也没问过。我想那太可怕了。”

“嗯。我也觉得是。”

“现在告诉我发生了什么事。”

“首先，我想看看戴夫是否在收容所。”

娜奥米马上紧张了起来。“我去看看就好了。”她说，“你要在车里坐好。我为你感到抱歉，山姆，我也很抱歉昨晚我误会你了。但你不会再伤害戴夫了。我必须注意这一点。”

“娜奥米，他和这件事关系很密切！”

“这说不通。”她用一种轻松且“这次讨论结束”的语调说。

“妈的，整件事就说不通！”

他们现在快到“角街”了。在他们前面，有一辆小货车在咔嗒声中驶向回收中心，车上装满了装满瓶子和易拉罐的硬纸板箱。

“我觉得你没有理解我对你说的话。”她说，“这一点都不令人吃惊，一般人很难理解这些事。所以，竖起耳朵听好了，山姆。我要一个词一个词地说。如、果、戴、夫、再、喝、酒，他、就、死、定、了。明白了吗？听懂我的意思了吗？”

她又瞥了山姆一眼，双眼充满愤怒，仿佛眼眶都冒起烟来。即使处于痛苦得不能自拔的境地，山姆也意识到了一些事情。以前，甚至在两次约娜奥米出去的时候，他都觉得她只是长得很漂亮。现在他看到了她真正美丽的一面。

“你说的一般人是什么意思？”山姆问她。

“那些对酒精、药片、大麻、止咳药或其他任何会把人的意志弄得一团糟的东西没有瘾的人。”她几乎唾沫横飞地说着，“是那种能够有资格说教、能作出判断的人。”

在他们前面，一辆小货车拐上了长长的、布满车辙，通往收容中心的车道。“角街”就在前面。山姆看到门廊前停着什么东西，但不是汽车。是邋遢戴夫的购物车。

“等一下。”他说。

娜奥米照做了，但她没有看山姆一眼。她透过挡风玻璃直直地盯着前方，下巴在微微抽动，两颊很红润。

“你关心他。”他说，“我很高兴。你也关心我吗，莎拉？就算我是你说的一般人？”

“你无权叫我萨拉。我叫自己萨拉是因为这是我名字本来的一部分——我的全名是娜奥米·萨拉·希金斯。他们有权这么叫我，因为在某种程度上，他们比我的血亲更亲近。事实上，我们有血缘关系——因为在我们身上有某种东西使我们成为现在的样子。我们血液里的某种东西。你，山姆——你没有这个权利。”

“也许我有呢。”山姆说，“也许我现在是你们中的一员了。你们有酗酒的问题。而我这个一般人有个图书馆警察的问题。”

现在娜奥米看着他，眼睛睁得大大的，好像很警惕。“山姆，我不明白……”

“我也不明白。我只知道我需要帮助。我非常需要。我从一个不存在的图书馆借了两本书，现在这些书也不存在了。我弄丢了那些书。你知道它们最后去哪儿了吗？”

娜奥米摇了摇头。

山姆指了指左边，那里有两个人从小货车上下来，开始卸下箱子装着的回收物品。“那就是它们的结局。它们已经被制成纸浆了。还书的期限是半夜，莎拉，如果我不还，图书馆警察会把我揍成浆的。我想他们会把我揍得连张封皮都不会留下。”

6

山姆在娜奥米·萨拉·希金斯的达特桑的乘客座位上坐了很长

时间。他的手两次去摸门把手，然后又缩回去了。娜奥米已经心软了……一点。*如果*戴夫愿意和他说话，*如果*还能和他交谈，她会允许的。否则，绝对不行。

最后，“角街”的门打开了。娜奥米和戴夫·邓肯走了出来。娜奥米用一只胳膊扶着他的腰，而戴夫的脚则无力地拖着，山姆的心一沉。他们走到阳光下时，他发现戴夫没有喝醉……或者至少感觉还没醉。山姆看着他，有一种奇怪的感觉，就像又一次看着娜奥米的小镜子。戴夫·邓肯看起来像一个正在经历人生中最严重打击的人，情况不是太好。

山姆下了车，犹豫不决地站在门口。

“到走廊上来。”娜奥米说，她的声音既无可奈何又害怕，“我怕他走不下台阶。”

山姆走到他们站着的地方。戴夫·邓肯大概六十岁了。但星期六他看上去已经七十五岁了。山姆觉得是喝酒喝的。而此刻，爱荷华的正午在缓缓地流逝时，戴夫看上去比之前都要苍老。山姆知道，那是他的错，让戴夫因为已经被埋葬了很久的事情而受到折磨。

*我怎么知道会这样？*山姆想，尽管情况可能如此，但这话已经安慰不了人了。除了鼻子和脸颊上青筋暴突，戴夫的脸就像一张旧纸的颜色。他的眼睛还是湿润的，眼神不知所措。他的嘴唇微微发青，嘴角凹陷处还有一串串唾沫。

“我不想让他跟你说话。”娜奥米说，“我想带他去看梅尔登医生，但他说除非和你谈谈，不然他不去看医生。”

“皮伯斯先生。”戴夫有气无力地说，“对不起，皮伯斯先生，都是我的错，是不是？我……”

“你没什么好道歉的。”山姆说，“过来，坐下来。”

他和娜奥米把戴夫领到门廊角落的一把摇椅前，戴夫慢慢地坐了进去。山姆和娜奥米拉起两张松垮的柳条椅子，坐在他的两边。他们沉默地坐了一会儿，望着铁路对面的田野和远处平坦的农场。

“她在追你，是不是？”戴夫问，“那个从地狱那头来的贱人。”

“她派了人来追我。”山姆说，“是你画的海报上的那个人。他是个……我知道这听起来很疯狂，但他是图书馆警察。他今天早上来找过我。”山姆摸了摸他的头发，“他做了这个，还有这个。”他指着喉咙中央的那个小红点，“他说他不是一个人。”

戴夫沉默了很长一段时间，望着外面空旷而平坦的地平线，只看到耸入天际的高筒仓和北部普罗维比亚饲料公司的谷物升降机。“你见到的那个人不是真的。”戴夫最后说，“那些都不是真实的。只有她是。只有那个该死的婊子。”

“你能告诉我们吗，戴夫？”娜奥米温和地问，“如果你不能，就直说。但如果说出来让你觉得更好或者更舒服……你就告诉我们。”

“亲爱的萨拉，”戴夫说，他握住她的手，笑了，“我爱你……我告诉过你吗？”

她摇了摇头，也笑了笑。眼泪像云母一样在她的眼睛里闪烁。“没有。但我很高兴听你这么说，戴夫。”

“我不得不说。”他说，“这不是更好或更舒服的问题。不能再这样下去了。你知道我还记得我第一次参加戒酒会的事吗，萨拉？”

她摇了摇头。

“他们说这是一个诚实的聚会。他们说你必须把一切都告诉上帝，不仅是对上帝，还有对包括上帝在内的每一个人都要诚实。我当时想如果这就是戒酒的代价，那我受够了。他们会把我扔到韦文山上的墓地里，就那个他们为醉鬼和人生输家留的墓地，那些人一无所有。就因为我无法说出我所看到的一切，我所做的一切。”

“一开始我们都是这么想的。”她温和地说。

“我知道。但没有多少人见过我做过的事，也没有多少人做过我做过的事。不过我已经尽力了。我慢慢尽最大的努力，整理自己的思绪。但我当时看到的和做过的那些事……我从没对任何人说过，连对上帝都没说过。我在我内心的地下室找到了一个房间，我把那些东西放在那个房间里，然后锁上了门。”

他看着山姆，山姆看见眼泪慢慢地从戴夫那苍老的面颊深深的皱纹上滚落下来。

“对。我只能这么做。门锁上后，我在门上钉了几块木板。木板钉好后，我在木板上放上钢板，用铆钉把它固定住。铆接工作完成后，我还拉了一个柜子挡住门，等我完工离开之前，我还在柜子上堆了一堆砖。这些年来，我一直告诉自己，我完全忘记了阿黛丽娅和她奇怪的行为，忘记了她想让我做的事、她跟我说的话、她许下的承诺，以及她的真实身份。我吃了很多让我遗忘的药，但从来没有起过作用。当我加入戒酒互助会时，那是一件总是让我在戒酒方面退缩的事。我内心那个房间里的东西，你知道的，那东西有个名字，皮伯斯先生，它的名字是阿黛丽娅·洛兹。只要我不喝酒，清醒一段时间后，我就开始做噩梦。大多数时候我梦见的都是我为她做的那些海报——那些把孩子们吓坏了的海报，但这还不是最糟糕的梦。”

他的声音越来越小，变成颤抖的喃喃低语。

“最糟糕的比这可怕多了。”

“也许你最好休息一下。”山姆说。他发现，无论戴夫说了什么，他心里总是隐约不想听，他心里有些害怕听下去。

“不管休息的事了。”他说，“医生说我有糖尿病，我的胰腺一团糟，肝脏也在衰竭。我很快就要去永久度假了。我不知道这对我来说是要上天堂还下是地狱，但我很确定这两个地方都没有酒吧和卖酒的商店，谢天谢地。但现在不是服用镇静剂的时候。如果我要跟你说话，那必须现在说。”他仔细地看着山姆，“你知道你有麻烦了，是不是？”

山姆点点头。

“没错。但你不知道你的问题有多严重。所以我得谈谈。我想她的事必须……有时就应该尘封起来。但她尘封的日子已经到头了，她选中了你，皮伯斯先生。所以我得谈谈。不是我想这么做，而是我必须说。昨晚娜奥米走后，我出去给自己买了一瓶酒。我把它带到楼下的铁轨变线的地方，坐在我以前坐过很多次的地方，在院子里满是杂草、煤渣和破碎的玻璃的地方。我拧开瓶盖，把罐子举到鼻子前闻了闻。你知道那壶酒的味道吗？对我来说，它总是闻起来像廉价旅馆房间里的墙纸，或者像一条流过某个城镇垃圾场的小溪。但我还是喜欢那种味道，因为它闻起来也像睡个好觉的味道。

“我一直拿着那瓶酒闻着，能听见那个贱人在我心中锁着的房间里说话。在砖后面、衣柜后面、钢板后面、木板后面和锁的后面喋喋不休。像个被活埋的人一样说话。她的声音有点低沉，但我仍然能清楚地听到她的声音。我能听到她说：‘对，戴夫，这瓶酒这就是答案，这是像你这样的人唯一的答案，唯一有效的答案，也是你唯一需要的答案，你就一直喝，直到答案不再重要为止。’

“我举起酒瓶想好好喝上一大口，但在最后一秒钟，它闻起来像她……我还记得最后她那满是细纹的脸……她的嘴变形的样子……我把酒瓶扔了，砸在铁路枕木上。因为这该死的事得结束了。我不会让她再破坏这个小城！”

他的声音提高了，变成了一种颤抖但有力的老人的喊叫。“这该死的事我已经受够了！”

娜奥米把手放在戴夫的胳膊上。她的脸上充满了恐惧和烦恼。“什么事，戴夫？到底是什么事？”

“我想确定一下。”戴夫说，“你先告诉我，皮伯斯先生。把发生在你身上的一切都告诉我，什么也不要漏掉。”

“我会的。”山姆说，“但有一个条件。”

戴夫微微笑了笑：“那是什么条件？”

“你得答应叫我山姆……反过来，我再也不叫你邋遢戴夫了。”

戴夫开朗地笑了：“没问题，山姆。”

“好。”山姆深吸了一口气，“一切都是那个讨厌的杂技演员害的。”他开始说。

7

把事情说清楚花的时间比他想象的要长，但当他毫无隐瞒地把这一切都说出来时，他有一种说不出的宽慰——几乎是一种喜悦。他告诉了戴夫“神奇乔”的事、克雷格要求他帮助的电话，还有娜奥米要他的演讲材料更生动的建议。他给他们讲了图书馆的外观，以及他和阿黛丽娅·洛兹的会面。他说话的时候，娜奥米的眼睛睁得越来越大。当他讲到儿童图书馆门上的《小红帽》海报时，戴夫点了点头。

“只有那张不是我画的。”他说，“她自己带去的那张。我打赌他们也没找到那张海报，肯定是她带走了。她喜欢我画的海报，但她最喜欢的还是那张。”

“这是什么意思？”山姆问。

戴夫只是摇了摇头，让山姆继续说下去。

他告诉他们关于借书证的事、他借过的书，以及在山姆离开时，他们奇怪地小吵了一架。

“原来是这样。”戴夫平淡地说，“就是因为这件事。你可能不相信，但我了解她。你让她气疯了。一定是的，你肯定把她惹火了……现在她要报复你。”

山姆以最快的速度讲完了他的故事，但是当他讲起穿着雾色大衣的图书馆警察时，他的声音慢了下来，几乎停了下来。山姆讲完的时候，他几乎要哭了，双手又开始颤抖起来。

“我能喝杯水吗？”山姆含混不清地问娜奥米。

“当然。”她说着站起来去拿水。她走了两步，回来吻了吻山姆的脸颊。她的嘴唇又冷又软。在她去给他拿水之前，她对着他的耳朵说了一句让他感到欣慰的话：“我相信你。”

8

山姆把杯子举到唇边，双手捧着确保水不会洒出来，一口气喝了半杯。他把杯子放下时，说：“你呢，戴夫？你相信我吗？”

“嗯。”戴夫几乎心不在焉地说着，仿佛这一切都是理所当然的。山姆觉得，对戴夫来说情况确实是这样。毕竟，他对神秘的阿黛丽娅·洛兹有着第一手的了解，他那张饱经蹂躏而衰老的脸表明，他们之间肯定不是那种相爱的关系。

戴夫好一会儿没再说什么，但他的脸色恢复了一点。他望着铁路和休耕的田野。再过六七个星期，这片地方就会绿了，玉米会到处发芽，但是现在看起来非常贫瘠。他的眼睛注视着一团形状像只巨鹰的云，云的影子在那中西部的空旷处飘过。

最后，他似乎醒了过来，转向山姆。

“我的图书馆警察——我为她画的那个——脸上没有疤。”他最后说。

山姆想起了陌生人那张长长的苍白的脸。上面确实有疤——在脸颊上，就在眼睛下面和鼻梁中间，像一条细细的线。

“所以？”他问，“这是什么意思？”

“这对我并不意味着什么，但我想这对你一定意味着什么，皮——山姆。我知道警徽的事……你所谓的很多角的星形警徽，我在枢纽城图书馆的一本讲纹章的书里看到过。它被称为马耳十字。基督教骑士们在十字军东征时，会把它戴在胸膛的中央。他们认为这种纹章有魔力。我喜欢它的形状，才把它画进海报的。但是……疤痕？我没有画。我画的图书馆警察没有疤。你的图书馆警察是谁，山姆。”

“我不……我不知道你在说什么。”山姆慢慢地说，但那个微弱的、嘲弄的、难以忘怀的声音又出现了：*跟我来，小子……我是警擦。*他的嘴里突然又充满了那种味道。那种红色甘草糖黏滑的味道。他感觉味蕾开始抽搐，胃也开始翻腾。但这太蠢了。真的太蠢了。他这辈子从来没有吃过红色甘草糖。他讨厌那个味道。

如果你从来没有吃过，你怎么知道自己讨厌那个味道？

“我真的搞不懂你的意思。”山姆的语气更加强烈了。

“你肯定听懂了什么。”娜奥米说，“你看起来就像有人踢了你肚子一脚。”

山姆恼怒地瞥了她一眼。娜奥米平静地看着他，山姆感到他的心跳加速了。

“现在先别管这件事了。”戴夫说，“但你没法搁置太久的，山姆……如果你还抱着任何摆脱困境的希望的话。让我告诉你我的故事。我以前从来没说过，以后也不会说……但现在是说的时候了。”

第十一章

戴夫的故事

1

“我并非一直都是邋遢戴夫·邓肯。”戴夫开始说，“五十年代初，我只是个普普通通的老戴夫·邓肯。人们都很喜欢我，山姆，我还加入了你那天晚上为之演讲的扶轮社。为什么不去呢？我有自己的生意，而且赚了钱。我是一个招牌画师，而且画得很好。我在枢纽城和普罗维比亚有很多活，有时我也在锡达拉皮兹做一些工作。有一次，我在小联盟棒球场的右外野墙上画了幸运牌香烟的广告，我还去了奥马哈画。我很受欢迎，这是我应得的。我画得很好。我现在是所谓的‘平面艺术家’，但那时候我是这一带最好的招牌画家。

“我留在这里是因为我真正感兴趣的是画严肃的作品，我觉得这和在哪里完全没有关系。我没有接受过正规的艺术教育——我试过，但被退学了……我知道这让我感觉很不走运，可以这么说，但我知道有些艺术家没有那些速成的东西也能成功的，比如摩西奶奶。她不需要驾驶执照，她直接就开车进了城。

“我甚至本来有可能成功的。我卖过一些画，但不多……我不需要这么做，因为我没有结婚，而且我的招牌画生意做得很好。而且，我把我的大部分作品都留下了，这样我就可以像艺术家一样开展览。我也办过一些展览。一开始是在这里，然后是锡达拉皮兹，然后是在得梅因。最后一次还上过《民主党人》，他们的报道让我看起来像画家詹姆斯·惠斯勒再世。”

戴夫沉默了一会儿，思考着。然后，他又抬起头，望着外面那片荒芜的田地。

“在戒酒互助会上，他们会说有些人一只脚在未来，另一只脚在过去，正因为这样，他们整天都在抱怨。但有时候，你很难不去想，如果你把事情做得稍微不同一点，结果又会怎么样呢？”

他几乎带着愧疚地看着娜奥米，娜奥米微笑着握了握他的手。

“因为我画得很好，而且我真的很接近成功。但也是在那个时候，我喝酒喝得很多。我没怎么想过这件事……见鬼，我年轻，我强壮，而且，伟大的艺术家不是都喝酒吗？我觉得是这样。我还是有可能成功的……至少有一段时间是成功的……但是后来阿黛丽娅·洛兹来到了枢纽城。

“她来的时候，我失去了一切。”

他看着山姆。

“我从你的故事里认出了她，山姆，但那不是她当时的样子。你想看到的是一位老妇人图书馆馆长，而这正好符合她的目的，所以这正是你看到的。但是她在一九五七年夏天来到枢纽城时，她的头发是灰金色的，身材丰满，凹凸有致。

“那时我住在普罗维比亚，经常去浸礼会教堂。我对宗教不太感兴趣，但那里有一些漂亮的女人。你妈妈就是其中之一，萨拉。”

娜奥米笑得就像女人听到了难以置信的事情一样。

“阿黛丽娅立刻就吸引了当地人的注意。教堂的人现在谈论她——如果他们还说她的话，我敢打赌，他们会说‘我知道从一开始那个叫洛兹的女人就不对头’或‘我从不信任那个女人的眼神’，但我告诉你，当时不是这样的。当时男男女女都在她周围嗡嗡地说个不停，就像蜜蜂围着春天的第一朵花。她在进城一个月前得到了拉文先生的助手的工作，但在那之前的两个星期，她在普罗维比亚的主日学校教小孩子。

“我真不愿意去想她教的那些东西……你可以毫不夸张地说，那不是《马太福音》里的东西——但她肯定教了他们什么。因为每个人都发誓说孩子们是多么爱她。连孩子们也发誓说喜欢她，但说这话的时候，他们的眼睛里流露出的神情……非常茫然，好像他们不确定自己身在何处，甚至不知道自己是谁。

“嗯，她吸引了我的目光……我也吸引了她。从我现在的样子看来，你是不会知道的，但那时候我长得很帅。因为在户外工作，我的皮肤总是晒得黝黑，我有一身肌肉，我的头发被太阳晒得几乎成了金黄色，我的肚子像你的熨衣板一样平，萨拉。

“阿黛丽娅在离教堂大约一英里半的地方租了一间农舍，虽然很小，但还是要粉刷一下，就像一个人在沙漠里需要喝水一样。所以第二周去教堂后，我在那里注意到了她。我不常去教堂，那时已经是八月半了，我主动提出为她粉刷房子。

“她的眼睛是你见过的最大的。我猜大多数人都会说她的眼珠是灰色的，但当她直视你的时候，你会保证说那是银色的。那天做完礼拜后，她盯着我看。她身上喷了一种香水，我以前从来没闻过，以后也没闻过。我觉得像薰衣草。我不知道该如何形容，但我知道它总是让我想起只有在太阳落山后才会盛开的小白花。我被迷住了。就在那一刻完全被她迷住了。

“她离我很近，几乎可以让我们的身体碰触到。她穿着一件过时的黑衣服，那是老妇人穿的衣服，戴着一顶带面纱的帽子，手里拿着包。一切都一本正经。不过，她的眼睛并不拘谨。相信我，她的眼神绝对不安分，一点也不。

“‘我希望你们不要在我的新房子里到处贴漂白剂和咀嚼烟草的广告。’她说。

“‘不会的，女士。’我回答说，‘我想只漆上两层非常普通的白色就行。不管怎么说，刷房子并不是我的谋生之道，但你刚搬到城里，我想这样会让你觉得这里很友好……’

“‘是的，的确。’她说着碰了碰我的肩膀。”

戴夫抱歉地看着娜奥米。

“我想我应该给你一个离开的机会，如果你愿意的话。很快我就会开始说一些下流的东西，莎拉。我为此感到羞愧，但我要把我和她之间的过去一笔勾销。”

她拍了拍他那干裂的老手。“说吧。”她平静地对他说，“都说出来吧。”

他深深吸了一口气，又继续说下去。

“当她碰到我的时候，我知道我必须得到她，否则就会死。轻轻碰一下就让我感觉很好——让我为她疯狂。比我一生中碰过的任何女人给我的感觉都要好。她也知道。我从她的眼睛里看得出来。那是一种狡黠的神色，那也是一种刻薄的神色，但其中的某种东西比任何事情都使我兴奋。

“她说：‘这样确实让我觉得这里很友好，戴夫，我想成为一个非常好的邻居。’

“于是我陪她走回家，让其他的年轻人失望地站在教堂门口。你可能会说，他们当时肯定嫉妒地在骂我，但他们不知道自己有多幸运。没有一个人知道。

“我的福特车在店里，她没有车，所以我们只能走去她家。我一点也不介意，她似乎也不介意。我们走的是特鲁门路，那时候那里还是一片土路，只是每隔两三个星期会有一辆卡车过来疏通一下，掸去尘土。

“我们走到半路，她停了下来。路上只有我们两个人，在夏日正午的太阳下站在特鲁门路中，路的一侧是山姆·奥德约一百万英亩的玉米，另一侧是比尔·哈姆佩大约二百万亩的玉米，那些玉米都比我们高，一直发出玉米地才有的摩擦声，没有风也一样有这种声音。

“我爷爷常说那是玉米生长的声音。我不知道这是不是真的，但我可以告诉你，这是一种令人毛骨悚然的声音。

“‘看！’她指着右边说，‘你看见了吗？’

“我看了，但是什么也没看见……只有玉米。我告诉她。

“‘我来指给你看！’她说着就跑到玉米地里去了，她完全不在乎自己身上穿着礼拜天的衣服、穿着高跟鞋。她甚至没有摘下那顶带面纱的帽子。

“我在那里站了几秒钟，有点愣住了。然后我听到她笑了，我听见她在玉米地里笑。所以我跑进去追她，部分原因是想看看她看到了什么，但最主要的原因是那笑声。我太好色了。我没法继续讲了。

“我看见她站在我走进的那排玉米里，然后她消失在另一排，还在笑。我也笑了起来，跟着穿过那排玉米，完全没有在意踩坏了山姆·奥德的庄稼。他这么大的玉米田，踩坏这点，他不会介意的。但等我走过去时，肩上落下了玉米的穗丝，一片绿叶像新领带夹一样卡在我的领带上，我立刻止住了笑声，因为她不见了。然后我听到她在我的另一边。我不知道她怎么可能脱离我的视线，回到那边，但她回来了。所以我又冲了回去，正好看到她跑到下一排。

“我想我们玩了半个小时的捉迷藏，我没能抓住她。于是我狂野起来，更兴奋了。我以为她就在我前面那排玉米里，但我到了那儿就会听见她在我后面两排。有时我会看见她的脚，或者她的腿，当然，她会在松软的泥土上留下脚印，但这些脚印没什么用，因为它们似乎马上就消失了。

“然后，就在我开始生气的时候——汗水浸透了我帅气的衬衫，我的领带松开了，鞋子上满是泥土——我走过一排玉米，看见她的帽子挂在一株玉米上，面纱在吹进玉米地的微风中飘动。

“‘来抓我啊，戴夫！’她喊着。我抓起她的帽子，斜着向下一排跑去。她不见了……我能看见她穿过的那片玉米地——这次她留下了鞋子。在旁边那排，我发现她的一条丝袜挂在一穗玉米上。我还能听到她的笑声从我的盲区传过来。那婊子是怎么到那里的，只有天知道。但那时，这对我来说已经不重要了。

“我扯下领带，在她后面乱跑，一圈又一圈又一圈地，就像一条不知道在大热天应该躺着不动的蠢狗。我要告诉你们一件事——我走过的地方把玉米都踩碎了，在我身后留下一串被践踏的玉米秆和东倒西歪的玉米叶。而她一个都没有踩坏。她走过的时候，玉米杆都只是微微摇动了一下，她就像夏日微风吹过一样走过。

“我找到了她的衣服、背心和吊袜带。然后我找到了她的胸罩和内裤。我开始听不到她的笑声了。除了玉米摩擦的声音，没有别的声音。我站在其中一排，像漏水的锅炉一样喘个不停，我把她所有的衣服都紧紧地贴在我的胸口。我能闻到她身上的香水味，我都快疯了。

“‘你在哪里？’我喊道，但是没有回答。我终于失去了我仅有的一点理智……当然，这正是她想要的。‘你他妈的在哪儿？’我尖叫起来，她那白色的长胳膊从我旁边的玉米丛中伸出来，用一根手指抚摸着我的脖子。吓死我了。

"'我一直在等你。'她说,'怎么这么久?你不想看吗?'她一把抓住我,把我拖过谷地,她就站在那儿,脚踩在泥土里,身上一丝不挂,眼睛像雾天里的雨一样是银色的。"

2

戴夫喝了一大口水,闭上眼睛,继续说下去。

"我们没有在玉米地里做爱……自从我认识她以来,我们从来没有做爱过。但是我们做了别的事情。我拥有阿黛丽娅的方式与任何男人拥有女人的方式没有区别,但我想我拥有她的某些方式在你们眼里是不可能的。我不记得所有的方式,但我记得她白皙的身体、她腿的样子。她的脚趾蜷曲着,仿佛在摸索土里钻出来植物的嫩芽。我还记得她是怎样用指甲在我脖子和喉咙的皮肤上来回划动。

"我们就一直这样持续。我不知道有多少次,但我知道我从来都没觉得疲倦。我们开始的时候,我觉得自己饥渴到要强暴自由女神像,当我们结束的时候,我的感觉也没有变化。我对她爱不释手。我想那就像喝酒一样。无论如何我都喝不够,她也知道这一点。

"但我们最终还是停了下来。她把手枕在脑后,在我们躺在的黑色泥土中扭动着她白皙的肩膀,她用银色的眼睛看着我说:'怎么样,戴夫?我们是邻居了吗?'

"我告诉她我还想再来一次,她告诉我不要得寸进尺。我想再爬上去,她却把我推下去,就像母亲不想再喂婴儿时把婴儿推下去一样容易。我又试了一次,她用指甲抓我的脸,把皮肤撕开了两道口子。我的锅炉这才熄了火。她像猫一样快,但比猫强壮两倍。当她看到我知道游戏时间结束时,她穿上衣服,把我从玉米地里带出来。我就像玛丽的小羊羔一样温顺地跟在她后面。

"我们走完剩下的路到她家。路上没有遇到人,这样或许更好。我的衣服上满是灰尘和玉米丝,衬衣下摆露了出来,领带塞进了后面的口袋,像一条尾巴一样在我身后飘动,身上衣服摩擦的地方,我都感到生疼。而她,看起来却像杂货店玻璃杯里的冰淇淋苏打水一样光滑和清爽。她的鞋子上没有一点污渍，裙子上没有一根玉米丝。

“我们到了她家，我仔细查看房子，想知道需要用多少油漆时，她给了我一个高脚杯装的饮料。里面有一根吸管，还有一枝薄荷叶。我以为是冰茶，喝了一口才知道是纯苏格兰威士忌。

“‘老天！’我说，几乎呛到。

“‘你不想要吗？’她问我，用她曾经用的那种假装的微笑，‘也许你想喝点冰咖啡。’

“‘噢，我想要。’我说。但事情远不止于此。我需要喝这个。那时候我试着不在中午喝酒，因为那是酒鬼会做的事。但我努力的结局就是这样。在我认识她的其余时间里，我几乎每天都喝，整天都在喝。对我来说，艾克担任总统的最后两年半里，我一直都泡在酒里。

“我在她的房子里粉刷的时候，我为她做了一切她要我做的事。她当时已经在图书馆上班了。拉文先生很快就雇了脱颖而出的她，让她负责儿童图书馆。我过去一有机会就会去那儿，我自己就是老板，所以我经常去。拉文先生告诉我，说我在图书馆花了多少时间时，我答应免费粉刷整个图书馆，于是他让我自由出入。这是阿黛丽娅教我的，说这样就能解决问题了。她是对的，一如既往。

“我对我在她的魔力下度过的那段时光已经分不清事情的先后了……我当时就是这样，一个痴情的男人生活在一个女人的魅惑之下，而这个女人甚至都不算是个人。这不是醉鬼那种失去记忆的情况，不如说是事情过去了，就想把一切都忘掉。所以我拥有的记忆是零碎的，但似乎又能连在一起，就像太平洋上的岛屿一样，群什么岛那种。

“我记得在拉文先生去世前大约一个月，阿黛丽娅把《小红帽》的海报挂在了儿童图书馆的门上。我还记得她牵着一个小男孩的手，领他走过去。‘你看见那个小女孩了吗？’阿黛丽娅问他。‘是的。’那个男孩说。‘你知道那坏东西为什么要吃掉它吗？’阿黛丽娅问道。‘不知道。’孩子回答，他的眼睛睁得大大的，充满了泪水。“因为他忘了按时把图书馆的书带回来。”她说，‘威利，你不会那样做的，对吗？’‘不，永远不会。’小男孩说，而阿黛丽娅说：‘你最好不会。’

然后她牵着他的手，带他进儿童图书馆讲故事。那个孩子……是后来在越南阵亡的威利·克莱马特……他回头看着我，我手里拿着油漆刷正站在脚手架上，我能读懂他的眼神，就像报纸的大标题一样。‘把我从她手里救出来吧。’他的眼神是这个意思，‘求求你了，邓肯先生。’但我能怎么样？我连自己都救不了。”

戴夫从后面的口袋里掏出一条干净但皱巴巴的头巾，使劲地擤了下鼻涕。

“拉文先生一开始以为阿黛丽娅做事非常靠谱，但过了一段时间，他改变了主意。在拉文先生去世前一周，他们为那张红色的海报大吵了一架。拉文一直讨厌那张海报。也许他不太清楚阿黛丽娅在故事时间里和孩子们都说了什么——我很快就会讲到那儿……但他并不是完全不知道的。他看到了孩子们看海报的样子。最后他叫她把它取下来。争论就是从那时开始的。我没有听到所有的内容，因为我在他们上面的脚手架上，图书馆回音的效果很差，但我听到的已经够多了。拉文说这会吓到孩子们，或者可能会在孩子们身上留下阴影，而阿黛丽娅则说这有助于她控制住孩子们‘吵闹的情绪’。她称那些海报是教学工具，就像用来打人的山核桃棍一样。

“但拉文先生坚持自己的立场，最后阿黛丽娅不得不把那海报撕掉。那天晚上，她在家里的样子就像动物园里的老虎，好像有个孩子一整天都在用棍子戳她。她大步流星地来回走着，身上一丝不挂，头发在身后飘扬。我躺在床上，喝得酩酊大醉。但我记得她转过身来，她的眼睛从银色变成了明亮的红色，仿佛她的大脑被点燃了，她的嘴看上去很怪，好像要把自身从她的脸上扯下来，或者把别的什么东西扯下来。这几乎把我吓醒了。我从未见过这样的东西，也不想再见到。

“‘我要把他解决掉。’她说，‘我要干掉那个又胖又老的嫖客，戴夫。你等着瞧吧。’

“我告诉她不要干傻事，不要让冲动控制自己，还有很多其他的事情比这个重要。她听我说了一会儿，然后飞快地跑过房间……嗯，我不知道该怎么说。前一秒还在房门口，下一秒她就已经跳到我身上。她的眼睛红得发亮，她的嘴从她脸上噘得都凸出来了，好像很想吻我，都要把皮肤撑破了。我当时想，这次她不只是要抓伤我，而是要把指甲插进我的喉咙、把我剥得只剩下脊椎。

“但她没有。她把脸贴近我的脸，看着我。我不知道她看到了什么——我猜是看到了我有多害怕——但她一定很高兴，因为她把头往后仰，她的头发一直垂到我的大腿上，她笑了。‘别说话了，你这个该死的酒鬼，’她说，‘插进来吧，除此之外，你还能干什么？’

“所以我上了她。因为我当时已经不画画了，我的本事只剩下上她跟喝酒。在我第三次酒驾被抓到以后，我的驾照都被吊销了——那是在一九五八年或者一九五九年初——我干的活也收到了糟糕的反馈。你看，我已经不怎么关心我做得怎么样了，我只想要她。戴夫·邓肯不再靠谱的说法开始流传开来。但他们说原因是我一直喝醉。关于我们之间的关系，从来没有传出去多少消息，她对那件事非常小心。我的名声一落千丈，但她的裙摆上一点泥都没有沾到。

“我想拉文先生起了疑心。起初他以为只是我对她有好感，而她根本不知道我站在脚手架上一直瞪大眼睛看着她，但我想最后他还是怀疑起来了。但随后拉文先生去世了。他们说是心脏病，但我很清楚是怎么回事。事情发生后的那天晚上，我们在她家后门廊的吊床上，那天晚上是她一直要个不停，她搞得我直到求饶为止。然后她在我身边躺下，心满意足地看着我，就像一只吃饱了奶油的猫，她的眼睛又恢复了那种深红色。我说的不是我想象中的东西，我能看到那红光在我裸露的手臂上的反光。我能感觉到，我就像坐在一个烧过柴、浇熄没多久的炉子旁边。‘我告诉过你我会料理他的，戴维[1]。’她突然用这种刻薄的、挑逗的声音说。

“我当时喝醉了，上她上得我快死了……她说的话我几乎没有听进去。我感觉自己在流沙坑里快睡着了。‘你对他做了什么？’我半睡半醒地问。

“‘我拥抱了他。’她说，‘特别的拥抱，戴维……你不知道那有多

① 戴夫的昵称。

特别，如果你够走运，你永远也不会知道。我在书架之间找到了他，用胳膊搂着他，让他看看我真正的样子。然后他哭叫了起来。他叫得有多害怕啊。他流下了那种特别的眼泪，我吻掉了他的眼泪。我吻完后，他就死在我的怀里了。'

"'他的特殊的眼泪。'她是这么叫它们的。然后她的脸变了，上面泛起涟漪，就像在水下一样。我看到了一些东西……"

戴夫慢慢地停下，望着平原和谷仓，还有那台采收升降机，看向一片虚无。他的手紧紧抓住了门廊的栏杆。先用力，然后放松，然后又紧紧地抓住。

"我不记得了。"他最后说，"也许我不想记得。除了两件事：红色的眼睛没有眼睑，嘴周围有很多松弛的肉，呈皱褶状，但也没有皮肤。看起来……很危险。然后嘴周围的肉不知怎么动了起来，我想我开始尖叫了。然后那张脸就不见了。所有的一切都消失了。又变回了阿黛丽娅，她望着我，笑得像只好奇的、漂亮的猫。

"'别担心。'她说，'你没必要看，戴维。只要你照我说的去做就是了。只要你乖乖听话。只要你守规矩就行。今晚我很高兴，因为那个老傻瓜终于滚了。镇议会将任命我接替他的职位，我将按照我想要的方式来管理一切。'

"*那，上帝保佑我们大家吧*。我这么想，但我没有说出来。如果你往下看到一个人，在乡间的吊床上，用闪光的红眼珠看着你，蜷曲在你身旁。在那么偏僻的地方，即使你用尽全力尖叫，也没有人会听到。换成你，你也不敢说这句话。

"过了一会儿，她走进屋里，拿着两大高脚杯的苏格兰威士忌出来了。不一会儿，我又像沉到了两万海里的海底，在那儿一切都不重要了。

"她把图书馆关了一个星期……她是这样说的：'为了悼念拉文先生。'当她再次打开门时，小红帽的海报又回到了儿童图书室的门上。一两个星期后，她告诉我她想让我为儿童图书室做一些新的海报。"

他停了一下，然后用更低、更慢的声音继续说：

"即使是现在，我内心还是忍不住粉饰这段经历，让我在其中的角色显得没那么坏。我想告诉你，我跟她吵过架，告诉她我不想吓唬孩子们——但这不是真的。我完全按照她要我做的去做。上帝保佑，我都做了。部分原因是因为那时我害怕她，但主要是因为我仍然迷恋着她。还有其他原因。我有一个卑鄙的、讨厌的一面——我不认为每个人都有，但我想也不会少到哪儿去——我对她的所作所为感兴趣，我真的感兴趣。

“现在，你在想我到底干了些什么，而我又不能全部告诉你。我真的不记得了。关于那些日子的记忆都是乱七八糟的，就像你把坏了的玩具捐给慈善组织救世军，只是为了把那些该死的东西从阁楼里清理干净。

“我没有杀任何人。这是我唯一能肯定的事。她想让我杀……我差点就……但最后我退缩了。这是我能够活下去的唯一原因，因为最后我能够从她那里逃走。她把我灵魂的一部分留给了她——也许是最好的一部分——但她从来没有完全控制过我。”

他若有所思地看着娜奥米和山姆。他现在似乎平静多了，也更能控制自己了。也许他已经平静下来了，山姆想。

“我记得一九五九年秋天的一天，我想是一九五九年，她告诉我她想让我为儿童图书馆做一张海报。她明确地告诉我她想要什么，我欣然同意了。我看不出有什么问题。其实，我还觉得很有趣。你看，她想要的是一张海报，上面画着一个被压路机在街道中间压扁的小孩。下面的意思是**‘不要浪费时间！你在图书馆借的书该提前归还了！’**

“我以为这只是个玩笑，就像游戏里郊狼追赶哔哔鸟，结果被货运火车之类的东西压扁了一样。所以我说当然可以。她高兴极了。我走进她的办公室，画了海报。没花多长时间，因为那是卡通风格的。

“我原以为她会喜欢的，可她不喜欢。她眉头一皱，嘴抿得几乎看不见了。我画了一个眼睛上有十字的卡通男孩，为了让气氛轻松些，我让一个对话框泡泡从开蒸汽压路机的家伙的嘴里冒出来。‘如果你有邮票，你可以像寄明信片一样把他寄出去。’他说。

“她甚至连笑都没笑。‘不，戴维。’她说，‘你不明白。这不会让孩子们准时把书还回来的。这只会让他们发笑，而他们笑得够多了。’

“‘嗯。’我说，‘我想我不明白你想要什么。’

“我们站在借书台的后面，所以除了腰部以上没人能看到我们。”她俯下身来，把我的睾丸捏在手里，用她那双银色的大眼睛看着我说，‘我要你用写实风格去画。’

“我花了一两秒钟才明白她真正的意思。搞懂的时候，我觉得简直难以置信。‘阿黛丽娅，’我说，‘你不明白你在说什么。如果孩子真的被压路机压死了……’

“她捏了一下我的蛋蛋，很疼——好像是想提醒我她是如何占有我的——然后说：‘我明白，好吧。现在轮到你明白我了。我不想让他们笑，戴维，我想让他们哭。那你为什么不回去，把海报画好呢？’

“我回到她的办公室。我不知道我要做什么，但我是在匆忙中下定决心的。桌上有一张新贴的布告板；一大杯苏格兰威士忌，里面有一根吸管和一片薄荷叶；还有一张阿黛丽娅的便条，上面写着：‘戴维——这次要大量使用红色。’”

他严肃地看着山姆和娜奥米。

“可她那段时间从没进过那儿，完全没有进去过。”

3

娜奥米给戴夫端来一杯水，当她回来时，山姆注意到她的脸非常苍白，眼角发红。但娜奥米安静地坐了下来，示意戴夫说下去。

他说：“我做了酗酒者最擅长的事。我喝了酒，并按她的吩咐去做了。一种……疯狂的感觉，我猜你会这么说……我有一种疯了的感觉。我在她的办公桌前花了两个小时，拿着一盒廉价的水彩不停地画，水和颜料在她的桌子上涂得到处都是，我也顾不上了。我想忘掉最后画出来的海报的样子，但画面我还是记得。海报上是一个尸体散布在整条论破尔街的支离破碎的小男孩。他的鞋子被撞飞了，脑袋像一块在太阳下融化的黄油一样摊在地上。开蒸汽压路机的人只是一个剪影，但他是向后看的，你可以看到他脸上的笑容。那个家伙在我为她做的海报上出现了一次又一次。你提到的海报上开车的人就是他，山姆，那张‘永远不要搭陌生人的车’的海报。

“我出生大约一年后，我的父亲就抛下了我的母亲，直接离开了我们住的公寓，我觉得我在那些海报上画的人可能就是他。我以前叫他‘黑暗之人’，我想那是我爸爸。我想可能是阿黛丽娅把他从我身上逼出来的。我把第二张海报拿出去给她时，她很喜欢。她笑了起来。‘太完美了，戴维！’她说，‘这会把一大群鼻涕虫小鬼吓得守规矩的！我马上把它贴上去！’她把海报贴在了儿童图书室的借书台上。她这么做的时候，我看到了一些让我毛骨悚然的东西。你知道，我认识我画的那个小男孩。是威利·克莱马特。我画的是他，但我自己都没意识到，他脸上剩下的表情就是那天她拉着他的手领他进儿童图书室时，我看到的表情。

“孩子们去听讲故事的时候，我就在那里，他们第一次看到海报就很害怕。他们的眼睛睁得很大，一个小女孩哭了起来。他们的恐惧让我觉得得意。我想，‘这会让他们牢记要守规矩，这会让他们知道，如果他们不按阿黛丽娅说的去做、跟她作对会有什么后果。’我心里也在想：*你开始像她一样思考了，戴夫。很快你就会像她一样，然后你就会迷失自我。你会永远迷失。*

“但我还是继续下去。我觉得就像我有一张单程票，我不打算下车，直到一路抵达终点。阿黛丽娅雇了一些大学生，但她总是把他们放在流通室、资料室和主借书台做事。孩子们完全由*她*照管。你看，他们是最容易被吓到的。我认为孩子们是*最容易*被吓到的，他们能满足她的要求。因为那是她赖以生存的，你知道……她以他们的恐惧为食。我还做了更多的海报。我都记不全了，但我记得图书馆警察。他出现在很多海报里。在一张叫做‘**图书馆警察也去度假**’的海报里，画的是他在小河边钓鱼。只是他在用那个被孩子们称为‘笨蛋西蒙’的小男孩来做诱饵。在另一张中，他把‘笨蛋西蒙’绑在火箭的前端，启动开关，将他送入外太空。那张海报上写的是‘**在图书馆学习更多的科学和技术，但要确保守规矩，按时还回你的书。**’”

戴夫说：“我们把孩子们的房间变成了一间恐怖屋，让那些来到这里的孩子们都进去了。”他说得很慢，声音里满是哽咽，“她和我是这样对孩子们的。但是你知道吗？孩子们总是会回去那儿。他们总是回来看到更恐怖的东西。而且他们从来没有，从来没有和别人说过。她让他们不敢说。”

“那他们的父母呢？”娜奥米突然叫了起来，声音那么尖锐，把山姆吓了一跳，“当然，父母看到的话……”

“没有！”戴夫对她说，“他们的父母什么也没看到。他们见过的唯一一张吓人的海报是小红帽和狼的海报。阿黛丽娅一直把那张海报贴着，但其他的只在讲故事的时候贴……放学后、周四晚上和周六上午……才会贴。她不是人类，莎拉。你必须把这一点牢记在心。她不是人类。她能知道大人什么时候来，她总是在大人来之前把我的海报从墙上收起来，然后换上那些普通的海报，上面写着‘**读书有乐趣**’之类的话。

“我记得讲故事的时候——在那些日子里我从未离开她，而且我有大量时间待在她身边，因为我已经不画画了，所有其他工作也告吹，只能靠我的一点存款生活。没过多久，钱也没了，我不得不开始卖东西——我的电视，我的吉他，我的卡车，最后是我的房子。但这并不重要。重要的是我总是往图书馆跑，我看到了发生的一切。孩子们会把椅子排成一圈，阿黛丽娅坐在中间。我会坐在房间的后面，坐在儿童椅上。我经常穿着我那沾满油漆的破旧防尘衣，喝得酩酊大醉，胡子也不刮，一直喝着苏格兰威士忌。她会读——读她特别的阿黛丽娅版本的故事——然后她会突然停下来，把头歪到一边，好像她在听什么。孩子们会坐立不安，很不自在。他们看上去也像是……就像从她让他们沉睡的梦中惊醒一样。

“‘有人要加入我们了。’她微笑着说，‘这不是很好吗，孩子们？有哪个好孩子志愿者帮我准备欢迎这些大人朋友？’她说这句话时，孩子们都举起手来，因为他们都想做个好孩子。我做的海报向他们展示了不守规矩、做错事情的坏孩子会有什么下场。就连我，虽然穿着脏兮兮的旧防尘衣，醉醺醺地坐在房间后面，看上去像个世界上最老、最累的孩子，也会举起手。然后他们会站起来，一些人会把我的海报拿下来，另一些人会把她桌子最下面抽屉里的常规海报拿出来。他们交换海报，然后坐下。阿黛丽娅把她之前讲的恐怖故事换成‘豌豆公主’之类的故事继续讲下去，果然，几分钟后，某个母亲探头进来，看到所有听话的乖孩子在听和蔼可亲的洛兹女士给他们读故事，她们会对自己的孩子微笑，而孩子也用微笑回答。每次都是这样。”

“你说‘她之前讲的恐怖故事’是什么意思？”山姆问。他的声音沙哑，嘴唇发干，因为一直在听戴夫说话，心里越来越恐惧和反感。

“都是童话故事。”戴夫说，“但她会把它们改编成恐怖版的。你会惊讶地发现，她几乎不用改什么就能把它们变成恐怖故事。”

“我不会惊讶的。”娜奥米严肃地说，“我记得那些故事。”

“我敢打赌你听过。”他说，“但你从来没有听过阿黛丽娅讲的故事。孩子们喜欢这些故事……一部分是喜欢故事，也喜欢她，因为她强烈地吸引着孩子们，使他们着迷，就像她吸引我一样。嗯，不完全一样，因为没有性的因素——至少，我不觉得有——但是她身上的黑暗面呼唤着孩子们身上的黑暗面。你明白我的意思吗？”

山姆还记得他对卡通片《幻想曲》中蓝胡子和飞天扫帚的可怕沉迷，他觉得自己可以理解。孩子们对黑暗面又恨又怕……但又深受吸引，不是吗？黑暗的一面在向他们招手，

（跟我来，小子）

不是吗？黑暗面在向他们歌唱，

（我是警擦）

不是吗？

不是吗？

“我明白你的意思，戴夫。”山姆说。

他点了点头。“你想明白了吗，山姆？你的图书馆的警察是谁？”

“这部分我还是不太懂。”山姆说，但他觉得自己隐约是明白的。他的脑海就好像是一潭又深又黑的水，水底沉着一条船——但不是随便什么船，不是——而是一艘海盗纵帆船，满载着赃物和尸体，现在它又开始在埋藏了这么久的淤泥中活动起来。他担心这个幽灵般的残

骸很快就会再次浮出水面，它那被炸烂的桅杆上覆盖着黑色的海藻，一具带着看到百万美元般的笑容的骷髅还绑在船舵腐烂的残骸上。

“我想也许你懂了。”戴夫说，“或者你开始懂了。真相一定会出来的，山姆。相信我。”

娜奥米说：“我还是不太理解这些故事。”

“她最喜欢的书之一，萨拉，也是孩子们最喜欢的书。你必须了解这一点，并且相信——那书是《金发姑娘和三只熊》。你知道这个故事，但你听过的和镇上的那些现在已经长大的人，那些银行家、律师和拥有几台约翰迪尔牌拖拉机的快乐农民小时候听过的不一样。在他们的内心深处，他们记住的是阿黛丽娅·洛兹的版本。也许他们中的一些人曾经把同样的故事讲给自己的孩子听，却不知道还有其他版本可以讲给他们听。我不愿意这么想，但我心里知道情况就是这样的。

“在阿黛丽娅的版本中，金发姑娘是一个做坏事的坏孩子。她故意破坏三只熊的房子……她把熊妈妈的窗帘扯下来，把洗好的衣服丢进泥浆，撕烂熊爸爸的杂志和商业文件，还用牛排刀割坏了熊爸爸最喜欢的沙发。然后她把他们所有的书都撕了。我想，这是阿黛丽娅最喜欢的部分，金发姑娘把书弄坏了。她不吃粥。噢，不是！阿黛丽娅讲述这个故事的时候！按照阿黛丽娅的版本，金发姑娘从高高的架子上弄了些老鼠药，把它像糖粉一样撒在粥上。她不知道住在这所房子里的是谁，但无论如何她都想杀了他们，因为她就是这样一个坏孩子。”

“这太可怕了！”娜奥米说。她第一次惊恐起来——真正的惊恐。她双手捂着嘴，睁大眼睛看着戴夫。

“是。确实很可怕。但这还没完。因为破坏房子后，金发姑娘累坏了，她上楼去拆它们的卧室时，她在熊宝宝的床上睡着了。三只熊回家看到她，就扑向她——阿黛丽娅就是这么说的——它们扑向她，把那个坏孩子活活吃掉了。它们闻到了毒药的味道。‘它们闻得到，孩子们，因为它们是熊。’阿黛丽娅总是这么说，所有的孩子——阿黛丽娅的好孩子们——都会点点头，因为他们知道不点头会怎么样。”

跟着她。我知道她是故意把孩子们吓成这样的，你知道，我知道这是有原因的。我自己也差点被吓死，但我想看看她到底为什么要这么做。

“那一次，她带进洗手间的是威利·克莱马特。在听阿黛丽娅版本的《汉塞尔与格莱特》时，威利开始歇斯底里。我轻轻松松地打开门，看见阿黛丽娅跪在洗手台旁边的威利面前。威利不再哭了，但除此之外，我什么也看不到。她背对着我，你看，威利个子这么矮，她就把他挡在我的视线之外，即使她跪着，我也看不到。我能看见威利的手搭在她穿套头衫的肩上，我能看见他红色毛衣的一只袖子，但仅此而已。然后我听到了一种很重的吸吮声，就像你把杯子里的奶昔都喝光后吸管发出的声音。我当时就有了个想法，她……你知道，侵犯他，她确实有，但不是我想的那样。

“我往前走了一点，然后绕到右边，踮起脚尖走，这样鞋跟就不会咔嗒作响了。不过，我觉得她也能听到我的声音……她的耳朵就像该死的雷达天线，我一直等着她转过身来，用她那双红红的眼睛盯着我。但我停不下来。我一定要看个究竟。渐渐地，当我侧着身子挪到他们右边的时候，我看到了一切。

“我在阿黛丽娅肩膀的上方慢慢看到威利的脸，一次一点点，就像从月食里出来的月亮。一开始，我能看到的只有阿黛丽娅的金色头发——浓密卷曲的头发——但接着我开始看到她的脸。我看到了她在做什么，让我腿上的力气像水管里的水一样一下流光了。除非我伸出手，一直敲我头顶上的管子，不然他们是看不到我的。他们的眼睛是闭着的，但那不是他们没发现我的原因。你看，他们都沉迷在所做的事情中，他们都失去了自我，因为两个人的身体钩在了一起。

“阿黛丽娅的脸不再是人类的脸，它像温热的太妃糖一样融化，变成了漏斗形状，这弄平了她的鼻子，把她的眼睫毛拉得又长又细，使她看起来像某种昆虫……苍蝇，或者蜜蜂。她的嘴又不见了。就在她杀死拉文先生之后，也就是我们躺在吊床上的那个晚上我看到的那个东西。那个嘴的形状已经变成漏斗比较尖的一头。我能看到上面有一些奇怪的红色条纹，一开始我以为是血，或者可能是她皮肤下的静脉，然后我意识到是口红。她的嘴唇已经不见了，但那红色的口红显示出她嘴唇本来的位置。

“她用那个吸盘一样的嘴吮吸威利的眼睛。”

山姆看着戴夫，目瞪口呆。有那么一会儿，他怀疑这个人是不是疯了。鬼魂是一回事，但这是另一件事。他根本不知道这是什么情况。然而真诚与诚实的眼神像一盏灯一样照在戴夫的脸上，山姆想：如果他在说谎，他自己肯定也没察觉。

“戴夫，你是说阿黛丽娅·洛兹喝了他的眼泪？”娜奥米犹豫地问。

“是……也不是。她喝的是他特有的眼泪。她的脸向他完全延展开，像颗心脏一样，五官拉得扁平。她看起来就像你画在购物袋上，拿来当万圣节面具的脸。

“威利眼角流出的是黏糊糊的、粉红色的东西，像带血的鼻涕，或者几乎液化了的大块肉。她一直发出低沉的吮吸的声音。她是在吮吸威利的恐惧，她不知怎么把恐惧变成了具体的东西，而且把恐惧弄得很大，非得从那么多眼泪中吸出来，否则那会杀死威利的。”

“你是说阿黛丽娅是某种吸血鬼，是不是？”山姆问。

戴夫看起来松了一口气。“对。是这样。从那时起，每当我想起那一天——每当我敢去回忆的时候——我相信她就是这样的东西。所有那些关于吸血鬼把牙齿伸进人们喉咙里喝他们血的古老故事都是错误的。也不能说全错，但表达得不够准确。他们确实吸，但不是吸颈部的血，而是靠从受害者身上吸取别的东西来吸收营养，他们吸的不是血液。如果受害者是成年人的话，也许他们吸的东西会更红、更血腥。也许她就是这么吸拉文先生的。我猜是这样。但那不是血。

“那是恐惧。”

5

“我不知道我在那里站着看了她多久，但是时间不会太长……她这么做的时间从来没有超过五分钟。过了一段时间，威利眼角里的东西开始变得越来越淡，也越来越少。我可以看到……你知道，她那个用来吸的东西……”

“口器。”娜奥米平静地说，“我想它一定是像昆虫口器一样的东西。”

“是叫这名字吗？好吧。我能看见那件东西变得越来越长，好像一点都不想错过，一点也不愿放过，我知道它差不多快吸饱了。等她吸完，他们就会发现我。等她发现我，我想她可能会杀了我。

“我开始后退，慢慢地，一步一个脚印。我以为自己撑不下去了，最后我的屁股撞到了洗手间的门，我几乎叫出声来，因为我以为她不知怎么就绕到我身后了。尽管我看到她就在我面前跪着，我还是很确定她随时能出现在我后面。

“我用手捂着嘴，不让尖叫声传出去，然后从门里挤了出去。我站在那儿，等着门在气动铰链上转动着关上。这似乎过了很长时间。门关上后，我就马上向大门走去。我几乎疯了。我唯一想做的就是离开那里，永远不再回去。我想永远逃跑。

“我下到门厅，她在那儿挂上了你看到的那个牌子，山姆——就是只写了‘**安静**’的那个！然后我控制住了自己。如果她把威利带回孩子们的房间，看见我不在了，她就知道我看见了。她会追我，也会追上我。我甚至觉得她轻松就能抓到我。我仍然记得在玉米地里的那天，她绕着我跑了一圈，甚至没有出一滴汗。

“于是我转过身，走回了我在儿童图书馆的座位上。这是我一生中做过的最困难的事情，但我设法做到了。我坐到椅子上还没两秒钟就听到他们来了。当然，威利高兴极了，满脸笑容，精神饱满，她也一样。阿黛丽娅似乎已经精神抖擞地准备好和拳击手卡门·巴西利奥快打三轮，而且轻易就能把他放倒。

“‘好孩子们，你们都抬起头来！’阿黛丽娅拍着手叫道，他们都抬起头来看着她，‘威利感觉好多了，他要我把故事讲完。对不对，威利？’

“‘是的，女士。’威利说。阿黛丽娅吻了他，然后他跑回座位。阿黛丽娅继续讲故事。我坐在那里听着。故事结束后，我就开始喝酒。从那以后直到最后，我从未真正停止过酗酒。”

6

“最后结局怎么样？”山姆问，“你知道些什么？”

“如果我不是一直喝得烂醉如泥，我可能会知道得清楚些，但我了解的已经比我想要的还多了。我甚至不知道最后那段时间有多长。大约四个月，我想，但也可能是六个月，甚至八个月。那时我甚至连季节都分不清了。像我这样的酒鬼真的开始滑向深渊时，山姆，唯一能注意到的就是瓶子里还有没有酒。不过，我知道两件事，而且确实是唯一重要的两件事。有人开始盯上她了，这是一方面。另一个是现在她要回去休眠了，到了她蜕变的时刻。

“我记得有一天晚上在她家——她从没去过我家，一次也没去过——她对我说：‘我有点困了，戴夫。我现在整天都很困。很快就到了睡长觉的时候了。到了那个时候，我要你跟我一起睡。你知道，我已经喜欢上你了。’

“当然，我当时喝醉了，但她的话还是让我不寒而栗。我觉得我知道她在说什么，但当我问她时，她只是笑。

“‘不，不是那个意思，’她说着又轻蔑又好笑地看了我一眼，‘我说的是睡觉，不是死亡。但你得和我一起进食。’

“这话一下子让我清醒了。她以为我不知道她在说什么，但我知道。我看过。

“从那以后，她开始问我关于孩子们的问题。问我不喜欢哪些孩子，我觉得哪些孩子偷偷摸摸，哪些太吵了，哪些最讨厌。‘他们是坏孩子，他们不配活下去。’她会说，‘他们很粗鲁，很有破坏性，他们还的书里有铅笔做的记号，书页也撕破了。你认为哪些是该死的，戴维？’

“那时候我知道我必须离开她，就算我死了才能离开她，我也只好走那条路了。她身上发生了一些事，你知道。她的头发变暗了，一向完美的皮肤开始出现瑕疵。还有别的东西……我能看见那个东西，她的嘴变成的那个东西——一直在她的皮肤下面变化。那东西已经开始变得满是皱纹和肉团，上面还有蛛丝般的线条。

“一天晚上，我们躺在床上，她看见我看着她的头发，就说：‘戴维，你看到我身上的变化了吧？’她拍了拍我的脸，‘没关系，这是完全自然的现象。我准备再次入睡时，总是这样。我很快就要睡了，如果你打算跟我一起，你就得选一个孩子，或两三个。越多越好！’她疯狂地笑，她回头看我时，眼睛又变成红色的了，‘无论如何，我并不想丢下你不管。除此之外，这样也不安全。你知道的，不是吗？’

“我说我知道。

“‘所以如果你不想死，戴维，就得快点下决定。越快越好。如果你决定不跟我一起，你现在就应该告诉我。今晚，我们就可以轻松愉快地结束我们在一起的时光了。’

“她向我俯下身来，我能闻到她的呼吸。味道就像坏了的狗粮，我不敢相信自己曾经在清醒或醉酒的时候亲吻过这张嘴。但我心中——潜意识里，还是想一定要活下去，所以我告诉她我确实想跟她一起，但我还需要一点时间准备。让我做好心理准备。

“‘你的意思是喝酒吧，’她说，‘你应该跪下来感谢我拯救了你这条可悲的命，戴夫·邓肯。如果不是我，一年之内你就会死在路边的阴沟里，甚至不到一年就死了。和我在一起，你几乎可以永生。’

“她的嘴又伸长了，一直伸到我的脸颊上。不知怎么，我忍住了，没有尖叫。”

戴夫用他那深邃、迷离的眼睛看着他们。然后他笑了。山姆·皮伯斯永远也不会忘记那种诡异的微笑。从此以后，那个诡异的笑一直萦绕在他的梦中。

“不过这并不难。”他说，“但从那以后，在我内心深处的某个地方，我一直在尖叫。”

7

“我想说，最后我摆脱了她对我的控制，但那不是真的，只是偶然而已……或者是人们所说的有某种层次更高的力量在保护我。你要知道，到了一九六〇年，我和小镇的其他一切完全隔绝了。山姆，还记得我告诉过你我曾经是扶轮社的社员吗？到了一九六〇年二月，连扶轮社的人都不雇我去打扫厕所里的小便池了。对于枢纽城来说，我只是一个过着流浪汉生活的坏孩子。我一生中认识的那些人一看到我，就会马上穿过马路避开我。在那些日子里，我的身体本来非常强壮，但酗酒损耗了我的身体；酗酒没有影响到的地方，则被阿黛丽娅·洛兹毁了。

“我一次又一次地想，她会不会来吃了我，可是她从来没有这样做过。也许我那样的状况对她没好处……但我并不真的这么认为。我不认为她爱我……我认为阿黛丽娅不会爱任何人……但我觉得她很孤独。我想她活了很长时间，如果你能把她的活称作活的话，而且她已经……”

戴夫的声音渐渐减弱。他变形的手指在膝盖上不安地敲着，他的视线再次寻找着地平线上的谷仓，好像在寻求安慰。

“‘同伴’这个词似乎更适合。我想，在她漫长的一生中，她有过一些同伴，但我觉得她来到枢纽城时，她已经有很长一段时间没有同伴了。不要问她说了什么让我有这种感觉，因为我不记得了。就像其他东西一样，她说的好多我都不记得了。但我很确定这件事是真的。后来她让我做一件事。我敢肯定，要不是她被发现了，我也会跟她一起去的。”

“是谁发现她的，戴夫？”娜奥米向前倾着身子问，“谁？”

“副警长约翰·鲍尔。当时，霍姆斯泰德县的治安官是诺曼·比曼。为什么警长都是政府指定的，而不是民众选出来的，那诺曼可以说是我所知道的最佳例子。那是一九四五年，他带着一个装满奖章的箱子回到枢纽城，里面都是他在巴顿麾下打进德国时获得的，于是大家都选他当警长。他是个了不起的拳击手，没人打得赢他，但作为警长，他在狂风暴雨中连个屁都算不上。他只会露出一口最白的牙齿给你大大的微笑，说一大堆屁话。当然，他是共和党人。这个政治身份对霍姆斯泰德县是最重要的。我想如果诺曼没有在一九六三年夏天因中风倒在休吉的理发店里，他还会当选。我记得很清楚，那时，阿黛丽娅已经离开了一段时间，而我也稍微回过神来。

“诺曼的成功有两个秘诀……我的意思是，除了那灿烂的笑容和一堆屁话之外，他还有两个本事。首先，他很诚实。据我所知，他从未拿过一分贿赂。其次，他总是确保自己手下至少有一名副警长，这个副警长得思维敏捷，而且对警长这个最高职位没有兴趣。他对那些家伙总是坦诚相待，他们每个人准备跳槽和升职的时候，都能得到他的全力推荐。诺曼对手下人很好。我想你去仔细查查就会发现，中西部这块地方至少有六到八个镇的警局局长和州警局的警监，只要是在枢纽城待过二到三年的，都会帮诺曼说好话。

“不过约翰·鲍尔不是这样。他死了。如果你查一下他的讣告，上面会说他死于心脏病发作，但他还不到三十岁，而且没有导致心脏早早停止跳动的坏习惯。我知道真相，不是心脏病杀死了约翰，就像不是心脏病杀死了拉文一样。是她杀了他。”

“你是怎么知道的，戴夫？”山姆问。

“我知道，因为那天图书馆里应该有三个孩子被杀。”

戴夫的声音依然很平静，但山姆听到了这个人表面之下长期以来的恐惧就像电不死人的低压电一样不停地折磨人。假如戴夫今天下午对他们说的话有一半是真的，那么在过去的三十年里，他一定生活在山姆无法想象的恐怖之中。难怪他要靠酗酒来抵挡那些最糟糕的东西。

“有两个孩子确实死了……帕特西·哈里根和汤姆·吉布森。第三个是我加入阿黛丽娅·洛兹那个马戏团要付出的代价。第三个才是她真正想要的，因为正是这个孩子在阿黛丽娅最需要隐入黑暗的时候，把聚光灯对准了她。那第三个必须由我去解决，因为她的家长不准她再去图书馆，所以阿黛丽娅不确定能不能接近她。这第三个坏孩子是坦茜·鲍尔，副警长鲍尔的女儿。”

“你不是在说坦茜·赖安吧？”娜奥米说，声音几乎是在恳求。

“是，我说的就是她。就是邮局那个坦茜·赖安，和我们一起参加聚会，就是以前叫坦茜·鲍尔的坦茜·赖安。很多去阿黛丽娅那儿听故事的孩子现在都在这附近参加戒酒互助会，莎拉，你去打听一下。一九六〇年夏天，我差点就杀了坦茜·鲍尔……这还不是最糟糕的。我宁愿这是。”

8

娜奥米说了声抱歉，离开了，几分钟后，山姆站起来追她。

“让她去吧。”戴夫说，“她是个很棒的女人，山姆，但她需要一点时间让自己恢复镇定。如果你发现你生命中最重要的群体中的一个成员曾经谋杀过你最亲密的朋友，你也会这样的。让她去吧。她会回来的——莎拉很坚强。”

几分钟后，娜奥米真的回来了。她洗了个脸——鬓角的头发仍然湿亮——手里还端着一个托盘，上面放着三杯冰茶。

“啊，我们终于要说最难说的部分了，是不是，亲爱的？”戴夫说。

娜奥米尽她最大的努力回应他的微笑：“你说得对，我实在撑不下去了。”

山姆觉得娜奥米的努力值得尊重，而且很高尚。尽管如此，玻璃杯里的冰块还是不停地撞着玻璃杯壁，像喋喋不休的话语一样一直作响。山姆站起来，从她颤抖的手里接过托盘。娜奥米感激地看着他。

“现在。”她说着坐了下来，“讲完吧，戴夫。把它讲完。”

9

“剩下的很多东西都是她告诉我的。”戴夫接着说，“因为那时候我根本无法亲眼看到发生的事情。一九五九年晚些时候，阿黛丽娅告诉我，再也不要我到公共图书馆来了。如果她看见我在里面，她说她会把我赶走，如果我在外面徘徊，她会让警察抓我。她说我看起来太猥琐了，如果再有人看见我进去，他们会开始议论的。

“‘议论你和我？’我问，‘阿黛丽娅，谁会相信呢？’

“‘没有人会信。’她说，‘我关心的不是你和我之间的事，你这个白痴。’

“‘那，是什么呢？’

“‘议论你和孩子们。’她说。我想那是我第一次真正意识到自己已经堕落到了什么地步。这些年来，自从我们一起参加戒酒互助会后，你也见过我把自己灌得有多惨，莎拉，但你没见过当时我有多凄惨，我很庆幸你没见过。

“我就剩下她家可以去了。这是唯一允许我去看她的地方，我只能在天黑很久以后去。她告诉我不要从大路来，最近只能走到奥德的农场。在那之后，我得穿过田野。她告诉我，如果我试图欺骗她，她会知道的，我相信她会……她银色的眼睛变红时，阿黛丽娅就能看到一切。我通常会在上午十一点到一点之间去她家，到底几点取决于我喝了多少酒，反正到的时候我通常都快冻僵了。那几个月的事，我没法说得太细，但我可以告诉你，在一九五九年和一九六〇年，爱荷华州有过一个非常寒冷的冬天。有很多个夜晚，我觉得要是没喝酒，我会冻死在玉米地里。

“我接下来要告诉你的那个晚上，天气就没有任何问题了……那时候应该是一九六〇年七月了，气温比地狱的铰链还要热。

“我还记得那天晚上月亮的样子，它又红又大地挂在田野上。霍姆斯泰德县所有的狗好像都在对着月亮吠。

“那天晚上走进阿黛丽娅的房子，感觉就像在暴风边缘一样。那一周——我猜是整整一个月——她都行动迟缓、昏昏欲睡，但那天晚上没有。那天晚上她十分清醒，而且很生气。自从那天晚上拉文先生以小红帽的海报会吓到孩子为理由，要她把海报拿下来之后，我就再也没有看过她这样。起初她甚至不知道我在那里。她在楼下走来走去，像她出生那天一样光着身体——如果她是生出来的。她低着头，双手握着拳。她在家里的时候，总是把头发梳成一个老姑娘式的发髻，可我从厨房门进去时，她的头发就披散下来。她走得非常快，头发在她身后飘了起来。我能听到她的头发微小的噼啪声，好像充满了静电一样。她的眼睛像血一样红，好像铁路前面因事故被封闭时亮起的铁路灯一样闪闪发光，眼球仿佛从她的脸上凸了出来。她浑身是汗，虽然我的状态很糟，但还能闻到她的气味，她像一只发情的山猫一样发臭。我记得我能看见大滴汗水从她的胸部和腹部滚落下来，臀部和大腿都因为湿了而反光。那天就像这里夏天常见的寂静的闷热夜晚一样，空气中弥漫着一股涩涩的气味，就像一堆破铜烂铁压在你的胸膛上，你吸进的每一口气里都好像有玉米丝。你会开始希望打雷闪电，在这样的夜晚下一场倾盆大雨，可是从来都没有实现。至少，你希望风能吹起来，不仅因为这样可以让你凉快一点，还因为这样可以让玉米的声音听起来没那么难以忍受……那种你家周围玉米悄悄长大的噪音，听起来就像患了关节炎的老人起床时尽量不吵醒妻子而发出的声音。

“然后我注意到这一次她又害怕又生气……真的是有人让她开始在心里畏惧起了上帝。她的变化在加速。不管在她身上发生了什么，都让她身上发生着的事情变得更快。确切地说，她并没有可见地变老，但可见地更不真实。她的头发变细了，就像婴儿的头发。你可以透过头发看到她的头皮。她的皮肤上面似乎开始又长出自己的皮肤——纤细的、模糊的、带子一样的东西覆盖在她的脸颊、鼻孔周围、眼角和手指之间。皮肤上有褶皱的地方看得最清楚。她走着的时候，皮肤微微颤动着。你想听更疯狂的事吗？这些天县里办的集市来到镇上时，我完全不敢靠近路边的棉花糖摊。你知道他们用的机器吗？看起来像个甜甜圈，转啊转，然后老板拿棍子伸进下面的一个纸做的锥形物，然后让粉红色的糖丝卷在上面？这就是阿黛丽娅的皮肤开始看起来的样子——像那些细丝一样的棉花糖。我想我现在知道我看到了什么。她的行为就像毛毛虫在蜕皮。她要把自己裹在茧里。

“我在门口站了一会儿，看着她来来回回地走。她好长时间没有注意到我。她正忙着在看起来满是荨麻的皮肤里挣扎。她两次用拳头猛击一堵墙，把纸、灰泥和板条都砸穿了。听起来像是骨折了，但似乎一点也不疼，而且也没有流血。她每次都尖叫，但不是因为疼痛。我听到像愤怒的母猫的声音……但是，就像我说的，她的愤怒之下隐藏着恐惧。她尖叫地喊的是那个副警长的名字。

"'约翰·鲍尔!'她会尖叫，然后啪的一声！她的拳头可以打穿墙壁。'该死的约翰·鲍尔！你别管我的事，我会教训你的！你想看看我的真面目吗？好啊！但我要教你怎么看我！我会教你的，我的小宝贝!'然后她又继续往前走，快得几乎要跑起来了，她的光脚重重地踩在地上，似乎把整座该死的房子都摇了起来。她会边走边自言自语。然后她的嘴唇就会撅起来，眼睛就会越瞪越红，然后啪的一声！她会用拳头打穿墙壁，从打出来的洞里喷出一团水泥灰。'约翰·鲍尔，你不敢!'她咆哮道，'你不敢和我作对!'

"可是你只要看看她的脸，就知道阿黛丽娅害怕约翰·鲍尔真的敢。如果你了解约翰·鲍尔，你就会知道她的担心是对的。约翰·鲍尔很聪明，什么都不怕。他是一个优秀的副警长，也是一个难对付的人。

"阿黛丽娅在这所房子里已经转了第四次或第五次了，然后她进了厨房门，突然她看见了我。她的眼睛瞪着我的眼睛，她的嘴开始伸展成了喇叭的形状——只不过现在嘴巴上全是蜘蛛丝一样冒烟的丝线——我以为我死了。如果她抓不到约翰·鲍尔，她就会找我泄愤。

"她开始向我走来，我从靠着的厨房门溜开。她看到了，停了下来。红光从她的眼睛里消失了。她眨眼间就变了。她的眼神和说话方式就好像我是去参加她举办的鸡尾酒会，而不是在午夜走进她的房子，看到她一丝不挂地到处乱跑，在墙上砸洞。

"'戴维!'她说，'我真高兴你来了！喝一杯。不，至少要喝两杯!'

"她想杀我——我从她的眼睛里看到了——但是她需要我，而且不再仅仅当我是同伴了。她要我去杀坦茜。她知道她能对付那个警察，但她想让他在被她杀掉之前知道自己女儿已经死了。为此她需要我去动手。

"'时间不多了。'她说，'你认识这个叫约翰·鲍尔的副警长吗?'

"我说我认识。他好几次因为我在公共场合酗酒而逮捕我。

“‘你对他有多了解？’她问。

“‘他是个很顽固的人。’我说。

“‘好吧，他该死，你也该死！’

“我什么也没说。不接话好像更明智一些。

“‘今天下午那个该死的老顽固来到图书馆，要求看我的资料。他不停地问我问题。他想知道我来枢纽城之前在哪里，在哪里上学，在哪里长大。你应该看看他看我的样子，戴维……不过我会教他怎样看我这样的女人。你等着看。’

“‘你不想和鲍尔副警长起冲突吧。’我说，‘我觉得他什么也不怕。’

“‘不对，他怕……他怕我。他只是还不知道。’她说，但我又看到了她眼中的恐惧。他选了一个最糟糕的时间惹麻烦，你知道……她正要休眠和蜕变，这不知怎么削弱了她的力量。”

“阿黛丽娅告诉过你鲍尔是怎么发现她有问题的吗？”娜奥米问。

“很明显。”山姆说，“他女儿告诉他的。”

“不是。”戴夫说，“我没有问……我不敢问，就她当时的状态，我不敢……但我想坦茜没有告诉她爸爸。我认为她不会让鲍尔起疑心……至少用那么三言两语是做不到的。他们离开儿童图书室的时候，他们就会把阿黛丽娅跟他们说的话……对他们做的事全忘了。而且不仅仅是遗忘——她把其他的记忆、虚假的记忆塞进他们的脑子里，这样他们就能高高兴兴地回家了。他们的父母大多认为，阿黛丽娅几乎是枢纽城图书馆有史以来最棒的人。

“我想是她从坦茜身上拿走的什么东西让她父亲感到不安，我觉得副警长鲍尔去图书馆见阿黛丽娅之前一定做了很多调查。我不知道他在坦茜身上发现了什么不同，因为孩子们不像吸血鬼电影里被吸血的人那样脸色苍白、无精打采，脖子上也没有任何痕迹。但是她从他们那里拿走了一样东西，约翰·鲍尔看到了或者感觉到了。”

“即使他确实看到了什么，为什么他会怀疑阿黛丽娅？”山姆问。

“我告诉过你，他很敏锐。我想他一定问过坦茜一些问题——不是什么直接的问题，全都是旁敲侧击的，如果你明白我的意思的话……他得到的答案一定正好给他指出了正确的方向。他那天来到图书馆时，他什么都不清楚——但他有所怀疑，足以让阿黛丽娅坐立不安。我记得她最生气，也最害怕的是鲍尔看她的眼神。‘我要教你怎么看我。’她一次又一次地重复。我不知道有多久没有人真正以怀疑的眼光看着她了，多久没人调查过她了？我敢说，这件事不止是吓到了她。我敢打赌，她肯定也在怀疑自己是不是开始失去魅力了。”

“鲍尔可能也和其他孩子说过话。”娜奥米犹豫地说，“比较了他们听到的故事，得到的答案并不一样。也许在孩子们的眼里，他们看到的阿黛丽娅都不太一样。比如你和山姆看到的就不一样。”

“这是可能的……这些都有可能。不管是什么事，反正鲍尔吓得她加快了她的计划。

“‘我明天一整天都在图书馆，’她告诉我，‘我也会让很多人看到我在那儿。但是你，你要去一趟副警长鲍尔的家，戴维。你要观察并等待，直到你看到那个孩子独自一人……我觉得你不会等很久……然后你要抓住她，把她带到树林里去。你想对她做什么就做什么，但你要确保你做的最后一件事就是割断她的喉咙，把她丢在容易发现的地方。我要在见到那个杂种之前就把这件事告诉他。’

“我什么也说不出来，完全张口结舌，也许这是一件好事，因为我说什么都可能被误解，她都可能把我的头拧下来。所以我只坐在厨房的桌子旁，喝手里拿着的酒，但我一直盯着她，她肯定把我的沉默当成了同意。

“然后我们进了卧室。那是最后一次了。我记得我当时还觉得自己搞不了，害怕受到惊吓的我硬不起来。但结果还好，上帝保佑啊。阿黛丽娅也有这种魔力。我们搞了很多次，有时候我要么睡着了，要么就失去了知觉。我记得的下一件事是她光着脚把我踢下床，我正好掉到房里清晨的阳光中。那个时候是六点十五分，我感觉胃里的胃酸多得不行，我的头像脓肿的牙龈一样一阵阵地疼。

“她说：‘你是时候要干活了。在你进城的路上别让人看见你，戴维，记住我对你说过的话。今天早上去找她。把她带到树林里去干掉。一直躲到天黑。如果你在那之前被抓住了，我就无能为力了。但如果你能回来，你就安全了。虽然明天图书馆闭馆，但我今天会确保明天图书馆里有几个孩子，我已经把他们挑出来了，是城里最坏的两个小孩。我们一起去图书馆……他们会来的……等其他傻瓜找到我们，他们会以为我们都死了。但你和我不会死，戴维，我们可以脱身，被要的是他们，是不是？’

“然后她笑了起来。她光着身子坐在床上，我跪在她脚边，像只吃了毒饵的老鼠，她笑啊，笑啊，笑啊。很快，她的脸又开始变成了昆虫的样子，那个叫口器的东西从她的脸上伸出来，几乎就像维京人头盔上的角一样，她的眼睛也移到了脸的两侧。我知道我要吐了，所以我赶紧离开，都吐在了她的常春藤上。我能听到她在我身后的笑声……她笑个不停。

“我在房间外穿衣服，她在窗子里对我说话。我没有看到她，但我听到了她的声音。‘别让我失望，戴维。’她说，‘别让我失望，否则我就杀了你。我会让你慢慢死的。’

“‘我不会让你失望的，阿黛丽娅。’我说，但我没有回头看她挂在卧室窗外的样子。我知道我再也不能忍受见到她了。我已经穷途末路了。而且还……我潜意识里还是挺她的，即使这意味着要先发疯，我内心大部分还是想和她一起发疯。要不是她计划陷害我，让我承担一切，否则我不会骗她，完全不会骗她。

“我穿过玉米地朝枢纽城走去。通常走这一段能让我清醒一点，还能因为出汗让宿醉的糟糕感觉消失。但那天不行。我不得不停下呕吐了两次，第二次我以为会吐得停不下来。最后不吐了，但我看到跪倒在的那片玉米上到处都是血。我回到城里时，头比之前更疼了，我的眼前也出现了重影。我以为我要死了，但我还是不停地想起她说过的话：你想对她做什么就做什么，但你要保证最后会割断她的喉咙。

“我并不想伤害坦茜·鲍尔，但还是觉得自己会伤害她。我无法抗拒阿黛丽娅的欲望……自此我会永远背上诅咒。我想，最糟糕的是，如果阿黛丽娅说的是实话，我就继续那么活下去……那件事几乎会永远地留驻在我的脑海中。

“当时，这个车站有两个货站，还有一个位于第二个货站北面的

冲撞墙壁，疯狂地想要飞出去吗？那就是我的样子。突然之间，我不再担心帕特西·哈里根，或者汤姆·吉布森，甚至也不再担心坦茜·鲍尔。我觉得阿黛丽娅好像在看着我，她知道我做了什么，她会来抓我的。

“我想躲起来……见鬼，我一定得躲起来。我开始沿着主街走，当我走到尽头的时候，我几乎跑了起来。到那时，我脑子里已经把阿黛丽娅和图书馆警察，还有开着压路机和载着笨蛋西蒙的那辆车的黑暗之人都混淆在了一起，我以为他们三个会开着那辆黑暗之人的旧别克车，拐进大街找我。我走到火车站，又爬到装货平台下面。我缩成一团，颤抖着，摇晃着，甚至还哭了一会儿，等着她随时冒出来。我一直在想，我会抬头看到她的脸从在平台的混凝土边上探出来，她的眼睛红红的，对我怒目而视，她的嘴变成喇叭一样的东西。

“我一直爬到后面，在一堆枯叶和旧蜘蛛网下面找到了半瓶酒。天知道我是什么时候把酒藏在那里的，然后就完全忘记了。我一口气喝了三大口酒。然后我往平台下面爬过去，但走到一半我就晕过去了。当我再次醒来时，我起初以为时间一点也没有过去，因为光线和阴影几乎是一样的。只是我的头不疼了，我的肚子饿得咕咕叫。”

“你一定睡了一整天，是不是？”娜奥米猜。

“不对，得有两个整天。星期一早上十点左右，我给警长办公室打了电话。等我手里还拿着那个空酒瓶，在装卸平台下面醒来时，已经是星期三早上的七点刚过。只是那不是睡觉，不是真的睡觉。你知道我不是只喝了一整天，也不是只喝了一星期。那两年里，我一直喝得酩酊大醉，加上还有阿黛丽娅、图书馆、孩子们，还有讲故事时间。我可以说是在地狱里玩了两年的旋转木马。我想我脑子里仍然想要活下去，且保持清醒的那部分决定我唯一要做的就是拔掉自己的插头，把我关闭一段时间。当我醒来时，一切都结束了。他们还没有找到帕特西·哈里根和汤姆·吉布森的尸体，但一切都结束了。我甚至不用从装货平台下探出头去看就知道。我感觉身上有个空的地方，就像你的牙掉了之后，牙龈上就有个空槽。只是我那个空的地方在我的心里。我很清楚，她走了。阿黛丽娅不见了。

“我从底下爬了出来，又饿得差点晕过去。我看到了当时的货运主管布莱恩·凯利。他在另一个装货平台上清点一袋袋的东西，正在写字板上做着记录。我设法向他走去。他看见了我，脸上露出厌恶的表情。曾经有一段时间，我们在多米诺骨牌酒吧请对方喝酒，山姆——那是间你搬来之前就被烧毁的路边餐厅，但那些日子早已一去不复返了。他所看到的只是一个头发上沾满了树叶和泥土的肮脏的醉汉，一个浑身散发着尿臊味和酒味的醉汉。

“‘走远点，老兄，否则我就叫警察了。’他说。

“那天对我来说又是一个第一次。人变成酒鬼以后——总能发现自己以前没干过的事。那是我第一次乞讨。我问他能不能给我两毛五，让我在三十二号公路的餐厅里喝杯咖啡，吃点烤面包。他从口袋里掏出一些零钱，但没有递给我，而是朝我扔过来。我不得不在地上的煤渣里翻找。我认为他砸钱不是为了让我丢脸，他只是不想碰我。我也不怪他。

“他看到我有了钱，就说：‘老兄，快走吧。如果我再看到你在这里，我就报警了。’

“‘好的。’我说着就走了。他甚至不知道我是谁，这一点让我很高兴。

“大约走到一半的时候，我经过一个报摊，看到里面有当天的《枢纽城新闻》。就在那时，我意识到自己已经睡了整整两天，而不是只睡了一天。这个日期对我来说没什么意义，那时我都不看日历，但我知道阿黛丽娅最后一次把我从她的床上踢下来的时候是周一的早上，然后我打了那个电话。接着我看到了报纸的头条。我才知道我睡着的这段时间似乎是枢纽城历史上新闻报道最多的一段时间。其中一个标题是**搜寻失踪儿童的工作仍在继续**，报纸上还有汤姆·吉布森和帕特西·哈里根的照片；另一个标题是**县验尸官说副警长死于心脏病发作**，下面配了约翰·鲍尔的照片。

“我拿了一份报纸，在那堆报纸上放了一枚五分镍币，那时候人们都是这么做的，大多还相互信任。然后我就坐在路边，读那两则报道。关于失踪的孩子们的那则比较短。当时还没有人很担心他们——

比曼警长把这件事当成了离家出走的案子。

“她确实选对了孩子，那两个小鬼物以类聚，总是混在一起。他们住在同一个街区，据说一周前他们惹上了麻烦，当时帕特西·哈里根的妈妈抓到他们在后棚子里抽烟。那个吉布森家的男孩有个没本事的叔叔，那个叔叔在内布拉斯加州有一个农场。诺曼·比曼很确定他们要去的地方就是那里——我告诉过你，他脑子不是太机灵。但他又怎么会知道呢？有一件事他是对的——他们没有掉到井里或在普罗维比亚河里游泳时淹死。但我知道他们在哪儿，而且我知道阿黛丽娅又一次抢先了一步，我还知道警察会同时找到他们三个。那天晚些时候，他们找到了。我救了坦茜·鲍尔，也救了我自己，但我没有从中得到多少安慰。

“关于副警长鲍尔的报导要长一些。这是第二篇报导，因为周一下午晚些时候鲍尔已经被找到了。周二的报纸报道了他的死讯，但没有报道死因。人们在奥德农场以西一英里处发现他低着头坐在巡逻车的方向盘后面。那是个我很熟悉的地方，因为就在我去阿黛丽娅家的路上，我通常就是在那里离开大路，进入玉米地。

“这部分我可以很好地填补空白。约翰·鲍尔不是个犹豫不决的人，他一定是在我刚挂掉德士古车站旁的付费电话时，就跑到阿黛丽娅家去了。他可能先给他的妻子打了电话，让她把坦茜留在家里等他的消息。当然，报纸上没有这方面的报道，但我打赌他肯定是这么做的。

“他到那儿的时候，阿黛丽娅一定已经知道我告发了她，于是游戏只能提前开始。所以她杀了鲍尔。她……她把他抱死了，就像她对拉文先生那样。我说过，鲍尔就像身上有一层硬树皮一样顽固，但是枫树的树皮也很硬，如果你把取树的汁液的插头在树身上插得足够深的话，树汁还是会流出来的。我觉得她的口器插得很深。

“鲍尔死后，她一定是用他的巡逻车把他带到了鲍尔被发现的地方。尽管这条路——加森路——在那时很少有人走，但这么做还是需要冒很大的险。但她还能怎么做？难道给警长办公室打电话，告诉他们约翰·鲍尔在讯问她的时候心脏病发了。在她根本不希望任何人想起她的时候，这样做会惹来一堆麻烦。而且，你知道，诺曼·比曼也会很好奇，为什么约翰·鲍尔会这么急着去找这个图书馆馆长？

“于是阿黛丽娅开车送他出了加森路，差不多到了奥德农场，把他的巡逻车停在了沟里，然后她就按照我经常走的那条路……穿过玉米地回到了自己的家。”

戴夫看看山姆，看看娜奥米，然后又看看山姆。

“我敢打赌，我也知道她接下来做了什么。我敢打赌她已经开始找我了。

“我的意思不是说她跳上自己的车，在枢纽城里开车，把头伸进我经常去的地方找我。她不必这么做。这些年来，她一次又一次地在需要我的时候出现在我的身边，或者她会把一个带着折好的便条的孩子送来我这儿。不管我是坐在理发店后面的一堆箱子里，还是在格雷林溪边钓鱼，或者只是在货站后面喝得醉醺醺的，她都知道在哪里可以找到我。那是她的天赋之一。

“不过，最后一次她这招不管用了——那是她最想找到我的一次——我想我知道为什么。我告诉过你，打了那个电话后我没有睡着，甚至也没有晕过去，更像是陷入昏迷，或者假死。当她把心里的任何一只眼睛向外看、寻找我的时候，她看不见我。我不知道在那天晚上有多少次，她的目光可能从我躺的地方掠过，但我也不想知道。我只知道如果她找到了我，来的就不是拿着折好的便条的孩子。肯定是她自己，我甚至无法想象，她会对阻碍她计划的我做些什么。

“如果她有更多的时间，她可能会找到我，但她没有时间。首先，她的计划已经安排好了。此外，她的变化也在加速，休眠时间到了，她不能浪费时间找我了。此外，她肯定知道她还有机会，现在她的机会来了。”

“我不明白你的意思。”山姆说。

“你当然知道。”戴夫回答，“是谁拿了那些使你陷入困境的书？是谁把那些书和你的报纸一起送到纸浆厂的？是我，都是我干的。你认为她不知道吗？”

“你认为她还是要找你？”娜奥米问。

“对，但和当时不一样。现在她只是想杀了我。”他转过头来，用明亮而悲伤的双眼注视着山姆的眼睛，“她现在要的是你。”

山姆不自在地笑了。“我敢肯定，三十年前她确实很辣。”他说，“可这个女人现在老了，真的不是我喜欢的类型。”

“我想你还是不明白。”戴夫说，“她不想跟你上床，山姆。她想取代你。”

10

过了一会儿，山姆说：“等一下，稍等一下。”

“你已经听到我说的了，但你没在意，你一定要在意。”戴夫对山姆说，他的声音耐心而疲惫，有气无力的，“我再告诉你一些事。”

“阿黛丽娅杀死约翰·鲍尔之后，她把鲍尔放到了离她家很远的地方，这样她就不会成为第一个受到怀疑的人。然后，她像往常一样，在那天下午打开了图书馆。这样做的部分原因是，如果罪犯偏离了他们的日常行为，他会看起来更可疑，但这并不是全部原因。她的蜕变就在眼前，她必须靠那两个孩子才能继续生存。不要问我为什么，因为我不知道。也许她就像一头熊，在进入休眠之前必须把自己填饱。我唯一能确定的是，她必须确保在那个星期一下午能有一个讲故事的机会……她成功了。

“在讲故事的时间里，当所有的孩子都围着她坐着，沉浸在她能让他们进入的恍惚状态时，她告诉汤姆和帕特西，想让他们在星期二早上到图书馆来，虽然夏天图书馆在星期二和星期四都闭馆，但他们照做了，她就这么解决了那两个孩子，然后她就休眠了……那种看起来像死亡的休眠。现在你来了，山姆，三十年后。你是了解我的，阿黛丽娅还没跟我算账，所以这是个开始……但还有比这更棒的东西。我的意思是你也知道图书馆警察的事。”

“我根本不知道……”

“不，你不知道你是怎么知道的，这对她来说更好。因为有些秘密太过糟糕，我们不得不连自己都要瞒过去……对于像阿黛丽娅·洛兹这样的人来说，这些才是最好的秘密。另外你对她而言还有很多额外的好处……你年轻，单身，没有亲密的朋友，不是吗？”

“今天之前，我还会这么说的。”山姆想了一会儿说，“但从今天开始，我会说，自从我来到枢纽城，我的好朋友都搬走了。但我把你和娜奥米当作朋友，戴夫。我认为你们确实是很好的朋友。最好的朋友。”

娜奥米握住山姆的手，紧紧地握了一下。

“我很感激。”戴夫说，“但这对她来说无关紧要，因为她打算连我和萨拉都干掉。她曾经告诉我，人越多，她越开心。她一定要杀人，这样才能度过她的蜕变期……对她来说，醒来也一定算是她蜕变的时刻。”

“你是说她打算设法占有山姆，是不是？”娜奥米问。

“我想我的意思不止如此，萨拉。我想她的意思是摧毁山姆的内心中使他成为山姆的东西——就像孩子清理万圣节南瓜灯，他们会把南瓜掏空，然后再做成灯。阿黛丽娅会把山姆穿在自己身上，就像穿上一套新衣服。在那之后——如果那真的发生了——她就变成了一个叫山姆·皮伯斯的男人，但她其实也不再是男人，就像阿黛丽娅·洛兹曾经也不是个女人一样。她不是人类，只是这么藏在皮囊之下，我想我一直都知道这一点。它躲在皮囊里……但永远是外来者。阿黛丽娅·洛兹是哪里来的？她来枢纽城之前住在哪儿？我想，如果你去查一下，你会发现她提供给拉文先生的推荐信都是假的，而城里没有人发现。我想正是约翰·鲍尔对这件事的好奇心让他惹上了杀身之祸。但我认为曾经有一个真正的阿黛丽娅·洛兹……在密西西比州的帕斯克里斯蒂安……或者宾夕法尼亚州的哈里斯堡……或者缅因州的波特兰……那个东西取代了她，把她穿在了身上。现在她想再来一次。如果我们让这种情况发生，我想今年晚些时候，在其他城市，在加州的旧金山……或者蒙大拿的巴特……或是罗德岛的金斯敦……会有一个叫山姆·皮伯斯的人出现。大多数人都会喜欢他。孩子们尤其会喜欢他。虽然他们可能也害怕他，而这种害怕会让他们感觉难以理解，且无法言说。

“当然，他会当图书馆馆长。”

第十二章

乘飞机去得梅因

1

山姆看了看手表，惊讶地发现已经快下午三点了，离午夜只有九个小时了，而到时那个长着银色眼睛的高个子男人就会回来。或者阿黛丽娅·洛兹会回来。或者两个一起出现。

“你觉得我该怎么做，戴夫？去当地的墓地找到阿黛丽娅的尸体，然后用木桩刺穿她的心脏？”

“如果你能做到的话，那就太妙了。”他回答，“因为那位女士已经被火化了。”

“好吧。”山姆说。他靠在椅子上，无可奈何地叹了口气。

娜奥米又拉住他的手。她坚定地说：“无论如何，你都不会独自行动的。戴夫说她打算像解决你一样干掉我们，但这不是重点。朋友在遇到麻烦时不能袖手旁观，这才是问题的关键。不然朋友还有什么用呢？”

山姆把她的手拉到自己嘴唇边吻了一下。“谢谢你……但我不知道你能帮上什么忙。我自己都不知道该怎么办，似乎没什么可做的。除非……”他满怀希望地看着戴夫，“除非我逃跑？”

戴夫摇了摇头。“她……或者它……能看见。我告诉过你。我想，如果你一直踩着油门，警察也没抓到你，你可以在午夜前把车差不多开到丹佛，但你一下车，阿黛丽娅·洛兹就会在那儿迎接你。或者你会在某一段黑暗的地方一回头，结果看到图书馆警察就坐在你旁边的座位上。”

一想到这些——被汽车仪表盘的绿光照亮的苍白的脸和银色的眼睛——山姆就颤抖起来。

“那要怎么办？”

“我想你们俩都知道必须先做什么。”戴夫说。他喝完了最后一点冰茶，然后把杯子放在门廊上。“你想一想，就知道了。”

然后他们都盯着外面的谷物升降机看了一会儿。山姆的脑子里一片混乱，他脑海里只有戴夫·邓肯那些事情的零星片段，还有图书馆警察用他那奇怪的口音说着：我不想听你那些蠢话……你的还书期限就到午夜……然后我会再来的。

娜奥米的表情突然亮了起来。

“当然！”她说，“好笨啊！但是……”

她问了戴夫一个问题，山姆也因为理解了她的意思睁大了眼睛。

“我记得在得梅因有个地方。”戴夫说，“叫佩尔什么的。如果有什么地方能帮上忙，那就是那儿了。萨拉，你要不打个电话问问？”

2

娜奥米去打电话后，山姆说：“即使他们能帮忙，我想我们也不可能在书店下班前赶到那儿。我想我可以试试……”

“不，我不是要你们开车去。”戴夫说，“你和莎拉得去趟普罗维比亚机场。”

山姆眨了眨眼睛：“我不知道普罗维比亚有机场。”

戴夫笑了：“嗯……我想叫机场有点牵强了。那里有压实的半英里长的土路，斯坦·索姆斯称之为‘跑道’。斯坦的起居室是‘西爱荷华航空包机公司’的办公室。你和莎拉去和斯坦谈谈。他有架‘纳瓦霍’小飞机。他能带你们去得梅因，最迟八点钟，九点钟以前能送你们回来。”

“如果他不在那儿呢？”

“那我们再想别的办法。不过我想他会的。除了飞行，斯坦最喜欢的就是种地，而到了春天，农民们就不会离自己的地太远。他可能会告诉你，他不能带你去，因为他有地要照看，说你应该提前几天约个时间，这样他就可以让那个卡特家的孩子来帮他照看田地。如果他这么说，你就告诉他是戴夫·邓肯叫你去的，戴夫说是时候为棒球还人情了。你记住了吗？”

“是的，但这是什么意思呢？”

戴夫说：“跟现在这件事没关系。他会带你去的，这才是重要的。等他带你回来时，你就别来这里了。你和萨拉直接开车进城。”

山姆感到恐惧开始渗入他的身体：“去图书馆。”

“没错。”

“戴夫，娜奥米关于朋友的话很贴心，也很有道理……但我想我必须从这里开始自己面对，你们俩都不应该参与其中。是我重新唤醒她的……”

戴夫伸出手，以惊人的力气抓住了山姆的手腕。“如果你真这么想，我说的话你肯定一个字也没听进去。你没有任何责任。我对约翰·鲍尔和两个孩子的死耿耿于怀——更不用说我不知道其他多少孩子可能遭受的恐怖，但我也没有责任。问题并不都源于我。我一开始并没有打算成为阿黛丽娅·洛兹的同伴，就像我并没有打算当三十年的酒鬼。但这两件事都发生了。她对我怀恨在心，她会回来找我的，山姆。如果她来的时候我没陪着你，她会先来找我。我也不是她唯一会去找的人。莎拉说得对，山姆。她和我不必靠得太近来保护你，而是我们三个必须靠得很近来保护彼此。莎拉知道阿黛丽娅的事，你不明白吗？就算阿黛丽娅还不知道，但她今晚一出现就会知道的。她打算以你的身份从枢纽城离开，山姆。你认为她会放过知道她新身份的人吗？”

“可是……”

“没什么可是。”戴夫说，“最终，我们只有一个非常简单的选择，即使是像我这样的老酒鬼也能理解。我们一定要团结起来，否则我们都会死在她手里。”

他把身体倾向山姆。

“山姆，如果你想从阿黛丽娅手中救出莎拉，就别想着逞英雄，你要想想你的图书馆警察是谁。你必须想出来。因为我不相信阿黛丽娅能取代任何人。整件事里只有一个巧合，但这是最重要的，那就是你曾经也有过一个图书馆警察。你必须找回那段记忆。”

“我试过了。”山姆说，但他知道那是谎话。因为每次他开始回忆

（跟我来，孩子……我是警擦）

那个声音，他的思绪就会避开，嘴里就会尝到他从来没有吃过而且一直讨厌的红色甘草糖的味道……就这样。

“你必须更加努力地回忆，”戴夫说，“否则就没有希望了。”

山姆深吸了一口气，然后呼了出来。戴夫用手摸了摸自己的后颈，然后轻轻地捏了一下。

“这是关键。”戴夫说，“你甚至可能会发现，这是解决你人生中所有困扰你的问题的关键，解决你的孤独和悲伤的关键。”

山姆吃惊地看着他。戴夫笑了。

“噢，没错。”他说，“你感到孤独、悲伤、与他人隔绝。你很会和别人聊天，但你言行不一。直到今天之前，对你来说，我只是一个每个月都来收走你旧报纸的邋遢戴夫，但像我这样的人见多了，山姆。要想了解一个人，得彼此了解才行。”

“这是开启一切的钥匙。”山姆沉思着。他想知道，除了那些流行的小说和电影里的那些勇敢的精神病医生和有问题的病人，现实世界中真的有这么方便的事吗？

“我是说真的。”戴夫坚持道，“山姆，这种事情的力量是可怕的。我不怪你不去把事情彻底弄清楚。但是如果你想的话，你是可以做到的。你有选择。”

“那是你在戒酒会学到的东西吗，戴夫？”

他笑了。“嗯，他们那儿教过。”他说，“不过我想我一直都懂这个道理。”

娜奥米又走到门廊上。她微笑着，眼睛闪闪发光。

“她很漂亮，对吧？”戴夫平静地问。

“嗯。”山姆说，“她确实很漂亮。”他现在清楚地知道了两件事：一是他正在坠入爱河，二是戴夫·邓肯知道这一点。

3

她说：“那个人查了好久，我有点担心了。不过我们还是很幸运。”

"太好了。"戴夫说，"那么，你们两个要去见斯坦·索姆斯了。萨拉，图书馆关门时间还是每天八点吗？"

"对……我很肯定。"

"那我五点钟左右到那儿去。我们约在图书馆后面的卸货区见。时间八点到九点之间，能接近八点比较好，比较安全。看在上帝的分上，别迟到了。"

"我们怎么进去？"山姆问。

"我会处理的，别担心。你快走吧。"

"也许我们应该打电话给这个叫索姆斯的人。"山姆说，"确保他有空。"

戴夫摇了摇头。"没什么用。四年前，斯坦的妻子为了另一个男人离开了他……她声称斯坦心里只有工作。对于渴望改变的女人来说，这总是一个很好的借口。他没有孩子，肯定会在他的地里。我们现在出发，天色要暗下来了。"

娜奥米俯下身，吻了吻戴夫的脸颊。"谢谢你告诉我们这些。"她说。

"我很高兴我说了。这让我感觉好多了。"

山姆开始向戴夫伸出手来，但后来又改变了主意。他俯下身去拥抱了老人。

4

斯坦·索姆斯是个身材颀长、骨瘦如柴的人，长相温和，但眼睛里闪着怒火，尽管日历上春天的第一个月还没过，他已经被晒黑得像在夏天。山姆和娜奥米在他屋后的田里找到了他，正如戴夫说的。在索姆斯那辆满是泥浆的停着的旋耕机以北七十码处，山姆看到了一条像是土路的东西——但上面有一架小型飞机，飞机的一端盖着防水油布，另一端生锈的杆子上飘着一只风向袋，所以他觉得这就是普罗维比亚机场唯一的跑道。

"不行，"索姆斯说，"这个星期我有五十英亩地要开垦，除了我没人可以干。你应该提前两三天打个电话的。”

“情况紧急。”娜奥米说，“真的，索姆斯先生。”

他叹了口气，摊开双臂，好像要把他的整片田都包起来。“你想知道什么是紧急情况吗？”他问，“政府对这样的农场和像我这样的人做了什么？这才是真正的紧急情况。听着，锡达拉皮兹那边有个家伙可能……”

“我们没时间去锡达拉皮兹了。”山姆说，“戴夫说你可能会说……”

“戴夫？”斯坦·索姆斯转向他，表示出前所未有的兴趣，“他姓什么？”

“邓肯。他让我告诉你，是时候为棒球还人情了。”

索姆斯皱起了眉头。他的手握紧了拳头有那么一会儿，山姆以为那人要打他。然后，索姆斯突然大笑起来，摇了摇头。

“这么多年过去了，戴夫·邓肯才不做木工活了，拿着一堆欠条跑出来！该死的！”

他开始向旋耕机走去，同时回头大喊大叫，以使自己的声音盖过机器的噪音。“快到飞机那边去，等我把这该死的东西收起来！小心跑道边缘一片片的沼泽，否则你的鞋会被吸到里面去！”

索姆斯把旋耕机挂上挡位。噪声太大，很难分辨他在说什么，但山姆觉得他还在笑。“我还以为那个老酒鬼在我和他算清楚之前就会死掉呢！”

他咆哮着从他们身边开过，朝谷仓开去，留下山姆和娜奥米面面相觑。

“这是怎么回事？”娜奥米问。

“我不知道……戴夫不肯告诉我。”山姆把胳膊伸给她，“这位女士，陪我走一趟好吗？”

她握住了山姆的手：“这是我的荣幸，先生。”

他们尽力避开斯坦·索姆斯说的沼泽，但没有完全成功。娜奥米的脚已经陷到了脚踝，她把脚往后一扯时，烂泥把她的平底鞋沾走了。山姆弯下腰，捡起了鞋，然后把娜奥米抱在怀里。

“山姆，别抱了！”她叫道，吓得大笑起来，“你会摔断腰的！”

“不会。”山姆说，“你很轻。”

她确实很轻……山姆也有了轻飘飘的感觉。山姆抱着她上了跑道的斜坡才放下她。娜奥米的眼睛望着他，平静而清澈。山姆不假思索地弯下腰吻了她。过了一会儿，娜奥米搂住山姆的脖子，回吻了他。

山姆再次看她时，有点上气不接下气。娜奥米则露出了微笑。

“你随时都可以叫我萨拉。”她说。山姆笑了，又吻了她一下。

5

坐在斯坦·索姆斯的“纳瓦霍”式飞机里就像骑在弹簧单高跷上。飞机在春天的湍流中颠簸着，有一两次山姆想，他们可能会以一种连阿黛丽娅那个奇怪的生物也无法预见的方式来欺骗她：那就是飞机坠毁，他们的尸体七零八碎地散落在爱荷华州的玉米地里。

然而，斯坦·索姆斯似乎并不担心。“纳瓦霍”式飞机蹒跚地向得梅因飞去时，他用最高的嗓音大声吼出了像《甜蜜的苏》和《纽约的人行道》这样古老的歌谣。娜奥米看呆了，她从窗户向外凝视着下面的道路、田野和房屋，双手托在脸的两侧以遮挡阳光，好看清楚外面的景色。

最后，山姆拍了拍她的肩膀。“你表现得好像你从没坐过飞机似的！”他大声地说，好让声音盖过嗡嗡的引擎声。

娜奥米转向山姆，像个欣喜若狂的女学生一样咧嘴一笑。“我没有坐过！”她说完继续看起了风景。

“我不喜欢坐飞机。”山姆说完系紧了安全带，飞机又剧烈颠簸了一下。

6

“纳瓦霍”式飞机降落在得梅因县的机场时，已经是四点二十分了。索姆斯滑行到民航航站楼，关掉引擎，然后打开舱门。索姆斯把手放在娜奥米的腰上扶她下来时，山姆感到一阵嫉妒，又觉得自己的反应有点好笑。

“谢谢你！”娜奥米气喘吁吁地说，她的两颊涨得通红，眉飞色舞的，“这感觉太棒了！”

索姆斯微微一笑，突然间，他看上去从六十岁变成四十岁了。他说：“我自己一直都很喜欢飞行，这比花一个下午在那台旋耕机上憋尿干活要好得多……我不得不承认这一点。”他看看娜奥米，又看看山姆，“你能告诉我这是什么紧急情况吗？我要尽我所能帮忙……我对戴夫的亏欠比从普罗维比亚到得梅因的往返机票的钱都要多。”

“我们需要进城。”山姆说，“去一个叫佩尔书店的地方。他们给我们留了两本书。”

斯坦·索姆斯瞪大眼睛看着他们：“再说一遍？”

“佩尔……”

“我知道佩尔书店。”他说，“新书在前面，旧书在后面。广告上说它是中西部最大的书店。我想说清楚的是：你把我从我的田里叫走，让我用飞机带你飞越整个州就是为了去买两本书？”

“这些书很重要，索姆斯先生。”娜奥米说，她摸了摸他那粗糙的农夫的手，“现在，它们是我生命中最重要的事情……或者山姆的人生。”

“也是戴夫的。”山姆说。

“如果你告诉我发生了什么事。”索姆斯问，“我能理解吗？”

“不能。”山姆说。

“不能。”娜奥米微笑着附和道。

索姆斯从他的大鼻孔里深深地叹了口气，把手塞进裤子口袋里。“好吧，反正我想这也没什么关系。我已经欠了戴夫这个家伙十年了，这个问题还经常困扰着我。”他又恢复了之前愉快的表情，“我还第一次送了一位漂亮的年轻女士坐飞机。唯一比第一次坐飞机的女孩更漂亮的是女孩第一次……”

他突然停下来，用鞋在柏油上蹭着。娜奥米尴尬地看着远处的地平线。就在这时，一辆加油车开了过来。索姆斯快步走过去，和司机聊了起来。山姆说：“你对我们无畏的飞行员影响很大。”

“也许我有。”她说，“我觉得好极了，山姆。不觉得这很疯狂吗？”

山姆把她的一绺头发捋回耳后的位置。“这是疯狂的一天。这是我记忆中最疯狂的一天。”

但这时内心的声音说话了——这个声音从依然有庞大的东西在剧烈翻动的内心深处飘上来——告诉他那不完全是真的。还有另一个日子也同样疯狂。更疯狂。那是《黑箭》和红色甘草糖的日子。

那种奇怪的、压抑的恐惧又在他心里升起，山姆强迫自己不再听那个声音。

山姆，如果你想从阿黛丽娅手中救出莎拉，就别想着逞英雄，你要开始想想你的图书馆警察是谁吧。

我不！我做不到！我…绝不能去想这件事！

你必须找回记忆。

我绝不能去想！这是不允许的！

你必须更加努力，否则就没有希望了。

“我现在真的得回家了。”

娜奥米本来走到一边去看“纳瓦霍”式飞机的机翼，听到山姆的声音又走了回来。

“你说什么了吗？”

“什么都没有。没关系。”

“你脸色很苍白。”

“我只是很紧张。”他急躁地说。

斯坦兜了回来。他向加油车司机竖起大拇指。“道森说我可以借他的车。我开车送你进城。”

“我们可以叫辆出租车……”山姆开始说。

娜奥米摇了摇头。她说：“时间不够了。非常感谢你，索姆斯先生。”

“哦，小事一桩。”索姆斯说，然后向她笑了笑，看起来像个小男孩，“你继续叫我斯坦吧。我们走吧。道森说有低压从科罗拉多移动过来。我想在下雨之前回到枢纽城。”

7

佩尔书店位于得梅因商业区的边缘，是一个谷仓式的大型建筑，与商场里的那种连锁书店完全相反。娜奥米要找迈克，她被领到了顾客服务台，那是一个像海关亭一样的售货亭，位于卖新书的柜台和卖旧书的较大的柜台之间。

“我叫娜奥米·希金斯。我早前和你通过电话。”

“啊，是的。”迈克说。他在一个凌乱的书架上翻找，拿出两本书。其中一本是《美国人最喜爱的诗》，另一本是由肯特·阿德尔曼编辑的《演讲者的伙伴》。山姆·皮伯斯看到这两本书，有生以来从未如此高兴过，他发现自己非常想从店员手里把书夺过来，紧紧地抱在胸前。

“《美国人最喜爱的诗》很好找。”迈克说，“但是《演讲者的伙伴》已经绝版了。我猜佩尔书店是这儿和丹佛之间唯一一家有书况这么好的……当然，图书馆的藏书除外。”

“我觉得它们看起来都很棒。”山姆感动地说。

“是送人的礼物吗？”

“可以这么说吧。”

“如果你愿意，我可以给你包成礼物。很快就好。”

“没必要。”娜奥米说。

这些书的总价是二十二美元五十七美分。

“我简直不敢相信。”山姆说。他们离开商店，朝斯坦·索姆斯停着借来的车的地方走去。他一只手紧紧地拿着包。“我不敢相信事情就这么简单……只是还书而已。”

“别担心。”娜奥米说，“不会这么简单的。”

8

在他们开车回机场的路上，山姆问斯坦·索姆斯能否告诉他们戴夫和棒球的事。

“如果是私人问题，不方便说就算了。我只是好奇。”

索姆斯看了一眼山姆放在腿上的袋子。他说：“我对这些也有点好奇。我跟你交易一下。棒球的事情发生在十年前。如果十年内你告诉我那些书的事，我就告诉你。”

“成交。”娜奥米在后座说。然后山姆补充了自己的想法：“当然，如果我们还活着的话。”

斯坦笑了：“对……我想这种可能性总是有的，不是吗？”

山姆点点头：“糟糕的事情有时难免会发生。”

“那倒是。一九八〇年，我的独子身上就发生了这样的事。医生们称之为白血病，但正如你所说，事情有时难免会发生。”

“哦，我很抱歉。”娜奥米说。

“谢谢。我时常觉得我已经忘记了，然后它又乘虚而入，再次让我感到痛苦。我想有些事需要很长时间才能真正过去，而有些事是永远甩不掉的。”

有些事是永远甩不掉的。

跟我来，孩子……我是警擦。

我现在真得回家了……我的罚款够了吗？

山姆用颤抖的手碰了碰嘴角。

“哦，见鬼，我在这事发生之前很久就认识戴夫了。”斯坦·索姆斯说，他们经过一个写着**离机场三英里**的牌子，“我们一起长大，一起上学，一起种燕麦。唯一的一件事是，我收获了我的作物并退出了。戴夫则继续播种。”

索姆斯摇摇头。

“不管是喝醉了还是没喝醉，他都是我见过的最可爱的家伙之一。但他不喝醉的时候很少。我们也没什么联系了。五十年代末似乎是他最糟糕的时候。在那些年里，他总是喝醉。在那之后，他开始参加戒酒互助会，情况似乎有所好转……但他总是旧病复发。

“我一九六八年结的婚，我想请他做我的伴郎，但我不敢。事实上，那一次他没喝醉，但你没法确定他到底喝没喝醉。”

“我明白你的意思。”娜奥米平静地说。

斯坦笑了。“嗯，我有点怀疑……像你这样的小甜心是不会知道一个嗜酒如命的酒鬼没酒喝有多么痛苦的……不过我相信你。如果我让戴夫在婚礼上当伴郎，劳拉——我的前妻——会很生气的。但戴夫还是来了，在一九七〇年我们的儿子乔伊出生后，我见到他的次数多了一些。在那些年里，当戴夫试着把自己从酒瓶子里拉出来的时候，他似乎对所有的孩子都有一种特殊的感情。

“乔伊最喜欢的是棒球。他非常喜欢。他收集贴纸书、口香糖卡片，他甚至缠着我要一个卫星接收器，好看所有皇家队的比赛——皇家队是他最喜欢的球队——还有 WGN 电视台的芝加哥小熊队比赛。在他八岁的时候，他就知道皇家队所有首发球员的打击率数据，以及美国联盟所有投手的赢球纪录。戴夫和我带他去看了三四次比赛。这很像带着孩子参加有导游导览的天堂游。因为我要工作，戴夫带他单独去了两次。劳拉对这件事很生气，说他醉得像只臭鼬，肯定会把孩子搞丢的，让孩子在街道上游荡，或者坐在某个警察局，等着有人去接他。但这样的事从来没有发生过。据我所知，戴夫和乔伊在一起的时候从不喝酒。

“乔伊得了白血病后，对他来说最糟糕的是医生告诉他，那一年他不能去看任何比赛，至少要到六月，也许永远不能去。他觉得这比得了癌症更沮丧。戴夫去看乔伊时，乔伊哭了起来。戴夫拥抱着他说：‘乔伊，如果你不能去看比赛，没关系，我把皇家队的队员带来见你。’

“乔伊抬头盯着他说：‘你是说他们本人吗，戴夫叔叔？’他就是这么叫他的……戴夫叔叔。

“‘这我办不到，’戴夫说，‘但我能做到的也差不多有那么好。’”

索姆斯把车开到民用航站楼门口，按响了喇叭。铁门沿着轨道隆隆地开启，他开车去了“纳瓦霍”停的地方，然后关掉引擎，就这么在方向盘后面坐了一会儿，低头看着自己的手。

“我一直都知道戴夫这混蛋有才华。”他最后说，“我不明白的是，他是怎么这么快就把事情办妥的。我所能想到的是他肯定日日夜夜都

“现在你知道我今天为什么带你们俩去得梅因了吧，就算你们要去纽约拿那两本书，我也会送你们去。这不是我在请客，这是戴夫请的。他是个很难得的人。”

“我想你也是。”山姆说。

索姆斯有些表情不自在地对他笑了笑，然后打开了道森的别克车的门。“好吧，谢谢你。”他说，“衷心感谢你的称赞。现在我想，如果想回去的时候避开雨的话，我们应该走了。别忘了拿书，希金斯小姐。”

“我不会的。”娜奥米一边说，一边紧紧地攥着书袋子的顶部，“相信我，我不会的。”

第十三章

图书馆警察（II）

1

在他们从得梅因起飞二十分钟后，娜奥米强迫自己不再看风景，而是转向山姆。她之前一直看着七十九号公路，看到玩具一样大小的车在这条公路上来回穿梭。她被自己看到的场面吓坏了。她看到山姆头靠在窗户上睡着了，但山姆的脸上没有一丝平静。他看上去像一个被深度隐秘的痛苦折磨的人。

泪水从他紧闭的眼皮下慢慢地流下来，滑过脸颊。

娜奥米俯身想把他摇醒时，听见他用颤抖的小男孩的声音说："我闯祸了吗，先生？"

飞机划破了聚集在爱荷华州西部的云层，开始颠簸起来，但娜奥米几乎没有注意到。她的手在山姆的肩上停了一会儿，然后又缩回去了。

你的图书馆警察是谁，山姆？

不管是谁，娜奥米想，我想山姆又找到他了。我想他现在和他在一起了。对不起，山姆……但我不能叫醒你。现在不行。现在我觉得你在你应该在的地方……你必须去的地方。我很抱歉，你还是继续做梦吧。你醒来的时候一定要记得你做了什么梦。一定要记住。

2

在梦里，山姆·皮伯斯看到小红帽从一座姜饼屋出发，一只胳膊上挎着一个有盖的篮子。她要去奶奶家，那只狼正等着吃她。

但梦里不是这样，因为小红帽在这个梦里变成了一个男孩。姜饼屋是他和他的母亲在圣路易斯的两层复式公寓，在他父亲去世后，他们就一直住在这里。盖着的篮子里没有食物，而有一本书，是罗伯特·路易斯·史蒂文森写的《黑箭》，他一字不漏地读了一遍。他不是要去祖母家，而是要去圣路易斯公共图书馆布里格斯大道分馆，他不得不抓紧时间，因为他的书已经逾期四天了。

这是一个他在当旁观者的梦。

他看着戴着小白帽的山姆走在邓巴街和约翰斯顿大街的拐角处，等交通灯变色。他看着小山姆手里拿着书飞奔着穿过街道……篮子不见了。然后小白帽山姆进了邓巴街的书报店，然后他也突然在店里，闻着象征往事的味道，樟脑、糖果和烟草的混合气味，他看着小白帽山姆靠近柜台，上面有一包五分钱的红色甘草糖——他的最爱。然后小男孩小心翼翼地把妈妈塞进《黑箭》封底图书卡口袋里的那张一美元钞票取出来。山姆看着店员接过一美元，找了他九十五美分……足以支付逾期的罚款了。他看着正在散步的小白帽山姆离开商店，在外面的街上站了很久，把零钱放进口袋，然后用牙齿撕开那包甘草糖的包装。他看着小白帽在路上走着——到图书馆只剩下三条街了——小山姆一边走一边嚼着长长的红色甘草糖。

他想向那个男孩尖叫。

小心！小心！小男孩，有狼在等着呢！小心狼！小心狼！

但是男孩继续走着，一边吃着他的红色甘草糖。现在他走在布里格斯大道上，图书馆外层的红砖墙已经隐约出现在他前面。

这时，山姆——飞机上的大白帽山姆——试图把自己从梦中唤醒。他感觉到娜奥米、斯坦·索姆斯和真实的世界就在他所处的这个噩梦般的地狱之外。他在梦里能听到“纳瓦霍”引擎的嗡嗡声、布里格斯大道上的车辆轻快的轰鸣声、孩子们的自行车铃的声音，还有盛夏榆树茂盛的枝叶上鸟儿叽叽喳喳的叫声。他闭上梦中的眼睛，向往着梦境之外的世界，那个真实的世界。不仅如此，他感觉到他可以摸到这个噩梦，甚至可以用锤子砸穿它的壳。

不要，戴夫说。不要，山姆，不要那样做。你不能那样做。如果你想从阿黛丽娅手中救出莎拉，就不要想从这个梦中挣脱出来。整件事里只有一个巧合，但这是最重要的：你曾经也有过一个图书馆警察。你必须找回那段记忆。

我不想看下去了。我不想知道了。那种事一次就够糟糕的了。

没有什么比等待你的更糟糕了，山姆。绝对没有。

山姆睁开了眼睛……不是在梦外面的眼睛，而是梦中山姆的眼睛。

现在小白帽山姆正走在一条混凝土道路上，这条道路通向公共图书馆东边的儿童图书室。他以一种怪异的慢动作移动着，每一步都像钟摆在落地大摆钟的玻璃框里轻柔的摆动。一切都变得清晰起来：云母和石英在水泥人行道上微微地闪闪发光；鲜艳的玫瑰点缀在水泥人行道两旁；建筑一侧是浓密的绿色灌木丛；红砖墙上爬满了常春藤；在用金属丝加固的厚玻璃窗的绿色大门上，刻了一句短短的半圆形、奇怪而又有点吓人的拉丁格言："Fuimus, non sumus"（逝者已去，把握眼前）。

站在台阶旁边的图书馆警察也同样很清楚。

他脸色不苍白，反而很红润，额头上长着红红的疙瘩。他个子不高，中等身材，肩膀很宽。他没有穿风衣，而是穿着大衣，这很奇怪，因为这是夏天，圣路易斯炎热的夏天。他的眼睛可能是银色的，走着的小白帽山姆看不清他的眼珠是什么颜色，因为图书馆的警察戴着一副黑色的圆眼镜——盲人戴的那种眼镜。

他不是图书馆警察！他是狼！小心！他是狼！图书馆的**狼**！

但是行走的小白帽山姆没有听到，也不害怕。毕竟，这会儿是光天化日，况且这座城市本来就充满了奇怪的——有时是有趣的——人。他这辈子都生活在圣路易斯，他并不害怕。但这种情况即将发生变化。

他走近那个人，等到越走越近时，他注意到那个伤疤：一条很细的白线从左脸颊高处开始，向下到左眼下方，最后延伸到鼻梁处。

你好啊，孩子，戴着黑色圆眼镜的那个人说。

你好。行走中的小白帽山姆说。

在你进去之前，你能跟我说说你辣本书吗？那人问道。他的声音柔和而有礼貌，没有一点威胁。他讲话有轻微的口齿不清，分不清“n”和“l”。我是图书馆的工作人员。

是《黑箭》，小白帽山姆很有礼貌地说，是罗伯特·路易斯·史蒂文森先生写的。他死了。他死于结核。书写得非常好。有很精彩的战斗场面。男孩等着那个戴黑色小圆眼镜的男人靠边让他进去，但那个戴黑色小圆眼镜的男人并没有站到一边，只是俯下身来更仔细地看着他。这个爷爷的眼睛又小又圆又黑。

还有一个问题，男子口齿不清地说，你的书逾期了吗？

现在，小白帽山姆更害怕了。

是……但只有一点点。只有四天。时间没有很长，你知道，我要参加少年棒球队，白天还有日间夏令营，还有……

跟我来，孩子……我是警擦。

那个戴黑色眼镜、穿大衣的人伸出手来。有那么一会儿，山姆几乎要跑了。但他只是个孩子；这个男人是成年人。这个人在图书馆工作。这个人是警察。突然间，这个人——这个有着伤疤、戴黑色圆眼镜的可怕的人——成了权威。谁都不能逃避权威，因为它无处不在。

山姆胆怯地靠近那个男人。他举起握着那包几乎吃完的红色甘草糖的手，然后试图在最后一秒钟把手缩回去。但他太慢了。这个人抓住了他的手。红色甘草糖的包装落在人行道上。从此小白帽山姆再也不会吃靶心牌红色甘草糖了。

那个人把山姆拉到他身边，像渔夫钓鳟鱼那样把他往自己身边拖。夹着山姆的手很有力。让山姆疼得哭了起来。外面的太阳依然高照，草坪还是绿色，但突然之间，整个世界似乎都变得离山姆遥不可及了，变成了一个他只能短暂确信存在的残酷的海市蜃楼。

他能闻到那个人呼吸里口香糖的味道。我遇到麻烦了吗，先生？他问道，希望那个男人会说“没有”。

对，那个人说。对，你惹祸了。麻烦很**大**。如果你想摆脱麻烦，孩子，你就得听我的吩咐。你明白吗？

小山姆没法回答。他从来没有这么害怕过。他只能抬头看着那个男人，睁得大大的眼睛泪流满面。

那人摇了摇他。你明不明白？

明……明白！山姆喘着气回答。他感到膀胱里有一种几乎要憋不住的沉重感。

我告诉你我到底是谁。那人说着，有“森森”牌口香糖气味的气息不停地吹到山姆脸上。我是布里格斯大道图书馆的警察，我负责惩罚那些逾期还书的孩子。

小白帽山姆哭得更厉害了。我有钱！他忍住了哭泣。我有九十五美分！你可以都拿走！你可以全都拿走！

小山姆试图从口袋里掏出零钱。与此同时，图书馆警察环顾四周，他的大脸突然变得犀利起来，就像成功闯入鸡舍的狐狸或狼，但又好像闻到了危险的味道似的。

来吧。他说着把小白帽山姆从步道上拽入图书馆旁边茂密的灌木丛里。警察叫你来，你就**来**！灌木丛里很黑，而且非常隐秘。空气中有刺鼻的刺柏果味。地上盖着的一层土也很暗。山姆现在哭得很大声。

闭嘴！图书馆警察咕哝了一声，狠狠地摇了一下山姆。山姆感觉手上的骨头痛苦地绞在一起，头在脖子上摇晃。现在，他们来到了灌木丛林中的一小块空地，那是一个小片空地。那里的刺柏都被踩得稀烂，周围的蕨类植物也被拔掉了。山姆明白，这可不是图书馆警察偶尔发现的地方，这是他创造出的一个地方。

闭嘴，否则罚款只是个开始！我得打电话给你妈妈，告诉她你有多坏！你想要我打电话吗？

不！山姆哭泣着。我会付罚款的！我会付的，先生，但请不要伤害我！

图书馆警察让小白帽山姆转过身去。

把手举到墙上！双腿分开！现在！快！

小山姆虽然还在抽泣，但他害怕母亲会发现他做了必须受这样的处罚的坏事，他只好按照图书馆警察告诉他的那样做。在建筑物这一边杂乱的灌木丛的树荫下，墙上的红砖摸起来很凉。他看到地面上有一扇狭窄的窗户，里面是图书馆的锅炉房。光秃秃的灯泡挂在巨大的锅炉上，上面罩着几圈锡罐，就像那些苦力戴的帽子；管道投射出像章鱼一样怪异的影子。他看到一个看门人站在远处的墙边，背对着窗户，读着刻度盘，在写字板上做着笔记。

图书馆的警察抓住山姆的裤子，把它拉了下来。他的内裤也被脱掉。冷空气吹在他的屁股上，小山姆浑身抽搐了一下。

站稳了，图书馆警察口齿不清地喘着气。不要动。你付了罚款，小鬼，一切就结束了……没人会知道的。

一个又重又热的东西压在他的屁股上。小白帽山姆又颤抖了一下。

站稳了。图书馆警察说，他现在喘得更厉害了。山姆感到他吐出的热气喷到了自己的左肩，他闻到了“森森”口香糖的气味。他现在陷入了恐惧之中，但他所感受到的并不只有恐惧，还有羞愧。他已经被拖进了阴影里，正被迫屈服于这种怪诞的、不为人知的惩罚，这是因为他要还的《黑箭》逾期了。他要是早知道罚款会这么高就好了！

这个沉重的东西刺进了他的屁股，把他的屁股分开了。一种可怕的、撕裂般的疼痛从小白帽山姆的内脏中升起。他感觉世界上从未有过这样的痛苦。

他丢下那本《黑箭》，把手腕往嘴里塞了进去，堵住了自己的叫喊。

站稳了。图书馆之狼还在喘气，现在他的手落在山姆的肩膀上，他前后摇晃着，进进出出，进进出出。站稳……站稳……噢！站站站站站站稳稳稳稳稳稳……

这位图书馆警察喘着气，摇晃着身体，用一根像热钢一样的东西不停敲打着山姆的屁股。山姆睁大眼睛盯着图书馆的地下室，那仿佛是在另一个宇宙，一个有序的宇宙，像这样可怕的事情从来不会发生。他看着看门人点头，把写字板夹在腋下，朝房间另一头的门走去。如果看门人稍微转过头，稍稍抬起眼睛，他就会看到一张脸正从窗户里望着他，一张苍白的、有着大眼睛的小男孩的脸，嘴唇上沾着红色的甘草糖。山姆心里希望看门人能看到自己——救救他，就像樵夫救小红帽一样……但他很清楚，就算看门人转过脸看到另一个坏小男孩受到布里格斯大道图书馆警察的公正惩罚，他也只是会觉得恶心。

站站站站站站稳稳稳稳稳稳！图书馆之狼低声尖叫时，看门人也走出了房门，进入他那井然有序的世界，完全没有环顾四周。这条狼往前挤得更深，痛苦变得如此强烈，小白帽山姆几乎确信自己的肚子要爆炸了，不管图书馆警察到底是拿什么在捅他，都肯定会咆哮地刺穿山姆，把他的内脏从伤口处挤出来。

图书馆警察倒在他身上，浑身是污浊难闻的汗液，喘着粗气，山姆被他的体重压得跪倒在地。图书馆警察这么做的时候，他那个庞然大物——已经不那么大了——从他身上拽了出来，但山姆能感觉到屁股上都是湿的。他不敢把手放过去。他害怕手缩回来时，会看到自己变成了流血的小红帽山姆。

图书馆警察突然抓住山姆的胳膊，把他拉过来面对着自己。他的脸比以往任何时候都红，脸颊和前额上布满了浮肿、兴奋的条纹，就像野蛮人打仗时涂的油彩。

看看你！图书馆警察说。他的脸皱成一团，流露出轻蔑和厌恶。看看你，你的裤子没了，你的小鸡鸡都露出来了！你喜欢这样，是不是？你**一定喜欢**！

山姆没法回答。他只能哭。他把内裤和裤子都拉起来，就像之前一起被拉下去一样。他能感觉到裤子里有刺柏刺痛着他被侵犯的屁股，但他不在乎。他扭动着身子，远离图书馆警察，一直退到背对着图书馆的红砖墙。他能感觉到坚硬的常春藤树枝，就像一只骷髅般的大手戳着他的背部。他也不在乎这个。他所关心的只是现在存在于他心里的羞耻、恐惧和毫无价值的感觉，在这三种之中，羞耻感最强烈。这种羞愧是别人难以理解的。

肮脏的臭小子！图书馆警察朝他吐唾沫。肮脏的臭小子！

我现在真得回家了。小白帽山姆说，他嘶哑的抽泣把说的话扯成了几段。我的罚款算付清了吗？

图书馆的警察手脚并用地爬向山姆，他戴着圆形墨镜的眼睛盯着山姆的脸，就像一只瞎了眼的鼹鼠，这反正是他做的最后一件怪事了。山姆心想，他要再惩罚我一次，一想到这个念头，他脑子里的某种东西，某种受到过度压力和支柱或盔甲随着他几乎能听到的沉闷咔嚓声而崩溃。他没有叫喊或抗议，他现在已经不再有这些反应了。他只是冷冷地看着图书馆的警察。

还没，图书馆警察说。我可以放你走，仅此而已。我很同情你，但如果你告诉别人……如果你有这个胆子……我会再回来惩罚你。我会惩罚一直到你的罚款付清。别再让我在这里抓到你了，小鬼。你明白了吗?

好，山姆说。当然，如果山姆敢告诉别人，他会回来再惩罚山姆。他会在柜子里、床下，甚至还会像一只畸形的大乌鸦在树上躲到很晚。当山姆抬头望向灰暗的天空时，他会在云层中看到图书馆警察那张扭曲的、轻蔑的脸。对山姆来说，他会出现在任何地方，他将无处不在。

这个想法让山姆觉得很累，他闭上眼睛，不想面对着那张鼹鼠一样疯狂的脸，不想面对这一切。

图书馆警察抓住他，再次摇晃他。好什么？他龇着牙问，好什么，小鬼?

好，我明白，山姆闭着眼睛对他说。

图书馆警察收回了他的手。好，他说，你最好别忘了。只要坏孩子忘了我交代的事，我就会杀了他们。

小白帽山姆靠着墙坐着，很长一段时间都闭着眼睛，等着图书馆警察再次惩罚他，或者干脆杀了他。他想哭，但没有眼泪。他要过好多年才会再次找回哭的能力。最后，他睁开眼，发现自己一个人在图书馆警察的巢穴里。图书馆警察不见了。只有山姆和他的那本从书脊处打开的《黑箭》。

山姆开始跪着爬向阳光。树叶搔着他布满汗水和泪痕的脸，树枝刮着他的后背，拍打着他受伤的屁股。他拿起那本《黑箭》，但不愿把它带进图书馆。他再也不进图书馆了，不管是什么图书馆，再也不进了。这是他爬着离开那个惩罚他的地方时对自己许下的诺言。他还做出了另一个承诺：没有人会发现这件可怕的事情，因为他打算忘记这件事曾经发生过。他觉得自己能做到。如果他非常、非常努力地尝试，他就能做到，而且他打算现在就开始尝试，努力地、非常努力地。

山姆爬到达灌木丛的边缘时，他看起来像一只被追捕的小动物。他看见孩子们穿过草坪，但没有看到图书馆警察，但这当然无关紧要，因为图书馆警察能看到他。从今天开始，图书馆警察将永远在他附近。

草坪终于空无一人了。衣衫不整的小男孩小白帽山姆这才从灌木丛中挣扎着爬出来，他的头发上有树叶，脸上有污垢，敞开的衬衫在他身上飘动。他的眼睛睁得大大的，目不转睛地东张西望，和之前完全神志清醒的眼神完全不同。他侧着身子走上台阶，惊恐地抬头看了一眼镌刻在门口的神秘拉丁格言，然后把他的书放在台阶上，动作小心又充满惶恐，就像未婚生子的母亲把她还没有取名字的孩子留在陌生人的家门口一样。然后，小白帽山姆跑了起来，他横穿草坪，把布里格斯大道的圣路易斯公共图书馆甩在身后，但不管他跑多快，也无法甩掉舌头上和喉咙里又甜又黏的红色甘草糖的味道，无论他跑得有多快，图书馆之狼都会在他看不到的肩后低语说*跟我来，小鬼……我是警擦*。他会一直这样低语，在之后的很多年里，在山姆不敢回忆的那些黑暗的梦境里，他会一直这么低语，山姆会一直在逃离那个声音，尖叫着*问算交了吗？噢，亲爱的上帝，求你了，***我的罚款算付清了吗**？而回答总是一样的：*小鬼，你永远也付不清。你永远也付不清。*

永远。

永……

心戴夫，但把车开出路外，让娜奥米的车倒在沟里并不能有效地表示关心。现在的雨已经借风势变成了倾盆大雨，雨刷的速度调到高都刷不过来。车头灯只能照到前方二十英尺的地方。山姆甚至不敢让时速超过二十五英里。他看了看手表，然后看了看娜奥米，她膝盖上放着书店的袋子。

山姆说："我希望我们能在八点前赶到，但我不知道行不行。"

"尽你所能吧，山姆。"

车头灯隐约照亮前方，如同潜水钟的灯光一样。山姆把车速放慢到每小时十英里，然后往左边靠，这时一辆十轮大车隆隆驶过……在雨夜中，那辆车看起来像是一艘隐约可见的大船。

"你能说说你做的梦吗？"

"可以，但我不打算说。"山姆道，"不是现在。现在不是时候。"

娜奥米想了想，然后点了点头。"好吧。"

"我可以告诉你，戴夫说孩子们确实是最好的目标是对的，他说阿黛丽娅确实依靠恐惧维生也是对的。"

他们已到达城郊。又过了一个街区，他们穿过了第一个有红绿灯的十字路口。透过达特桑车的挡风玻璃看，前面只有一抹明亮且晕开的绿色光芒，在他们头顶的空气中闪烁。在光滑潮湿的马路上，车灯的反光也同样模糊。

"在我们去图书馆之前，我需要停一停。"山姆说，"我们会路过'摇摆小猪'杂货店，是不是？"

"对，但如果我们要八点在图书馆后面和戴夫见面，我们真的没有多少空闲时间。不管你喜不喜欢，这个天气不适合开快车。"

"我知道……但这不会花很长时间。"

"你要去干什么？"

"我说不准。"他说，"不过我想我一看到就知道了。"

娜奥米瞥了他一眼，山姆第二次发现自己对她那娇媚而又有些脆弱的美丽迷住了，不明白为什么他以前从来没有看到过她的这一面。

*你和她不是约会过吗？你肯定应该看到过***什么***。*

但是他真的没有。他跟娜奥米约会是因为她漂亮、体面、未婚，而且和他差不多年纪。他和她约会是因为城市里的单身汉应该约会，而这个城市实际上只是一个过度膨胀的小镇……如果他是单身汉，想在当地的商业社区中占有一席之地，那就得这么做。如果你没有约会，人们……有些人……也许会认为你是

（一个警擦）

那样的怪人。

我是有点奇怪，山姆想。再想想，我是一个很怪的人。但是不管我以前是什么样的，我觉得现在都不同了。我对她更了解了。就这样。我真的在**了解**她了。

而娜奥米则被他紧张的苍白脸色以及他眼睛和嘴巴周围紧张的表情所震撼。她觉得山姆看上去怪怪的……但他看上去不再害怕了。娜奥米心想他看起来就像一个有机会再度回到噩梦中的男人……但这次手里拿着一件强大的武器。

她觉得她可能爱上了这张脸，这使她深感不自在。

“去杂货店……很重要，是不是?”

“我想是的，对。”

五分钟后，山姆在“摇摆小猪”杂货店的停车场停了下来，立刻跑下车，冒着雨向店门口冲去。

半路上他突然停了下来。停车场的旁边有个电话亭——毫无疑问，就是那个电话亭，多年前戴夫就是在这个电话亭打电话到枢纽城的警长办公室。从电话亭打的那通电话并没有杀死阿黛丽娅，但却把她赶走了好长一段时间。

山姆走了进去。里面的灯是亮着的。没有什么可看的，那只是一个电话亭而已，钢制的四壁写着各种号码和涂鸦。电话簿都不见了，山姆记得戴夫说过，要是你幸运的话，那个年代能在电话亭里找到电话簿。

然后他瞥了一眼地板，看到了他一直在寻找的东西。那是一张包装纸。山姆把它捡起来弄平，在昏暗的头顶灯光下读着上面写的字：靶心牌红甘草糖。

在他身后，娜奥米不耐烦地猛摁达特桑车的喇叭。山姆手里拿

着包装纸离开了电话亭，向她挥了挥手，然后冒着瓢泼大雨跑进了商店。

4

“摇摆小猪”杂货店的店员看起来像一个在一九六九年被冷冻而这周才刚解冻的年轻人。他的眼睛通红，有点呆滞，像个老练的瘾君子。他的头发很长，用一条嬉皮士喜欢用的皮制绳子绑着。他的一根小指上戴着一个银戒指，上面刻着和平标志的形状。在他那件“摇摆小猪”宽松外衣里面，是一件印有奢华花朵图案的波浪衬衫。领子上别着一颗纽扣，上面写着：

限你五分钟内离开我的视线！

山姆怀疑商店经理会不会同意他这么接待顾客，但那是一个下雨的夜晚，商店经理不在，而山姆是店里唯一的顾客。店员看着他走到糖果架上，开始拿起一袋袋靶心牌红甘草糖。山姆拿走了全部存货——大约二十包。

“你确定这些够了吗，伙计？”店员问他，这时山姆走近柜台，把他找到的宝藏放在上面，“我想外面的储藏室里可能还有一两箱。我知道瘾犯了的滋味。”

“这些够了。给我先结账，好吗？我赶时间。”

“好啊，这世界个个都是大忙人。”店员说。他的手指在NCR收银机上笨拙地敲着，就像瘾君子发作一样，动作缓慢得仿佛在梦中。

柜台上有一根橡皮筋放在陈列的棒球卡的旁边。山姆把它拿了起来：“能把这个给我吗？”

“请便吧，伙计……就当这是我，‘摇摆小猪王子’，在一个下雨的星期一晚上送给你这位‘甘草糖之王’的礼物吧。”

山姆把橡皮筋套在手腕上时（橡皮筋挂在那里就像一个松开的手镯），一阵强风吹得窗户格格作响，震得整间商店都摇晃起来。头顶上的灯光闪烁不定。

“哇，哥们儿。”“摇摆小猪王子”抬起头说，“天气预报没讲有这个啊，只说有阵雨而已。”他回头看了看收银机，“十五元四毛一。”

山姆苦笑着递给他一张二十美元的钞票：“我小时候，这些东西要便宜得多。”

“通货膨胀吸走了大把钱，对吧。”店员附和道，他慢慢地回到了山姆进来时他那副魂不守舍的样子，“你一定很喜欢那种东西，伙计。而我呢，只吃老式的玛氏巧克力棒。”

“喜欢？”山姆笑着把零钱放进口袋，“我讨厌这东西。这是给别人的。”他又笑了起来，“就叫它礼物吧。”

这时店员从山姆的眼睛里好像看到了什么，他突然匆忙地大步走开，几乎撞倒了一排斯库尔烟草盒。

山姆好奇地看着店员的脸，决定不向他要袋子装了。他把那堆红色甘草糖收起来，随意地放到他长年累月穿的运动服的口袋里，然后离开了商店。口袋里的糖果玻璃纸随着他的脚步噼啪作响。

5

娜奥米跨到方向盘后面，接下来由她开车去图书馆。她从“摇摆小猪”杂货店的停车场把车开出来时，山姆从佩尔书店的袋子里拿出那两本书，后悔地看了一会儿。所有这些麻烦，他想，所有这些烦恼都是因为一本过时的诗集和一本初出茅庐的演说家自助手册。当然，这并不是真正的原因。根本不是书的事。

他从手腕上取下橡皮筋，绑在书本上。然后他掏出自己的皮夹，从那越来越少的现钞里取出一张五块钱的钞票，塞到皮筋下面。“那是干什么用的？”

“罚款。我在这边两本书上欠的罚款，还有很久以前的一本……罗伯特·路易斯·史蒂文森的《黑箭》的罚款。来做个了断。”

他把书放在两个座椅之间的排挡杆旁，从口袋里掏出一包红甘草糖。他把包装撕开，一股陈旧的甜味立刻扑面而来，就像重重的一巴掌。这个味道似乎从他的鼻子直接冲进了他的脑袋，又从他的脑袋冲进了他的胃。山姆感觉胃立刻缩成了一个梆硬的拳头。在那可怕的一刻，他觉得自己要吐在自己的腿上了。显然，有些事情从未改变过。

尽管如此，他还是继续打开一包包的红甘草糖，把它们搓成了一捆柔软的、蜡质质地的糖果鞭子。下一个十字路口的红灯亮起时，娜奥米放慢了车速，然后停了下来，但山姆并没有看到有其他车在旁边驶过。风雨拍打着娜奥米的车。他们现在离图书馆只有四个街区了。“山姆，你到底在干什么？”

其实他也不知道自己到底在做什么，他说：“娜奥米，如果阿黛丽娅是靠恐惧为食的，我们必须找到另一种东西，一种与恐惧相反的东西。不管那是什么，都会是她的毒药。所以……你觉得那是什么东西？”

“嗯，但也不会是红甘草糖吧。”

山姆不耐烦地做了个手势。“你怎么这么肯定？十字架被认为是用来杀死吸血鬼的……吸人血的那种……但十字架只是两根相互垂直的木头或金属棍。也许生菜也有同样的效果……如果用对了的话。”

交通灯的绿灯亮起。“如果那是棵被赋予了力量的生菜。”娜奥米若有所思地说着，继续开车。

“正确！”山姆举起六根长长的红色鞭子，“我只知道我有这个，也许很可笑，但我不在乎。它是我的图书馆警察从我身上拿走的所有东西的象征——爱、友谊、归属感。娜奥米，我这辈子都觉得自己在哪儿都是个局外人，也不知道为什么。现在我懂了。这些甘草糖也是他从我这里夺走的另一件东西。我以前很喜欢吃这种东西。现在我几乎不能忍受它的气味。没关系，我能应付的。但我必须知道如何让它有力量。”

山姆开始在手掌间揉搓甘草糖做的鞭子，慢慢地把它们变成一个黏糊糊的球。他原以为这个气味是红甘草糖对他最糟糕的考验，但他错了。那种手感更糟糕……色素从他的手掌和手指上脱落下来，变成了不祥的深红色。不过他继续揉，每隔三十秒左右，他就会停下来，从另一袋里拿些新鲜的甘草糖加到那柔软的糖球里。

山姆说："也许我说得太夸张了。或许，恐惧的反面是平淡无奇的勇敢。勇气，如果你想要一个听起来更厉害的词。是这个词吗？这个词能总结一切吗？娜奥米和萨拉的区别就在于勇敢吗？"

娜奥米看起来吓了一跳。"你是在问我戒酒是不是一种勇敢的行为？"

"我不知道自己在问什么。"他说，"但我觉得至少你的方向是对的。我不需要问恐惧是什么，我知道那是什么。恐惧是一种封闭你、阻止你改变的情绪。你觉得戒酒是一种勇敢的行为吗？"

娜奥米说："我从未真正下决心戒酒。酗酒者可不是这样做的。他们做不到。相反，你只能用很多横向思维，戒酒得一天一天地慢慢来；自己好好生活，也让别人能好好生活，诸如此类。但其核心是：你不再相信自己可以控制自己不喝酒。能控制自己不喝酒这个想法是自欺欺人的，你要戒掉的是这个。戒掉这个自欺欺人的想法。你告诉我……这算是勇敢吗？"

"当然。但这肯定不是打仗时候进散兵坑的那种勇敢。"

"散兵坑里的勇敢。"她说着笑了起来，"我喜欢这个比喻。但你是对的。我所做的——我们所做的——远离戒酒开始后的第一杯酒……这和那种勇敢不一样。就算有探讨酗酒问题的《迷失的周末》这样的电影，但我认为我们所做的努力都是细水长流，很平淡的。"

山姆还记得，他在圣路易斯图书馆布里格斯大道分馆旁边的灌木丛中被强奸后，那种心中可怕的冷漠笼罩着他。被一个自称警察的男人强奸，说起来也相当平淡无奇。他只不过要了一个卑鄙的把戏，仅此而已——一个有严重精神问题的人对一个小孩子要的卑鄙的、没有脑子的把戏。山姆想，要是把其他可能性都考虑进来，他应该算是幸运的：图书馆警察本来可能会杀了他。

他们前面的枢纽城公共图书馆的白色球形路灯在雨中闪烁着微光。娜奥米犹豫地说："我认为恐惧的真正反面可能是诚实。诚实和信念。这么说听起来怎么样？"

"诚实和信念。"山姆轻声说着，在心里品味着这几个字，他捏了捏右手里黏糊糊的红色甘草糖球，"我觉得还行。无论如何，他们不得不这样做。我们到了。”

6

汽车仪表盘时钟上闪烁的绿色数字显示为七点五十七分。他们还是在八点前赶到了。

娜奥米说：“也许我们最好等一等，确定所有人都走了，再绕到后面去。”

“我觉得这是个好主意。”

他们驶入了图书馆入口街对面的一个空停车场。球形路灯在雨中闪闪发光。树的沙沙声听起来并不柔和，风越来越大。橡树发出的摩擦声听起来像是在做梦，而且都是噩梦。

八点零二分，一辆车后窗挂着一只加菲猫毛绒玩具的货车在他们对面停了下来，后窗上还贴着“**妈妈的出租车**”的标牌。喇叭声响起，图书馆的门立刻打开了……即使在这种光线下，图书馆大门也不像山姆第一次去图书馆时看起来那么阴森可怕，现在它看起来不像巨大的花岗岩机器人脑袋上的嘴。三个孩子从图书馆出来，匆匆走下台阶，看起来像是中学生。他们沿着人行道跑向“**妈妈的出租车**”时，其中两个拉起了夹克挡住雨水。货车的侧门在滑轨上轰隆一声打开，孩子们一拥而上。山姆能隐约听到他们的笑声，他很羡慕这声音。他想离开图书馆时那种满心欢喜的快乐感一定十分美好。由于那个戴着圆圆的黑眼镜的男人，他没有过这种经历。

*诚实，他想，诚实和信念。*他又想了想：*罚款已经付清了。罚款已经付清了，该死的。*他撕开最后两包甘草糖，开始把里面的东西揉进他那颗又黏又臭的红色球。他一边开车，一边瞟了眼“**妈妈的出租车**”的尾部。他可以看到车辆排出的白色废气在风中飘浮，然后被狂风吹得支离破碎。突然间，他开始意识到自己在这儿该干什么了。

山姆说：“在我上高中的时候，有一次我看到一群学生在捉弄另一个他们不喜欢的学生。在那些日子里，我最擅长的就是凑热闹。他们从艺术室取出一团模型黏土，把它塞进那个学生的庞蒂亚克车的排气管里。你知道发生了什么事吗？”

娜奥米疑惑地瞥了他一眼。“不知道，怎么了？”

“消音器炸成了两截。”他说，“散在了车两边，碎片像弹片一样飞了起来。你看，消音器是车的弱点。我想，如果这些气体一直回流到引擎，它们可能会把汽缸都炸出来。”

“山姆，你在说什么？”

“希望”，他说，“我说的是希望。我想，诚实和信念得晚点才能轮到了。”

“妈妈的出租车”驶离了路缘，前灯在银色的雨幕中闪过。

当图书馆的前门再次打开时，娜奥米仪表板上的绿色时钟显示八点零六分。一男一女走了出来。那个把伞夹在腋下、笨拙地扣上大衣扣子的人，无疑就是理查德·普莱斯。尽管只在一张旧报纸上看到过他的一张照片，但山姆一眼就认出了他。这个女孩就是辛西娅·贝里根，是山姆在周六晚上与之交谈过的图书馆助理。

普莱斯对女孩说了些什么。山姆觉得她在笑。他突然意识到自己正直挺挺地坐在娜奥米的车里，每一块肌肉都紧绷得吱吱作响。他试图让自己放松下来，却发现自己做不到。

*为什么我不觉得意外呢？*山姆想。

普莱斯举起了伞。他们俩匆匆走下人行道。他们过来的时候，叫贝里根的女孩在头上系了一块塑料雨巾。他们在人行道的尽头分开了，普莱斯去到一辆和警方巡逻车差不多大的“雪佛兰黑斑羚”，贝里根去了半条街外停着的“优格”。普莱斯在街上调头转弯（车灯短暂地扫进了娜奥米的车里，娜奥米稍稍低下头，吓了一跳），他经过那辆“优格”时，对着它猛按喇叭。辛西娅·贝里根按了一声喇叭，然后开车向相反的方向驶去。

现在只剩下他们、图书馆，可能还有阿黛丽娅在里面的某个地方等着他们。

还有山姆的老朋友，那个图书馆警察。

7

娜奥米开车绕着街区慢慢来到韦格曼街。大约看到中间的位置，左边有一块提醒的标志挡着树篱中的一个小缺口：

仅限装卸图书馆的货物。

一阵强风吹来，吹得达特桑车晃了起来，雨水打在窗户上，声音像沙子一样。附近的某个地方传来了断裂的声音，可能是一根大树枝，也可能是一棵小树被吹倒了。接着是砰的一声，什么东西掉到了街上。

“上帝！”娜奥米痛苦地小声说，“我讨厌这个声音！”

“我也不喜欢。”山姆附和道，但他并没有完全把娜奥米的话听进去。他在想黏土的样子，想它从孩子的汽车排气管里凸出来的样子，看起来像个水泡。

娜奥米看到标志就拐了进去。他们开上了一条短车道，进入了铺有路面的小型卸货区。在人行道的小广场上，挂着一盏橙色的弧光灯。它投射出一束强烈的、具有穿透性的光，在它的光辉中，环绕着卸货区的橡树枝叶在建筑物的后侧晃动着疯狂的影子。有一会儿，两道阴影似乎在平台脚下合在一起，形成了一个几乎像人的形状，似乎有人在下面等着，现在正爬出来迎接他们。

再过一两秒钟，山姆想，头顶那盏橙色的灯光就会照到那个人的眼镜——他那黑色的圆圆的小眼镜——他就会透过镜片看我了。他不会看娜奥米，只会盯着我。他会看着我，口齿不清地说：“你好，小鬼，我一直在等你。这么多年来，我一直在等你。现在跟我来。跟我来，因为我是个警擦。”

又一声巨响，一根树枝掉落在距离后车厢不到三英尺的路面上，大块的树皮和腐烂的木屑四散飞去。如果落在了车顶上，车顶就会像西红柿汤的罐头一样被砸坏。

娜奥米尖叫起来。

风还在刮，以尖声呼啸回敬她。

山姆伸手过去，想用胳膊搂着她，让娜奥米感觉舒适些，这时，装卸台后面的门开了。戴夫走了出来。他紧紧抓住门不让风把它从他的手中刮走。山姆觉得老人的脸看起来太苍白了，而且很可怕。他用那只空着的手疯狂地向他们招手。

“娜奥米，戴夫来了。”

“……在哪儿？哦，对，我看到他了。”她睁大了眼睛，“我的上帝，他看起来糟透了！”

娜奥米打开车门。一阵风呼啸而过，让她无法握紧门把，就像一股小小的龙卷风在达特桑车内的大地上呼啸而过，把甘草糖的包装纸掀了起来，绕着圈子飞舞，令人头晕目眩。

娜奥米的一只手及时缩了回来，差点被反弹的车门打到——也许会直接被打伤。然后她出去了，她的头发像暴风一样在头上吹动，裙子一会儿就湿透了，紧紧地粘在大腿上。

山姆推开了自己那边的车门——他逆风，得用肩膀顶着门——挣扎着才能出去。这让他有时间去想，这场风暴究竟是从哪里来的。“摇摆小猪王子”说天气预报从来没有说会有如此强烈的风雨。只是短暂的阵雨而已。

阿黛丽娅。也许是阿黛丽娅的风暴。

似乎是为了证实这一点，戴夫的声音在短暂的平静中提高了。“快点！到处都能闻到她那该死的香水味！”

山姆觉得，阿黛丽娅的香水气味可能比她的肉身出现得更早，这想法让他觉得很恐怖。

他走到装货台的台阶上才意识到，虽然他还带着那团脏兮兮的红色甘草糖球，但他把书留在了车里。他转过身，用力把门打开，拿起了那两本书。就在这时，灯光发生了变化……从明亮的、透亮的橙色变成了白色。山姆看到了他手上皮肤上光线的变化，有那么一会儿，他的眼睛似乎冻结在眼眶里。他手里拿着书，匆忙地从车里倒出来，转过身来。

橙色的电弧钠安全灯不见了，取而代之的是老式的水银蒸汽街灯。在风中围绕着装卸平台舞动、呻吟的树丛现在更浓密了；外观庄严的老榆树占了多数，数量轻而易举地超过了橡树。装卸平台的形状发生了变化，现在常春藤的藤蔓缠绕着爬上了图书馆刚才还光秃秃的后墙……

欢迎来到一九六〇年，山姆想，*欢迎来到阿黛丽娅·洛兹版的枢纽城公共图书馆*。

娜奥米到了平台。她在跟戴夫说话。戴夫回答了什么，然后回头看了看。他的身体猛地颤抖起来。与此同时，娜奥米尖叫起来。山姆跑向通向平台的台阶，他的大衣在他身后翻腾。当爬上台阶时，他看到一只苍白的手从黑暗中飘浮出来，落在戴夫的肩上，猛地把他拽进了图书馆。

“抓住门！”山姆尖叫道，“娜奥米，抓住门！*别让它关上！*”

这时候风帮助了他们，把门吹开了，还撞到了娜奥米的肩膀，让她摇摇晃晃地向后退去。山姆及时赶到，接住了反弹要关上的门。

娜奥米用惊恐的眼睛看着他：“是那个闯进你家的人，山姆。那个长着银色眼睛的高个子男人。我看见他了。他抓走了戴夫！”

没时间想了。“走。”他伸手搂住娜奥米的腰，把她向前拉进了图书馆。在他们身后，风停了，随后门在砰的一声巨响中关上。

8

他们在图书馆编目区，那里光线暗淡，但还不是完全黑暗。图书馆馆长的桌子上放着一盏红色流苏灯罩的小台灯。在这个地方的另一侧，到处都是箱子和包装的材料（山姆看到那些包装材料是皱巴巴的报纸，一九六〇年时塑料泡沫还没有发明出来），书架区从这里开始。图书馆警察就站在走道上，两边都是书。他用手锁着戴夫的脖子，把后者抱离地面三英寸高，一副很轻松的样子。

他看着山姆和娜奥米，银色的眼睛闪烁着光芒，苍白的脸上露出新月形的笑容。他看起来像一个铬黄色的月亮。

“别再靠近了，”他说，“否则我就像打鸡骨头一样打断他的脖子。你会听到他脖子断掉的声音。”

山姆想了一下，但只有一会儿。他闻到了薰衣草香囊的味道，又浓又腻。大楼外，风在呜咽和隆隆声中呼啸。图书馆警察的影子在墙上晃动，看起来像起重架子一样瘦削。他以前没有影子的，山姆意识到了这一点。这代表着什么？

也许这意味着图书馆警察现在更真实了，在这里更真实了……因为阿黛丽娅和图书馆警察，还有旧车里的黑暗之人其实是同一个人。他们一直都是同一个，这些全是他分身的面具，戴上又脱下，就像孩子在万圣节戴面具一样轻松。

“如果我们离你远点，你会不杀他吗？”他问，“别废话了。”

他开始向图书馆警察走去。

这时高个儿脸上出现了一种奇怪的表情，像是惊讶。他向后退了一步，风衣拍打着他的小腿，朝狭窄过道两旁的对开本书籍挪了过去。

“我警告过你了！”

“让你的警告见鬼。”山姆说，“你不是要找他的麻烦。你要找的是我，对不对？来啊……开始啊。”

“图书馆馆长要和这个老头算账！”警察说着又向后退了一步。他的脸上出现了奇怪的表情，山姆过了一会儿才明白是什么。图书馆警察眼中的银光渐渐暗淡下来。

“那就让她自己解决。”山姆说，“我和你还有笔账，老兄，是三十年以前的旧事。”

山姆走过台灯投在地上的亮光。

“好吧，那来吧！”图书馆警察咆哮道。他转了半圈，把戴夫·邓肯扔到了过道上。戴夫像一袋洗好的衣服一样飞了起来，发出恐惧和惊讶的叫声。就要靠近墙壁时，戴夫试着举起一只胳膊，但那只是一种茫然的反射动作。他撞上了楼梯上的灭火器，山姆听到了骨头断裂沉闷的嘎吱声。戴夫摔倒在地上，沉重的红色灭火器从墙上掉下来砸在他身上。

“戴夫！”娜奥米尖叫着向他冲过去。

“娜奥米，不要！”

但是她没有理山姆。图书馆警察又露出了狞笑。娜奥米想要从他身边过去，他抓住了娜奥米的胳膊，把她蜷成一团拉了过去。他的脸垂下去，被娜奥米颈后栗色的头发遮住了一会儿，然后他对着娜奥米的身体发出一声奇怪的、哽咽的咳嗽，然后开始吻她——至少看上去是这样。他惨白的长手握着娜奥米的上臂。娜奥米又尖叫了一声，然后似乎被他握得瘫软下来。

山姆现在已经到了书架的入口处了。他抓住手碰到的第一本书，把它从书架上拽下来，抡起胳膊扔了出去。书脊面向图书馆警察飞了过去。书的硬皮封面散开，书页翻飞，打在图书馆警察的脑袋上。他发出一声愤怒又惊讶的叫声，抬起头来。娜奥米挣脱了他的手，踉踉跄跄地撞到高高的书架上，为了保持平衡，她摆动着胳膊。等她从书架弹回来时，架子开始向后摇晃，然后倒下，发出巨大的回声。书从书架上飞了下来，这些多年没人打扰的书像外面的雨点一样拍打着地板，发出的声音仿佛奇怪的掌声。

娜奥米顾不上眼前的事。她跑到戴夫身边跪下来，一遍又一遍地喊着他的名字。图书馆警察的身体开始转向那个方向。

“你也不是要找她的麻烦。”山姆说。

图书馆的警察又转向他。他的银色眼睛换成了黑色的小眼镜，让他的脸看起来像个瞎子。

“我第一次就应该杀了你。”他口齿不清地说，然后朝山姆走去。他走路时伴有一种奇怪的沙沙声。山姆低头一看，看见图书馆警察风衣的下摆摩擦着地板。他变矮了。

“罚款已经交了。”山姆平静地说。图书馆警察停住了。山姆举起绑着橡皮筋的书，上面夹着一张钞票。“罚款已经交了，书也还了。都结束了，你这个贱人、混蛋，不管你是什么东西。”

外面一阵风在屋檐下呼啸而过，发出空荡荡的回音。图书馆警察的舌头伸了出来舔了舔嘴唇。他的舌头非常红，非常尖，脸颊和前额开始出现斑点。他的皮肤上有一层油腻的汗珠。

薰衣草香囊的味道更强烈了。

“错了！”图书馆的警察喊道，“错了！那些不是你借的书！我知道！那个老酒鬼把你借的书拿走了！它们已经……”

“……毁了。”山姆把话接着说完。他又开始往前走，逼近了图书馆警察，他每走一步，薰衣草的气味就更浓。他的心在胸膛里狂跳。“我也知道这是谁搞的鬼。但这两本书都是完全符合规定的替代品。把它们拿走。”他的声音变得严厉起来，“该死的，拿去！”

他把书递了过去，图书馆警察看上去又困惑又害怕，伸手去拿。

“不，不是那样的。”山姆说着，把书举得比那只紧握着的惨白的手更高，“要这样。”

他把书当着图书馆警察的面狠狠地摔了出去。在他的一生中，他从来没有像《美国人最喜爱的诗》与《演讲者的伙伴》打歪图书馆警察的鼻子时那样感到如此的满足。圆圆的黑眼镜从图书馆警察的脸上飞了下来，掉在地上。黑眼镜下面只有黑色的眼眶，里面是一层白色的液体，细细的丝线从这软泥一样的东西中浮了起来。山姆想起了戴夫讲过的——他说，看起来它开始长出自己的皮了。

图书馆警察尖叫起来。

“你不能！”他尖叫道，“你伤害不了我！你怕我！再说，你也喜欢！**你当时喜欢的！你这个肮脏的小鬼，你喜欢的！**”

“错了。”山姆说，“我他妈的讨厌极了。现在把这些书拿走。拿走。然后滚开。因为罚款已经付了。”

他把书砸在图书馆警察的胸口上。图书馆警察的手抓住书的时候，山姆又用一只膝盖径直顶向图书馆警察的裤裆。

他说：“这是为了被你强奸过的和被她害死的孩子。”

那个生物痛得号啕大哭。他弯下腰捂着裆部，挥舞的手把书碰掉在地上。他油腻腻的黑发垂在脸上，正好遮住了那些空白的、有着丝状物的眼窝。

当然是空白的，山姆还有时间思考，那天我从没见过他戴着眼镜后面的眼睛……所以**她**也看不见他的眼睛是什么样的。

“这还不算你要受的惩罚。”山姆说，“但这是正确的一步，不是吗？”

图书馆警察的风衣开始翻腾起伏，仿佛下面开始发生了难以想象的变化。他——它——抬起头来，山姆看到了什么东西，吓得他后退了一步。

那个一半来自戴夫的海报、一半来自山姆自己回忆的东西已经变成了一个畸形的侏儒。这个侏儒又变成了另一种东西，一种可怕的雌雄同体的生物。一场性别转换的风暴正在它的脸上和它那褶皱抽搐的风衣下发生。它一半的头发还是黑色的，另一半则变成了灰金色。一个眼眶仍然是空的，另一个眼眶里则出现了眼神凶猛的蓝眼睛，里面闪烁着憎恨的光芒。

“*我要得到你*。”小矮人嘶嘶地说，“*我需要你，我要得到你*。”

“试试看，阿黛丽娅。”山姆说，“我们大战一……”

山姆伸手去抓前面的东西，但才碰到风衣，他就尖叫着缩回了手。那根本不是风衣，是一种可怕而松弛的皮肤，就像试图去抓一堆刚用过的茶包。

它顺着倒下来的书架倾斜的一面飞跑，冲进书架另一边的阴影里。熏衣草香囊的气味突然更强烈了。

一阵粗野的笑声从暗处传来。

是女人的笑声。

“太晚了，山姆。”她说，“已经太迟了。事情已经办完了。”

阿黛丽娅回来了，山姆想。外面传来一声巨大的撞击声。一棵树倒在大楼上，大楼颤抖了一下，灯也熄灭了。

9

一片漆黑的情况只持续了一秒钟，但似乎感觉要长得多。阿黛丽娅的笑声又传了出来，这一次她的笑声有一种奇怪的呜响声，就像通过扩音器传来的笑声。

就在这时，一面墙上的一个应急灯亮了起来，在书架上投下了一层苍白的光，映出像一团团的黑纱线一样四处投射的影子。山姆能听到灯的电池嗡嗡作响。他向仍跪在戴夫旁边的娜奥米走去。因为踩在从翻倒的书架上散落下来的书堆里，山姆有两次差点滑倒。

娜奥米抬头看着山姆，吓得苍白的脸上泪流满面。“山姆，我想他快死了。”

山姆跪在戴夫身边。老人闭着眼睛，呼吸急促，几乎没有规律。细细的血丝从两个鼻孔和一只耳朵里流出来。他前额上右眉毛上方有一个深深的凹陷。看着这个，山姆的胃痉挛起来。戴夫的一处颧骨明显骨折了，灭火器把手的痕迹印在他脸的那一边，上面有明亮的血痕和瘀伤。看起来像个文身。

“我们得送他去医院，山姆！”

“你认为她会让我们现在离开这里吗？”他问道，好像是在回答这个问题一样。这时厚重的《牛津英语字典》的 T 字卷从应急照明灯的光晕后面朝他们飞过来。山姆把娜奥米向后拉，两人趴在满是灰尘的过道上。七磅重的词典穿过刚才娜奥米脑袋的位置，撞在墙上，然后掉在地板上，书页乱糟糟地散了一地。

阴影中传来刺耳的笑声。山姆及时跪立起来，看见一个驼背的身影掠过书架后面的过道。*它还在变化*，山姆想，*最后变成什么只有上帝知道*。它往左边一勾，然后不见了。

“别让它跑了，山姆。”娜奥米沙哑地说，她抓住山姆的一只手，“追上她，求你追上她。”

“我尽量。”他说着跨过戴夫伸开的腿，进入翻倒的书柜后面更深的阴影处。

10

里面薰衣草香囊的气味和后来几年的书的尘土味混合在一起的那股味道让山姆难以忍受，加上窗外火车的呼啸声，让他觉得自己像 H. G. 威尔斯笔下的时间旅行者……而在他周围膨胀着的图书馆本身就像他的时间机器。

他慢慢地走过过道，紧张地用左手捏着那团红色的甘草糖。书本包围着他，似乎朝他皱着眉头。书堆的高度几乎是山姆身高的两倍。他能听到自己的鞋子踩在旧油毡上的咔嗒声和吱吱声。

“你在哪儿？”他喊道，“如果你要我，阿黛丽娅，你为什么不来抓我？我在这里！”

没有回答。但她很快就要出来了，不是吗？如果戴夫是对的，她的蜕变就在眼前，她的时间不多了。

午夜，他想，图书馆警察给我的时间是午夜，所以也许她有这么长的时间。但那离现在还有三个半小时……戴夫不可能撑那么久。

然后，另一个更让人难受的想法出现了：如果他在这黑暗的走廊里徘徊时，阿黛丽娅绕路回到了娜奥米和戴夫身边？

山姆走到过道的尽头，听了听，什么也没听到，于是进了另一条过道，还是空的。他听见头顶上传来一阵低低的耳语声，抬起头来，正好看见六七本沉重的书从他头顶上的一个书架上滑落下来。书倒下时，他大叫一声向后猛退，结果书还是撞到了他的大腿，他听到了书柜另一边传来了阿黛丽娅疯狂的笑声。

山姆可以想象阿黛丽娅就在那儿，像一只被毒液饱胀的蜘蛛紧紧地抓着架子。山姆的身体似乎在他的大脑还没来得及思考之前就已经行动了。他像一个喝醉了酒的士兵做了个向后转的动作，把背靠在架子上。书架在山姆的重压下倾斜，笑声变成了恐惧和惊讶的尖叫。那东西从栖木上摔下来时，他听到了肉摔在地上的沉闷的撞击声。一秒钟后，书架倒了。

接下来发生的事情是山姆没有预料到的：他推的那个书架倒在了过道上，落下的书像瀑布一样，砸在了下一个书架上。第二个书架撞到第三个，第三个撞到第四个，然后它们就像多米诺骨牌一样，一路倒过这个巨大而阴暗的储物区，哗啦哗啦地响着，从《玛丽亚特作品集》到《格林童话全集》，所有的书都飞了出来。他又听到了阿黛丽娅的尖叫，然后山姆扑向他推倒的倾斜的书柜。他像爬梯子一样爬上去，把挡在路上的书踢开，寻找能用力的立足点，用单手拉着书架顶端爬上去。

他爬到远处跳了下去，看见一只白色的、畸形得吓人的怪物从一堆地图册和游记中钻出来。它有着金色的头发和蓝色的眼睛，但与人类任何的相似之处都消失了。它制造的幻象不见了。这家伙又胖又光着身体，四肢长着爪子，脖子下面挂着一个肉囊，像瘪了的甲状腺肿物。细细的白色纤维缠绕着它的身体，看起来像一种可怕的甲虫。山姆突然在内心里尖叫起来——无声的、从先祖时代传来似的尖叫声似乎沿着他的骨头放射出来。*这就是它。上帝保佑，这就是它的真面目*。山姆突然只感到厌恶，恐惧消失了。现在他能真正看清楚那东西了，情况也就没那么糟了。

然后，它又开始发生变化，山姆的轻松感消失了。确切地说，它并没有脸，但在那双凸出的蓝眼睛下面，一个角状的东西开始从那张狰狞的脸里伸出来，就像一头粗壮的大象的鼻子。眼睛向两边展开，先是变成丹凤眼，然后像是某种昆虫。山姆听见它向他靠近时的呼吸声。

它上面满是飘动的脏兮兮的丝线。

山姆内心隐约想要后退——他这部分内心向他尖叫着要他后退——但他意识的大部分还是想坚守阵地。那东西肉乎乎的口器触到他时，山姆感到了它的强大力量。一种要昏睡的感觉涌上了身，他有了一种如果他只是站着不动，让事情就这样下去或许会更好的感觉。风声变成了遥远的、梦幻般的嚎叫。在某种程度上，风声让他感到有些镇定，就像吸尘器工作的声音在他很小的时候让他感到安心一样。

“山姆?”娜奥米喊道，但她的声音很遥远，显得无足轻重，“山姆，你没事吧?”

戴夫觉得自己爱过她吗?太蠢了。当你想到这一点的时候，你会觉得很荒谬……当你看到它就在面前，这就能想通了。

这个生物有……故事要讲。

非常有趣的故事。

这个白色东西的塑料一样的整个身体现在正顺着口器延长；它是在自己吃自己，拉长它的口器。这个生物变成了一整个管子形状的东西，它身体的其他部分在上面悬挂着，毫无用处，就像它脖子下面的肉囊一样，显得多余。它所有的生命力都集中在了喇叭一样的口器

山姆颤抖着站起来，把耳环踢开。接着他的视线里一片灰色，他闭着眼睛摇摇晃晃地站起来，等着看自己会不会晕倒。

“山姆！”是娜奥米，她的声音好像在哭，“山姆，你在哪儿？”

“在这！”他伸手抓了一把自己的头发，使劲地扯。这可能很愚蠢，但确实有效。视线里的灰白色并没有完全消失，但退了。他开始回到图书编目区，迈着大步，但又小心翼翼地走着。

编目区还放着同一张桌脚粗短的难看木桌，但那盏老式的流苏灯罩已经变成了日光灯。破旧的打字机和旋转式档案架已经被一台苹果电脑所取代。而且，如果他还不知道自己现在是什么时代，只要看一眼地板上的硬纸板箱，他就会相信自己的判断了：里面装满了塑料泡沫条。

娜奥米仍然跪在走道尽头戴夫的旁边，山姆走到她身边，看到灭火器（虽然三十年过去了，但灭火器似乎还是一样的）又稳稳地放在了柱子上……但它把手的形状仍然印在戴夫的脸颊和前额上。

戴夫的眼睛是睁开的，他看到山姆时，他笑了。“不……错啊。”他低声说，“我敢打赌……你自己都不知道……竟然能成功。”

山姆感到如释重负。“没错。”他说，“我没有料到。”他弯下腰，把三根手指放在戴夫的眼前，“你看见了几根手指？”

“大概……七十四根吧。”戴夫小声说。

“我去叫救护车。”娜奥米说着，开始站起来。戴夫的左手抢先抓住了她的手腕。

“不。先不要。”戴夫的目光转向了山姆，“弯下腰。我没法大声说话。”

山姆向老人弯下腰。戴夫把一只颤抖的手放在山姆的脖子后面。他的嘴唇轻轻地碰到山姆的耳朵，山姆觉得痒，但不得不强迫自己尽量不动。“山姆。”他低声说，“她在等待。记住……她在等待。”

“什么？”山姆问，他觉得自己差点就失控了，“戴夫，这什么意思？”

但戴夫的手放开了山姆。他抬头盯着山姆，但好像在凝视山姆的后方，他的胸膛微微而迅速地起伏。

“我要去打电话。”娜奥米说，显然很难过，“编目台上就有电话。”

“不要。”山姆说。

娜奥米转向他，眼睛瞪得大大的，露出了整齐洁白的牙齿。她怒气冲冲。“你说‘不要’是什么意思？你疯了吗？他的头盖骨至少是骨折了！他……”

“他已经不行了，萨拉。”山姆温柔地说，“就快了。陪着他。最后当好他的朋友。”

娜奥米往下看，这次她看到了山姆说的。戴夫左眼的瞳孔已经缩小到非常小的程度，右眼的瞳孔则放大且没有变化。

“戴夫？”她害怕地低声说，“戴夫？”

但是戴夫又在看山姆。“记住。”他低声说，“她在等……”

戴夫的眼睛变得一动不动。他的胸膛再次挺起……下陷……然后再也没有挺起来过。

娜奥米开始抽泣起来。她把戴夫的手放在自己的脸颊上，然后帮他闭上了眼睛。山姆痛苦地跪下来，用胳膊搂住她的腰。

第十五章

角街（III）

1

对山姆·皮伯斯来说，这一夜和下一夜都是不眠之夜。他醒着躺在床上，二楼所有的灯都亮着，山姆一直想着戴夫·邓肯的临终遗言：她在等待。

第二天晚上快到黎明的时候，他开始相信自己听懂了老人想说的话。

2

山姆原以为戴夫会被埋在普罗维比亚的浸礼会教堂里，当他发现戴夫在一九六〇年到一九九〇年之间皈依了天主教时，他有点惊讶。仪式于四月十一日在圣马丁教堂举行，那天时而狂风大作，时而乌云密布，时而又有早春的寒冷阳光普照。

葬礼结束后，“角街”那儿办了一个追思会。山姆去的时候，那里已经有将近七十人，有的在楼下的房间里转来转去，有的三五成群地聚集在一起。他们都认识戴夫，说起他时都带着幽默、尊敬和深厚的感情。他们用塑料杯喝姜汁汽水，吃小手指三明治。山姆从这一群走到那一群，不时地和他认识的人说几句话，但没有停下来聊天。他很少把手从深色外套的口袋里掏出来。从教堂出来的路上，他在“摇摆小猪”杂货店停了一下，现在里面有六七个玻璃纸包着的小包裹，其中四个又长又薄，两个是长方形的。

莎拉不在这里。

他正要离开，突然看见鲁道夫和鲁基一起坐在角落里。他们之间有一块克里比奇牌的游戏板，但他们好像没有在玩。

“你们好。”山姆说着走了过来，“我想你们大概不记得我了……”

“当然有。”鲁道夫说，“你以为我们是什么人？两个蠢货？你是戴夫的朋友。我们制作海报的那天你来过。”

“没错！”鲁基说。

“你找到你要找的那些书了吗？”鲁道夫问。

“是的。”山姆笑着说，“最终找到了。”

“好！”鲁基喊道。

山姆拿出四个细长的玻璃纸包裹：“我给你们带了点东西。”他说。

鲁基低头一看，他的眼睛亮了起来。“‘小吉姆’肉干，道夫！”他说着高兴地咧嘴一笑，“看！莎拉的男朋友给我们都带了‘小吉姆’肉干！好棒！”

“来，把这些给我，你这个怪老头。”鲁道夫说着将东西抢了过去。他对山姆说：“你知道，那个混蛋会一下子把它们全吃了，然后今晚就在床上拉屎。”他剥开其中一根“小吉姆”肉干给鲁基，“给你，白痴。剩下的我帮你拿着。”

“可以让你吃一个，道夫。吃吧。”

“你知道，鲁奇。这东西我吃不了。”

山姆没有理会这些话。他盯着路基：“莎拉的男朋友吗？你从哪儿听到的？”

鲁基一口吞下了半条肉干，然后抬起头来，他的表情既幽默又狡猾。他把一根手指放在鼻梁上，说：“‘小吉姆’先生，只要你来参加戒酒会，你就能听到很多消息。哦，对，确实会听到很多。”

“他什么都不知道，先生。”鲁道夫说着，喝尽了一杯姜汁汽水，“他只是废话连篇，因为他喜欢听自己说话。”

“那完全是胡说！”鲁基叫道，又咬了一口“小吉姆”肉干，“我知道，因为戴夫告诉我的！昨晚！我做了个梦，戴夫在里面，他告诉我这个人是萨拉的男朋友！”

“莎拉在哪里？”山姆问，“我以为她会在这儿。”

“她在祝福仪式之后跟我说过话。”鲁道夫说，“她对我说，如果你想见她，你知道到哪儿找她的。她说你在那儿见过她一次。”

“她非常喜欢戴夫。”鲁基说，一滴泪珠突然从他的一只眼眶里滚落下来，他用手背把眼泪擦干净，“我们都喜欢他。戴夫总是那么努力。你知道，这太让人难过了。真是太难过了。”鲁基突然哭了起来。

“好吧，让我告诉你一些事情。”山姆说。他蹲在鲁基身边，把手帕递给他。他自己也几乎要哭了，现在他也对于自己非做不可——或者试着去做的那件事感到非常后怕。“他最后成功了。他去世时一滴酒都没喝。不管你听到什么，你都要记住，因为我知道这是真的。他去世的时候绝对没喝酒。”

“阿门。”鲁道夫恭敬地说。

“阿门。”鲁基附和道，他把手帕递给山姆，“谢谢。”

“别客气，鲁基。”

“你说……你再也没有其他该死的‘小吉姆’肉干了，是吗？”

“没了。”山姆笑着说，“你知道他们说什么吗，鲁基……一个太多，一千个永远不够。”

鲁道夫笑了。鲁基也笑了——然后又把指尖贴在鼻翼上。

“那有二十五美分的硬币吗……有没有多余的二十五美分硬币，有吗？”

3

山姆的第一个念头是娜奥米可能回图书馆去了，但这不符合鲁道夫说的——他曾经和萨拉去过一次图书馆，那个可怕的夜晚似乎已经是十年前的事了，但他们是一起去的。而不是他在那儿“看到”娜奥米，而不是像他从窗户里看到别人，或者——

然后山姆想起了曾经透过窗户看莎拉的那一次，就在“角街”。当时她和其他人一起坐在后院的草坪上，尽一切所能不喝醉。他像那天一样穿过厨房，又跟几个人打招呼。伯特·艾弗森和埃尔默·巴斯金站在一群人当中，一边喝着冰淇淋潘趣酒，一边严肃地听着一位山姆不认识的老妇人讲话。

山姆穿过厨房门，走到后门廊上。天又变灰了，刮起了大风。后院空无一人，但山姆觉得他看到了一抹柔和的色彩在院子后边界的灌木丛那边闪过。

他走下台阶，穿过后院的草坪，意识到自己的心又开始怦怦地跳动起来。他把手伸进口袋，这次拿出来的是剩下的两个玻璃纸包裹。里面有靶心牌红甘草糖。他把它们撕开，开始揉成一个球，比星期一晚上在达特桑车上做的那个要小得多。甜腻的气味依然令人作呕。他听到远处一列火车驶来，这使他想起了自己的梦——娜奥米变成了阿黛丽娅。

太迟了，山姆。已经太迟了。事情已经完成了。

她在等待。记住，山姆……她在等待。

有时候，梦境里有很多真实的东西。

阿黛丽娅是如何活过这段时间的？这段时间那么漫长？他们从来没有问过自己这个问题，不是吗？她是如何从一个人变成另一个人的？他们也从来没有问过这个问题。也许那个叫阿黛丽娅·洛兹的女人，在她的魅力和幻想之下，她有一种幼虫，在树枝上结茧，用保护性的网罩住它们，然后飞离它们要死去的地方。茧里的幼虫静静地躺着，等待着……蜕变……

她在等待。

山姆继续走着，还在揉着他那发臭的小球，小球是图书馆警察——他的图书馆警察——从他这里夺走的东西，被夺走的东西变成了噩梦。在娜奥米和戴夫的帮助下，他又一次改变了自己的本性，把这东西变成了一种救赎。

图书馆警察曾经抱过娜奥米。他把嘴放在她的颈后，好像要吻她，但只咳嗽了。

挂在阿黛丽娅脖子下面的肉囊，看起来是软趴趴的，里面没有东西。

希望不会太晚。

山姆走进了那片稀疏的灌木丛。娜奥米·萨拉·希金斯就站在另一边，双臂抱在胸前。她瞥了山姆一眼，山姆被她苍白的脸颊和憔悴

道我为什么这么说。我……我的头……山姆，我可怜的脑袋！感觉就像要裂成两半。”

迎面而来的火车鸣笛，穿过普罗维比亚河，驶入枢纽城。这是下午三点左右的货运列车，在前往奥马哈堆谷场的途中不会停车。山姆现在可以看到它了。

“时间不多了，萨拉。必须是现在。转过身来，看看火车。看着它。”

“好。”娜奥米突然说，“好吧。做你想做的，山姆。如果你发现……发现这是行不通的……就推我。把我推到火车前。然后你就可以告诉其他人我是自己跳的……是自杀。”她恳求地看着他，疲惫的脸上那双死气沉沉的双眼用疲倦的眼神直盯着他，“他们知道我在这个戒酒会里情况不是太好。你的感受瞒不住他们。参加了一段时间后，我知道我是戒不掉的。如果你说我跳了，他们会相信的，他们也许觉得我这么做是对的，因为我不想再这样下去了。但问题是……山姆，问题是，我想我很快又想苟活下去。”

“别说了。”山姆说，“我们不说自杀。看看这列火车，萨拉，记住我爱你。”

娜奥米转向火车，现在火车离她不到一英里了，而且开得很快。她的手伸向颈后，撩起了头发。山姆向前弯下腰……他要找的东西就在那儿，就缩在她白皙的脖子上。他知道娜奥米的脑干离那不到半英寸，他感到他的胃因为恶心而翻腾。

山姆对着长着脓包的地方弯下腰。那个东西被蛛网一样纵横交错的白色丝线所覆盖，但他能看见它下面是一团粉红色的果冻状物质，随着她的心脏跳动而跳动。

“走开！”阿黛丽娅·洛兹突然从山姆所爱的女人嘴里尖叫起来，“滚开，你这个混蛋！”但萨拉的手很稳，把头发盘起来，让山姆接近。

“莎拉，你能看到火车引擎上的数字吗？”他喃喃地说。

娜奥米不断呻吟着。

山姆把拇指插进手里那块柔软的红色甘草里，在上面抠出一个比萨拉脖子上的寄生虫还要大的洞。“读给我听，萨拉。给我念一下数字。”

“二……六……哦，山姆，哦，我的头好痛……感觉就像一双大手把我的头撕成两半……”

“念那些数字，萨拉。”山姆喃喃地说，然后把甘草糖球拿出来，压向那搏动着的污秽、淫秽的赘生物。

“五……九……五……”

山姆轻轻地在上面盖上甘草糖。他突然感觉到它在甘草糖下面蠕动。如果它突然炸了怎么办？如果我还没来得及从她身上拔下它就炸了呢？那东西就像阿黛丽娅的浓缩毒药……如果我还没拿下来它就炸了怎么办？

迎面而来的火车又鸣笛了。这声音掩盖了萨拉痛苦的尖叫。

“站稳——”

他说话的同时把甘草糖抽了出来，然后折起来。那东西被糖果夹住了，像一颗生病的小心脏一样跳动着。莎拉的脖子后面留下了三个比针孔还小的小孔。

“它走了！”娜奥米哭了，“山姆，它走了！”

“还没有。”山姆冷冷地说。甘草糖又回到他的手掌，一个泡泡从糖球表面冒出来，拼命想要冲破它……

火车正呼啸着驶过枢纽城车站，就是在这个车站，有个叫布莱恩·凯利的人曾扔给戴夫·邓肯四个硬币，然后让他滚开。火车现在不到三百码远，而且速度很快。

山姆从萨拉身边挤过去，跪在铁轨旁。

“山姆，你在干什么？”

“来啊，阿黛丽娅。”他低声说，“试试这个。”他啪的一声把那块脉动着、在变长的红色甘草糖砸在一条闪闪发光的铁轨上。

山姆在心里听到一声难以形容的愤怒而恐惧的尖叫，他退后几步，看着被困在甘草里的东西挣扎着用力挤。然后糖球裂开了……他看到里面有一个深红色的东西正试图挤出来……随后，在火车的连杆和车轮的轰击声中，二点二十分开往奥马哈的那辆列车碾了过去。

甘草糖消失了，在山姆·皮伯斯的心里，那钻心的尖叫声仿佛被一把刀割断。

山姆向后退了几步，转向萨拉。莎拉摇摇晃晃地站着，眼睛睁得大大的，茫然但又感到喜悦。车厢、平板车和罐车陆续轰隆隆地从他们身边驶过，把他们的头发吹到脑后，山姆伸手搂住了娜奥米的腰。

他们就这样站着，直到车尾拖着的红色灯影去向西边。娜奥米稍稍退了一下——但不是离开山姆的臂弯——而是想看看他。

“我自由了吗，山姆？我真的摆脱她了吗？感觉是这样，但我简直不敢相信。”

“你自由了。”山姆表示同意，“你的罚款也付了，萨拉。你的罚款永永远远地付清了。”

她把自己的脸凑到山姆的脸上，开始在他的嘴唇、脸颊和眼睛上轻轻一吻。娜奥米这样做的时候，自己的眼睛并没有闭上，她一直严肃地看着他。

最后，山姆拉起她的手说：“我们为什么不进去继续为戴夫致哀？你的朋友们会想知道你到哪儿去了的。”

“他们也可以成为你的朋友，山姆……如果你愿意的话。”

山姆点了点头：“愿意。我非常愿意。”

“诚实和信念。”娜奥米说着摸了摸他的脸颊。

“就想听你这么说。”山姆又吻了吻她，然后伸出胳膊，“这位女士，能赏光跟我同行吗？”

娜奥米挽着山姆的胳膊：“你想去哪儿就去哪儿，先生，去哪儿都行。”

他们挽着胳膊，一起慢慢地穿过草坪，回到了“角街”。

太阳狗

纪念约翰·D. 麦克唐纳

我想念你，老朋友，

你对老虎的看法是对的

午夜四点：《太阳狗》前言

时不时会有人问我："你什么时候会厌倦这种恐怖的题材，史蒂芬，写点严肃的作品？"

我曾经认为这个问题中隐含的侮辱是偶然的，但随着时间的流逝，我越来越相信这不是偶然。我看着那些说这句话的人，你看，他们中的大多数人看起来就像投弹手，等着看他们最后丢下来的炸弹会不会散布得很广，或者会不会击中目标工厂，甚至会不会直接命中弹药堆。

事实上，几乎我写的所有东西——包括很多有趣的东西——都是在严肃的心境下写的。我记得很少有坐在打字机前，对着刚刚胡乱写的东西狂笑不已的时候。我永远不会成为雷诺兹·普莱斯或者拉里·乌艾沃德——这不是我的风格——但这并不意味着我没有认真对待我所做的事情。反正我必须写我能写的，正如尼尔斯·洛夫格伦曾经说的，"我必须展现我肮脏的一面……绝对不装。"

如果你对"严肃"的定义是"真实"——即**真正可能发生的事情**的话，那你走错地方了！！请你务必离开这栋大楼。但请记住，我不是唯一一个在这个特定的地点做生意的人。弗朗茨·卡夫卡在这里有一间办公室，还有乔治·奥威尔、雪莉·杰克逊、豪尔赫·路易斯·博尔赫斯、乔纳森·斯威夫特和刘易斯·卡罗尔。瞥一眼大堂的目录，可以看到现在的租户包括托马斯·伯杰、雷·布拉德伯里、乔纳森·卡罗尔、托马斯·品钦、托马斯·迪斯奇、小库尔特·冯内古特、彼得·斯特劳布、乔伊斯·卡罗尔·奥茨、艾萨克·巴什维斯·辛格、凯瑟琳·邓恩和马克·哈尔伯恩。

我写作都是出于最严肃的原因：爱、金钱和热忱。非现实的故事是我所知道的能最理智地表达我所生活的世界的方式。这些故事对我来说既是隐喻的工具，也是说教的工具。它们提供了一扇最好的窗户，让我了解我们是如何看待世间的一切的，也让我看到我们是如何根据自己的认知来做或不做各种行为的。在我的天赋和智力的范围内，我已经尽我所能地探索了这些问题。我没拿过国家图书奖或普利策奖，但我是认真的。如果你不相信我其他的话，请相信这一点：当我牵着你的手开始讲故事的时候，我的朋友，我对我说的每一个字都深信不疑。

我不得不说的很多故事——都是非常严肃的故事——都与我成长和生活的小镇有关。故事和小说是我们戏称为“现实生活”的相似模型，我相信小城镇里的生活是我们戏称为“社会”的相似模型。这个观点当然可以引发争论，而争论是完全没有问题的（如果没有争论，很多教文学的老师和评论家都要另谋高就了）。我只是想说作家需要某种跳板，除了坚信故事本身就“有自己存在的理由”，还有我的“小城镇作为社会和心理的缩影”这个创作出发点。我自《魔女嘉丽》起开始实验我的观点，并继续在《撒冷镇》这部小说中实现我更大的野心。然而，我从未真正进入我的状态，直到写下《死亡区域》。

我想，这是我关于城堡岩小镇的第一个故事（城堡岩其实就是没有吸血鬼的撒冷镇）。从写这部小说起迄今的这些年里，城堡岩小镇越来越成为“我专属的小镇”，就像神秘的伊索拉是埃德·麦克贝恩的小镇，西弗吉尼亚州的荣耀村是大卫·格拉布的小镇一样。我一次又一次地被召唤到那里，去观察那里居民的生活，以及似乎影响了当地居民的城堡岩小镇的山和景、城堡岩的湖和在城堡岩西端的环湖路。

随着时间的流逝，我越来越想探究这个小镇的秘密，甚至沉迷在那些似乎越来越清晰的隐秘关系中。其中许多历史没有写下或没有发表，比如已故的乔治·班纳曼警长是如何在他过世父亲的车子后座失去童贞的，欧菲莉亚·托德的丈夫是如何被滚下来的风车碾死的，副警长安迪·克鲁特巴克的左手食指是怎么丢的（他的左手食指被风扇切断，然后家里的狗把它吃掉了）。

在《死亡区域》——某种程度上是关于精神病患者弗兰克·多德的故事——之后，我写了一部中篇小说《尸体》；《厄兆》，讲述善良的老警长班纳曼被杀；还有一些关于这个小镇的短篇小说和中篇小说（其中最好的，至少在我心中，是《陶德夫人的捷径》和《奥图伯伯的卡车》）。所有这些都很好，但对作家来说，沉浸在虚构的场景中可能不是什么好事。福克纳和 J. R. R. 托尔金当然是例外，但有时一些例外恰恰证明了这一规律，而且，我不属于这一类。

所以在某个时候，我决定——我想，首先是在我的潜意识里，所有那些真正严肃的作品发生的地方——是时候结束关于缅因州的城堡岩小镇的故事了，我最喜欢的许多角色都在那里生活和去世。毕竟，够了就是够了。是时候继续前进了（也许会到旁边同样虚构的哈洛镇，哈哈）。但我不只是想离开。我想把事情做完，并且做得轰轰烈烈。

渐渐地，我开始明白该如何做到这一点，在过去的四年里，我一直在写城堡岩三部曲，如果你要我说清楚的话——最后的城堡岩的故事。它们不是按顺序写的（我有时觉得“乱序”就像我的生活一样），但现在它们被写下来了，它们都足够严肃……但我希望这并不意味着这些故事过于严肃或无聊。

第一个故事《黑暗的另一半》出版于一九八九年。虽然主要讲的是赛德·波蒙特的故事，而且大部分场景发生在一个叫拉德洛的小镇（克雷德一家住在宠物库房里的小镇），但故事中出现了城堡岩小镇，书中还介绍了警长班纳曼的接替者，一个叫艾伦·庞波的家伙。本系列的最后一个故事是以庞波警长为中心的、一部名为《必需品专卖店》的长篇小说，定于明年出版，并将就此结束里面的人称之为“城堡岩”的小镇的故事。

这些较长篇的作品之间的连接是下面的故事。在《太阳狗》中，你很难见到城堡岩小镇中的重要人物，但你可以通过这个故事认识“老爹”梅里尔，他的侄子是镇上的坏男孩，绰号“王牌”梅里尔（《尸体》中戈登·拉臣斯说的那个令人讨厌的家伙）。《太阳狗》还为最后的烟花表演搭建了舞台……而且，我希望，它本身是一个令人满意的故事，一个即使你不喜欢《黑暗的另一半》或《必需品专卖店》，也能读得津津有味的故事。

还有一点需要说明的是：每个故事都有自己神秘的生命力，与故事的背景完全无关。《太阳狗》是一个关于相机和照片的故事。大约五年前，我的妻子塔比莎开始对摄影感兴趣，发现自己擅长摄影，并开始认真地研究起来，通过学习、实践、练习—练习—再练习。我自己拍照的水平不好（我是那种会把照片中的人的头切到外面，或者拍下别人张着嘴的人，或者两个问题都有），但我很尊重那些能拍出好照片的人……整个拍照的过程让我很着迷。

在我妻子的实践过程中，她买了一个拍立得相机，一个即使像我这样的傻瓜也能用的简单相机。我对这台相机着迷了。当然，我以前也见过或用过拍立得相机，但我从来没有认真地研究过它们，也没有仔细看过这些相机拍出的照片。我越想那些照片，它们就显得越奇怪。毕竟，它们不只是图像，而是时间的瞬间……这确实很特别。

一九八七年夏天的一个晚上，我突然想到了这个故事，但把它实际写出来的构思却持续了将近一年。我想我已经受够了。很高兴再次和你们在一起，但这并不意味着我现在就可以让你们回家了。

我想我们要在城堡岩小镇还有个生日会要参加。

第一章

九月十五日是凯文的生日，他得到了他想要的："太阳"。

这个"凯文"就是凯文·德莱文，今天是他十五岁的生日，而这个"太阳"是一台"太阳660"。这是一台拍立得相机，除了做腊肠三明治，这台机器能帮摄影新手做任何事情。

当然，还有其他礼物：他的妹妹梅根送给他一双自己编织的连指手套；他在得梅因的祖母寄来了十块钱；他的姨妈希尔达也像往常一样寄来了一个领结，但领结的扣环难看极了。她在凯文三岁的时候送了第一个，这意味着他衣柜的抽屉里已经有十二个这样扣环难看、没有用过的领结了，再加上这一个——正好凑足幸运的十三个。凯文从来没有系过任何一个，但大人也不允许他扔掉它们。希尔达姨妈住在波特兰。她从来没有参加过凯文或梅根的生日聚会，但她可能只有某一年想过要来参加。上帝知道她本可以来，波特兰离城堡岩小镇只有五十英里。假如她真的来了……来要求凯文系一条领结（或者梅根系一条她送的围巾）？对一些亲戚来说，随便找个借口就行了。然而，希尔达姨妈却不一样。希尔达姨妈年纪大，又有钱，当这两个因素叠加的时候，你不太可能敷衍她。

凯文的妈妈相信，总有一天，希尔达会为凯文和梅根**做点什么**。可以认为在希尔达姨妈最终去世之后，很可能就会发生**什么**，比如她遗嘱中多了一个条款这种。所以，留着那些难看的领结和同样难看的围巾是明智的。这第十三个蝶形领结（领结环扣上的图案是只鸟，凯文觉得那是啄木鸟）会和其他的放在一起。凯文甚至还给希尔达姨妈写了一封感谢信，这不是因为凯文的母亲坚持要他写，也不是因为凯文觉得希尔达姨妈会给自己和妹妹**做点什么**，而是因为凯文本身就是一个体贴的男孩，有很多好习惯，没有什么真正的恶习。

凯文感谢家人送的所有礼物（当然，他的父母还送了其他礼物，拍立得相机显然是重中之重，他们很高兴凯文拿到了自己真正想要的），也没忘记吻一下梅根（她咯咯地笑，假装要擦掉，但显然还是很开心），并告诉她，说他确信那副手套在冬季滑雪队里能派上用场。不过，他的大部分注意力都集中在拍立得的盒子和附赠的胶卷包装上。

他很享受生日蛋糕和冰淇淋，但显然他更想试一试相机。等他正式收了礼物后，就立刻试着拍照。

麻烦自此开始。

凯文迫不及待地把说明书读了一遍，然后把底片装上了相机，而他的家人则带着期待和不知不觉的紧张看着他（出于某种原因，看起来最想要的礼物往往容易出问题）。就像说明书上说的那样，当相机顺从地吐出胶卷包最上面的方形纸板时，大家都发出了声轻微的叹息……而不是大大的哀叹。

相机外壳上有一红一绿两个小灯，被锯齿形的闪电图案隔开。凯文给照相机装上底片后，红灯亮了，持续了几秒钟。这家人一片沉寂而惊奇地看着“太阳 660”在调光。然后红灯熄灭了，绿灯开始快速闪烁。

“准备好了。”凯文说，语气仿佛像尼尔·阿姆斯特朗在报告自己迈出登月第一步，有点紧张，又不怎么成功，“你们为什么不站在一起？”

“我讨厌拍照！”梅根哭着，脸上充满了戏剧性的焦虑和快乐，只有十几岁的女孩和真正糟糕的女演员才会有这种表情。

“来吧，梅根。”德莱文先生说。

“别傻了，梅根。”德莱文太太说。

梅根放下了手（也放弃了反对），和父母一起三个人站在桌子后头，前面放着看起来缩小了的生日蛋糕。

凯文从取景器里看着他们。“妈，向梅根靠近一点。”他说，用左手做了个手势，“爸，你也是。”这一次，他用右手做了个手势。

“你们挤到我啦！”梅根对她的父母说。

凯文把他的手指放在了快门上，然后想起了在说明书中看到说，拍照时很容易把拍摄对象的头裁掉的简短提示。裁掉他们的头，他想，这本来应该很滑稽的，但不知什么原因，他感到脊椎底部有点刺痛，几乎没等他注意到就消失了，然后他也忘了这种感觉。他把照相机微微举起来。好了。他们都在镜头框里了。这样就可以。

“好啦！”他说话的语气像是在唱歌，“微笑着说‘我靠’！”

“凯文！”他的母亲叫道。

凯文父亲大笑起来，梅根也尖声尖气地笑起来，那是连糟糕演员也不常有的那种疯狂的笑声。这种特别的笑声只有十到十二岁的女孩才有。

凯文按下了按钮。

闪光灯以胶卷盒里的电池为动力，在一瞬间用非常闪亮的白光冲刷了房间。

这相机属于我，凯文想，这应该是他十五岁生日非同寻常的一刻。但这个念头又让他感觉到了那种微妙的刺痛感。这一次更明显了。

相机发出了一声介于“吱嘎”和“呼呼”之间的声音。对大多数人来说，这声音很熟悉，只是不好形容，反正就是拍立得应该有的声音。也许拍立得相机发出这种声音时吐出来的东西算不上艺术，但这种通常能用的拍摄效果几乎总能让人有即时的满足感。

“让我看看！”梅根嚷道。

“别着急，小姑娘。”德莱文先生说，“需要一点时间显影。”

梅根全神贯注地盯着那还算不上照片的全灰色表面，就像巫婆凝视着水晶球一样。

其他的家庭成员聚集在一起，都有一种同样的焦虑感，就像之前参加的胶卷安装仪式一样。这个生活平凡的美国家庭在屏息以待。

凯文感到一种可怕的紧张悄悄渗入他的肌肉，这一次他可没法忽视这种感觉。他无法解释……但这种紧张感确实存在。他的视线似乎无法离开那白色边框内的灰色方块。

“我好像看见我自己了！”梅根高兴地叫道。过了一会儿，她又说：“没有。我想我没看到。我觉得我看……”

他们静悄悄地望着灰蒙蒙的雾散去，就像先知水晶球里的一团迷雾即将散去，显露出背后的东西……也许是振动、某种感觉，或者随便什么东西，然后照片彻底显影了。

德莱文是第一个打破沉默的人。

“这是什么？”他其实并没有问谁，“开什么玩笑？”

凯文心不在焉地把相机放在桌子边缘，以便看清楚照片。梅根看到了照片上的东西，朝旁边退了一步。她脸上的表情既不是害怕也不是慌张，只是普通的惊讶。她转向父亲时，举起了一只手。那只举起的手撞到了相机，把它从桌子上撞到了地板上。德莱文太太一直在恍惚中看着这张正在显影的照片，她脸上的表情要么是非常困惑，要么是偏头痛发作了的感觉。照相机落在地板上的声音吓了她一跳。她轻微地尖叫了一下，身体退缩，结果被梅根的脚绊倒了，失去了平衡。德莱文先生伸手去拉她，用力把还在他们中间的梅根推开。德莱文先生不仅抓住了他的妻子，而且动作还很有风度，那一瞬间其实很适合拍成一张漂亮的照片：爸爸妈妈显然仍知道如何跳个热舞，在干劲十足的探戈结束时，妈妈一只手扬起来，背朝后弯，爸爸则俯身在她上方，变成这种暧昧的姿态。如果脱离当时的情况，这种姿态像是饱含某种情愫，又像是充满了欲望。

梅根十一岁了，举止不那么文雅。她被推回桌子，肚子撞在桌子上。这一下足以使她受伤，但在过去一年半的时间里，她每周有三个下午在基督教女青年会上芭蕾舞课。她跳得并不优雅，但她喜欢芭蕾。幸运的是，舞蹈锻炼了她腹部的肌肉，使它们能很好地吸收那一击，就像好的减震器能很好地吸收路面坑洼对汽车的冲击一样。不过，第二天她的腹部上方还是有淤青。这些瘀伤花了将近两周的时间才恢复，先是发紫，然后发黄，然后消退……就像拍立得照片的显影过程倒了过来。

在这个好像漫画家鲁布·戈德堡笔下的事故发生的那一刻，她甚至没有感觉到痛，她只是砰的一声撞上桌子，然后大叫起来。桌子倾斜了。桌子上本来应该成为凯文用他的新相机拍的第一张照片前景的生日蛋糕，现在却从桌子上滑了下来。德莱文太太甚至还没来得及说

“梅根，你还好吗？”，剩下的那半个蛋糕就落在了“太阳 660”上，发出沾满奶油的撞击声。他们的鞋子和墙壁的踢脚线立刻结满了糖霜。

相机取景器被荷兰巧克力弄得脏兮兮的，像个向外张望的潜望镜。整件事情就是这样。

生日快乐，凯文。

那天晚上，凯文和德莱文先生坐在客厅的沙发上，德莱文太太走了进来，手里挥舞着两张订在一起的折角的纸。凯文和德莱文先生的膝盖上都放着一本敞开的书（父亲的那本是《出类拔萃之辈》，儿子那本是《拉雷多枪战》），但他们大部分时间都盯着那台“太阳”相机，它没人理睬地放在咖啡桌上，与一堆拍立得照片混在一起。所有的照片都是一模一样的。

梅根坐在他们前面的地板上，用录像机看租来的电影。凯文不确定是什么片子，但里面有很多人到处跑着、尖叫着，所以他猜是恐怖电影。梅根很喜欢看恐怖片。父母都认为这种爱好是低级趣味（尤其是德莱文先生，他经常对这些他称之为“无用的垃圾”的东西感到气愤），但今晚他们什么都没说。凯文猜他们只是很感激梅根没有抱怨自己肚子淤青、没有大声问脾脏破裂的确切症状是什么。

“在这儿。”德莱文太太说，“我翻了两次，在钱包底找到的。”她把那家 J.C. 彭尼店的售货单和万事达卡的收据递给了丈夫，“我从来不能只翻一次就找到这些东西。我觉得没人可以。这是自然规律。”

她双手叉腰，打量着丈夫和儿子。

“你们俩看起来就像刚刚有人杀了家里的猫。”

“我们没有养猫。”凯文说。

“嗯，你知道我的意思。当然，这是很遗憾，但我们很快就会解决的。彭尼那家店会很乐意给你换……”

约翰·德莱文说：“我可没把握。”他拿起相机，厌恶地看着它（实际上几乎是在嘲笑它），然后又把它放下，“它掉到地板上的时候摔裂了。看到了吗？”

德莱文太太只是匆匆看了一眼。“好吧，如果彭尼店不换，我肯定拍立得公司会换。我的意思是，相机出问题肯定不是摔出来的。第一张照片看起来和后面的都一样，凯文拍第一张照片时，梅根还没把相机从桌子上撞掉。”

“我不是故意的。”梅根没回头。她面前的屏幕上出现了一个小小的身影——一个名叫恰奇的恶毒玩偶，如果凯文没猜错的话——正在追赶一个小男孩，那个恰奇穿着蓝色工作服，挥舞着一把刀。

“我知道，亲爱的。你肚子还疼吗？”

“疼。”梅根说，“吃点冰淇淋可能有用。还有剩下的吗？”

“有，应该有。”

梅根给她母亲一个最迷人的微笑。“你能帮我拿一些吗？”

“那不行。”德莱文太太愉快地说，“自己去拿吧。你看的那个鬼东西是什么？”

“《鬼娃回魂》[①]，”梅根说，“有一个叫恰奇的玩偶活了过来。很精彩。”

德莱文太太皱了皱鼻子。

“玩偶不会有生命的，梅根。”梅根的父亲说，他语气沉重，好像知道这件事注定要失败似的。

“但这是恰奇。”梅根说，“在电影中，任何事情都有可能发生。”她用遥控器把电影暂停，然后去拿冰激凌。

“她为什么要看那些垃圾？”德莱文先生几乎是哀怨地问他的妻子。

“我不知道，亲爱的。”

凯文一手拿起相机，一手拿起几张曝光的拍立得照片——他们一共拍了差不多十二张。他说：“我不确定自己是否想要退款。”

他的父亲盯着他：“什么？老天啊！”

“嗯。”凯文有点想辩解，“我只是说也许我们应该考虑一下。我的意思是，这不是普通的故障，对吧？我是说，如果照片曝光过度……或曝光不足……或者只是一片空白……那还可以理解。但要怎

---

① 《鬼娃回魂》(*Child's Play*)，美国系列恐怖电影。

样才能拍到这样的东西呢？同样的画面，一遍又一遍？我的意思是，你看！这些照片都是户外的景象，但我们是在室内拍的这些照片！”

“这是个恶作剧。”凯文的父亲说，“肯定是这样。现在要做的就是把这该死的东西换掉，然后忘掉它。”

“我不认为这是恶作剧。”凯文说，“首先，相机结构太复杂了，不可能是恶作剧。你如何安装照相机来反复拍同一张照片？另外，这在心理上也说不通。”

“还心理上。”德莱文先生说着，对妻子翻了翻白眼。

“对，心理上！”凯文坚定地回答，“如果有人给你的香烟做手脚，或递给你一片胡椒粉口香糖时，他会待在你身边看你出洋相，是不是？除非是你或妈妈在弄这个恶作剧……”

“你爸爸不太喜欢恶作剧，亲爱的。”德莱文太太说，语气很温和。

德莱文先生抿着嘴看着凯文。当他看到他的儿子飘向棒球场上凯文最喜欢的地方——左外野、左外野后方时，他总是会露出这样的表情。凯文身上有一种很准的直觉，这总是让他感到困惑。他不知道这种直觉是从哪里来的，但他肯定这不是他家族的遗传。

德莱文叹了口气，再次看着镜头。相机壳左边的一块黑色塑料被刮掉了，取景器的中央有一条非常细的裂缝，比头发丝还要细，你把相机举到眼前，准备拍摄实际上你无法拍摄到的画面时，你会完全忽视那条裂缝。你能拍到的唯一景物都在咖啡桌上的照片里，这样的照片在餐厅里还有十几张。

你能拍到的看起来就像从当地动物收容所里逃出来的动物。

“好吧，你究竟打算拿它干什么？”他问，“我的意思是，让我们理智地考虑一下，凯文。反复拍同一张照片的相机有什么实用价值呢？”

但凯文没有思考过实用价值。其实他根本没有在思考。他只是去感觉……和回忆。在他按下快门的一瞬间，出现了一个清晰的想法

（这是我的相机）

完全充满了他的脑海，就像那瞬间的白色闪光占据他的视线一

样。这种完整而又莫名其妙的想法伴随着一种强烈的复杂感情，他至今还不能完全理解……但他认为恐惧和兴奋占据了上风。

此外，他的父亲总是希望理性地看待事物。他永远无法理解凯文的直觉，也无法理解梅根对玩偶杀手恰奇的兴趣。

梅根端着一大盘冰激凌回来了，又开始看电影。这时有人想用喷灯烤恰奇，但恰奇还是挥着刀。“你们俩还在吵架吗？”

德莱文说：“我们正在讨论。”他的嘴唇抿得比之前更紧了。

“是嘛，好。”梅根说着，又盘腿坐在地板上，“你总是这么说。”

“梅根？”凯文和蔼地说。

“什么？”

“如果你往自己破裂的脾脏上倒那么多冰淇淋，你夜里会死得很惨。当然，你的脾脏可能不会真的破裂，但是……”

梅根向他吐了吐舌头，然后转身看电影。

德莱文先生看着儿子，表情既慈爱又恼怒。“听着，凯文……这是你的相机。这点毋庸置疑。你想怎么处理它都行。但……”

“爸爸，难道你一点也不感兴趣它为什么会这样吗？”

“一点也不。”约翰·德莱文说。

轮到凯文翻白眼了。与此同时，德莱文太太看着他们俩，就像在欣赏一场精彩的网球比赛。事实也是这样。多年来，她一直看着儿子和丈夫互相想说服彼此，现在她还没有厌倦。她有时会想，他们是否会发现他们其实非常相像。

“嗯，我想再考虑一下。”

“好。我只是想让你知道，我明天可以去彭尼店，把东西换了……如果你想让我去换，而且他们也同意换这件有裂纹的东西。不过如果你想留着，也没关系，我就不管了。”他轻快地作势把手掌上的灰尘拍了拍，说明了自己的想法。

“我猜你不想听我的意见。”梅根说。

“对。”凯文说。

“当然想听，梅根。”德莱文太太说。

“我认为这是一台超自然的照相机。”梅根说，她舔着勺子里的冰激凌，“我认为这是它在显灵。”

“这太荒谬了。”德莱文先生立刻说。

“不，才不会。”梅根说，“这碰巧是唯一说得通的解释。你不这么想，是因为你不相信这种东西。如果有鬼魂飘到你面前，爸爸，你甚至都看不到它。你觉得怎么样，小凯？”

有那么一会儿凯文没有——也没法——回答。他觉得好像又有一个闪光灯亮起来了，但这次是在他脑子里，而不是在眼前。

“凯文？地球呼叫凯文！”

“我想你说的话可能有些道理，小鬼。”凯文慢慢地说。

“哦，我亲爱的上帝。”约翰·德莱文说着站了起来，“这是弗莱德和杰森两个电影里的猛鬼在报复啊……我的孩子居然觉得他的生日照相机闹鬼了。我要睡觉了，但在我睡觉之前，我想再说一件事。一部相机一次又一次地拍摄同一件东西，尤其是像这些照片中这样普通的东西，这是对超自然的一种无聊的展现。”

“还有……”凯文说。他把照片举起来，好像举起了一把可疑的扑克牌。

“我想我们都该上床睡觉了。”德莱文太太轻快地说，“梅根，如果你真的要看完这部电影杰作，你可以在早上看完。”

“可是就快看完了！”梅根嚷道。

“我带她去睡吧，妈妈。”凯文说。十五分钟后，这个恶毒的恰奇被干掉了（至少在续集前是这样），然后凯文带着梅根去睡觉。但是那天晚上凯文并没有睡着。他久久地躺在自己的卧室里，听着夏末的大风吹得树叶沙沙作响，想着是什么让相机一次又一次地拍下同样的照片，以及这意味着什么。当他意识到自己已经下定决心时，他才开始睡着。他会把这台“太阳”拍立得保留至少一段时间。

这相机是我的，他又想了想，然后翻成侧身，闭上眼睛，四十秒钟后就沉沉地睡着了。

第二章

在那滴答滴答的声音中，似乎有至少五万个钟表在响着，雷金纳德·“老爹”梅里尔完全没有受到这堆钟表的干扰，用一个比医生用的眼底镜还细的工具，把一束铅笔一样的光线射向凯文的拍立得660，凯文就站在旁边。“老爹”的眼镜搁在他的秃顶上，他在近距离工作时用不上。

“啊哈。”他说着，关上了灯。

“这表示你知道它出什么问题了吗？”凯文问。

“没有。”“老爹”梅里尔说，然后关上了现在已经空了的“太阳”胶卷槽，“没有头绪。”凯文还没来得及说什么，时钟就开始敲四点钟了。有那么一会儿，谈话虽然合理，但似乎显得很荒谬。

我要好好想一想。三天前他在自己满十五岁的那天晚上对父亲说的这番话使他们两人都吃了一惊。作为孩子，他不需要去想事情，而在德莱文先生的内心深处一直相信凯文从来不会对事情多虑，不管他是否应该去想。他们都深信父子二人的行为和截然不同的思维方式永远不会改变，这样会使他们的关系永远稳定下来，这是父子之间常有的事。这样一来，凯文的童年就会永远延续下去。“*我要好好想一想*”这句话里隐含着凯文身上潜在的变化。

另外，人在生命中的大多数决策都是凭直觉而不是理性（但凯文是个幸运儿，他本能的直觉总是很准——换句话说，他会把理智的人逼疯）。凯文发现自己左右两难时，他既感到惊讶，又觉得好奇。

一方面是他想要一个拍立得相机，且作为生日礼物送他了，但是，该死的，他想要台*能正常工作的*拍立得相机。

另一方面他对梅根说的“*超自然*”很感兴趣。

他妹妹稀奇古怪的想法很多，但她并不笨，凯文认为她使用这个词并不像开玩笑。他那站在理性而非直觉阵营的父亲则对这样的说法嗤之以鼻，但凯文发现他不准备加入父亲的阵营……至少现在不会。“超自然”这个令人着迷而奇异的说法就像雕像的底座，他的头脑不由自主地在上面打转。

我认为这是它在显灵。

凯文觉得很好笑（也有点懊恼），因为只有梅根才够聪明——或者说够勇敢——说出了他们所有人都应该想到的事情，因为那台“太阳”相机拍出的照片很古怪。但事实上，这也没有太让他觉得意外。他们不是宗教家庭。每隔三年，他们才会在圣诞节那天去教堂做礼拜，只是因为希尔达姨妈，而不是其他的亲戚要来和他们一起过节，但除了偶尔的婚礼和葬礼，他们不会去教堂。如果他们中有谁真的相信存在一个看不见的世界，那就是梅根。她对行尸走肉、活娃娃和复活的汽车把它们不喜欢的人撞倒这类事情可是听不够的。

凯文的父母都不喜欢稀奇古怪的东西。他们从来不在日报上看他们的星座运势；他们决不会把彗星或流星误认为是来自上帝的信号；别的夫妇可能会在玉米饼的底部看到耶稣的脸，而约翰和玛丽·德莱文看到的只是烤过头的玉米饼。凯文并不觉得奇怪，他从来没有想象过月亮上有人，因为母亲和父亲从来不跟他讲这样的故事。所以同样地，无论是在室内还是室外，甚至就算在凯文漆黑的卧室壁橱里，他也不会因为一台相机把同样的照片拍了一次又一次就想到超自然的东西。最后还得他妹妹梅根把这话说出来。他这个妹妹还给恐怖电影里的角色杰森[①]写过一封粉丝信，并从回信中得到了有他亲笔签名的照片，照片上是个戴着血迹斑斑的曲棍球面具的家伙。

提出了这种可能性后，就很难不去想。正如聪明的俄国老伙计陀思妥耶夫斯基有一次对他的同样聪明的俄国弟弟在他们还年轻的时候说的那样：试着在接下来的三十秒钟里不去想一只蓝眼睛的北极熊。

听到这话以后很难不去想。

于是，凯文花了两天时间在脑海里盘旋，试图读懂那些根本就不存在的象形文字，真是够可怜的，他还得决定他更想要哪个，是要照

① 即杰森·沃赫斯（Jason Vorhees），系列恐怖电影《十三号星期五》中的杀人狂魔。

相机还是超自然显灵的可能性。或者，换句话说，他是想要这台“太阳”……还是要那个“月亮上的人”。

第二天结束的时候（即使是那些思维注定要理性化的十五岁少年，内心的困扰也很少会持续一周以上），他决定选心中那个“月亮上的人”……至少得试一次。

他是在第七节自习课的时候作出这个决定的。铃声一响，标志着放学的时间到了，他就去找他最尊敬的贝克老师，问他是否认识能修好相机的人。

他解释说：“我要找的不是普通的相机店的人。更像是……你知道的……喜欢思考的那种人。”

“你要找‘光圈大师’？”贝克老师问，他说话的模式是凯文尊敬他的原因之一，这么说很酷，“‘快门圣人？’还是‘镜头孔径术士’？……”

“一个见多识广的人。”凯文谨慎地说。

贝克说：“‘老爹’梅里尔。”

“谁？”

“经营‘荣光商店’的那个人。”

“哦。那个地方。”

“对。”贝克老师笑着说，“就是那儿。也就是说，如果你要找的是非专业的修理工的话。”

“我觉得他就是我要找的。”

贝克老师说：“他那儿几乎什么都有。”凯文可能会同意这一点。虽然他从来没有进去过那家店，但每周会经过个五次、十次，也许十五次（在城堡岩这种小镇，你肯定会频繁经过所有地方，而凯文觉得这样的生活很无聊），他透过橱窗往里看过。屋子里似乎塞满了东西，几乎都是机械的。但他的母亲不屑地称其为“垃圾商店”，他的父亲说梅里尔先生靠“敲诈夏天避暑客”赚钱，所以凯文从来没有进去过。要是那只是个“垃圾商店”，他也许会去的；事实上，他几乎肯定会进去。但要是像避暑客一样，去专门敲诈避暑客的地方买东西是不可想象的。相比之下，他宁可穿女装去高中校园转一圈。避暑客们可以做他们想做的事（也确实做了）。他们全都疯了，做什么事都很疯。和他们一起存在于这个世界上还可以，但是跟他们混为一谈？不不不，绝不。

“该死的，真的几乎什么都有。”贝克老师重复道，“他大部分的东西都自己修。他觉得自己一副隐世高人的做派，头上架着眼镜，老说些睿智的言论，一切都好像要把人掌控在手中的样子。认识他的人没有人劝他改。我不确定是否有人敢去劝。”

“为什么？你这是什么意思？”

贝克老师耸了耸肩，他的嘴角掠过一丝奇怪的、紧绷的微笑。“‘老爹’——我是说梅里尔先生——插手了这里的许多事情。你会大吃一惊的，凯文。”

凯文并不关心“老爹”梅里尔现在掺和了多少事，或者掺和的是什么事儿。既然避暑客都走了，那他还有一个重要的问题要问。按照学校的规定，除了新生以外，所有的学生每个月都有两次可以不上自习室，如果他能利用这一点，明天下午他大概就可以偷偷溜去荣光商店。

“我该叫他‘老爹’还是‘梅里尔先生’？”

贝克老师严肃地回答说：“我觉得这个人会把六十岁以下敢叫他‘老爹’的人宰了。”

凯文觉得贝克老师不是在开玩笑。

“你真不知道这相机是怎么回事，嗯？”钟声越来越小时，凯文问。

这不像在电影里那样，所有的钟同时响起和结束。这些都是真正的钟表，他猜大部分钟表——还有荣光商店里的其他机器——都不是真的在走，更像在挣扎。那些时钟开始响起时，凯文的精工牌石英表正指着三点五十八分。钟声的速度和音量开始逐渐提高（就像一辆老卡车在疲惫中呻吟抖动着加速到二档）。所有的钟似乎都在四秒内同时发出鸣叫、噼啪声、报时声、叮当声和布谷鸟叫声。各种钟声与其说是在“变小”，不如说是放弃发出声响，就像水终于同意汩汩地从几乎被完全塞住的排水管流进一样。

凯文不知道自己为什么这么失望。他真的还期待着什么吗？他应该期望被贝克老师形容为“隐世高人”和“非专业修理工”的“老爹”梅里尔来对着他拉出相机里的弹簧说：“就是这个……这就是那个每次你按下快门就会拍到那条狗的混蛋。这是一个狗弹簧，属于玩具狗的一部分，孩子会把发条拧紧，让玩具狗会走、会叫。拍立得‘太阳660’生产线上的某个小丑总是喜欢把这些弹簧放在该死的相机里。”

这是他期望的吗？

不是。但他原来确实期望会……有什么东西。

“他妈的一点线索都没有。”“老爹”欣欣然地重复这句话。他把手伸到身后，从一个斗式座椅上拿起一根道格拉斯·麦克阿瑟[①]抽的那种玉米穗轴烟斗，然后把人造皮的皮袋里拿出来的烟草捣碎放进烟斗，皮袋上刻着英文写的“**恶草**”。“我甚至都拆不了这宝贝，你知道的。”

“你拆不了？”

“拆不了。”“老爹”的语气像小鸟一样爽朗。他停了一会儿，用拇指勾住无框眼镜镜片之间的镜架，猛地一拉，把眼镜从他那光亮的秃顶上拉了下来，整齐地落在本来应该在的位置，轻微地发出撞在肉上的声音，遮住了他鼻子两侧的红色压痕。“你可以把旧的拆开。”他接着说，从背心口袋里掏出一根蓝色钻石牌火柴头（他这样的人当然穿背心），用右手那厚厚的黄色大拇指指甲盖压在火柴头上。没错，这是一个把一只手绑在背后都能骗到避暑客的人（总是会认为这只手不是他之前用来掏出火柴然后点燃的那只）——即使是十五岁的凯文也看得出来。“老爹”梅里尔有自己的风格。“我指的是拍立得‘大地’相机。你见过那种好东西吗？”

“没有。”凯文说。

“老爹”一次就把火柴点燃了，想必他总是这么做的，他把火移到烟斗上，说话时喷出了一团团烟雾，看起来很漂亮，但闻起来却很臭。

“嗯，是啊。”他说，“它们看起来就像十九世纪的摄影师马修·布瑞迪那些人会用的老式相机……或者至少是在柯达公司推出布

① 道格拉斯·麦克阿瑟（Douglas MacAuthur，1880—1964），美国军事家、政治家、战略家。

朗尼盒式相机之前的那种。我想说的是（凯文很快明白了这是“老爹”梅里尔的口头禅，就像学校里的一些孩子老说“你知道”作为加强语气、修饰语、限定词，最重要的是作为一种争取时间短暂思考的便利手段。）他们给相机做了些外观修饰，镀了铬，侧板是真皮的，但看起来仍然很过时，就像用来制作银版照相的那种老相机。你打开那种拍立得‘大地’相机时，就会弹出一个类似手风琴的长脖子，因为镜头需要半英尺，甚至九英寸的距离来对焦图像。你把它放在四十年代末五十年代初的柯达相机旁边时，看上去就会显得非常老式，从另一方面讲，它就像那些老式的银版照相机——只拍黑白照片。”

“只能拍黑白照片？”凯文问，不由自主地产生了兴趣。

“阿耶，对！”“老爹”这次的语气像山雀一样轻快，蓝色的眼睛透过他那烟斗炖锅里冒出来的烟和那副无框圆眼镜对着凯文闪烁着，这是一种暗示着兴奋或贪婪的闪烁，“我想说的是，当时人们嘲笑这些相机，就像他们嘲笑刚问世的大众甲壳虫汽车一样……但是他们买了拍立得，就像他们买了大众一样。因为甲壳虫汽车省油，不像美国车那样经常坏。拍立得有一件事是柯达、尼康、美能达和徕卡都没有的。”

“即时出照。”

“老爹”笑了：“嗯……不完全是。我想说的是，拍完照以后你得拿着相机，然后猛拉盖子把照片拉出来。那时候的相机没有马达，不会像现代拍立得相机那样发出那种黏糊糊的呜呜声。”

所以要描述这种声音还是有完美的方式的，但得找“老爹”梅里尔这样的人告诉你：当拍立得相机吐出拍好的照片时，发出的声音是一种黏糊糊的呜呜声。

“你还得为照片设定时间。”“老爹”说。

“时间？”

“阿耶，对！”“老爹”津津有味地说，这次的语气像故事里早起的鸟儿有虫吃一样，“我想说的是，那时候的相机可没有这种这么爽的自动出照的破玩意儿。你猛地一拽就把长方形的东西扯出来了，然后把它放在桌子上或者别的什么地方，再在你的手表上计时六十秒左右。时间少一点，照片会曝光不够，再多就会曝光过度。”

“哇。”凯文恭敬地说。他这可不是虚伪，不是为了恭维老人让他开心，希望他会把话题拉回来。凯文来这里的原因并不是因为一群当时是奇迹而现在早已被淘汰的相机，他来这里是为了他自己的那台相机。那台该死的破“太阳660”现在正待在“老爹”的工作台上，左边放着七日钟的某个老旧零件，右边则放着一个疑似人造阴茎的东西。凯文这声“哇”不是虚假的尊重，“老爹”也清楚。“老爹”（这不会发生在凯文身上）突然意识到那些伟大而高贵的科技奇迹的生命是多么短暂啊，只要十年，现代科技的“现代”就不再“现代”。从这个男孩着迷的表情中，你会以为他听到的是像乔治·华盛顿的木制假牙一样的老故事，而不是三十五年前人人都认为最先进的照相机。当然，三十五年前，这个男孩还在未受精的虚空里徘徊，还是某个女人的一部分，甚至还没有遇到要贡献出他的另一半的男人。

“我想说的是照片和隔板的中间有个固定的黑暗小空间。”“老爹”回到之前的话题，一开始语速很慢，但他自己都已经被旧事挑起兴趣，语速越来越快（但这孩子的父亲是谁，可能为自己带来什么利益，而他那台相机又有多么奇怪；这几个问题一直都在“老爹”的脑海中盘旋），“一分钟后，你才可以将照片从隔板上撕掉，必须很小心，因为上面有些像果冻一样黏糊糊的东西，如果你的皮肤容易过敏，你会觉得有烧灼感。”

“好可怕。”凯文说。他的眼睛睁得大大的，他的表情就像现在的孩子听说以前用两个洞的屋外茅厕，而“老爹”和他儿时的伙伴（几乎可以说是伙伴，他在城堡岩没有什么儿时的朋友，也许在那时他就已经在为他毕生的工作做准备了，那就是去坑避暑客。其他的孩子也能察觉得到这点，就像能闻到臭鼬微弱的臭味）觉得这种旱厕没什么。在炎热的夏季，上这种旱厕得尽快解决，因为总会有黄蜂在那儿绕圈，随时可能在小男孩稚嫩的脸蛋上蛰一下。就算在寒冷的冬季也得尽快解决，不然嫩脸蛋就冻僵了。*好吧，*“*老爹*”*想，未来的相机就说到这里了。三十五年了，对这个孩子来说，这些旧相机就像后院的茅厕一样滑稽。*

“老爹”说：“底片在背面。而你的那张曝光的照片……嗯，黑白的，但质量很好。和现在的照片一样清晰。还有一个粉红色的小东西，我记得跟学校用的橡皮擦差不多长，里面可以挤出某种化学物质，闻起来像乙醚。你得尽快在照片上擦这个东西，否则照片就会卷起来，就像卫生卷纸中间的纸筒。”

凯文被“老爹”说的这些好玩的古董逗乐了，忍不住大笑起来。

“老爹”停了一段时间，又装了烟草进烟斗。装好后他继续说：“像这样的相机，除了拍立得公司的人没有人真正知道它为什么这么拍……我的意思是那些人是能搞清楚情况的……但相机是机械的。你可以把它拆开。”

他厌恶地看着凯文的“太阳”。

“很多时候拿到这类相机时，你就只能这么做。有人拿这种相机来找我，抱怨说他要把它寄给拍立得的人修理，那得很麻烦地花上几个月的时间才能拿回来，希望我能看看。我一般会说：‘显然我无能为力，我想说的是，除了拍立得公司的人，没有人真正了解这些相机的原理，他们是最了解相机的人，但我还是会帮你看看。’一直以来，我都知道只是快门的螺丝松了，或者是弹簧坏了，或者是那家伙的熊孩子在胶卷槽那儿抹了花生酱。”

“老爹”那像小鸟般难以捉摸的眼睛眨了一下，然后微微眯了起来。这个只有一瞬间的眨眼透着出令人惊讶的狡猾。凯文想，如果你不知道他说的是那些避暑客，你会以为那表情是你的偏执想象出来的，或者可能完全不懂他说了什么。

“我想说的是，这会带来不少好处。”“老爹”说，“如果能修好它，那你真是个了不起的天才。为什么这么说，因为我的口袋刚进了八块五，就因为我从快门按钮和快门弹簧之间掏出了些薯片碎片。那个把照相机拿进来的女人还吻了我。就吻……在……嘴唇上。”

凯文注意到“老爹”的眼睛在半透明的蓝色烟雾后面暂时闭上了。

“当然，如果是你解决不了的问题，他们也不会因此而责怪你，因为，我想说的是，他们本来就没有真正指望你能修好。你只是他们最后找来帮忙的人，如果修不好，他们就会把相机放进一个盒子里，在周围塞满报纸，防止在邮寄时摔得更坏，然后寄到斯克内克塔迪。”

“但是……这个相机……”他以一种“高人”的不屑口吻说。无论是在黄金时代的雅典，还是在现在这个厚颜无耻的时代下小镇的旧货店里，所有装“隐世高人”的人都是这个口气，他们都不需要直接说出来就能表达他们语焉不详的观点。“这些相机不是单个组装的，孩子。我想说的是，同一款机型都是量产的。或许如果你想的话，我可以装模作样地敲敲镜头，我也确实检查过胶卷槽了。但我知道绝对他妈的发现不了什么问题，至少发现不了我知道的问题，情况也确实如此。除了这些检查动作外，我什么也做不了。我可以拿锤子直接砸相机；我想说的是，我能砸烂它，但要我修它？”他摊开双手，吸着烟斗里的烟，“先生，我搞不定。”

“那我想我只好……”凯文本来打算说退货，可是“老爹”打断了他。

“不管怎样，孩子，我想你是知道的。我想说的是，你是聪明的孩子，你能看出来相机有没有问题。我不觉得你带这台相机来是来修的。我猜你也知道，就算这台相机真有毛病，那它的毛病也不是什么人可以解决的，至少没办法用螺丝刀修好。我想，你之所以会带这台相机来，是想问我知不知道它在搞什么名堂。”

“那你知道吗？”凯文问。他突然全身紧张起来。

“也许吧。”“老爹”梅里尔平静地说。他俯身看着那堆照片，现在已经有二十八张照片了，包括凯文刚拍给他看的那张，还有“老爹”自己验证拍的那张。“这些都是按顺序排列的？”

“不太确定。不过，应该是了。这有关系吗？”

“我想有。”“老爹”说，“它们有点不同，对吧？区别不大，但有一点。”

“对。”凯文说，“我能看出其中一些的区别，但……”

“你知道哪一张是第一张吗？我自己应该能搞清楚，可是时间就是金钱，孩子。”

“这很容易。”凯文说着，从那堆乱七八糟的东西中挑了一张，

“看到那个糖霜了吗?”他指着照片白色边缘上的一个棕色小点。

“阿耶。”“老爹”只是瞥了一眼那个点，然后仔细地看了看那张照片，过了一会儿，他打开了工作台的抽屉，里面乱七八糟地堆放着工具。抽屉一侧有一个用珠宝商专用的天鹅绒布包着的东西。“老爹”把它拿出来，拿掉绒布，取出一个底座上有开关的大一号放大镜。他弯下腰去按了按开关。一圈明亮的光落在照片上。

“好酷啊!”凯文说。

“阿耶。”“老爹”应道。凯文看得出来，对于他来说，自己此刻已经是隐形的了。“老爹”正全神贯注地在研究这张照片。

如果不知道拍摄这张照片时的奇怪情况，这张照片似乎就不值得被如此仔细地观察。就像大多数用好相机、好胶卷拍摄的照片一样，照片的拍摄者至少聪明到不会让手指挡住镜头，这很清楚，也可以理解……而且，就像许多拍立得相机的作品一样，这张照片非常平淡无奇。在这张照片中，你可以认出每一样东西，说出它们的名字，但这些东西和照片本身一样平淡无奇。照片构图不好，但这并不是照片不对劲的原因，这么缺乏看点的平淡无奇不能说不对劲，反而更像是现实中的平淡生活。不能因为事情不像电视剧那样充满戏剧性，就说某一天不太对劲。和其他拍立得相机拍出来的照片一样，照片里的东西只是在那里，有时候是门廊上的一张空椅子，或后院空着的孩子的秋千，或停在不起眼的路边的空车，那车甚至都没有爆个胎让画面更有趣或特别。

这张照片的不对劲之处在于它会让人觉得不对劲。凯文还记得他在为自己打算拍摄的照片找构图时的那种不安感，还有闪光灯照亮房间、他想“这相机是我的了”的时候，他背上的鸡皮疙瘩如涟漪般出现的感觉。这就是不对劲的地方，就像看到月亮上有人一样，你一旦看到了就不能无视它，所以，他发现，你不能无视这些感觉……当谈到这些照片时，那些感觉让人觉得很糟糕。

凯文想：*就好像有一阵风——非常轻柔、非常冷的风——从照片中吹出来。*

第一次这可能是某种超自然的东西的想法——这东西显灵了——

不仅只是引起了他的兴趣。他发现自己真希望当初就把这件事放下。这相机是我的，这是他第一次用手指按下快门时的想法。现在，他发现自己在思考自己可能没把事情想清楚。

我在害怕它。害怕这台相机在做的事情。

这个念头让他很生气，于是他站在“老爹”梅里尔后面弯下腰，像个在沙堆里丢了一颗钻石的人那样冷酷地审视着照片。他下定决心，无论他看到什么（他总是假定自己应该看到什么新东西，可他并不认为他会看到。他经常研究这些照片，觉得自己已经看过照片中的所有东西），他要盯着照片，研究它，在任何情况下都确保自己得看到它。即使他能……但他内心有一个忧郁的声音强烈地暗示着：视而不见的时候已经过去了，可能是永远过去了。

照片显示的是白色尖桩篱笆墙前的一条大黑狗。尖桩篱笆墙不会像照片上那么白，除非有人在拍立得的那个平行世界里把它涂上或粉刷了一下。这似乎不太可能，那堵篱笆墙似乎无人照管，被人遗忘了。有部分木板的顶端还被折断，另一些则松松垮垮地向外耷拉着。

那条狗在篱笆前的人行道上以臀部及后腿对着镜头，它毛发又浓又密的尾巴耷拉着。它似乎在闻其中一片篱笆的气味。凯文想，可能是因为篱笆是他爸爸所说的“信纸投递处”，很多狗会在那儿抬起腿，然后留下有神秘信息的黄色液体再离开。

在凯文看来，这条狗像是走失的。它的毛发很长，缠结在一起，上面还零星沾上了牛蒡。它的一只耳朵皱成一团，像打斗留下来的旧伤疤。它的影子拖得很长，足够延伸到照片外面尖桩篱笆内侧斑驳、杂草丛生的草坪上。这个影子让凯文觉得这张照片是在黎明后不久或日落前拍的；由于不知道摄影师面对的是哪个方向（哪来的摄影师，哈哈），根本不可能分辨出他（或她）站在什么位置，只知道这个人的位置相对正东或正西只差几度。

在照片最左边的草地上有个东西，看起来像个小孩子的红色橡皮球。它在篱笆里一丛毫无光泽的草丛后面，所以很难分辨。

照片里就这些东西了。

“你认出什么来了吗？”“老爹”问，他的放大镜在照片的表面慢慢地来回移动。狗的臀部和腿在放大镜里膨胀到一个小山丘的大小，与野生的、看起来不祥的诡异黑色矮树丛纠缠在一起；然后三四片篱笆木板变得像旧电话杆那么大。突然间，草丛后面的物体很清晰地变成了孩子的球（不过在“老爹”的放大镜下面，那个球有足球那么大）：凯文甚至可以看到球上的星星，它们在凸起的橡胶线条上绕在球的中央。“老爹”的放大镜下确实出现了一些新的东西，很快，凯文自己不用放大镜也会看到一些别的东西。但那是后来的事了。

“天哪，不行啊。”凯文说，“我怎么能认得出来呢，梅里尔先生？”

“因为这里有东西。”“老爹”耐心地说。他的放大镜继续巡视着。凯文想起了他曾经看过的一部电影，在那部电影里，警察派出一架装有探照灯的直升机寻找逃犯。“这里面有一条狗、一条人行道、需要粉刷或拆除的尖桩篱笆、需要照料的草坪。人行道不是重点——你甚至都看不到整条人行道——房子，甚至地基，都不在照片里，但我想说的是，那只狗。你认得出它吗？”

“不认得。”

“篱笆呢？”

“不认得。”

“那个红色的橡皮球怎么样？认得吗，孩子？”

“不认得……但你看上去好像我应该认得的样子。”

“应该是我看起来觉得你可能认得。”“老爹”说，“你小时候从来没有过这样的球吗？”

“我记得没有，应该没有。”

“你说你有一个妹妹。”

“梅根。”

“她从来没有过这样的球吗？”

“我觉得应该没有。我对梅根的玩具从来都不感兴趣。她曾经有过一个波洛弹力球拍，上面末端连着的球是红色的，但和照片里的球颜色不同，那个颜色更暗。”

“阿耶。我知道像那样的球是什么样子的。不是这种。那草坪有可能是你家的吗？”

"老……我是说天哪，不是。"凯文觉得有点被冒犯了。他和他的爸爸把房子周围的草坪打理得很好，是一片深绿色，即使在落叶季节，这种绿色也会一直持续到至少十月中旬。"反正我们家没有尖桩篱笆。"如果有的话，他想，看起来也不会这么乱。

"老爹"松开了放大镜底座上的开关，把放大镜放回到方正的珠宝天鹅绒布上，崇敬而小心地把布的两边折起来，然后将放大镜放回抽屉里原来的位置，然后关上抽屉。他仔细地看着凯文，烟斗已经被放在一边，现在已经没有烟来遮蔽他的眼睛了，他的眼神仍然锐利，但不再闪烁。

"我想说的是，这是不是你们拥有这栋房子之前房子的模样呢？也许十年前……"

"我们十年前就拥有这栋房子了。"凯文不知所措地回答。

"二十年前？三十年前呢？我的意思是，你认得出照片里的地势吗？看起来好像有点往上爬坡的样子。"

"我们前面的草坪……"凯文沉思着，然后摇了摇头，"不对，我们的是平的。如果有地势，那也是稍微下降一点。也许这就是为什么我家地窖在潮湿的春天容易积水。"

"阿耶，阿耶，有可能。后院的草坪呢？"

"那儿没有人行道。"凯文说，"两边……"他突然不说话了。"你是想知道我的相机拍的是不是过去的照片！"他说。这是他第一次真正地、主动地感到害怕。凯文用舌头摩擦着上颚，似乎尝到了一股金属的味道。

"我只是问问。""老爹"用手指在照片旁边敲了敲，他说话的时候似乎是在自言自语，而不是对凯文说话。"你知道，"他说，"在我们习以为常的两种电子产品上，一些该死的怪事似乎不时发生。我并不是说一定会发生，但要说完全没有，那世上这么说的人肯定很多是大骗子。"

"什么电子产品？"

"录音机和拍立得相机。""老爹"说，他似乎依然是在对照片或他自己说话，好像凯文根本不在荣光商店后面这个脏兮兮的、堆满时钟的房间里，“比如说录音机。你知道有多少人声称用录音机录下了死者的声音吗？”

“不知道。”凯文说。他并不是故意想压低自己的声音，但他说话的声音确实压低了。不知道是什么原因，他的肺里似乎没有足够的空气让他能正常说话。

“我也不知道。”“老爹”说着用一个手指拨弄着照片。他的手指又钝又粗糙，看上去就像干粗活的料。这样的手指要是抠鼻子，肯定能抠出血，也能推搡人或者打碎桌子上的花瓶。然而凯文看着他的手，觉得那根手指可能比他妹妹梅根的整个人都更灵巧（可能也比他自己更灵巧。德莱文全家并不是手脚麻利的人，这可能解释了为什么他对父亲之前扶住母亲的情形那么难忘）。“老爹”梅里尔的手指看上去随时都有可能把所有的照片错误地扫到地板上，这根笨拙的手指总是会错误地戳来拧去，但照片没有掉。拍立得照片似乎对那根手指无休止的拨弄无动于衷。

超自然，凯文又想了想，不禁打了个寒战。这是真正的颤抖、惊讶和沮丧的感觉，还有一点尴尬。就算“老爹”没有看出来，他还是觉得尴尬。

“但是那些人说的情况都很像。”“老爹”说，然后仿佛凯文在问他，他自言自语道，“谁？我哪里知道。我猜他们中的一些人是‘通灵调查员’，或者至少他们这样称呼自己，但我想他们中的大多数人不太可能只是玩玩，就像聚会上用通灵板的人一样。”

他严肃地抬头看着凯文，好像又发现他的存在了。

“孩子，你有通灵板吗？”

“没有。”

“玩过吗？”

“没有。”

“不要玩。”“老爹”语气更加严厉地说，“那该死的东西很危险。”

凯文不敢告诉老人他根本不知道通灵板是什么。

“反正他们装了一台录音机，在一个空房间里录音。那应该是一栋老房子，我想说的是，一栋有历史的房子，如果他们找的是这样的房子的话。你知道我说的有历史的房子是什么意思吗，孩子？”

“我猜……像鬼屋一样？”凯文大胆地接上话。他发现自己有点冒汗，就像去年惠特克老师每次宣布代数1要小测时那样。

“嗯，这么说也对。这些……人吧……如果那是座发生过暴力犯罪的房子，他们可是最喜欢了。反正他们会调好录音机，录下空房间里的声音。然后，第二天……我想说的是，他们总是在晚上录，要不是晚上他们还不录，甚至会在午夜时候录……第二天他们会放来听。”

“那不是空房间吗？”

“有时候是空的。”“老爹”用一种沉思的声音说，这种声音也许是想掩盖他内心深处的情绪，也许又不是，“会录到人的声音。”

凯文又哆嗦了一下。看来心中的雕像底座上确实有象形文字，也许你根本不想读，但那些象形文字就在那里。

“真正的人声？”

“通常是想象出来的。”“老爹”轻蔑地说，“但有一两次我听到我信得过的人说他们听到了真正的人声。”

“可是你从来没有听过吧？”

“听过一次。”“老爹”马上答道，然后很长时间都没说话，凯文以为他不谈这个话题了，他才又补了一句，“就一个词。非常清楚。这是在巴斯一所空房子的客厅里录制的。一九四六年的时候，有个男人在那里杀死了他的妻子。”

“说的那个词是什么？”凯文问。他知道“老爹”肯定不会告诉他，但他也知道世界上没有什么力量，尤其是自己的意志力，能阻止他继续问下去。

但是“老爹”说了。

“脸盆。”

凯文眨了眨眼睛：“脸盆？”

“阿耶。”

“那没有任何意义。”

“可能有。”“老爹”平静地说，“如果你知道那个男人割断了他妻子的喉咙，然后把她的头放在脸盆上接血的话。”

“哦，天啊！”

“阿耶。”

“哦，老天啊，真的吗？”

“老爹”没有回答这个问题。

“这是假的吧？”

“老爹”用他的烟斗柄指着那些拍立得的照片：“这些是吗？”

“噢，老天爷。”

“继续说拍立得的照片。”“老爹”像个小说的朗读者一样轻快地跳到移动到一个新的章节，仿佛在朗读：*同时，在森林的另一头……*“我看过一些拍到某个人的照片，但照片里的其他人坚持说，拍照现场根本就没有那个人。这方面有个很著名的例子，是个女人在英格兰拍的，照片拍的是一群猎狐人回家。你能看到照片上有大概有二十个人走在一座小木桥上，桥的两边是一条绿树成荫的乡间小路。前面的人已经从桥上下来了。但在照片的右边，有个女士穿着长裙，戴着一顶帽子，站在路旁，帽子上还有一块面纱，这样你没办法看清她的脸。对了，她的手臂还挂了个包。呃，你甚至可以看到她胸前挂着一个小吊坠，也许是块表。

“嗯，拍这张照片的女人发现这个戴帽子女人时，怕得要命。孩子，不过没有人会怪她，因为我想说的是她想拍的是那些猎狐人回家的情况，并不想拍其他的，而且那里本来就没有其他人。但那张照片里确实有这个戴帽子的女人。近距离看的时候，你似乎能透过那位女士看到她后面的树木。”

*这一切都是他编造的，是他骗我的，等我走了，他就会像匹马一样开始哈哈大笑了。*凯文这么想着，但他也很清楚“老爹”梅里尔没有说谎。

“拍下那张照片的那位女士住在英国的一所大宅里，就像教育电视节目里的那种房子。她展示那张照片时，听说大宅主人吓得昏死过去了。这部分可能是假的。也许是这样，*听起来像是编造出来的*，不是吗？后来我在一篇文章看到了那张照片，文章旁边附上了大宅主人曾祖母的画像，照片里的女人可能就是她。没错，因为有面纱，无法肯定。但也有可能。”

“也可能都是骗人的。”凯文有气无力地说。

“有可能。”“老爹”冷漠地说，“人会干各种各样的恶作剧。比如我的侄子埃斯。”“老爹”皱起了鼻子，“在肖申克监狱待了四年，你知道为什么吗？他闯进醉虎酒吧想搞搞恶作剧破坏，结果碰到了庞波警长。警长把他抓了起来，这小流氓罪有应得。”

凯文表现出远远超过他年龄的智慧，完全没有搭腔。

“但是当鬼魂出现在照片上时，孩子——或者像你说的，人们所说的鬼魂——几乎总是出现在拍立得照片上。这些照片似乎总是偶然拍到的。至于飞碟和尼斯湖水怪什么的，它们属于另一类。就是那种聪明的家伙要点小伎俩在暗房里就能搞出来的恶作剧。”

他第三次向凯文眨了眨眼睛，暗示肆无忌惮的摄影师在设备齐全的暗房里可能会伪造照片（不管它们到底是什么照片）。

凯文想问问“老爹”有没有可能有人带着通灵板搞恶作剧，但他还是决定继续闭嘴。这似乎仍然是最明智的做法。

“所以我就想问问你在这些拍立得照片里有没有认出什么东西。”

“但我没认出来啊。”凯文很认真地说，他觉得“老爹”会怀疑他在撒谎，就像他每次控制情绪方式不对时，他妈妈总会以为他在说谎一样。

“阿耶，阿耶。”“老爹”轻蔑的态度几乎激怒了凯文。

“好吧。”凯文过了一会儿才搭腔，除了五万个滴答作响的钟，房间里一片寂静，“我想就这样了，对吧？”

“我觉得可能不是。”“老爹”说，“我想说的是，我有点想法了。你介意用那架照相机再拍几张照片吗？”

“有什么用？拍出来都是一样的。”

“这是问题的关键。它们不都是一样的。”

凯文张开嘴想说点什么，然后又闭上了。

“我甚至愿意出底片的钱。”“老爹”说，当他看到凯文脸上惊讶的表情后，又很快改口说，“反正我愿意出一小部分。”

“你想要再拍多少张？”

“嗯，你有……多少张了？已经二十八张了，对吗？”

“对，应该是。”

“再拍三十张。”“老爹”想了一会儿说。

“为什么？”

“我不能告诉你。现在不是时候。”他拿出一个有钢链挂在皮带环上的沉甸甸的钱包，然后打开钱包，拿出一张十美元的钞票，犹豫了一下，又显然很不情愿地多加了两张，“我想这就够付一半的底片钱了吧。”

对，刚刚好，凯文想。

“如果你真对这台相机的把戏感兴趣，我想你会愿意承担剩下的费用的，对吗？”“老爹”的双眼对他闪烁着，像一只好奇的老猫的眼睛。

凯文明白，这个男人不仅仅期望他说“愿意出”，他根本没想过自己会拒绝。凯文想，如果我说不，他也不会听进去。他会说：“好，那就这么说定了。”然后不管我愿不愿意，我都会带着他给我的钱走上人行道。

他身上确实还有生日那天拿到的零用钱。

与此同时，凯文心里还是在想那股冷风。那股风似乎不是从照片表面吹来的，而是从那些照片里吹来的，尽管照片表面看起来很平、很亮，只是平面的影像。就算这些照片默默宣称说我们只是拍立得照片，完全不会表达什么，更不用说了解什么秘密了，我们只展示世间平淡无奇的东西。但凯文能感觉到从照片中吹出来的风，这风怎么解释？

凯文又迟疑了一会儿，那双在无框眼镜后面的明亮双眼正打量着他。我不会问你是男子汉还是懦夫，“老爹”梅里尔用眼神说这句话，你已经十五岁了。我想说的是，到了十五岁，你可能还不是个男子汉，还不完全是个男子汉，但是你已经是大人了，当不了懦夫了，这我们都知道。而且，你也不是从外地来的，你和我一样是本地人。

“当然。”凯文轻松地说，但声音听起来很空洞，他们俩都听出来了，“我想我今晚可以拿到底片，明天放学后我把照片带过来。”

“不行。”“老爹”说。

“你明天不开门吗？”

“不是。”“老爹”说。因为他就是镇上的，所以凯文耐心地等着他解释。“你在考虑一次拍三十张照片，是不是？”

“我猜是吧。”但凯文其实没有想过，他只是认为这是理所当然的。

“不要这样拍。”“老爹”说，“你在哪里拍并不重要，重要的是什么时候拍。我来想想。”

“老爹”琢磨了一番，然后写下了一串时间，凯文把那张时间表装进了口袋。

“行了！”“老爹”一边说，一边轻快地搓着手，声音干巴巴的，就像两片旧砂纸在一起摩擦，“那你下次来找我……嗯，三天后？”

“对……应该是。”

“我敢打赌，无论如何，你也会等到星期一放学后再来。”“老爹”说。他第四次对凯文使了个眼色，速度缓慢而狡猾，而且极其让人不舒服。“我的意思是，这样你的朋友们就不会看到你来这儿，然后勒索你了。”

凯文的脸涨红了，他垂下眼睛看着工作台，开始收拾那堆拍立得照片，好让他的手有事情做。他感到尴尬、双手无所适从时，他就会用力掰指关节。

“我……”他想抗议，但说的话可能很荒谬，互相谁也说服不了谁。于是凯文没有继续说，而是低头盯着其中一张照片。

“什么啊？”“老爹”问。自从凯文和“老爹”接触后，“老爹”第一次说话听起来关心人，但凯文几乎听不清他说的，更不用说他那有点惊慌的语气了。“你看起来像看见了鬼，孩子。”

“不是。”凯文说，“没有鬼。我知道是谁拍的了。是谁真正拍了这张照片。”

“你究竟在说什么呀？”

凯文指着一个影子。他、他的父亲、他的母亲、梅根，显然还有梅里尔先生都把这影子当成了相框之外的树的影子。但那不是树。凯文现在发现了。只要是眼睛能看见的东西，迟早都会被发现。

显然他心中的雕像基座上还有更多象形文字。

“我不懂你究竟想说什么。”“老爹”说。但凯文知道老人知道他在暗示什么，这就是为什么他的声音听起来很紧张。

“先看狗的影子。”凯文说，“然后再看看这个。”他拍了拍照片的左边，“在这张照片中，太阳不是正在落下就是正在升起。这让所有的阴影都变得很长，很难分辨是什么东西的阴影。但现在你看，我觉得一切很明显了。”

“明显什么，孩子，孩子？”“老爹”伸手去够抽屉，可能是想再拿那个带灯的放大镜……然后“老爹”停了下来，他突然不需要放大镜了，他这会也明白了。

“这是人的影子，是不是？”“老爹”说，“我赌这是个男人的影子。”

“或者是个女的。没法确定。但我确定那些是腿，可能是个穿裤子的女人的腿。甚至可能是孩子的腿。影子拉那么长……”

“阿耶，这可说不准。”

凯文说：“这是拍照的人的影子，是不是？”

“阿耶。”

“但那不是我。”凯文说，“照片是用我的相机拍的——所有照片都是——但不是我拍的。那是谁拍的呢，梅里尔先生？会是谁？”

“叫我‘老爹’就好。”老人看着照片上的阴影心不在焉地说。凯文感到自己的胸膛因兴奋而膨胀，就像有些走得较快的钟开始向其他钟发出信号，尽管它们已经疲倦了，却还是比其他钟快了半个小时。

为如果你不看看，你就不会明白那孩子为什么要砸碎你给他买的照相机……”

“砸碎它！”

“为什么我认为这主意不错呢？现在的问题是你到底要不要跟他一起过来？”

“我不在波特兰，是不是，去你的。”

“别管门上的‘**休息中**’牌子。”“老爹”平静地说，语气仿佛自己多年来一直都随心所欲地过，希望生活就继续这样下去，“直接敲门。”

“到底是谁叫我儿子去找你的，梅里尔？”

“我没有问。”“老爹”用同样令人恼火的平静语调说，然后挂断了电话。他对空荡荡的铺子说：“我只知道他来了。就像其他人一直以来的那样。”

在等待的时候，梅里尔把在路易斯顿买的“太阳660”从盒子里拿了出来，然后把盒子用力塞进桌子旁边的垃圾桶里。他若有所思地看着相机，然后装上相机附带着四张底片的启用套装。装完之后，他打开相机，镜头出来了。闪电形状左边的红灯闪了一下，然后绿灯开始闪烁。梅里尔发现自己内心充满恐惧，他并不感到非常惊讶。好吧，他想，上帝讨厌胆小鬼，于是他按下快门。室内如谷仓般凌乱的荣光商店瞬间沐浴在闪亮而奇特的白光中。相机发出了一声又湿又闷的呜呜声，吐出了一张拍立得照片。照片很正常，就是不知道为什么感觉少了些东西。这张照片上平坦的画面描绘了一个这样的世界：仿佛船只朝西边航行得够远，就肯定会掉进灼热且满是怪物的地球边缘。

梅里尔看着照片，就像德莱文一家人在等凯文的第一张照片冲洗出来时那样露出同样痴迷的表情。他对自己说，这台相机不会拍到同样的东西，当然不会，不过他还是一样全身僵硬，非常紧张。不管他是不是个阅历丰富的老滑头，如果这时随便有块木板吱嘎作响，他肯定也会被吓得叫出声来。

但是没有木板嘎吱作响。照片冲洗出来时，它只显示了它应该显示的东西：组装好的钟表、破碎的钟表、烤面包机、用绳子捆起来的成堆的杂志，还有很难看的带灯罩的灯，只有英国上层阶级的妇女会真正喜欢这种灯；货架上塞满了平装书（一美元六本），上面有《天黑以后，亲爱的》《肉欲之火》和《黄铜杯蛋糕》。照片还拍到了远处布满灰尘的橱窗。书桌的巨大剪影没有挡住橱窗上写的东西，你能在照片上看到镜像的“光荣”。

照片里没有从坟墓后面钻出来的庞大生物，也没有穿着蓝色工作服的挥舞着刀的娃娃。这就是一台正常的相机。梅里尔想他当初心血来潮地拍照只是想看一看，这说明这个东西在对他的内心影响有多深。

梅里尔叹了口气，把照片塞进垃圾桶里。他打开了工作台的抽屉，取出一个小锤子，然后把相机紧紧地握在左手里，用锤子在尘土飞扬的空气中划出一个短短的弧线。他没有用很大的力气。没有必要。没人再以工匠精神为荣了。人们都在谈论着现代科学的奇迹、合成材料、新合金、聚合物，等等，老天才知道那是什么鬼。工匠精神不再重要了。垃圾。现在这一切都是用垃圾做的，不费吹灰之力就能破坏一台垃圾做的相机。

镜头被砸得粉碎。塑料碎片四散开去。这让梅里尔在想另一台相机上的裂痕是在左边还是右边？他皱起了眉头。左边吧。梅里尔想。他们根本不会注意到，即使注意到，也不会记得是在哪一边的。肯定是这样，但梅里尔从来都不会满足于差不多。做好准备才是明智的。

这样做永远是明智的。

他把锤子放回原处，用一个小刷子把碎玻璃和塑料从桌子上扫到地板上，然后收好刷子。接着他拿出一支笔尖很细的油性笔和一把 X-Act-O 美工刀。他凭记忆把梅根撞掉凯文那台“太阳”摔出来的那块塑料碎片的大概形状画了出来，再用 X-Act-O 美工刀沿着线条切出碎片的形状。他觉得已经把美工刀在塑料里插得够深的时候，他把 X-Act-O 放回抽屉，然后把拍立得相机从工作台上撞了下来。曾经发生过的事情理应再发生一次，特别是在他预先划出的裂痕的情况下。

结果也和预期一样。梅里尔检查了一下相机，看到相机的侧面已经掉了一大块塑料，镜头也摔破了。他点了点头，把相机放到了工作台下面的阴影里，然后找到从相机上脱落的那块塑料，把它和相机盒以及他拍的那张照片一起塞进了垃圾堆。

现在没有什么可做的，只需等德莱文一家的到来。梅里尔把录像带拿到楼上他住的狭小公寓里。他把它放在用来看现在能买到的那些小电影的录像机上，然后坐下来读报纸。他看到巴基斯坦发生了一起飞机坠毁事件，一百三十人死亡。那些该死的傻瓜总是自己送命，“老爹”心想，不过这也没什么。世界上少一些垃圾人对周围的人来说是件好事。然后他翻看体育版，看看红袜队的表现如何。他们仍然有很大的机会赢下东部赛区的冠军。

第五章

“是怎么一回事?”他们准备出发时凯文问。家里现在就他们两个人。梅根在上芭蕾舞课，而今天正好是德莱文太太和她的朋友们玩桥牌的日子。五点钟，她会带着一大堆披萨回家，还有谁正在离婚或至少正在考虑离婚的八卦消息。

“不关你的事。”德莱文先生粗暴地说，声音既愤怒又尴尬。

天气很冷。德莱文先生一直在找他的战斗夹克。这时，他停下脚步，转过身来，看着站在他身后的儿子。儿子已经穿好了夹克，一手拿着“太阳”相机。

“好吧。”他说，“我以前从没有在你身上扯过这种屁事，我现在也不想谈。你知道我的意思。”

“明白。”凯文说，心里想：*我完全知道你在说什么，这就是我要说的。*

“你妈妈对此一无所知。”

“我不会告诉她的。”

“别这么说。”他父亲严厉地对他说，“不要想着瞒她，否则你会养成习惯的。”

“可是你说过你从来没有……”

“没有，我从来没有告诉过她。”凯文的父亲说着终于找到了那件夹克，耸了耸肩穿上了，“她从来没有问过，我也从来没有告诉过她。如果她从来不问你，你就不用告诉她。你是不是觉得这逻辑说不通。”

“对。”凯文说，“说实话，确实是。”

“好吧。”德莱文先生说，“好吧……但我们就是这么处理。如果有人提起这个话题，你——*我们*——必须说出来。如果没有，我们也不会提。这就是大人做事的方式。我猜这听*起来*很糟糕，有时候确实很糟糕，但我们就是这么做的。你能接受吗?”

“嗯。我觉得可以吧。”

“好。我们走吧。”

他们并排走在车道上，拉上夹克的拉链。风吹拂着约翰·德莱文的鬓角，凯文第一次不安和惊讶地注意到父亲的头发开始变白了。

德莱文先生说：“这没什么大不了的。”他几乎是在自言自语，“在‘老爹’梅里尔那儿，这也不是什么大事，他是那种无所谓的人，如果你明白我的意思的话。”

凯文点了点头。

“你知道，他相当有钱，但他的那家旧货店并不是他发财的原因。他是城堡岩的夏洛克。”

“谁？”

“算了。如果教育制度还没有彻底完蛋的话，你迟早会读到这出戏的。他以高于法律允许的利率贷款。”

“人们为什么要向他借钱？”凯文问。他们走在树下，红色、紫色和金色的树叶慢慢地从树上飘落下来。

“因为，”德莱文先生酸溜溜地说，“他们不能从别的地方借钱。”

“你是说他们的信用不好？”

“可以这么说。”

“但我们……你……”

“对。我们家现在的情况还不错。但并不总是一帆风顺。你母亲和我刚结婚的时候，我们离‘还过得去’可差得远。”

他又沉默了一会儿，凯文也没有打断他。

凯文的父亲继续说：“有一年，有个家伙对凯尔特人队非常有信心。”他低头看着自己的脚，好像害怕踩到坑里，摔断自己的腰，“凯尔特人要参加与费城七十六人队的总冠军赛。他们——凯尔特人队——被看好会赢下冠军，但是声势比平时弱了些。我有一种感觉，七十六人会击败他们，这一年属于七十六人。”

他很快地看了儿子一眼，几乎像是抢着看了一眼，仿佛商店扒手把店里小而相当值钱的东西塞进了外套，然后又继续关注人行道上的坑。他们现在正沿着城堡山往下走，朝着下主街和水车路的路口走去，那儿有镇上唯一的信号灯。过了十字路口，有一座当地人称为“锡桥”的桥横跨城堡河，将水面反射的深蓝色天空干净利落地切成两半。

“我想正是这种感觉，这种特别的自信感染了那些可怜人，他们输掉了银行存款、房子、汽车，甚至还有在赌场和密室玩扑克游戏时穿的衣服。那种自信感就像收到了上帝直接发来的电报。我只有过一次那样的感觉，我得感谢上帝只有那一次。

“那些日子，我会和别人随便赌一场橄榄球赛或世界职业棒球大赛，我记得最多赌个五美元，通常赌注要少得多，有时候赌注就是个象征性的东西，二十五美分或一包香烟。”

这次是凯文偷瞄了一眼，但被德莱文先生发现了，也不管人行道上有没有坑。

“对，那时候我也抽烟。现在我不抽烟了，也不赌了。自从上次之后就都戒了。最后一次治好了我这些毛病。

“那时你妈妈和我结婚才两年。你还没出生呢。我当时是一名测量员助理，每周的收入大约是一百十六美元。搞不清楚是不是先扣了税，无论如何，政府最终发给我就这么多。

“这个凯尔特人队的狂热粉丝是我们那儿的工程师。他甚至还穿了一件绿色的凯尔特人热身夹克去上班，就是那种后背有三叶草的那种。在季后赛的前一个星期，他一直说他想找个有种又够蠢的人来赌七十六人，因为他有四百美元的赌注等着赚钱。

“我内心的声音越来越大，总冠军系列赛开始的前一天，我在午休时走到他面前。我的心几乎要从我的胸膛里蹦出来，我太害怕了。”

“因为你没有四百美元。”凯文说，“另一个人有，但你没有。”他现在毫不掩饰地看着他的父亲，自从他第一次见过“老爹”梅里尔之后，这是他第一次完全忘记了相机的事。那台“太阳660”相机给他的惊讶暂时消失了，他被这种更新的、更真实的发现所吸引：就像凯文所知道的其他人一样，他父亲年轻时做了个非常愚蠢的决定，正如他自己也会有这样的一天。届时如果没有理智的成年人打消他冲动的念头，让他免受这种幼稚直觉的影响，他也可能做这种蠢事。他的父亲似乎也曾短暂地这样做过。这很难让人相信，但这难道不是事实吗?

“对。”

“可你还是跟他打赌。”

“并不是马上就赌了。”他父亲说，“我告诉他我觉得七十六人会拿到冠军，但是对一个只是测量员助理的人来说，赌四百美元太冒险了。”

“但你从来没有直截了当地告诉他说你没有钱。”

“恐怕事情比这更糟，凯文。我当时暗示说我有。我说我输不起四百美元，至少这不是实话。我告诉他，我不会拿那笔钱去冒险赌胜负各半的东西……你看，我还是没有撒谎，只是在撒谎的边缘徘徊。明白吗?”

“是的。”

“我不知道会发生什么事……也许什么事也没有……如果当时工头没有敲响上班的钟的话。但他敲了，这个工程师举手说：‘我输了就多给你一倍，小子，如果你要这个的话。这对我来说无所谓。我口袋里还有四百美元。’还没等我明白是怎么回事，我们已经在六个人的注视下握了手，不管怎样，我已经陷进去了。那天晚上回家的时候，我想到了你母亲，想到如果她知道了，她会说些什么，于是我把我那辆老福特车停在路边，然后在车门外猛吐。”

一辆警车从哈林顿街开过来。诺里斯·里奇维克开着车，安迪·克拉特巴克坐在副驾驶座上。

警车在主街左转时，克拉特挥了挥手。约翰和凯文·德莱文也朝他挥手。秋天安静地在他们周围打盹，好像约翰·德莱文从来没有坐在他那辆老福特开着的门上，对着自己两腿间的路呕吐。

他们穿过大街。

“嗯……不管怎样，你可以说我的钱花得值。七十六人在第七场比赛的最后几秒前表现很好，然后其中一个爱尔兰的混蛋……我忘记是哪一个从哈尔·格里尔那偷了球，然后投篮得分了，我没有了那不存在的四百美元。第二天我拿钱给那个该死的工程师，他说他‘快结束的时候有点紧张’。就说了这句话。我想用拇指把他的眼睛挖出来。”

“第二天你就给他钱了？你是怎么做到的？”

“我告诉过你，那是一时冲动。我们在打赌的时候握手，然后冲动就过去了。我真希望我能赢那个赌局，但我知道我必须考虑输了的可能性。这不仅仅是四百美元的问题。在那个地方，当然还有我工作的问题，如果我无法付钱给与我打赌的人，结果会怎么样。毕竟，他是个工程师，技术上讲，也是我的上司。那家伙很坏，要是我不付赌钱，他就会炒了我。他不会用这场赌局作为炒掉我的理由，但他肯定有其他理由，这个理由会写在我的工作记录上，而且是用红色的大字写的。但这还不是最严重的。一点也不严重。”

“那什么才是？”

“你的母亲。我们的婚姻。当你年轻又家境平平，婚姻总是处于紧张状态。不管你们有多爱对方，婚姻就像一匹超载的驮马，你知道，如果所有错误的事情在所有错误的时间发生，这匹马会跪倒在地，甚至翻身摔死。我不认为她会因为和我打赌四百美元而和我离婚，但我很高兴我从来都不用去确定这件事。所以冲动过去后，我发现赌的不是四百美元。我可能是在拿我该死的未来打赌。”

他们就要到荣光商店了。在城镇公共草地边上有一张长凳，德莱文先生示意凯文坐下。

“事情差不多就是这样。”他说，然后笑了起来。那是一种刺耳而压抑的声音，就像一个没有经验的司机在操纵传动杆。“即使过了这么多年，想起来还是让我难受。”

于是他们坐在长凳上，德莱文先生讲完他如何碰巧认识“老爹”梅里尔的故事，两人隔着草坪望着对面中间的音乐台。

“打赌的当天晚上我就去找他了。”他说，“我跟你妈说我要出去抽烟。我是在天黑后走的，所以没有人会看见我。我是说，镇上的人，他们如果看到我就会知道我遇到了麻烦，而我不想这样。我刚走了进去，‘老爹’就说：‘像你这样的职业人士来这样的地方做什么，约翰·德莱文先生？’我告诉他我做了什么，他说：‘你打了一个赌，却一直想着要输。’‘如果我真的输了，’我说，‘我要确保我不会再赔掉其他东西。’

“这话逗得他笑了起来。‘我尊重聪明人。’他说，‘我想我可以信任你。如果凯尔特人赢了，你就来找我。我会帮你的。你长得像个老实人。’”

“就这样？”凯文问，在八年级的数学课上，他们学了一个关于贷款的课程单元，他仍然记得大部分内容，“他没有要任何，呃，抵押品吗？”

他父亲说：“去‘老爹’家的人不用抵押品。他不是你在电影里看到的那种放债人。如果你不付钱，他不会弄断你的腿。但他有办法修理人。”

“什么办法？”

“那不重要。”约翰·德莱文说，“最后一场比赛结束后，我上楼要——再一次——告诉你妈妈我要出去抽烟。不过她睡着了，所以我不用撒那个谎。时间已经很晚了，对城堡岩来说很晚了，已经十一点了，但他那儿的灯还亮着。我知道灯会亮着。他给我的全是十元面额的钱，从一个旧的克里斯科油罐里取出来的。我记得那些钱皱巴巴的，但他把它们弄平了。四十张十元的钞票，他像银行职员一样数着，手里拿着烟斗，戴着眼镜。有那么一秒钟，我真想把他的牙齿敲掉。但最后，我还是感谢了他。你不知道有时候说声谢谢有多难。我希望你永远不会这样做。他说：‘你现在明白条件了？’我说我明白了，他说：‘那很好。我才不担心你呢。我想说的是你长得像个老实人。你先去跟那个家伙好好工作，然后再还我的钱。不要再打赌了。随便谁只要看看你的脸，就知道你天生不是赌博的料。’于是我拿了钱回家，把它放在那辆老雪佛兰的地垫下，挨着你母亲躺着，一夜没合眼，因为我觉得自己是个蠢货。第二天我把这一叠十美元给了那个跟我打赌的工程师，他数了数，然后他只是把钱折了起来塞进他的衬衫口袋，然后扣上口袋的扣子，好像这些钱不过是他当天下班前要交给大承包商的煤气收据而已。然后他拍了拍我的肩膀说：‘你是个好人，约翰尼，比我想的要好。我赢了四百，但输给了比尔·昂特梅耶二十。他打赌你今天早上第一件事就是拿钱给我，而我跟他打赌我要到周末才能看到钱。如果我真能收到钱的话。’‘我付清了。’我说。

‘现在看开点。’他说着，又拍了拍我的肩膀。那一次我差点就想用拇指把他的眼珠子挖出来。”

“‘老爹’收你多少利息，爸爸？”凯文问。

他父亲严厉地看着他：“他让你这样叫他吗？”

“是啊，怎么了？”

“要当心他。”德莱文先生说，“他很狡猾。”

然后他叹了口气，好像向他们二人承认他是在求着问这个问题，而且他也意识到了。“百分之十。利息是这么多。”

“还不是很……”

德莱文先生补充道：“每周复利计算。”

凯文愣住了，然后才说：“但那犯法啊！”

“太对了。”德莱文先生冷冷地说。他看着儿子脸上不相信的紧张表情，自己的紧张感顿时消失了。他笑着拍了拍儿子的肩膀：“这世界就是这样，小凯。”他说，“不管怎么说，谁都难逃一劫。”

“可是……”

“但是什么啊。就当做是运输费吧，他知道我会付的。我知道，在牛津有家工厂在招聘三点到十一点的轮班工人。我告诉过你，我已经做好了输的准备，而我所做的不仅仅是去找‘老爹’。我跟你妈妈谈过了，说我可以去那儿换班干一段时间。毕竟，她一直想要一辆新车，也许还想搬到更好的公寓去，还要在银行里存点钱，以防我们手头遇到困难。”

德莱文笑了。

“唉，手头上的困难已经发生了，而她不知道，我打算尽最大努力不让她知道。我不知道我能不能做到，但我打算尽我最大的努力。她坚决反对我去兼职。她说我一天工作十六个小时会累死的。她说那些木材厂很危险，你经常会看到在那儿干的人失去胳膊或腿，甚至被压死。我告诉她别担心，我会在分拣室找到一份工作，拿最低工资，坐着完成的工作。如果实在是太辛苦了，我就不干了。她仍然反对。她说她自己去工作，但我劝她不要那样做。你知道，我最不想要的是她去工作。”

他深深地叹了口气。

“现在你知道我是怎么认识‘老爹’梅里尔的了，也知道我为什么不信任他了。我过了十个星期地狱般的生活，而他就用那些十美元的钞票，直接享受我满头大汗赚来的血汗钱。那些十美元的钞票肯定是他从那个克里斯科油罐或另一个罐子里拿出来的，交给另一个和我一样惹了祸的可怜虫。”

“老天，你一定恨他。”

“不。”德莱文先生说着站了起来，“我不恨他，也不恨我自己。我当时太冲动了，就这样。情况本来会更糟的。我的婚姻可能因此夭折，你和梅根也永远不会出生。凯文，说不定我自己也会死。‘老爹’梅里尔是味解药，味道很难下咽，但是有效。让人生气的是他的方式。他把每一分钱都掏走了，把账记在收银机下面抽屉里的本子上，然后看了看我眼睛下面的眼圈，还有我的裤子松松垮垮地挂在胯骨上的样子，什么也没说。”

他们朝荣光商店走去。商店表面的黄色油漆已经变得灰蒙蒙的，就像乡村商店橱窗里放了太久而褪色的招牌，徒有其表的外面看起来既讲究又破败。在商店旁边，波莉·查默斯正在踱步，同时与警长艾伦·庞波交谈。她梳着马尾状的头发，看上去年轻且精神饱满，警长则穿着熨烫整齐的制服，显得年轻而英勇。但事情并不总是像看上去的那样；就连十五岁的凯文也知道这一点。庞波警长在那年春天的一场车祸中失去了他的妻子和最小的儿子。凯文听说，不管年轻与否，查默斯小姐都患有严重的关节炎，可能会在过不了几年的时间里残疾。事情并不总是像看上去的那样。想到这里，他又朝荣光商店瞥了一眼……然后低头看看手里拿着的生日礼物——照相机。

“他甚至还帮了我一个忙，”德莱文先生若有所思地说，“他让我戒了烟。但我不信任他。你得小心他，凯文。不管怎样，我来跟他说。现在我可能对他更了解一点了。”

于是，他们走进了尘土飞扬、时钟滴答作响的寂静中，“老爹”梅里尔在门口等着他们，他的眼镜架在秃顶上，衣袖里还藏着一两个小玩意儿。

第六章

“噢，你们父子来了啊。”“老爹”说，对他们露出了赞赏的、慈祥的微笑。他的双眼在烟斗的烟雾后面闪烁，有那么一会儿，虽然梅里尔的胡子刮得很干净，但凯文觉得他看起来像圣诞老人。“你有一个好孩子，德莱文先生。教得非常好。”

“我知道。”德莱文先生说，“当我听说他在和你打交道时，我非常生气，因为我不想让他和你扯上关系。”

“这太难了。”“老爹”带着一丝不悦地说，“对于一个无处可以求助的人来说，这可真不容易。”

“那件事已经结束了。”德莱文先生说。

“阿耶，阿耶，这正是我要说的。”

“但这件事还没有。”

“会结束的。”“老爹”说着伸手给凯文，凯文把“太阳”相机给了他，“就在今天。”他举起相机，把它在手中翻来翻去，“这是一件作品，至于是什么类别的作品，我不知道，但你儿子想要砸碎它，因为他觉得这东西很危险。我认为他说得对。但我告诉他，‘你不想让你爸爸觉得你是个胆小鬼吧，对不对？’这就是我让他叫你到这儿来的唯一原因，约翰……”

“我更喜欢‘德莱文先生’这个称呼。”

“好吧。”“老爹”说，叹了口气，“我看你是不会和我热络起来的，过去的事就让它过去吧。”

“过不去。”

凯文的视线在两人身上交替着，脸上的表情很担心。

“唔，没关系。”“老爹”说，他的声音和脸都突然变得冰冷起来，看上去一点也不像圣诞老人，“当我说过去的就让它过去，做过的就过了，我是认真的……除非它影响到我们此时此地的行为。但我要说认识一个住在城里的人。”他开始说（对城堡岩小镇和邻近城镇的居民来说，“城里”总是指路易斯顿），“他开了一家相机店，大约二十年了。他在录像机行业刚起步的时候就进入这个行业了，说这是未来的潮流。他要我和他分摊来做，但我觉得他疯了。嗯，我想说的是，我在这一点上错了，但是……”

“说重点。”凯文的父亲说。

“我尽量。”“老爹”眼睛睁得大大的，好像心里受了伤，“如果你让我继续讲。”

凯文用胳膊肘轻轻地推了推他父亲，德莱文先生没有再说什么。

“反正，几年前他发现出租录像带给人看并不是靠这些小玩意儿赚钱的唯一途径。如果你愿意花区区八百美元，你可以给别人拍电影、拍快照，然后把它们录在磁带上。这样看起来容易多了。”

凯文不由自主地发出了一点声音，“老爹”微笑着点点头。

“阿耶。你用你的相机拍了五十八张照片，我们都看到每张照片都和上一张有点不同，我想我们知道这意味着什么，但我想亲自看看。我的意思是说，你不必只是抱着怀疑的态度。”

“你想用这些抓拍做出录像带？”德莱文先生问。

“我没试过。”“老爹”说，“或者更确切地说，是我在城里认识的那个家伙尝试过了。但那是我的主意。”

“是电影那样的吗？”凯文问。他明白“老爹”做了什么，他甚至为自己没有想到这一点而感到懊恼，但他的感觉主要还是对这个想法感到惊讶（和高兴）。

“你自己看。”“老爹”说着打开了电视，“五十八张照片。这个家伙给人拍快照时，他通常会用五秒钟的时间给每张照片录像。他说，这段时间足够让人看清楚，但又不会长到继续下一张之前让人感到无聊。我告诉他，我每张只要一秒钟，而且还要连续，不要淡入淡出的效果。”

凯文想起了他在小学时经常玩的一个游戏。那时上完一节课，下一节课开始前会有一段空闲时间。他有一个很小的便签本，叫彩虹学校便签本，因为里面有三十页黄色的小纸片，然后是三十页粉红色的小纸片，然后是三十页绿色，以此类推。要玩这个游戏，你得去到最后一页，在最后一页画一个穿着宽松短裤，伸出手臂的拳击手。在下一页，你在同样的地方画同样的彪形大汉，穿着同样的宽松短裤，只是这次把他的手臂画得更高……但只高一点点。在每一页上都这么画，直到手臂在他头上合拢。然后，如果你还有时间，就继续画，不过现在胳膊现在向下摆动。如果你画完后快速翻页，你会看到一种粗糙的卡通画面，画面上是一个拳击手在庆祝打败对手的样子：他把双手举过头顶，握紧挥舞，然后放下。

凯文不禁打了个哆嗦。他的父亲看着他。凯文只是摇摇头，喃喃地说："没什么。"

"老爹"说："所以我想说的是，这盘带子只能播大约一分钟。你得仔细看。准备好了吗？"

还没，凯文心想。

"好了。"德莱文先生说。他仍然试着让自己的声音听起来很生气，但凯文看得出来，他已经不由自主地产生了兴趣。

"好。""老爹"梅里尔说，然后按下了**播放**按钮。

凯文一遍又一遍地对自己说，感到害怕是愚蠢的。但就算他这样对自己说，也毫无用处。

他知道他将会看到什么，因为他和梅根都注意到这台"太阳"不仅像复印机一样一遍又一遍地复制同样的图像，没过多久，他们也意识到这些照片是在表达一套连续的动作。

"看。"梅根当时说过，"狗在动！"

凯文当时没有像往常那样用友好但让人恼火的俏皮话来回应她，而是说："看起来确实像……但你没法肯定，梅根。"

"当然能，可以肯定的。"她说。他们那时候在凯文的房间里，凯文一直闷闷不乐地看着相机，旁边还有他要套上书皮的新课本，被推到一边。梅根把他书房里的鹅颈灯弯过来，一圈明亮的光照在桌面的记事簿上。她把相机移到一边，把第一张照片——上面沾了蛋糕糖霜的那张照片——放在光的中心。她说："数一下狗后面和照片右手边之间的栅栏。”

凯文对她说：“那些尖木桩，不是栅栏。就像你鼻子堵了用来捅鼻子的东西一样。”

“很幽默。你数一数。”

凯文数了数。他能数出四个，还有第五个的一部分，那只狗蓬乱的后腿遮住了最后一根的大部分。

“现在看看这张。”

梅根把第四张拍立得照片放在凯文面前。现在他可以看到第五个尖木桩和第六根的一部分。

所以他知道——或者相信——他会看到某种混合了老式卡通片和他小学时做的那种“手翻书”的东西。

录像带的最后二十五秒确实是这样，凯文不禁觉得自己在二年级画的那种“手翻书”比这个效果更好——至少拳击手的手举起和放下的动作更流畅。录像带的最后二十五秒的动作跳动而且诡异，这让老式的《启斯东警察》那样的无声电影看起来像现代电影制作的奇迹。

不过，这段录像关键字还是动作，这让所有人，甚至是“老爹”，都看得出神。他们把一分钟的录像看了三遍，一句话也没说，只剩下彼此的呼吸声。凯文快速而平稳地呼吸，他父亲德莱文的呼吸则要深些，“老爹”就像有痰堵在他狭窄的胸口呼噜作响。

录像开始的三十秒左右……

凯文以为会看到有动作，就像快速翻看便签本时能看到的动作，或者在星期六早上的卡通片里看到的动作，他觉得后者只是更精致的翻翻书而已，但他没想到的是，录像前三十秒并不像翻便签本，也不像以前看的卡通片《超能鼠》：有三十秒（至少二十八秒），他的拍立得照片看起来真的像一部怪异的电影。当然不是好莱坞那种电影，甚至也不是梅根有时在父母晚上出去时缠着他租录像机的那种低成本恐怖电影；它更像是家庭电影片段，由一个刚刚得到一台八毫米相机、但还不知道如何用好的人拍的。

在最初的二十八秒钟里，那条黑色串种狗沿着篱笆走着，几乎看不出它在动，从它身旁露出了五、六、七个尖桩。它甚至又停下来嗅了嗅其中一个，显然是在分析另一条狗留下的信息。然后它继续低着头朝篱笆走，后半身转向了镜头。而且，在第一部分进行到一半的时候，凯文注意到他以前没有看到的另一件事：摄影师显然也在挪动相机，好把狗留在画面中。如果他（或她）不这样做，狗就会跑到照片外面去，画面里就会只剩下栅栏。头两到三张照片最右边的尖桩消失在画面的右边界之外，新的尖桩出现在左边，这是可以看出来的，因为最右边的两根柱子中有一根的顶端已经折断，现在这根尖桩不在画面里了。

狗又开始嗅了起来……然后它抬起头来。它没受伤的耳朵突然竖了起来；那只在很久以前的战斗中被砍倒、瘫软无力的耳朵也想竖起来。虽然没有声音，但凯文确信那只狗已经开始咆哮。狗嗅到了什么东西或什么人。那是什么或者是谁?

凯文看着他们起初以为是树枝或电话杆的影子，然后他明白了。

画面中狗的头开始转动……就在那时，这部奇怪的“电影”的后半段开始了，接下来三十秒的快速动作让你头晕眼花。“老爹”预料到了，凯文想，也许他以前读到过类似的东西。不管怎样，情况已经很明显了，不需要再说明。这些照片即使不是一张接一张地拍摄，时间点也靠得很近，这部临时制作的“电影”中的动作几乎是非常流畅。虽然可以说这些动作衔接得不完全，但差不多了。但因为两张照片之间存在时间间隔，他们所看到的东西让人觉得不舒服，因为眼睛习惯的是看到连续的画面，要么是一系列静止的照片，而不是两者都看得到但又两者都不属于的场面。

在拍立得的平面世界里，时间在流逝。速度和我们这个（真实的?）世界不同，或者说太阳已经在里面升起三次（或下降三次）。无论这条狗要做什么（如果有的话），它都会做完；如果它没有事情可做，它应该会直接消失，只剩下静止的、看似永恒存在的、被侵蚀的尖桩篱栅守卫着无精打采的草坪，但时间是在流逝。

这条狗的头正转过来面对着画面影子的主人、那个摄影师，像是痉挛了一下：有一会儿，它的脸甚至头的形状都被那只耷拉着的耳朵遮住了；然后你看到一只黑棕色的眼睛，周围环绕着一圈又圆又脏的光晕，这让凯文想起了坏掉的蛋清；然后你看到它的嘴部有一半微微皱起，好像要吠；最后，狗露出了四分之三张脸，比任何狗看起来都要可怕，甚至比最凶狠的狗还要可怕。狗嘴部白白的垂纹表明它已经不再年轻了。在录像带的最后，你能看到狗的嘴唇确实在向后拉。画面上闪过一道白色，凯文以为是牙齿。直到第三次重播，他才发现是那只眼睛的画面吸引着他。看起来杀气腾腾，这条串种狗几乎要凶猛地叫出声来。这条狗没有名字，凯文也清楚这一点。他可以肯定拍立得世界里没有人曾经给这条拍立得狗起过名字。这条狗出生就流浪，流浪着长大，越长大越凶狠。它就像世界上所有流浪狗的化身，没有名字，也没有家。它会杀鸡，从小就学会推倒垃圾桶，从里面翻食物吃。它睡在涵洞和废弃房屋的门廊下。它的智力可能迟钝，但它的本能可能是敏锐而凶狠的。它……

“老爹”梅里尔说话的时候，凯文被吓了一大跳，几乎尖叫起来。

“那个拍照的人。”他说，“我的意思是，如果有这个人的话。你认为他出了什么事？”

“老爹”用他的遥控器把最后一帧定住。一条静电产生的线条穿过画面。凯文希望它能挡住狗的眼睛，但线从狗眼睛的下方通过。那只眼睛瞪着他们，看起来恶毒的、满是愚蠢的杀人意念——不，不是愚蠢的，不是完全愚蠢的，这让这条狗不仅可怕，而是恐怖……“老爹”的问题都不需要有人回答。不需要拍更多相片，就可以想象接下来发生的事。狗可能听到了什么，它当然听到了，凯文知道是什么。它听到了那湿润沉闷的哀嚎声。

更多的照片显示狗继续转身，然后开始在每一帧中占据越来越多的位置，直到画面中只有那条狗……无精打采的零零碎碎的草坪、篱笆、人行道、影子，都不见了。只有狗。

那条狗想要进攻。

那条狗想要杀人，如果可能的话。

凯文干巴巴的声音似乎是从别人口中传来的。“我觉得它不喜欢拍照。”凯文说。

“老爹”那短促的笑声就像从膝盖上折下来的一束干柴，可以用来引火。

“倒回去。”德莱文先生说。

“你想从头再看一次?”“老爹”问。

“不用……就最后十秒钟左右。”

“老爹”用遥控器倒带，然后再播一次。那只狗扭过头来，动作就像老旧的机器人，但仍然很危险。凯文想告诉他们说马上停止。停下来。够了。停下来，我们把相机砸了。因为录像里还有别的东西，不是吗?有些事情他不愿去想，但很快就会想到，不管是不是愿意，凯文总能感觉到那个想法就像鲸鱼宽阔的脊背一样在他的脑海中击碎海面。

“再来一次。”德莱文先生说，“这次是一帧一帧的。你能这么播吗?”

“阿耶。”“老爹”说，“该死的机器什么都能干，就是不能帮忙洗衣服。”

这一次，一次一帧，一次一张照片。那条小狗现在看起来不像机器人了，或者不太像，而是像某种奇怪的时钟，就像“老爹”楼下放的那些。抽搐，抽搐，然后转头。他们很快就会再次面对那只无情且凶狠的眼睛。

“那是什么?”德莱文先生问。

“什么什么?”“老爹”问，好像他不知道这就是那个男孩那天不想谈论的事情，他相信正是那件事让那个男孩下定决心要彻底毁掉那台相机。

“在它的脖子下面。”德莱文先生说，并指了指，“它没有戴项圈或标签，而是用链子或细绳子在脖子上绕着什么东西。”

“我不知道。”“老爹”平静地说，“也许你儿子知道。年轻人的眼睛比我们老家伙的更锐利。”

德莱文先生转过身来看着凯文:“你能看出来吗?”

“我……”凯文陷入了沉默，然后说，“太小了。”

他又想起他们离开家时他父亲说过的话。如果她从来不问你，你就不用告诉她……这就是我们在成人世界做事的方式。刚才他问凯文能否看清狗脖子下面的东西是什么。凯文并没有真正回答这个问题；他说的完全是另一回事。那东西真的小。确实如此。其实他知道那是什么……只是……

凯文的父亲是怎么说的？滑向谎言的边缘？

凯文他也看不清楚。并不真的了解那是什么，他知道这其实是一样的。他的眼睛只是暗示了他，他心里明白。就像他的心里很清楚，如果他是对的，这台照相机就必须砸掉。必须。

在那一刻，“老爹”梅里尔突然灵光一闪。他站起来，啪的一声关掉了电视。“我把照片都放在楼下了。”他说，“和录像一起带回来的。我亲眼看过那东西，用放大镜看过，还是看不出来……但它看起来很眼熟，妈的。我去拿照片和放大镜。”

“我们一起去。”凯文说，这是“老爹”在这个世界上最不想听到的一句话。但随后德莱文插了进来——上帝保佑——说他可能会想在用放大镜看了最后几张照片后，再看看录像带。

“不用一分钟我就回来。”“老爹”说着就走了，动作活像在苹果树上的树枝间跳来跳去的鸟儿，都没等他们提出异议（如果他们想提出来的话）。

凯文没说什么。那个想法终于在他的脑海里破壳而出，不管喜不喜欢，他不得不去思考。

这个念头很简单，就像鲸鱼的背部看起来很简单一样——至少在不以研究鲸鱼为生的人眼里是这样，但用这个来类比，可以说这个念头也很庞大。

其实这也不是什么想法，而是简单的确定。这和拍立得相机总是给人那种奇怪的平面感有关，和相机只以二维空间展示事物的方式有关，虽然所有的照片都是这样的，但其他的照片似乎至少有立体感，即使是傻瓜式的柯达 110 都能使人联想到三维空间。

而在凯文的照片里的东西，那些他从来没有通过“太阳”的取景器看到，也没有在其他任何地方看到过的东西，给人的感觉都是一样的：平坦单调，毫无立体感。

除了那条狗。

那条狗不是平面的。那条狗不是没有意义的，你能意识到这一点，但不会唤起你任何感觉。狗不仅让人联想到三维空间，而且是真的立体，就像全息图真的在三维空间中存在一样，或者也可以说让觉得是那种必须戴上特殊眼镜才能让双重图像重叠的3D电影。

这条狗不是拍立得拍出来的狗，凯文想，它不属于拍立得的世界。我知道这听起来太疯狂了，但我也清楚情况确实如此。那么这意味着什么呢？为什么我的相机一遍又一遍地拍它的照片……拍立得世界里有个男人或女人在为它拍照吗？那个人看到它了吗？如果这是一条被困在二维世界里的三维狗，也许那个人没有看到它……没法看到它。他们可能还会跟我们说时间对我们而言是第四维，我们知道时间就在那里，但我们看不见。我们甚至无法真正感受到它的流逝，也许有时候可以，尤其是我们感到无聊的时候，我觉得我们在某种程度上似乎能感觉到时间流逝。

但当你开始认真思考的时候，所有这些可能都不重要，而且不管怎样，这些问题对凯文来说都太难了。对他来说，还有其他更重要的问题，至关重要的问题，甚至可能是致命的问题。

比如为什么这条狗在他的相机里？

这条狗想从他那里得到什么呢，还是想从某人那里得到什么呢？一开始凯文以为随便什么人都可以，因为任何人都可以拍这样的照片，而且动作也总是在变化的。但它脖子上的东西，那个不是项圈的东西……那只和他有关，只和凯文·德莱文有关，和任何其他人无关。这条狗想对他做什么吗？如果这个问题的答案是肯定的，那就可以把其他事都忘掉了，因为这只狗想做的事情实在是太明显了。它那浑浊的眼睛已经显露出了它的意图，在它的咆哮中你就能看到端倪。凯文觉得它想要做两件事。

先是逃脱。

再是杀戮。

那里面有个带着相机的男人或女人，他可能根本没有看到那只狗，凯文想，如果摄影师没有看到那只狗，也许狗看不到摄影师，所以摄影师是安全的。但如果狗真的在三维空间里，也许它能看到外面……也许它能看到任何使用我这台相机的人。也许它的目标还不是我，或者不是非我不可，也许每个使用相机的人都是它的目标。

但……它脖子上戴的东西。那怎么解释？

他想起了那条串种杂种狗的黑眼睛，因里面闪着的邪恶火花，而不显得愚蠢。只有老天知道那条狗一开始是怎么进入拍立得世界的。但它被拍下来的时候，它能看到外面，它想离开那个世界。凯文心里清楚那条狗会先干掉自己，戴在它脖子上的东西是这么说的，明明白白地宣称要先干掉凯文，但之后呢？

在凯文之后，任何人都可能成为目标。

任何人都可能。

在某种程度上，这就像你小时候玩的另一种游戏，不是吗？就像玩上台阶的游戏。那条狗一直沿着篱笆走，然后听到了拍立得的声音，那种又湿又闷的嗡嗡声。它转过身来，看到了……什么？它自己的世界？还是整个宇宙？一个足够像它自己原来生活的世界或宇宙，所以它能看到或感觉到自己至少有可能在其中生活和狩猎？这并不重要。现在每次有人给它拍照，狗就会更靠近，会越来越近，直到……嗯，直到什么？直到它不知怎么地从照片里钻出来？

"这太荒唐了。"他喃喃地说，"完全说不通。"

"什么？"凯文的父亲从沉思中惊醒。

"没什么。"凯文说，"我刚才在自……"

接着，他们听到楼下传来"老爹"梅里尔的声音，虽然听不太清楚，但却隐约可闻："他妈的吓死我了！我 × ！"

凯文和他的父亲面面相觑，吃了一惊。

"我们去看看发生了什么事。"凯文的父亲说着站了起来，"我希望他没有摔下来，摔断了胳膊，或者别的什么。我的意思是，我心里有点希望会这样，但是……你知道的。"

凯文想：*如果他刚才一直在拍照呢？如果那只狗就在下面呢？*

老人的声音听起来并不像害怕，当然，一只看起来像中型德国牧羊犬那么大的狗是不可能通过"太阳 660"大小的照相机或者它的照片跑出来的。这和把洗衣机塞进排水孔一样不可能。

尽管如此，跟着父亲走下楼梯，来到阴沉沉、乱糟糟的一楼时，凯文还是为他们两人——为他们三个——感到害怕。

走下楼梯时，“老爹”梅里尔高兴得像涨潮时的蛤蜊。

如果有必要的话，他已经准备好在他们面前随机应变。如果只是那个男孩的话，可能会麻烦点，毕竟他还有一年左右的时间才会认为自己什么都知道，但是那个男孩的父亲……啊，愚弄那家伙就像从一个婴儿身上偷奶瓶一样容易。他告诉过那个男孩他当时陷入的困境了吗？从男孩看他的眼神——一种新的、谨慎的眼神——“老爹”觉得德莱文可能跟凯文说了。父亲还对儿子说了什么？好，让我们看看。他让你叫他“老爹”吗？意思是他打算欺骗你。这只是开始。小子，他是个阴险的家伙。那是第二件事。当然，德莱文跟他儿子说的最重要的是：儿子，让我来对付他。我比你更了解他。你让我来处理一切。德莱文这样的人对“老爹”梅里尔来说就像一盘美味的炸鸡——嫩滑、美味、多汁，肉很轻松就从骨头上掉下来。德莱文自己曾经也不过比个孩子好一点，他永远也不会完全明白，不是“老爹”让他陷入困境的，而是他自己。他本可以去找他的妻子，而她会去敲她那老希尔达姨妈腰缠万贯的腰包。德莱文会窝囊一阵，但希尔达姨妈会及时救他出来的。不过，他不只是还没有看到这一点，而是完全没这么想过。现在，“老爹”只是伪装成了一个傻瓜，他可是随时随地都能装，还不用任何人帮忙，德莱文觉得自己已经非常了解雷金纳德·马里昂·梅里尔这个人。

“老爹”要的就是这个效果。

没错，他完全可以在德莱文面前把两台相机掉包，而德莱文永远也不会看到这该死的结果——这就是他确信自己已经对“老爹”了如指掌的下场。

但现在的情况更好。

你从来没有向幸运女神要求过眷顾自己，在人最需要她的时候，她总能让他们失望。但如果她自己主动出现……嗯，不管你在做什么，都要马上迎接她，尽你所能地招待她、宴请她，越奢侈越好。她是个你要是对她足够好，她就是个总会主动迎合的婊子。

所以“老爹”迅速走到工作台前，弯下腰，从阴影处取出镜头破裂的那台拍立得。他把相机放在桌子上，从口袋里拿出一串钥匙（同时迅速回头确定其他人没有下楼），用小钥匙打开了桌子左边锁着的抽屉。在这个深深的抽屉里有许多南非克鲁格金币；一本集邮簿，其中价值最低的邮票是最新的《斯科特邮票集》里价值六百美元的那张；抽屉里还有价值约一万九千美元的硬币收藏品、二十多张一个睡眼惺忪的女人和一匹设得兰矮种马性交的过塑照片；除此之外还有两千多美元的现金。

“老爹”把这些现金装在各种锡罐里，这都是他要借出去的钱。约翰·德莱文会认出这些钞票的。都是皱巴巴的十美元。

“老爹”把凯文的“太阳660”放进这个抽屉锁上，然后把钥匙圈放回口袋。接着他（又一次）把带着破镜头的照相机从工作台边上推下去，大声喊道：“他妈的吓死我了！我 ×！”这声音大得足以让他们听见。

然后他摆出一副适当沮丧和懊恼的表情，等着他们跑过来看看发生了什么事。

“‘老爹’？”凯文喊道，“梅里尔先生？你还好吗？”

“阿耶。”他说，“除了我那该死的自尊心，其他没伤到什么。我猜那相机只是运气不好。我弯下腰去打开工具抽屉，这就是我想说的，结果把那该死的东西碰倒在地上。不过我猜这一次可能摔得更严重。我不知道我该不该说对不起。我是说，你本来打算……”

他满怀歉意地把相机递给凯文，凯文接过相机，看着破碎的镜头和周围塑料外壳的碎片。“没事，没关系。”凯文一边说，一边把相机翻过来。但他没有像之前那样小心翼翼、试探性地拿着它：好像它真的不是塑料和玻璃做的，而是某种爆炸物。“不管怎么说，我本来也要砸烂它。”

“看来我帮你省了不少麻烦。”

“如果我能自己砸，我会感觉好些……”凯文开始说。

“阿耶，阿耶。我对老鼠也有同样的感觉。想笑就笑吧，我用捕鼠夹夹死一只后，我还是会用扫帚打它。我得确定它死了，这就是我想说的。”

凯文微微一笑，然后看着他的父亲：“他说后面有一块砧板，爸爸……”

“小屋里还有一个不错的锤子，如果没人拿去的话。”

“你介意吗，爸？”

“这是你的相机，凯文。”德莱文说。他不信任地看了一眼“老爹”，但这目光表明他不信任“老爹”是出于一般的原则，而不是出于任何特定的原因。“但如果这能让你感觉好一点，我觉得这是正确的决定。”

“好。”凯文说。他感到肩上沉重的负担卸去了……不对，是内心的负担卸去了。镜头坏了，这台照相机肯定没用了。但除非他在“老爹”的砧板上看到它的碎片，他不会真正感到安心。凯文把相机拿在手里翻来覆去，看看正面，又看看背面，他觉得很有趣，也很惊讶自己是多么喜欢它破碎的样子给人的感觉。

“我想我欠你相机的钱，德莱文。”“老爹”说，他知道德莱文会怎么回答。

“不用。”德莱文说，“我们把它砸烂，把这桩疯狂的事忘得一干二净吧……”他顿了顿，“我差点忘了……我们本来是要在放大镜下看最后几张照片的。我想看看我能不能认出那只狗戴的是什么。我一直觉得它看起来很眼熟。”

“我们把相机砸烂之后再看，好吗？”凯文问，“可以吗？爸爸？”

“没问题。”

“而且，”“老爹”说，“把照片烧了也许是个不错的主意。你可以在我的炉子里烧。”

“我觉得这是个好主意。”凯文说，“你觉得呢，爸爸？”

“我觉得梅里尔太太的孩子都挺聪明。”他父亲说。

“嗯。”“老爹”说着从升起的蓝色烟雾后面露出神秘的微笑，“我们一家有五个人，你知道的。”

凯文和他的父亲走到荣光商店时，天是蔚蓝色的。一个完美的秋日。然而现在四点半，天空变得阴云密布，看来天黑前要下雨了。秋天第一波真正的寒意触到了凯文的手。如果在外面待的时间够长，他的手肯定会被吹得干裂，他可不想这样。半小时后，妈妈就要回来了，他已经在想妈妈看到爸爸和自己在一起时，爸爸会怎么解释。

但这件事以后再说吧。

凯文把“太阳660”放在小后院的砧板上。“老爹”梅里尔递给他一把大锤，锤柄因使用频繁而磨得包浆。锤头生锈得厉害，好像有人把它丢在外面淋雨造成的，而且还不止一两次。但锤子确实能用，凯文对此毫不怀疑。拍立得相机的镜头裂开了，周围的外壳也破破烂烂。看起来很脆弱、毫无抵抗力的相机放在缺角、龟裂的厚砧板上，一般那上面会放着一段等着被劈开的赤桉木或枫树。

凯文握紧了大锤光滑的手柄。

“儿子，你确定要砸吗？”德莱文先生问。

“对。”

“好吧。”凯文的父亲瞥了一眼自己的手表，“那动手吧。”

“老爹”站到一边，一口烂牙咬着烟斗，双手插在屁股后的口袋里。他狡猾地看看凯文，又看看德莱文，什么也没说。

凯文举起大锤，突然被自己对镜头的愤怒吓了一跳，他鼓起所有的力量把锤子砸了下去。

太用力了，他想。会砸偏的，没砸到自己的脚就算好运的了。相机就放在那里，不过是一大块空心塑料，小孩都可以轻松踩烂，就算走运没有砸到自己的脚，“老爹”也会看着你。他什么都不会说，他也不必说。这一切都在他的眼神里了。

凯文又冒出一个想法：*我砸不砸得中并不重要。这是一个神奇的相机，你无法砸碎它。即使你砸中了，锤子也会弹回来，就像打中超人胸口的子弹一样。*

但是没有时间再去想什么了，因为锤子直接砸中了相机。凯文真的太用力了，无法控制锤子，但他很幸运。大锤没有弹回来击中凯文的眼睛，砸死他自己，像恐怖故事的最后转折。

"太阳"相机与其说是粉碎，不如说是爆炸。黑色的塑料飞得到处都是。一个一端有一块发亮的黑色正方形的长方体——凯文心想那是张永远都不会拍下照片的底片——扑闪着朝下落在砧板旁边的空地上。

片刻的寂静如此彻底，他们都能听到街上的汽车声，还能听到半个街区外沃代尔乡村商店后面的停车场里孩子们玩捉迷藏的声音。这家商店两年前破产了，此后一直空置着。

"嗯，就是这样。""老爹"说，"凯文，你像传说中的巨人保罗·班扬一样挥着锤子！如果有人说你不像，我就笑着去亲猪。"

"没必要这么做。""老爹"又对着德莱文先生说。德莱文先生正小心翼翼地捡起碎塑料块，就像小心翼翼地捡起他不小心撞到地上打碎的玻璃杯碎片。"我雇了个男孩，每一两个星期会来打扫院子。我知道这看起来好像没人打扫，但如果我没有那个孩子帮忙……情况会更糟的！"

"那我们现在用你的放大镜看看那些照片吧。"德莱文先生站起来说。他把捡到的几块塑料扔到附近一个生锈的焚化炉里，然后擦了擦手。

"可以啊。""老爹"说。

"然后烧掉它们。"凯文提醒道，"别忘了。"

"我不会的。""老爹"说，"烧完了我也会感觉更好。"

"老天啊！"约翰·德莱文说。他俯在"老爹"梅里尔的工作台上，透过发亮的放大镜看着倒数第二张照片。在这一张照片中，狗脖子上的东西看得最清楚。在最后一张照片中，那东西又朝另一个方向摆动。"凯文，看看这个，告诉我是不是我想的那样。"

凯文拿起放大镜看了看。他当然知道，但即便如此，这也不只是做做样子。发现冥王星的克莱德·汤博一定也带着同样的痴迷看着冥王星第一张真实的照片。汤博知道冥王星就在那儿。计算显示海王星和天王星的轨道都有类似的扭曲，这让冥王星不仅可能存在，而且必然存在。不过，知道那里有一件东西，甚至知道它是什么东西……这并没有减弱第一次亲眼见到它时给人带来的震撼。

凯文松开开关，把放大镜还给了“老爹”。“对。”他对父亲说，“就是你想的。”他的声音平淡得就像——他想，就像拍立得的平面世界。凯文忍不住想笑，但他把声音藏在心里，不是因为这样笑起来不合适（尽管他认为是不合适的），而是因为这样笑出来的声音听起来……嗯……太平了。

“老爹”等着，过了一会儿他才明白他们需要有人推他们一把，他说：“好吧，不要让我在这儿着急地猜了！那到底是什么东西？”

凯文以前不愿意告诉他，现在也不愿意。没有理由，而是——

别他妈傻了！你需要帮助的时候，他帮了你，别管他怎么赚的钱。告诉他，把那些照片烧掉，在钟还没敲五点之前离开这里。

对。如果到时候凯文还在这里，他认为这将是对自己的最后一击。他会完全疯掉，而他们会把他送到朱尼珀山的精神病院去，让他把困在拍立得世界里的狗说个够，对拍了一遍又一遍同样照片的相机（只是乍看上去相同）大聊特聊。

“拍立得相机是我的生日礼物。”他听到自己用同样干巴巴的声音说，“它脖子上戴的也是我的生日礼物。”

“老爹”慢慢地把眼镜推到他的光头上，眯起眼睛看着凯文：“我听不懂你的话，孩子。”

“我有一个姨妈，”凯文说，“实际上应该叫姑奶奶，但我们不该这样称呼她，因为她说这样让她觉得自己老了。希尔达姨妈。不管怎么说，希尔达姨妈的丈夫给她留下了一大笔钱——我妈妈说她的身价是一百多万美元——但她是个吝啬鬼。”

凯文停了下来，给父亲留出了指正的空间，但父亲只是苦笑着点了点头。“老爹”梅里尔对这情况了如指掌（事实上，城堡岩和周围地区的情况有一些是“老爹”还不知道的），但他只是保持沉默，等着凯文把话说出来。

“她每三年会来和我们一起过一次圣诞节，那大概是我们每年唯一一次去教堂，因为要配合她去教堂。希尔达姨妈来的时候，我们家会买很多花椰菜，但家里没人喜欢花椰菜，妹妹吃了几乎要吐，但希尔达姨妈非常喜欢吃，所以我们还是得跟着吃。我们的暑期读书单上有一本书叫《远大前程》，书里有一位很像希尔达姨妈的女士，她叫郝维仙小姐。她在亲戚面前拿钱晃来晃去，从中取乐。当郝维仙小姐说青蛙时，人们就得跟着跳。我们跳，我想我们家的其他人也得跟着跳。”

“哦，你的兰迪叔叔把你妈妈打扮得像个乞丐。”德莱文先生出乎意料地说。凯文认为他爸爸的意思是用一种玩世不恭的方式来开玩笑，但他说出来的却显得非常酸楚。“如果希尔达姨妈在兰迪家说‘青蛙’，那他们都得在屋顶上翻筋斗。”

“不管怎样，”凯文告诉“老爹”，“她每年都送我同样的生日礼物。我的意思是，每一个款式不同，但实际上都是一样的东西。”

“孩子，她送你什么了？”

“蝶形领结。”凯文说，“就像在老式乡村乐队看到的那种男人戴的那种。每年的领扣都不一样，但永远都是蝶形领结。”

“老爹”抓起放大镜朝着照片弯下腰。“对啊！”他说着直起腰来，“蝶形领结！就是这东西！我怎么没看出来呢？”

“我想，因为那不是狗脖子上应该戴的东西。”凯文用同样呆板的声音说。他们在这里只待了四十五分钟左右，但他觉得自己又老了十五岁。他的头脑一遍又一遍地告诉他：*要记住照相机已经没了，只有碎片。不管是谁，就算斯克内克塔迪拍立得工厂生产相机的所有人都来，也不能把这个宝贝修好。*

是啊，感谢上帝。因为这事已经结束了。对凯文来说，即使他在八十岁才碰到超自然的东西，就算感觉没那么震惊，他也会觉得这种事来得太快了。

“还有，那领结非常小。”德莱文先生说，“凯文把它从盒子里拿出来的时候，我也在场，我们都知道里面是什么。唯一的悬念是今年的领扣上会是什么图案。我们拿这个开过玩笑。”

“领扣上是什么图案？”“老爹”问，然后又盯着照片看……或者只是盯着照片发呆，反正就是看着照片。如果需要在法庭上作证，凯文可以说盯着拍立得弄清楚上面的细节是根本不可能的。

“是一只鸟。”凯文说，“我敢肯定那是只啄木鸟。就是照片里的狗戴在脖子上的。领扣上有啄木鸟的蝶形领结。”

“老天！”“老爹”说。他可以说是世界上演技最好的人之一了，但他现在没有必要假装惊讶。

德莱文先生突然把所有的拍立得照片叠在一起，说：“我们把这些该死的东西放进炉子里吧。”

凯文和父亲到家时，已经五点十分了，外面开始下毛毛雨。德莱文太太那辆买了两年的丰田车没有停在车道上，但她回过家一趟，现在又离开了。厨房的桌子上有一张她写的纸条，用盐瓶和胡椒瓶压着。凯文打开纸条时，一张十美元的钞票掉了出来。

亲爱的凯文：

打桥牌时，简·杜杨问我和梅根是否愿意和她在好运餐厅共进晚餐，因为她丈夫要去匹兹堡出差，她只能一个人在家闲逛。我说我们很乐意。梅根，你知道她是多么想去凑热闹！希望你不介意自己“孤独而坚强地”吃饭。不如你自己点一份比萨和一些苏打水，你爸爸回家后可以自己再点。他不喜欢二次加热的比萨，你也知道，他想喝啤酒。

爱你，

妈妈

他们互相看了看，眼神里说的都是：好了，我们少了一件事担心了。显然，她和梅根都没有注意到德莱文先生的车还在车库里。

“你想让我……”凯文开口了，但没必要讲完。他父亲打断了他：“对。去检查一下。现在。”

凯文赶紧走上楼，进了自己的房间。他房间里有一张写字台和一张桌子。桌子最底下的抽屉里装满了凯文觉得“没用的东西”。尽管这些东西对他来说并没有什么真正的用处，但他又觉得扔掉这些东西似乎是犯罪。里面有他祖父的怀表，上面有旋涡状的纹路，给人庄重的感觉，拿在手里沉甸甸的……但这块表锈迹斑斑，路易斯顿的珠宝商只看了一眼就摇了摇头，把它在柜台上推了回来。抽屉里还有两套相配的袖扣和两个不成对的袖扣、一张《藏春阁》的折叠插页、一本叫做《恶心笑话》的平装书，还有一个索尼随身听。不知什么原因，放进去播的磁带总是被它弄坏。里面就是这些“玩意儿”，没有其他合适的词形容这些东西了。

当然，其中还有希尔达姨妈送给他的那十三个蝶形领结，那是在他过去十三个生日送给他的。

他一个接一个地把它们拿了出来，数了数，原来是十三个，现在变成了十二个。他在抽屉里翻了一遍，然后再数，结果还是十二个。

“没有吗？”

一直蹲着的凯文吓得大叫一声，跳了起来。

“对不起。”德莱文先生在门口说，“我刚才没考虑好。”

“没关系。”凯文说，他突然想到心脏跳得能有多快才会让人死于心脏病，“我只是……太紧张了。我太蠢了。”

“那倒不是。”他父亲严肃地看着他，“我看到那盘录像带时，我害怕极了，我觉得我可能得把手伸进嘴里，用手指把胃往下推。”

凯文感激地看着他的父亲。

“不在那儿了，对不对？”德莱文先生说，“那个带啄木鸟的还是什么鬼东西？”

“对，不在了。”

“你把相机放进过那个抽屉吗？”

凯文慢慢点了点头。“‘老爹’……梅里尔先生……说让相机不时休息一下。这是按照他定的时间表做的。”

有什么东西在凯文的脑海里短暂地闪了一下，然后就消失了。

“所以我就把相机放进去过。”

“老天。”德莱文先生轻声说。

“是啊。”

他们在黑暗中对视了一下，凯文突然笑了，就像看到阳光冲破了一排乌云。

“什么?”

“我还记得当时的感觉。”凯文说,“我抡大锤抡得那么狠……”

德莱文先生也开始笑了。“我还以为你要砸到自己呢。锤子砸到它的时候,它发出了**咔吱**一声!碎片到处乱飞……”

“**嘭的一下**!”凯文接着把话说完,“相机没了!”

他们在凯文的房间里一起笑了起来,凯文发现他几乎很高兴发生了这一切。释然的感觉是难以形容的,却又让人感觉非常畅快。好像背后很痒,而另一个人偶然间或因为心灵感应帮他挠了这个自己挠不到的地方,正好挠到了痒处,或者只是手指碰到或是压了一下,然后,感觉简直妙极了。

就像相机这件事情让父亲知道以后的情况。

“相机没了。”凯文说,“对吧?”

“在埃诺拉·盖伊号轰炸机丢了原子弹之后,相机像广岛一样结束了。”德莱文先生回答道,然后补充说,“我想说的是,它被砸成了一摊屎。”

凯文呆呆地看着他的父亲,然后忍不住大笑起来,几乎像在尖叫。他的父亲也跟着笑起来。不久,他们点了一份丰盛的比萨。玛丽和梅根·德莱文七点二十分到家时,他们俩还在咯咯地笑。

“嗯,你们俩看起来好像干了什么坏事。”德莱文太太有点困惑地说。他们的欢声笑语中有一种不太对劲的东西触动了女人的第六感——那是似乎只有在分娩和灾难的时候才能充分挖掘的心灵深处。他们看起来和听起来都像是刚刚躲过车祸的人。“能和女士们分享一下吗?”

德莱文先生说:“只有两个单身汉玩得很开心而已。”

“爽爆了。”凯文进一步说,他的父亲又补充道:“这就是我们想说的。”他们面面相觑,又狂笑起来。

梅根真的很困惑,她看着妈妈说:“妈妈,他们为什么会这样?”

德莱文太太说:“因为他们是男人,亲爱的。去把你的大衣挂起来。”

“老爹”梅里尔等德莱文父子离开后,就把门锁上了。他关掉了除了工作台上的那盏灯以外的所有灯,拿出钥匙,打开了自己装杂物的抽屉。他从里面拿出凯文·德莱文那台裂开但又完好无损的拍立得“太阳 660”相机，凝视着它。这相机把德莱文父子吓坏了，“老爹”很清楚这一点，这东西之前也把他吓坏了，现在依然如此。但把这样的东西放在砧板上，然后把它砸成碎片？这做法太疯狂了。

处理这该死的东西还有更好的办法。

肯定有的。

“老爹”把它锁在抽屉里。他要去睡觉，等到第二天早上他就知道该怎么做了。其实他已经有了一个很棒的主意。

他站起身来，啪的一声关掉了工作灯，在黑暗中摸索着走向通往他公寓的台阶。他以一种长期练习而不加思索、稳稳当当的优雅姿态走着。

半路上，他停了下来。

他感到一种冲动，一种强烈得惊人的冲动，想要回去再看一看照相机。看在上帝的分上，为什么会这样？他甚至没有能装进那邪恶玩意儿的胶卷……他更不想用它拍照。如果其他人想拍一些快照，看看那狗什么情况了，那花钱把相机买走，他当然欢迎。正如他常说的那样，“买方责任自负”，他总是这句话。让那个该死的买主自己负责吧。至于他，他宁肯进一个满是狮子的笼子，连鞭子和椅子都不给他也行。

不过……

“不要再想了。”他在黑暗中粗暴地说。他的声音吓了自己一跳，把他从之前的冲动中解放出来，头也不回地上楼去了。

第七章

第二天一大早，凯文·德莱文做了一个噩梦。噩梦非常可怕，他只能记得一部分，就像从一台扬声器有毛病的收音机里听到的断断续续的音乐。

他在梦里走进一个脏兮兮的工业小镇。很明显他是个流浪汉，因为他背上有个包袱。小镇的名字叫奥特利，凯文觉得应该是在佛蒙特州或纽约北部。*你知道在奥特利有谁要雇人吗？*他问一位推着购物车沿着破碎的人行道走的老人。购物车上没有食品杂货，里面装满了一堆不知道是什么的垃圾，凯文意识到那人是个酒鬼。*滚开！小偷！该死的小偷！该死的小偷！*

凯文跑着冲过街道。他更害怕发狂的那个人，而不是害怕别人觉得他，凯文，是个小偷。酒鬼在他身后叫道：*这里不是奥特利！这是希尔达斯维尔！滚开，你这个该死的小偷！*

就在那时，他意识到这个城镇不是奥特利，也不是希尔达斯维尔，也不是其他任何有正常名字的城镇。一个完全不正常的城镇怎么会有一个正常的名字呢？

所有的东西——街道、建筑、汽车、标志、为数不多的行人——都是二维的。东西有高度，有宽度……但是它们没有厚度。他和一个女人擦身而过，这个女人看上去像梅根的芭蕾舞老师再长胖一百五十磅的样子。她穿着一条泡泡糖颜色的宽松裤。像那个酒鬼一样，她也推着一辆购物车。车的轮子吱吱作响。里面全是拍立得“太阳 660”相机。她疑惑地看着凯文，两人走得越来越近。当他们在人行道上相遇时，她消失了。她的影子还在，凯文还能听到那有节奏的吱吱声，但人不见了。然后她又出现了，从她那胖胖的、扁平的、充满怀疑的脸上回头看着他。凯文明白了她消失了一会儿的原因。这是因为在这个二维的世界里，“侧视图”的概念不存在，也不可能存在。

这是拍立得镇，他心想，心里既松了口气，又奇怪地感到恐怖，这意味着这只是一个梦。

然后他看到了白色的尖桩篱笆，还有那条狗，还有站在水沟里的拍摄者。他头上架着一副无框眼镜。是“老爹”梅里尔。

好了，孩子，你找到它了。二维拍立得“老爹”对凯文说，他的眼睛没有离开取景窗。就是那条狗，就在那儿。那只狗在斯克内克塔迪把那个孩子撕碎了。就是**你的**狗，这就是我想说的。

然后凯文在自己的床上惊醒，担心自己尖叫了，但他首先更担心的不是梦，而是要确定自己是不是在三维的世界里。

他的确在三维世界里。但感觉不对劲。

该死的梦，他想。为什么不能把这事忘了，为什么不？事情结束了。五十八张照片全部被烧了。相机的——

他的思维像冰一样裂开了，那种有什么不对劲的感觉再次袭扰着他的脑海。

事情还没有结束，他想。还……

但这个想法还没成形，凯文·德莱文又睡着了，这次没有做梦。第二天早上，他几乎不记得之前的噩梦。

子的声音、漂浮的桌子和床、特别冷的地方，当然还有鬼魂。无论是真实的还是想象的，他们都像专注的鸟类观察者一样热情地记下所有这些。

他们中的大多数都过得非常愉快。也有一些不开心。比如说，有个从沃尔夫伯勒来的家伙。他在臭名昭著的特库姆塞鬼屋上吊自杀了。十九世纪八十年代和九十年代，这里住着一个农场老板，白天帮助其他人，晚上就在地窖的正式餐桌上吃掉白天他帮助的对象。桌子下的地板铺满了腐臭的泥土，底下至少有十二具年轻人的骨头和腐烂的尸体，也许多达三十五具，都是流浪汉。沃尔夫伯勒的那个家伙在他的通灵板旁边的便笺簿上留下了这样一条简短的信息：*无法离开房子。门都锁了。我听见他在吃东西。试着在耳朵里塞棉花。没有用。*

而这个可怜的被骗的混蛋可能觉得真的听到声音了，“老爹”从可靠的消息源那儿听到这个故事后这么想着。

还有一个住在马萨诸塞州邓威奇的人，“老爹”曾经以九十美元的价格卖给他一只所谓的“招魂小号”。那家伙把小号带到了邓威奇公墓，他肯定在那儿听到了令人非常不愉快的声音，因为他后来被关在阿卡姆精神病院的一间软垫牢房里胡言乱语，至今已经快六年了，完全疯了。走进墓地时，他的头发是黑色的。后来他的尖叫声惊醒了住在离墓地很近的几个邻居，他们听到了尖叫声，警察也被叫来了。这时，他的头发就像他嚎叫的脸一样惨白。

在波特兰，还有个女人在用通灵板的时候犯了大错，她丢了一只眼睛……罗德岛金斯顿市的一名男子在两名青少年自杀的汽车后门关闭时丢了右手的三根手指……还有个跑去马萨诸塞州纪念医院的老妇人，说她的猫克劳德特在一次降灵会中横冲直撞，弄得她的一只耳朵几乎没了……

有的“老爹”相信，有的他不相信，大部分情况下他都不发表意见，这不是因为他没有足够的确凿证据，而是因为他对鬼魂、降灵会、水晶球、招魂小号、发疯的猫，或者是传说中的约翰“征服者”鲁特都不感兴趣。对雷金纳德·马里昂·“老爹”梅里尔而言，就算“疯帽匠”都飞到月球上去，他也不在乎。当然，只要他们中有一位在搭下一班航天飞机去月球之前留下一些大额支票买下凯文·德莱文的相机就行。

“老爹”叫这些狂热者为“疯帽匠”，不是因为他们对鬼魂感兴趣。他这样称呼他们，是因为绝大多数人——他有时想说他们所有人——似乎都很有钱，过着退休的生活，求着被别人骗钱。他们会向你保证只要他们走进房间，就能分辨出真假灵媒，更不用说坐在降灵会的桌子旁，或者跟着他们听录音带里混乱的声音（有时候是人说话，有时候不是），然后在脸上摆出恰如其分的震惊表情。如果你愿意花十五分钟陪他们做这些事，听他们讲，你就能把四美元的镇纸以一百美元卖给他们，只需要说有人曾经在这个镇纸里看到过自己去世的母亲就行了。你对他们笑一笑，他们就能给你开一张两百美元的支票。你对他们说一句鼓励的话，他们就给你写一张两千美元的支票。如果你同时给他们这两样东西，他们就会把支票簿递给你，让你随便填个金额。

这一直都像骗婴儿的糖一样简单。

直到现在。

“老爹”没有在他的柜子里放标着“**疯帽匠**”的文件夹，也没有放标着“**硬币收藏家**”或“**邮票收藏家**”之类的文件夹。他甚至连文件柜都没有。他最像文件夹的东西是一本破破烂烂、放在裤子后袋的电话簿（就像他的钱包一样，因为他的屁股常年都压在上面，电话簿被压成了薄薄的弧形）。“老爹”把他的文件都放在干他这一行的人应该经常保存的地方，也就是在他的脑子里。多年来，他和八个大咖级的“疯帽匠”做过生意，这些人不仅对神秘学有所涉猎，而且还会直接投入其中。其中最富有的是一位名叫麦卡蒂的退休企业家，他住在离海岸大约十二英里的岛上。这个家伙鄙视船只，所以雇了一个全职飞行员，在他需要的时候带他往返于大陆。

九月二十八日，也就是“老爹”从凯文手里拿到相机的第二天（他不觉得，也不可能认为自己的行为是抢劫。毕竟，这孩子一直打算把相机砸成碎片，而被调包这件事凯文不知道，所以肯定不会伤害到他），“老爹”去找过他。“老爹”开着他那辆外观老旧但内部保养不错的车前往布斯贝港的一座私人机场，然后随着“疯帽匠”麦卡蒂的“豪客比奇”飞机像一匹烈马一样向下冲向尘土飞扬的跑道。“老爹”紧咬着牙关，用力眯着眼睛，死命抱紧装着拍立得“太阳660”的钢制箱子。他很肯定这飞机升空不久就会在悬崖边坠毁，砸向下面的岩石，像果冻一样摔得粉碎。最后飞机还是飞入了秋日的天际。他过去曾有两次相同的体验，他每次都发誓再也不进这台该死的飞行棺材。

他们在不到五百英尺的空中颠簸颠簸地飞着，下面就是饥渴的大西洋，飞行员一路上兴致勃勃地和“老爹”交谈。“老爹”只是点点头，在适当的时候说声“阿耶”，但他更关心的是他迫在眉睫的死亡威胁，而不是飞行员说的话。

之后岛屿就出现了，前面是一条短得可怕、令人胆寒、觉得和自杀无异的跑道，跑道旁还有一座用红木和大卵石建成的大房子。飞行员让飞机直接俯冲，这突如其来的一下几乎让“老爹”已经被胃酸泡蔫的老胃留在空中。然后飞机在沉闷的撞击声中奇迹般地降落。然后他们在滑行中停了下来，大家还活着，也没有缺胳膊少腿。“老爹”再次确信上帝肯定也是“疯帽匠”们发明出来的……至少在他坐那架该死的飞机回去之前，他会一直这么认为。

“今天真适合飞行，对不对，梅里尔先生？”驾驶员给他放下梯子。

“最棒的一天。”“老爹”咕哝着，然后大步走向房子门口的“感恩节火鸡”，这只“老爹”今天要宰的“火鸡”就站在门口，带着热切的期待对“老爹”微笑着。“老爹”答应要给他看“我所见过的最奇妙的东西”，塞德瑞克·麦卡蒂看上去迫不及待了。他会快速地检查一下，然后就付钱。等四十五分钟后“老爹”坐飞机回大陆去时，几乎没有注意到飞机不时撞上气流时发出的砰砰声和颠簸，也没有留意到不时出现、让人胃里翻腾的陡然下降。他压抑着自己，努力思考着。

“老爹”用拍立得相机对准“疯帽匠”，给他拍了张照片。在他们等照片显影的时候，“疯帽匠”给“老爹”拍了张照片……闪光灯熄灭的时候，他听到什么了吗？他听到了那只黑狗低沉而凶狠的嚎叫，还是他出现了幻觉？是想象出来的，很有可能。“老爹”在他那个时代做过一些了不起的交易，如果没有想象力，就无法做成那些交易。

只是——

塞德瑞克·麦卡蒂，这位卓越杰出的退休企业家、非同寻常的“疯帽匠”，像孩子一样迫切地等着照片显影，但等他们终于看清楚照片后，他看起来想笑，甚至可能有点轻蔑的意思。“老爹”五十年培养出来的可靠直觉能让他知道，无论是狡辩、甜言蜜语、甚至模糊的暗示，那些曾经让其他顾客买下相机的招数这次都不管用了。他仿佛看到塞德瑞克·麦卡蒂的脑海里浮现出一张大大的橙色的“禁止推销”的卡片。

但是为什么呢？

该死的，为什么？

在“老爹”拍的照片中，凯文在黑狗嘴部的皱纹中发现的闪光显然已经变成了一颗牙齿……不过“牙齿”不是正确的词，也不是用想象力想象出来的。那是獠牙。在麦卡蒂拍摄的照片中，你可以看到周围的牙齿。

他妈的这只狗的嘴长得活像个捕熊器，“老爹”想。他的脑海里不由自主地浮现出他的手臂插在那只狗嘴里的画面。他看见那只狗没有咬自己的手臂，也没有吃，而是把它撕碎了，就像削木机器用许多机械齿撕碎树皮、树叶和小树枝一样。这狗咬碎手臂需要多长时间？他正想着，然后视线对上了硕大的狗脸上盯着自己的那双邪恶的眼睛：这不会花很长时间的。或者假设那只狗咬住了他的胯部？

麦卡蒂好像说了什么，正在等待答复。“老爹”把注意力转向麦卡蒂，任何他可能还抱有的把相机卖掉的希望都落空了。这个非同寻常的“疯帽匠”本来会欣喜地花上整个下午和你一起召唤你过世的奈德叔叔，这会儿却不是“疯帽匠”了。麦卡蒂这会展示出他的另一面，他成了冷静的现实主义者。麦卡蒂这个人曾经连续十二年被《财富》杂志评为美国最富有的人，这不只是因为他是个有好运继承一大笔钱的傻瓜，也不只是因为他有诚实的、有能力的员工为他开源节流，也因为他在航空动力学的设计和开发方面是个天才。他不像航空企业家霍华德·休斯那么富有，但也不像休斯最后那么疯狂。涉及通灵现象时，这个人是“疯帽匠”。然而，在这一领域之外，他是一条凶猛的鲨鱼，让“老爹”梅里尔这类人看起来就像在泥坑里游泳的蝌蚪。

“对不起。”“老爹”说，“我有点走神了，麦卡蒂先生。”

“我说这很有趣。”麦卡蒂说，“尤其是从一张照片到另一张照片的时间流逝的微妙迹象。这相机是如何工作的？相机里面还有一台相机吗？”

“我不明白您的意思。”

“不，不是照相机。”麦卡蒂自言自语道，他拿起相机，在耳边晃了晃，“更有可能是某种滚轴装置。”

“老爹”盯着麦卡蒂，不知道他在说什么。但不管他说的是什么，他的意思都是**不买**。乘坐那架该死的小飞机（不久又要重来一遍）来一趟两手空空，毫无意义。但是为什么呢？为什么？他一直对这个家伙很有信心，如果你告诉他布鲁克林大桥是“另一个世界”的幽灵制造的幻觉，他都可能会相信的。所以现在这情况是为什么？

“暗槽，当然啦！”麦卡蒂像孩子一样高兴地说，“暗槽！在相机壳里的滑轮上装了一条皮带，上面做了很多暗槽。每个槽里都有曝光好的拍立得的狗照片。连续下来表明……”他又仔细地看了一遍这些照片，“没错，这只狗可能已经被拍下来了，这些拍立得相机是单独的。当快门松开时，一张照片就从它的暗槽中掉出来。电池可以转动皮带来定位下一张照片，然后……瞧！”

他那愉快的表情突然消失了，“老爹”眼前这个人看起来像是踩着竞争对手伤痕累累、血流成河的尸体，获得了名望和财富……而且很享受这个过程。

“乔会带你飞回去的。”麦卡蒂的声音变得冷冰冰，没有人情味了，“你挺棒的，梅里尔先生。”“老爹”沮丧地意识到这个人再也不会叫他的绰号“老爹”了……“我承认这一点。你这次太过分了，在很长一段时间里，你都骗了我。你骗了我多少钱？这一切都是假的吗？”

“我一分钱也没骗您。”“老爹”说着狠狠地撒了个谎，“我卖您的东西都是我相信是真的，我想说的是，这相机的事我也相信是真的。”

“你真让我恶心。”麦卡蒂说，“不是因为我以前信任你，我信过其他骗子。也不是因为你拿了我的钱，钱是小事。你真让我恶心，因为正是像你这样的人，才会让人们对通灵现象的科学调查一直处于黑暗时代，变成一件值得嘲笑的事、一件疯子和笨蛋才干的事。唯一值得安慰的是，你们这些家伙迟早会把事做得太过分。你们会变得很贪婪，想用这种荒谬的东西骗人。我要你现在离开这里，梅里尔先生。”

“老爹”嘴里叼着烟斗，颤抖的手握着一根“钻蓝”牌火柴。麦卡蒂指着他，上方那双冰冷的眼睛让手指看起来像枪管。

“如果你在这儿点上那臭烘烘的玩意儿，”他说，“我就叫乔把它从你嘴里拽出来，把烟草倒进你的裤子。所以除非你想让屁股冒着烟离开我的房子，我劝你……”

“您怎么了，麦卡蒂先生？”“老爹”低声地说，“这些照片不是刚出来就有画面的，您亲眼看到它们的显影过程了啊！”

“这种感光乳剂，任何一个有十二美元化学玩具的孩子都能做出来。”麦卡蒂冷冷地说，“这不是拍立得公司用的那种触媒定影剂，但很接近了。你把拍立得照片曝光……或者用电影胶片做好，如果你是这么做的话……然后你把它们拿到一个标准的暗房，涂上些黏稠的东西。当它们干了，你把相片装好。相片刚从拍立得里出来的时候，看起来就像还没有开始显影的拍立得照片。纯灰色，白色边框。然后光线照射到自制的乳剂上，产生化学变化，然后蒸发，接着照片呈现出你自己几个小时、几天或几周前拍的照片。乔？”

“老爹”还没来得及说什么，他的胳膊就被抓住了，他与其说是从有着玻璃墙的宽敞的起居室走出去的，不如说是被推搡出去的。反正他也不会说什么，优秀的商人必须知道这时候要是还多嘴，肯定会被揍一顿。但“老爹”很想转头喊：随便来个染头发的蠢女人，从《命运》杂志那儿订购个水晶球，然后弄一本书或一盏灯或一页乐谱飘过黑暗的房间，你就相信她们的把戏然后买一堆垃圾，但我给你一台能拍到另一个世界的相机，你却把我丢出去！你真是个疯帽！没错，我操你妈的！有的是人要买这台相机！

确实还有其他人要买。

十月五日，“老爹”坐上他那辆保养得很好的车，开去波特兰见普斯姐妹。

普斯姐妹是生活在波特兰的同卵双胞胎，大约有八十岁，但看起来比英国的巨石阵还要古老。她们会高兴地告诉你，她们从十七岁起就一根接一根地抽骆驼牌香烟。尽管每天抽六包烟，但她们从不咳嗽。她们离开殖民时期的红砖宅邸时，会坐像灵车一样散发着阴郁光芒的一九五八年的林肯大陆车。驾驶这辆车的是一位黑人妇女，只比普斯姐妹们小一点点。这个女司机可能是个哑巴，但情况也可能更加特别：那就是上帝造她的时候，她就是沉默寡言的。“老爹”不确定这件事，他从来没有问过。他和这两个老太太打交道近三十年，在此期间，这位黑人女士一直和她们在一起，大部分时间都是在开车，有时是洗车，有时修剪草坪或房子周围的篱笆，有时会走到街角的邮筒处，手里拿起只有上帝才知道普斯姐妹要寄给谁的信（他不知道这位黑人女士是否被允许进入房子里面，只是“老爹”从未在房子里见过她）。一直以来，“老爹”从来没有听过这个怪人说过话。

这座殖民大宅位于波特兰的布拉姆霍尔区，布拉姆霍尔区对波特兰来说就像比肯山区对波士顿一样。在盛产豌豆与鳕鱼的波士顿，据说卡博特家族只和罗威尔家族对话，而罗威尔家族只和上帝沟通，但普斯姐妹和她们在波特兰的亲戚都信誓旦旦地说，在迪尔家族和他们波特兰的亲戚初次接触之后，罗威尔家族就把所有人都拢到了一起。

当然，任何一个头脑正常的人都不会当她们的面叫她们“普斯姐妹”，就像头脑正常的人不会往鼻子里塞绷带里去止痒一样。只有她们不在场的时候，人们才会叫她们普斯姐妹（还得比较确定周围没有一两个爱嚼舌头的人），但她们的真名是伊露希普斯·迪尔小姐和梅露希普斯·维瑞尔夫人。他们的父亲决心将虔诚的基督教精神与自己的博学表现结合起来，用历史上被封圣的三个人中的两个的名字给两姐妹取名，然而那三个圣徒都是男人。

梅露希普斯的丈夫早在一九四四年的莱特湾战役中就死了，但她坚决保留了他的姓氏，因此没办法直接简单地叫她们“迪尔小姐”。那可不行，你得练习那该死的绕口令般的名字，直到它们像大便一样顺滑地从涂了蜡的屁眼里溜出来为止。如果你搞砸了一次，她们就会对你耿耿于怀，你可能会在长达六个月或一年的时间里没法和她们做生意。要是搞砸两次，那就永远都不要打电话给她们了。

“老爹”开着车，他旁边的座位上放着装了拍立得相机的钢盒子，他一遍又一遍地低声念着她们的名字：“伊露希普斯，梅露希普斯，伊露希普斯与梅露希普斯。阿耶，就这样。”

但是，事实证明，就这件事没问题。她们对拍立得的兴趣和麦卡蒂差不多……虽然“老爹”被那次的遭遇吓了一跳，但他还是做好了充分的准备，准备少拿一万美元，或者直接从最初他自信估计相机能卖的价钱上打五折。

那位上了年纪的黑人妇女正在耙树叶，露出一片草地，不管是不是十月，草地仍然像台球桌上的毛毡一样绿。“老爹”向她点点头。她望着“老爹”，但视线完全穿过了他，继续耙着树叶。“老爹”按下门铃，从房子深处的某个地方响起了铃声。用豪宅来形容普斯姐妹的住处，似乎再合适不过了。虽然这房子没有布拉姆霍尔区的一些老房子大，但里面永恒的昏暗使房子看起来要更大。门铃声似乎在房间和走廊的深处飘荡，这种门铃声总是让“老爹”有一个特定的联想：时间仿佛倒流到伦敦城的瘟疫时代，装满死者的马车在街头穿梭，司机不停地敲着钟，喊道：“把死人带出来！把死人带出来！老天保佑，把死人带出来！！”

大约三十秒钟后，普斯姐妹中的其中一位打开了门，她不仅看上去像个死人，而且还是防腐处理过的死人；好像一个被人在嘴唇间塞了一根冒烟的烟屁股来恶作剧的木乃伊。

“梅里尔。”那位女士说。她的衣服是深蓝色的，她的头发也染成了同样的颜色。她像个高贵的太太跟一个敲错门的商人说话一样，可是“老爹”看得出她跟那个狗娘养的麦卡蒂开始时一样兴奋。只是普斯姐妹生在缅因州，长在缅因州，也会死在缅因州，而麦卡蒂来自中西部的某个地方，而美国中西部的人显然不觉得沉默是金这种修养是孩子成长的重要组成部分。

一个影子在走廊尽头客厅的某个地方掠过，从开门的姐姐瘦骨嶙峋的肩膀上隐约可见。是姐妹中的另一个。噢。她们很焦急，没错。“老爹”开始想他是不是能从她们身上榨出一万两千美元，甚至一万四千美元。

“老爹”知道他可以说“我能荣幸地对迪尔小姐或维瑞尔太太说句话吗?”，这么说完全是正确的，也很有礼貌，但他和这对古怪的老太太打过交道，他知道虽然开门的普斯姐妹之一不会有扬起眉毛或鼻孔微张的反应，只会告诉他说自己是姐妹中的谁，但这样他就会少赚一千。她们对自己那些古怪的男性名字感到非常自豪，而且往往会对尝试叫她们名字却失败了的人更加友善，而不是害怕叫错连叫都不敢叫的人。

于是，“老爹”在心里飞快地祈祷着，希望那一刻自己的舌头不会犯错。他尽了最大努力，高兴地听到那些名字像蛇油推销员的推销语一样流畅地从嘴里滑出来：“是伊露希普斯还是梅露希普斯?”他问道，从他的表情可以看出，他一副根本不怕叫错的样子，好像她们的名字是琼和凯特这样的名字。

“梅露希普斯，梅里尔先生。”她说。啊，很好，现在他被叫作梅里尔先生了，他确信接下来一切都会像他预期的一样顺利。而他这个想法可是完全错了。“你不进来吗?”

“谢谢你。”“老爹”说着，走进迪尔豪宅阴暗的深处。

“哦，天哪。”当拍立得照片开始显影时，迪尔惊叹道。

“它看上去真凶恶!”梅露希普斯·维瑞尔的语气中流露出真正的惊惧。

“老爹”不得不承认，这只狗越来越丑恶了，还有一件事更让他担心：照片的时间顺序似乎加快了。

他让普斯姐妹在安妮皇后风格的沙发上摆好姿势，拍了一张照片示范一下。照相机闪烁着明亮的白光，一瞬间把这两个老古董姐妹住的房间从阴阳两界之间的炼狱变得平庸又俗气，就像警方在发生了罪案的博物馆里拍照。

不过，那张照片并没有显示普斯姐妹仿佛两个一模一样的书挡坐在客厅的沙发上。照片上的黑狗正转过身来，正对着相机，不管那个摄影师是谁，他都蠢得可以，还站在那儿不停地给它拍照。现在，它所有的牙齿都因为疯狂而凶狠的咆哮显露出来，头也稍稍向左倾斜，像是掠食者准备进攻。“老爹”心想那个狗头会继续倾斜，扑向受害者。狗之所以会这样，首先是要保护自己脖子上脆弱的区域，以免遭到攻击，然后可以让自己的头部摆到一个位置，只要牙齿紧紧地咬到目标的肉，狗头就可以再次朝上扭动，从目标身上扯下一大块血淋淋的肉。

“这太可怕了！”伊露希普斯说着把一只干瘪的手放在满是皱纹的脖子上。

“非常可怕！”梅露希普斯几乎是在呻吟，同时用一支旧骆驼烟的烟屁股点燃一支新骆驼烟，她的手颤抖得厉害，几乎烫到了她裂开的左嘴角。

“这完全没法解释！”“老爹”得意地说，心里想着：真希望你在这儿，麦卡蒂，你这个自鸣得意的混蛋。我只希望你能看到这个。这里有两位见多识广的女士，她们可不认为这该死的相机只是魔术表演的伎俩！

“这相机拍到的是已经发生的事情吗？”梅露希普斯小声说。

“或者是将要发生的事？”伊露希普斯同样敬畏地小声说。

“我不知道。”“老爹”说，“我只知道我这辈子见过一些该死的怪事，可从没见过比这些照片更怪的。”

“我倒是不惊讶！”伊露希普斯说。

“一点都不！”梅露希普斯也说。

“老爹”开始要把话题引到出售相机的价格——和任何人做生意，谈到钱的时候都得小心，但和普斯姐妹打交道更是要这样：做大生意时，她们两个就像处女一样小心，就“老爹”所了解的情况而言，至少二人中有一个是。他刚决定开始说“我一开始从没想过要卖这东西，但是……”（这方法比普斯姐妹的年纪都要老，也许没那么老，但你要是仔细看过她们的话，你就不会这么觉得了——但和疯帽匠们打交道时，这一点也不重要；事实上，他们喜欢听，就像小孩喜欢反复听同样的童话），伊露希普斯对他说：“我不知道我的妹妹怎么想，梅里尔先生，但无论你可能要做什么，我都不会觉得舒服。”她在这儿稍微痛苦地停顿了一下，“我的意思是无论你要卖给我们什么，你都最好把那台相机，或者那个老天都觉得可怕的东西……放回到你车上去再说。”

“我完全同意。”梅露希普斯说，她在一个鱼形的烟灰缸里掐灭抽了一半的骆驼烟。这个烟灰缸什么都能做，但熄不灭烟头。

伊露希普斯说：“幽灵照片是另外一回事。它们有一定的……”

“尊严。”梅露希普斯补充道。

“对！尊严！但那条狗……”老妇人真的发起抖来，“它好像随时准备从照片中跳出来咬我们中的一个。”

“我们所有人！”梅露希普斯补充道。

在这最后聊天之前，“老爹”一直相信——也许因为他不得不这样认为——这对姐妹只是开始了她们自己讨价还价的方式，而且这方法令人钦佩。但是她们的声调，就像她们的面孔和身材（如果说她们有身材之类的东西的话）一样，又让他无法不相信。她们毫不怀疑“太阳 660”正在展示出某种超自然的行为……太超自然了，不适合她们。她们不是在讨价还价，也不是在假装什么，她们并没有为了把价格降下来而和他玩什么把戏。她们说完全不想要这相机，也不想要相机拍的古怪照片时，她们没有开玩笑。两姐妹并没有对“老爹”无礼（她们心中也没这么想过），也没有想到他此行的目的是卖掉这台相机。

“老爹”环视了一下客厅。这场景就像他在录像机上看过的恐怖片《猛鬼屋》中的老妇人的房间。片子里有个壮实的家伙要淹死自己的儿子，但没有任何人脱衣服去救他。电影里那位女士的房间塞满了新的和旧的照片，可以说都要溢出来了。桌子和壁炉架上的所有相框里都塞满了照片，墙上也被照片覆盖，你甚至都不知道那该死的墙纸上本来是什么图案。

普斯姐妹的客厅相比之下其实没那么糟，但照片也非常多，可能有一百五十张，但在这个狭小昏暗的房间里，照片的数量让人觉得多出三倍。“老爹”经常到这儿来，路过时注意到了大部分照片，对其中有些照片很熟悉，因为这些照片正是他卖给姐妹俩的。

被伊露希普斯·迪尔称为“幽灵照片”的还有很多，总共可能多达一千张。但显然，就连她们自己也意识到，就算不考虑展示的照片的品位，即便是像客厅这么大的一个房间，能用作展示的空间也有限。其余的“幽灵照片”分散在豪宅的其他十四个房间里。“老爹”看过所有照片。他是为数不多的幸运者之一，能有幸走完普斯姐妹所谓的“旅行”（纯粹是夸大其词的说法）。不过，她们把自己觉得最宝贵的“幽灵照片”放在客厅里，最吸引眼球的那张就放在凸形窗旁斯坦威小三角钢琴的盖子上，享受着独占一处的最高荣誉。这几张照片里，一具尸体在五六十名惊恐的哀悼者面前悬浮在棺木的上方。当然，这是假的。一个十岁的孩子——见鬼，一个八岁的孩子——都能看出来这是假的。相比之下，可怜的阿瑟·柯南·道尔临终前痴迷过的跳舞的小精灵的照片都做得更好。事实上，“老爹”眼睛在房间里扫视时，他只看到了两张明显不是赝品的照片。这得需要更深入的研究，才能看出来这些骗局用的什么手法。这两个老古董收集了一辈子的“幽灵照片”，自称是该领域的专家。而“老爹”不仅给她们看了真正的超自然照片，还把该死的能让耶稣吓一跳的超自然相机都拿了出来，她们却表现得就像两个十几岁的女孩在看恐怖电影。而且这相机不是只显灵一次就拍不出来了，和拍看着猎狐人回家的女鬼的那张照片的相机不同，而是能反复拍摄。她们在这些哗众取宠的玩意儿上花了多少钱？几千？几万？几十万？

“……给我们看看？”梅露希普斯问他。

“老爹”梅里尔强迫自己的嘴唇往上弯，至少是合理地模仿了他那平易近人和淳朴的微笑，因为这种笑容不会让她们觉得意外或者不信任。

“对不起，亲爱的女士。”“老爹”说，“有那么一两分钟，我的脑子里一片混乱。我想我们上了年纪都会这样。”

“我们已经八十三岁了，我们的头脑像玻璃窗一样清晰。”伊露希普斯明显不以为然地说。

“刚刚清洗过的玻璃窗。”梅露希普斯补充道，“我问你有没有新照片给我们看……当然，你得把那讨厌的东西收起来。”

“我们已经很久没有看到任何真正的好照片了。”伊露希普斯说，点了一支新的骆驼烟。

梅露希普斯说：“上个月我们参加了在普罗维登斯举行的新英格兰通灵师和塔罗牌大会，讲座很有启发性而且令人振奋。”

“但那么多照片都是彻头彻尾的赝品！就算是十岁——”

“七岁的小孩！”

“都能看穿它们，所以……”梅露希普斯停顿了一下，她的脸上显出一种惶惑不安的表情，仿佛会痛似的（她脸上的肌肉早已萎缩，让她总是露出温和而喜悦和胸有成竹的表情），“我觉得有些糊涂。梅里尔先生，我必须承认我有点糊涂。”

“我也想说同样的话。”伊露希普斯说。

“你为什么把那个可怕的东西带来？”梅露希普斯和伊露希普斯就像配合完美的和声一样问道，只是她们的嗓音被尼古丁弄得有些刺耳。

“老爹”想冲动地说因为我不知道你们两个老太婆有他妈的这么胆小，这冲动太强烈了，有那么可怕的一秒钟，他认为他说了，正等着这对双胞胎姐妹愤怒的尖叫声在阴暗而神圣的客厅中响起，就像生锈的锯子锯进松树时发出的尖利的声音，并且会持续下去直到客厅里放着伪造的相片的相框玻璃全都在猛烈的震动中全部破碎为止。

这个他大声说话的可怕想法只持续了一瞬间。不过，后来晚上他失眠，听到楼下的时钟困倦地沙沙作响时（而凯文·德莱文的拍立得相机则蛰伏在工作台锁着的抽屉里，毫无睡意），他觉得当时那一刻似乎要更长。在那些不眠之夜，他有时会发现自己真希望当初说过这句话，怀疑自己是不是疯了。

当时他靠着狡诈的本能，迅速用几近高雅的姿态回应，保护了他自己。把普斯姐妹怒骂一通会给他感到极大的满足，但不幸的是，这种满足是短暂的。如果他拍她们的马屁——这正是她们预期的，因为她们这辈子一直都被人拍马屁（但这也没让她们显得年轻些）——“老爹”也许还能再卖给她们三四千美元的伪造的幽灵照片，如果她们中的一人或两人没有因为肺癌死掉的话。毕竟两姐妹已经得了肺癌几十年了。

反正“老爹”还有其他“疯帽匠”，虽然没有他去见塞德瑞克·麦卡蒂那天想象的那么多，但还是有的。他查看了一下，发现有两人已经去世，另一人目前正在北加州的一个豪华度假地学习编织篮子。那里专为那些极其富有的人服务，而那些人碰巧也疯得无可救药。

“实际上，”他说，“我把相机拿出来，是好让你们看看。我想说的是，”他注意到她们惊愕的表情，急忙接着说，“我知道你们两位女士在这方面经验丰富。”

惊恐变成了喜悦。姐妹俩交换了一下沾沾自喜、洋洋得意的眼神，“老爹”发现自己真希望能在她们那该死的几包骆驼牌香烟上洒上烧烤打火机用的燃料，然后塞进她们身体里，再点燃一根火柴。她们会抽的，没错。她们会像堵住的烟囱一样冒烟，这就是他想说的。

“我想说的是，我应该如何处理这台相机，你们可能会给我一些建议。”

“毁掉它。”伊露希普斯马上说。

“我会用炸药炸掉它。”梅露希普斯说。

“首先用酸，然后用炸药。”伊露希普斯说。

“对，”梅露希普斯接着说完，“这东西很危险的。你不用看那只狗就知道了。”不过她还是看了一眼，她们都看了，同样的厌恶和恐惧的表情掠过她们的脸庞。

“你能感觉到从里面出来的邪恶。”伊露希普斯说，她声音非常怪异，同《麦克白》中扮演女巫的高中女生一样可笑，但不知怎么的，这并不好笑，“毁了它，梅里尔先生。在可怕的事情发生之前。在……也许，你会注意到我只是说也许——它会毁了你。”

“好了，好了。”“老爹”说，他发现自己不由自主地感到有点不安，心里很不高兴，“你说得有点过分了。我想说的是，这只是台照相机。”

伊露希普斯·迪尔平静地说：“几年前把可怜的柯莱特·西米诺眼睛弄瞎的那块小板子……也只不过是一块纤维板。”

“至少要等到那些愚蠢、愚蠢、愚蠢的人去染指时，才会唤醒它。”

似乎没什么可说的了。“老爹”拿起相机——不过他是小心翼翼地拿起相机的带子，没有碰到相机本身，他告诉自己这只是为了演给这两个老家伙看——然后站了起来。

“好吧，你们是专家。”他说。两个老妇人互相看了看，露出了得意的神色。

没错，得走了。离开是最好的答案……至少现在是这样。但他还没有放弃。我肯定每个人都有走运的时候。“我不想再占用你们的时间了，我当然也不想让你们感到不安。”

“哦，你没有！”伊露希普斯说着也站了起来。

“这些天没什么人来做客！”梅露希普斯说完也站了起来。

“把相机放在车上吧，梅里尔先生。”伊露希普斯说，“然后进来喝茶。”

“下午茶！”

虽然“老爹”只想离开这儿（并且确切地告诉她们：谢谢，但我不需要，我他妈的想**离开**这儿），他彬彬有礼地鞠了一躬，然后用了类似的借口。“这是我的荣幸。”他说，“但恐怕我另有约了。我不是经常到城里来。”如果你要撒一个谎，就做好撒一堆谎的准备。“老爹”的老爹经常这样对他说，他把这个建议牢记于心。他认真地看了看表。“我已经待得太久了。恐怕你们两个姑娘要让我迟到了，不过我想我不是第一个被你们挽留到迟到的人。”

她们咯咯地笑着，脸上都泛起了红晕，就像即将凋谢的玫瑰上的光泽。“别这么说，梅里尔先生！”伊露希普斯笑得声音都颤抖了。

“下次再邀请我吧。”“老爹”用力地笑，脸都要裂开了，“下次再邀我，老天作证！你叫我，我答应的速度肯定比马跑得还快！”

他走了出去，姐妹中的其中一个迅速关上了身后的门（“老爹”心里酸溜溜地想：也许她们是怕太阳会让她们那该死的假幽灵照片褪色才这么快关门），他转过身来，把拍立得对准那个仍在耙树叶的黑人老太太拍照。他是一时冲动才这么做的，就像一个生性凶恶的人可能会一时冲动而突然转向乡间小路去杀臭鼬或浣熊发泄一样。

那个黑人女人的上唇噘起来，然后发出怒吼，“老爹”被她恶狠狠的眼神瞪得愣住了。

他上了车，急匆匆地倒车上了车道。

他的车的后部刚有一半上了马路，他转过身去查看交通状况，这时他碰巧看到了他刚拍的拍立得。那张照片还没有显影，和所有仍在显影的拍立得照片一样，那照片呈现出无精打采的乳白色。

但画面足够让“老爹”盯着看清楚了，他不假思索地把空气吸进肺里的呼吸动作突然停止，像一阵微风莫名其妙地一下子消失了。他的心跳也跳到一半停了下来。

凯文想象中的事情现在正在发生。狗已经转过身来，现在开始无情而坚定地向照相机和拿着它的人靠近……啊，可是这次是他拿着，不是吗？他，雷金纳德·马里昂·“老爹”梅里尔，拿着相机在满心怨恨的情况下对着那个黑人老妇拍了这张照片，就像被打完的孩子愤怒地用装 BB 弹的玩具枪去打篱笆柱子上放的汽水瓶，因为他不敢打他爸爸。虽然这样会让人感到羞辱，但打翻汽水瓶的这段时间还是会让他感到更开心。

这只狗就要出来了。凯文已经知道接下来会发生什么，“老爹”也知道了，如果他之前多加思考过，但他没有……而从这一刻起，他每次想到这台相机，就很难去想其他的东西，他会发现无论是醒是睡，关于相机的想法会越来越多地填满他的时间。

它要出来了，“老爹”想，身上感觉到站在黑暗中会有的令人木僵的恐惧。某种东西，某种无法言说、令人无法忍受的东西，露出锋利的爪子和獠牙在逼近。天啊，它来了，那条狗要来了。

但那条狗不仅仅要出来，它身上还发生了变化。

很难说是怎么回事。“老爹”的眼睛很痛，仿佛卡在了应该看到的东西和正在看到的东西之间，最后他只能略微这么描述：好像有人把相机正常的镜头换成了鱼眼镜头，让狗额头上纠缠成一团的毛发似乎不知何故同时隆起，又在往后拉，而狗凶残的眼睛似乎在发出几乎不可见的邪恶红光，就像拍立得的闪光灯会把人眼睛闪得泛红一样。

狗的身体似乎变长了，但没有变瘦。如果说有什么不同的话，那就是它看起来更厚了……不是更胖了，而是肌肉更结实了。

它的牙齿更大。更长。更锋利。

“老爹”突然想起了乔·坎伯的圣伯纳犬，库乔——那条杀死了乔的圣伯纳犬，还有那个叫加里·佩维尔的老醉汉和大乔治·班纳曼。那条狗当时得了狂犬病。它把一名妇女和一名小男孩困在他们停在坎伯那的车里，两到三天之后，孩子就死了。现在“老爹”在想，眼前这个或者类似的东西是不是就是他们被困在蒸笼般的汽车里，在漫长的日日夜夜中所看到的东西，那浑浊的红色眼睛，长而锋利的獠牙……

喇叭声不耐烦地响了起来。

“老爹”尖叫了一下，他感觉心脏重新开始跳动，而且像一级方程式赛车的引擎一样急速跳动。

一辆厢式货车在他的轿车周围突然转弯，一半停在车道上，一半停在狭窄的住宅街道上。货车司机从开着的车窗里伸出拳头，弹出中指。

“去你妈的，你这个婊子养的！”“老爹”吼道。他把车倒完剩下的路，但由于动作太猛，撞到了街对面的路缘上。他用力地扭了扭方向盘（不小心按响了喇叭），然后开车离开了。但是他向南才开了三个街区，就不得不靠边，在方向盘后坐了十分钟，他等着身体不再发抖，才继续开车。

普斯姐妹的事就到此为止了。

在接下来的五天里，“老爹”在他的脑海里浏览了剩下的名字。开始他的要价在麦卡蒂那儿是两万美元，在普斯姐妹那儿降到一万美元（这两次都还没正式谈到生意，价钱还没来得及提）。他每次没成功都让要价稳步下降。最后，他筛选得只剩下了埃默里·查菲，也许能以两千五百美元卖给他。

查菲这人呈现了一个有趣的悖论：在所有“老爹”与“疯帽匠”打交道的经历中（一段漫长而令人惊讶的经历），埃默里·查菲是唯一一个完全没有想象力却相信存在“另一个世界”的人。他头脑这么简单，却又相信有“另一个世界”这件事本身就令人惊奇了。查菲花了很多钱收集与“另一个世界”有关的物品，“老爹”对此很吃惊。但事实就是这样，虽然查菲是他到目前为止认识的富有的“疯帽匠”里最没钱的那个，但“老爹”本来是把查菲排在买主榜很前的位置的。查菲继承过一笔巨大的家族财富，但因为理财做得很糟糕，最后一点钱都没留住。因此，“老爹”对出售凯文拍立得的要价只能再次大幅下降。

“老爹”心里想着“但是……”，然后把车挺入了杂草丛生的车道，靠近一栋在二十年代是西巴果湖旁最豪华的避暑别墅，现在几乎变成西巴果湖全年最破烂的屋子（查菲在波特兰布拉姆霍尔区的房子十五年前就因为交税卖掉了）。“如果还有人会买这台该死的相机，我认为那个人肯定是埃默里。”

唯一真正使他苦恼的是展示环节……随着他在名单上筛选剩下的人越来越少却毫无结果，这种苦恼越来越强烈。他可以描述照相机的作用，直到把脸说得发黑都可以，但即使是像埃默里·查菲这样的怪人，也不会仅凭描述就花大钱。

有时候“老爹”觉得让凯文把所有的照片都拍下来，让他制作成录像带真是个愚蠢的做法。但想想整件不合常理的事，他不确定做录像带这事真会带来什么影响。在那个世界里，时间在流逝（因为他和凯文一样，把拍立得里面的世界当成了真实的世界），但比这个世界慢得多……但是当狗走近相机时，时间流逝不是在加速吗？“老爹”这么觉得。起初，那条狗沿着篱笆的移动几乎无法察觉；现在，只要不是盲人都会看到，每次按下快门，那条狗就更靠近了。即使你一张接一张地拍了两张照片，你也能看到距离上的差异。好像那边时间流逝的速度在试图……试着赶上来，和这里的时间同步。

如果仅此而已，那已经够糟糕的了。但还有更糟糕的。

那东西不是狗，该死。

“老爹”不知道那是什么，但他就像确定他母亲葬在国土公墓一样，他肯定那东西不是狗。

他之前以为那是条狗。原来这条狗沿着篱笆墙，一路嗅着前进，沿着现在已经被它甩在后面十英尺远的尖桩篱笆一路走来；它当时看起来像条狗，虽然它的头转过来，足够让你看清楚它的时候，还是会让人觉得它只是条长得特别凶残的狗。

但现在“老爹”觉得它看起来就像上帝创造的地球上从未存在过的生物，也许在路西法的地狱里也找不到这样的生物。更让他困扰的是：他为少数几个人拍过示范照片，但他们似乎都没有看到这一点。他们都不可避免地畏缩地说这是他们见过的最丑陋、长相最难看的流浪杂种狗，但仅此而已。没有一个人说这只凯文的“太阳 660”拍下来的狗在靠近摄影师的时候会变成某种怪物。它接近镜头时，镜头变得像是那个世界和这个世界之间的某种入口。

“老爹”又想（和凯文一样）：但它永远也不会钻过来。永远都不会。如果真会发生什么事，我来告诉你是什么事。因为这是一种动物，也许是丑得要死的动物、令人生畏的动物，甚至就像小孩在妈妈关掉灯后想象躲在衣柜里的那种怪物，但它仍然是动物。如果会发生什么事，那也只会像这样：最后一张照片上什么都不会有，只剩下一片模糊，因为那只魔鬼一样的狗会跳起来，你看得出它要这么做，在那之后，照相机要么用不了，要么就算能用，相机拍下来的照片也不会显影，上面只有黑色的方框，因为这条狗对着相机和影子的主人攻击时，相机会掉到地上，相机的镜头要是破了或者碎成两半，那就拍不了照片。我想那个人会丢下相机的，相机肯定会掉在人行道上，很可能会摔碎。那他妈的不过是塑料做的，毕竟塑料撞上水泥肯定会碎。

可是埃默里·查菲这时已经走到他破破烂烂的门廊上了。门廊的木板上的油漆正在脱落，木板本身也扭曲变形，纱门的颜色也变成了血迹干涸后的锈色，上面还开了些大洞。埃默里·查菲穿着一件外套，这件外套原先是干净的蓝色，但现在已经洗了很多遍，变成了难以形容的灰色，像电梯操作员制服的颜色。埃默里·查菲有着高高的前额，沿着额头的线条往后，就能看到他剩下的一小撮头发。他咧着嘴笑着："好极了，老伙计，好极了，哇哦，哇哦?"他露齿而笑，露出巨大的龅牙，让他看起来像脑子有些问题的兔八哥。

"老爹"抓住照相机的带子——天哪，他怎么开始讨厌这个东西了！下车后，他强迫自己回应查菲的挥手和微笑。

毕竟生意还得做。

"这小狗真丑，你说呢?"

查菲正在研究拍立得，现在拍立得几乎已经完全显影了。"老爹"解释了照相机的作用，并被查菲坦率表现出来的兴趣和好奇心所鼓励。然后，他把"太阳"相机给了那个人，让他随便拍。

埃默里·查菲咧着嘴，露出令人厌恶的龅牙，拿着拍立得对着"老爹"。

"不要拍我。""老爹"急忙说，"我宁愿你用猎枪而不是照相机指着我的头。"

"你真是会卖东西。"查菲仰慕地说，但是他还是照"老爹"的要求做了，把"太阳 660"转向窗外广阔的湖面景色。这景色就像第一次世界大战之后的查菲家族一样壮阔。入镜的景色未变，但查菲家族在一九七〇年之后就家道中落了。

他按下了快门。

相机发出呜呜声。

"老爹"畏缩了一下。他现在一听到那种声音——那种又湿又闷的呜呜声，就忍不住要蜷缩起来。他曾试图控制自己的这个动作，但发现他控制不了。

"没错，先生，这里头有一个丑陋到极点的畜生！"查菲检查了显影的照片后重复道。"老爹"看到那个长着龅牙、令人反感的笑容终于消失了，心里有些暗自高兴，照相机至少赶走了那个令人讨厌的笑容。

但同样清楚的是，那个人并没有看到他，也就是“老爹”，看到的东西。“老爹”对这种可能发生的事做了一些准备。尽管如此，他还是在自己那副毫无表情的洋基佬面具背后吓了一跳。他觉得如果查菲能像“老爹”看到的一样看这张照片（“老爹”觉得这似乎是可以的），这个愚蠢的混蛋就会以最快的速度向最近的门奔去。

那条狗……好吧，它已经不是狗了，不再是狗了，但你得给它起个名字……还没有开始扑向摄影师，但它已经做好了准备；它的后腿同时蹲下，趴在表面破碎的人行道上，那样子不知怎么地让“老爹”想起了加足了油门的车：在红灯即将过去的最后几秒钟里颤抖着，几乎就要挣脱离合器了；转速盘上的指针已经笔直地立在六十乘十的位置上；引擎通过铬制的管子里发出刺耳的声音；饱胀而沉重的轮胎准备献上火热的灵魂之吻，在碎石路上摩擦出一阵烧焦的烟雾。

那只狗的脸已经完全无法辨认了。它扭曲变形成了马戏团怪胎秀里的东西，似乎只有一只恶毒的黑色眼睛，既不是圆的，也不是椭圆的，但看起来有些黏糊糊的，就像被叉子尖戳破的蛋黄。它的鼻子像黑色的喙，两边都钻着深而张开的洞。那些洞里有烟吗……就像火山喷出的蒸汽一样？也许……也许这部分只是想象。

这无关紧要，“老爹”想，你只要继续按快门，或者让像这个傻瓜一样的人按快门，你就会看到答案的，不是吗？

但他不想知道。他望着那个凶狠的黑色东西，它那缠结在一起的皮毛好像一大堆蔓生的牛蒡。那东西已经没有皮毛了，完全没有了，身上只有活刺一样的东西，还有一条像中世纪的武器一样的尾巴。“老爹”观察到，要不是那个流鼻涕的小孩，他不会发现是个影子的东西也变了。影子的一条腿似乎向后迈了一大步——非常长的一大步，甚至显得太阳像正在落山或升起的样子（但太阳正在下沉，不知怎么的，“老爹”变得非常肯定是太阳要下山，在那边的世界里，是夜幕要降临，而不是白昼要来了）。

那个世界里的摄影师终于发现，他的拍摄对象并不是故意坐着给他拍照的。它从来都没有这么打算过。它打算要吃点什么，而不只是坐着。这才是它想要的。

吃，还有，也许，在某种他不理解的方式下，逃出那个世界。

快点！他心里讽刺地想着。去啊！继续拍照啊！你会知道结果的！你会看到**更多**！

“至于你，先生，”埃默里·查菲对他说，他只被打断了一会儿，缺乏想象力的人很少会因为琐事而长时间停止思考，“真是个了不起的推销员！”

对麦卡蒂的记忆仍然浮在“老爹”思绪的表面，让他觉得难受。

“如果你认为这是假的——”他开始说。

“假的？一点也不！完全……没有！”查菲龇着龅牙微笑着，这样子非常令人厌恶。他摊开双手，做了一个“你肯定在开玩笑”的动作，“但是，你知道，我们恐怕没法在这件东西上谈买卖，梅里尔先生。很抱歉这么说，但……”

“为什么？”“老爹”生气了，“如果你认为那该死的东西不是假的，那你到底为什么不想要呢？”他惊讶地听到自己的音量提高了，带着一种悲哀且畏缩的愤怒。这样的东西从来没有过，世界历史上从没出现过这样的东西，“老爹”确信这一点，以后也不会再有。然而，他似乎卖不掉这该死的东西。

“但是……”查菲看上去很困惑，似乎不知道该怎么说，因为无论他要说什么，对“老爹”来说都是那么显而易见。在那一刻，他看起来就像一个讨人喜欢但不太能干的学前教师，试图教一个迟钝的孩子如何系鞋带。“但这相机没什么实际用途，是不是？”

“没什么实际用途？”“老爹”几乎尖叫起来。他无法相信自己已经失控到这样的地步，而且越来越严重。他怎么了？或者，说得更具体一点，这该死的相机对他做了什么？“不做任何事情？你搞什么，瞎了吗？这相机能拍到另一个世界的照片！它拍的照片会随着时间的流逝而变化，无论你把相机拿到这个世界的什么地方，无论你什么时候拍，它都能拍到另一个世界，还有那个……那个东西……那个怪物……”

哦，天哪。他终于说出来了。他终于越界了。他可以从查菲看他的眼神中看出这一点。

“但它只是一条狗，不是吗?”查菲低声安慰说。当护士们跑向存放麻醉药品和药品的柜子找镇静剂时，你会用这种声音来安慰疯子。

“嗯。”“老爹”慢慢地、疲倦地说，“它就是一条狗。可你自己也说过，那是一头可怕而丑陋的畜生。”

“对，对，是我说的。”查菲说着飞快地点头同意。“老爹”想，如果那个男人笑着的嘴咧得越来越大，他可能就会看到那个白痴的脑袋四分之三的上半部分掉到他的腿上。“但是……你当然明白，梅里尔先生……这对收藏家来说就有问题了。尤其对严肃的收藏家来说。”

“不，我想我不明白。”“老爹”说，但在浏览了整个“疯帽匠”名单（一开始看起来很有希望的名单）之后，他其实就明白了，实际上，他已经意识到这台拍立得“太阳”相机会给严肃的收藏家带来的一系列问题。至于埃默里·查菲……天知道埃默里到底在想什么。

“肯定存在幽灵照片之类的东西。”查菲用一种浑厚的声音说，听起来好像很博学，这让“老爹”想掐死他，“但这些不是幽灵照片。它们……”

“它们绝对不是正常的照片!”

“这正是我的观点。”查菲说，微微皱着眉头，“但是它们是什么照片呢?很难说，对吧?你只展示了一台非常普通的相机，拍摄一条明显准备跳跃的狗。它跳跃之后，就会从画面中消失。到那时会有三种可能。第一是相机可以开始拍摄正常的照片，也就是说，拍摄它所对准的物体；第二是它可能根本拍不出照片了，它唯一的功能就是拍摄——甚至可以说记录——那条狗，这样它的任务就完成了；或者，它可能只是继续拍那白色的篱笆和后面照料不周的草坪。”查菲停顿了一下，又说，“我猜如果拍四十张照片，或者四百张照片，也许在某个时候能拍到有人走过去，除非拍摄者抬高角度，但拍摄者似乎没有任何这些打算，只能拍到路人腰部以下。差不多就这样了。”虽然查菲不认识凯文的父亲，但他的看法和凯文的父亲一样：“原谅我这么说，梅里尔先生，我得说你给我看了一件我从没见过的事情：一件无法解释、几乎无可辩驳的超自然现象，但真的很无聊。”

这句令人惊讶但显然很真诚的话让“老爹”不去想查菲是不是认为自己精神不正常，他又问：“在你看来，它真的只是一条狗吗？”

“当然。”查菲说，看上去有点吃惊，“一条看上去脾气非常坏的流浪杂种狗。”

“老爹”叹了口气。

“当然，人们不会对这些照片太认真的。我的意思是，不了解你的人是不会认真对待这些照片的，梅里尔先生。那些对你的诚实和可靠不熟悉的人，会觉得这看起来像个骗局，明白吗？甚至手法都不是很好。差不多是小孩子的魔法八号球那样的水平。”

两周前，“老爹”会极力反对这样的想法。但那是在他不是走出，而是被人从那个混蛋麦卡蒂的房子里推出来之前。

“好吧，如果这是你的最后的结论。”“老爹”说着抓住相机的带子站了起来。

“我很抱歉你这趟没什么收获。”查菲说，接着，他又露出令人厌恶的笑容，橡皮般的嘴唇和闪闪发光的大门牙因为口水而反光，“你开车进来的时候，我正准备给自己做个午餐肉三明治。你要和我一起吃顿饭吗，梅里尔先生？如果要我自己说，我的三明治做得相当不错。我加了一点山葵和百慕大洋葱……这是我的秘密配方……然后我……”

“不了。”“老爹”沉重地说。就像在普斯姐妹的客厅那时一样，他现在真正想做的就是离开这里，远离这个咧着嘴笑的白痴。“老爹”对他赌输了的地方明显觉得过敏，最近似乎有很多这样的地方。该死的，太多了。“我想说的是，我已经吃过了。我得回去了。”

查菲爽朗地笑了起来，说：“就像在葡萄园里辛勤劳作的人都很忙，但收获的却是丰厚的回报。”

最近没有，“老爹”心想，最近一毛钱的回报都他妈没有。

“反正我得靠这个吃饭。”老爹答道，这才离开了房子。这房子潮湿阴冷（二月份的时候这种地方要怎么住，老爹无法想象），房里还有那种老鼠味、发霉的气味，可能是腐烂的窗帘和沙发罩发出来的……或者是钞票在一个地方放了很长一段时间后留下的味道。他出了房子才觉得十月的新鲜空气从来没有这么好闻过，带着一点湖水和浓烈的松针的气味。

“老爹”上了车，发动了汽车。与尽量送他到门口然后在他身后迅速关门的普斯姐妹不一样，那对姐妹好像害怕太阳可能会伤到她们，让她们像吸血鬼一样变成尘埃；埃默里·查菲站在门口，依然咧着嘴露出白痴一样的笑容，同时还挥着手，仿佛“老爹”要乘船出海。

而且，就像他不假思索地给那个老黑人女人照相一样，他直接用相机拍查菲和那座开始腐朽的房子，那是查菲家族仅存的财产。在关上车门前，他厌恶地把相机丢到了座位上，现在他无意识地从座位上拿起了相机，甚至都没有意识到相机在他手里，也没有意识到按了快门，直到他听到机器的嘶嘶声把照片推出来，他才意识到自己刚才做了什么。相机像吐出了舌头，上面还涂了一层淡而无味的灰色液体——也许是氧化镁溶液。那声音现在似乎沿着他的神经末梢在振动，剧烈地刺激着神经末梢。这就像你刚补完牙的地方碰到太冷或太热的东西时的感觉。

“老爹”的余光感觉到查菲在笑，好像这是世界上最好的该死的笑话，然后他才在剧烈的恐惧中从相机上取下照片，他觉得自己在想象中有那么一瞬间听到了那条狗模糊的咆哮声，那声音听起来像你躲在水下时，汽艇靠近的声音。他还觉得相机在他手里膨胀了起来，好像有什么巨大的压力要把相机撑开。他按下手套柜的按钮，把照片扔了进去，然后又飞快地使劲合上，差点夹住拇指指甲。

“老爹”猛地踩下油门，车几乎停了下来，差点撞到查菲长长的车道尽头那棵灰白的老云杉。他仿佛听见埃默里·查菲漫不经心地欢快大笑着：“嚯哈！嚯哈！嚯哈！嚯哈！”

“老爹”的心怦怦地跳了起来，脑袋里好像有人在用大锤敲。两个太阳穴凹处的那一小簇静脉在跳个不停。

他逐渐控制住了自己。开出五英里之外，他脑子里的小个子不再甩大锤了。走了十英里（现在他回城堡岩的路已经走了一半了），他的心跳恢复了正常。他告诉自己：*不要看。你***不要看***。让那该死的东西烂在里面吧。你不需要去看，你不再需要看它。是时候把这笔生意当作彻底做不成了。是时候去做你一开始就该让那个男孩做的事情。*

于是，他理所当然地一开到城堡岩景区（这是一条分叉道，在这里似乎可以饱览西缅因和半个新罕布什尔）就转了进去，然后关闭引擎，打开手套柜，拿出那张照片。他当时就像梦游一样毫无意识地拍了这张照片。照片当然已经在里面显影了。在那个看似平坦的正方形里的化学物质活过来了，完成了它们一贯高效完成的工作。无论有没有光线，对拍立得照片都没有任何影响。

那条狗现在一直蜷伏在地上。它已经完全尽量地蓄好了力，就像扳机扣到底的枪。它的獠牙已经从嘴里露了出来，所以它的嗥叫现在看来不仅是愤怒的表示，而是完全有必要的；它的嘴唇怎么能完全收住那些獠牙？它的下颚怎么能咀嚼？现在，它看上去不像狗，倒更像一种奇怪的野猪，但它的真正样子是“老爹”从未见过的。他看了不仅眼睛难受，脑子也难受。这让他觉得自己好像要疯了。

*为什么不把那台照相机扔掉呢？*他突然想到。*你可以的。下车，走到护栏那儿，把它扔出去。一切就结束了。就这么道别。*

但那是一种冲动的行为，而“老爹”梅里尔是个理性的人……我想说的是，从肉体到灵魂都属于理性的一派。他不想在一时冲动下做任何事后会后悔的事，但……

如果不这样做，以后会后悔的。

但不行，不行，不行。一个人不能违背他的本性。这是不合常理的。他需要时间思考，才能肯定。

“老爹”妥协了，他把那张照片丢了出去，然后迅速上路。有一两分钟他觉得自己好像要吐了，但这种冲动消失了。想吐的感觉过去后，他感到更自在了。安全回到店里后，他打开了铁盒子，拿出了“太阳”照相机，又翻遍了钥匙，找到了放“特别”物品的抽屉的那把钥匙。“老爹”要把相机放进去……但他停了下来，眉头紧锁。那块砧板的影像在他的脑海里清晰地出现了，每一个细节都很清晰，就像一张照片。

他想：一个人如何不能违背他的本性，这根本说不通。那是屁话，你懂的。吃土不是人的天性，但是如果有人用枪指着你的头让你吃的话，你能吃一整碗。你知道现在几点了，哥们……是时候做你一开始就应该让孩子做的事情了。毕竟，你在这上面可以说没有任何投资。

但这会儿，他脑子里的另一种想法在愤怒地挥舞着拳头表示抗议。我有，我投资了！我确实有投资，该死的！那孩子砸坏了一台很好的拍立得相机！他可能不知道，但这也改变不了我花了一百三十九美元买来那台拍立得的事实！

“真他妈的！”“老爹”不安地嘟囔着，“这不是钱的事！他妈的和钱没关系！”

确实和钱没关系。他至少可以承认不是因为钱，他负担得起那台新相机。“老爹”很有钱，他能在波特兰市布拉姆霍尔区买栋豪宅再加一辆崭新的梅赛德斯-奔驰轿车。但他是决不会买这些东西的……他精打细算，把近乎病态的吝啬看成是美国北方佬传统的勤俭节约，但这并不意味着如果他愿意的话，他买不起上面说的那些东西。

这不是钱的问题，这是比金钱更重要的东西。是为了不被骗。“老爹”一生的目的就是不被骗。有几次他被骗了，就觉得自己像脑袋里爬满了红蚂蚁般难受。

以那台该死的克劳特留声机为例。“老爹”从波士顿一个叫多纳休的古董商那儿买下了那台1915维克多-格拉芙留声机（实际上是更常见的1919型号），结果发现自己多付了五十美元。“老爹”因此损失了价值三百美元的睡眠时间，策划各种形式的报复（一年比一年更狂热、更荒谬），有时就诅咒自己的愚蠢，告诉自己如果像多纳休这样的城市人能骗到自己，那他就真的太失败了。有时他会想象多纳休和他的牌友吹嘘说骗自己有多容易，妈的，他们都只是一群乡巴佬，他相信如果尝试把布鲁克林大桥卖给城堡岩的乡下老鼠梅里尔，那个该死的傻瓜也都会问“卖多少钱?”，然后，他和他的牌友们在扑克桌周围的椅子上摇摆着，抽着一美元的雪茄，像一群穴居怪一样发出吼叫般的笑声（“老爹”不知道为什么总是在他病态的白日梦中想象他们围着牌桌坐着，但他就是这么想象的）。

这次拍立得的生意就像酸液一样侵蚀着他，但他还没有准备好放弃这东西。

心理上还没准备好。

*你疯了！*一个声音向他喊道。*你还要继续下去真是疯了！*

“我才不会就这么罢休。”他悻悻地对着那个声音，对着他那阴暗的空空的店铺嘟囔着，而店铺像皮箱里的炸弹一样嘀嗒嘀嗒响着，“我绝不会。”

但这并不意味着他必须继续浪费时间傻乎乎地到处跑，努力想卖掉那鬼东西，他当然也不想再用它拍照。他认为至少还剩下三张照片是“安全”的，也许还有七张，但他不想去搞清楚到底剩几张。完全不想。

不过，还是会发现些事情。你永远不知道。如果把相机锁在抽屉里，那相机对他或对任何人都不会有什么害处，对不对？

“对头。”“老爹”轻快地对自己说。他把相机扔进去，锁好抽屉，把钥匙放回口袋里，然后走到门口，把“**休息中**”的牌子翻到“**营业中**”，那样子好像终于把烦人的问题永远抛在了身后。

第十章

第二天凌晨三点，“老爹”惊醒了，满身是汗，他恐惧地望着黑暗。时钟刚刚开始又一次令人疲倦的整点计时。

这次并不像往常一样，惊醒他的并不是时钟的声音，因为他不在楼上的床上，而是在楼下的铺子里。商店像个黑暗的洞穴，外面的路灯照出了许多巨大的影子，勉强照进了脏兮兮的厚玻璃窗，给人一种有东西藏在视线之外的不愉快的感觉。

惊醒他的不是时钟，而是闪光。

他惊恐地发现自己穿着睡衣站在工作桌旁，手里拿着拍立得“太阳 660”。那个“特别”抽屉打开了。他意识到，虽然他只拍了一张照片，但他的手指却一次又一次地按下了快门。如果不是运气好，相机里的底片就剩下一张，他可能会拍下一堆照片。

“老爹”垂下手臂，他一直拿着相机指向前面的商店，取景器上细如发丝的裂缝正对着他睡眼惺忪的眼睛。等他把双手慢慢地降到胸口的时候，双手开始颤抖，肘部的肌肉似乎消失了。他的手臂垂了下来，手指张开，相机哐啷一声滚回了那个“特别”抽屉里。他拍的照片从相机的照片槽里滑落，飘了出去，撞到了打开的抽屉的一边，先是摇摇晃晃，好像要跟着相机进去似的，然后又飘向另一边，最后掉在地板上。

心脏病发作了，“老爹”内心语无伦次地想。*我要他妈的犯心脏病了*。

他试着举起他的右臂，想按摩自己的左胸，但那只胳膊就是伸不出来。手臂末端的手耷拉着，像死人挂在绳上一样软弱无力。世界在他的眼中变得时而模糊时而清晰。时钟的声音（缓慢的时钟刚刚报完时）渐渐消失，变成了遥远的回声。接着，他胸部的疼痛减轻了，眼中的光线似乎恢复了一点，他意识到自己只是要晕倒。

他努力在工作台背后的椅子里坐下来，坐下去时和放下相机时一样，开始都还好，但还没到半途，大腿、小腿、膝盖周围的肌肉也像消失了一样，他整个人是摔进座位里的。这一下让椅子往后动了一英尺，撞在一个装满旧杂志的板条箱上才停下来。

“老爹”低下了头，感到头昏眼花的时候，就应该这么做，时间就这样过去了。他完全不知道过了多久。他甚至可以再睡一会儿。可是当抬起头来的时候，他又差不多好了。他的太阳穴和前额后面有一种持续的钝痛，可能是因为他保持一个姿势太久，脑子充血过度了，但他发现自己可以站起来了，“老爹”知道他该怎么办。当那东西如此深入地控制着他，甚至能让他在睡梦中走起来，然后控制（他的头脑试图反抗这个动词，这个*控制*，但他不会让它得逞）他拿起来拍照，真是够了。他不知道那该死的东西是什么，但有一件事是清楚的：你不能向它妥协。

是时候做你一开始就应该让孩子做的事了。

没错。但不是今晚。“老爹”筋疲力尽，汗流浃背，浑身发抖。他想光是再爬楼梯回公寓就已经很困难了，更不用说挥舞大锤。他觉得可以在这里砸，只要把它从抽屉里拿出来，反复把它摔在地上就行。但还有一个他不得不承认的事实是，他今晚实在是折腾不动那台相机了。早上会有足够时间的……而且在这段时间内照相机不会对他造成任何损害，对不对？因为里面没有胶卷了。

“老爹”砰的一声关上抽屉，然后锁上。他慢慢地站起身来，摇摇晃晃地挪到楼梯上。他一只手抓着栏杆（栏杆本身并不太结实），另一只手抓着那串挂在铁环上的沉重钥匙。最后他登上了楼，在身后关上门，他似乎觉得自己有了些力气。然后他回到卧室上了床，像往常一样，没有注意到他躺下时闻到的那股浓烈的汗臭和老人味。他每个月的第一天都换床单，觉得这样就够了。

我现在睡不着了，他想，然后又想：*不，你会睡着的，你会睡着的，因为你能睡，你能睡，因为明天早上你就要拿大锤把那该死的东西砸得粉碎，让事情就这样结束。*

这个想法和睡眠同时到来，于是“老爹”在那天晚上剩下的时间里没有做梦，睡得几乎没有动弹。当他醒来的时候，他惊讶地听到楼下的钟似乎都多敲了一声：不是七响而是八响。直到看到那光线以略微倾斜的长方形射在地板和墙壁上，他才意识到那会儿确实是八点。他十年来第一次睡过头了。然后他想起了前一天晚上。现在白天回想起来，整个事件似乎不那么奇怪了。他差点昏倒了吗？或者，这可能只是梦游的人在被意外惊醒时出现的自然的虚弱感？

当然，就是这样，不是吗？一丝明亮的早晨阳光不会改变中心事实：他梦游了，至少拍了一张照片；如果那里面还有胶卷的话，他会拍下一大堆照片。

“老爹”起床，穿好衣服，下了楼，打算在喝完早上的咖啡之前，先把那东西砸碎。

第十一章

凯文希望他到这个二维小镇的第一次旅行也是最后一次，但事实并非如此。自从第一次以来，连续十三个晚上，他越发频繁地做这样的梦。如果那个愚蠢的梦有一晚没有来——放个小假，凯文，但一会儿我还是会回来的，好吗？——第二天晚上他可能会连着梦见两次。现在他知道这是一场梦，只要梦一开始，他就告诉自己只要醒来就行了。该死，快醒醒！有时他确实醒了，有时梦又消失在更深的睡眠中，但他从来没有真正成功地唤醒自己。

现在他总是去梦里那个拍立得镇，而不是奥特利或希尔达斯维尔，这是他尝试辨认这个地方的头两次的答案。就像那些照片一样，每个梦都把动作向前推进了一点点。先是那个人推着一辆购物车，那车从一开始就从来没有空过，但里面塞满了一堆乱七八糟的东西……主要是钟，但都是从荣光商店里来的，那些东西看起来很古怪，不像真实的东西，而是像真实的东西的照片，还是从杂志上剪下来的，然后不知怎么地就被塞进了购物车。也许因为购物车和那些东西本身一样都是二维的，没有宽度来存放东西。但那些东西就这么放着，推车的老人弓着腰护着它们，叫凯文滚开，说他是个该死的小偷……只是现在他还对凯文说，如果他不滚，“我会找‘老爹’的狗咬你！如果不滚，你就等着瞧！”

接着出现的是那个胖女人。因为她是平面的，所以不可能是胖的，但还是可以说她胖。她推着装满拍立得太阳相机的购物车出现了。在凯文从她身边走过之前，她还对他说了几句话。“小心点，孩子。”她会用一个完全失聪的人的声音大声而低沉地说，“‘老爹’的狗挣脱了皮带，它是个凶残的家伙。它来这里之前已经在坎伯维尔的特伦顿农场咬死了三四个人。要拍下它的照片很难，除非你有相机，不然你完全拍不到。”

她会弯下腰去拿一台相机，有时甚至会递给凯文，而凯文也会伸手去接相机，不知道为什么女人会认为他应该给那条狗拍照，他为什么想伸手……或者他只是想表现得礼貌点？

无论哪种方式，都没有区别。他们两个人都像潜水者那样慢悠悠地走着，就像做梦的人常常做的那样，他们总是碰不着对方。凯文每次想到梦境的这个部分，他都会联想到米开朗琪罗在西斯廷教堂的天花板画的那副著名的上帝和亚当的画。画中双方都伸出一只手臂，并且所有手指也都舒展伸出，食指几乎（还没到，只是几乎）能碰到对方。

然后，她会消失一会儿，因为她没有厚度；当她再次出现时，凯文已经够不着她了。*那我们还是回去找她*，凯文梦到这里都会这么想，但他做不到。他的脚带着他不顾一切、泰然自若地朝油漆剥落的白色尖桩篱笆走去，朝着“老爹”还有那条狗走去……只不过那条狗已经不是狗了，而是一种可怕的混合怪物，像龙一样发出热气和烟雾，长着野猪一样的牙齿和扭曲的、有疤痕的鼻子。“老爹”和“太阳狗”会同时转向他，“老爹”会拿着相机——凯文知道是*他的*相机，因为他的相机侧面有个地方裂开了——举到右眼的位置。他的左眼眯着，无框眼镜在朦胧的阳光下在他的头顶上闪闪发光。“老爹”和“太阳狗”都是三维的。在这个破破烂烂、令人毛骨悚然的梦境小镇里，它们是唯一立体的东西。

“就是他！”“老爹”恐惧地尖声叫道，“他是小偷！咬他，乖狗！*我想说的是把他那混蛋的内脏掏出来！*”

在“老爹”尖叫着喊出最后一声时，会闪过没有热度的白光，那是“老爹”按下快门时闪光灯的闪光，凯文转身就跑。他第二次做梦时，梦就停在这里了。接下来的每一次，事情都有了进一步的发展。他又像水中的芭蕾舞演员那样慢悠悠地走着。他觉得，如果他能脱离自己身体来观察自己，他会更像个舞者，他的手臂像螺旋桨的叶片一样转动，衬衫跟着他的身体扭动，在他的胸部和腹部上绷得紧紧的，同时他听到衬衫的后摆从裤子里掉了出来，像砂纸一样发出刺耳的刮擦声。

然后他顺着来时的路往回跑，每只脚都慢慢地抬起，然后像做梦似的浮在空中（当然是做梦，不然还能是什么，你这个笨蛋？每次梦到这里他都会这么想），直到脚碰到满是裂纹、看起来无精打采的水泥人行道。凯文的网球鞋的鞋底承载了他全部的体重，被压得扁平，由此扬起的小团微尘也移动得非常缓慢，凯文都能看见每一颗扬起的微尘颗粒像原子一样转着圈。

他慢慢地跑着，没错，当然是这样。而那只“太阳狗”，一只没有名字的流浪巨怪，它不知从哪里冒出来，也没有象征任何意义，感觉就像一阵旋风，但就这么存在着，慢慢地追着他……但又没有那么慢。

到了第三天晚上，这个梦渐渐变成了正常的睡眠，凯文开始用那种拖拖拉拉、令人发狂的慢动作转过头来，想看看自己领先狗多远。然后过了一晚，那狗又回来了——整整两次。在第一次梦中，他把头转了一半，看见他左边的街道在他跑过去的时候消失在身后地狱般的景象里；在第二次梦中（这次他的闹钟吵醒了他，他满身大汗地像个胎儿一样蜷缩在床尾），他的头转得足以看到狗的前爪就踩在自己刚才的足迹上，他看见狗的利爪插进了水泥地面的小孔中，激起一堆碎屑……每个小腿关节的后面都突出一根长长的骨头刺，看起来像刺。那家伙浑浊的红眼盯着凯文。朦胧的火焰从它的鼻孔里喷出，滴落下来。*天哪，天哪，**鼻涕**着火了*，凯文想。当他醒来时，他恐慌地发现自己一遍又一遍飞快地低声说：“……鼻涕着火了，鼻涕着火了，鼻涕着火了。”

凯文沿着人行道逃跑时，那只狗每晚都向他逼近。甚至在他不回头看的时候，他也能听到“太阳狗”在追他。他感到一股暖意从他的胯部蔓延开来，尽管凯文的情绪以这个世界同样稀释和麻木的方式流露出来，但他知道自己很害怕，害怕得尿了。凯文能听到“太阳狗”的爪子撞击着水泥，能听到水泥干燥破裂和狂风的声音，能听到它呼出的热气，还有空气从它狰狞的齿缝中流过的声音。

就在“老爹”醒来发现自己不仅在梦游，还拿着相机拍下至少一张照片的那个晚上，凯文也第一次感受到和听到了“太阳狗”的呼吸：他感到臀部有一阵暖意，就像火车高速开过无需停站的站台时带过来的热风。他知道那条狗现在离他很近，近到能扑到他的背上，再次感受到它的呼吸。这次不仅是暖，而且让他觉得热，就像喉咙里急性消化不良的灼热感。然后那张扭曲得活像捕熊夹一样的狗嘴会狠狠地刺入他腰上的肉，插入肩胛骨之间，将他的皮肤和肉从脊椎上撕下来，他真的认为这只是个梦吗？他是这么想的吗？

凯文从最后一个梦境中醒来时，"老爹"正爬上自己公寓的楼梯，休息最后一次，然后回屋里睡觉。这一次，凯文醒了，身子笔直地坐着，原来盖在他身上的床单和毯子在他的腰上皱成一团。他全身大汗淋漓，但又觉得很冷，无数个白色的鸡皮疙瘩在他的腹部、胸部、背部和手臂上都冒了出来，就像圣痕一样。甚至连他的脸颊上也有。

他脑子里想的不是梦，至少不是直接想到了那个梦，他想的是：错了，数字错了，我看到的是"3"，但不可能……

然后，凯文像孩子一样又躺了回去（因为凯文虽然已经十五岁了，但他基本上还是个孩子，而且要到那天晚些时候才算脱离童年），他又沉沉地睡着了。

闹钟七点半就把他叫醒了，就像平常上学的日子一样。凯文发现自己又从床上坐了起来，睁大眼睛。所有的事情都理清了。被他砸碎的"太阳"并不是他的"太阳"，这就是他不停地做同样疯狂的梦的原因。"老爹"梅里尔，这位和蔼朴实的老"高人"，这位修理照相机、时钟和小家电的人，就像老西部电影里游船赌徒对付新手一样，巧妙而娴熟地骗了他和他的父亲。

他的父亲……！

凯文听到楼下的门砰的一声关上了，就从床上跳了起来。他穿着内衣朝门口跑了两步，想了想，转身猛地拉开窗户，大声叫道："爸爸！"他的父亲这会儿正好要钻进车里去上班。

第十二章

“老爹”从口袋里掏出他的钥匙圈，打开“特殊”抽屉，拿出相机，但还是小心翼翼地只抓着相机的带子。他满怀希望地看着拍立得的正面，希望能看到昨晚把相机丢进抽屉时已经摔坏镜头了，你可能会说他希望这东西的眼睛已经瞎掉，但他的父亲一直喜欢说魔鬼总是运气好。凯文这台该死的相机似乎就是这样。那东西一侧的缺口只是更大了点，仅此而已。

“老爹”关上抽屉，转动钥匙，看见他睡觉时拍的一张照片朝下盖在地板上。就像罗得的妻子无法不回头看被毁灭的所多玛，“老爹”也没法不去看它，他用那双藏巧于拙的手指捡了起来，然后翻了个面。

这只狗开始起跳。它的前爪刚刚离开地面，但在它那畸形的脊椎骨上，在它的兽皮下的肌肉上，在它的毛发上，“老爹”可以看到狗身上所有的动能都释放出来了。在这张照片中，狗的脸和脑袋实际上有点模糊，因为它的嘴张得更大了。接着，他仿佛听到了一声低沉的咆哮，从画面中飘了出来，仿佛隔着一层玻璃听到的声音。只有影子的摄影师看起来好像要再蹒跚地后退一步，但这又有什么关系呢？照片里出现了从这条狗形怪物的鼻孔中冒出来的烟，没错，就是烟，还有更多的烟从它犬牙交错、丑陋得像木桩墙一样的牙齿缝中冒出，消散在两侧嘴角的后方。看到这样恐怖的景象，任何人都会打个趔趄，然后转身逃跑。但“老爹”得看着这一切，告诉自己那个男人（当然是个男人，也许曾经是个男孩，一个十几岁的男孩，但现在相机在谁手里？）拍这张照片时只感到吃惊，手指畏缩了一下……这个男人要么控制住了自己的双脚，要么就会双脚相绊摔倒，而这两者的差异只在于他是要站着死，还是坐着死。

“老爹”把照片揉成一团，然后把钥匙环放回口袋。他转过身，拿着原来属于凯文·德莱文，现在是他的拍立得“太阳660”的带子，向商店后面走去。他在路上停了下来，去拿大锤。当他走近后棚屋的门时，一阵强烈的白光无声地亮起，这白光不是在他眼前，而是在他眼后，在他的脑海里。

他转过身，双眼变得无神，就像被强光暂时弄瞎了的人的眼睛。“老爹”走过工作台时，手里捧着相机与胸部齐平，就像拿着献纳瓮或其他宗教祭品或圣物一样。工作台和商店前面的中间是一个挂满时钟的柜子。柜子左边是谷仓式建筑的支撑梁，上面的钩子上挂着另一只钟，那是一只仿德国布谷鸟钟。“老爹”抓住时钟，把它从钩子上拽了下来，完全不管后面的钟摆和钟摆马上就相互缠绕在了一起。时钟下面的小门半掩着，那只木头鸟伸出它的嘴和一只受惊的眼睛，发出一种哽咽的声音——咕！——好像是为了抗议这种粗暴的对待，然后才又爬回去。

“老爹”用相机的带子把“太阳”挂在之前挂钟的钩子上，然后转身第二次朝商店的后面走去，他的眼睛仍然一片茫然。他手里紧紧地握着钟的顶部，淡然地让钟随着他的步伐来回摆动，对钟内哐哐当当的撞击声，或者偶尔可能是里面的鸟要掉出来又戛然而止的声音也完全不顾，也没有注意到其中一个钟摆撞到了老床铺的一端掉落下来，在地上堆积多年的灰尘上滚出了一条痕迹。“老爹”像个机器人一样漫无目的地移动。在棚子里，他停了一下，刚好抓住那柄光滑的大锤。因为两只手都塞满了东西，“老爹”不得不用左臂的肘部把螺栓上的钩子敲下来，这样他才能推开小屋的门，走进后院。

他走到砧板前，把仿制的德国布谷鸟钟放在砧板上。他低下头，站了一会儿，双手抓着大锤的把手。他的脸仍然毫无表情，他的眼睛还是感觉在冒金星，但他的脑子里有一部分不仅思维清晰，而且觉得自己整个人的思想——和行为——都很清醒。这部分的他并没有看到一开始就不值钱而现在已经成旧货的布谷鸟钟，而是看到了凯文的拍立得。他脑子里真的相信自己已经下了楼，从抽屉里拿了拍立得，然后径直走了出去，只是为了拿大锤才停下来。

而正是这一段让他以后的记忆……除非这段变得让他能更好地记

住某些其他事实。这么说吧，或者任何其他的真相。

“老爹”梅里尔把大锤举过他的右肩狠狠地砸了下去——虽然没有凯文那么狠，但已经够狠了。它正好落在仿德国布谷鸟钟的屋顶上。那座钟与其说是砸破了，不如说是砸碎了：塑料木片、小齿轮和弹簧到处乱飞。而“老爹”所能记住的是（除非，当然，这变得更容易让他想起这件事）相机的碎片溅得到处都是。

他从砧板上抬起大锤，用他沉思的、茫然的眼睛盯着那堆乱七八糟的东西站了一会儿。钟里的那只木头鸟在“老爹”眼里看起来就像个胶卷槽，拍立得“太阳”相机的胶卷槽。木头鸟的小木脚朝天躺着，看着像极了动画片里的死鸟，而且还奇迹般地没有被砸坏。“老爹”看了看，然后转身朝小屋的门走去。

“好了。”他低声说，“够了。”

即使站得离他很近的人，也可能听不清这些话，但他说话时有一种明显宽慰的语气。

“搞定了。不用再担心了。接下来干什么？抽烟斗，对吧？”

但十五分钟后，当他到了街区另一边的药店时，他买的不是烟斗用的烟草（尽管他记得他要买的是烟草）。他买了胶卷。

是拍立得的专用胶卷。

第十三章

“凯文，我上班就要迟到了如果我不……”

“你能打个电话吗？能吗？打电话去说你要迟到了，或者说你可能根本去不了那里？因为可能有什么非常、非常、非常重要的事情要处理？”

德莱文先生小心翼翼地问：“是什么事？”

“你能吗？”

德莱文太太现在正站在凯文卧室的门口。梅根在她后面。她们两个人都好奇地打量着穿西装的父亲和高个儿子，后者仍只穿着平角内裤。

“我猜……对，说我能吧。不过，我得先弄清楚是什么事。”

凯文放低了声音，眼睛盯着门口说：“这是关于‘老爹’梅里尔的。还有那个相机。”

德莱文先生起初只是困惑地看着凯文的眼睛，现在他走到门口。他对妻子咕哝了几句，妻子点了点头。然后他关上门，对梅根抗议的哀号不屑一顾，就像他对卧室窗外电话线上唱歌的鸟儿不屑一顾一样。

“你跟妈妈说了什么？”凯文问。

“那是男人之间的事。”德莱文先生微微一笑，“我觉得她认为你想谈论自慰。”

凯文脸红了。

德莱文先生看上去很担心：“你不是要聊这个吧，是吗？我是说，你知道……”

“我知道，我知道。”凯文急忙说。他不会告诉他的父亲（也不确定他能否坦诚地说这件事），自己突然不知所措是因为发现不仅他的父亲知道自己在自慰——当然这完全不应该让他感到意外，但他还是大吃一惊——而且连他的母亲不知怎么也知道了，这让他只剩下惊慌失措的感觉。

不要紧。这都与噩梦无关，也与他头脑中萦绕不去、已经确定的事情无关。

“是关于‘老爹’的，我告诉过你。我还做了一些噩梦。但主要是相机的问题。因为‘老爹’不知怎么把它偷了，爸爸。”

“凯文……”

“我知道，我把它放在他的砧板上砸得粉碎。但那不是我的相机。那是另一台相机。这还不是最糟糕的事情。最糟糕的是，他还在用我的相机拍照！那只狗就要出来了！它出来的时候，我想它会杀了我。在另一个世界里，它已经开始要……”

他说不下去了。凯文又一次让自己感到吃惊——这次他居然突然哭了起来。

约翰·德莱文让儿子冷静下来的时候，已经是七点五十分了，他已经接受了至少上班会迟到的事实。他把孩子抱在怀里——不管是什么事，这件事真的让孩子颤抖了，如果这真的只是因为一堆梦的话，德莱文先生认为他总会发现“性”是一切问题的根源。

凯文瑟瑟发抖，只是偶尔抽泣着深呼吸一下。德莱文先生走到门口，小心翼翼地打开门，希望凯特已经把梅根带下楼去了。凯特确实这么做了，走廊里空无一人。不管怎样，这对我们来说是一件好事，他想，然后回到凯文身边。

“好点了没？”他问。

“‘老爹’拿了我的相机。”凯文沙哑地说。他眼睛发红，泪水在眼眶里打转，几乎像有近视眼一样看着他的父亲。“他不知怎么搞到的，现在正在用它。”

“这是你做的梦吗？”

“是的……我想起了一些事。”

“凯文……那是你的相机。对不起，孩子，但确实是。我甚至看到了边上的小裂痕。”

“他一定在某种程度上做了手脚……”

“凯文，这似乎很荒唐……”

“听着。”凯文急切地说，“你能不能听我说？”

“好吧。是的。我在听。”

“我记得的是，他把相机递给了我……我们在外面砸碎了它，记得吗？”

“是。”

“我当时朝取景窗里看了看，里面会显示还能拍多少张。当时显示的是三张，爸爸！它显示的是三张！”

“呃，所以呢？”

“里面还有胶卷！有胶卷！我知道，因为我记得当我砸烂相机的时候，一张闪亮的黑色东西跳弹起来。先是弹到空中然后又飘落下来。”

“我再说一遍，那又怎么样？”

“我把相机给‘老爹’的时候相机里没有胶卷！这就是‘那又怎么样’。我本来拍了二十八张。他要我再拍三十张，一共五十八张。如果我知道他在干什么，我可能会买更多的胶卷，但也可能不会。那时候我已经很害怕了。

“是的。我也有一点儿害怕。”

凯文恭恭敬敬地看着他：“你怕了？”

“是的，继续。我想我明白你的意思了。”

“我想说的是，他为胶卷出了钱，但不够，甚至都不到一半。他是个吝啬鬼，爸爸。”

约翰·德莱文淡淡地笑了笑：“他就是这样的人，我的孩子。还是世界上最吝啬的，这就是我想说的。继续说完。时间走得可是非常快。”

凯文瞥了一眼时钟。快八点了。尽管他们俩都不知道，但“老爹”会在不到两分钟后醒来，开始做他早上要做的事，而且“老爹”对早上这件事没什么正确的记忆。

“好吧。”凯文说，“我想说的是，即使我想买，我也买不了更多的胶卷。买三套胶卷就花光了我所有的钱。我甚至还向梅根借了一块钱，所以我也让她拍了几张照片。”

“你们两个用光了所有的胶卷？一张都不剩？”

“对！没错！他甚至说总共有五十八张！从我拍完他想要的所有照片到我们去看他制作的录像之间，我再也没有买过胶卷。爸，我把相机拿进去的时候，它是空的！取景窗上的数字是零！我看见了，我记得！所以如果是我的相机，为什么我们下楼的时候取景器里显示有三张照片？”

“他不可能……”然后他父亲停住了，他的脸上出现了一种不同寻常的阴郁的奇怪表情，他意识到“老爹”可能做得出，而事实是：他，约翰·德莱文，不愿意相信“老爹”把相机调了包；但过往的痛苦经验显然还不足以预防自己犯蠢，“老爹”可能会瞒过他自己和他儿子的眼睛。

“不可能什么？你想到了什么，爸？你刚想到了什么！”

德莱文确实想到了什么，没错。当时“老爹”着急下楼去拿最开始拍的拍立得照片，这样他们可以仔细看看狗的脖子上的东西，后来证实那东西是希尔达姨妈最新送给凯文的蝶形领结，上面有只可能是啄木鸟的。

我们不妨和你一起去，当“老爹”提出拿照片时，凯文是这么说的，但“老爹”不是自己跳了起来，像山雀一样激动吗？用不了一分钟，那个老头就是这么说的，或者说了类似的话，事实上，德莱文先生知道自己几乎没有注意到他在说什么或做什么，因为他当时想再看一遍那该死的录像。还有一个事实是：“老爹”甚至都无需在他们面前玩老一套的调包把戏。德莱文先生勉强愿意相信这个老东西，甭管他是不是快七十岁了，很可能提前做了准备，如果他要调包，可能也已经调了包。他们在楼上，他在楼下，大概也只是帮凯文拿了下照片，他可以在空出来的时间里调包二十台相机了。

“爸？”

“我想他可能是调包了。”德莱文先生说，“但为什么呢？”

凯文只能摇摇头。他不知道为什么，不过这倒也没事。德莱文先生认为他调包了，这让凯文松了一口气。也许诚实的人不必一遍又一遍地学习世界上最简单的真理，可能其中一些真理最终也会变得没用。他只要把问题说出来就能找到答案。“老爹”梅里尔为什么要这么做？为了赚钱。这就是原因，全部的原因，仅此而已。凯文想毁掉它。在看了“老爹”的录像带后，德莱文也认同他。他们三人中，谁是唯一一个会有更多谋划的人？

当然是“老爹”。雷金纳德·马里昂·“老爹”梅里尔。

约翰·德莱文本来坐在凯文的床边，一只胳膊搭在他儿子的肩膀上。现在他站了起来。“穿好衣服。我下楼打个电话。我要告诉布兰登，我可能会晚到，但我想我今天根本去不了了。”

他一心一意想着这件事，脑子里已经在跟布兰登·里德谈话了。不过，他并没有那么全神贯注，还是看到了儿子忧虑的脸上流露出的感激之情。德莱文先生微微一笑，觉得那种不同寻常的忧郁先是烟消云散，然后完全消失了。至少还有这样一件事：他的儿子还太小，还能从他那里得到安慰，或者把他当作更高一层的力量，因为他有时可以向自己求助，而且知道他会对自己采取行动，自己也没有老到不能从儿子身上得到安慰的地步。

他说：“我觉得我们应该去找‘老爹’梅里尔。”他看了一眼凯文床头柜上的时钟。八点过十分钟。在荣光商店的后面，一把大锤正砸在一个仿制的德国布谷鸟钟上。“他通常在八点半开门。我们到那儿的时候就差不多。如果你能动作快点，我们就可以走了。”

他在出去的路上停了一下，嘴角闪过一丝冷笑。他没有对儿子微笑。“我想他得解释一下，这就是我想说的。”

德莱文先生走了出去，随手把门关上。凯文急忙开始穿衣服。

第十四章

城堡岩的拉维蒂耶尔大药房不仅仅是一家药店。换句话说，人们其实是购物之后才想起这是一家药店。好像有人在最后一刻——就在盛大的开幕式之前——注意到招牌上写着“药”。而这个人可能已经在心里记下，告诉公司管理层的其他人，他们又把药房开成了一家拉维蒂耶尔超市，又一次因为疏忽而没有修正标牌，本来想把招牌改成“拉维蒂耶尔超市”，使其读起来更简单更准确，但还是忘了……而且，注意到这些事情的人在心里记下之后，把盛大的开业时间推迟了一两天，这样他们就可以在这座长长的大楼最偏僻、最黑暗、最被人忽视的角落里塞进一个只有电话亭那么大、专门卖处方药的柜台。

拉维蒂耶尔大药房实际上是一间自大的廉价商店。镇上最后一间真正的廉价商店是本·富兰克林商店，那是一处长而昏暗的房间，上面的链子上挂着灯光昏暗、星星点点停着苍蝇的灯泡，在发出咯吱声但经常上蜡的木地板上反射出昏暗的光芒。一九七八年，为了给名为星河和 E-Z 视频租赁的电子游戏厅让路，这家廉价商店被收购了。那儿每周二还会播放黄色电影，二十岁以下的人不能进入后面的房间。

拉维蒂耶尔大药房里的东西和本·富兰克林廉价商店里的差不多，但这些东西都沐浴在荧光灯管无情而耀眼的光线下，让每一点存货都散发出兴奋、狂热的光芒。*给我买！每一件东西似乎都在尖叫。买我吧，否则你会死的！否则你的妻子可能会死！或者你的孩子！或者你最好的朋友！可能所有的人都要死！为什么？我怎么知道？我只是一个摆在预置货架上的没有大脑的东西！但不是感觉很真实吗？你懂的！所以买我吧，买我吧……**现在**就买！*

这家药房里有一排杂货、两排急救用品和成药，还有一排录像带和录音带（包括空白的和预先录制的）。长长的杂志架上放满了平装书，一台电子收银机下面陈列着打火机，另一台下面则陈列着手表（第三台收银机藏在黑暗的角落里，而药剂师则躲在他孤独的阴影里）。万圣节糖果占据了大部分的玩具陈列区（随着时间的流逝、圣诞节的来临，玩具在万圣节之后会回归，并将最终占据整个陈列区）。在商店前方最主要的陈列区，就用了“**秋季摄影节**”的牌子，通过精心的安排展示许多商品。让人觉得在现实中几乎不可能遇到的非常凑巧的事情真的发生了，我们也只能默默承认命运的存在。就这次来说，命运以自己的方式证明了“另一个世界”确实存在。除了赚钱的时候，“老爹”以前是从来都不关心“另一个世界”的，凯文也是。

在这场展览中，五颜六色的秋叶从篮子里溢出来掉到地板上，就像一股亮色的洪水（如果仔细观察的话，可能会得出这样的结论：叶子分布得太散了，不可能仅仅来自这一个篮子）。在树叶中间有许多柯达和拍立得相机——其中有几台是“太阳660”相机——还有各种其他设备：相机袋、相册、胶卷和闪光灯。在这个古怪的聚宝盆中间，矗立着一个老式的三脚架，就像H. G.威尔斯笔下的火星死亡机器，高耸在伦敦的废墟上。上面有一个标志，告诉所有感兴趣的顾客，本周可以享受**所有拍立得相机及配件的特惠！**

那天早上八点半，拉维蒂耶尔大药房开业半小时后，“所有的顾客”只有“老爹”梅里尔。他对陈列的东西毫不在意，径直走到唯一的开放式柜台前，莫莉·德拉姆刚刚把手表摆在仿制的天鹅绒展示布上。

哦，不，老色鬼来了，她做了个鬼脸。“老爹”觉得有一种非常有效的方式来消磨一段时间，和莫莉休息喝咖啡一样长的时间，那就是慢慢地走到她工作的柜台（他总是挑她的柜台，即使排队也要去。其实她觉得“老爹”喜欢那儿有人在排队），买一包阿尔伯特王子牌烟草。普通人三十秒钟就能买好的东西，但如果她能在三分钟内把这个老色鬼弄走，她就认为自己做得很好了。“老爹”把所有的钱都放在一个挂着链子的破皮包里，然后从口袋里掏出钱包，然后打开。钱包打开的时候总是发出尖利的噪音，你都能想象飞蛾从里面扑出来，就像讽刺吝啬鬼的漫画一样。在钱包最上面有一大堆纸币，这些钞票

看起来好像有某种病菌，好像不应该有人碰它们；下面是叮当作响的硬币。“老爹”会掏出一美元，然后用一根胖手指把其他纸币拨到一边——这样他好取下面的零钱（他从来都不是直接付个几美元，这样会让事情太快办完，这不是他的做法），然后才会去摸零钱。整个过程中他的眼睛转个不停，先是朝下看一两秒钱包，然后用手指慢慢挑合适的硬币，同时他的眼睛在莫莉的胸部、腹部、臀部上游走，然后又回到她的胸部。他从来都不看她的脸，甚至连她的嘴都不看，大多数男人似乎对她的嘴感兴趣。没错，“老爹”梅里尔只对女性身体的下半部分感兴趣。等他终于看够了——不管“老爹”来一趟有多快，在莫莉看来，时间总是要比实际长三倍——然后把这家伙赶出商店时，莫莉总是想找个地方好好洗个澡。

于是她鼓起勇气，装出她最好的“现在才八点半，我还有七个半小时要熬”的职业微笑。“老爹”走近时，她在柜台后站起来。她告诉自己，*他只是在看你，从你站起来开始，男人就一直在看你*。这是事实，但不一样，因为“老爹”梅里尔不像大多数人那样。从十年前莫莉在这里工作起，大多数人都在看她漂亮、引人注目的脸。而“老爹”不一样，一部分原因是“老爹”很老了，但这还不是全部原因。事实是，有些人是看着你，而有些人——很少的人——似乎是在用眼睛视奸你，而梅里尔就是*其中之一*。实际上他的目光似乎有重量，他在发出噪音的老处女才用的钱包（非常突兀地系在阳刚气息十足的链子上）里翻找时，莫莉似乎真的能感觉到“老爹”的双眼在她身上蠕动，视神经像蝌蚪一样袭击着她的胸部，然后瘫软地滑入她的乳沟之间，让她后悔那天自己没有穿着修女的衣服去上班。要是穿了一套盔甲也好。

但是她母亲喜欢说“*亲爱的莫莉，既然无药可救那就只能忍受*”，直到有人想出办法能量化这些人的凝视，让这些老老少少的肮脏男人的行为变得非法，或者，更可能的是，直到“老爹”梅里尔为了城堡岩的所有居民着想，赶紧死掉，这样他开的那个专门坑游客的碍眼的地方也能被拆除。而现在莫莉只能尽己所能地面对他。

但今天她遇到了一个惊喜——至少一开始看起来是这样。“老爹”

通常看她的视线是饥渴的，而现在他连普通顾客的表情都没了，似乎只是一片茫然。不是说他的目光穿透了她，或者他的凝视让莫莉感觉到了力道。在莫莉看来，“老爹”似乎在他的脑海深处思考什么，他惯常穿透人的锐利眼神这次都没有够着她，而是到途中就逐渐消散，就像有人试图用肉眼去定位和观察银河另一端的恒星。

“我能帮你吗，梅里尔先生？”她问的时候脚已经翘起来了，这样她就可以迅速转过身去，伸手去摸存放烟袋的地方。面对“老爹”，她总是尽快完成任务，因为当她转身，她能感觉到“老爹”的视线忙不迭地爬上她的屁股，然后下移，迅速看看她的双腿，然后再上升到她的臀部，最后在她转身之前用双眼揉搓个够。

“嗯。”“老爹”平静地说。他对莫莉表现出的兴趣就好像是在跟那些自动银行提款机说话。莫莉觉得这样挺好。“我想要一些”，然后要么是她听错了一个词，要么就是他在胡言乱语。她满怀希望地想，如果他是在胡言乱语，也许是这个老家伙为了抵御不断上升的衰老之海而建造的复杂的堤坝、防洪堤和泄洪道中已经开始有一些部分要垮掉了。

他刚才说的东西听起来好像是“烟胶卷草”，但店里没有进这个东西……除非是某种处方药。

“对不起，梅里尔先生？”

“胶卷。”这次他说得清楚而坚定，莫莉非常失望。她坚信他第一次一定是这么说的，是自己的耳朵听错了。也许她才是那个脑子里溃堤的人。

“你想要什么样的？”

“拍立得，”他说，“两包。”她不知道这里到底发生了什么，但毫无疑问，城堡岩的头号脏老头今天有点反常。他的眼神仍然涣散，他说的话……它们让她想起了一件事，一件让她联想到她五岁的外甥女艾伦的事，但她就是想不起来。

“什么型号的，梅里尔先生？”

她觉得自己听起来很做作，像个女演员，但“老爹”梅里尔根本没有注意到，他神游天外了。

“老爹”思考了一会儿，并没有看她，而是看了看她左肩后面的烟架，他突然说：“拍立得‘太阳’相机。型号660。”就在她告诉“老爹”必须从陈列室里拿来的时候，莫莉想起来了。她的侄女有一个柔软的大熊猫玩具，叫做博莱特，叫这个名字的原因可能只有另一个小女孩知道。在博莱特的内部有一块电子电路板和一块存储芯片，上面存储着大约四百个简短的句子，比如“我喜欢拥抱，你不喜欢吗?”和“我希望你永远不要离开我”。每当你戳博莱特那毛茸茸的小肚脐上方时，都会有短暂的停顿，然后那些可爱的短小话语就会脱口而出，几乎是即时出来的。声音听起来遥远而冷漠，从语气上看，似乎是在否定那些话的内容。艾伦认为博莱特是个笨蛋，而莫莉认为这些话听起来有些令人毛骨悚然。她一直期待着艾伦某天戳这个熊猫娃娃的肚子时，它会说出它真正的想法，让所有人（除了城堡岩的莫莉姨妈）都大吃一惊。“我想今晚等你睡着了，我要把你勒死。”也许，或者只说“我有一把刀”。

今天早上的“老爹”梅里尔听起来就像毛绒熊猫博莱特。他茫然的目光和博莱特的目光出奇地相似。莫莉原以为，老人惯常不怀好意的目光若有任何变化，她都会更高兴的。但她错了。

莫莉俯在陈列的商品上，她第一次完全没有意识到她的臀部翘起来的样子，只想尽快找到老头想要的东西。她确信，当她转过身来的时候，“老爹”看的是别的东西，而不是她。这次她说对了。当她拿着胶卷开始往回走（从其中一个盒子上拂去几片秋日的落叶）时，“老爹”还在盯着烟架，乍一看，他似乎在清点库存。过了一两秒钟才会明白那表情实际上根本不是什么表情，而是一种近乎灵魂出窍的茫然凝视。

请离开这里，莫莉祈祷着，求你了，带上你的胶卷走吧。不管你做什么，别碰我。求你了。

如果这个样子的“老爹”骚扰她，莫莉觉得自己会尖叫。为什么这个地方只有她一个人在？为什么没有其他顾客，最好庞波警长在这儿，但既然他似乎有别的事，那其他人呢？药剂师康斯坦丁应该在店里，但药品柜台看上去好像有四分之一英里那么远，虽然她知道不可能有那么远，但如果老男人梅里尔决定要骚扰她，药剂师就算急忙赶过来阻止也来不及。假如康斯坦丁先生和地方行政委员基顿先生一起去了南家餐馆喝咖啡呢？她越想就越觉得有这种可能性。当真正奇怪的事情发生时，难道总是没有其他人在场的？

他好像有点精神崩溃了。

莫莉听见自己平静又愉快地说："给你，梅里尔先生。"她把胶卷放在柜台上，然后迅速地走到左边收银台后面，想要用收银台隔开自己和梅里尔。

"老爹"梅里尔从裤子口袋里掏出那个非常旧的皮包，莫莉紧张得手指按错了要买的东西，她不得不清空收银机输入的东西，重新开始。

"老爹"把两张十美元的钞票递给她。

莫莉对自己说，这些钞票只不过是因为和那个小钱包里的其他钞票挤在一起才弄皱的，尽管它们看上去很旧，但可能其实不旧。但这并没有阻止她奔腾的思绪。她的头脑坚持认为，这些钞票不仅是皱巴巴的，而且还是黏糊糊的。她进一步坚持认为"旧"并不是个恰当的字眼，"旧"甚至不在眼下这个范围之内。对那两张钞票而言，甚至连"古老"这个词来形容都不恰当。这些可以说是史前时期的钞票，在基督出生和巨石阵建成之前就印出来了，在第一个低眉、没脖子的尼安德特人爬出洞穴之前就出现了。这两张钞票印出来的时候，连上帝都还是个婴儿。

她不想碰这两张钞票。

但她不得不去接触它们。

这个男人想要找零。

她鼓足勇气，拿起钞票，以最快的速度把它们塞进收银机，同时手指用力敲键，指甲几乎都劈了。在这样极度难受的状态下，她都没注意到手指上剧烈的疼痛，直到一段时间之后……那会儿，她已经说服了自己刚才的决绝，甚至还骂自己像个月经初潮时难受的小姑娘。

然而，此时此刻，她只专注于尽快地把钞票放进收款机，然后把手从钞票上拿开，但即使过了好一会儿，她也会记得那两张十美元钞票表面的触感。感觉好像它们真的在她的手指下蠕动。仿佛有数十亿个细菌，大得几乎肉眼都能看见的细菌，沿着钞票向她滑过来，渴望用“老爹”身上的东西感染她。

但是这个男人想要找零。

她聚精会神地做这件事，嘴唇紧紧地抿得发白。她要找四张一美元，但收款机抽屉里的滑轮卡住了。等她拿到这几张钞票，又找不到一角钱，天啊，一角钱都去哪儿了？她到底怎么了，她怎么会在这个载入历史的早晨在老头想要尽快离开的状态下还笨手笨脚了这么久？

她掏出一枚五分镍币，感觉到那无声的、发臭的“老爹”就在她身边（她觉得当她最后被迫抬起头时，他离自己更近了，他正从柜台上向她靠过来），然后是三枚、四枚、五枚硬币……但是最后一个硬币又掉到抽屉里的两个硬币中去了，她只好用她那又冷又麻的手指去掏。硬币几乎又从她手里弹出去，她能感觉到脖子后面和人中之间的一小块皮肤上冒出来的汗。然后，她手握拳头，紧紧地抓着硬币，祈祷“老爹”不会伸出手来接，这样她就不必碰他爬行动物一样干燥的皮肤，但莫莉知道，反正她清楚就算自己不愿意，她也躲不过。抬起头，挤出她阳光快乐的拉维蒂耶尔大药房职业微笑，用力延展自己的面部肌肉，弄出像是冻结的尖叫表情。她这么做是想让自己坚持下去，告诉自己事情就要结束了，这时候不要再介意自己愚蠢的想象，觉得“老爹”那只干燥的手会突然像某种古代某种不吃猎物只吃尸体的鸟的爪子一样抓住她。她对自己说，她没有看见这些景象，绝对**没有**看见，但她脑子里依然是这些画面。她抬起头来，脸上尖叫般的笑容消失了，那笑容灿烂得像在炎热寂静的夜晚谋杀中的惨叫。她发现店里空无一人。

“老爹”不见了。

他在莫莉找钱的时候离开了。

莫莉开始全身发抖。如果她需要实实在在的证据来证明这个老家伙不正常，这就是她要找的证据。这是铁证，不容置疑的证据，最纯粹的证据：这是第一次在她的记忆中（在她的小镇生活记忆里，她敢打赌，还能赢得赌局），“老爹”梅里尔第一次没有等找零钱就离开，而他是从来都不给人小费的，就算在没有外卖服务的餐厅吃饭，他也没给过小费。

莫莉试着张开手，放开手里的四美元和五分的硬币。她惊讶地发现自己做不到。她不得不伸出另一只手来撬开自己的手指。找给“老爹”的零钱掉在柜台的玻璃上，她把钱都扫到一边，不想再碰。

她再也不想见到“老爹”梅里尔。

第十五章

“老爹”离开拉维蒂耶尔大药房，目光呆滞。他手里拿着几盒胶卷穿过人行道时，眼神依然无神。等他踩到阴沟里时，他的眼神突然发生了变化，变成了一种不安而警觉的表情……“老爹”停在那里，一只脚踩在人行道上，一只脚踩在压扁的烟头和空的薯片包装袋之间。虽然只有那些在打交道时领教过“老爹”精明的做生意技巧的人才了解“老爹”，但眼下的这个“老爹”，莫莉觉得很陌生。这既不是色鬼梅里尔，也不是机器人梅里尔，而是完全变成动物的梅里尔。突然，他清醒了，他很少在大庭广众面前有这样的表现。在公众面前如此多地展示真实的自我，在“老爹”看来，这不是个好主意。可是今天早晨，他完全不能控制自己，而且也没有人注意到他。如果有的话，那个人就不会看到“老爹”和颜悦色而又朴实的“隐世高人”的一面，甚至也看不到“老爹”精明商人的一面，而是看到了他的灵魂。在他完全清醒的那一刻，“老爹”看起来像一条流浪狗，一条完全释放野性、暂停了午夜时分鸡舍屠杀的流浪狗。他丑陋的耳朵竖了起来，头歪到一边，獠牙上满是血迹。他好像听到农夫的房子里传来的某些声音，想起了又大又黑的猎枪，就像平放的数字“8”一样的枪口。狗不认识数字“8”，但如果狗的本能足够敏锐，狗也能认出这个模糊的“永恒”标志。

“老爹”能在城市广场对面看到荣光商店正面如黄色尿渍一样的颜色。商店旁边的建筑物中有一家闲置的、原本叫做“小村洗衣”的洗衣店在今年稍早时结业了；再过去一点是南家餐馆、你我裁缝店，以及卖服饰和裁缝用品的商店。那家商店的老板是伊薇·查默斯的曾孙女波莉，我们改天会说说她的事。

大街上所有商店的前面都有斜坡停车位，本来都是空的，但现在有辆车开了过来。那是辆“老爹”认识的福特旅行车。在早晨寂静的空气中，可以清楚地听到发动机轻微的颤动声。车停了下来，刹车灯熄灭了，“老爹”把水沟里的脚缩回来，小心翼翼地缩到拉维蒂耶尔大药房的角落里。他一动不动地站在那里，就像在鸡舍里被微弱的声音惊醒的狗一样，换了其他较小或者没这么聪明的狗，那就肯定会沉浸在杀戮之中，不会注意到这种声音。

约翰·德莱文从旅行车的驾驶位上走了出来，凯文则从副驾驶座下车。他们走到荣光商店的门口。德莱文开始不耐烦地敲门，声音大得像引擎发出的声音一样清晰。德莱文停了一下，他们俩听了听商店里的动静，然后德莱文又开始敲，其实可以说是在砸门。你不需要读心术都知道这个人气坏了。

他们知道了，“老爹”想。他们反正知道了。还好我把那该死的照相机砸了。

他又站了一会儿，除了兜帽下面的眼睛，什么也没动，然后溜过药店的拐角，钻进药店和隔壁银行之间的那条巷子里。他的动作如此流畅，比他年轻五十岁的人都可能会羡慕他几乎毫不费力的敏捷。

今天早上，“老爹”想，从后院抄捷径回家可能更明智一些。

第十六章

仍然没有回答，约翰·德莱文第三次敲门，他敲得非常用力，弄得门玻璃在腐烂的玻璃胶里发出嘎嘎的响声，手都敲疼了。他这才意识到自己有多生气。如果梅里尔真的像凯文认为的那样，他不生气才怪……没错，德莱文越想越觉得凯文是对的。但令他吃惊的是，直到刚才他才意识到自己的怒火。

这似乎是一个更加了解自己的早晨，他想，这想法有点像学校的说教。这让他笑了笑，放松了一下。

凯文没有笑，但看上去也不轻松。

“好像三种可能中的一种发生了。”德莱文先生对儿子说，“梅里尔要么还没起来开门，要么他发现我们逐渐搞清楚了情况，就拿着你的相机潜逃了。”他停顿了一下，然后真的笑了起来，“我想还有第四个。也许他在睡梦中死了。”

“他没死。”凯文把头靠在门上的脏玻璃上，他真希望自己当初没有进去。他双手遮住眼睛的周围，以免从城市广场东边升起的太阳照在玻璃上的光线太刺眼。“看。”

德莱文先生也用双手遮住脸的两侧，鼻子紧贴着玻璃。他们背对着广场，肩并肩地站在那里，凝视着幽暗的荣光商店，仿佛非常想买橱窗里的东西。“嗯。”几秒钟后，他说，“看起来他好像是逃走了，把他那堆破烂都甩在了身后。”

“对……但我不是这个意思。你看见了吗？”

“看什么？”

“挂在那根柱子上的。放满钟的那个柜子旁边。”

过了一会儿，德莱文先生确实看到了：一台拍立得相机用带子挂在柱子上的钩子上。尽管那可能是他的想象，但他觉得自己甚至可以看到那个有缺口的地方。

那不是你的想象。

当他开始体验到凯文的感受时，他的笑容消失了：那是一种怪异又令人不安的确定感，好像有某种构造简单但又十分危险的机器正在持续运转……与大多数“老爹”的时钟不同的是，这个钟的时间是准的。

“你觉得他是不是坐在楼上等着我们走?”德莱文先生大声说，但他其实是在自言自语。门上的锁看起来又新又不便宜，但他愿意打赌，如果他们其中一个——也许凯文的力气更大——足够用力地撞在门上，那这旧木门就会被撞开。他胡乱地想着：门坚固的程度决定了门锁坚固的程度。人们从不考虑这一点。

凯文一脸紧张地看着父亲。在那一刻，约翰·德莱文被凯文的脸所震撼，就像凯文不久前被他的脸所震撼一样。他想：不知道有多少父亲有机会看到自己的儿子长大成人后的样子？他不会总是看起来这么紧张、这么凝重吧——上帝啊，我希望不会——但这就是他将来的样子。天哪，他会长得很帅！

和凯文一样，他也经历过这样紧张的时刻，不管发生了什么，这个时刻很短，但他永远也不会忘记。它总是在他的脑海所能触及的范围之内出现。

“什么?”凯文沙哑地问，“什么，爸爸?”

“你想把门撞开吗？因为我想撞了。”

“还没有。我想我们不必这么做。我想他不在这儿……但他在附近。”

你不可能知道“老爹”在哪儿。想都别想。

但他的儿子确实这么认为，他也相信凯文是对的。爸爸和儿子之间形成了某种联系。“某种”联系？认真想的话。他非常清楚这种联系是什么。是因为那该死的相机挂在墙上，这种情况持续得越久，他就越觉得那相机在开着，齿轮在运转，不具思考能力却又邪恶无比的轮轴在转动，他就越讨厌它。

砸碎相机，砸碎相机，他想，然后说：“你确定吗，小凯?”

“我们到后面去吧。试试那边的门。”

“有门。他一直锁着。”

“也许我们可以爬过去。”

“好吧。”德莱文先生说，跟着儿子走下荣光商店的台阶，在小巷里转了一圈，一边走一边想自己是不是疯了。

但是大门并没有锁上。“老爹”这一路上某个时候忘记了锁门。尽管德莱文先生不喜欢爬栅栏，说不定还会从栅栏上摔下来，在这个过程中很可能会伤到睾丸，但不知怎么的，他更不喜欢就这么敞开的大门。尽管如此，他和凯文还是进了门，来到了“老爹”杂乱的后院，即使是十月的落叶也无法改善这里乱七八糟的观感。

凯文在“老爹”废弃的一堆垃圾中摸索着前进，“老爹”懒得去垃圾场，都是往后院丢。德莱文先生跟在他后面。他们来到砧板前的时候，大约与此同时，“老爹”从艾尔西娅·林登太太家的后院走出来，来到西边一个街区外的桑葚街。他会沿着桑葚街一直走到狼颚木材公司的办公室。公司装纸浆的卡车已经上了西缅因的路。从六点半开始，伐木工的电锯的咆吼声也在这个树木越来越少的地区附近响起，九点之前，没有人会来办公室，现在离九点钟还有十五分钟。木材公司小小的后院后面有一道高高的木板篱笆。那儿的门是锁着的，但“老爹”有钥匙。他会打开大门，走回自己的后院。

凯文走到砧板前。德莱文先生赶上来，顺着儿子的目光眨了眨眼睛。他张开嘴想问这到底是怎么回事，但又闭上了嘴。不需要凯文解释，他开始明白这到底是怎么回事。这些想法让他不安，一切都不对头，从他过去跟“老爹”打交道的痛苦经历（雷金纳德·马里昂·“老爹”梅里尔掺和过那件事，他不久前才把事情告诉他的儿子），他知道了一时冲动的决定很容易造成后悔莫及的后果，但不要紧。尽管德莱文先生并不这么认为，但公平地说，德莱文先生只是希望当这一切结束后，自己能恢复理智。

一开始，他以为自己看到的是拍立得相机的残骸。当然，那只是他的想法，试图在重复中找到一点理性：砧板上和周围的东西看起来一点也不像照相机、拍立得相机或其他东西。所有这些齿轮和飞轮只能属于一台时钟。然后他看到了一动不动的卡通布谷鸟，他甚至知道了那是什么钟。他想张开嘴问凯文，上帝啊，为什么“老爹”会把一只布谷鸟闹钟拿来，然后用大锤把它砸死。他又想了一遍，决定还是不必问了。这个问题的答案也浮现了出来。但德莱文不想看到，因为在德莱文先生看来，这个答案意味着疯狂，但这并不重要。答案已经出现了。

你得在什么东西上挂个布谷鸟钟。你必须把它挂起来，因为钟摆是很重的。你要把它挂在什么上面？当然是钩子。

也许是从横梁伸出的钩子。

就像挂着凯文的拍立得相机的横梁。

现在他开口了，他的话好像是从很远的地方传来的：“凯文，他到底怎么了？他疯了吗？”

“他没疯。”凯文回答，他的声音似乎也来自很远的地方，他们站在砧板旁，低头看着破裂的钟，“他是被相机逼成这样的。”

德莱文先生说：“我们必须砸烂相机。”他的声音仿佛在他感觉这些话从嘴里冒出来很久之后才传到他的耳朵里。

“还不行。”凯文说，“我们得先去趟药店。他们正在搞促销。”

“促销什……”

凯文摸了摸他的胳膊。约翰·德莱文看着他。凯文抬起头来，看上去就像一只正在嗅到火的鹿。在那一刻，这孩子不仅看起来英俊，几乎让人感觉到神圣，就像临死的年轻诗人。

“什么？”德莱文先生急切地问。

“你听到什么了吗？”凯文脸上的警觉慢慢地变成怀疑。

“街上有辆车。”德莱文先生说。他比他儿子大多少？他突然想知道。二十五岁？天哪，他是不是得开始好好表现了？

他把这种陌生感推开，尽量和它保持一定距离。他拼命地寻找自己表现成熟的机会，终于找到了一点。感觉就像穿上了一件破烂不堪的大衣那样空虚。

“爸，你确定就只有车？”

“对啊。凯文，你太紧张了。控制住自己，否则……”否则什么？但他知道，于是颤抖地笑了起来："不然你会让我们俩像兔子一样跑了。"

凯文若有所思地看了他一会儿，就像刚从熟睡中醒来的人，也许甚至是一种恍惚状态，然后点了点头。"来吧。"

"凯文，为什么？你想要什么？他可能在楼上，只是不开门——"

"我们到了就告诉你，爸。*走吧*。"凯文几乎把父亲从塞满垃圾的后院拖到狭窄的小巷里。

"凯文，你是想拽掉我的胳膊吗？"他们回到人行道上时，德莱文先生问。

"他还在那儿。"凯文说，"躲着。等着我们走。我感觉到了。"

"他在……"德莱文先生停了下来，然后又开始说，"嗯……假设他在，我只是假设，我们假设他在，那不应该回去揪住他的领子吗？"后来又补充说，"他在哪儿？"

"在篱笆的另一侧。"凯文说，他的眼神似乎在飘浮，德莱文先生越来越不喜欢这样，"他已经去过了。他已经得到了*他*需要的东西。我们得赶紧了。"

凯文已经开始走到人行道的边缘，打算穿过城市广场去拉维蒂耶尔大药房。德莱文伸出手抓住了他，就像列车员抓住了试图逃票的家伙一样。"*凯文，你在说什么？*"

然后凯文真的说出口了，他看着父亲说："爸，那东西要出来了，求你了。这关系到我的命。"他看着父亲，用苍白的脸和飘浮着的古怪眼神恳求着。"狗要来了。我们就算闯进去拿走相机也没用。现在已经过去很久了。求你不要阻止我，别打断我。这关系到我的命。"

德莱文先生做了最后的努力，不让自己屈服于这种令人毛骨悚然的疯狂……然后放弃了。

"走吧。"他说着用手勾住儿子的胳膊肘，几乎把他拖进了广场，"不管这是什么事，让我们来搞定它。"他停顿了一下，"我们时间够吗？"

"我不确定。"凯文说，然后不情愿地说，"我觉得时间不够了。"

第十七章

“老爹”在木板篱笆后面等着，透过一个绳结大的孔望着德莱文父子。他把烟草放在后面的口袋里，这样他的手就可以自由地反复做攥紧又松开的动作。

你们在我的地盘上。他的心里对他们低声说，如果他的想法能杀人，他会用这种能力把他们俩都干掉。你们在我的地盘上，该死的，你们在我的地盘上！

他应该做的是去找老约翰·劳，把他带到这两个帅哥面前，抓他们去警察局。那是他应该做的。如果不是他们站在相机的残骸前，他已经这么做了。两周前，在“老爹”的怂恿下，男孩自己已经毁掉了相机。他想也许他能想办法编瞎话混过去，但他知道这个城市的人对他的看法。庞波、基顿，还有其他人。垃圾，这就是他们对他的看法。垃圾。

直到他们陷入困境，需要一笔贷款应急，而太阳那时已经下山时，他们才会改变看法。

握紧，松开。握紧，松开。

他们在说话，但“老爹”根本不听他们在说什么。他的脑子现在像个冒烟的熔炉。现在，他脑子里一连串的抱怨变成了：他们在我该死的地盘上，我对此无能为力！他们在我该死的地盘上，我对此无能为力！该死的！该死的！

最后他们离开了。他听到小巷里生锈大门的尖叫声时，“老爹”用他的钥匙打开了木板篱笆上的门。他溜了进去，穿过院子，跑到他的后门——以七十岁的年龄来看，他跑的速度令人不安地快。他一只手紧紧地摁在右腿的上部，好像不管他是不是敏捷，他都正在与严重的风湿病疼痛抗争。其实“老爹”一点也不觉得疼。他是因为既不想钥匙叮当作响，也不想钱包里的零钱叮当作响，仅此而已，以防德莱文一家还在附近，就在他看不到的地方潜伏着。如果他们真的这么做，“老爹”也不会感到惊讶。就像和臭鼬打交道的时候，你总预计它们会狠狠地熏你一下。

他从口袋里悄悄掏出钥匙。这时，钥匙发出了响声，虽然声音很小，但在他听来却很响。他把眼睛向左瞄了一会儿，以为他会看到那孩子稚嫩的脸在盯着他。“老爹”绷着嘴露出一个可怕的狞笑。但那边一个人也没有。

至少现在还没人。

他找到了钥匙，把它插进锁孔，然后走了进去。他小心翼翼地不让通往棚屋的门开得太宽，因为如果太用力，铰链就会发出吱嘎声。

进去后，他猛地拧了一下门闩，走进了荣光商店。在这些阴影中，他感到非常自在。他曾经在睡梦中穿过那条狭窄的、满是垃圾的走廊……事实上，他已经忘记了这件事，就像其他许多事情一样，他已经暂时记不起来了。

商店前面有一扇脏兮兮的小侧窗，透过窗户可以看到一条狭窄的小巷，德莱文家的人刚从这条小巷溜进他家后院。从这里还有一个很小的角度可以看到人行道和部分城镇公共场所。

“老爹”溜到这扇窗户前，周围是成堆无用的杂志，它们灰黄色的博物馆气息吹进了黑暗的空气中。“老爹”朝巷子里看了看，里面空无一人。他向右看，看到了德莱文父子。透过这个肮脏、有裂痕的玻璃，父子二人看起来就像鱼缸里的鱼，正穿过音乐台下面的公共区域。“老爹”没有从这扇窗户看着他们离开，也没有到前面的窗户去找一个更好的角度盯着他们。他猜想他们要到拉维蒂耶尔大药房去，既然他们已经来过这里，他们一定会去打听他的情况。店里柜台那个荡妇能告诉他们什么呢？只能说“老爹”曾经来过又走了。还有别的事吗？

只能知道他买了两袋烟草。

“老爹”笑了。

光是这个没法定他的罪。

他找到一个棕色的袋子，走了回去，开始找砧板，想了想，然后又朝小巷的大门走去。一次粗心并不意味着会再次粗心。

门锁上后，他拿着袋子来到砧板前，捡起破碎的拍立得相机碎片。他尽可能快地忙碌着，但他要花时间把事情做得彻底些。

除了那些小碎片，他捡起了所有的东西，这些东西在他看来不过是一堆垃圾。警察实验室的调查小组可能可以识别出一些遗留的东西。“老爹”看过犯罪类的电视节目（在他没有用他的录像机上看X级片的时候），里面都是技术人员用小刷子、吸尘器，甚至是镊子检查犯罪现场，然后把东西放到小塑料袋里，但城堡岩的治安警没有这样的设备。“老爹”怀疑警长庞波都没法能说服州警派出他们的鉴证车，就算庞波被说服去努力调车，他也调不动……因为只不过是一桩相机盗窃案，而德莱文父子指控他的理由只会让大家以为他们父子俩都是精神病。把这一片检查完后，他就回到里面，打开他的“特殊”抽屉，把棕色的袋子放了进去，然后锁上抽屉，把钥匙放回口袋。这样就行了。他对搜查证也了如指掌。德莱文一家让庞波去地方法院向索要搜查证就像地狱会下雪一样离谱。就算庞波有那么疯狂，要去尝试，那该死的照相机的残骸也会在他们能扭转局面之前消失……永久地消失。现在就把这些东西一劳永逸地处理掉，比把它们留在锁着的抽屉里更危险。德莱文会杀个回马枪把他抓个现行。最好还是等等。

因为他们肯定会回来的。

“老爹”梅里尔知道这一点，就像他熟悉知道自己的名字一样。

也许过些时候，等这些喧闹和愚蠢的行为平息下来以后，他就能去找那孩子说，没错，你觉得我做的事，我确实都做了。现在我们不再管相机了，回到彼此都不认识的过去……好吗？我们可以的。你可能不这么认为，至少一开始不是，但我们可以。因为，听着，你想毁掉它是因为你认为它很危险，而我想卖掉它是因为我认为它很有价值。你是对的，我是错的，这就是你需要的报复。如果你更了解我，你就会知道为什么——镇上没有多少人听我说过这种话。这是我想说的，这话在我心里很久了，但并不重要。我错了的时候，我喜欢认为自己足够强大到可以承认错误，不管它有多伤人。最后，孩子，我做了你一开始就想做的事。我想说的是，我们都在同一条街上，我认为我们应该既往不咎。我知道你对我的看法，我也知道我对你的看法，我们俩谁也不会投票支持另一个人担任每年七月四日国庆日游行的典礼人，但这没关系。我们可以接受，不是吗？我想说的是：我们都很高兴那该死的相机已经被毁了，所以让我们就此打住，各自放过对方。

但那是以后的事了，甚至也只是之后“也许”会发生的事。现在不行，这是肯定的。他们需要时间冷静下来。现在他们俩都恨不得从对方屁股上咬下一大块肉，就像——

（照片里的狗那样撕咬）

就像……算了，不管像什么。重要的是坐在这儿，一切照常，等他们回来的时候，像个该死的婴儿一样显得天真。

因为他们肯定会回来的。

不过这也没关系。一切都还好，因为——

“因为一切都在控制之中。”“老爹”低声说，“我就是这意思。”

现在他走到前门，把“**休息中**”的标志转到“**营业中**”（然后他又迅速地把它转回到“**休息中**”，但“老爹”没注意到自己的第二个动作，他之后也记不得自己有这么个动作）。好吧，这是个开始，接下来要干什么？让一切看起来刚刚好，就像平常的一天。等他们怒气冲冲地回来时，他还必须假装惊讶，然后还要说“不知道你们究竟在说些什么”。他们肯定都准备好要为已经被砸烂的东西跟我大动干戈。

所以……当他们回来的时候，不管他们有没有带着庞波警长过来，在他们眼中，他能做的最正常的事情是什么呢？

“老爹”的眼睛盯着挂在梁上的布谷鸟钟，那是他在一个月或六个星期前在斯巴戈的一次财产拍卖中买到的漂亮家具。这个布谷鸟钟不是很好，可能是某个想要节俭的人用优惠券买的（按照“老爹”的估计，那些只能努力节俭的人是可怜又困惑的人，他们在一种若隐若现、持续的失望中度过一生）。不过，如果他把钟修好，钟还是能走的，也许他还能把它卖给一两个月后来滑雪的游客，他们的小屋或滑雪度假小屋总会需要钟的，因为之前的讨价还价完全失败了，“老爹”也不知道接下来的生意到底能不能做成，解决他的问题。

“老爹”为未来的买家感到难过，会尽可能公平地跟他或她讨价还价，但他不会让买家失望。他那个“货物出门概不退换”大王的头衔不仅仅是他想说的话，还是他经常说的话，他得赚钱吃饭，不是吗？

没错。所以他就坐在他的工作台旁，围着那只钟忙活，看看他能不能让它运转起来，等德莱文一家回来，他们就会发现他在做这件事。也许那时已经有一些顾客在这里逛了，虽然现在这个时间一直是一年中的淡季，但他还是觉得有希望。无论如何，顾客来了就是锦上添花。重要的是整个场面看上去的样子，这样会显得他是一个没有什么可隐瞒的家伙，过着平常日子里的平常生活。

“老爹”走到横梁前，把布谷鸟钟拿了下来，小心翼翼地不把钟摆弄乱。他哼着小曲，把它拿回了工作台放下，然后摸了摸后面的口袋。新鲜的烟草。抽点也不错。

“老爹”觉得自己可以在工作时点上烟斗抽几口。

第十八章

“你不可能知道他来过这里，凯文！”他们走进拉维蒂耶尔大药房时，德莱文先生还在无力地抗议。

凯文没有理睬他，径直走向柜台，莫莉·德拉姆就站在那儿。她那想呕吐的欲望消失了，让她感觉好多了。现在，整件事似乎有点傻，就像你做噩梦，然后从最初的解脱中醒来，你会想：我为什么要害怕**那件事**？即使是在梦里，我怎么可能会认为**那种事**真的发生在我身上呢？

但是当凯文那张憔悴苍白的脸出现在柜台前时，莫莉知道了人能有多害怕。是的，哦，没错，即使是像梦中发生的事情那样可笑的事情，结果也是一样，因为她又回到了自己清醒的梦境中。

现在情况是凯文·德莱文脸上的表情几乎和“老爹”的一样：好像他整个人处在内心深处的某个地方，等他的声音和目光最终到达莫莉的身边时，几乎都消散了。

凯文说：“‘老爹’梅里尔来过这里。他买了什么？”

“请原谅我的儿子。”德莱文先生说，“他感觉不太……”

然后他看到了莫莉的脸，停了下来。莫莉看上去就像刚刚看到有人被工厂的机器切断了手臂。

“啊！”她说，“哦，我的上帝！”

“是买的胶卷吗？”凯文问她。

“他是，怎么了？”莫莉有气无力地问，“从他走进来的那一刻起，我就知道有什么不对劲。是不是？他……做了什么事吗？”

天哪，约翰·德莱文想，凯文**真的**知道。那这一切都是真的。

就在那一刻，德莱文先生做了非常冷静而勇敢的决定：他完全放弃了自己的主张，把他自己和他所认为的可能是真的或假的一切都交到了儿子的手里。

“是胶卷，对不对？”凯文问她，他急切的表情好像在责备她的慌张和颤抖，“拍立得胶卷。从那儿拿的吧。”他指着陈列区说。

“对。”莫莉的脸色像瓷器一样苍白，早上涂的那一点口红现在显得非常突出，闪闪发亮，“他非常……奇怪，像个会说话的玩具娃娃。他怎么了？……怎么……”

但是凯文已经转身走了，回到他父亲身边。

“我需要相机。”他说，“我现在就要。要拍立得‘太阳660’。他们这里就有，甚至还搞了特价。看到了吗？”

尽管德莱文先生已经做了决定，但他的嘴还是不会完全放开最后坚持的那一点理性。“为什么……”他刚开口就被凯文打断。

“我不**知道**为什么！”他喊道。莫莉·德拉姆呻吟起来。她现在不想吐了。凯文很吓人，但没那么吓人。她现在只想回家，蹑手蹑脚地回到卧室，把被子盖在头上。“但我们必须弄一台，快没时间了，爸爸！”

“给我一台这样的相机。”德莱文先生一边说，一边用颤抖的手把钱包抽出来，没有意识到凯文已经跑到陈列区了。

莫莉听到一个颤抖的声音，完全不像她自己：“拿了赶紧走吧。”

第十九章

在广场的另一边，“老爹”梅里尔给凯文的相机装上了胶卷，他以为自己是在平静地修理廉价的布谷鸟钟，摆出襁褓中的婴儿一样天真的表情。他啪的一声关上了胶卷盖子。相机发出一声又湿又闷的呜呜声。

听起来这布谷鸟好像得了严重的喉炎。我猜是齿轮脱了。我知道怎么修。

“我会修好你的。”“老爹”说着举起相机。他把茫然的眼睛对着取景器，取景器上面有非常细微的裂缝，抬眼看过去的时候，甚至都看不到。照相机对准了商店的前面，但这并不重要；不管你把相机指向哪里，它都对着一条黑狗，这不是狗的上帝在那个梦中小城里创造的狗（那个小城除了叫“拍立得小镇”，也没有更好的名字了），连那个梦中的小城都不是上帝创造的。

一下闪光！

凯文的相机吐出一张新照片时，那又湿又闷的呜呜声又响了起来。

“好了。”“老爹”平静地满意地说，“也许我能做的不仅仅是让你说话，小鸟。我想说的是我可以让你唱歌。我不能保证，但我会让这座钟试一试。”

“老爹”干巴巴地咧嘴一笑，又按了一下按钮。

又一下闪光！

德莱文父子走到广场的一半时，约翰·德莱文看见一缕寂静的白光照亮了荣光商店肮脏的窗户。闪光本身没有声音，但随着闪光，他听到一阵低沉、黑暗的隆隆声，就像一阵余震，似乎是从那老头的塞满废品的商店里传到他耳朵里的……但这是因为约翰·德莱文唯一能找到闪光来路的地方是老人的旧货商店，而那个声音似乎是从地下发出来的……或者只有地球本身才是唯一大到可以容纳那声音主人的地方？

“跑啊，爸！”凯文哭了，“他已经开始行动了！”

那道闪光又出现了，像一阵没有温度的闪电，照亮了窗户。接着又传来了低沉的咆哮声，好像被灌满了风的隧道里的音爆声，是某种令人难以理解的恐怖动物从睡梦中被吵醒的声音。

德莱文先生无法控制自己，也几乎没有意识到自己在做什么。他张开嘴想告诉儿子，这么大、这么亮的灯不可能是拍立得相机的内置闪光灯，但凯文已经跑了起来。

德莱文先生自己也跑了起来，他非常清楚自己要做什么：抓住他的儿子，抓住他，在一切可怕的事情发生之前把他拖走。

第二十章

“老爹”拍的第二张拍立得照片把第一张挤出了槽。照片扑通一声落在了桌子上，比一块经过化学处理的正方形硬纸板还重。现在“太阳狗”几乎占据了整个画面。画面的前景是它那令人难以置信的头、漆黑的眼窝、冒烟的满是牙齿的下颚。因为狗的速度太快，加上它与镜头之间的距离越来越短，使相机很难抓住焦点，头骨似乎被拉长成子弹或泪滴的形状。现在背景里只能看见篱笆后面的尖桩顶，狗扭曲的肩膀遮住了其余所有的背景。

凯文的生日领结之前和“太阳”相机一起放在他的抽屉里，现在这个领结出现在画面的底部，闪着一缕朦胧的阳光。

“差一点就修好了，你这个婊子养的。”“老爹”用嘶哑的尖嗓子说。他的眼睛被光弄瞎了。他既没看见狗也没看见照相机。他看到的只有无声的布谷鸟，这已成为他一生要完成的使命。“你要唱歌，该死的！我要让你唱歌！”

闪光再次亮起！

第三张照片把第二张照片从槽中推了出来。照片掉得太快了，更像是一块大石头，而不是一块正方形的硬纸板。照片掉到桌子上时，打穿了下面磨损的吸墨纸，受惊的木头碎片从桌面上飞溅而出。

在这张照片中，这只狗因为失焦而被撕裂得更加模糊。它变成了一长条的肉柱，这让它看起来很奇怪，几乎变成了三维的。

第三张照片还在从相机底部的缝中伸出来，“太阳狗”的嘴似乎不太可能再次回到焦距中。说不可能是因为它离镜头太近了，看起来就好像某种海怪的嘴，就在脆弱的弯月形透镜表面之下。

“这该死的东西还是不对劲。”“老爹”说。

他的手指再次按下了拍立得相机的快门。

第二十一章

凯文跑上了商场的台阶。他的父亲伸手去抓他，但只抓住了离凯文摆动的衬衣一英寸远的空气。他绊倒了，双手的手腕撞在了台阶上，从最低层的第二个台阶上滑落，他的皮肤感到一阵轻微的刺痛。

“凯文！”

德莱文抬起头来，刹那间，整个世界几乎消失在另一道耀眼的白色闪光中。这一次，吼声更大了。这是疯狂的动物的声音，几乎要让它从那摇摇欲坠的笼子里脱身。他看到凯文低着头，一只手挡住了白光，整个人在闪烁的光中僵住了，好像他自己变成了一张照片。他看到橱窗上有像曲折流下的水银般的裂缝。

“凯文，小心——”

玻璃朝外炸开，迸射出的碎片像闪光的水花。德莱文先生低下了头。玻璃像暴风一样在他周围飞来飞去。他感到玻璃拍在了他的头发上，两颊都被擦伤了，但玻璃并没有深深扎进凯文或德莱文的身体里，因为大部分玻璃都已经成了齑粉。

然后传来一阵劈啪的声音。德莱文再次抬起头来，看到凯文像德莱文之前所预料的那样，用肩膀猛撞那扇已经没有玻璃的门，把新的门闩从已经旧而腐烂的木头上扯掉。

“凯文！该死的！”德莱文大叫起来。他站起身来，两脚纠缠在一起，差点又一次绊到单膝跪地，然后他猛地站起来，冲向儿子。

那个该死的布谷鸟钟出了什么问题。糟糕的问题。

这个钟反复在报时——这已经够糟糕的了，但问题还不止这个。“老爹”觉得它变得越来越重——似乎也变得越来越烫。

“老爹”低头看了看钟，突然惊恐地尖叫起来，但他出不了声，好像下颚被绑在了一起。

他意识到自己被闪瞎了，他也突然意识到他拿的根本不是布谷鸟钟。

“老爹”试着让双手不要紧紧地握住相机，却惊恐地发现自己的手指无法张开。照相机周围的重力场似乎增强了。这个可怕的东西越来越烫。“老爹”用力张开手指，连指甲都发白了，他手中的照相机的灰色塑料外壳开始冒烟。

他的右手食指开始挪向红色的快门按钮，像只瘸了的苍蝇。

“不要。”“老爹”咕哝着，然后恳求道，“*求你……*”

他的手指没有反应，径直碰到了红色的按钮，停在了上面，凯文用肩撞门冲了进来。门上的玻璃碎裂，像水花一样四散开来。

“老爹”没有按按钮。即使失明，即使感觉手指的肉开始冒烟和烧焦，他也知道自己没有按下按钮。但当他的手指落在上面时，他感觉重力场似乎先翻了一倍，然后又翻了三倍。他试着举起手指，从按钮上移开，结果就像在木星上保持俯卧撑时撑起来的姿势一样难。

“丢掉！”凯文在黑暗的边缘某处尖叫着，“丢掉，*丢掉！*”

“**不！**”“老爹”尖叫着回敬他，“*我的意思是我***做不到！**”

红色按钮开始向下滑向它的接触点。

凯文伸开双腿站在那里，弯着腰对着他们刚从拉维蒂耶尔大药房那里拿走的相机，相机的盒子就放在他的脚边。凯文成功地按下了打开相机前端铰链的按钮，露出了宽大的胶卷槽。他试图把一个胶卷装进相机，但相机却固执地拒绝了——就好像这台相机也叛变了，可能是出于对它同类兄弟的同情。

“老爹”又尖叫了一声，但这次没有说话，只有一声因痛苦和恐惧而无法表达的喊叫。凯文闻到了热塑料和烤肉的味道。他抬起头，看到拍立得正在融化，真的在*融化*，在老头僵直的手中。拍立得四四方方的轮廓融化成了一坨塌缩而古怪的形状。不知怎么的，取景器和镜头的玻璃也变得像塑料。它们并没有爆裂或从相机越来越不成形的外壳中爆出来，而是像太妃糖一样拉长下垂，像悲剧面具上的一双怪诞的眼睛。

黑色的塑料被加热成像蜡一样的污泥，黏稠地流遍了“老爹”的手指和手背，在他的肌肤上刻出了痕迹。塑料把它烧焦的东西都灼透了，但凯文看到血从这些污泥流痕的两侧被挤出来，从“老爹”的肉上往下滴，冒着烟的滴落物敲打着桌子，像滚烫的脂肪一样嗞嗞作响。

“*你的胶卷还没装好!*”他的父亲从他身后喊道，打破了凯文已经瘫痪的状态，“*打开! 把它给我!*”

凯文的父亲德莱文伸手到他身边，使劲地撞了一下凯文，差点把他撞倒。德莱文一把抓过那个还裹着厚厚的锡箔纸的包装袋，撕开了它的一端，把包装都剥了下来。

“**救我!**”“老爹”尖叫着。这是他说的最后一句连贯的话。

“快!”凯文的父亲喊道，把新胶卷放回他的手中，“快!”

灼热的肉发出嘶嘶声。桌子上滚烫的血噼啪作响，刚才阵雨一般喷出的鲜血现在变成了风暴，“老爹”手指上和手背上的大血管和动脉开始崩开。灼热的塑胶液体像小溪般流到他的左手腕上，他手上离表皮最近的静脉血管炸开，喷洒出的血液仿佛是腐烂的水管先是有几个地方开始泄漏，现在因为持续冲击的压力开始瓦解。

“老爹”像野兽一样嚎叫着。

凯文又试着把胶卷塞进去，然后大叫：“操!”因为胶卷还是塞不进去。

“*装反了!*”德莱文先生吼道。他试图从凯文手里夺过相机，但凯文转了身，让他的父亲只抓到一小块衬衫。凯文把胶卷取出来，有那么一会儿，胶卷在他的指尖抖动着，几乎要掉到地板上——凯文觉得胶卷好像要撑起来攥成拳头，在掉下去的时候把自己砸扁。

他终于抓住了胶卷，把它转过来，然后塞进相机，相机前面的胶卷槽盖子就像断了脖子的生物一样耷拉着，凯文用力砰的一声把相机的胶卷盖子关上。

“老爹”又叫了起来。又是——

一次闪光!

第二十二章

这一次的闪光感觉就像站在一颗突然爆发成超新星的太阳中心，这是一阵温度不高的光。凯文觉得他的影子好像真的从他的脚后跟上被轰了下来，撞到了墙上。也许这至少有一部分是真的，因为他身后的那堵墙立刻被闪光烧得火烧火烫，出现了千条疯狂的裂缝，只有凯文影子刚才落的地方，那个凹陷之处没事。凯文的轮廓像剪影一样清晰，好像上面刺满了文身，他一只胳膊肘斜插在空中，纹丝不动，仿佛投下阴影的那只胳膊把凝固的形象甩在了身后，转而举起新相机凑到凯文脸前。

“老爹”双手拿着的相机顶部裂开，发出低沉的声音，就像一个非常胖的男人在清嗓子。“太阳狗”咆哮着，这一次雷鸣般的声音足够响、足够清晰、足够近，把时钟前的玻璃都震碎了，还让房间里所有的镜子和相框的玻璃粉碎地喷涌而出，飞过整个地板。玻璃碎片在空中短暂地形成了美丽惊人且罕见的水晶弧。

这次照相机没有呻吟或呜咽，机器发出的声音是一种尖厉刺耳的尖叫，就像在臀位分娩阵痛中垂死的女人的哀嚎。那张方正的照片冒着烟从裂开的口子里挤出来。接着那个黑色的胶卷槽开始融化，一边往下耷拉，另一边向上卷起，整个槽开始像没有牙齿的嘴一样打哈欠。在这最后一张照片的闪亮表面上，一个气泡正在形成，这张照片仍然挂在拍立得不断扩大的通道口上，这个通道是拍立得“太阳”相机产生出照片的地方。

闪光带着发出尖锐的响声，凯文呆呆地看着，透过最后一次白色闪光在他眼前形成的帷幔的孔隙，“太阳狗”又吼了起来。现在声音变小了，不再有那种从下面和四面八方传来的感觉，但也更致命，因为这个声音更真实，更像是就在此处发出的。

溶解的相机的一部分向后爆开，像一个巨大的灰色高脚酒杯，砸在“老爹”梅里尔的脖子上，然后扩展成了一条项链。突然间，“老爹”的颈内静脉和颈动脉的血液喷涌而出，呈亮红色的螺旋状向上和向外喷射。“老爹”的头毫无生气地向后一甩。

照片表面的气泡越来越大。相机仿佛被斩了首，上半部分消失了，照片在相机底部洞开的槽里抖动着，两侧开始延展，仿佛照片不是在硬纸板上，而是在某种柔软的物质上，比如编织的尼龙。在槽里来回抖动的照片让凯文想起了他两年前过生日时得到的那双牛仔靴，他穿的时候不得不把脚摇摆着才能挤进去，因为靴子太紧了。

照片的边缘正好碰到了相机出片槽的边缘，本来它们应该牢牢地卡在那儿。但照相机现在已经不是固体状态；事实上，已经看不出相机之前的样子了。照片的边缘切开了相机的两侧，就像锋利的双刃刀利落地切开嫩肉一样。锋利的边缘穿过了拍立得的外壳，让冒着烟的灰色塑料滴到昏暗的空气中。其中一滴滴在一堆干燥且摇摇欲坠的旧《大众机械》杂志上，在上面烧了个冒烟的洞。

狗又吼了起来，那是一种愤怒而难听的声音——是某种脑海里只有撕裂和杀戮的东西发出的嚎叫。它现在除了这两样什么都不想。

那张照片在溶解下垂的裂缝边缘摇晃着。这条裂缝现在看起来更像是某种畸形管乐器的吹奏口，然后像一块石头滚进井里一样，掉在桌子上。

凯文感到有只手抓住了他的肩膀。

“它在做什么?”他父亲沙哑地问，“上帝啊，凯文，它在干什么?”

凯文听到自己用一种遥远的、几乎漠然的声音回答说：“在出生。”

第二十三章

“老爹”梅里尔死的时候靠在了他工作台后面的椅子上，他在那里坐过很多个小时：坐着抽烟；坐着修东西，让东西至少能正常工作一段时间，这样他就可以把没有价值的东西卖给那些傻瓜；太阳下山后，他又坐着借钱给那些冲动而又缺乏远见的人。他死的时候盯着天花板，他的血从天花板上滴下来，溅在他的脸颊上，流进他睁开的眼睛里。

他的椅子失去了平衡，让他瘫软的身体倒在了地板上，身上的钱包和钥匙圈咔嗒咔嗒响着。

在“老爹”的桌子上，最后一张拍立得照片还在继续不安地晃动着。它的两边继续延展，凯文似乎感觉到某种未知的东西，半死不活，在可怕的、不可知的阵痛中呻吟着。

“我们得离开这里。”他父亲喘着气拉着他。约翰·德莱文的大眼睛狂乱地盯着那张展开的、移动着的照片，这张照片现在占据了梅里尔半个工作台。它再也不像一张照片了。它的两侧鼓起，就像有人拼命吹口哨的脸颊。这个闪亮的泡泡现在有一英尺高，拱起抽动着。奇怪的、难以名状的颜色漫无目的地在这片表面上来回穿梭，里面似乎有某种油腻的汗珠溢了出来。那充满挫折、决心和疯狂的饥饿的吼叫声，一次又一次地穿过他的脑海，威胁着要把他的脑子撕裂，让他陷入疯狂。

凯文挣脱父亲，把衬衫的肩部都扯开了。他的声音充满了一种深沉而奇怪的平静。

“不行……它会追上我们的。我想它要的是我，因为如果它要的是‘老爹’，那它已经得手了。而且不管怎么说，我是相机第一个主人。但它不会就此停止。它也要你，而且可能不会就此结束。”

“你什么也做不了！”凯文的父亲尖叫道。

“可以。”凯文说，“我只有一次机会。”

他举起相机。

照片的边缘延伸到了工作台的边缘。照片不是懒洋洋地躺在那里，而是蜷缩起来，继续扭动和伸展。现在它们就像奇怪的翅膀，不知怎么有了肺，试图以某种痛苦的方式呼吸。

这整个形状不定的、不停扭动的东西的表面继续膨胀。本该平坦的表面变成了可怕的肿瘤，隆起而又坑坑洼洼的侧面流淌着肮脏的液体，发出肉冻般寡淡的气味。

那只狗的吼声连续不断，就像决意要逃跑的恶犬被困而狂怒地咆哮。已经死去的“老爹”梅里尔的时钟开始一次又一次地敲响，似乎是在抗议。

德莱文先生想要逃走的疯狂冲动消失了，他感到一种深深的、危险的疲惫感，一种要命的困倦。

凯文把相机的取景器举到眼前。他只猎过几次鹿，但他记得所有细节，他要等待、隐藏，拿着自己的步枪，等着狩猎伙伴穿过树林朝你走去，故意尽可能多地发出噪音，希望能把树林里的东西惊出来，让它们跑到自己在等待的空地中。你射击的范围角度很安全，会和前面的大人们错开。你不用担心会打到他们，你只需要注意自己能不能打到鹿就行。

你有时间想自己是否能打中它、它何时会出现、是否会出现，也有时间去想自己有没有那个胆子开枪。你会希望这只鹿仍然只存在于假设中，所以就不需要考验自己了……事实也总是如此。有一次出现了一头鹿，他父亲的朋友比尔·罗伯逊就躲在视线盲区里。罗伯逊先生把子弹正好射在你应该射的地方，脖子和肩膀的交接处。他们还请狩猎管理员给他们和猎物合影，那是一头体型非常大的鹿，大到任何人都乐意就此吹嘘一番。

*我敢打赌，你一定希望这次是你开的枪，对吧，孩子？*狩猎管理员揉着凯文的头发问道（他那时才十二岁，大约十七个月前开始长得飞快，到现在已经长到差一英寸就到六英尺高了，而他开始发育还不

到一年……这意味着他还不够大，不会对一个想弄乱他头发的人心怀怨恨）。凯文点了点头，把秘密藏在了心里。他很高兴这次没有轮到他，子弹要不要打出去，他的步枪是要负责的……而且，如果他有勇气开枪的话，他得到的回报将只是另一项麻烦的责任：得完全命中目标。他不知道如果猎物在第一枪下没有死掉，他是否能鼓足勇气再补一枪；他也不知道如果猎物逃跑，自己是否有足够的力量跟踪血迹斑斑的痕迹和猎物惊魂未定状态下排出的热气腾腾的排泄物，追上去了断它。

他对狩猎管理员笑了笑，点了点头。他的父亲拍下了那张照片。他从来没觉得有必要告诉父亲，在管理员皱皱的手下面，他那翘起的眉毛背后想的是：*不。我不希望是自己开的枪。这个世界充满了考验，但打猎这件事对十二岁说太早了。我很高兴是罗伯逊先生开的枪。我还没准备好接受成为男人的考验。*

但现在他必须开枪了，不是吗？那野兽来了，不是吗？这次它不是吃草的无害动物，对不对？它是一头杀戮机器，大到足以吞下整只老虎。它一心要*杀掉凯文*，而这只是开始，而他是唯一能阻止它的人。

把拍立得相机递给父亲的念头闪过他的脑海，但只是暂时的。他内心深处的某种东西知道：把相机交出去会害死他的父亲，也等于自杀。他的父亲相信一些事情，但那还不够具体。即使他的父亲成功地打破了目前木僵的状态，按下了快门，这台相机在他父亲手上也没效果。

这台相机只有在他手上才有用。

因此，他等待着考验，通过相机的取景器凝视着照片，就像在用步枪的准星，看着那张照片继续延展，让闪亮的、液体状的气泡变得越来越宽、越来越高。

然后“太阳狗”真正诞生在了这个世界上。镜头似乎变重了，它又咆哮起来，声音就像绑满了钢球的鞭子。相机在凯文的手中颤抖着，他能感觉到自己湿漉漉、滑溜溜的手指只想松开相机。他紧紧地抓住相机不放，嘴唇抿了起来，露出病态而绝望的笑容。汗水流进了他的一只眼睛，他的视觉瞬间模糊。凯文把头往后一仰，把垂在前额和眉毛的头发甩到后面，然后继续盯着取景器。一阵巨大的撕裂声响彻着整个商店，就像沉重的布被一双有力而缓慢的手撕成了两半。

泡泡闪亮的表面裂开了。红色的烟雾翻腾着，就像放在红色霓虹灯前的茶壶爆炸了一样。

那东西又吼了起来，发出愤怒的、凶狠的声音。一个巨大的颚，上面长满了参差不齐的牙齿，从现在皱缩且破裂的泡泡中刺了出来，看起来像领航鲸的下颚。它撕扯、咀嚼、撕咬着薄膜，发出黏糊糊的声音。

所有的钟都在疯狂地敲着。

凯文的父亲又一次抓住了他，用力太猛，凯文的牙齿撞到了相机的塑料机身，相机差点从他手中滑落，摔在地上。

“拍它！”他的父亲在嘈杂的声音中尖叫着，“拍它，凯文，如果你要拍，**现在就拍**，上帝啊，它要……”

凯文猛地从他父亲的手里挣脱开。“还不行。”他说，“还没到……”

那东西一听到凯文的声音就尖叫起来。“太阳狗”从它待的地方冲了上来，把照片拉得更宽了。它发出呻吟，伸展着身体，然后又发出了布料被撕裂的声音，像有人在用力咳嗽。

突然“太阳狗”出现了，它黑黑的、粗糙的脑袋从洞里探了出来，上面的毛发纠缠在一起，看起来像个古怪的潜望镜，上面缠满了金属和闪闪发光的耀眼镜片……但它不是金属的，而是凯文看到的那个扭曲的、长着尖刺的毛皮；那些也不是镜片，而是疯狂的、愤怒的眼睛。

它的脖子被卡住了，皮毛的棘刺撕碎了它挖出的洞的边缘，形成了一种奇怪的爆裂图案。它又吼了起来，嘴里吐出了一团暗淡的黄红色火焰。

约翰·德莱文后退了一步，撞在一张堆满了厚厚的《奇谭故事》和《奇妙宇宙》的桌子上。桌子倾斜了，德莱文先生无助地撞在桌子上，脚后跟先是向后摇晃，然后打了个趔趄。德莱文和桌子啪的一声倒在了一起。“太阳狗”又吼了一声，然后用出乎意料的灵巧动作低下了头，撕扯着身上的薄膜。那东西释出一股微弱的火焰，点燃了薄膜，把薄膜烧成了灰烬。那头怪兽又猛地向上一冲，凯文看到它脖子上的东西不再是领结扣，而是“老爹”梅里尔用来清洗烟斗的勺子形状的工具。

在那一刻，凯文平静了下来。他的父亲在惊讶和恐惧中咆哮着，想从他撞到的桌子上脱身，但凯文没有注意到。对他来说，父亲的叫声似乎是从很远的地方传来的。

没事的，爸。他想，更坚定地把那只挣扎着出现的野兽套在取景器里。没事的，你不明白吗？不管怎样，一切都会好的……因为它身上下的咒已经变了。

他想也许“太阳狗”也有它的主人，它的主人已经意识到凯文不再是猎物。

也许在拍立得世界那个不知名的小镇上有一个抓狗人；一定有，不然为什么那个胖女人会出现在他的梦里？是那个胖女人告诉他该怎么做的，要么是她自己要告诉他，要么是那个抓狗人把她放在那儿让他看到、注意到：那个二维的胖女人的二维手推车里装满了二维的照相机。小心点，孩子。“老爹”的狗挣脱了狗绳，它是个卑鄙的家伙……要拍到它的照片很难，但如果你没有相机，你就完全没可能拍到。

现在他不就有相机吗？他还不确定，但无论如何，至少他手上有相机。

狗停了下来，头几乎漫无目的地转着……直到它那浑浊的、燃烧的目光落在凯文·德莱文身上。它那黑色的嘴唇咧开，露出了软木塞开瓶器一样的野猪獠牙，然后它张开嘴，露出冒着烟的喉咙，发出一声愤怒的、刺耳的嚎叫。“老爹”晚上才会点亮的旧灯泡全都在瞬间爆裂，灯泡碎片在空中旋转落到了地上。“太阳狗”向前猛冲，它宽阔的、气喘吁吁的胸膛冲破了两个世界之间的隔膜。

凯文的手指按在了拍立得相机的快门上。

它又向前冲去，现在它的前腿挣脱了，那些看起来残暴、像巨大荆棘一样的骨刺在桌子上刮来刮去，在沉重的岩枫木上挖出长长的垂直疤痕。凯文能听见它的后腿在下面（不管下面是什么地方）摸索，寻找发力点，发出低沉的撞击声。凯文知道这是它被困住、任由他摆布的最后几秒钟了。它的下一次猛冲会让它跃过桌子。它在那个洞口蠕动着，一旦它挣脱，它带来的死亡会比服毒自杀更快，会瞬间冲过凯文和它之间的距离，用它灼热的呼吸点燃凯文的裤子，然后再迅速撕扯出凯文温暖的内脏。

凯文非常清晰地对它下了指令："笑一个，你这个混蛋。"

他按下了拍立得的快门。

第二十四章

相机的闪光非常明亮，凯文后来都无法想象当时的情况，其实后来他也几乎记不起来了。他手里的照相机没有变热融化，而是随着相机的磨砂玻璃镜片破裂、弹簧断裂或解体，里面传来三四声迅速而果断的破裂声。

在白色闪光的余晖中，他看到了那只被定住的“太阳狗”，这是一张完美的黑白拍立得照片。它的头向后仰着，它浓密的皮毛每一个扭曲的褶皱和裂缝都被捕捉到了，就像干燥河谷里复杂的地形。它的牙齿闪闪发光，不再是隐约的黄色，而是像几千年前已经变得贫瘠的空旷土地上挖出的骨头一样又白又脏。它那只肿胀得很大的眼睛，被无情的闪光夺去了漆黑的眼球及布满血丝的瞳孔，苍白得像希腊半身像上的眼睛。冒着烟的鼻涕从它那张着的鼻孔里淌出来，像滚烫的岩浆，流进它那卷起的嘴和牙龈之间的狭窄的沟里。

这就像是凯文见过的所有拍立得相机的底片：黑白代替了彩色，三维代替了二维。就像看到一个活生生的生物，因为不小心看了一眼美杜莎的头就立刻被石化。

“你完蛋了，你这个狗娘养的！”凯文用嘶哑的、歇斯底里的声音尖叫着。那东西好像是在配合凯文的说法，它定住的前腿在桌子上失去了支撑，开始消失，先是慢慢地，然后迅速消失到它原来出来的那个洞里，伴随着山体滑坡般的岩石撞击声。

如果我现在跑过去往洞里看会看到什么？凯文狂乱地想着。我会看到那座房子、那个篱笆，还有那个推着购物车的老人，睁大眼睛惊奇地盯着一张巨人的脸。他不是看到一个男孩，而是看到有个“大”男孩从朦胧的天空中一个被撕破和烧焦的洞里盯着他吗？那个洞会把我吸进去吗？会怎么样？

凯文没有过去，他只是放下拍立得相机，用手遮住了脸。

只有躺在地板上的约翰·德莱文看到了最后一幕：扭曲而不再动弹的薄膜自我收缩，把自己拉进了一个看起来复杂但容易被忽视的点，皱成了一团，然后掉进了（或被吸入）自身之中。

空气中传来一阵嗬嗬声，听起来像从大喘气变成了茶壶的水烧开时的鸣叫声。

然后那个洞从内往外翻了一下，消失了。就这么消失了，就像从来没有出现过一样。

德莱文先生慢慢地、摇摇晃晃地站了起来，他看到了最后涌进去的空气（或者说是涌出的空气，他想，这得看你站在那个洞的哪一侧）把桌子上的笔记本和“老爹”拍下的其他拍立得照片都吸了进去。

他的儿子站在地板中间，双手捂着脸，哭泣着。

“凯文。”德莱文平静地说，然后搂住了儿子。

“我必须给它拍照。”凯文含着眼泪，捂着脸说，“这是摆脱它的唯一办法。我得给这个王八蛋拍张照。这就是我要说的。”

“对。”德莱文把他搂得更紧了，“对，你做到了。”

凯文放下遮住脸的手，用流着泪的眼睛看着他的父亲：“我就是得拍。爸，你看到了吗？”

“嗯。”他父亲说，“对，我看到了。”他又亲了亲凯文滚烫的脸颊，“我们回家吧，儿子。”

他紧紧地抓住凯文的肩膀，想带他走到门口，离开那具血淋淋的、还在冒烟的老头的尸体（凯文还没有真正注意到那具尸体，德莱文先生想，但如果他们在这里待得久一点，他就会注意到的），凯文有那么一阵拒绝了他。

“其他人会怎么说？”凯文问，他的语气非常正式且拘谨，神经绷紧的德莱文先生听了都笑了起来。

“他们想说什么就说什么吧。”他对凯文说，“他们永远都不会知道这件事的任何一点真相，而且我也不认为有人会很想去探究真相。”他停顿了一下，“你知道，没人真的关心他。”

“我从来就不想知道这件事的任何一点真相。”凯文小声说，“我们回家吧。”

“好。我爱你，凯文。”

“我也爱你。”凯文用嘶哑的声音说。他们从旧东西燃烧的烟味中走了出来，走到了明亮的白昼阳光中，让那些腐臭的破旧东西最好就此被遗忘。

尾　声

这天是凯文·德莱文十六岁的生日，他得到了他想要的东西：一台 WordStar 70 电脑和文字处理软件，这是一套价值一千七百美元的玩具。在过去，他的父母是买不起的。但是在一月份，也就是在荣光商店最后那次事件大约三个月后，希尔达姨妈在睡梦中悄然去世。她确实为凯文和梅根做了些事情；事实上，她为整个家庭都做了很多。六月初遗嘱通过认证时，德莱文夫妇发现家里多了近七万美元，甚至还是税后的。

“嘿呀，太好了！谢谢你们!”凯文哭着，吻了他的妈妈、爸爸，甚至还吻了他的妹妹梅根（她依然咯咯地笑着，但已经大了一岁。她这次没想把吻擦掉。凯文还不确定这种改变是否是朝着正确方向迈出的一步）。整个下午，凯文都待在自己的房间里，忙得团团转，一直在尝试着测试程序。

四点钟左右，他下楼来到他父亲的房间。“妈妈和梅根在哪儿?”他问。

“她们去手工艺品集市了……凯文？凯文，你怎么了?”

“你最好上楼来。”凯文声音空洞。

他走到房门口，把苍白的脸转向他父亲同样苍白的脸。德莱文先生跟着儿子上楼时一直在想，还有东西得付。当然有的。难道他不也从雷金纳德·马里昂·“老爹”梅里尔那里学到了那个教训吗？让你痛苦的是你欠下的债。

而让你破产的则是利息。

“我们能换一个吗?”凯文指着桌上打开的笔记本电脑问道。笔记本电脑在笔记本上映出一道神秘的黄色长方形亮光。

“我不知道行不行。”德莱文先生说着，走到桌子旁边。凯文站在他身后，脸色苍白地看着他。“我觉得可以吧，如果非要换的话……”

他停了下来，低头看着屏幕。

“我启动了文字处理程序，打出了‘敏捷的棕色狐狸跳过了懒惰的狗’。”凯文说，“不过印出来的是这个东西。”

德莱文先生站着，默不作声地读着打印出来的东西。他的手和前额感觉到一阵寒意。上面写着：

狗又被挣脱了。
它不是在睡觉。
它也不懒惰。
它要来找你了，凯文。

最初欠的债会让你痛苦，凯文又想，但让你破产的是那利息。最后两行写的是：

它很饿。
它非常生气。